TOR

ANDREAS
BRANDHORST

RUF DER UNENDLICHKEIT

ROMAN

TOR

Aus Verantwortung für die Umwelt hat sich der S. Fischer Verlag zu einer nachhaltigen Buchproduktion verpflichtet. Der bewusste Umgang mit unseren Ressourcen, der Schutz unseres Klimas und der Natur gehören zu unseren obersten Unternehmenszielen.

Gemeinsam mit unseren Partnern und Lieferanten setzen wir uns für eine klimaneutrale Buchproduktion ein, die den Erwerb von Klimazertifikaten zur Kompensation des CO_2-Ausstoßes einschließt.

Weitere Informationen finden Sie unter: www.klimaneutralerverlag.de

MIX
Papier | Fördert gute Waldnutzung
FSC® C083411
FSC www.fsc.org

Erschienen bei FISCHER Tor
Frankfurt am Main, Oktober 2022

Dieses Werk wurde vermittelt durch die
Textbaby Medienagentur, www.textbaby.de

Gesamtherstellung: CPI books GmbH, Leck
Printed in Germany
ISBN 978-3-596-70575-7

»Jeder von uns kämpft allein.«

MURIEL

PROLOG

DES MENSCHEN FALL

DER STAUB der Jahrtausende lag so tief, dass man darin versinken konnte.

Aron stand auf einem Felsen und blickte über das Staubmeer, aus dem der Titan von Kalit ragte: geschaffen für die Ewigkeit, aber geborsten, das steinerne Gesicht von Jahrmillionen zerfurcht. Ein Koloss, von der Zeit besiegt.

Wind strich über die graue Ebene und bewegte den Staub wie die Wellen eines Ozeans.

»Nichts bleibt«, sagte Aron. »Alles vergeht.«

Der Assistent an seiner Seite – ein filigranes, zerbrechlich wirkendes Geschöpf aus Metametall und Synth – entgegnete: »Du klingst traurig.«

Aron trat von dem Felsen herunter und schritt durch den Staub. Eine Ambientalblase schützte ihn, ein Kraftfeld, das sich ihm wie ein dünner Film um den Körper gelegt hatte. Es hielt die giftigen Gase von ihm fern und verhinderte, dass er im tiefen Staub versank.

Es wurde dunkler, der Wind legte sich, die beginnende Nacht senkte Stille über das Land. Sterne erschienen am kalten Himmel. Einer von ihnen, kleiner und weniger hell als die anderen, zog langsam seine Bahn zwischen den anderen: das Schiff.

»Selbst Sterne sterben«, sagte Aron nachdenklich.

»Vielleicht lebst du länger als sie«, erklärte der Assistent.

»Nein.« Aron ging schneller, wie um den eigenen Worten zu entkommen. »Irgendwann werde auch ich nicht mehr sein als Staub. Die Moy können es nicht verhindern. Niemand kann das.«

Der Assistent seufzte auf eine sehr menschliche Art. »Du brauchst etwas, das dich auf andere Gedanken bringt. Vielleicht wird es Zeit, deine Erinnerungen auszulagern und ein neues Leben zu beginnen.«

»Wie viele sind es inzwischen?«, fragte Aron geistesabwesend, als er sich dem Kopf des steinernen Titanen näherte.

»Mehr als tausend«, antwortete der Assistent. »Ein neuer Anfang. Hier und jetzt. Soll ich dem Schiff Bescheid geben, damit die notwendigen Vorbereitungen getroffen werden?«

»Nein. Noch ist es nicht so weit. Dieses Leben fühlt sich neu genug an.«

Aron blieb stehen, noch immer einige Dutzend Meter vom Kopf entfernt. Auf der rechten Seite ragte eine Schulter empor, wie von einer Explosion zerrissen. Ob ein Mann oder eine Frau dargestellt gewesen war, ließ sich nicht mehr feststellen, aber es handelte sich zweifellos um das Bildnis eines Menschen. Einst hatte es aufrecht gestanden, mehrere Hundert Meter groß, und über eine lebendige Welt hinweggesehen. Jetzt gab es nur noch Flechten auf den Felsen und einige wenige Bakterienarten im Staub, in der Mischung aus Asche und zerriebenem Gestein.

»Was ist hier geschehen?«, fragte Aron leise, wie um die Stille nicht zu stören. »Wer oder was hat diesen Planeten verwüstet?«

»Wir wissen es nicht.« Der Assistent meinte nicht nur sich und das Schiff, sondern auch die Moy. »Was auch immer hier geschah, seitdem sind Jahrmillionen vergangen.«

»Reicht es in die Zeit von Omni zurück?«

Der Assistent zögerte kurz. »Das wäre durchaus möglich.«

Aron betrachtete die Reste des Titanen. »Menschen haben diese Statue geschaffen.«

»Ja.«

»Kalit gehörte zu einer ihrer Hochkulturen, nicht wahr?«

»Ja.«

»Eine von insgesamt siebzehn.« Aron murmelte wieder wie im

Selbstgespräch. Vielleicht richtete er die Worte tatsächlich vor allem an sich. »Siebzehn menschliche Hochkulturen mit besiedelten Welten in allen Spiralarmen der Galaxis. Über einen Zeitraum verteilt, den die Moy als ›eine Galaktische Epoche‹ bezeichnen. Und dann kam die Zäsur. Es hat sie hinweggefegt, sie alle. Bevor hier auf Kalit die letzten Menschen starben, schufen sie den Koloss, als Zeugen ihrer Existenz. Etwas von ihnen sollte übrig bleiben und die Äonen überdauern.«

Der Assistent schwieg.

»Ich bin der letzte Mensch«, fügte Aron leise hinzu.

»Das bist du, ja.«

»Warum?«, fragte Aron. »Warum bin ich der einzige Überlebende?«

»Die Moy haben dich gerettet.«

»Hätten sie damals nicht auch einige andere retten können?«

»Es gab niemanden mehr«, sagte der Assistent. »Es gab nur dich.«

Das Implantat in Arons Schläfe empfing ein Signal.

»Jahid ruft dich«, verkündete der Assistent.

»Ich habe ihn gehört.« Aron wandte sich von der Statue ab. »Kehren wir zum Schiff zurück.«

Die Stimme des Schiffes klang anders als die des Assistenten, wie um den Unterschied zwischen ihnen zu verdeutlichen: Hier ein mentaler Riese, autonom und nach dem Edikt der Moy mit vollem Personenrecht; dort ein abgekoppeltes Selbst mit eingeschränkter Autonomie und begrenzter Kapazität.

Im Nukleus, dem Kontrollzentrum des Schiffes, sank Aron in die Pilotenmulde, die sich halb um ihn schloss und innerhalb weniger Sekunden alle erforderlichen Sensorkontakte herstellte. Das große Sichtfeld vor ihm zeigte die Nachtseite des Planeten Kalit. Am unteren Rand der Darstellung leuchtete ein rotes Rufzeichen.

»Jahid, dein Mentor bei den Moy ruft dich zu sich«, ertönte die

Stimme des Schiffsintellekts. »Er hat einen neuen Auftrag und möchte dich persönlich sprechen.«

Arons Finger verharrten bei den Kommunikationskontrollen. »Eine direkte Begegnung, Sal?«

So nannte er den Intellekt: Sal. Seine wahre Bezeichnung war unaussprechlich, begann mit *Surkzm Alhakjsdf Liphmkr* und hatte noch zweiundzwanzig weitere zungenbrecherische Silben. Wenn sich Aron richtig erinnerte, arbeiteten sie seit sechs Leben zusammen, und irgendwann war zwischen Mensch und Maschine so etwas wie Nähe und Freundschaft entstanden.

»Das ist ungewöhnlich«, sagte Aron. »Er könnte mir alle relevanten Daten senden, mitsamt seinen Empfehlungen.«

»Er wird einen guten Grund haben, nehme ich an.«

Im Sichtfeld drehte sich langsam die dunkle leere Welt, die einst von Menschen bewohnt gewesen war. Jenseits davon leuchteten die Sterne des Perseus-Arms der Milchstraße, wie Aron ihn nannte. Er hielt noch immer an den alten Begriffen fest.

»Na schön«, sagte Aron schließlich. »Machen wir uns auf den Weg.«

Fast sofort schrumpfte der Planet im Sichtfeld, und eine eingeblendete graphische Darstellung zeigte, wie das Schiff über der Ebene der lokalen Ekliptik aufstieg.

»Zehntausend Lichtjahre trennen uns von deinem Mentor. Wie schnell soll ich fliegen?«

»Lass dir Zeit.« Aron schloss die Augen. »Ein, zwei Tage. Oder noch besser: eine Woche. Ich möchte nachdenken.«

»Wie du wünschst. Ich wähle einen langsamen Faden.«

Der Planet namens Kalit und die Sterne des Perseus-Arms verschwanden aus dem Sichtfeld, als Sal das Schiff in den Toten Raum brachte.

ERSTER TEIL

EIN TROPFEN EWIGKEIT

DIE MISSION

1

DIE MOY sind die Moy, hieß es bei den anderen Kulturen in der Galaxis, was so viel bedeutete wie: Die Moy sind und bleiben ein Rätsel. Niemand wusste, woher sie stammten und wo sie lebten. Selbst über ihr Aussehen gab es nur Spekulationen, denn bei Begegnungen mit anderen Völkern benutzten sie Avatare. Vor mehreren Galaktischen Epochen hatten sie aus den Trümmern von Omni, einem Bund von Superzivilisationen in der Milchstraße, etwas Neues erschaffen und dem Meer aus dreihundert Milliarden Sternen nach dem großen Sturm Ruhe und Frieden gebracht. So hieß es jedenfalls. Einzelheiten waren nicht bekannt. Die wenigen Hinterlassenschaften von Omni und den anderen Zivilisationen aus dem Großen Goldenen Zeitalter erzählten widersprüchliche Geschichten. Die tatsächlichen Ereignisse um den Untergang von Omni und das Erscheinen der Moy auf der galaktischen Bühne lagen im Staub der Zeit begraben wie die Menschenstatue auf Kalit.

Es wurde vermutet, dass es Antworten gab – wenn nicht auf alle Fragen, so doch auf die meisten –, und zwar im legendären Archiv der Moy. Aber nur einige wenige Auserwählte bekamen Zutritt, hauptsächlich Konservatoren in Diensten der Moy – Individuen, die wie Aron zu Kulturen in einer kritischen Entwicklungsphase geschickt wurden, um sie vor Manipulationen durch die Blender zu schützen. Wer das Archiv der Moy aufgesucht hatte, kehrte verändert zurück und schwieg. Das Edikt, die Gesetze der Moy, hinderte jene daran, über ihre Erfahrungen zu sprechen und von den Antworten zu erzählen, die sie gefunden hatten.

2

»HAST DU genug nachgedacht?«, fragte Sal. »Soll ich zu einem schnelleren Faden wechseln?«

Aron ruhte in der Pilotenmulde, über die physischen Kontakte mit dem Schiff verbunden. Das große Sichtfeld vor ihm zeigte den Toten Raum, grau wie der Staub von Kalit.

»Ja«, antwortete er, »ich glaube schon. Bitte zeig mir die Navigationsansicht.«

Weiße Linien erschien im ölig wirkenden Grau, manche von ihnen kurz, krumm und zerfranst, andere länger, gerade und glatt. Sie bewegten sich langsam wie Würmer oder wie träge Schlangen. Es waren Tausende Linien, und jede von ihnen verband einen Punkt gewöhnlicher Raum-Zeit mit einem anderen. Das Schiff, stellte Aron fest, folgte einer langsamen Verbindung. In einem früheren Leben war er Pilot und Navigator gewesen. Daher wusste er, wie man sich in dem wirr anmutenden Gespinst aus Linien beziehungsweise Fäden orientierte und zwischen ihnen wählte.

»Zeig mir mehr«, bat Aron mit einem Mal. »Zeig mir alles.«

Die Fäden verschwanden, und für einen Moment war im Sichtfeld nur das ölige Grau des Toten Raums zu sehen. Dann bildeten sich erste Umrisse, und Kugeln und Ellipsen erschienen, zart wie Seifenblasen. Klein und groß füllten sie das Grau, schwebten langsam umher und kamen sich manchmal so nahe, dass ein kurzer Kontakt erfolgte. Die Blasen zerplatzten nicht, aber dort, wo sie sich berührten, blitzte es auf, und neue winzige Kugeln entstanden.

»Universen, mehr, als man zählen kann.« Aron lauschte den eigenen Worten und hörte nur einen Teil der alten Ehrfurcht in ihnen. Er hatte noch immer nicht zu seiner inneren Balance zurückgefunden. Vielleicht wäre es tatsächlich besser gewesen, einen Teil der Erinnerungen des aktuellen Lebens auszulagern und sie all den anderen hinzuzufügen.

»Ein Multiversum«, bestätigte Sal. »Wir haben oft darüber gesprochen. Du hast einige interessante Theorien entwickelt.«

Aron war versucht, dem Implantat in der Schläfe einen gedanklichen Befehl zu schicken und seine Erinnerungen zu öffnen, doch er entschied sich dagegen. Sie hätten ihn nur verwirrt; es brauchte Zeit, sie zu sortieren und mental und emotional zu verarbeiten.

»Der Tote Raum.« Er sprach so leise, dass es fast ein Flüstern war. »Aber die Universen in ihm sind nicht tot.«

»Bestimmt nicht alle.«

Ein neuer Gedanke regte sich in Aron. »Könnte man von hier aus in eins der anderen Universen gelangen?«

»Man könnte es versuchen.«

»Ist es jemals versucht worden?«

»Zweimal, soweit ich weiß«, sagte Sal.

Aron hob die Brauen. »Davon hast du mir nie erzählt.«

»Du hast mich nie danach gefragt«, lautete die Antwort. »Zwei Unabhängige wollten einen entsprechenden Versuch unternehmen, wie ich vor vielen Jahren erfuhr.«

Damit meinte Sal unabhängige Maschinenintelligenzen, vielleicht aus einem der Kugelsternhaufen der Milchstraße, wo sich viele von ihnen niedergelassen hatten. »Was ist aus ihnen geworden?«

»Ich weiß es nicht. Sie verschwanden. Man hat nie wieder eine Nachricht von ihnen empfangen.«

Aron betrachtete wieder die durchs Grau schwebenden Kugeln und Ellipsen. »Vielleicht ist es ihnen gelungen«, murmelte er. »Vielleicht haben sie es tatsächlich geschafft, ein anderes Universum zu erreichen.«

»Oder sie existieren nicht mehr«, wandte Sal ein. »So wie die Engel.«

Aron hatte sie nie gesehen, die sonderbaren Wesen, die einst im Intermedium gelebt hatten, im Raum zwischen den Dimensionen und Zeiten. Sie waren ebenfalls der Zäsur vor zwölf Galaktischen

Epochen zum Opfer gefallen, und seitdem sprach man vom »Toten Raum«.

»Engel«, wiederholte Aron.

»Der Begriff stammt aus einer menschlichen Religion«, erklärte Sal. »Vielleicht geht er auf die Blender zurück. Religion ist ihre Spezialität. Sie könnten irgendwann auf der Erde gewesen sein.«

»Die Erde …« Aron hatte sie in einem früheren Leben besucht, die Welt, die als Ursprungsplanet seiner Spezies galt. Durch die Zäsur war sie unbewohnbar geworden: ihre Oberfläche vierhundert Grad heiß, die Meere verdunstet, die Kontinente verbrannt, ihre giftige Atmosphäre so dicht, dass sie einen ungeschützten Menschen zerquetschen würde.

»Weißt du mehr darüber, Sal? Über die Erde und was auf ihr geschah?«

»Nein, ich bedauere.«

»Es tut dir leid, nicht mehr darüber zu wissen?«

»In der Tat. Ich bedauere alle meine Wissenslücken.«

Aron dachte darüber nach. »Könntest du sie nicht schließen? Im Archiv der Moy?«

»Ich habe nie eine Einladung erhalten.« Nach einer kurzen Pause fügte Sal hinzu: »Wir sind noch immer langsam. Möchtest du eine schnellere Verbindung wählen? Jahid wartet auf dich.«

»Wo wartet er?«, fragte Aron. »Zeig es mir.«

Das Grau des Toten Raums mit all seinen Universen – aber ohne die Engel – wich einer schematischen Darstellung der Galaxis. Ein gelber Punkt markierte die derzeitige relative Position des Schiffes zwischen Perseus- und Orion-Arm. Eine kleine Kursänderung hätte sie nach einigen Tausend Lichtjahren zur Erde gebracht, stellte Aron fest. Doch das Ziel befand sich weiter im galaktischen Westen, in Richtung Sagittarius-Arm.

Aron bewegte die Finger an den Kontrollen, und ein Zoom, seine Geschwindigkeit der menschlichen Wahrnehmung angepasst, vergrößerte einen bestimmten Teil des Sternenmeers.

»Bei der Kluft?«, entfuhr es Aron überrascht. »Jahid wartet bei der *Kluft*?«

»Das ist nicht so ungewöhnlich, wie du glaubst«, erklärte Sal. »Es gibt immer Wächter bei der Kluft, meistens drei oder vier Moy, manchmal nur ein oder zwei. Es kommt darauf an.«

»Worauf kommt es an?«, fragte Aron. Sein Blick galt dem grünen Punkt, dem Ziel in unmittelbarer Nähe der Kluft.

»Weißt du es nicht mehr?«, erwiderte Sal. »Auf die Aktivität im Innern der Anomalie. Manchmal genügt ein Wächter.«

Die »Kluft«, das war eine neunundneunzig Lichtjahre lange, wenige Lichtstunden breite und unendlich tiefe Anomalie am Rand des Sagittarius-Arms, ein Riss im Gewebe der Raum-Zeit. Sie sah aus wie eine schartige, eitrige Wunde im All: Heißes Gas, Überreste von zwei Supernovä, strömte über ihre Ränder und fiel wie über die Kanten eines Abgrunds. Hinzu kamen die Plasmaströme von gleich sechzehn monströs aufgeblähten roten Riesensternen und die Schwerkrafttrichter der beiden durch die Supernova-Explosionen entstandenen Schwarzen Löcher. Die Singularitäten waren allerdings nicht der Grund für die Anomalie. Ihre Ursachen lagen tiefer in der Zeit und gingen auf die Zäsur zurück.

»Bin ich schon einmal dort gewesen?« Erneut geriet Aron in Versuchung, auf die Erinnerungen seiner anderen Leben zuzugreifen.

»Ja«, bestätigte Sal. »Du hast an einem Patrouillenflug am Rand der Kluft teilgenommen, zusammen mit einem Taicott und einer Steynper.«

»Als Wissenschaftler, nicht wahr? Ich bin damals Wissenschaftler gewesen.«

»Ja, spezialisiert auf multidimensionale Phänomene. Später hat dich Jahid zu einem Konservator gemacht, und für den hat er jetzt einen neuen Auftrag, wie es scheint.«

Es war ein sanfter Hinweis darauf, dass der Moy lange genug gewartet hatte.

Arons linker Zeigefinger strich über eine Kontaktfläche, und das Sichtfeld wechselte wieder zur Navigationsansicht. Die vielen Linien wanden sich, krochen oder schwammen durchs ölige Grau des Toten Raums und bildeten ein unentwirrbares Knäuel.

»Möchtest du die Auswahl treffen?«, fragte Sal.

»Nein.« Es hätte zwei oder drei Stunden gedauert. »Finde den schnellsten Faden und bring uns zur Kluft. Lassen wir Jahid nicht länger warten.«

3

DIE STATION befand sich im Orbit eines Irrläufers, eines Gasriesen, der von den gravitationellen Gezeitenkräften der Kluft aus dem System des nächsten Roten Riesen gerissen worden war: eine spiegelnde, funkelnde, schimmernde Pyramide, ihre Basis ein Triebwerk aus vierzehn Lineatoren, ein jeder dreihundert Meter lang, die innerhalb weniger Sekunden einen Sprung in den Toten Raum ermöglichten. Dicht unterhalb der Spitze ragte eine Terrasse aus der Seitenfläche, blutrot im Licht der Roten Riesen über der Kluft. Dort fand die Begegnung mit Jahid statt.

»Ein seltsamer Ort für ein Treffen«, sagte Aron und blickte kurz zum Schiff zurück, das ihn hergebracht hatte. Derzeit sah es aus wie ein fragiles mit langen Fühlern und zahlreichen Beinen ausgestattetes Insekt, der Rumpf blau wie ein Amethyst, die flügelartigen seitlichen Erweiterungen wie aus Silber und Chrom. Zwischen Schiff und Terrasse hatte sich eine Rampe gebildet, über die Aron geschritten war. Sie löste sich in einem Schwarm aus Funken auf, die innerhalb weniger Sekunden verblassten und verschwanden.

Am Rand der Terrasse saß Jahid an einem Klavier und spielte eine Sonate in c-Moll. Einige Meter davon entfernt stand ein bernsteinfarbener Sessel. Aron nahm darin Platz, lauschte den sanften Klängen und wartete.

Der Moy benutzte denselben Avatar wie bei ihrer letzten Zusammenkunft vor vier Jahren. Der Klavierspieler war ein kaum anderthalb Meter großer Humanoide, haarlos und zart gebaut, mit Beinen, die etwas zu lang wirkten, dünnen Armen und knochenlosen Flexfingern. Winzige elfenbeinweiße Schuppen bedeckten den Leib bis hinauf zum Hals. Dort wurde die Haut weicher, wie bei einem Menschen, und zeigte ein weitverzweigtes Geflecht aus dünnen Adern, das durchs Gesicht reichte und sich über den Schädel zog.

Aron beobachtete, wie die kleinen tentakelartigen Finger über die Klaviatur tanzten. Jahids Oberkörper bewegte sich zur Musik, die schmalen Schultern hoben und senkten sich zu Klängen, die mal lauter und mal leiser waren. Aron stellte sich vor, wie die Melodie das Kraftfeld durchdrang, das die Terrasse umgab, und durch den Weltraum hallte, vielleicht bis hin zur Kluft. Was natürlich unmöglich war. Es herrschte Stille im All, seit dem Urknall war es ohne ein Geräusch.

»Nein, das stimmt nicht.« Die Finger verharrten, der kleine Humanoide saß reglos, mit dem Rücken zu Aron. »Das All ist nicht still, sondern laut. Man braucht allerdings die richtigen Ohren, um all die Geräusche zu hören: die Chöre der elektromagnetischen Strahlung, das Singen der stellaren Winde, die gewaltigen Paukenschläge von Novä und Supernovä, das Knistern von Raum und Zeit.«

Konnte Jahid seine Gedanken lesen? Diese Frage stellte sich Aron nicht zum ersten Mal. Vielleicht war der Moy, beziehungsweise sein Avatar, tatsächlich dazu imstande, mit Hilfe des Implantats.

»Warum hier?«, erwiderte er. »Warum haben Sie mich ausgerechnet hierher gerufen?«

Jahids Flexfinger glitten erneut über die weißen und schwarzen Tasten des Klaviers. Einige letzte Töne erklangen, dann folgte für Arons menschliche Ohren Stille.

»Es gab einmal einen Hegemoniekonsul, der auf dem Balkon seines Raumschiffs Klavier spielte«, sagte der Moy. »Ich erinnere mich gern an ihn. Vielleicht ist das der Grund, warum ich gelegentlich seinem Beispiel folge.«

Jahid bemerkte Arons fragenden Blick und winkte ab. »Es ist eine lange Geschichte, für die wir leider keine Zeit haben. Es warten noch andere Pflichten auf mich.« Er drehte sich um, eine Bewegung, die mit einem leisen Knistern der winzigen elfenbeinfarbenen Schuppen einherging. Die großen dunklen Augen fingen das Licht der Roten Riesen ein und schienen zu glühen. »Ich kümmere mich nicht nur um dich.«

Aron neigte respektvoll den Kopf.

»Die Instanz hat mich zum Wachdienst bestimmt«, erklärte Jahid, »und wer bin ich schon, dass ich ihr widersprechen könnte?«

Die Instanz war gewissermaßen die Regierung der Moy, ein Gremium, das alle wichtigen Entscheidungen traf. Niemand handelte den Beschlüssen der Instanz zuwider, es gab nicht einen einzigen Präzedenzfall, soweit Aron wusste, doch es war ihm, als hätte er in Jahids Worten eine Andeutung von Kritik gehört.

Jahid stand auf und kam zwei Schritte näher. Er trug ein ockerfarbenes Gewand, das ihm bis zu den Waden reichte und von einem Wind aufgebläht wurde, der nur für ihn existierte.

»Lass uns das Gespräch in einer Umgebung fortsetzen, die deinen Bedürfnissen mehr entspricht«, sagte er und brachte sie mit einer knappen Geste ins Innere der Station.

4

»DU WARST sehr nachdenklich«, sagte der Moy. »Du hast gegrübelt und die Vergangenheit besucht.«

Sie saßen in einer Blockhütte, an einem Tisch aus echtem Holz. Es war keine Illusion, wusste Aron, keine Täuschung der Sinne. Alles war echt, vom wärmenden Feuer im nahen Kamin bis zum Regen, der an die beschlagenen Fensterscheiben prasselte.

»Hat dir Sal Bericht erstattet?«

»Ich habe mit ihm gesprochen. Vielleicht wird es Zeit für eine neue Trennung. Was meinst du, Aron?«

»Nein«, antwortete er etwas zu schnell. »Es … fühlt sich zu früh an.«

Die dunklen Augen des Moy musterten ihn. »Ich könnte all die Erinnerungen auswählen, die du für deine neue Mission brauchst.«

Er holte einen Beutel hervor, der offenbar aus Leder bestand. Er öffnete ihn und ließ den Inhalt vorsichtig auf den Tisch rollen: kleine Kugeln wie Glasperlen, jede in einer anderen Farbe.

Aron betrachtete sie und spürte, wie ihm das Implantat ein kurzes Prickeln schickte. »Was ist das?«

»Das sind deine früheren Leben«, sagte Jahid. »Insgesamt viertausendfünfhundertdreizehn, jedes einzelne von ihnen mehrere hundert Jahre lang, nach deiner Zeitrechnung.«

Auf dem Tisch rollten einige der kleinen Kugeln bis zum Rand, bevor sie verharrten.

Aron hob den Blick von ihnen. »Wie alt bin ich? Eine Million Jahre? Zwei?«

»Wie alt ist ein Tropfen im Meer der Ewigkeit?«, erwiderte Jahid. »Manche deiner Leben waren Tausende von Jahren lang. Du bist fast so alt wie ich.«

»Ich wünschte, ich könnte mich an sie alle erinnern.«

»Das könntest du tatsächlich, aber das gewaltige Gewicht so vieler Erinnerungen würde deinen Geist zerquetschen, sie hätten in deinem Kopf nicht genug Platz«, warnte Jahid. »Du bist kein Moy. Du bist und bleibst ein Mensch.« Etwas sanfter fügte Jahid hinzu: »Du wächst und reifst noch immer, Aron. Vielleicht kommt irgendwann der Tag, an dem du auf deine vollständige Existenz zurückblicken und den Berg deiner Erinnerungen tragen kannst, ohne von ihm zermalmt zu werden.«

Die Unruhe, die Aron auf Kalit und auch während des Flugs

empfunden hatte, kehrte nicht zurück. Vielleicht lag es an der Umgebung, die Jahid gewählt hatte, oder der Präsenz des Moy.

Erneut betrachtete er die kleinen Kugeln auf dem Tisch. »Wie oft bin ich gestorben?«

»Nicht sehr oft.«

»Aber ich *kann* sterben.«

»Hast du daran gezweifelt?«, fragte Jahid mit leisem Erstaunen.

»Nein«, antwortete Aron, den Blick noch immer auf den Tisch gerichtet. »Nein, eigentlich nicht.«

»Dreizehnmal bist du gestorben, und wir haben dich jedes Mal ins Leben zurückgeholt.«

Ein Lächeln flog über Arons Lippen. »Sonst säße ich nicht hier.«

»Du könntest auch diesmal sterben«, sagte der Moy. »Wir stufen deine neue Mission als besonders gefährlich ein.«

Ein Sichtfeld entstand über dem Tisch, und darin erschien die Darstellung eines Sonnensystems. Das Zentralgestirn leuchtete gelbrot, und sein Licht beschien sieben Planeten, zwei von ihnen große Gasriesen, die am Rand des Systems mit ihrer Schwerkraft Kometen einfingen und die inneren Welten dadurch vor kosmischem Bombardement bewahrten.

Jahid deutete auf den zweiten Planeten, der in dichte gelbbraune Wolken gehüllt war – ihre Farbe entsprach fast der von Jahids Gewand. »Das ist Mulkain im Okorikor-System. Dort gibt es eine intelligente Spezies, die sich ›Kain‹ nennt, was in ihrer Sprache so viel bedeutet wie ›Wir sind‹ oder ›Wir leben‹.«

Eine eingeblendete Linie wies auf eine sehr exzentrische Umlaufbahn hin, eine lange Ellipse, die Mulkain auf der einen Seite sehr nahe ans Muttergestirn heranbrachte und auf der anderen weit davon entfernte, beinahe bis zum Orbit des vierten Planten.

»Derzeit treffen die Kain erste Vorbereitungen für den langen Winter, der allerdings erst in einem Jahr beginnt«, sagte Jahid. »Dir sollte also Zeit genug bleiben.«

»Zeit genug wofür?«, fragte Aron, als Jahid nicht weitersprach.

Im Sichtfeld glitt Mulkain im Zeitraffer an der langen Linie der elliptischen Umlaufbahn entlang. Wolken verschwanden, Eis breitete sich auf Kontinenten und Meeren aus.

»Wir hatten eine Gruppe nach Mulkain entsandt«, fuhr der Moy fort. »Vier Konservatoren. Ihre Aufgabe bestand darin, vor dem Beginn des Winters die wichtigsten Kunstwerke der Kain zu katalogisieren und zu replizieren, insbesondere das Moccecc. Sie sind verschwunden. Wir haben keinen Kontakt mehr zu ihnen.«

Aron überlegte. »Könnte es eine natürliche Ursache dafür geben?«

»Wir haben alle Möglichkeiten in Erwägung gezogen, und die Antwort lautet: Nein, natürliche Ursachen kommen nicht in Frage.«

»Blender?«

»Davon gehen wir aus, ja. Deshalb schicken wir dich.«

»Oh, ich verstehe.« Aron nickte. »Sie vermuten, dass die Blender die Aura der Konservatoren kannten und sie so trotz der Tarnung identifizieren konnten. Meine Aura hingegen kennt niemand. Weil ich der Letzte meiner Art bin, der letzte Mensch.«

Jahid vollführte eine bestätigende Geste. »Das ist richtig. Die Blender können dich nicht als einen unserer Gesandten identifizieren. Du bleibst unerkannt.«

»Aber sie wären imstande, mich als Nicht-Kain zu identifizieren, nicht wahr?«, fragte Aron. »Als Außenweltler.«

»Wenn sie nahe genug an dich herankommen«, räumte Jahid ein. »Wenn ihre Sensoren gut genug sind. Aber wahrscheinlich würden sie dich eher für einen ungewöhnlichen Kain halten als für einen fremden Besucher. Die Menschen sind selbst bei ihnen in Vergessenheit geraten.«

Einst ein großes Volk mit siebzehn Hochkulturen in der Milchstraße, Protagonisten auf der galaktischen Bühne, dachte Aron. Heute ausgelöscht und vergessen.

Unter anderen Umständen hätte dieser Gedanke vielleicht

die grüblerische Nachdenklichkeit zurückgebracht, die ihn während seines gegenwärtigen Lebens mehrmals heimgesucht und schließlich nach Kalit geführt hatte. Aber eine neue Mission begann und forderte seine Aufmerksamkeit.

»Ich soll die Blender daran hindern, Unheil zu stiften«, konstatierte Aron.

»Stell fest, was auf Mulkain geschehen ist«, sagte Jahid. »Und triff alle notwendigen, den Umständen entsprechenden Entscheidungen.«

Das klang ziemlich vage, fand Aron. Darauf wies er auch hin.

»Wir kennen die Situation vor Ort nicht«, erklärte der Moy. »Wir verlassen uns auf dich.«

Das Feuer im Kamin zischte und fauchte leise. Einige Sekunden lang beobachtete Aron die Flammen.

»Sie erwarten viel von mir«, sagte er schließlich.

»Nicht zu viel. Wir wissen, was du zu leisten imstande bist. Wir haben Vertrauen in deine Fähigkeiten.«

Aron fühlte sich geehrt. »Mit welcher Unterstützung darf ich rechnen?«

»Die Kain befinden sich in einer kritischen Phase. In zwei oder drei Generationen können sie den Übergang zu Stufe drei schaffen, und dann wären erste vorsichtige Kontakte möglich. Bis dahin darf ihre Entwicklung nicht gestört werden.«

»Mit anderen Worten«, sagte Aron, »ich bin auf mich allein gestellt.«

»Du kannst auf die Hilfe der anderen vier Konservatoren zurückgreifen, wenn sie noch einsatzfähig sind. Finde sie und die Blender.«

Aron sah in die dunklen Augen des Moy. »Und wenn ich die Blender entdecke? Was soll mit ihnen geschehen?«

Jahid ließ einige Sekunden verstreichen, bevor er antwortete. »Die Entscheidung liegt bei dir.«

»Sie geben mir vollen Ermessensspielraum?«

»Ja.«

»Verstehe.«

Den Augen des Moy und seinem Gesicht mit dem filigranen Aderngeflecht ließ sich nichts entnehmen. In all den vielen Jahren war es Aron nie gelungen, Jahids Gedanken oder Gefühle zu erraten.

»Aber wenn die anderen vier Konservatoren *nicht* mehr einsatzfähig sind … Es wird niemand kommen, der mir hilft.«

»Deshalb ist diese Mission besonders gefährlich«, betonte Jahid. »Wenn du stirbst, können wir vielleicht nicht rechtzeitig eingreifen. Du solltest also versuchen, am Leben zu bleiben.«

Aron nickte. »Ein guter Rat, den ich gern beherzige.«

Jahid nickte ebenfalls, länger und mit etwas mehr Nachdruck. »Ich sende dir alle Daten, die du brauchst.«

Aron schickte dem Implantat eine Anweisung. »Ich bin bereit.«

Ein leichter Druck, das kleine Implantat in der Schläfe schien etwas größer zu werden … und plötzlich kam ein kurzer stechender Schmerz, auf den Aron nicht vorbereitet war.

Für einen Moment glaubte er, in den dunklen Augen des Moy zu versinken.

Aron öffnete den Mund, um nach der Ursache für den unerwarteten Schmerz zu fragen, doch etwas geschah. Jahids Aura und die der Station veränderten sich. Eine Vibration erfasste den Holztisch und ließ ihn erzittern, und viertausendfünfhundertdreizehn winzige bunte Kugeln rollten und kehrten in den Beutel zurück. Jahid ergriff ihn mit dünnen Flexfingern und stand auf.

»Geh jetzt«, sagte er. »Mach dich mit deinem Schiff auf den Weg.«

Aron fühlte den Beginn eines Transfers, ein Ziehen, das am oder im Kopf begann und von dort aus den Rest des Körpers erfasste, begleitet von einem leisen Läuten wie von kleinen Glocken in windiger Ferne.

»Bitte warten Sie«, sagte Aron schnell. »Was passiert?«

Bei der letzten Silbe des letzten Wortes standen sie wieder auf der Terrasse dicht unterhalb der Spitze von Jahids pyramidenförmiger Station. Die Kluft, fast hundert Lichtjahre lang und umgeben von sechzehn roten Riesensternen, die Plasmaströme wie gewaltige kosmische Wasserfälle über ihre Ränder schickten, war nicht mehr leer. Etwas bewegte sich darin. Etwas stieg auf, ein Gigant, besetzt von Tausenden Lichtern, manche von ihnen so hell, dass Aron geblendet die Augen zusammenkniff.

»Was ist das?«, fragte er. Die Entfernung zur Kluft betrug mehrere Lichttage, aber er wusste, dass er das Geschehen in Echtzeit sah – die Erlebnissphäre der Moy speiste seine Sinne mit aktuellen Daten. »Was nähert sich dort?«

»Der Feind, der deinen Heimatplaneten zerstört und viele andere Welten verwüstet hat und dem Omni zum Opfer fiel …« Jahid klang traurig. »Er ist nicht besiegt. Er verbirgt sich dort unten. Manchmal wagt er sich aus seinem Versteck, wenn er eine Gelegenheit zu erkennen glaubt. Wir werden verhindern, dass er noch einmal zu uns gelangt.«

Das Kraftfeld, das die Terrasse umgab, trübte sich und wurde undurchsichtig. Eine Rampe entstand und führte zum Schiff.

»Geh jetzt«, wiederholte Jahid. Er stand am Rand der Terrasse, vor einer Öffnung, die sich für ihn in der Station gebildet hatte. »Du hast deine Aufgabe, und ich habe meine.«

Damit betrat er die Station, und hinter ihm schloss sich der Zugang.

Wenige Minuten später stieg das Schiff über der Kluft auf. Aron beobachtete sie im großen Sichtfeld vor der Pilotenmulde. Das riesenhafte Gebilde in ihr schien geschrumpft zu sein, was aber vielleicht nur am Wechsel der Perspektive lag.

»Ich habe davon gewusst, nicht wahr?«, fragte er. »Von dem ›alten Feind‹, wie Jahid ihn nennt. In einem meiner früheren Leben habe ich davon gewusst.«

»Durchaus möglich«, räumte Sal ein. »Ich habe einen geeigneten Faden zum Okorikor-System gefunden. Soll ich uns in den Toten Raum bringen?«

»Wieso habe ich es vergessen?«

»Du hast es nicht vergessen, Aron. Diese Erinnerung wurde ausgelagert.«

»Ja.« Aron seufzte leise. »Ja, ich weiß. Warum wurde sie meinem aktuellen Leben nicht hinzugefügt?«

»Vielleicht war Jahid der Meinung, dass sie dafür nicht relevant ist.«

»Nicht relevant?« Aron beobachtete, wie die Station des Moy ihre Position am Rand der Kluft verließ und über den bodenlosen Abgrund zwischen den Sternen glitt. Funken sprangen von ihr zu dem Giganten, der ihnen offenbar auszuweichen versuchte. Es blitzte und gleißte, hell wie die Geburt eines Sterns. »Ein Kampf? Gegen wen?«

»Ich kann dir keinen Namen nennen und dir auch kein Gesicht zeigen«, antwortete Sal.

Das Sichtfeld wechselte zur Navigationsansicht. Tausende von Linien wanden und schlängelten sich durch das ölige Grau des Toten Raums. Ein eingeblendetes Koordinatensystem zeigte die wichtigsten Orientierungspunkte in Bezug auf die Galaxis.

»Langsam oder schnell?«, fragte Sal.

Aron betrachtete das Wogen und Wallen im Sichtfeld. Seine Finger berührten die Kontaktpunkte der Kontrollen.

»Schnell«, sagte er schließlich. »So schnell wie möglich. Wenn es auf Mulkain tatsächlich Blender gibt, dürfen wir keine Zeit verlieren.«

Das Schiff glitt in den Toten Raum. Aron schloss die Augen und konzentrierte sich auf die Missionsdaten, die er von Jahid erhalten hatte.

EINE FALLE

5

DIE BLENDER waren kaum weniger geheimnisvoll als die Moy. Niemand wusste, woher sie kamen und wo sich ihre Spezies entwickelt hatte. Vielleicht stammten sie nicht einmal aus der Milchstraße, sondern zogen als nomadische Wanderer durchs Universum. Bei den Taicott und selbst bei den Steynper, einst zu Omni aufgestiegen, gab es Stimmen, die behaupteten, dass die Blender mit der Zäsur in Verbindung standen und die Mysterien der Kluft kannten. Bei anderen Völkern der Entwicklungsstufen sechs und höher galten diese Theorien als sehr unwahrscheinlich, stammten die Blender doch aus einer Zeit lange vor Omnis Ende. Ihr Ursprung reichte tausend Galaktische Epochen zurück, also mindestens siebenhundert Millionen Jahre. Vielleicht waren sie sogar Milliarden Jahre alt und gehörten zu den ersten intelligenten Wesen, die ihren wo auch immer gelegenen Heimatplaneten verlassen hatten, um die Milchstraße zu durchstreifen.

Einen Platz im galaktischen Rampenlicht hatten sie nie gesucht, im Gegenteil. Sie hatten immer darauf geachtet, im Hintergrund zu bleiben, sie agierten im Verborgenen, als Diebe und Manipulatoren. Die Moy und ihre Gesandten, unter ihnen die Konservatoren, respektierten den Grundsatz, sich nicht in die Angelegenheiten von Völkern einzumischen, die kritische Entwicklungsphasen durchliefen. Sie beobachteten und versuchten, Kultur und Wissenschaft, Kunstwerke und Erkenntnisse vor natürlichen und politischen Kataklysmen zu schützen. Und vor den Blendern, die Einzigartiges stahlen, für die eigenen Schatzkammern oder den klandestinen Kunstmarkt.

Doch damit nicht genug, die Blender lehnten alle Nichteinmischungsregeln ab und nahmen gezielt Einfluss auf andere Zivilisationen, vor allem auf Philosophie und Theologie. Ihr hinterhältiges, heimtückisches Gepäck bestand aus Lügen, die das Denken der Einheimischen veränderten. Sie brachten die Saat von Ideologien und von Religionen aus, Gift für den Geist, Grundlage für Uneinigkeit und Zwist, für Konflikte und Krieg.

Vermutlich war es auch auf der Erde geschehen, damals, als die Menschheit noch auf einen Planeten beschränkt gewesen war, als nontechnologische Spezies der Entwicklungsstufe zwei. Vielleicht hatten sie den Grundstein gelegt für all die verschiedenen und doch ähnlichen Religionen, durch Moses, Jesus, Mohammed, Buddha und die anderen zahlreichen Götter, Propheten und Erleuchteten, deren Anhänger anschließend über Jahrhunderte hinweg in blutigen Kämpfen um Vorherrschaft gerungen hatten … durch Einflüsterungen und mit vermeintlichen Wundern, die deren Verbindung zu göttlicher Allmacht zu beweisen schienen.

Leichtgläubigkeit und Aberglaube erleichterten das unheilvolle Werk der Blender. Hinzu kam ihre besondere Fähigkeit, sich unsichtbar zu machen oder andere Gestalten anzunehmen. Sie benutzten keine Tarnfelder oder Masken wie die Konservatoren der Moy, sie veränderten vielmehr die molekulare Struktur ihrer Körper. Deshalb waren sie so schwer zu entdecken, weil sie selbst zu den Geschöpfen werden konnten, die sie manipulierten. Und wenn sie entlarvt wurden, setzten sie sich mit unbekümmerter Rücksichtslosigkeit zur Wehr.

Warum die Blender so handelten, weshalb sie unterentwickelten intelligenten Spezies immer wieder das toxische Geschenk der Religion brachten, blieb ein Rätsel. Vielleicht verfügten sie über einen besonderen Sinn für Humor und hielten alles für einen großen Spaß.

6

ARON WANDERTE langsam durch die Außenbasis, die bereits zweimal angeboten hatte, sich ihm anzupassen. Mattes Licht begleitete ihn durch die Räume und Kammern, in denen vier Konservatoren vor einiger Zeit Vorbereitungen für den Einsatz auf Mulkain getroffen hatten. Nur wenige persönliche Gegenstände erinnerten an sie: ein türkisfarbenes Meditationstuch, das am Nestsockel eines Tulla hing; das rubinrote Ruhenetz eines Taicott, mit dünnen magentafarbenen Halteschleifen, die sich wie Fühler bewegten, als Aron an ihnen vorbeiging; der Nährtank eines Crusalis, halb gefüllt mit einer Flüssigkeit, die wie Quecksilber aussah; und der leere Kokon eines insektomorphen Adrali, grün wie Smaragd.

Als Aron den Nukleus der Basis betrat, wurde es heller. Sichtfelder entstanden über und zwischen den Konsolen. Auf einem waren die Eisfelder des kleinen Monds zu sehen, auf dem die Basis errichtet war, einer von neunundfünfzig im Orbit des äußersten Gasriesen, der am Rand des Okorikor-Systems langsam seine Bahn zog.

»Wie ist der Missionsstatus?«, fragte Aron.

»Bereitschaft«, lautete die Antwort des Intellekts. Es handelte sich um eine sehr einfache Maschinenintelligenz, nicht mehr als ein Kind im Vergleich mit Sal oder den Unabhängigen in den Kugelsternhaufen der Milchstraße. »Ich warte.«

Aron betrachtete zwei andere Sichtfelder, die ihm Bilder des Planeten Mulkain zeigten, aufgenommen vielleicht von Sonden in einer niedrigen Umlaufbahn. Durch Wolkenlücken waren blaugrüne Meere und schiefergraue Berge zu sehen, ihre Gipfel schneebedeckt, die Täler durchzogen von Gletschern.

»Wann erfolgte der letzte Kontakt mit den vier Konservatoren?«, fragte Aron und wies das Implantat an, erneut ein Autorisierungssignal zu senden.

»Vor fünf Wochen.«

Ein neues Sichtfeld entstand, und darin erschien ein Tulla, sein knochiges Gesicht von Augenflecken durchzogen, am Hals der Knorpelwulst eines Kommunikationsmoduls. Im Hintergrund ragten die ineinander verschachtelten Bauten einer Turmstadt der Kain auf. Regen fiel auf pastellfarbene Dächer.

»Status«, ertönte eine raue Stimme. »Hiermit bestätigen wir unsere Vermutung: Es befinden sich tatsächlich Blender auf Mulkain. Es sind zwei. Wir betonen die Anzahl: zwei. Die Wahrscheinlichkeit dafür, dass es hier noch mehr Blender gibt, ist sehr gering. Wir haben sie lokalisiert. Sie befinden sich …«

Es wurde still. Der Tulla im Sichtfeld bewegte sich nicht mehr. Hinter ihm verharrten die Regentropfen, jeder von ihnen mit einem eigenen kleinen Glanz.

»Gibt es eine Fehlfunktion?«, fragte Aron.

Die Sichtfelder verschwanden, eins nach dem anderen. Das Licht trübte sich. Schatten krochen durch den Nukleus.

»Ungewöhnliche Aktivität im Energiekern der Basis«, meldete Sal. »Ich hole dich zurück.«

Ein Ziehen und Kribbeln kündigte den Transfer ein. Aron atmete in der Außenbasis auf dem Eismond ein …

… und im Schiff aus.

Er lag in der Pilotenmulde, die Hände nicht an den Kontakten der Kontrollen, sondern an den Ruhestützen. Sal steuerte das Schiff und ließ es fallen, fort vom Eisriesen und aus dem tiefen Schwerkrafttrichter des Gasriesen, unter die Ekliptik des Okorikor-Systems.

Wenige Sekunden später leuchtete über ihnen eine kleine Sonne.

»Eine Falle?« Aron verband sich mit der Erlebnissphäre des Schiffes und empfing Daten.

Die neue Sonne strahlte heller als das Zentralgestirn, doch ein langes Leben war ihr nicht beschert. Sie verblasste schnell, schon nach einer halben Minute war nichts mehr von ihr zu sehen.

»Jemand hat den Energiekern der Außenbasis in eine Bombe verwandelt«, erklärte Sal.

»Die Blender waren dort?«, vermutete Aron.

»Oder jemand, der ihnen half.«

»Ich sollte getötet werden.« Seine eigenen Worte klangen seltsam in Arons Ohren.

»Du oder jemand an deiner Stelle«, präzisierte Sal. »Ein Gesandter der Moy, ausgeschickt, um nach dem Rechten zu sehen.«

Aron blickte in die Sichtfelder wie auf der Suche nach etwas. »Den Blendern muss doch klar sein, dass sie damit keine Nachforschungen verhindern können.«

»Das ist ihnen zweifellos bewusst«, pflichtete ihm Sal bei. »Aber bis die Moy weitere Gesandte ausgewählt und hierher entsandt hätten, wären Wochen, wenn nicht Monate vergangen.«

»Darum geht es ihnen also«, brummte Aron. »Die beiden Blender auf Mulkain wollen Zeit gewinnen. Wofür?«

»Für *ihre* Mission.«

Arons Finger tasteten nach den Kontrollen und wichen dann wieder zurück. Zumindest in diesem Leben bekam er es zum ersten Mal direkt mit Blendern zu tun, und die Instruktionen, die er während des Flugs zum Okorikor-System studiert hatte, warnten ausdrücklich davor, sie zu unterschätzen.

»Sie könnten einen Horchposten hier am Rand des Systems haben.«

»Ja«, bestätigte Sal. »Und vielleicht noch andere bei den inneren Planeten.«

»Also Schleichfahrt«, entschied Aron und berührte die Kontaktflächen der Kontrollen. »Stellen wir uns tot.«

7

ARON STAND im Hangar, neben dem offenen Assistenten, konfiguriert für den Flug nach Mulkain. Zwei mechanische Helfer legten ihm den vom Synther angefertigten Einsatzanzug an, der ihn während seiner Mission auf dem Planeten tarnen, ernähren und schützen sollte.

»Der Tulla und seine drei Begleiter sollten das Moccecc für eine Replikation aufzeichnen.« Aron stand breitbeinig und mit gestreckten Armen, während er in den Einsatzanzug gehüllt wurde, ein Teil nach dem anderen. »Das Moccecc ist eine Art kollektives Gedächtnis, ein großes, im Lauf von Jahrtausenden entstandenes Kunstwerk, das der Spezies-Erinnerung dient.«

»Es gibt Auskunft über Wesen und Identität der Kain«, erklärte Sal. »Nach den letzten Berechnungen steht ihnen aufgrund geringfügiger Veränderungen von Mulkains Umlaufbahn ein besonders langer und strenger Winter bevor. Das Moccecc könnte Schaden nehmen. Die Moy wollen es bewahren.«

»Warum sollten die Blender etwas dagegenhaben?«, fragte Aron. »Sie hätten im Verborgenen warten können, bis die vier Konservatoren ihren Auftrag erfüllt und Mulkain wieder verlassen hatten.«

»Vielleicht war das ihr Plan. Doch dann wurden sie entdeckt. Was auch immer geschah, die beiden Blender auf dem Planeten müssen gefunden und neutralisiert werden.«

Aron ließ die Arme sinken und fühlte ein leichtes Jucken an verschiedenen Körperstellen, als ihm der Einsatzanzug Mikrokontakte in die Haut schob. *Neutralisieren* klang vergleichsweise harmlos. Aber in diesem besonderen Fall konnte es einen Kampf auf Leben und Tod bedeuten, und Jahid hatte ihn deutlich darauf hingewiesen, dass sich die Interventionsmöglichkeiten der Moy in engen Grenzen hielten. Mit anderen Worten: Wenn er auf Mulkain starb, dann vielleicht für immer.

Für immer, wiederholte Aron in Gedanken. Eine seltsame Vorstellung.

»Sei vorsichtig«, mahnte Sal.

Die Helfer beendeten ihr Werk, und Aron überprüfte die Funktionen des Einsatzanzugs. Durch die von den Mikrokontakten geschaffenen direkten Verbindungen fühlte sich der Anzug mehr und mehr wie ein Teil des Körpers an. Zur Ausrüstung gehörte auch ein Gravitator – Mulkains Schwerkraft war etwas geringer als die, an die Aron gewöhnt war, und er durfte sich nicht durch seine Bewegungen verraten.

Ein Gedanke stieg in ihm auf.

»Sind die Blender mit den Zaisen verwandt?«, fragte er. »Zur Zeit von Omni waren sie die einzige andere xenomorphe Spezies in der Galaxis. Gibt es irgendwelche Verbindungen?«

»Unbekannt«, antwortete Sal. »Die Zaisen sind vor zwölf Galaktischen Epochen verschwunden und könnten wie Omni der Zäsur zum Opfer gefallen sein. Oder sie waren Teil der Blender, die viel älter sind, eine Subspezies oder eine politisch-kulturelle Abspaltung.«

Aron betrachtete seine Hände und Unterarme. Anthrazitfarbenes Metamaterial bedeckte sie, ein spezieller Stoff, der dünner und leichter aussah, als er tatsächlich war. Als er dem Anzug über einen der Mikrokontakte eine Anweisung schickte, verwandelte sich der dunkelgraue Stoff in den violetten Körperflaum eines Kain – aus dem Menschen, dem Letzten seiner Art, wurde ein Avianer aus der sechsten Kategorie der galaktischen NGS, der Neun Großen Spezies. Seine Kleidung bestand plötzlich aus silbernen Schleifen und bunten Tüchern, viele von ihnen mit kleinen Taschen und Symbolen, die Auskunft gaben über Rang, Status und für die Gemeinschaft vollbrachte Leistungen. Im Rücken schien es neue Muskeln zu geben, die es ihm ermöglichten, kleine Flügel auszubreiten. Er hörte das Rascheln der Federn, als er kurz mit ihnen schlug und sie dann wieder zusammenfaltete.

»Die Mimikry-Systeme des Einsatzanzugs bestätigen einwandfreie Funktion«, meldete Sal. »Die Tarnung ist perfekt. Niemand wird dich auf Mulkain als Außenweltler erkennen.«

Aron bewegte die Flügel erneut. »Nur noch wenige Kain können fliegen.« Diese Information stammte aus Jahids Instruktionen. »Die meisten von ihnen haben diese Fähigkeit verloren.«

»Das macht dich zu einem Privilegierten. Es sollte dir den Zugang zum Moccecc erleichtern und bei der Suche nach den Blendern helfen.«

Die letzten Verbindungen waren hergestellt – die zu Magen, Darm und Blase –, und der Einsatzanzug meldete volle Bereitschaft.

»Du bist so weit«, stellte Sal fest. »Du hast eine Autonomie von einer Woche, das sollte genügen.«

Die beiden Helfer wichen zu den Verankerungspunkten an der Rückwand des Hangars zurück. Aron trat zum Assistenten.

»Und wenn ich mehr Zeit brauche?«

»Das unterliegt deinem Ermessensspielraum, es sind deine Entscheidungen«, antwortete der große Intellekt des Schiffes. »Ich bleibe in einer hohen Umlaufbahn und warte auf dich.«

»Aber es würde Wochen oder Monate dauern, bevor man einen anderen Konservator schicken kann«, erinnerte sich Aron. »Ich muss allein zurechtkommen.«

»Es ist nicht der erste Einsatz, den du allein bestreitest.«

Aron stieg in den Assistenten, der zu einem kleinen Raumschiff geworden war, und legte sich in die Pilotenmulde. »Es gibt einen Unterschied. Diesmal bekomme ich es direkt mit Blendern zu tun.«

»Du wirst es schaffen, wie immer. Viel Glück, Aron.«

»O nein.« Er lächelte. »Wünsch mir nicht Glück, sondern Erfolg.«

»Den wirst du haben«, sagte Sal und öffnete den Hangar.

Von einem Gravitationskissen getragen, stieg der Assistent auf, glitt nach draußen ins All, durchdrang den Tarnschirm des Schiffes und fiel dem Planeten entgegen.

DER BLENDER

8

HORENZIA, »Herz der Welt«, nannten die Kain ihre Stadt an den südlichen Ausläufern des zehntausend Kilometer langen Gebirges, das sich wie Mulkains Rückgrat über den bereits vereisten Nordpol zog. Sie war die größte Stadt des Planeten, fast eine Million Kain lebten dort, und die meisten von ihnen würden bald die Schlafsäle aufsuchen, um den langen Winter in *Starre* zu verbringen, einem tiefen Kälteschlaf mit stark reduziertem Stoffwechsel.

Aber noch steckte die Metropole voll von Leben. Zahlreiche aviane Kain waren auf den Stegen und Brücken zwischen den Gebäuden unterwegs, die sich an sechs einen halben Kilometer hohe Säulen schmiegten. Wie lebendige Wesen schienen die kleinen Häuser mit den pastellfarbenen Dächern übereinanderzuklettern, um Schnee und Eis zu entkommen. Ganz oben, wo sich die sechs Stadtsäulen vereinten, knüpften die Erinnerer der Kain das Moccecc.

Die Dämmerung setzte ein und brachte einen kalten Wind aus dem Norden, als Aron die Turmstadt erreichte, zusammen mit einigen Dutzend Kain, die aus einem Dorf in einem Bergtal kamen. Ihre gelben Pilgertücher wiesen darauf hin, dass sie Horenzias Ressourcen nicht belasten und sofort einen der Schlafsäle aufsuchen wollten, um sich der Obhut der Winterwächter anzuvertrauen. Der Assistent wartete versteckt in einer Höhle auf Aron, weit über den vorrückenden Gletschern. In regelmäßigen Abständen empfing er Statussignale von ihm, die ihm bestätigten, dass alles in Ordnung war.

Die Schlafpilger wahrten respektvolle Distanz, denn Aron trug die Zeichen eines Verdienstvollen. Er hörte die klickenden und pfeifenden Laute, mit denen sie sich verständigten, und wenn er sich darauf konzentrierte, verstand er sie wie eine Sprache, mit der er seit vielen Jahren vertraut war. Zu den Geräten und Instrumenten des Einsatzanzugs, der ihm das Erscheinungsbild eines Einheimischen gab, gehörte auch ein Translator, mit Jahids Missionsdaten programmiert. Aron hatte die Daten auch in sein Implantat kopiert, für den Fall eines sehr unwahrscheinlichen Defekts.

Am Fuß der Turmstadt trennte er sich mit einigen Pfeiflauten von den Pilgern und trat in Begleitung von vier Würdenträgern in einen Lift, der von einem Gegengewicht, weit oben in Horenzia, emporgezogen wurde. Die Aufzugkabine erinnerte an einen primitiven Förderkorb und schwankte immer wieder, aber die vier anderen Passagiere wirkten davon keinesfalls beunruhigt. Aron wusste nicht, ob sie zu den wenigen noch flugfähigen Kain zählten und in der Lage gewesen wären, sich bei einem Absturz zu retten. Er selbst hatte nichts zu befürchten, der Gravitator verlieh ihm im wahrsten Sinne des Wortes Flügel.

Je weiter sie nach oben kamen, desto lauter wurde es. Überall standen, gingen, hingen und tanzten Kain zu einer Musik, die aus blasrohrartigen Instrumenten kam und für Arons Ohren sehr seltsam klang, mal lustig und verspielt, mal düster und traurig. Aus den runden Fenstern der Nesthäuser ragten kleine haarlose Köpfe und fügten den vielen Pfeif- und Klicklauten lautes Kinderzwitschern hinzu.

Die Dunkelheit der beginnenden Nacht zog über den Himmel. Lampen leuchteten an den Häusern der Turmstadt und baumelten im kalten Wind. Biolumineszente Organismen erzeugten das Licht – die Kain hatten die Elektrizität noch nicht entdeckt.

Die vier Würdenträger sprachen über die Verwaltung der Schlafsäle und baten Aron um seine Meinung. Er gab vorsichtig und ausweichend Antwort, da er mit den Einzelheiten nicht vertraut war, doch zustimmende Pfiffe bestätigten ihm, dass er die richtigen Worte gewählt hatte. Solche nahen, direkten Begegnungen waren nie ohne Risiko, so gut die Tarnung auch sein mochte.

Er wich noch etwas weiter zurück, bis zum Gitter, das nicht aus Metall bestand, sondern aus einem leichten Material pflanzlicher Herkunft. Der Gravitator glich automatisch das Gewicht aus, damit sich die Kabine nicht zu sehr zur Seite neigte.

Beim nächsten Halt in etwa zweihundert Meter Höhe stieg Aron aus, und ein Orientierungslicht, in seine visuelle Wahrnehmung eingeblendet, wies ihm den Weg. Gruppen von Kain in weißen und gelbbraunen Tüchern schritten und kletterten zu den aus Stein bestehenden Säulen und verschwanden durch ovale Tore in ihrem Innern. Er mied sie, wo er sie meiden konnte, als er über Stege, Brücken und Treppen mit schiefen, unterschiedlich hohen Stufen ging.

Es wurde schnell dunkler, die Schatten verdichteten sich, und die Kain verwandelten sich in schemenhafte Gestalten, die nur dann Farbe und Substanz bekamen, wenn sie Lampenlicht erreichten. Das Pfeifen, Klicken und Zwitschern schien noch lauter zu werden, untermalt von einer zugleich freudig und klagend klingenden Musik. Aron begegnete ein paar Kindern, die ihn neugierig ansahen, und er schenkte ihnen einige Klicklaute, auf die sie mit freudigem Gezwitscher und einem kleinen Tanz reagierten.

Schließlich erreichte er sein erstes Ziel, ein kleines Haus mit vielen Ecken und Kanten und mehreren runden Öffnungen, wie eingezwängt zwischen zwei größeren Bauten, in denen Licht brannte.

Aron blieb einige Schritte neben dem nächsten Steg stehen, halb in den Schatten verborgen, und schickte eine Anfrage an den kleinen Intellekt des Einsatzanzugs. Das Orientierungslicht blinkte, Hinweis darauf, dass es sich tatsächlich um das Ziel handelte.

Er trat zu dem kleinen Haus und kletterte durch die nächste runde Öffnung. Die Sensoren des Einsatzanzugs zeigten ihm das dunkle Innere wie am helllichten Tag: mehrere Haltestangen, ein halb zusammengelegtes Ruhenetz mit mehreren Polstertüchern, in Wandnischen und auf Ablagen Gegenstände des täglichen Gebrauchs, wie zum Beispiel Federkämme und Trinkgefäße. Ein Spiegel an der Rückwand, fünffach unterteilt, präsentierte ihm einen großen Kain mit silbernen und goldenen Schleifen voll von Ehrensymbolen.

Aron drehte sich langsam um die eigene Achse. Dieses kleine Haus hatte zwei der vier von den Moy entsandten Konservatoren als Unterkunft gedient. Gab es hier Hinweise auf die Geschehnisse während der vergangenen Wochen? War vielleicht irgendwo eine Mitteilung versteckt, ein letzter Bericht?

Er sah in den Kästen und Truhen an den Wänden nach. Sie enthielten Tücher aus einem Stoff glatt wie Seide, leere Behälter aus Ton und Leder und Utensilien, die Aron an Messer, Löffel und Gabeln erinnerten. Er fand auch mehrere »Bücher«: Scheiben aus Pergament, die sich auseinanderziehen ließen, darauf Schriftzeichen aus kleinen Kringeln und Schnörkeln, die manchmal ineinander übergingen. Sie gerieten in Bewegung, als Aron den Blick mehrere Sekunden lang auf sie gerichtet hielt. Der Translator formte aus ihnen Worte in InterLingua, der Gemeinschaftssprache der galaktischen Zivilisationen ab Entwicklungsstufe sechs. Offenbar handelte es sich um das Äquivalent von Gedichten, und sie erzählten vom langen Winter und Träumen während der *Starre.*

Aron legte die Buchscheiben an ihren Platz in einer der Truhen zurück. Auf den ersten und auch auf den zweiten Blick gab es keine Anzeichen dafür, dass sich an diesem Ort Wesen aufgehalten hatten, die nicht von diesem Planeten stammten. Es schien die verlassene Heimstatt von Kain zu sein, die sich bereits in einen der Schlafsäle zurückgezogen hatten.

Die anderen Räume, kleiner als der erste, boten ein ähnliches Bild. Nirgends gab es Spuren von Außenweltlern.

»Bist du sicher, dass wir hier richtig sind?«, fragte Aron den Intellekt des Einsatzanzugs.

»Dies ist zweifellos der Ort, von dem der letzte Bericht übermittelt wurde«, lautete die Antwort, die nur er hören konnte.

»Na schön.« Aron sah sich um. »Zeig mir die lokale Aura.«

»Warnung«, erwiderte der Einsatzanzug. »Entdeckungsgefahr.«

Natürlich existierte in dem kleinen Haus keine aktive Erlebnissphäre wie zum Beispiel an Bord eines Moy-Schiffes – die nontechnologische Kultur der Entwicklungsstufe drei kannte keine unablässigen Datenströme. Aber mit den Sensoren des Einsatzanzugs war Aron in der Lage, die winzigen elektromagnetischen Echos lebender Individuen aufzuspüren. Eine derartige Sondierung erforderte jedoch Lücken in der Tarnung. Er musste sich eine Blöße geben, um mehr zu erfahren, und dadurch stieg das Risiko, als fremdes Wesen erkannt zu werden.

In einem schmalen Nebenzimmer, nicht einsehbar vom Hauptzugang des Hauses, wies er den Einsatzanzug an, das Tarnfeld zu öffnen und mit der Sondierung zu beginnen.

Drei Sekunden später begriff er, dass er nicht allein war.

Ein Blender befand sich in unmittelbarer Nähe.

9

IM HAUPTRAUM des kleinen Hauses – dort, wo Aron das Scheibenbuch mit den Winterschlafgedichten gefunden hatte – bewegte sich etwas, das eben noch ein dunkler leerer Kasten gewesen war, wie ein Schrank ohne Inhalt. Nun wurde daraus eine vage Gestalt, ein grauschwarzer Schemen, aus dem Augen starrten, gelb wie Schwefel. Eine Hand formte sich, mit Finger wie Krallen, darin ein länglicher Gegenstand, eine Waffe.

»Gefechtsmodus!«, zischte Aron, obwohl ein Gedanke genügt hätte.

Die Mikrokontakte stimulierten ihn und gaben ihm mehr Kraft. Leichter geworden, stürmte er durch die Zimmer, und die Sensorerfassung zeigte ihm den Blender deutlicher als die eigenen Augen: dürr und nur etwas größer als einen Meter, mit langen ledrigen Armen und dünnen krummen Fingern. Pechschwarzes Haar reichte bis auf die schmalen Schultern.

Der Gegenstand in der Hand des Blenders wurde auf Aron gerichtet.

Trotz der Stimulation war Aron nicht schnell genug. Er wich zwar noch zur Seite aus, der Einsatzanzug unterstützte ihn dabei, doch der Blender feuerte seine Waffe ab, bevor Aron ganz aus der Schusslinie war.

Etwas traf ihn an der linken Schulter, eine winzige Nadel, so hart, dass sie sich beim Aufprall nicht verformte, und mit genügend kinetischer Energie, um sich durch die Panzerung des Einsatzanzugs zu bohren. Aron fühlte einen kurzen stechenden Schmerz, und einen Moment später sah er, wie der Blender durch eine der runden Öffnungen nach draußen sprang.

»Minimale Beeinträchtigung der physischen Integrität«, meldete der Einsatzanzug.

Aron erreichte das offene Rund und kletterte nach draußen. Wo war der Blender? Er sah ihn nicht mit den Augen, sondern mit den Sensoren, eine undeutliche graue Gestalt, die den elektromagnetischen Schweif einer dünnen Aura hinter sich herzog und bei einer dichtgedrängten Gruppe von Kain außer Sicht geriet.

Aron musste die Lücken in seinem Tarnfeld schließen, bevor er die Verfolgung aufnahm – es ging nicht anders.

»Was hat mich getroffen?«, fragte er.

»Unbekannt«, antwortete der Einsatzanzug. »Das Projektil war vier Millimeter lang und null Komma null eins Millimeter dick. Es löst sich in deinem Körpergewebe auf. Ich versuche, es zu analysieren.«

»Ergreife alle erforderlichen Gegenmaßnahmen.« Aron eilte

über eine Brücke zwischen zwei Hausgruppen. »Chemische Blocker. Molekulare Neutralisatoren. Stoffwechselfilter. Es könnte Gift sein.«

Die Brücke geriet ins Schwanken, und er musste sich am Geländerstrick festhalten. Mehrere alte Kain traten an ihm vorbei, ihr Körperflaum nicht mehr violett, sondern hellblau. Aron hielt nach dem Blender Ausschau, diesmal nur mit den Augen. Er glaubte, am Ende einer Wendeltreppe eine Bewegung auszumachen, wo sich eigentlich nichts bewegen sollte.

Einer der alten Kain richtete einige Klicklaute an ihn, aber Aron achtete nicht darauf. Er durfte keine Zeit verlieren und eilte weiter, obwohl das unhöflich war. Er lief an einer Gruppe von Einheimischen vorbei, die ein lebhaftes Gespräch führten, erreichte die Treppe und eilte sie hinauf. Beim ersten Absatz musste er innehalten und beiseitetreten, denn eine junge Mutter kam ihm mit drei Kindern entgegen, zwei auf dem Rücken und eins, das kleinste, an der Brust.

Aron wartete mit wachsender Ungeduld. Die Kinder zwitscherten, und ihre Mutter blieb stehen, weil sie dem Verdienstvollen Gelegenheit zu einer Antwort geben wollte. Aron schob sich an ihr vorbei und setzte die Stufen hoch – ein weiterer unfreundlicher Akt, der Verwunderung, vielleicht sogar Ärger hinterließ.

Er erreichte das obere Ende der Treppe, ohne außer Atem geraten zu sein. Dank der Stimulation pulsierte Kraft durch seinen Körper.

Von dem Blender war weit und breit nichts zu sehen.

Wo ist er?, dachte er und blickte sich um. Kalter Wind bewegte die Lampen, Schatten wanderten und tanzten zwischen den Häusern. Gesänge der Kain zogen durch die Dunkelheit.

»Keine Ortung«, teilte ihm der Einsatzanzug mit. »Soll ich die Umgebung erneut sondieren?«

Aron erinnerte sich plötzlich daran, dass er mit seiner Tarnung zu den wenigen privilegierten Kain gehörte, die fliegen konnten.

Er eilte durch einen kleinen Durchgang zu einer Plattform, und dort angekommen, erfasste ihn auf einmal ein kurzer Schwindel.

»Analyse noch nicht vollständig, aber hohe Wahrscheinlichkeit für ein Toxin«, verkündete der Einsatzanzug. »Das kleine Projektil enthielt ein Nervengift. Sie haben gerade die ersten Auswirkungen gespürt.«

Aron konzentrierte sich auf die scheinbaren zusätzlichen Muskeln im Rücken, breitete die Flügel aus und sprang in die Leere. Nicht die Schwingen trugen ihn – die waren nur für die Augen der Kain bestimmt –, sondern das Schwerefeld des Gravitators. Langsam stieg er auf, wie getragen von einem sanften Aufwind.

»Um was handelt es sich?« Aron aktivierte die Sensoren und suchte erneut nach dem entkommenen Blender. »Was droht mir?«

»Die toxische Substanz greift das Endoneurium an, das Bindegewebe der Axone einzelner Nerven und auch von Faszikeln, von Nervenfaserbündeln.«

»Was heißt das konkret?« Weiter oben in der Turmstadt bewegte sich etwas Fremdes inmitten der Kain, nicht weit von der Stelle entfernt, an der sich die sechs fünfhundert Meter hohen Säulen zu einer einzigen vereinten. Ein Stück darüber, in der Spitze von Horenzia, knüpften die Erinnerer das Moccecc, ein jahrtausendealtes Gewebe, das die Geschichte der Kain erzählte.

Aron schlug mit den Pseudoflügeln. Der Gravitator reagierte und ließ ihn schneller aufsteigen.

»Sie könnten die Kontrolle über Ihren Körper verlieren«, antwortete der Einsatzanzug.

»Das darf nicht geschehen«, erwiderte Aron sofort. »Entwickle ein Gegenmittel, so schnell wie möglich.« Ihm kam ein Gedanke. »Wie konnte der Blender eine wirkungsvolle biochemische Waffe gegen mich einsetzen?«

»Unbekannt.«

»Ich bin der letzte lebende Mensch.« Aron steuerte eine Plattform dicht unterhalb der hohen Turmspitze an. Der Wind wurde heftiger und trug erste Schneeflocken mit sich. »Wie konnte der Blender ein Toxin einsetzen, das auf meinen Metabolismus wirkt?«

»Unbekannt«, wiederholte der Einsatzanzug. »Ich versuche zu kompensieren.«

Aron landete auf der Plattform neben zwei alten Kain, die respektvoll beiseitewichen. Einige Dutzend Meter weiter unten führten breite Brücken von den Gebäuden der Stadt zu den obersten Schlafsälen in der Säule. Über Aron gab es weitere Brücken, aber sie waren schmaler und nicht für Schlafpilger bestimmt, sondern für die Erinnerer und ihre Bediensteten. Dort hatten die Sensoren den Blender zum letzten Mal geortet.

Aron bedankte sich mit einem kurzen Zwitschern bei den beiden Alten und eilte eine schmale Treppe empor. Böiger Wind zerrte an seiner Gestalt, der Gravitator glich die Bewegungen aus.

Ein etwa drei Meter hohes Oval empfing ihn, darin der gelbe Schein mehrerer kleiner Lampen. Aron trat einen Schritt vor …

… und fühlte, wie seine Knie weich wurden und unter ihm nachgaben. Ohne den Einsatzanzug wäre er zu Boden gesunken. Ein Brennen wie von einem inneren Feuer durchzog seinen Körper.

»Volle Stimulation«, ächzte er. »Ich brauche Kraft.«

»Bestätigung. Ich setze die Analyse des Toxins fort und versuche, es zu neutralisieren.«

Zwei Wächter traten Aron entgegen, große Kain mit gelbrotem Gefieder, gehüllt in smaragdgrüne Tücher. Einer richtete eine Lanze auf ihn, der andere einen Gegenstand, der aussah wie eine kleine Armbrust.

Aron blieb stehen. Das Licht der nahen Lampen schien sich zu trüben, Dunkelheit wogte heran.

Diesmal sprach er nicht, sondern schickte dem Interface des Einsatzanzugs mentale Worte: Ich brauche mehr Stimulation!

»Maximum ist erreicht«, lautete die warnende Antwort. »Mehr könnte organische Schäden verursachen.«

Die beiden Wächter ließen ihre Waffen sinken, als sie an den

Tüchern und Schleifen der Tarnung die Zeichen zahlreicher Verdienste erkannten. Sie wichen zur Seite und entschuldigten sich mit respektvollen Pfiffen.

Aron dachte die Worte, und der Translator übersetzte sie. »Ich möchte mit den Erinnerern sprechen.«

Die beiden Wächter vollführten einladende Gesten.

Aron trat an ihnen vorbei, die Beine schwach im stützenden Einsatzanzug. Ein Saal öffnete sich vor ihm, ein Hohlraum mit einem Durchmesser von mehr als hundert Metern, durchzogen von Seilen und Stricken, die ein netzartiges Gespinst bildeten und für Aron eine gewisse Ähnlichkeit mit den Fäden der Möbiusbänder im Toten Raum hatten.

Hier und dort hingen oder saßen Kain, die meisten von ihnen alt, und arbeiteten am größten Tuch von Mulkain, einem vielfach gefalteten und immer wieder erweiterten Gewebe mit einer Dichte von zehn Millionen Knoten pro Quadratmeter. Jeder einzelne, von den Erinnerern geknüpft, erzählte eine kleine Geschichte aus der Vergangenheit der Kain, und aus ihnen allen ergab sich die eine große Geschichte der Historie ihres Volkes.

Das Moccecc, vollständig entfaltet fast zwanzig Quadratkilometer groß, war nicht nur ein einmaliges, unersetzliches Kunstwerk, das in der Galaxis seinesgleichen suchte, sondern verkörperte auch die Identität einer ganzen Spezies. Jeder Kain, der jemals gelebt hatte, war in den Knoten der Erinnerung erwähnt. Nichts ging verloren, alles wurde bewahrt.

Irgendwo in dem gefalteten Tuch, in dem Netz aus Seilen und Stricken, das den Erinnerern Haltepunkte beim Knüpfen gab, steckte der Blender. Aron spürte ihn, sein Instinkt schrie, während der Körper taub zu werden begann.

»Sie sollten sich an einen sicheren Ort zurückziehen«, riet ihm der Einsatzanzug. »Ich kann Ihnen nicht garantieren, dass Sie die Kontrolle über sich behalten.«

Aron folgte dem Verlauf eines Seils und hielt sich mit den Greifklauen seiner avianen Füße fest. Die Erinnerer achteten nicht auf ihn. Sie waren auf dem Moccecc konzentriert, dem sie ihre Erinnerungen in Form winziger Geschichtenknoten hinzufügten. Wo sie arbeiteten, war das Lampenlicht heller. In den übrigen Bereichen herrschte ein Halbdunkel, das die prächtigen Farben des Moccecc dämpfte.

Aron begann zu zittern. Er spannte die Muskeln und atmete tief durch.

»Er ist hier«, sagte er leise. »Der Blender, der in dem Haus auf mich gewartet hat. Aber wo steckt der zweite? Und was haben die Blender auf Mulkain vor? Warum sind sie hier?«

»Unbekannt.«

Aron dachte einen intensiven Gedanken für Implantat und Interface:

Ich weiß, warum sie hier sind. Sie haben es auf das Moccecc abgesehen, auf die Geschichte der Kain. Sie wollen sie ändern, etwas aus ihr herausnehmen und etwas anderes hinzufügen, vielleicht die Legende eines Wunderheilers oder Propheten. Und vielleicht will sich einer von ihnen als Nachfolger eines legendären Messias präsentieren und neue »Wunder« vollbringen, mit Hilfe von Technik, die den Einheimischen magisch oder göttlich erscheinen muss. Auf diese Weise könnten sie Einfluss und Macht gewinnen.

Das Zittern ließ sich auch mit gespannten Muskeln nicht länger unterdrücken, und selbst das Denken strengte ihn an.

Sprechen war etwas einfacher, wenn auch langsamer. »Einer der beiden Blender hat gewartet und wollte mich daran hindern, ihre Mission zu stören«, flüsterte Aron und verharrte mitten im Netz, das Moccecc in Reichweite, der nächste Erinnerer zehn oder mehr Meter entfernt. Aron nahm sich viel heraus, selbst für einen Verdienstvollen, denn normalerweise hatten hier nur die Knüpfer und Weber Zutritt. »Sie wussten von mir, sie wussten, dass ein Mensch kommt. Das Projektil mit dem speziellen Toxin beweist es. Woher stammen ihre Informationen?«

»Unbekannt«, entgegnete der Einsatzanzug. »Ich rate dringend …«

»Nein«, unterbrach Aron und keuchte, weil er plötzlich an Atemnot litt. »Wir sind an Ort und Stelle, und dies ist eine Gelegenheit. Wir müssen der Verantwortung gerecht werden, die uns Jahid übertragen hat. Es gilt zu verhindern, dass die Blender die Kultur der Kain manipulieren.«

Nicht wir, sondern ich, dachte er für sich allein. Es kommt auf mich an. Es sind meine Entscheidungen, es ist mein Ermessensspielraum.

Er ging weiter – der Einsatzanzug half ihm dabei, einen Fuß vor den anderen zu setzen –, wechselte zu einem kleineren, dünneren Seil und erreichte eine Stelle, die im Dunkeln lag.

»Sondierung«, wies er den Einsatzanzug an. »Die Erinnerer, nacheinander.«

»Warnung …«

»Sofort!«, stieß Aron ungeduldig hervor. Sein Herz schlug schnell, die Stimulation hatte ihr Maximum erreicht, aber Arons Kraft schwand. Er fühlte sich schwach, wie ausgelaugt nach tagelanger Anstrengung. »Beginn der Sondierung *jetzt*!«

Der Einsatzanzug öffnete eine Lücke in der Tarnung.

Nur einen Moment später erschien eine Gestalt vor Aron und stieß mit einem elektromagnetischen Messer zu.

KONFRONTATIONEN

10

SCHMERZ EXPLODIERTE in Aron, und für einige Sekunden war er zu keiner anderen Wahrnehmung fähig. Eine Stimme verlangte beharrlich nach Aufmerksamkeit, aber er wusste nicht, von wem sie stammte.

»Erbitte Genehmigung für Aktionsfreiheit«, ertönte erneut die Stimme, nicht an seinen Ohren, sondern in ihnen.

Etwas riss und zerrte an ihm. Er wollte die Augen öffnen und stellte fest, dass sie bereits offen waren. Ein Gedanke an das Implantat schuf neue neuronale Verbindungen und brachte das Sehvermögen zurück. Aron stellte fest, dass er gestürzt war und im Netz aus Seilen und Stricken hing, das rechte Bein bis zum Oberschenkel in einer Falte des Moccecc. Eine Gestalt beugte sich über ihn, ihre Umrisse unscharf. Krumme krallenartige Finger streckten sich ihm entgegen …

Aron versuchte, das Bein aus dem Moccecc zu ziehen, und gleichzeitig neigte er sich zur Seite, um den Krallenfingern des Blenders zu entgehen.

»Dringend, erbitte Genehmigung für Aktionsfreiheit«, wiederholte die Stimme.

Ein zweiter Stich mit dem elektromagnetischen Messer verdoppelte den Schmerz und engte Arons Blickfeld ein. Er begriff, dass er das Bewusstsein zu verlieren drohte.

»Dringend …«, begann der Einsatzanzug erneut.

»Genehmigung erteilt«, erwiderte Aron mühsam, bevor sich wieder Dunkelheit um ihn schloss.

Etwas zischte und fauchte, die Seile und Stricke gaben nach, und er fiel. Der Gravitator bewegte ihn, vielleicht fing er ihn auf. Manchmal hörte er etwas, ein Pfeifen und Schrillen. Stöße trafen ihn.

Schließlich kam die Welt um ihn herum zur Ruhe. Es wurde still, der Schmerz ließ nach. Eine wohlige Taubheit breitete sich in Aron aus.

Licht tastete sich einen Weg durch die Finsternis.

Er lag wie eingewickelt in ein Tuch, das aus winzigen Knoten bestand, viele von ihnen gelockert und gelöst. Mehrere Risse durchzogen den Stoff, und an einer Stelle züngelten kleine Flammen.

Aron streckte den Arm aus – der Einsatzanzug bewegte ihn, ohne dass er ihm einen entsprechenden Gedanken schickte –, und ein kleiner Gasnebel erstickte das Feuer. Asche fiel in kleinen grauen Flocken.

Weiter oben hockten mehrere Erinnerer auf einem der dickeren Seile und starrten ihn stumm an.

Aron drehte sich halb und sah den Toten. Offenbar war der Blender mitten in einer schnellen Metamorphose gestorben. Sein Gesicht schien aus mehreren Gesichtern zu bestehen, die sich gegenseitig überlappten. Augen hingen an Strängen aus Nerven und Muskelgewebe, Zähne ragten übereinander hinweg, manche kurz und breit, andere lang und spitz. Aus einer klaffenden Wunde am Hals rann blaues Blut mit winzigen silbergrauen Partikeln darin.

»Du hast den Blender getötet«, sagte Aron.

»Ich habe Sie geschützt und den Auftrag erfüllt«, antwortete der Einsatzanzug.

»Den Auftrag?«

Aron richtete sich auf und sah zu den Erinnerern hoch. Jeder Atemzug bescherte ihm einen stechenden Schmerz, doch die organische Stimulation funktionierte etwas besser als vorher, Arme und Beine fühlten sich nicht ganz so kraftlos an.

»Die Blender müssen neutralisiert werden«, antwortete der Einsatzanzug.

»Ist es wichtiger, Blender zu töten, als das zu schützen, was wir eigentlich bewahren sollen?« Die Erinnerer über Aron stimmten einen lauten Klagegesang an. »Wir haben das Moccecc beschädigt.«

»Der Blender hätte langfristig gesehen vermutlich einen noch viel größeren Schaden angerichtet«, hielt ihm der Einsatzanzug entgegen.

»Die Mission ist kompromittiert.« Aron schickte dem Gravitator eine Anweisung, doch nichts geschah. Vielleicht war das Interface beschädigt.

»Bring uns raus hier!«, sagte er schnell, als er merkte, dass auch die Mimikry-Funktionen des Einsatzanzugs beeinträchtigt waren. »Zurück zum Assistenten!«

»Ich gebe zu bedenken, dass der zweite Blender noch nicht lokalisiert und neutralisiert ist«, teilte ihm der Einsatzanzug mit.

»Du hast mich gehört!«, zischte Aron mit plötzlichem Zorn. »Ich habe dir einen Befehl erteilt!«

Der Gravitator ließ ihn langsam aufsteigen.

Aron beobachtete durch einen Nebel vor seinen Augen, wie die Erinnerer zurückwichen. Sie pfiffen und klickten mit ihren Schnäbeln, als ihn das Schwerefeld des Gravitators näher trug. Sie waren bestürzt von den Beschädigungen des Moccecc und erschrocken von dem Anblick, der sich ihnen bot. Vielleicht sahen sie einen Kain mit mehr Gliedmaßen, als er haben sollte, mit ungefiederten Armen und Beinen und einem nackten Gesicht.

Die beiden Wächter auf der Zugangsplattform hoben ihre Waffen. Eine Lanze und eine Armbrust richteten sich auf Aron. Von draußen klang lauter Gesang herein, untermalt von langen, hohen Pfeiftönen. Es war der Alarm, und er hallte durch die ganze Turmstadt.

»Defensive Maßnahmen erforderlich«, warnte der Einsatzanzug. »Soll ich …?«

Aron handelte bereits, betätigte die manuellen Kontrollen am

Instrumentengürtel und erweiterte das Gravitationsfeld nach vorn. Die beiden Wächter wurden davon erfasst, verloren den Halt, schwebten fort von der Plattform und fielen, als das künstliche Schwerefeld wieder schrumpfte. Sie breiteten Stummelflügel aus, ließen ihre Waffen fallen, bekamen ein Seil zu fassen und hielten sich daran fest.

Aron trat nach draußen in den Lärm der Stadt, sah unter sich ihre Lichter, noch viel mehr als vorher, und fühlte sich seltsam leer, als hätte er etwas Wichtiges verloren.

Erneut kroch Schwäche durch seinen Leib. Was er noch an Kraft besaß, verflog wie Rauch im Wind.

»Zurück zum Assistenten«, wiederholte er. »Hast du verstanden?«

»Wollen Sie die Mission abbrechen?«

»Was?« Es fiel Aron schwer, einen klaren Gedanken zu fassen. Er war verletzt und brauchte Zeit, sich zu regenerieren. Neue Entscheidungen konnte er erst treffen, wenn er in Ruhe über alles nachgedacht hatte.

»Wir werden sehen«, murmelte er und schloss die Augen.

Bewusstlos stieg er auf und flog ohne Flügel durch Mulkains kalte Nacht.

11

IM NORDEN, hoch in den Bergen, fiel die Temperatur bereits auf dreißig Grad unter dem Gefrierpunkt von Wasser. Ein böiger Wind fegte über schroffe Felswände, über Gipfel und Grate. In seinen eisigen Armen trug er Schnee über bereits weiße Hänge und blies ihn über die Rücken von Gletschern hinweg zur Turmstadt, die viele Kilometer weiter im Süden aufragte.

Aron kam wieder zu sich, als sie die Höhle fast erreicht hatten. Ihm war kalt, er fröstelte und schickte den Ambientalkontrollen einen Gedanken. Die Regeneration hatte bereits begonnen, es ging ihm besser. Implantat und das Interface der Mikrokontakte funktionierten wieder wie gewohnt, es wurde wärmer.

Als Passagier des Einsatzanzugs kletterte Aron über eisverkrustete Felsen und betrat die Höhle. Ein Orientierungslicht zeigte ihm den Assistenten. Er war unversehrt, von Schnee und Eis unerreicht. Ihre Sensoren identifizierten ihn, als er sich näherte, eine Luke schwang auf.

Aron zögerte. Wieder meldete sich sein Instinkt.

»Ich rate Ihnen davon ab, die Mission vorzeitig zu beenden«, sagte der Einsatzanzug. »Sie ist noch nicht ganz verloren. Während unseres Aufenthalts im großen Saal mit dem Gewebe habe ich begonnen, das Moccecc zu analysieren und zu scannen. Wenn wir weitere Daten gewinnen, könnte eine vollständige Replikation für die Datenbanken der Moy möglich sein.«

Aron blieb vor dem Assistenten stehen. Unbehagen regte sich in ihm. »Die Kain haben mich gesehen. Und der tote Blender ist bei ihnen zurückgeblieben.«

»Sie werden ihm die Schuld geben«, sagte der Einsatzanzug.

Draußen strich Wind über die Felsen, mit einer Stimme fast so klagend wie der Gesang der Kain. Aron horchte nach anderen Geräuschen.

»Spielt das eine Rolle? Die Kain wissen jetzt, dass sie nicht allein sind, dass Besucher von außerhalb dieser Welt bei ihnen waren. Und ihr Moccecc ist beschädigt. Ihre kulturelle Identität, die ich schützen sollte, ist nicht mehr vollständig.«

Die letzten Worte brachten den Anfang eines seltsamen Gedankens. Bevor er sich ganz entfalten konnte, kehrte der Schmerz in Hals, Brust und Lenden zurück. Aron wusste nicht, wie oft ihn der elektromagnetische Dolch des Blenders getroffen hatte, aber eins war klar: Die medizinischen Funktionalitäten des Einsatzanzugs reichten nicht an die eines Medikers heran. Für eine vollständige Regeneration musste er sich für längere Zeit mit den medizinischen Systemen des Assistenten verbinden oder zum Schiff zurückkehren.

»Vielleicht können wir den Kain mit der Replikation helfen«, sagte der Einsatzanzug.

Der zweite Blender, dachte Aron plötzlich. Der erste war tot, seine Leiche lag beim Moccecc in der Turmstadt. Wo war der andere?

Wie dumm von mir, tadelte er sich. »Volle Sensorsondierung, sofort!«

Jedes Lebewesen, ob klein oder groß, hatte eine eigene biophysische und biopsychische Aura, eine »Ausstrahlung«, wie man es manchmal auch nannte. Bei Schiffen, Maschinenintelligenzen und komplexen, mit eigenen Intellekten ausgestatteten Anlagen sprach man von »Erlebnissphären«. Der allgemeine Sprachgebrauch verwendete die beiden Begriffe synonym. Um Auren beziehungsweise Erlebnissphären ohne technische Hilfe wahrzunehmen, brauchte man eine besondere Begabung, einen zusätzlichen Sinn, was bei den Blendern vielleicht der Fall war. Aron benutzte dafür das Implantat in der Schläfe, das ihn mit externen Sensoren verbinden und seinen Wahrnehmungshorizont erheblich erweitern konnte.

Das Implantat schickte ihm eine Warnung, und diesmal reagierte Aron, von seinem Unbehagen halb vorbereitet, schnell genug. Er wich zur Seite, und *etwas* huschte an ihm vorbei, eine Mischung aus Zähnen, Krallen und Schuppen.

»Schutzschild!«, befahl er dem Anzug, denn an diesem Ort konnte er auf die Tarnung verzichten, die ohnehin nicht mehr zuverlässig funktionierte. »Assistent, den Höhlenzugang blockieren«, fügte er hinzu.

Ein graues bipolares Schirmfeld entstand in der Höhlenöffnung, wie ein dichter grauer Nebel – niemand konnte mehr herein noch hinaus.

Etwas blitzte auf, traf den Bug, und mit einem lauten Knirschen neigte sich das kleine Raumschiff zur Seite. Das Schirmfeld im Höhlenzugang flackerte kurz, verschwand aber nicht.

»Erbitte Genehmigung für Aktionsfreiheit«, wandte sich der Einsatzanzug an Aron.

»Nein«, verbot Aron sofort. Er hatte einen klareren Kopf, konnte selbst handeln und entscheiden.

»Dringlichkeit ...«, begann der Einsatzanzug erneut, als ein weiterer Blitz aus dem Nichts den Assistenten traf.

»Nein!« Einige rasche Schritte, und Aron stand vor dem kleinen Schiff. »Luke schließen«, wies er es an. »Passiver Verteidigungsmodus.«

Die Einstiegsluke glitt zu, und ihr Metametall schien mit dem Rumpf zu verschmelzen. Einen Moment später hüllte sich der Assistent in einen mattgrauen Energiefilm.

»Lokalisierung.« Aron sprach schnell. »Unterstützende Agilität.« Mach mich stark und schnell, dachte er.

Das Implantat sorgte für eine Signalverbindung zwischen den Sensoren von Anzug und Assistenten.

Plötzlich sah er etwas, einen Schemen vor dem dunklen Hintergrund der Höhlenwand, kaum erreicht vom kleinen Schein des Orientierungslichts.

»Koordinierung!«, zischte er, ganz auf Ziel und Aufgabe konzentriert, dann lief er los.

Der Einsatzanzug lenkte die Beine, gab den schnellen Schritten Richtung.

Für einen Augenblick zeigte sich etwas, ein Schemen. Aron war ihm nahe genug, er hatte die Entfernung richtig abgeschätzt. Er schlug sofort zu, mit der ganzen Kraft, die ihm der Einsatzanzug zur Verfügung stellte. Der Blender schrumpfte und versuchte zu entkommen, doch Arons rechte Faust, gepanzert und halb getarnt, traf ihn an der Seite.

Ein seltsames Geräusch erklang, wie von Luft, die aus einem Ballon entwich. Eine zarte Gestalt erschien, zehn oder fünfzehn

Zentimeter kleiner als Aron, und schmaler, mit halb durchsichtigen Gliedmaßen, in denen sich Knochen, Sehnen und Adern zeigten. Goldenes Haar umgab den schmalen Kopf wie ein Heiligenschein, den Aron einmal in einem Menschen-Holo aus Jahids Datenbank gesehen hatte. Das Gesicht präsentierte für ein oder zwei Sekunden ein Fließen und Strömen aus Facetten, Knochen und silberner Glätte, bekam dann etwas Puppenhaftes.

Aron stieß den Blender zu Boden und setzte ihm einen schweren Fuß auf die Brust. Zwei große sehr menschlich wirkende Augen sahen zu ihm hoch.

»Er gibt sich harmlos und versucht, Sie zu täuschen«, warnte der Einsatzanzug. »Erbitte Genehmigung für …«

»Nein.« Aron nahm den Fuß von der Brust des Blenders. »Ich will mit ihm reden.« Langsam ging er in die Hocke. »Schirmfeld aus.«

»Ich gebe noch einmal zu bedenken …«

»Nein«, sagte Aron laut und sah, wie sich die langen Ohren des Blenders bewegten. »Ich will mit ihm reden.«

Er beugte sich vor.

»Du kannst mich hören«, wandte er sich auf InterLingua an das Geschöpf. »Kannst du mich auch verstehen?«

Das Gesicht veränderte sich noch etwas mehr und gewann fast menschliche Züge. Die großen Augen sahen ihn weiterhin an. Lippen entstanden und deuteten ein Lächeln an, bevor sie sich teilten.

»Die Moy haben dich belogen«, sagte der Blender. »Du bist nicht der letzte Mensch. Es gibt noch einen anderen. Ich weiß, wo er ist.«

KONFLIKTE

12

ARON STARRTE auf das zart und zerbrechlich wirkende Wesen mit dem puppenhaften Gesicht, das immer mehr menschliche Züge gewann. Die großen Augen blickten unschuldig, es lag nur Wahrheit in ihnen, weder Bosheit noch Lüge.

»Er manipuliert Sie«, warnte der Einsatzanzug. »Erbitte Genehmigung für …«

»Nein.«

»Das sagen dir die Moy seit vielen Jahren, nicht wahr?«, fuhr der Blender mit weicher melodischer Stimme fort. »Sie behaupten, das Beste für dich zu wollen, den Letzten deiner Art. Aber in Wirklichkeit benutzen sie dich. Sie haben dich belogen, von Anfang an.«

Aron richtete sich auf und trat einen Schritt zurück. »Hoch mit dir.«

Mit einer gleitenden, fließenden Bewegung kam der Blender auf die dünnen Beine. Das blaue Blut in den silbernen Körperteilen pulsierte langsam im Schlag eines Herzens, das sich unter dünnen Platten wie aus Leder verbarg, von denen Aron nicht wusste, ob sie Teil des Körpers oder ein Kleidungsstück waren. Links und rechts bemerkte er unter den Schultern silberne Schlaufen, die bis zu den schmalen Hüften reichten und in denen Gegenstände steckten, vielleicht Werkzeuge oder Waffen.

»Er ist gefährlich«, mahnte der Einsatzanzug mit einer Stimme, die nur Aron hörte. »Unterschätzen Sie ihn nicht. Ich rate Ihnen …«

»Nein.«

»Das Ding, das du trägst«, sagte der Blender auf InterLingua, »es will mich töten, nicht wahr?«

»Ich entscheide«, entgegnete Aron und fügte fast wie gegen seinen Willen hinzu: »Wo befindet er sich, der andere Mensch?«

Der Blender mit den großen menschlichen Augen lächelte erneut. »Du bist neugierig geworden. Ich kann ihn dir zeigen.«

»Wo?«

»Bring mich zu meinem Schiff.«

Aron überlegte.

»Eine Falle«, sagte der Einsatzanzug. »Hören Sie nicht auf ihn. Er versucht, Sie zu manipulieren. Ich rate dringend ...«

»Nein«, sagte Aron laut.

»Du sprichst mit dem Ding, das dich umgibt. Es warnt dich, nicht wahr? Du steckst in ihm fest. Es beherrscht dich.«

»Ich entscheide«, wiederholte Aron.

Der Blender krümmte den rechten Arm auf eine Weise, die einem Menschen nicht möglich gewesen wäre, und griff nach einer der Schlaufen.

Aron hielt plötzlich eine Waffe in der Hand.

Der Blender ließ den rechten Arm wieder sinken. »Ich wollte mein Schiff hierherrufen, um dir den Menschen zu zeigen.«

»Er ist in dem Schiff?« Das konnte Aron nicht glauben, der Zufall wäre einfach zu groß.

»Das nicht«, sagte der Blender. »Aber zeigen kann ich ihn dir trotzdem.«

»Glauben Sie ihm nicht«, mahnte der Einsatzanzug. »Ein wichtiger Teil Ihrer Mission besteht darin, die Blender auf Mulkain zu neutralisieren. Dazu haben Sie jetzt Gelegenheit.«

»Du willst, dass ich ihn erschieße?«, fragte Aron, und das Erstaunen in ihm rang mit Empörung.

»Blender sind eine Gefahr für unterentwickelte Kulturen«, stellte der Einsatzanzug klar. »Sie müssen eliminiert werden.«

Aron hielt die Waffe unschlüssig in der Hand. Ein Teil von ihm wollte den Auslöser betätigen, ein anderer war strikt dagegen. »Ich schieße nicht auf Wehrlose.«

»Der Blender ist alles andere als wehrlos«, widersprach ihm der Einsatzanzug. »Er manipuliert Sie. Wenn Sie sich weigern, Ihren Auftrag zu erfüllen, muss ich annehmen, dass Sie nicht mehr Herr über Ihren Willen sind. In dem Fall …«

»Prioritätsanweisung«, sagte Aron schnell, die freie linke Hand auf den manuellen Kontrollen. »Alle offensiven und defensiven Systeme aus.«

Für einen Moment befürchtete er, dass sich der Einsatzanzug widersetzen würde. Dann verschwand der Schutzschild, und er fühlte, wie sich die einzelnen Segmente des Anzugs versteiften, als sie ihre Flexibilität verloren. Dennoch konnte sich Aron in dem Anzug weiterhin bewegen.

Er behielt die Waffe in der rechten Hand, einen kleinen Aktor, eingestellt auf Projektile mit chemischen Treibsätzen.

Der Blender lächelte wieder, nicht triumphierend, sondern dankbar, trotz der auf ihn gerichteten Waffe.

»Wie viele von euch sind auf Mulkain?«, fragte Aron, den Aktor ruhig in der Hand.

»Nur zwei von uns«, antwortete der Blender bereitwillig. »Du hast mein …«, es folgte ein Begriff, den der Translator des Einsatzanzugs nicht übersetzte und der wie *Amalgam* klang, »… getötet.«

»Du meinst den anderen Blender«, erwiderte Aron. »Er hat mich angegriffen. Er hat mir aufgelauert und auf mich geschossen. Er wollte mich mit Gift umbringen.«

Mit Gift, das sich für den menschlichen Metabolismus eignete, dachte Aron.

»Nein.« Der Blender vollführte eine knappe Geste, die Arons Worte zurückwies. »Nein, er wollte dich nicht töten, sondern mit dir reden. Dazu musste er dich lähmen und deinen dominanten Begleiter außer Gefecht setzen.«

»Meinen … Oh, du meinst das hier.« Aron klopfte auf den stumm gewordenen Einsatzanzug.

»Ja, den Einflüsterer«, bestätigte der Blender. »Den Wächter und Kontrolleur.«

»Er ist ein Helfer«, sagte Aron. »Er bewacht und kontrolliert mich nicht.«

»Beweis mir, dass du wirklich eigene Entscheidungen treffen kannst«, forderte ihn der Blender auf. »Lass mich mein Schiff rufen. Dann zeige ich dir den anderen Menschen.«

Aron horchte in sich hinein. Es schien alles in Ordnung zu sein, er konnte keine Anzeichen von Manipulation erkennen. Aber wäre ihm das überhaupt möglich gewesen? Wusste eine Marionette von den Fäden, die sie bewegten?

»Was ist ein *Amalgam*?«, fragte er, um etwas Zeit zu gewinnen.

»Bruderschwester«, antwortete der Blender. Es klang traurig. »Brautbräutigam. Partner. Einheitsteil. Zweite Hälfte.« Es folgte ein Laut wie ein tiefes Seufzen. »Wir sind in unseren Ruhephasen eins gewesen. Miteinander verschmolzen. Ein Körper, ein Geist, mit vielen interessanten Gedanken. Du hast mein Amalgam getötet, obwohl es eigentlich nur mit dir reden wollte. Und jetzt stehe ich hier, und du hältst eine Waffe auf mich gerichtet, obwohl ich dir ein Geschenk machen möchte.«

Aron zögerte und merkte, wie er zu zweifeln begann. Das war dumm, urteilte er.

»Ein anderer Mensch«, lockte der Blender. »Wenn er existiert, haben die Moy gelogen, nicht wahr?«

Aron glaubte, die Situation unter Kontrolle zu haben. Er gab der Neugier nach.

»Schirmfelder deaktivieren«, wies er den Assistenten an, den Aktor noch immer schussbereit in der Hand. »Ruf dein Schiff, Blender.«

»Ich habe einen Namen«, sagte die zarte, schmale Gestalt. »Ich heiße Curax.«

Er bewegte den Arm wie zuvor, griff nach einem der Gegenstände in den silbernen Schlaufen und rief sein Schiff.

13

DRAUSSEN HEULTE der Wind über den breiten Rücken des nahen Gletschers und fegte über schroffe, steil aufragende Felsen. Die Temperatur sank weiter, und es tanzten keine Schneeflocken mehr in der kalten Luft, sondern winzige Eisnadeln.

Aron schützte seine Augen mit einer Linsenmembran aus transparentem Synth, als er hinter dem Blender namens Curax durch den Schnee stapfte, den Hang hinab zu einem kleinen eisverkrusteten Plateau. Ein Orientierungslicht schwebte über ihnen, doch sein Schein reichte nicht weiter als etwa zehn Meter. Es diente Aron vor allem dazu, den Blender im Auge zu behalten.

Etwas näherte sich, ein Objekt mit mehr Masse als der Assistent in der Höhle und mit einem größeren energetischen Potenzial, wie die Sensoren des Einsatzanzugs Aron mitteilten. Aber die Daten waren nicht präzise und schienen einer Art quantenmechanischen Unschärfe zu unterliegen, die es unmöglich machte, Masse, Energie und Ort genau zu bestimmen. Es befand sich irgendwo dort draußen in der kalten Nacht, das Schiff des Blenders. Es hatte seinen Ruf gehört und näherte sich, getarnt, den menschlichen Sinnen verborgen, mit einer besseren Mimikry-Funktion als der immer noch schweigende Einsatzanzug, der Aron genug Wärme schenkte.

Bei Curax bedeckten die dünnen lederartigen Platten den ganzen Körper, von den Füßen bis hinauf zu Kinn und Wangen. Aus dem goldenen Haar, das Aron an einen Heiligenschein erinnert hatte, war ein dichter Pelz geworden, der über den Kopf bis hinunter zum Nacken reichte.

Arons rechte Hand hielt noch immer den kleinen Aktor. Er hatte sich vergewissert, dass die Waffe auf manuelle Kontrolle eingestellt war. Die Notfallroutinen des Einsatzanzugs konnten keine Kontrolle darauf ausüben.

Ein Gedanke irgendwo in Arons Hinterkopf befasste sich mit der Frage, warum er so handelte, *wie* er handelte. Der Intellekt des Einsatzanzugs hatte nicht ganz unrecht, sein derzeitiges Verhalten stand tatsächlich im Widerspruch zum Auftrag. Manipulierte ihn der Blender? Konnte sich Aron selbst noch vertrauen? Allein schon sich diese Frage zu stellen weckte nicht nur Zweifel an seiner Wahrnehmung, sondern auch an seinem Urteilsvermögen. Was, wenn der Einsatzanzug recht hatte und es besser gewesen wäre, den Blender sofort unschädlich zu machen?

Das fremde massereiche Objekt schien nur noch wenige hundert Meter entfernt, doch die Sensorerfassung blieb ungenau.

»Bleib stehen«, wies Aron den Blender an, als sie das Plateau erreichten. »Und deaktiviere den Tarnschirm deines Schiffes. Ich möchte sehen, womit ich es zu tun habe.«

Es konnte zu einer neuen Konfrontation kommen, zu einem neuen Konflikt. Dann wäre er erheblich im Nachteil, wenn ihm nicht das volle defensive und offensive Spektrum des Einsatzanzugs zur Verfügung stand. Sein Verhalten war töricht, wurde Aron klar, und beschwor unliebsame Überraschungen geradezu herauf.

Dennoch stand er hier, wenige Meter hinter dem Blender, in einer kalten, stürmischen Polarnacht, nur bewaffnet mit einem kleinen Aktor, mit dem sich gegen ein voll einsatzfähiges Raumschiff nichts ausrichten ließ. Curax, so begriff Aron, hatte bei ihm genau an der einen schwachen Stelle angesetzt, um all seine Bedenken durch Neugier, Hoffnung und Sehnsucht zu ersetzen, so dass er, ohne sich dessen im Klaren zu sein, alle Sicherheitsaspekte ignoriert hatte.

Curax kam der Aufforderung nach und verharrte. In der Dunkelheit vor ihnen erschien etwas, das wie eine ins Immense gewachsene Schneeflocke aussah, wie ein etwa hundert Meter großer silberweißer Eiskristall aus Plättchen, Dendriten und zahlreichen Spitzen, die einem zentralen konusförmigen Gebilde entsprangen. Das Schiff schwebte dicht über die Felsen hinweg und näherte sich mit einem tiefen Summen, das Aron nicht so sehr hörte, sondern mehr als dumpfe Vibration spürte, von den Zehenspitzen bis zu den Zähnen.

Das kristallene Schiff verharrte über dem Plateau. Eine seiner Spitzen neigte sich Curax entgegen, und eine Öffnung entstand darin. Mattes Licht fiel aus dem Innern auf Schnee und Eis.

»Was ist mit den anderen Konservatoren geschehen?«, fragte Aron, dem der Gedanken unvermittelt gekommen war.

Der Blender drehte sich halb zu ihm um und sah ihn mit seinen großen menschlichen Augen an. »Ich weiß es nicht.«

»Wie kannst du es nicht wissen?«, fragte Aron mit plötzlich wieder erwachendem Argwohn. »Vier von uns waren hier, um die Kain vor euch zu schützen!«

»Andere kamen vor uns hierher«, sagte Curax mit melodischer Stimme. »Vielleicht haben sie deine Vorgänger bekehrt.«

»Bekehrt?«

»Von der Divinität überzeugt«, antwortete Curax, als genügte das als Erklärung. »Darf ich mein Schiff betreten?«

Aron zögerte.

»Möchtest du den anderen Menschen sehen?«, lockte der Blender.

Die Versuchung war zu groß. »Wo ist er?«

»Komm, ich zeige ihn dir.«

Curax betrat sein Schneeflockenschiff, und Aron folgte ihm schnell.

Ein kleiner Raum nahm ihn auf, mit schiefen lapislazuliblauen Wänden, die in Bewegung gerieten, als Curax mit den Händen über sie strich. Eine Wand öffnete sich und erlaubte Zugang zu einem halbdunklen Tunnel.

Aron spähte hinein. »Wo ist er, der andere Mensch?«

»Hab ein wenig Geduld.« Curax berührte die Wand neben dem Tunnel, und das Summen kehrte zurück, legte sich schwer auf Arons Ohren.

Er hob den Aktor und richtete ihn auf den Kopf des Blenders. »Keine Dummheiten!«

»Dummheiten?« Curax drehte sich zu ihm um und lächelte. »Hier nützt dir deine Waffe nichts. Dieses Schiff ist mit einem Inhibitor ausgestattet.«

Der Blender blieb so dicht vor ihm stehen, dass Aron seinen Geruch wahrnahm, der wie von feuchtem Lehm und den regennassen Blättern eines Waldes war.

»Du hast mein Amalgam getötet.« In Curax' Stimme lag auf einmal die Schärfe eines Messers. »Glaubst du nicht, dass du mir etwas schuldig bist?«

Er breitete die Arme aus, die sich in große ledrige Flügel verwandelten, mit denen er Aron umschlang und ihn in einen Körper weich wie Gel aufnahm.

EIN ANDERER MENSCH

14

DIE MENSCHEN, eine bis zur Entwicklungsstufe sechs aufgestiegene intelligente Spezies, entstanden auf der Erde, dem dritten Planeten des Sol-Systems. Es gelang ihnen, den Großen Filter zu überwinden, der bei vielen anderen Techno-Völkern dazu führte, dass sie mit Atomkriegen ihre Kultur zerstörten oder einem selbst verursachten Klimawandel zum Opfer fielen. Sie scheiterten nicht wie so viele andere Spezies an sich selbst, sondern schafften es, wenn auch nur mit Mühe und Not, auf dem schmalen Grat zwischen Vernichtung und Untergang zu balancieren, ohne zu stürzen.

Nachdem sie andere Planeten und Monde ihres Sonnensystems besiedelt hatten, dauerte es nicht lange, bis sie in den interstellaren Raum vorstießen. Sie schickten Lichtsegler und Ionen-Reisende aus, die durchs All krochen und Jahrzehnte und Jahrhunderte benötigten, um die nächsten Systeme mit bewohnbaren und bewohnten Welten zu erreichen. Schließlich entdeckten sie das Sprawl, bevor es durch die Zäsur zum Toten Raum wurde, und vielleicht gelang es einigen von ihnen, mit den »Engeln« zu sprechen, den damaligen Bewohnern des Intermediums, des Raums zwischen den Dimensionen und Zeiten. Sie bauten Schiffe, die sich mit den Fäden verbinden konnten, mit den Möbiusbändern, die sich als Abkürzungen zwischen weit entfernten Orten im Universum nutzen ließen.

Damit begann der galaktische Aufstieg der Menschheit, behütet und geschützt von Omni, einem Bund von Superzivilisationen, der über den Frieden in der Galaxis wachte und dafür sorgte, dass sich alle Kulturen weitgehend ungestört entwickeln konnten. Im Lauf einer Galaktischen Epoche, etwa siebenhunderttausend menschlichen Jahren, schufen die Menschen siebzehn interstellare Hochkulturen mit besiedelten Welten in allen Spiralarmen der Galaxis. Sie übernahmen die ganze Sternsysteme umhüllenden Sonnensphären der legendären Ptoha, die vor hundert Epochen von Andromeda zur Milchstraße gekommen waren und eine halbe Epoche später ihre intergalaktische Reise fortgesetzt hatten. Sie arbeiteten mit den Sonneningenieuren der Tauri zusammen und halfen den Plasmawesen, die sich in der Korona eines Roten Zwergs entwickelt hatten, andere Sterne zu kolonisieren. Sie erforschten die Wunder und Rätsel der Milchstraße, von den Zeit-Riffen bei Lafora über die uralten Spiegelstädte der Gattari bis hin zum Mahlstrom unweit des galaktischen Zentrums, wo ein riesiges Schwarzes Loch die Raum-Zeit zerquetschte.

Während ihrer viele Tausend Jahre langen Adaptationsphase passten sich Menschen an. Ihr genetischer Code veränderte sich, gab ihnen Flügel oder Kiemen, um zu fliegen oder in Ozeanen zu leben. Einige von ihnen wurden zu sogenannten Exoten: Sie konnten in für gewöhnliche Menschen tödlichen Umgebungen existieren, zum Beispiel auf venusischen Welten, Supererden mit hoher Schwerkraft und selbst im Innern von Gasriesen.

Die Menschheit stand kurz vor dem Aufstieg zur siebten Entwicklungsstufe und durfte sogar hoffen, irgendwann die achte zu erreichen und Teil von Omni zu werden, als die Zäsur geschah.

Sie starben, die Menschen, auch die Angepassten und Exoten. Wohin sie auch zu fliehen versuchten, der Tod holte sie ein. Zurück blieben leere Welten, auf denen zu Staub zerfiel, was einst von Menschen erschaffen worden war.

Kurz vor ihrem Ende bauten sie den Koloss von Kalit, um sich selbst ein Denkmal zu setzen – er sollte die Äonen überdauern.

Nur ein Mensch blieb übrig, von den Moy gerettet.

Aber war er wirklich der einzige?

15

SANFTE, TIEFE Wärme umgab Aron und schenkte ihm ein Wohlbehagen, wie er es auf diese Weise nie zuvor empfunden hatte. Er suchte nach einem Vergleich, der sein Empfinden beschrieb, und fragte sich, ob es dem Fühlen eines Fötus entsprach, geborgen im warmen schützenden Mutterleib. Hinzu kam, dass er sich nicht allein fühlte, was zu der Analogie passte. Etwas leistete ihm Gesellschaft, nicht auf die Art eines Schiffes oder Einsatzanzugs mit physischer Mikrokontakt-Verbindung zu seinem Körper, sondern auf einer tieferen, elementareren Ebene. Etwas war bei ihm, war zu einem integralen Bestandteil von ihm geworden, wie die Gliedmaßen seines Körpers. Etwas Fremdes, das plötzlich zu ihm gehörte. Er fürchtete es nicht, im Gegenteil, er freute sich darüber und hieß es willkommen.

Zeit verging, wie in einem wohligen Schlaf, der es dem Geist erlaubte, zu ruhen und gleichzeitig völlig wach zu sein. Es war ein seltsamer Zustand, und Aron versuchte, ihn zu ergründen.

Schließlich wich die Wärme. Kühle kroch heran, ein Gefühl von falscher Leichtigkeit stellte sich ein, etwas schien zu fehlen.

Aron öffnete die Augen und sah schiefe Wände wie aus Glas, blau wie Lapislazuli. Einige von ihnen zeigten den Planeten Mulkain, mit seinen gletscherweißen Bergen, schneebedeckten Kontinenten und zufrierenden Meeren. In anderen schwebten und wogten dichte Funkenwolken, wie zahllose bunte Pixel, die darauf warteten, sich zu Bildern zusammenzufügen. Wieder lag das dumpfe Summen wie ein unangenehmer Druck auf Arons Ohren.

Er lag auf einem dunklen gummiartigen Boden, umgeben von den Einzelteilen des Einsatzanzugs. Seine Kleidung bestand nur noch aus der dünnen Thermokombi mit den Verbindungen für Darm und Blase.

Neben ihm stand eine zarte Gestalt mit halb durchsichtigen Armen und Beinen und einem schmalen Kopf mit goldenem Haar. Die Augen waren noch immer groß und menschlich.

»Was ist geschehen?«, fragte Aron und setzte sich langsam auf. Nichts hinderte ihn daran, er trug keine energetischen Fesseln. »Was hast du mit mir angestellt?«

Die Antwort des Blenders bestand aus einigen schrillen Lauten, die Aron nicht verstand. Er sah nach rechts und links, entdeckte das Translatormodul des Einsatzanzugs und verband es mit einem Mikrokontakt am Halsstück der Thermokombi. Dann wiederholte er seine Frage.

»Das brauchst du nicht«, sagte Curax auf InterLingua. Es folgte ein weiterer schriller Laut, vielleicht ein Lachen. »Du warst mir etwas schuldig.« Er hantierte mit kleinen Objekten, löste sie von der nahen blauen Kristallwand und befestigte sie an anderer Stelle. Das Schiff schien sich zu bewegen, denn der Planet schrumpfte. Aron hielt nach seinem eigenen Schiff Ausschau, obwohl er wusste, dass er es nicht würde sehen können. »Du bist mein neues Amalgam.«

»Was?«, fragte Aron verwirrt. Etwas bewegte sich *in* ihm, ein Bild entstand in seinem Kopf: lange, dünne Arme, die sich in ledrige Schwingen verwandelten und um ihn schlossen, ein sich verflüssigender Körper, der ihn aufnahm.

Der Blender hatte ihn vereinnahmt, begriff Aron, ihn nicht nur mit den Flügeln umschlungen, sondern mit dem ganzen Leib. Und er hatte etwas in ihm hinterlassen, eine Brücke, eine Verbindung zwischen ihnen.

Aron fragte sich plötzlich, ob das, was er erlebt hatte, eine spezielle Art von Geschlechtsakt gewesen war. War er vergewaltigt worden?

»Ich habe dir etwas gegeben«, fügte Curax hinzu und klang zufrieden. »Du bist mehr als zuvor.«

Aron machte sich keine allzu großen Sorgen. Was auch immer der Blender ihm gegeben oder in ihm verändert hatte, er war sicher, dass es sich an Bord seines Schiffes mit Sals Hilfe entfernen oder rückgängig machen ließ. Der Mediker – die medizinische Abteilung – war mit allen erforderlichen Geräten ausgestattet. Aron vertraute Sals Technik, die der achten Entwicklungsstufe entsprach wie die der Moy.

Er deutete auf die Einzelteile des Einsatzanzugs, die um ihn verstreut lagen. »Du hast mir etwas genommen.«

»Er hat gestört, der Einflüsterer«, erwiderte Curax. Die dünnen Lederplatten bedeckten nur noch den zentralen Teil seines Körpers. »Ich habe dich von ihm befreit.«

Aron erhob sich und vermied dabei zu schnelle Bewegungen. In der einen Hand hielt Curax einen kleinen silbrig glänzenden Zylinder, vielleicht eine Waffe. »Du hast dein Versprechen noch nicht eingelöst.«

»Der andere Mensch«, flötete der Blender. »Du willst ihn sehen.«

»Deshalb bin ich hier.« Aron erkannte, dass sein Implantat immer noch einwandfrei funktionierte. Er schickte damit dem Einsatzanzug ein Signal, woraufhin die einzelnen Teile zu ihm zurückkehrten und sich wieder zusammenfügten. Doch unmittelbar darauf stellte er fest, dass die defensiven und offensiven Funktionen nicht aktiviert werden konnten. Der Inhibitor blockierte sie.

Der Blender drehte den zylindrischen Gegenstand und drückte ihn an die Kristallwand, wo er halb ins Blau sank. Ein Holo entstand neben Curax und zeigte eine liegende Gestalt, einen Humanoiden, schlank, das dunkle Haar rechts und links neben dem Kopf ausgebreitet. Das Gesicht wirkte weich und zeigte einige wenige Falten. Die Augen waren geschlossen, der Mund mit den vollen Lippen ebenfalls. Ein dünnes magentarotes Hemd reichte bis zu den runden Hüften, und die weite Hose hatte einen kastanienbraunen Ton, der fast dem des Haars entsprach. Deutlich ließen sich Wölbungen an der Brust erkennen.

»Es ist eine Frau«, sagte Curax.

»Ich weiß, dass es eine Frau ist. Ich habe genug Bilder gesehen, um das zu erkennen.« Aron hob den Blick von der liegenden Gestalt. »Und auch das da ist nur ein Bild, mehr nicht.«

»Was hast du erwartet?«, hielt ihm der Blender entgegen. »Einen echten lebenden Menschen an Bord meines Schiffes?«

Aron betrachtete erneut die Frau. Sie schien zu schlafen.

»Es ist mehr als nur ein Bild«, fuhr Curax fort. »Sie existiert wirklich. Die Frau liegt in einer Hibernationszelle, in einem Zeitsarg.«

»Wo?«

»Auf Ozeanica. Tief unter der Meeresoberfläche. In einem der Refugien, die die Menschen damals eingerichtet haben, als die Zäsur begann.«

»Niemand hat überlebt«, sagte Aron fast tonlos. »Niemand außer mir.«

»Und der Frau«, entgegnete Curax. »Der Eindruck täuscht nicht, sie schläft tatsächlich nur. Die Hibernationszelle hat sie am Leben erhalten. Du könntest sie wecken.«

Arons Gedanken wirbelten durcheinander wie Schneeflocken in kaltem Wind. Woher stammte das Holo? Wie konnte Curax von dem alten Refugium auf Ozeanica und der menschlichen Frau darin wissen? War er dort gewesen? Aron wollte diese Fragen stellen, doch etwas hinderte ihn daran. Stumm starrte er ins Holo und fühlte plötzlich eine tiefe Sehnsucht nach etwas, das er nicht benennen konnte.

Er wich einen Schritt zurück und wies den Einsatzanzug über das Implantat an, dem Assistenten ein Rufsignal zu senden. Es überraschte ihn ein wenig, dass er tatsächliche eine Bestätigung empfing.

»Du hast den Assistenten gerufen, der dich zu deinem Schiff bringen soll«, sagte Curax.

»Ja.«

»Du willst mich verlassen.«

»Willst du mich daran hindern?«, fragte Aron herausfordernd und mit einer Aggressivität, die ihn selbst überraschte.

Der Blender vollführte eine Geste, die das Holo verschwinden ließ und die Kristallwand hinter Aron öffnete.

»Du wirst zu mir zurückkehren«, sagte Curax. »Du kannst nicht mehr ohne mich sein. Wir gehören zusammen. Wir sind Amalgam, wir sind legiert.«

AMALGAM

16

WIEDER AN Bord des Schiffes, lag Aron nackt im Scanner des Medikers, der medizinischen Abteilung seines Schiffes, durch die Mikrokontakte mit Dutzenden von Sonden und Sensoren verbunden.

»Der Blender hat mich gehenlassen, obwohl ich seinen Partner getötet habe«, sagte er, als die Untersuchung begann. »Er wirkte nicht feindselig, sondern zufrieden.«

»Blender sind seltsame, schwer zu ergründende Geschöpfe«, antwortete Sal.

»Ich meine, nicht ich habe ihn getötet, sondern der Einsatzanzug«, erklärte Aron wie im Selbstgespräch. »Er verlangte immer wieder Aktionsfreiheit.«

»Wegen des Toxins. Er hielt deine Handlungsfähigkeit für eingeschränkt.«

»Er erschien mir sehr … eigenwillig und widerspenstig«, sagte Aron. »Du solltest ihn untersuchen.«

»Das habe ich bereits. Es ist alles in Ordnung. Ich habe keine Fehlfunktionen festgestellt.«

»Wer hat ihn programmiert? Du?«

»Nein«, antwortete der Intellekt des Schiffes. »Die Programmierung stammt von Jahid.«

Datenkolonnen scrollten durch die holographischen Displays über Aron. Er versuchte, ihnen Hinweise auf seinen Zustand zu entnehmen. »Was ist mit dem Toxin?«

»Es handelt sich um eine Kombination aus Nervengift und psychotroper Substanz«, sagte Sal. »Es sollte dich lähmen, körperlich und geistig.«

»Hätte es ohne die Maßnahmen des Einsatzanzugs tödlich gewirkt?«

»Vielleicht.«

Aron verfolgte den Gedanken weiter. »Aber es war kein allgemeines Toxin, nicht wahr? Es war eine extra für mich bestimmte chemische Waffe.«

»Nach den bisherigen Daten gehe ich von einem auf den menschlichen Organismus abgestimmten Giftstoff aus, ja.«

Aron dachte darüber nach. »Aber wie ist das möglich? Selbst wenn es die Schlafende aus der Zeit der Zäsur vor zwölf Galaktischen Epochen tatsächlich gibt, wenn die Frau nach so langer Zeit noch lebt – die Blender haben sie wohl kaum mit dem Ziel untersucht, ein für mich passendes Toxin herzustellen, oder?«

»Nein, das halte ich für sehr unwahrscheinlich. Vielleicht verfügen sie über alte Aufzeichnungen von biologischen Daten über Menschen.«

Aron schwieg einige Sekunden lang, dann wollte er wissen: »Weißt du, wo sich der Planet befindet, den Curax ›Ozeanica‹ nannte?«

»Ich kenne die Koordinaten.«

»Könnten wir dort das Refugium mit der Schlafenden finden?«

»Ozeanica ist eine Wasserwelt von der Größe einer Supererde. Es wäre wie die Suche nach der Nadel im Heuhaufen. Bist du mit dieser Metapher vertraut?«

Aron nickte. »Ja, ich erinnere mich an sie.«

»Wenn das Refugium auf Ozeanica wirklich existiert und damals vom Feind nicht entdeckt wurde, muss es sehr gut versteckt sein. Ich bezweifle, dass wir es ohne präzisere Informationen finden könnten.«

»Aber die Blender haben es gefunden«, sagte Sal. »Curax hat dir ein Bild der Frau gezeigt, ein Holo. Er muss also schon einmal in dem Refugium auf Ozeanica gewesen sein. Oder vielleicht ein früherer Amalgam von ihm.«

»Ja«, murmelte Aron und erinnerte sich daran, dass ihm entsprechende Fragen durch den Kopf gegangen waren. Wärme umgab ihn, und er fühlte sich bei Sal geborgen. Doch die wohlige, warme Geborgenheit bei Curax war sehr viel intensiver gewesen, ein Empfinden wie ein Panzer, der vor allem schützte.

»Hast du etwas entdeckt, Sal?«, fragte Aron nach einer Weile. »Was hat Curax mit mir angestellt? Was hat er in mir hinterlassen?«

»Weißt du, was ein ›Amalgam‹ ist, Aron?«

»Ein Partner«, sagte er. »Curax hat von Bruderschwester gesprochen, von Brautbräutigam, Einheitsteil und einer zweiten Hälfte.«

»Die Blender leben in Gemeinschaften, und innerhalb dieser Gruppen ist das Amalgam – eigentlich Ahmmlghan – das wichtigste und stärkste Bindeglied«, erklärte Sal. »Das Wort beschreibt eine sehr intime Partnerschaft, die auch sexueller Natur sein kann, es aber nicht unbedingt sein muss.«

Aron fühlte Unbehagen in sich aufsteigen. »Was meinst du mit ›sehr intim‹?«

»Amalgam bedeutet im eigentlichen Sinn Teilung von Körper und Geist«, fuhr der Intellekt des Schiffes fort. »Zwischen Amalgam-Partnern besteht eine physisch-psychische Brücke. So viel wissen wir, obwohl über die Blender sonst kaum etwas bekannt ist.«

Aron zögerte. »Ich glaube, ich kann dir noch immer nicht ganz folgen.«

»Amalgam-Partner sind Teil voneinander«, sagte Sal. »Sie bilden ein größeres Ganzes.«

»Er steckt in mir?«, fragte Aron verwundert und verwirrt.

»Er hat deine DNS verändert«, teilte ihm Sal mit. »Er hat deinen Genen etwas hinzugefügt.«

»Was?«, fragte Aron alarmiert.

»Ich bin noch dabei, es zu analysieren«, erwiderte Sal.

»Was immer es auch ist, entferne es aus mir!«

»Wenn ich die zusätzlichen Gene ohne genaue Kenntnis von

Struktur und Wirkung entferne, könnte das unabsehbare Folgen für dich haben«, gab Sal zu bedenken. »Derzeit ist dein Zustand stabil.«

Aron merkte, dass er begonnen hatte, schneller zu atmen. »Mistkerl.«

»Ich nehme an, du meinst den Blender.«

»Ja! Wo ist er?« Ein neuer beunruhigender Gedanke stieg in Aron auf. »Weiß er, was ich denke? Hat er Zugriff auf das Implantat?«

»Zweimal nein. Die Blender sind keine Telepathen, soweit wir wissen, und für Datenzugriffe beim Implantat sind neuronale Verbindungen nötig. Was deine erste Frage betrifft: Wir befinden uns oberhalb der lokalen Ekliptik, und sein Schiff ist knapp eine Lichtsekunde entfernt und nicht getarnt, vielleicht ein Zeichen seines Vertrauens.«

»Seines *Vertrauens*?« Aron starrte auf die Scanner-Displays, die ihn darauf hinwiesen, dass sein Puls weiter stieg.

»Er hat dir angeboten, dich nach Ozeanica zu bringen und dir die Frau in der Hibernationszelle des dortigen Refugiums zu zeigen«, sagte Sal. »Er wartet auf eine Antwort.«

»Soll er noch etwas länger warten«, zischte Aron. »Geh der Sache auf den Grund, Sal. Setz die Analysen fort. Finde einen sicheren Weg, die Veränderungen in meiner DNS rückgängig zu machen und die hinzugefügten Gene zu entfernen.«

»Ich arbeite daran, Aron.«

Aron seufzte und schloss die Augen. »Wie lange wird es dauern?«

»Einige Stunden, vielleicht etwas länger.«

Eine Zeit lang lag Aron still und stumm.

»Lass mich schlafen, Sal«, sagte er schließlich. »Schalt meine Gedanken aus, sie belasten mich.«

Nach wenigen Sekunden schlief er tief und traumlos.

17

EINIGE STUNDEN später lag Aron nicht mehr im Scanner des Medikers, sondern in einer warmen bernsteinfarbenen Emulsion, die seinem Körper alle Verunreinigungen nahm und die Haut regenerierte.

»Es ist zu gefährlich«, hörte er Sals Stimme. »Ich könnte die zusätzlichen Gene in deiner DNS deaktivieren oder entfernen, aber es lässt sich nicht genau voraussagen, welche Folgen das hätte.«

»Du bist eine Maschinenintelligenz«, sagte Aron. »Solltest du nicht in der Lage sein, so etwas zu berechnen?«

»Ich könnte es berechnen, wenn die Veränderungen mich selbst beträfen, eine meiner Komponenten oder Subsysteme«, erläuterte Sal. »Aber du bist eine organische Entität, ein fragiles biologisches System, das leicht aus dem Gleichgewicht gerät. Ich habe mit einer Simulation begonnen.«

»Du simulierst meinen Körper in einer virtuellen Realität?«

»Ja.«

»Wann erwartest du Ergebnisse?«

»Erste Resultate liegen bereits vor«, antwortete der Intellekt. »Sie sind nicht erfreulich.«

»Könnte ich sterben?«

»Ja.«

Aron dachte darüber nach. »Die Moy könnten mich ins Leben zurückholen. Ohne das, was der Blender mir eingepflanzt hat.«

»Ja, dazu wären sie imstande«, bestätigte Sal. »Aber der Tod ist immer ein schlimmes Trauma, hast du in einem deiner früheren Leben gesagt.«

Und wer weiß, wie mich die Moy ins Leben zurückholen würden, dachte Aron. Erstaunt betrachtete er diesen Gedanken von allen Seiten. Stammte er wirklich von ihm selbst? »Kann ich mir noch trauen?«

»Dass du dir diese Frage stellst, ist ein gutes Zeichen. Du solltest zu Jahid zurückkehren und dich von den Moy untersuchen lassen.«

Aron bewegte sich. Gasblasen stiegen in der Emulsion auf und kitzelten. Mattes Licht umgab ihn, angenehm für die Augen.

»Sollte ich das?«

»Ich bin sicher, er erwartet deine Rückkehr.«

»Damit ich Bericht erstatte.«

»Ja.«

Aron holte tief Luft, der Mund dicht über der goldbraunen Emulsion. »Meine Mission ist gescheitert.«

»Bestimmt möchte Jahid die Hintergründe erfahren.«

»Wir könnten ihm einen Bericht schicken«, sagte Aron. »Einen detaillierten Bericht mit allen Einzelheiten, und wir fügen ihm die Aufzeichnungen des Implantats hinzu.«

Die Emulsion gluckerte leise.

»Sal?«

»Ich höre dich.«

»Sind wir verpflichtet, zu Jahid zurückzukehren? Ich meine, bin *ich* es?«

»Die Moy haben dir das Leben gerettet. Das ist nicht wenig.«

»Es ist viel.« Aron überlegte. »Bedeutet es, dass ich ihnen zu Diensten sein muss?«

»Es bedeutet, dass du in ihrer Schuld stehst.«

»Für immer und ewig?«

Wieder blieb eine Antwort aus.

Aron überlegte noch etwas länger. »Wie frei sind wir, Sal?«

»Wir können unsere eigenen Entscheidungen treffen.«

»Aber wenn wir sie treffen, unsere eigenen Entscheidungen, müssen wir mit den Konsequenzen leben, die sich daraus ergeben, nicht wahr?«

»Wir sind verantwortlich für das, was wir tun.«

»Dahinter steckt das eherne Gesetz der Kausalität«, sinnierte

Aron. »Ursache und Wirkung lassen sich nicht voneinander trennen. Wir entscheiden etwas und lenken die Ereignisse damit in eine neue Richtung. Ist das tatsächlich *Freiheit*?«

»Es gibt nicht die eine Freiheit«, erwiderte Sal. »Bei den verschiedenen Spezies hat der Begriff unterschiedliche Bedeutung. Vieles hängt vom philosophischen und kulturellen Kontext ab. ›Freiheit‹ wird häufig auch als ›Einsicht in die Notwendigkeit‹ definiert.«

»Eine sehr einschränkende Definition«, fand Aron.

»Es kommt auf die Umstände an.«

»Du glaubst also, dass es keine absolute Freiheit gibt, nur eine relative.«

»Ja.«

»Abhängig von Individuen und den Situationen, in denen sie sich befinden.«

»Ja«, bestätigte Sal noch einmal.

»Was ist mit dir?«, fragte Aron. »Du bist bei mir, beim letzten Menschen, der vielleicht gar nicht der letzte ist. Ich bin dir intellektuell weit unterlegen. Die Gespräche und übrigen Interaktionen mit mir beanspruchen nur einen winzigen Bruchteil deiner Kapazität. Trotzdem bleibst du bei mir und stellst mir deine Ressourcen zur Verfügung. Warum machst du nicht Gebrauch von *deiner* Freiheit und siehst dich in der Galaxis um?«

»Weil ich neugierig bin und immer noch lerne«, antwortete Sal. »Und weil wir Freunde sind?«

»Das klingt nach einer Frage.«

»Vielleicht nur für deine Ohren.«

Aron begriff plötzlich, wie wenig er über Sal wusste. Er schob diesen Gedanken beiseite, als er merkte, dass er eine Entscheidung getroffen hatte.

Langsam stand er auf und stieg aus der Emulsionswanne. Sofort war ein Assistent zur Stelle und begann damit, die Reste der öligen Flüssigkeit mit einer Luftdüse von seinem Körper zu entfernen.

»Ich möchte sehen, ob er die Wahrheit gesagt hat. Ich möchte sehen, ob er wirklich existiert, der andere Mensch, die Frau.«

»Du möchtest nach Ozeanica fliegen?«

»Ja.«

»Ich gebe dem Blender Bescheid«, sagte Sal.

Aron horchte in sich hinein. »Ich glaube, er weiß es schon.«

OZEANICA

18

ARON LAG in der Pilotenmulde seines Schiffes, die Finger an den Kontaktflächen der Kontrollen. Das große Sichtfeld direkt vor ihm präsentierte das Grau des Toten Raums, darin eingebettet die zahllosen Fäden der Möbiusbänder, die verschiedene Orte des Universums, nah und fern, miteinander verbanden.

»Er ist immer noch bei uns, nur wenige Relativkilometer entfernt«, sagte Sal, »jedoch ohne mit einem Faden verbunden zu sein.«

Aron sah das Schiff des Blenders. Wie eine große Schneeflocke schwebte es im Grau, umgeben von den Fäden, die sich langsam wie Würmer wanden. Seine Finger bewegten sich an den Kontaktflächen und öffneten die Datenströme des Schiffes für sein Implantat. Daraufhin beobachtete Aron das fremde Schiff mit Sals Augen.

»Wir folgen nicht Curax, sondern er folgt uns«, stellte er fest.

»Ja.«

»Wie stellt er es an?«, fragte Aron neugierig. »Wie kann er im Toten Raum navigieren, ohne einen Faden zu wählen und sich mit ihm zu verbinden?«

»Unbekannt«, antwortete Sal.

»Offenbar verwenden die Blender eine andere Antriebstechnik für ihre interstellaren Reisen.« Aron suchte in seinem Implantat nach Daten, fand aber keine. »Was wissen wir darüber?«

»So gut wie nichts. Die Blender sind und bleiben ein Rätsel.«

»Die Moy haben sie als Stufe sieben kategorisiert, nicht wahr?«

»Vor langer Zeit«, entgegnete Sal. »Vor mehreren Galaktischen

Epochen. Inzwischen könnten die Blender Stufe acht erreicht haben.«

»Auf einer Stufe mit den Moy?«

»Es sind größtenteils Spekulationen«, sagte Sal, »basierend auf den Spuren, die sie hinterlassen.«

»Ihre Einmischungen in Kulturen niedriger Entwicklungsstufen.«

»Ja.«

»Dies könnte eine neue Mission für mich sein.« Aron sprach langsam und nachdenklich. »Ich könnte versuchen, mehr über die Blender und ihre Hintergründe herauszufinden. Wären die Moy an solchen Informationen interessiert?«

»Zweifellos.«

»Dann würde mir Jahid verzeihen, dass ich nicht zurückgekehrt bin, um ihm persönlich Bericht zu erstatten.«

»Tut es dir leid? Hast du Gewissensbisse?«

Eine interessante Frage, dachte Aron. Sal hatte recht, er stand in der Schuld der Moy, sie hatten ihm das Leben gerettet, nicht nur einmal. Er verdankte ihnen seine Existenz. Es war nur recht und billig, dass er eine Gegenleistung dafür erbrachte, mit allen dazugehörenden Verpflichtungen. Die Entscheidung, nicht zu Jahid zu fliegen, sondern nach Ozeanica, widersprach seinen Pflichten, aber er bereute es nicht. Dennoch kam ihm eine Rechtfertigung gelegen.

»Wann erreichen wir das Ziel?«

Ein zweites Sichtfeld entstand und schob das erste ein wenig beiseite. Die Galaxis erschien darin mit einer blauen Linie, die den Kurs des Schiffes anzeigte. Sie führte zum nächsten, weiter innen gelegenen Spiralarm und von dort aus zum Rand des zentralen Balkens. Die Entfernung betrug mehr als zwanzigtausend Lichtjahre.

»In zwei Tagen.«

»Wir sind schnell«, stellte Aron fest.

»Sogar sehr schnell. Derzeit legen wir in knapp zehn Sekunden ein Lichtjahr zurück. Unsere Relativgeschwindigkeit im Toten Raum liegt bei etwa vier Kilometern pro Sekunde. Wir folgen einem sehr aktiven Faden.«

»Mit dem Curax nichts zu tun hat.«

»Nein.«

»Aber er folgt uns.«

»Darauf deutet alles hin«, sagte Sal. »Er hat sich unserem Kurs angepasst.«

»Darf ich ihn sehen? Ich meine, *richtig* sehen?«

»Natürlich. Du musst nicht extra fragen, das weißt du.«

Arons Finger berührten weitere Kontaktpunkte und leiteten die Immersion ein. Das Implantat erleichterte den Vorgang, indem es ein bereits vorhandenes neuronales Interface zur Verfügung stellte.

Diesmal ging es nicht nur um eine Erweiterung des Wahrnehmungshorizonts mit Hilfe der Sensoren des Schiffes. Als Immersionist schien er mit dem Schiff zu verschmelzen, es schien sein neuer, größerer und viel leistungsfähigerer Körper zu sein. Er fühlte den Energiekern mit der Singularität im Zentrum wie die Quelle einer gigantischen Kraft in seinen Muskeln. Aron wuchs, bis er groß genug wurde, um mit einem Schritt Lichtjahre zurückzulegen. Metametall so hart, dass es praktisch nur brechen konnte, wenn es aktorisiert wurde, bildete Muskeln, Synth die Sehnen – der schwache, verletzliche Mensch wurde als Immersionist zu einem unbesiegbaren Riesen, größer und mächtiger als der Koloss von Kalit.

Es hatte einen guten Grund, warum Aron die Immersion nicht oft benutzte: Er wollte vermeiden, sich selbst in Versuchung zu führen, denn nur wenige mentale Millimeter trennten das Gefühl fast unbegrenzter Macht von gefährlicher Hybris.

Es kam dem behutsamen Strecken von Fingern gleich, als er dem Schiff des Blenders die Signale einer aktiven Sondierung schickte. Das Ergebnis bestand aus etwas, das nach einem Lachen in der Ferne klang.

Aron zog die sondierenden Finger zurück. *Etwas schützt ihn,* dachte er.

Ortungsschilde, erklärte Sal und breitete ein Datenmuster vor ihm aus. *Wir könnten es mit einer stärkeren Sondierung versuchen.*

Aron vernahm ein leises *Nur zu.*

Vielleicht wäre es allein mit den Aktoren möglich, die Schilde zu durchdringen, fuhr Sal fort. *Sie könnten nötig sein, um das Schiff zu erreichen.*

Eine leichte Sache, nicht weiter schwer, dachte Aron. *Die Hände ausstrecken, nicht nur mit den Fingern tasten, fest zugreifen oder gar mit der Faust schlagen.*

Die Aktoren des Schiffes waren stark genug, und der Energiekern konnte sie noch stärker machen. Aber den Blender zu aktorisieren, um mehr über ihn herauszufinden, und dabei seine Vernichtung zu riskieren … Wie sollte Aron dann erfahren, wo sich die Zuflucht befand, in der ein anderer Mensch seit vielen Jahrtausenden in einer Hibernationszelle schlief?

Aron wich aus der Immersion zurück, schloss die Augen, öffnete sie wieder und betrachtete das kristallene Schiff im Grau des Toten Raums. Es schien noch etwas näher gekommen zu sein.

»Hat er versucht, uns zu sondieren?«

»Nein«, sagte Sal.

»Weil er bereits alles über uns weiß?«

»Das wage ich zu bezweifeln«, erwiderte der Intellekt diplomatisch. »Übrigens …«

»Ja?«, fragte Aron.

»Ich habe den Einsatzanzug untersucht. Er wurde beschädigt, aber seine KI weist keine Fehlfunktion auf.«

»Er hat sich also so verhalten, wie er sich verhalten sollte.« Aron erinnerte sich an die Zwischenfälle auf Mulkain. »Und die Programmierung stammt von Jahid.«

»Ja.«

»Was schließen wir daraus?«

»Ich bin mir nicht sicher«, sagte Sal. »Müssen wir etwas daraus schließen?«

»Vielleicht nicht«, räumte Aron ein. »Wie dem auch sei … Bitte ändere seine Programmierung, Sal. Ich möchte nicht ständig aufgefordert werden, den Blender wie auch immer zu neutralisieren, wenn wir in Ozeanicas Meeren nach dem alten Refugium tauchen.«

»Ich bereite alles vor«, versprach der Intellekt.

19

EIN BLAUGRÜNES Juwel drehte sich vor ihnen im All, hier und dort mit den weißen Flecken von Wolken, eine Wasserwelt mit nur wenigen Inseln und Archipelen, die Gipfel maritimer Berge. Aron saß bereits im Innern des Assistenten, der ihn nach Ozeanica bringen sollte, und betrachtete die Sicht- und Datenfelder.

»Keine energetischen Aktivitäten«, sagte er. »Weder im Innern des Systems noch in den äußeren Bereichen. Keine Raumstationen, keine planetaren Basen, soweit wir das bisher feststellen können.«

»Ich habe einige Sonden ausgeschickt«, teilte ihm Sal mit. »Bald wissen wir mehr.«

Aron konsultierte die schematischen Darstellungen einer Hoheitskarte.

»Dieses System gehört zum Einflussbereich der Konziliation. So ist es bei der Instanz der Moy hinterlegt, die als Hoheitsgarant fungiert.«

»Korrekt.«

»Die Tschaipa und die Garthu des Drei-Sonnen-Bunds haben ebenfalls Anspruch darauf erhoben. Beide sind Stufe fünf, und von ihren Welten trennen uns nur wenige Lichtjahre.«

»Auch das ist richtig«, bestätigte Sal.

»Könnte es Schwierigkeiten geben?«, fragte Aron. »Vielleicht sind Augen und Ohren in der Nähe, passive Sensoren, die beobachten und lauschen. Das System war umstritten. Es hat Streit gegeben, fast wäre es zu einem Krieg gekommen. Die Tschaipa können ziemlich aggressiv sein. Vielleicht erregen wir Aufmerksamkeit.«

»Wir sind Stufe acht«, erwiderte Sal selbstbewusst. »Was auch immer die Tschaipa oder sonst jemand von Stufe fünf gegen uns einzusetzen versuchen, sie sind hoffnungslos unterlegen.«

»Na schön.« Arons Blick wanderte über die Sichtfelder. »Wo ist Curax?« Einen Moment später entdeckte er das Schneeflockenschiff des Blenders in einer tieferen Umlaufbahn. Es glänzte und gleißte im Licht des zweihundert Millionen Kilometer entfernten gelbweißen Zentralgestirns. Ein kleines Objekt löste sich davon, nicht größer als einige Meter, eine ellipsoide Kapsel, im Innern eine einzelne Lebensform, wie die Biosensoren feststellten.

Ein Kommunikationsfenster öffnete sich vor Aron, darin ein schmaler Kopf mit puppenhaftem Gesicht.

»Auf was wartest du?«, fragte Curax mit leisem Spott.

»Ich bin unterwegs.«

»Ich schicke dir ein Orientierungssignal, damit du mir folgen kannst.«

Das Fenster schloss sich, und Aron beobachtete, wie die kleine Kapsel dem Planeten entgegenfiel. Für zwei oder drei Sekunden fragte er sich, ob es möglich war, das Schiff des Blenders in Curax' Abwesenheit zu übernehmen oder zumindest genauer zu untersuchen.

»Nein«, sagte er.

Sal schien seine Gedanken zu erraten. »Ich werde nichts unternehmen und auf dich warten.«

Aron nickte und betätigte die Kontrollen. Der von Sal neu programmierte Einsatzanzug schloss sich um ihn und bildete einen

Helm mit einer Sichtscheibe aus monomolekularem Metametall. Eingeblendete Daten erschienen an der Innenseite und gaben Auskunft über die korrekte Funktion aller lokalen Systeme.

Das Außenschott glitt beiseite, und der Assistent mit Aron schwebte nach draußen ins All. Unten wölbte sich Ozeanica, mit achtzehntausend Kilometer Durchmesser eine »Supererde«, wie der entsprechende Begriff aus einer der alten Sprachen lautete. Über dem Planeten leuchteten ungewöhnlich viele Sterne – das galaktische Zentrum war nah.

Aron überließ die Navigation dem kleinen Intellekt des Assistenten – das Orientierungssignal des Blenders wies den Weg.

»Ich empfange deine Telemetrie«, meldete sich Sal, kurz bevor Aron die obersten Schichten der Atmosphäre erreichte. »Alle Funktionen sind korrekt. Eine Datenbrücke ist eingerichtet. Ich verfolge deinen Weg und behalte dich im Auge.«

»Gut zu wissen.« Unter ihm erglühte die Kapsel des Blenders und schien sich in einen Kometen mit feurigem Schweif zu verwandeln. Wenige Sekunden später leuchtete der dünne Schild auf, der den Assistenten umgab und ihn und seinen Inhalt vor der Reibungshitze beim Flug durch die dichter werdende Atmosphäre schützte. Wolkenfetzen flogen vorbei.

Wie zum Greifen nah, schimmerte das globale Meer von Ozeanica. Eine friedlich wirkende Welt, nach menschlichen Begriffen mochte sie sogar paradiesisch sein. Aber vor zwölf Galaktischen Epochen, vor fast achteinhalb Millionen Jahren, hatte die Zäsur auch diesen Planeten erreicht und etwas aus der Zeit des Konflikts hinterlassen. Einen Flüchtling. Einen anderen Menschen, der vielleicht noch lebte.

Wenn Curax die Wahrheit sagte.

Die Kapsel des Blenders wurde langsamer, und der Assistent passte seine Geschwindigkeit an. In einer Höhe von zehn Kilometern wurden sie langsamer als der Schall, und die letzten Reste der glühenden Aureolen lösten sich auf.

Kapsel und Assistent stürzten dem blaugrünen Ozean entgegen. Ein Sichtfeld zeigte Aron den Planeten so, wie er ohne das weltumspannende Meer ausgesehen hätte: eine felsige Kugel mit weiten Ebenen, langen, hohen Bergrücken und ausgedehnten Grabenstrukturen, die eine Tiefe von bis zu dreißig Kilometern erreichten.

Curax flog mit seiner Kapsel in einer Höhe von hundert Metern über der Meeresoberfläche, vorbei an Inseln, die einen Dutzende von Kilometern langen Bogen bildeten und eine Art blaugrünen Pelz trugen. Es handelte sich um einfache Vegetation, stellten die Biosensoren fest, eine Weiterentwicklung von Algen. Der Sauerstoff in der Atmosphäre, genug für den menschlichen Organismus, stammte fast ausschließlich vom Phytoplankton im Ozean.

»Gibt es Anzeichen dafür, wo sich das alte Refugium befinden könnte?«, fragte Aron. Es gefiel ihm nicht, auf den Blender angewiesen zu sein.

»Nein«, antwortete Sal über die sichere Verbindung. »Meine Sensoren registrieren keine energetischen Emissionen, bis auf ein gewisses elektromagnetisches Grundrauschen in den Tiefen des Ozeans, das den ganzen Planeten umspannt und natürlichen Ursprungs zu sein scheint. Aber selbst wenn die alte Zuflucht noch voll aktiv wäre … am Boden eines dreißig Kilometer tiefen Ozeangrabens ließe sie sich kaum orten.«

»Deshalb wählten die Menschen Ozeanica damals als einen ihrer Rückzugsorte.«

»Das ist anzunehmen.«

Das Orientierungssignal veränderte sich – die Kapsel des Blenders ging tiefer, wurde langsamer und versank in den Fluten. Der Assistent passte seine Navigation an, und wenige Sekunden später befand sich auch Aron unter Wasser.

»Die Tauchfahrt hat begonnen.« Aron justierte die Sensoren des Assistenten und seines Einsatzanzugs. »Wir sinken mit einer Geschwindigkeit von etwa fünf Metern pro Sekunde.«

»Ich empfange noch immer deine Telemetrie«, meldete Sal. »Alle Funktionen einwandfrei.«

Durch ein Fenster des Assistenten, der jetzt wie ein für ihn maßgeschneidertes Tauchboot fungierte, beobachtete Aron, wie das Licht schwand. Das Meer verlor seine Farbe und verwandelte sich in eine graue, immer dunkler werdende Welt. Nach drei Minuten, in einer Tiefe von etwa neunhundert Metern, herrschte Finsternis.

Der Blender verzichtete auf den Einsatz von Scheinwerfern, und Aron nahm sich ein Beispiel an ihm.

Vielleicht gab es in der Tiefsee von Ozeanica Geschöpfe, die von Licht angelockt wurden. Er dachte an die Medusen von Poseidon, einer ehemals von Menschen besiedelten Welt im Sagittarius-Arm, mehr als tausend Lichtjahre von der Kluft entfernt, und an die Kraken von Makala auf der anderen Seite der Galaxis, bei den Sieben Riffen von Taipho im Scutum-Centaurus-Arm. Beide, sowohl die Medusen als auch die Kraken, waren groß und kräftig genug, um Schiffe zu zerstören.

Aron betrachtete dic Datenkolonnen in den Sichtschirmen. »Gibt es im globalen Ozean dieses Planeten Lebensformen, die mir gefährlich werden könnten?«

»Unbekannt«, lautete Sals Antwort. »Aber der Assistent ist sehr widerstandsfähig.«

Aron glaubte, ein Knacken zu hören. Er drehte den Kopf, und der Helm des Einsatzanzugs folgte der Bewegung. »Hält er dem Druck stand?«

Die Tiefsee konnte ein gefährlicherer Ort sein als der Weltraum. In zehntausend Meter Tiefe herrschte das Tausendfache des Drucks, an den Aron gewöhnt war. In den tiefsten Regionen von Ozeanica wuchs er auf das Dreitausendfache, was bedeutete, dass dreitausend Kilogramm auf jedem Quadratzentimeter lasteten.

»Metametall und Synth passen sich an und können verstärkt

werden, wenn es erforderlich sein sollte«, erklärte Sal. »Aber das wird bestimmt nicht nötig sein. Das Schirmfeld bietet genug …«

Es knackte, und dann wurde es still.

»Sal?«, fragte Aron.

Er bekam keine Antwort.

Rasch überprüfte er die Kommunikationssysteme von Einsatzanzug und Assistent, fand jedoch keine Fehlfunktionen. Die Telemetriedaten wurden nach wie vor gesendet, aber eine Bestätigung vom Schiff im Orbit blieb aus.

Das Orientierungssignal des Blenders jedoch blieb klar und deutlich.

»Warum haben wir die Verbindung zum Schiff verloren?«, fragte Aron den Assistenten.

»Vielleicht liegt es an den elektromagnetisch aktiven Mikroorganismen in unserer Nähe«, antwortete der kleine Intellekt. »In diesem Bereich der Tiefsee bilden sie ausgedehnte Wolken, deren Dichte immer mehr zunimmt.«

Aron sah es in den Sichtfeldern: wolkenartige Gebilde, die sich über Hunderte von Metern durch die pechschwarze Finsternis der Tiefsee erstreckten. Und er sah noch etwas anderes. Etwas kam aus der Tiefe, ein Geschöpf um ein Vielfaches größer als der Assistent. Die nächsten Wolken aus Myriaden Mikroorganismen gerieten in Bewegung und wogten wie Schwärme aus zahllosen Fischen.

Der Assistent begann mit einem Ausweichmanöver, um dem dunklen Riesen nicht zu nahe zu kommen.

Aron *fühlte* den Kontakt, bevor er die Stimme hörte. Etwas schien ihn am Nacken zu berühren, eine sanfte Hand mit kalten Fingern. Es fühlte sich fast an wie der Beginn eines Dislokator-Transfers.

»Wie gefallen dir die Kyroa?«, erklang die Stimme des Blenders, übersetzt vom Translator des Einsatzanzugs.

»Kyroa?«, wiederholte Aron.

»Die Mikroorganismen«, erklärte Curax. »Die Herrscher der

Tiefsee. Du wirst bald noch mehr von ihnen sehen. Die tiefsten Tiefen, wo es keine höheren Organismen mehr gibt, gehören allein ihnen.«

»Was war das eben?« Arons Blick blieb auf die Sichtfelder gerichtet. »Eine Art Wal?«

»Ein …« Es folgte ein Wort, das seltsam klang. Nach einer kurzen Verzögerung übersetzte der Translator es mit »Gierschlund«. »Hier ist es gefährlich, wir sind noch nicht tief genug.«

»Assistent?«, fragte Aron sofort.

»Alle Funktionen stabil«, erwiderte der kleine Intellekt. »Wir sind geschützt.«

»Ein Gierschlund könnte uns beide gleichzeitig verschlingen«, sagte Curax. »Oh, wir würden überleben, aber es wäre unangenehm. Wir müssten uns einen Weg aus dem Verdauungstrakt suchen.«

Die Datenkolonnen in den Sichtfenstern veränderten sich, als der Intellekt des Assistenten die Sensoren rejustierte. Die Echos der Sondierungssignale deuteten auf weitere Gierschlünde hin, allerdings in einer Entfernung von mehreren Kilometern.

»Wo befindet sich das Refugium?«, fragte Aron. »Wie weit ist es noch?«

»Hab Geduld, Mensch«, trillerte Curax. Es klang vergnügt. »Bleib bei mir. Am besten kommst du noch etwas näher, damit wir uns bei Signalstörungen nicht aus den Augen verlieren.«

Aron wies den Assistenten an, die Distanz zur Kapsel des Blenders zu verringern. Signalstörungen, dachte er. Das war der Grund. Die elektromagnetische Aktivität der Mikroorganismen, die Curax »Kyroa« nannte, reduzierte die Reichweite von Kommunikationssignalen.

Als sie eine Tiefe von zehn Kilometern erreichten, erfassten die Sensoren keine größeren Lebewesen mehr. Wenn die biologischen Strukturen von Gierschlünden und anderer Tiefseeriesen auf Proteinstoffwechsel basierten, blieben ihnen und auch kleineren Geschöpfen mit ähnlich beschaffenem Metabolismus die Bereiche unterhalb von acht- oder neuntausend Metern verwehrt. Oberhalb davon konnten Substanzen wie Trimethylaminoxid gewährleisten, dass sich Proteine selbst unter hohem Druck wie vorgesehen falteten, wovon ihre Funktion abhing. Unterhalb der bei knapp zehntausend Meter liegenden Grenze wurde der enorme Wasserdruck so stark, dass TMAO seine stabilisierende Wirkung verlor.

Aron sah sich mehrmals um, und hielt nach unheilverkündenden Haarrissen in der Hülle des Assistenten Ausschau. Aber selbst wenn sie unter dem enormen Druck bersten würde, der Einsatzanzug würde ihn schützen – Sals Technik steckte in jedem einzelnen seiner konfigurierbaren Moleküle.

Kapsel und Assistent, nur noch fünfzig Meter voneinander entfernt, sanken weiter durch die Tiefseenacht, in der es nach einer Weile zu einer seltsamen Dämmerung kam. Hinter dem Fenster des Assistenten lag nicht mehr nur undurchdringliche Schwärze. Graue Schlieren zeigten sich, wie vage Nebelschwaden, und aus einem gelegentlichen Blitzen in der Dunkelheit wurden lange Lichterketten. Aron beobachtete sie fasziniert.

»Die elektromagnetische Aktivität der Kyroa nimmt zu«, meldete der Intellekt des Assistenten.

»Ja, ich sehe es«, bestätigte Aron. »Sie betrifft jetzt auch das sichtbare Spektrum.«

Wieder berührte ihn etwas am Nacken, mit der Leichtigkeit eines Gedankens.

»Eine interessante Lebensform, nicht wahr?«, säuselte Curax. »Ein riesiger globaler Schwarm aus vielen lokalen Schwärmen. Einzellige Organismen, jeder einzelne von ihnen primitiv und dumm. Aber zusammen bilden sie einen Superorganismus, der vielleicht sogar intelligent ist. Wäre es nicht interessant, dieses Phänomen genauer zu untersuchen?«

Aron sah durchs Fenster und beobachtete, wie sich die Lichterketten zu netzartigen Gebilden vereinten. Ein Blinken und Glühen erhellte die ewige Nacht, ein Reigen aus Lichtern, die aufstiegen und sanken, heller wurden und dann wieder verblassten, in Gruppen tanzten oder einzeln ihre Bahn zogen.

»Wo ist das Refugium?«, fragte er.

»Bist du an nichts anderem interessiert?«, klang es spöttisch aus dem Kommunikationssystem. »All diese Leuchterscheinungen … Die Kyroa sprechen mit Licht und elektromagnetischen Impulsen. Vielleicht reden sie gerade über uns.«

»Ich zeichne alles auf«, sagte der Assistent. »Wir können später eine genaue Analyse vornehmen.«

»Gut.« Aron behielt die Anzeigen im Auge. Im »elektromagnetischen Grundrauschen«, wie Sal die Signale der Kyroa genannt hatte, ließen sich keine Anomalien erkennen.

In zwanzig Kilometer Tiefe schienen sie die dichtesten Wolken der Mikroorganismen hinter sich zu haben. Die Lichter wurden weniger und leuchteten nicht mehr so hell.

Curax steuerte seine Kapsel dicht an einer Felswand vorbei, deren Oberfläche aussah wie die eines porösen Schwamms. In Ritzen und Spalten hatten sich Sedimente angesammelt, Detritus, organisches Material, das aus den oberen Bereichen des Ozeans herabgesunken war. Normalerweise diente es den Lebensformen in der Tiefsee als Nahrung, aber hier lebte nichts.

Fünfundzwanzig Kilometer. Die Erbauer des Refugiums schienen sich einen der tiefsten Gräben von Ozeanica ausgesucht zu haben. Wenn Curax die Wahrheit gesagt hatte. Wenn dies kein Scherz von sehr besonderer Art oder eine Falle war.

»Es ist nicht mehr weit«, erklang erneut die Stimme des Blenders. »Die Navigation wird jetzt ein wenig schwierig. Ich empfehle dir, dicht hinter mir zu bleiben.«

»Du kennst den Weg«, erwiderte Aron und stellte die Frage, die ihn beschäftigt hatte. »Bist du schon einmal hier gewesen?«

»Ich nicht, aber mein früherer Amalgam. Was er gewusst hat, weiß auch ich.«

Die Worte schufen neue Unruhe in Aron. Bedeuteten sie, dass Curax auch Zugang zu seinem Wissen hatte? War die seltsame Verschmelzung so weit gegangen, dass sie auch den Inhalt seines Gedächtnisses betraf, vielleicht sogar die im Implantat gespeicherten ausgelagerten Erinnerungen?

Die Kapsel des Blenders verschwand plötzlich, und wenige Sekunden später stellte Aron fest, dass sie durch einen schmalen Spalt in der Felswand navigierte. Er wies den Assistenten an, ihr zu folgen und die Entfernung noch einmal zu reduzieren. Die Sichtfelder zeigten ihm, dass sich der Spalt weiter vorn verbreiterte und in eine Höhle führte, die erste von mehreren, wie aus den Sondierungsdaten hervorging.

In völliger Dunkelheit schwebten Kapsel und Assistent durch die Kaverne. Die Ortungssignale zeichneten ein klares Bild von der Umgebung – glatte Felswände strichen vorbei, ohne jeglichen Bewuchs.

Aron vergewisserte sich, dass der Assistent weiterhin Telemetrie sendete, auch wenn er es für unwahrscheinlich hielt, dass Sal in der Umlaufbahn etwas davon empfing. In einem Abstand von nur noch wenigen Metern folgte er Curax' Kapsel durch weitere Höhlen und einen langen Tunnel, der nur wenige Meter durchmaß und schließlich, nach fast einem Kilometer, in eine kleine Kaverne mündete, wo das Höhlensystem offenbar sein Ende fand – es gab keine weiteren Ausgänge.

Neuer Argwohn erfasste Aron. »Assistent, Vorbereitung für sofortige Rückkehr mit maximaler Geschwindigkeit.«

»Bestätigung.«

»Bist du bereit?«, ertönte die Stimme des Blenders.

»Ich sehe hier kein Refugium irgendeiner Art«, erwiderte Aron.

»Du siehst nicht mehr, als du sehen sollst. Und als du sehen kannst.« Es folgte ein zwitscherndes Lachen, und Aron glaubte fast, einen Kain zu hören. »Ich habe den Schlüssel für das Schloss, das du nicht siehst.«

»Die Kapsel sendet einen Code«, teilte der Assistent wenige Sekunden später mit. Unmittelbar darauf zeigten die Sensoren eine Veränderung bei der Felswand vor ihnen. Sie öffnete sich – die beiden Segmente eines getarnten Schleusentors glitten auseinander.

Die Kapsel des Blenders schwebte in eine große Schleusenkammer.

»Wir haben das Ziel erreicht«, verkündete Curax.

MURIEL

20

»GERINGE ENERGETISCHE Emissionen«, meldete der Assistent, als Aron in seine kleine Luftschleuse trat und sicherheitshalber noch einmal die Systeme des Einsatzanzugs prüfte. »Das Strahlungsmuster deutet auf eine Wasserstoff-Helium-Reaktion hin.«

»Fusion?«, fragte Aron. »Ein Fusionsreaktor?«

»Das ist anzunehmen.«

Die kleine Schleuse öffnete sich, und Aron trat in einen Raum, der eben noch mit Wasser gefüllt gewesen war. Im Licht seiner drei Lampen, eine an der Stirn und zwei an den Handgelenken, zeigten sich nasse Wände, die nicht mehr aus Felsgestein bestanden, sondern offenbar aus einer primitiven Form von Synth. Licht kam von mehreren Leuchtstreifen an der Decke; einer von ihnen flackerte in Abständen von einigen Sekunden.

Curax hatte seine Kapsel verlassen und trug einen kobaltblauen Schutzanzug, der sich bei jeder Bewegung an ihn schmiegte und vielleicht Teil seines Körpers war. Das goldgelbe Haar auf dem schmalen Kopf schien kürzer geworden zu sein, die menschlichen Augen wirkten noch etwas größer.

Aron schritt langsam an der nächsten Wand entlang. Etwa anderthalb Meter breite Nischen hatten einst vielleicht Ausrüstungsgegenstände und Werkzeuge enthalten. Nach zwölf Galaktischen Epochen war kaum mehr als Staub von ihnen übrig, vom soeben eingedrungenen Wasser in Schlamm verwandelt.

Vor dem Innenschott blieb Aron stehen. »Ich nehme an, du hast den Code für diese Tür.«

»Sonst wären wir nicht hier, oder?«, erwiderte Curax mit leisem

Spott und trat an seine Seite. Etwas wuchs aus seinem blauen Schutzanzug und wölbte sich vor dem Gesicht. »Du brauchst einen Atemfilter, Aron. Die Ambientenprotokolle funktionieren längst nicht mehr. Die Luft im Refugium wäre giftig für dich.«

Aron reaktivierte den Helm des Einsatzanzugs und fragte sich, ob er Curax seinen Namen genannt hatte. Es fühlte sich seltsam an, ihn von einem Blender zu hören.

Curax hielt wieder den zylindrischen Gegenstand in der Hand, den er an Bord seines Kristallschiffs benutzt hatte, um ihm die Frau in der Hibernationszelle zu zeigen. Er richtete ihn auf das Innenschott.

Ein dumpfes Summen kroch durch den kalten, feuchten Raum, und die Wand vor Aron begann zu vibrieren. Er versuchte sich vorzustellen, was jetzt geschah. Die Energie eines uralten Fusionsreaktors floss in Motoren, die seit Jahrmillionen nicht mehr gewartet worden waren und sich daranmachten, die tonnenschweren Segmente des inneren Schleusentors zu öffnen. Zumindest einmal in jüngerer Vergangenheit musste ihnen das gelungen sein, denn Blender hatten sich im Refugium umgesehen. Oder sie waren durch einen anderen Zugang hineingelangt.

Die Vibration wurde stärker, das Licht im Schleusenraum schwächer. Ein Spalt bildete sich und wuchs in die Breite, Luft strömte mit einem lauten Zischen und zerrte an Arons Gestalt.

»Es sind getrennte Systeme«, sagte Curax. »Eins für die Schleusen, das andere für den Innenbereich. Wer weiß, warum deine Vorfahren das für nötig hielten. Im Refugium ist die Luft schlecht und ihr Druck gering.«

Sie betraten einen etwa drei Meter breiten Gang, dessen Wände ebenfalls aus einfachem Synth bestanden. Auch hier gab es Leuchtstreifen an der Decke, doch die meisten von ihnen funktionierten nicht mehr. Weiter vorn erstreckte sich eine Welt aus Schatten und Schemen.

Curax hob seinen kleinen Zylinder, und vor ihnen in der

»schlechten Luft« – die für einen Menschen zu viel Kohlendioxid und Kohlenmonoxid aufwies, wie die Sensoren des Einsatzanzugs anzeigten – entstand ein Holo mit einem schematischen Diagramm des Refugiums. Der Blender deutete darauf, während er mit tänzelnden Schritten ging.

»Eine große Anlage«, kommentierte er. »Mit Platz für viele Flüchtlinge.«

Das brachte Aron zu einer Frage zurück, die ihm bereits durch den Kopf gegangen war. »Gibt es hier noch andere Menschen?«

Am offenen Zugang eines Raums, bei dem es sich um einen Hangar zu handeln schien, blieb er stehen. Drei Tauchboote lagen schief in Gerüsten, die unter ihnen nachgegeben hatten. Dünne Risse durchzogen ihre Hüllen. Aron näherte sich ihnen.

»Du solltest ihnen besser nicht zu nahe kommen«, warnte Curax. »Hier ist alles korrodiert und instabil. Eine Berührung wäre vielleicht genug, um die Boote brechen und fallen zu lassen.«

Aron blieb stehen und betrachtete die Zeugen einer Vergangenheit, die auch ihn betraf. *Du bist fast so alt wie ich*, hatte Jahid gesagt und von einem Tropfen im Meer der Ewigkeit gesprochen. Aron wusste noch immer nicht genau, wie alt er war, aber vermutlich stammte er aus der Zeit, als Menschen dieses Refugium errichtet hatten, in der Hoffnung, hier Zuflucht zu finden. Vielleicht war er damals, vor zwölf Galaktischen Epochen, mit weiteren Menschen geflohen, hierher, nach Kalit oder zu einer der anderen Welten. Und möglicherweise hatte er anschließend irgendwann entschieden, sich nicht mehr daran erinnern zu wollen, die Last der Vergangenheit abzustreifen und allein für Gegenwart und Zukunft zu leben.

Wieder fühlte sich Aron versucht, auf die im Implantat gespeicherten externen Erinnerungen zuzugreifen.

»Was ist mit dir?«, fragte Curax. »Hast du deine Neugier verloren?«

Aron drehte sich um. »Bring mich zu ihr«, sagte er. »Bring mich zu der Frau im Zeitsarg.«

21

DIE HOLOGRAPHISCHE Karte des Blenders, blau wie sein Schutzanzug, wies ihnen den Weg durch die uralte Anlage fast dreißig Kilometer unter der Meeresoberfläche von Ozeanica, durch Gänge und Korridore, viele von ihnen dunkel, vorbei an Zimmern und Räumen mit Einrichtungsgegenständen aus verrottetem Synth. Große Schlafsäle hätten Platz für Hunderte oder vielleicht Tausende Menschen geboten, aber in ihnen gab es nur Staub und leere Bettgestelle. Stille herrschte in Werkstätten und Geräteräumen, die Trümmer vergangener Jahrhunderttausende lagen in Maschinenhallen. An einigen Stellen rann Wasser durch Risse in der Decke und gefror zu Eis auf halbem Weg die Wände hinunter.

In einem großen runden Raum, der vielleicht einmal ein Kontrollzentrum oder eine Leitzentrale gewesen war, hatte die Synth-Verkleidung der Decke und einer Wand nachgegeben, und Felsgestein hatte Konsolen und Instrumentenblöcke zermalmt. Apparaturen, die Assistenten ähnelten, schienen versucht zu haben, die Gesteinsbrocken beiseitezuräumen und Ordnung zu schaffen, aber offenbar waren sie kurz nach Beginn der Arbeit erstarrt, ohne sich jemals wieder bewegt zu haben.

»Etwas hat damals die Energieversorgung unterbrochen.« Curax blieb neben einem der Apparate stehen, gab ihm einen Stoß und wich zurück. Der Riese aus korrodiertem Metall, löchrig gewordenem Synth und bröckeligen Polymeren ächzte wie müde nach all der Zeit und sackte in sich zusammen. »Sie wurde nie wiederhergestellt.«

Der Einsatzanzug präsentierte Aron ein neues Datenfeld in der monomolekularen Sichtscheibe des Helms. Ein rotes Warnsymbol leuchtete darüber und pulsierte wie ein langsam schlagendes Herz.

»Die Wasserstoff-Helium-Reaktion des Energiekerns ist instabil«, sagte er. »Sie könnte in wenigen Jahren außer Kontrolle geraten.«

»Und was passiert dann?«, fragte der Blender.

»Du weißt, was dann passiert.« Aron sah sich um. »Der alte Reaktor wird explodieren. Von dieser Station, von dem Refugium wird nicht viel übrig bleiben.«

Curax breitete die dünnen blauen Arme aus. »Und hier sind wir, nach mehr als acht Millionen deiner Jahre. Um den einen Menschen zu retten, der außer dir übrig geblieben ist?«

Es klang nach einer Frage.

»Können wir ihn retten, den anderen Menschen?«, fragte Aron.

»Wenn er noch schläft? Wenn er noch lebt?« Curax hob den kleinen Zylinder, und die holographische Karte kehrte zurück. Ein blinkender Punkt kennzeichnete ihre Position – sie befanden sich fast in der Mitte der Station. »Es ist nicht mehr weit.«

Sie schritten durch einen weiteren dunklen Gang, und die drei Lichtfinger von Arons Lampen glitten über Wände, von denen sich die Verschalung gelöst hatte. Aron richtete eine Frage an den Einsatzanzug: »Können wir den alten Reaktor stabilisieren?«

»Dafür brauchen wir genaue Kenntnisse der technischen Struktur«, lautete die Antwort. »Die fehlen in meiner Programmierung.«

Aron sprach leise, in dem sinnlosen Versuch zu vermeiden, dass ihn der Blender hörte. »Aber die Moy sollten dazu in der Lage sein, nicht wahr? Wenn ich Jahid Bescheid gebe, könnte er jemanden schicken oder selbst herkommen.«

»Oder er sendet Ihnen eine detaillierte Anleitung«, fügte der Einsatzanzug hinzu. »Ja, auf diese Weise sollte es möglich sein, den Reaktor zu stabilisieren.«

Einige Jahre boten genug Zeit, fand Aron. Falls nichts Unvorhergesehenes geschah.

»Dies ist der erste Ruheraum«, sagte Curax schließlich und deutete auf das Diagramm des Refugiums. »Der erste von insgesamt siebenundzwanzig. Siehst du die Wabenstruktur?«

Aron sah sie. »Wo liegt die Frau? Wo schläft sie?«

Der Blender antwortete nicht und führte ihn in einen Raum, der auf den ersten Blick unversehrt wirkte. Das Licht eines langen Leuchtstreifens an der Decke fiel auf rechteckige Behälter, jeder von ihnen gut zwei Meter lang, achtzig Zentimeter breit und sechzig hoch. Sie standen in langen Reihen und zu fünft übereinander, Deckel und Front transparent, keiner von ihnen leer.

Aron ging langsam an der ersten Reihe entlang und sah mumifizierte Gestalten, in die Reste von Kleidung gehüllt, Frauen und Männer kaum mehr voneinander zu unterscheiden. In manchen Behältern waren die Leichen vollständig verwest, dort lagen nur noch bleiche Knochen.

»Sie sind tot«, sagte Aron bestürzt. »Sie sind alle tot.«

»Nicht alle«, widersprach Curax. »Es gibt ein überlebendes Individuum.«

Aron blieb vor einer Hibernationszelle stehen, in der ein kleinerer Humanoide lag, vielleicht ein Kind. Das mumifizierte Gesicht wirkte ruhig. Es zeigte sich nichts darin, weder Schmerz noch Trauer.

Wer bist du gewesen?, dachte Aron. Welches Leben hast du geführt? Und warum bist du gestorben, hier, an diesem Ort, der dir Sicherheit bieten sollte?

»Was ist geschehen?«, fragte er.

»Die Menschen zogen sich in die Hibernation zurück, und dann erhielten ihre Zeitsärge keine Energie mehr«, antwortete Curax. »Eine Fehlfunktion, nach tausend, hunderttausend oder einer Million Jahren. Oder Absicht, wer weiß?«

»Absicht?«

»Wer weiß, wer weiß«, wiederholte Curax. »Die Vergangenheit ist voll von Rätseln.«

Er ging weiter. Aron wandte sich von dem toten Kind ab und

folgte dem Blender durch zwei Ruhehallen mit vielen leeren Hibernationszellen. Hatten damals nicht genug Menschen nach Ozeanica fliehen können, um alle Zeitsärge zu belegen? Oder war es einigen von ihnen gelungen, die Hibernationszellen rechtzeitig vor der Fehlfunktion zu verlassen? Aber warum hatten sie dann nicht den anderen geholfen, dem Tod im Schlaf zu entkommen?

In einem kleinen Nebenraum, kaum mehr als eine Nische, stand ein einzelner Behälter an der Wand, wie nachträglich hinzugefügt. Als sie sich ihm näherten, bemerkte Aron, dass er sich ein wenig von den anderen unterschied. Er war etwas breiter und länger und nicht nur an der Stirnseite und oben transparent. Das Licht seiner Lampen fiel durch die Seitenfläche auf die Gestalt im Innern, einen Humanoiden, der ein dünnes magentarotes Hemd und eine kastanienbraune Hose trug.

Curax winkte mit der Hand, die den zylindrischen Gegenstand hielt. Die blau leuchtende schematische Darstellung des Refugiums verschwand. »Da ist sie, die Menschenfrau.«

Aron trat an den Zeitsarg heran und betrachtete die Gestalt darin. Körper und Kleidung waren perfekt erhalten. Die Frau lag völlig reglos und wirkte doch so lebendig, als könnte sie jeden Augenblick die Augen öffnen.

Ein leises Summen lag in der toxischen Luft.

»Eine einzige Hibernationszelle, die noch funktioniert, nach Jahrmillionen«, murmelte Aron.

»Vielleicht deshalb, weil sie nicht zu dem System der anderen Zeitsärge gehört«, spekulierte Curax. »Offenbar wurde sie später installiert.«

Curax blieb am Ende des durchsichtigen Behälters stehen, und auf einmal legte sich ein grauweißer Schleier über den Blender, seine Umrisse veränderten sich, wurden zu denen der Frau in der Hibernationszelle.

»Lass das!«, zischte Aron aufgebracht. »Wag es nicht!«

Der Schleier verschwand, und aus dem Blender wurde wieder Curax.

»Und jetzt?«, fragte er mit einem Lächeln, das ebenso menschlich wirkte wie seine großen Augen. »Was hast du vor?«

Aron blickte auf die Frau hinab. Wach auf, dachte er. Öffne die Augen. Sprich zu mir.

»Ich habe die Wahrheit gesagt«, fuhr Curax fort. »Es gibt tatsächlich noch einen anderen lebenden Menschen. Du bist *nicht* der Letzte deiner Art. Die Moy haben dich belogen.«

»Sie wissen nichts von dieser Frau«, erwiderte Aron langsam. »Vermutlich wissen sie nicht einmal von der Existenz dieses Refugiums.«

»Die mächtigen Moy, die angeblich alles sehen, alles hören und alles wissen?«, spottete Curax.

Aron legte stumm die rechte Hand auf den Behälter. Sie steckte im Einsatzanzug, der diesmal auf Kommentare gleich welcher Art verzichtete. Die Sensoren im adaptiven Material vermittelten ihm den Eindruck, den Deckel der Hibernationszelle direkt zu berühren.

»Was willst du tun?«, fragte Curax. »Hier herumstehen und starren?«

Aron musterte die Frau im Zeitsarg, das weiche glatte Gesicht, in dem sich nur einige wenige Falten zeigten. Er fragte sich, welche Farbe ihre Augen hatten und wie ihre Stimme klingen mochte.

»Du könntest warten«, sagte Curax. »Du könntest die Moy verständigen und es ihnen überlassen, die Menschenfrau zu wecken. Vielleicht reicht die Zeit aus. Aber stell dir vor, die Wasserstoff-Helium-Reaktion des alten Reaktors gerät nicht erst in einigen Jahren außer Kontrolle. Stell dir vor, er explodiert morgen, bevor die Moy hier eintreffen. Es würde bedeuten, dass die Menschenfrau stirbt, weil du die falsche Entscheidung getroffen hast.«

Aron hörte den eigenen Atem im Innern des Helms, das Blut rauschte ihm in den Ohren.

»Oder du könntest selbst entscheiden und die Menschenfrau *jetzt* retten«, fügte Curax hinzu.

Aron nahm die Hand vom Zeitsarg und wich einen Schritt zurück. Die Frau schlief, seit Äonen. Sie hatte sich der Hibernationszelle in der Hoffnung anvertraut, irgendwann wieder zu erwachen, wenn keine Gefahr mehr drohte. Und hier stand er, Aron, der sich für den letzten Menschen gehalten hatte und vielleicht über Leben oder Tod des einzigen anderen Menschen befinden sollte.

Gab es überhaupt eine Wahl?

Nein.

»Kehren wir zurück«, sagte er. »Wir brauchen Energiepakete und weitere Assistenten für die Bergung.«

22

EINE STURMFRONT zog übers grünblaue Meer von Ozeanica. Am westlichen Horizont baute sie sich auf und schob mehr und mehr dunkle Wolken über den Himmel, bis schließlich die weißgelbe Sonne hinter ihnen verschwand und der heftiger werdende Wind die Wellen immer höher auftürmte. Erste Blitze flackerten, Gewitterdonner hallte über den Ozean.

Sechs Assistenten stiegen aus den Fluten, jeder von ihnen in einen energetischen Schild gehüllt, der eigentlich nur dazu diente, Metametall-Komponenten vor dem enormen Wasserdruck in der Tiefsee zu schützen. Fünf von ihnen waren spezialisierte Arbeiter und Analytiker, die alle Details des Hibernationsbehälters mit der schlafenden Frau genau untersucht hatten, bevor ein Plan dafür entwickelt worden war, ihn aus den lokalen Systemen zu lösen. Beim sechsten Assistenten handelte es sich um einen Transporter, ausgestattet mit Schockabsorbern, zusätzlichen Schirmfeldern und einem redundanten Energieversorgungssystem – es musste sichergestellt sein, dass der Zeitsarg immer und unter allen Umständen genau die richtige Menge Energie erhielt.

Aron lag in einer extra für ihn eingerichteten Pilotenmulde neben der Hibernationszelle, über Mikrokontakte mit den Systemen des Transporters verbunden, der zusammen mit den anderen Assistenten durch das Unwetter aufstieg und Kurs nahm auf das Schiff im Orbit. Die Kapsel des Blenders folgte ihnen in einem Abstand von mehreren Kilometern.

»Ich habe den Mediker vorbereitet«, meldete Sal. »Wir können sofort mit dem Aufwecken beginnen.«

Aron drehte den Kopf und sah die Ruhende von unten und von der Seite.

»Curax möchte dabei sein«, erwiderte er über eine sichere, verschlüsselte Verbindung. »Ich habe abgelehnt.«

»Er folgt dir trotzdem.«

»Ja.«

»Er glaubt vermutlich, dass du es dir anders überlegst.«

»Er kann glauben, was er will«, brummte Aron.

»Vielleicht solltest du es dir tatsächlich anders überlegen, Aron.«

»Ein Blender an Bord unseres Schiffes? Das würde mir Jahid nie verzeihen.«

»Möglicherweise ist es kein Risiko, sondern eine Gelegenheit«, gab Sal zu bedenken. »Von mir aus kann Curax ruhig an Bord kommen, ich lasse mich gewiss nicht von ihm austricksen. Vielleicht erfahren wir mehr über ihn, zum Beispiel über seine besondere biologische Struktur. Und darüber, was zwischen euch existiert.«

Aron dachte kurz darüber nach. »Na schön, einverstanden.« Seine Finger berührten die Kontaktflächen des Kommunikationssystems. »Ich habe meine Meinung geändert, Curax.«

Für den Bruchteil einer Sekunde spürte er Kühle am Nacken.

»Das freut mich sehr«, antwortete der Blender. Er klang nicht überrascht. »Vielleicht gelingt es uns gemeinsam, das Rätsel zu lösen.«

Zwei Minuten später erreichten sie das Schiff im Orbit. Ein Hangar öffnete sich, und die sechs von Sal entsandten Assistenten schwebten hinein, gefolgt von Curax' Kapsel.

Aron stand auf, kaum hatte sich das Hangarschott geschlossen und der Transporter geöffnet. Aufmerksam beobachtete er, wie der Zeitsarg mit der Schlafenden entladen wurde und sich getragen von zwei Assistenten auf den Weg zum Mediker machte.

»Soll ich mich deaktivieren?«, fragte der kleine Intellekt des Einsatzanzugs.

Aron sah, dass sich Curax näherte. Seine Kapsel schwebte weiter hinten, ein Stück von den Assistenten entfernt und in ein Schirmfeld gehüllt so gelb wie das Haar des Blenders.

»Nein«, sagte er leise, »bleib in Bereitschaft.«

»Ich bin ebenso neugierig wie du«, verkündete Curax und rieb sich die Hände, eine menschliche Geste, die bei ihm absurd wirkte. »Gehen wir?« Er deutete auf die Assistenten, die den Hibernationsbehälter in einen Gang trugen, der genug Platz bot. Sal hatte diesen Teil des Schiffes rekonfiguriert, damit der Weg zum Mediker nicht an Bereichen von primärer Bedeutung vorbeiführte. Welche Sinne und Sensoren dem Blender auch zur Verfügung standen, er sollte so wenig wie möglich herausfinden, während Sal gleichzeitig versuchte, mehr über ihn zu erfahren.

In der medizinischen Abteilung schwebten Datenfelder unter der ockerfarbenen Decke und an den Wänden. Die beiden Assistenten trugen den Zeitsarg zu einem Podest in der Mitte des Raums, setzten ihn dort vorsichtig ab und begannen damit, ihn an das vorbereitete Interface für Energieversorgung, Lebenserhaltungssysteme und Datenübertragung anzuschließen.

Ein Assistenten-Greifarm überprüfte die Ränder des Deckels. Ein anderer befestigte eine Art Flansch an ihm und begann dann damit, behutsam einen Sensor durch das transparente Material zu bohren.

»Was geschieht?« Arons Aufregung wuchs. »Wie geht es ihr?«

»Ich versuche festzustellen, wie die Luft im Innern des Behälters beschaffen ist.« Sal sprach nicht nur für Arons Kommunikator. Seine Stimme hallte durch den Raum, damit ihn der Blender klar und deutlich hörte. »Und ich werde eine kleine Gewebeprobe von dem Humanoiden nehmen, um festzustellen, ob es sich tatsächlich um einen Menschen handelt und in welchem Zustand er sich befindet.«

Für einen Moment kehrte der Argwohn zurück. An diese Möglichkeit hatte Aron bisher nicht gedacht: dass die angebliche Frau im Zeitsarg gar kein Mensch war, sondern ein Blender, der menschliche Gestalt angenommen hatte. Es hätte ins Bild gepasst, wenn man an ein groß angelegtes Täuschungsmanöver glaubte, welchem Zweck es auch immer dienen mochte.

»Ich habe die Wahrheit gesagt«, behauptete Curax sehr ernst. »Die Moy sind es, die gelogen haben.«

Es könnte Teil des Plans sein, dachte Aron. Mich zu verunsichern, mein Bild von der Welt ins Wanken zu bringen. Und dann? Welche Absicht verbirgt sich dahinter, welches Ziel?

»Die Atmosphäre der Hibernationszelle hat eine geringfügig andere Zusammensetzung«, verkündete Sal kurze Zeit später. »Was jedoch kein Problem sein sollte. Und es handelt sich tatsächlich um einen Menschen. Sein Zustand ist stabil auf dem schmalen Grat zwischen Leben und Tod.«

Aron trat zum Zeitsarg, merkte dann aber, dass er den Assistenten im Weg war, und wich wieder zurück. Sein Blick strich über die Datenfelder, die Auskunft gaben über die Systeme des Hibernationsbehälters und die biologischen Funktionen der Gestalt darin. Einige Sichtfelder zeigten rote Warnsymbole.

»Die Frau hätte nicht mehr lange überlebt, oder?«, fragte er. »Selbst wenn der alte Reaktor des Refugiums und damit auch die Energieversorgung stabil geblieben wären … Fehlfunktionen hätten vermutlich wann zu einer fatalen Unterbrechung der Hibernation geführt?«

»In etwa zweihundert Jahren«, sagte Sal, »nach meiner vorsichtigen Schätzung.«

»Nach all den Jahrmillionen …«

»Ja.«

Aron seufzte leise. »Wir sind gewissermaßen im letzten Augenblick gekommen.«

»Ich habe dich zu der Menschenfrau geführt«, betonte Curax. »Du verdankst das hier mir.«

Aron musterte den Blender und suchte in dem fremden Gesicht nach Hinweisen, mit denen er etwas anfangen konnte.

»Weck sie, Sal«, sagte er. »Hol sie zurück ins Leben.«

»Ich habe den Erweckungsprozess bereits eingeleitet und stabilisiere die metabolischen Funktionen«, entgegnete der Intellekt. »Es besteht keine Gefahr mehr, selbst wenn die Systeme des Behälters jetzt versagen.«

Die Greifarme der Assistenten lösten den Deckel aus der Einfassung und hoben ihn an.

Einige Schritte brachten Aron erneut zum Behälter. Am oberen Ende blieb er stehen, neben dem Kopf, an einer Stelle, wo er die Assistenten nicht behinderte. Fasziniert betrachtete er das weiche Gesicht der Frau, das ihm bereits weniger blass erschien als vorher – nach und nach kehrte Farbe in die Wangen zurück. Er widerstand der Versuchung, die Hand auszustrecken und ihre Lippen zu berühren.

Plötzlich öffnete sich der Mund, und die Frau schnappte nach Luft. Ein erster Atemzug nach fast achteinhalb Millionen Jahren …

Und dann hob die Frau im Zeitsarg die Lider.

Ihre Augen hatten die gleiche Farbe wie das rechts und links neben dem Kopf ausgebreitete Haar: kastanienbraun. Aron wusste nicht genau, was er erwartet hatte, vielleicht die Tiefe der Zeit in ihnen. Doch sie blieben trüb, ihr Blick unfokussiert.

»Ich bin Aron«, sagte er sanft. »Wie heißen Sie? Wie lautet Ihr Name?«

Die Frau blinzelte verwirrt und schien durch ihn hindurchzusehen.

»Ich versuche es mit den alten Sprachen über ein provisorisches neuronales Interface«, teilte ihm Sal mit. »Sie sollte eigentlich imstande sein, dich zu verstehen. Damals gab es eine erste Form von InterLingua.«

Der Blick der Frau wurde etwas klarer, und einige Sekunden lang schien sie einer inneren Stimme zu lauschen. Schließlich öffnete sie erneut den Mund.

»Muriel«, sagte die Menschenfrau aus der Vergangenheit. »Ich heiße Muriel.«

ERINNERUNGEN

23

SIE SASSEN in einem Raum des Schiffes, den Sal rekonfiguriert und zu einer Art Salon gestaltet hatte, mit üppig gepolsterten Sesseln, einem Tisch aus mahagonibraunem gemasertem Pseudoholz und einem dicken ockerfarbenen Teppich. Die Umgebung erinnerte Aron ein wenig an die Blockhütte, in der er mit Jahid gesprochen hatte.

An den Wänden hingen Bilder, die Naturszenen erdähnlicher Welten zeigten: Seen und Meere, sanfte Hügel und steile Berge, ausgedehnte Wälder grün wie Jade.

Es sollte alles beruhigend wirken auf die Frau, die in einem der Sessel saß, direkt neben dem großen steinernen Kamin, in dem falsche Flammen züngelten. Sie trug ein türkisfarbenes Gewand, das aus Sals Synther stammte, und eine blaue Halskette mit Biosensoren und einem Translator, um die Verständigung zu erleichtern.

Sie saß steif da, die Hände im Schoß, der Rücken gerade. Das Trübe war aus ihren Augen verschwunden.

»Wer sind Sie?«, fragte sie mit einer klaren melodischen Stimme. »Was ist geschehen?«

Aron öffnete den Mund, aber Curax kam ihm zuvor. Der Blender saß auf der anderen Seite des Tisches, klein und zierlich in einem Sessel viel zu groß für ihn. Lederplatten bedeckten ihn vom Hals bis zu den Knien. Der Kopf schien noch etwas schmaler geworden zu sein, das dichte gelbe Haar bewegte sich wie im Wind.

»Ich bin dafür, ihr die Wahrheit zu sagen.« Er wandte sich direkt an die Frau. »Ich bin ein Mann der Wahrheit beziehungsweise ein

Individuum der Wahrheit. Die Moy haben behauptet, Aron hier wäre der letzte Mensch, aber ich habe ihm gesagt, dass die Moy lügen. Und?«

Die Frau maß ihn mit einem kühlen Blick. »Und was?«

»Und haben die Moy ihn angelogen?« Curax nickte nachdrücklich. »Ja, das haben sie. Ich habe von Ihnen, dem zweiten noch existierenden Menschen, gewusst. Ich habe Aron zu Ihnen geführt. Ich habe dafür gesorgt, dass er Sie weckt. Und jetzt sitzen wir hier.«

Aron merkte, dass sich Körpersprache, Mimik und Tonfall des Blenders verändert hatten. Er schien in eine andere Rolle zu schlüpfen.

Die Frau sah Aron an. »Sie sind ein Mensch, er ist es nicht.« Sie holte tief Luft. »Was ist geschehen? Wie lange habe ich geschlafen?« Hoffnungsvoll fügte sie hinzu: »Ist der Feind besiegt?«

Curax legte seine dünnen Arme auf die breiten Armlehnen des Sessels und schwieg.

Aron überlegte und suchte nach geeigneten Worten.

»Ich bin an bittere Wahrheiten gewöhnt«, erklärte die Frau. »Sie brauchen keine Rücksicht zu nehmen.«

»Sal?«, fragte Aron.

»Es geht ihr gut«, ertönte die Stimme des Intellekts. »Sie hat die lange Hibernation bestens überstanden. Und es ist alles bereit, um sofort Hilfe zu leisten, falls das erforderlich sein sollte.«

»Na schön.« Aron zögerte erneut und behielt die Frau im Auge. »Zwölf Galaktische Epochen sind vergangen. Fast achteinhalb Millionen Jahre.«

»Ihr beide seid die einzigen noch lebenden Menschen«, fügte der Blender hinzu. »Alle anderen sind tot.«

»Danke, Curax!«, zischte Aron.

»Habe ich nicht gesagt, dass ich ein Individuum der Wahrheit bin?«

»Achteinhalb Millionen Jahre …«, wiederholte die Frau. Sie

blieb bemerkenswert ruhig. »Das ist … länger als erwartet. Und die anderen Menschen im Refugium …«

»Tot«, sagte Curax schnell. »Alle. Ohne Ausnahme.«

»Sal?«

»Ja, Aron?«

»Bitte schick einen Assistenten zu uns. Er soll Curax wegbringen, wenn er noch einmal dazwischenredet.«

»Sehr gern.«

Wenige Sekunden später öffnete sich die Tür, und ein MFA betrat den Raum, ein Multifunktionsassistent mit mehreren Armen und Beinen. Er blieb direkt hinter dem Sessel des Blenders stehen, der kurz die Hände hob und wieder auf die Armlehnen sinken ließ, nachdem er auf seinen geschlossenen Mund gedeutet hatte.

»Leider hat er recht«, wandte sich Aron an Muriel. »Die anderen Hibernanten des Refugiums sind tatsächlich tot, in ihrem Schlaf gestorben. Es kam zu Fehlfunktionen.«

Die Frau schwieg einige Sekunden.

»Ja«, antwortete sie schließlich. »Defekte. Systemausfälle. Nach so langer Zeit … Wir hatten mit einigen hundert Jahren gerechnet, vielleicht mit tausend. Aber achteinhalb *Millionen* Jahre …«

»Ihren Namen haben Sie bereits genannt«, sagte Aron behutsam. »Aber wir wissen noch nicht, wer Sie sind.«

Die Frau atmete erneut tief durch und hob den Kopf ein wenig. »Ich bin Muriel Herrera Delgado Aguilar, Kommissarin der Vierzehnten Terranischen Republik, Sonderbeauftragte des Triumvirats, ehemals Kommandantin der Vierten Sektion unserer Großen Gemeinsamen Verteidigungsstreitmacht. Ich habe die Flüchtlinge nach Ozeanica gebracht und wollte zu meiner Flotte zurückkehren, die den Auftrag hatte, das Portal für die *Esperanza*-Mission zu schützen, aber der Rückweg war abgeschnitten.«

Zwei oder drei Sekunden lang sah Muriel ins Leere. Aron wartete, und selbst Curax schwieg, in seinem schmalen Gesicht so etwas wie Faszination.

»Niemand ist übrig geblieben?«, fragte sie schließlich, und ein Zittern ging durch ihren Körper, so kurz, dass es nur von einem sehr aufmerksamen Beobachter wie Aron bemerkt werden konnte.

Curax drehte den Kopf, warf dem Assistenten hinter dem Sessel einen Blick zu und schwieg auch weiterhin.

»Nur ich«, sagte Aron. »Und Sie. Wir beide.«

»All die Menschen, die glaubten, auf Ozeanica Schutz zu finden … Sie haben von einer Fehlfunktion gesprochen.«

»Eine Annahme«, entgegnete Aron. »Eine Vermutung. Die im Refugium verwendete Technik war recht primitiv, aus heutiger Sicht, und offenbar gab es nur sehr eingeschränkte automatische Wartungsprotokolle. Über einen so langen Zeitraum musste es früher oder später zu Fehlfunktionen kommen. Sie haben überlebt, weil Ihr Zeitsarg, Ihre Hibernationszelle, nicht an die Hauptsysteme angeschlossen war.«

»Oder wir hatten einen Saboteur unter uns.« Muriel griff nach dem Glas, das vor ihr auf dem Tisch stand und eine grüne Flüssigkeit enthielt. Sie hielt es mit beiden Händen, als sie es zum Mund führte, trank und setzte das Glas dann wieder ab. »Wir mussten hastig aufbrechen, die Kontrollen waren nicht sehr genau.«

»Ein Saboteur?«, wiederholte Aron und sah kurz zu Curax, der von »Absicht« gesprochen hatte.

»Ein Zaisen, ein Xenomorph, vom Feind entsandt«, sagte Muriel. »Manchmal, wenn wir nicht gut genug aufpassten, gelang es ihnen, sich unerkannt als Menschen auszugeben und unsere Reihen zu infiltrieren.«

»Die Zaisen gibt es nicht mehr«, sagte Aron langsam. »Aber es gibt die Blender.« Er deutete auf Curax.

Muriel stand plötzlich, ihr Gesicht blass, die Augen aufgerissen.

Curax hob die dünnen Arme. »Ich habe nichts mit den Zaisen zu tun und kenne sie nur aus den alten Geschichten.«

»Stecken Sie ihn in einen Stasiskäfig!«, fauchte Muriel. »Oder noch besser: Töten Sie ihn!«

»Bitte …« Aron machte eine beschwichtigende Geste. »Bitte setzen Sie sich wieder, Muriel. Es gibt nichts zu befürchten. Sal, der Intellekt dieses Schiffes, hat alles unter Kontrolle. Nicht wahr, Sal?«

»Der Assistent ist bereit«, antwortete das Schiff.

»Was soll das?«, rief Curax fast schrill. *»Was soll das?«* Er wandte sich an Aron. »Ich habe dich zum Refugium auf Ozeanica geführt. Ich habe dir den Zeitsarg mit der Überlebenden gezeigt. Dass sie hier sitzt – dass sie hier *steht* –, ist mein Verdienst. Sie verdankt mir ihr Leben. Mir!«

»Sie haben sich mit einem Xenomorph eingelassen?« Muriel klang fassungslos.

»Ich habe mich nicht mit ihm *eingelassen*. Er …« Aron winkte ab. »Es ist eine längere Geschichte, für die wir später noch Zeit haben. Ich versichere Ihnen, dass keine Gefahr droht. An Bord dieses Schiffes ist alles unter Kontrolle. Es gibt nichts zu befürchten.«

Aron hoffte, dass er damit nicht zu viel versprach.

Muriel sank zurück in den Sessel, saß jedoch noch etwas steifer als zuvor, als wäre sie jederzeit bereit, erneut aufzuspringen. Aron versuchte, sich in ihre Lage zu versetzen.

»Sie könnten auf die Idee kommen, dies alles für einen Trick zu halten«, sagte er. »Für ein Manöver des Feindes. Vielleicht fragen Sie sich, ob ich ebenfalls ein Xenomorph bin, der Ihnen militärische Geheimnisse oder etwas in der Art entlocken will. Möglicherweise zweifeln Sie sogar daran, dass tatsächlich zwölf Galaktische Epochen vergangen sind. Sie haben keinen Beweis dafür, nicht wahr?«

Die Frau aus der Vergangenheit blieb stumm, ihr Gesicht maskenhaft.

»Sal, könntest du Muriel das Observatorium zur Verfügung stellen?«

»Sehr gern«, erklang die Stimme des Intellekts. »Ich rekonfiguriere es für die Benutzung durch einen Menschen. Muriel kann alle Instrumente verwenden.«

Aron nickte zufrieden. »Fast achteinhalb Millionen Jahre. In so einer langen Zeit verändern die Sterne ihre Konstellation. Vermessen Sie die Galaxis, Muriel. Sehen Sie sich die stellaren Navigationsbaken an, die Reste von alten und neuen Supernovä, die Zyklen der großen Veränderlichen. Überzeugen Sie sich davon, dass ich Ihnen die Wahrheit sage.«

»Wann kann ich damit anfangen?«, fragte Muriel.

»Jetzt sofort, wenn Sie möchten«, antwortete Sal.

Die Frau erhob sich mit einer geschmeidigen Bewegung. »Führen Sie mich zu Ihrem Observatorium«, forderte sie Aron auf.

Als sie zur Tür gingen, quiekte Curax: »Was ist mit mir?«

»Nein«, sagte Muriel sofort.

»Nein«, wiederholte Aron, »du bleibst hier. Sal?«

»Ich geben auf ihn acht, bis ihr fertig seid«, versprach der Intellekt.

24

MURIEL SASS still zwischen Datenfeldern zu beiden Seiten und blickte durch die Aussichtskuppel ins All. Unten drehte sich langsam Ozeanica, eine blaugrüne Welt, hier und dort mit grauweißen Wolkenschleiern. Auf der linken Seite, zweihundert Millionen Kilometer entfernt, gleißte das weißgelbe Zentralgestirn. Rechts, fast ebenso hell wie der Stern, von dem Ozeanica Licht und Wärme empfing, leuchtete der sechzehntausend Lichtjahre lange galaktische Balken, eine dichte Ansammlung von Sternen und Gaswolken im Zentrum der Milchstraße.

»Es stimmt«, sagte sie schließlich. »Es stimmt tatsächlich.«

Aron nickte stumm. Er saß in der zweiten Sitzmulde, nur einen Meter von Muriel entfernt.

»Die Funkfeuer des Konklave existieren nicht mehr«, fuhr die Frau aus der Vergangenheit fort. »Omnis Bibliotheksfrequenzen sind stumm und leer. Die ›Stimme‹ der Galaxis hat sich verändert.« Sie deutete auf die Daten. »Ihre Strahlungsmuster sind anders. Das gilt auch für die Emissionsnebel, die unsere Schiffe manchmal als Leuchtfeuer benutzten, wie zum Beispiel Lagunen- und Orionnebel.«

Sie streckte die Hände in die virtuellen Kontrollen direkt vor ihr, und neue Daten erschienen. Sal hatte ihr erklärt, wie man mit den Systemen des Observatoriums umging.

»Ich habe auch die großen Veränderlichen untersucht, die Cepheiden, und alles mehrmals berechnet«, fuhr Muriel ruhig und gefasst fort. »Selbst das Portal, durch das wir die *Esperanza* geschickt haben, unser erstes Saatschiff, hat sich verändert.«

Ihre Finger bewegten sich, und ein Datenfeld verwandelte sich in einen Sichtbereich, dicht über dem Nordpol von Ozeanica. Einer der galaktischen Sternenarme erschien darin, und der Zoom zeigte eine Anomalie an seinem Rand, neunundzwanzig Lichtjahre lang und wenige Lichtstunden breit, gesäumt von Plasmaströmen, wie eine schartige, eitrige Wunde im All.

»Was habt ihr damit gemacht?«, sagte Muriel, ohne die Frage direkt an Aron zu richten. »Es ist enorm gewachsen und scheint außer Kontrolle. Omni hat viele Jahre gebraucht, um das Portal zu stabilisieren. Wir wollten damals noch mehr Saatschiffe losschicken. Was ist aus ihnen geworden?«

»Die Kluft«, sagte Aron. »Sie meinen die Kluft, von den Moy bewacht.«

Muriel wandte den Kopf. »Wer sind die Moy?«

»Was sind Saatschiffe?«, fragte Aron gleichzeitig.

Sie sah ihn groß an. »Ist alles in Vergessenheit geraten? Wie kann das sein?« Sie schüttelte den Kopf. »Wir wollten damals Saatschiffe durch das stabilisierte Ptoha-Portal nach Andromeda schicken, um den Fortbestand der Menschheit zu garantieren. Die *Esperanza*, nach der das Projekt benannt war, machte den Anfang. Mindestens sechs weitere Saatschiffe sollten folgen, jedes von ihnen mit einer aktiven Besatzung von hundert Menschen, fünfhundert weiteren in der Hibernation sowie hunderttausend Eizellen und genug Sperma. Die menschliche Saat sollte zu unserer großen Nachbargalaxie transportiert und dort auf geeigneten Welten ausgebracht werden.«

Die Worte elektrisierten Aron. »Und die *Esperanza* hat sich auf den Weg gemacht? Sie könnte Andromeda erreicht haben?«

»Sie flog ins Portal, ich habe es mit eigenen Augen gesehen«, antwortete Muriel. »Was die sechs anderen Saatschiffe betrifft … Ich weiß nicht, ob sie das Portal erreicht haben. Sie waren unterwegs, aber ich wurde abkommandiert.«

»Für die Ozeanica-Mission?«

»Ja, ich sollte die Flüchtlinge in Sicherheit bringen.«

Aron blickte hinaus ins All, über Ozeanica hinweg zu den Sternen der Milchstraße. Weit jenseits von ihnen, mehr als zwei Millionen Lichtjahre entfernt, gab es vielleicht Menschen, die die Katastrophe überlebt hatten. Er versuchte sich vorzustellen, was das bedeutete.

»Ich habe mich für den einzigen Menschen gehalten«, sagte er langsam, die Stimme ein wenig rau von dem Aufruhr in ihm. »Bis ich Sie fand. Und jetzt erfahre ich von Ihnen, dass es vielleicht noch viel mehr Menschen gibt, in Andromeda. Eine andere, neue Menschheit.«

Muriel musterte ihn. »Es muss auch in der Milchstraße bis vor kurzer Zeit Menschen gegeben haben. Sie sitzen hier und sprechen mit mir. Sie leben. Und Sie können nicht sehr alt sein. Ich schätze Sie auf … vierzig?«

Aron lachte bitter auf. »Ich denke, ich bin fast ebenso alt wie Sie. Die Moy haben mich damals gerettet und mein Leben bewahrt. Beziehungsweise meine Leben. Es sind insgesamt viertausendfünfhundertdreizehn.«

»Sind Sie einer der legendären Unsterblichen, die in den Diensten von Omni standen?«, fragte Muriel nach kurzem Zögern.

Aron seufzte. »Ich fürchte, ich weiß nicht, was Sie meinen. Unsterblich bin ich gewiss nicht. ›Der Tod ist immer ein schlimmes Trauma‹, soll ich in einem meiner früheren Leben gesagt haben. Ich bin mehrmals gestorben, bei Einsätzen für die Moy, nehme ich an.«

»Sie *nehmen es an*?«, wiederholte Muriel verblüfft. »Sie *wissen* es nicht?«

Aron seufzte erneut. Etwas sehr Unangenehmes stand ihm bevor. Doch es ließ sich nicht länger aufschieben, er musste Klarheit gewinnen.

»Meine Erinnerungen sind ausgelagert. Ein Implantat enthält sie.« Er hob die Hand zur Schläfe, und Muriels Blick folgte der Bewegung. »Es sind zu viele Jahre für ein menschliches Bewusstsein.«

»Sie verzichten darauf, sich an Ihr langes Leben zu erinnern?«

»Um nicht abgelenkt zu werden«, erklärte Aron, fühlte sich jedoch in die Defensive gedrängt. »Um den Geist nicht zu sehr zu belasten.«

Muriel holte tief Luft. Das schien eine Eigenart von ihr zu sein, ein tiefes Durchatmen vor wichtigen Worten.

»Sind wir nicht das, was uns die Erinnerungen erzählen?«, fragte sie. »Wenn Sie darauf verzichten, sich an alles zu erinnern, machen Sie sich zu weniger, als Sie sind.«

Aron hob ein wenig die Stimme. »Sal?«

»Du möchtest deine Erinnerungen zurück«, kam ihm der Intellekt zuvor. »Bist du sicher? Beim letzten Mal war es ein Schock für dich.«

»Ich möchte Muriel erklären können, was damals geschah«, sagte Aron und fügte hinzu: »Ich möchte es selbst wissen.«

»Vielleicht solltest du den Mediker aufsuchen.«

»Nein«, entschied Aron und sah Muriel dabei in die Augen. »Du kannst mir auch hier dabei helfen, die Datenströme zu kanalisieren. Dann ist der Schock nicht so groß.« Er senkte den Kopf auf die Stütze und entspannte sich.

»Was passiert jetzt?«, fragte Muriel.

»Ich hole mir meine Erinnerungen zurück«, erklärte Aron. »Ich werde wieder ganz ich selbst.«

Er schickte dem Implantat einen Gedanken. Es öffnete sich für ihn.

»Ich bin bereit«, sagte er und schloss die Augen.

Einige Sekunden verstrichen.

In den neuronalen Räumen des Implantats blieb es still. Die erwartete gewaltige Datenlawine blieb aus.

»Sal?«

»Es ist keine Fehlfunktion«, sagte der Intellekt sofort. »Die memorialen Speicher des Implantats sind leer.«

Aron öffnete erschrocken die Augen. »Jemand hat mir meine Erinnerungen genommen!«

ENTFÜHRUNG

25

»ICH BIN unschuldig!«, beteuerte der Blender. »Ich habe nichts mit dem Verlust deiner Erinnerungen zu tun!«

Die schmalen Schultern blähten sich auf und schrumpften wieder. Das Gesicht wurde erst breiter und dann so schmal, dass die beiden Augen nicht mehr nebeneinander Platz hatten, sondern übereinander standen, und das goldene Haar verwandelte sich in einen Wald aus metallisch glänzenden Dornen.

Sie saßen in einem Konferenzzimmer mit glatten schmucklosen Wänden und einem runden weißen Tisch mit integrierten Kontaktflächen. Fenster gab es ebenso wenig wie Sicht- oder Datenfelder. Nichts sollte ablenken.

»Du hast sie mir gestohlen, als ich zu deinem Amalgam geworden bin!«, zischte Aron, beide Hände flach auf den Tisch gelegt und in einer Haltung, als wolle er jeden Moment aufspringen. »Wahrscheinlich hattest du es von Anfang an darauf abgesehen!«

»Ich bin unschuldig!«, keifte Curax, halb Reptil und halb Insektomorph, breitete durchsichtige Flügel aus und schlug mit ihnen, als wollte er aufsteigen und fliegen; Muriel beobachtete ihn mit Abscheu. »Und ich sage die Wahrheit! Habe ich nicht bewiesen, dass ich die Wahrheit sage? Curax kennt keine Lüge!«

»Ich habe dein Implantat analysiert, Aron«, erklang die Stimme des Intellekts. »Die Codeschranken sind intakt. Nichts deutet auf einen unbefugten Datenzugriff hin.«

»Na bitte, na bitte!« Curax' Gestalt stabilisierte sich und gewann wieder menschliche Konturen, wurde zu einer greisenhaften Frau mit strähnigem grauem Haar und einem Gesicht, das trotz der vielen Falten dem von Muriel ähnelte. »Ich habe nichts damit zu tun!«

»Wenn das stimmt«, sagte Aron, »wenn Curax tatsächlich nichts damit zu tun hat ... Welche Erklärung gibt es dann?«

»Wann hast du das Implantat zum letzten Mal benutzt?«, fragte Sal.

»Was? Ich benutze es die ganze Zeit über!«

»Ich mag es nicht, ihn in menschlicher Gestalt zu sehen«, sagte Muriel kalt und starrte den Blender an. »Und sein Gesicht ...«

»Ohne mich lägen Sie noch in Ihrem Zeitsarg!«, hielt ihr Curax aufgebracht vor. »Ohne mich wären Sie in einigen Jahren gestorben! Der Reaktor des Refugiums ist instabil!«

»Man kann Xenomorphen nicht trauen«, flüsterte Muriel.

»Das meine ich nicht, Aron«, sagte Sal. »Ich meine: Wann hast du zum letzten Mal die Datenspeicherungsfunktion des Implantats benutzt?«

Aron überlegte. »Es hat zum letzten Mal Daten empfangen und gespeichert, als ...« Er unterbrach sich, verwirrt von dem Gedanken. »Als ich bei Jahid war. Als ich den neuen Auftrag von ihm bekam. Er hat die Missionsdaten übertragen und ...«

Erneut brachte er den Satz nicht zu Ende. Deutlich erinnerte er sich an die Begegnung, an jede Einzelheit. *Ich sende dir alle Daten, die du brauchst,* hatte Jahid gesagt. Aron erinnerte sich auch an den unerwarteten kurzen Schmerz, dem er jedoch keine weitere Beachtung geschenkt hatte.

»Kann es sein, dass Jahid die memorialen Speicher gelöscht hat?«, fragte er überrascht.

»Wer oder was kommt sonst in Frage?«, erwiderte Sal.

Curax hob die Hände. »Ich nicht! Das schwöre ich bei der Divinität!«

»Aber ... *Jahid*?« Es erschien Aron absurd. »Warum sollte er die Erinnerungen an meine früheren Leben löschen?«

»Um dich nicht zu belasten?«, spekulierte der Intellekt. »Um dich zu schützen?«

»Vielleicht um dich besser belügen zu können«, warf Curax ein.

»Wovor sollte mich Jahid beschützen wollen?«, fragte Aron. »Können die Daten wiederhergestellt werden?«

»Die Moy haben zweifellos Sicherungskopien«, sagte Sal. »Deine früheren Leben sind nicht verloren. Eine Fehlfunktion des Implantats ist so gut wie auszuschließen, und ich halte es für sehr unwahrscheinlich, dass Curax imstande war, auf die memorialen Speicher zuzugreifen.«

Der Blender rümpfte die menschliche Nase. »Da spricht jemand, der die Wahrheit erkennt!«

»Also bleibt nur Jahid«, meinte Sal. »Was seine Motive betrifft … Oh.«

»Was ist?« Aron befürchtete plötzlich eine weitere unangenehme Überraschung.

»Ich habe gerade ein Erkennungssignal empfangen«, sagte Sal. »Jahid ist hierher unterwegs.«

Über dem Tisch entstand ein großes Sichtfeld, das den Toten Raum mit seinen Möbiusbändern zeigte. Ein kleiner blauer Kreis in der Mitte präsentierte die relative Position des Schiffes in einem hohen Orbit über Ozeanica, und eine zweite Markierung direkt daneben wies auf das Kristallschiff des Blenders hin. Ein Faden, dünn und lang im öligen Grau, trug einen blinkenden Punkt, rot wie Rubin, auf die beiden Markierungen zu.

»Das ist Jahid, nehme ich an?«, fragte Aron.

»Sein Schiff ist mit einem besonders schnellen Faden verbunden«, bestätigte Sal. »Er wird in wenigen Minuten hier sein.«

»Woher weiß er, wo wir sind?«, fragte Aron. »Und was will er? Warum hält er es für nötig, persönlich zu kommen?«

»Ich habe ihm Bericht erstattet«, antwortete Sal. »Dazu bin ich nach den Vereinbarungen mit der Instanz der Moy verpflichtet. Aber es überrascht mich, dass er offenbar meinen Bericht zum Anlass nahm, die weite Reise von der Kluft hierher zu unternehmen. Dazu besteht eigentlich kein Anlass.«

»Ein Moy kommt hierher?«, quiekte Curax.

Aron achtete nicht auf ihn. »Er muss etwas für sehr wichtig halten.«

»Man braucht kein Prognostiker der Enroi zu sein, um den Grund zu erraten«, kommentierte Sal.

»Die fehlgeschlagene Mission auf Mulkain. Das Refugium auf Ozeanica.«

»Und die Überlebende«, fügte der Intellekt hinzu.

»Was hat das zu bedeuten?«, fragte Muriel, die plötzlich sehr angespannt wirkte. »Was geht hier vor?«

»Sie haben nichts zu befürchten«, versicherte ihr Aron. »Gewiss nicht von dem Moy, in dessen Auftrag ich unterwegs bin.« Er überlegte schnell, in Gedanken noch immer halb bei den verlorenen Erinnerungen an seine früheren Leben. »Wir haben eine wichtige Entdeckung gemacht und Sie gefunden und gerettet, einen zweiten Menschen. Wahrscheinlich kommt Jahid mit der Absicht, den Reaktor des Refugiums mit Moy-Technik zu stabilisieren. Sal?«

»Das wäre möglich«, räumte der Intellekt ein.

»Der Moy kommt nicht, um zu helfen!«, zischte die greise Frau, zu der Curax geworden war. »Er kommt, um zu lügen!«

Ein akustisches Signal erklang, ein kurzes halblautes Klirren wie von Glas.

»Jahid hat gerade den Transit beendet und setzt sich mit uns in Verbindung«, verkündete Sal.

Die Darstellung des Toten Raums verschwand aus dem Sichtfeld, und ein haarloser, zart gebauter Humanoide erschien, mit dünnen Armen, knochenlosen Flexfingern und kleinen elfenbeinfarbenen Schuppen, die den Leib bis zum Hals hinauf bedeckten. Die Augen waren so dunkel wie das All zwischen den Sternen.

»Ich grüße Sie, Surkzm Alhakjsdf Liphmkr Klamsojkjhe Opnreöth Qlopxeffektah Xercklatopmo Ruzhktahmolpomadergh Ymmhal«, sprach der Avatar des Moy und nannte damit den vollständigen Namen des Intellekts. »Ich grüße dich, Aron. Und ich grüße auch die beiden anderen Personen an Bord. Ich bin gekommen, um sie zu holen.«

»Ich beantrage Asyl!«, stieß Curax hervor. Er sprang auf, mit einer Agilität, die angesichts seines Erscheinungsbilds überraschte, wich zur Wand zurück und verwandelte sich dabei in ein Mischwesen mit Knochenpanzer, Krallen und den gelben Augen eines Reptils. »Ich beantrage politisches Asyl bei einer der unabhängigen Maschinenzivilisationen. Bei den Moy drohen mir Folter und Tod!«

»Wir foltern niemanden«, antwortete Jahid aus dem Sichtfeld über dem Tisch. »Und wir bringen niemanden um.«

»Die Moy halten uns für Feinde!«, rief Curax. »Sie stellen uns nach! Und sie lügen! Sie haben viele von uns getötet!«

Aron holte tief Luft, wie es ansonsten Muriels Art war, und sagte klar und deutlich: »Ich habe die Erinnerungen an meine früheren Leben verloren, Jahid. Was ist mit ihnen geschehen?«

Das Gesicht des kleinen haarlosen Humanoiden im Sichtfeld wandte sich ihm zu, wobei die weißen Schuppen des Avatars leise knisterten. »Die Erinnerungen sind nicht verloren, Aron. Du bekommst sie zurück.«

»Sie haben sie aus dem Implantat entfernt?«

»Ich habe vor Beginn deiner Mulkain-Mission getan, was nötig war«, gab Jahid zurück. »Und nun, Sal ...«

»Sie haben mir meine Erinnerungen genommen, ohne mich zu fragen?«, unterbrach Aron den Moy und erschrak über die eigene Respektlosigkeit.

»Ich habe verhindert, dass dir Blender stehlen, was du weißt«, erwiderte Jahid ruhig. Der Blick seiner schwarzen Augen schien Aron zu durchbohren. »Du bist auf Mulkain nicht den Erwartungen gerecht geworden, die wir in dich gesetzt haben. Du hast versagt. Darüber müssen wir sprechen, aber nicht hier und nicht jetzt.« Er richtete den Blick auf Muriel. »Ich bin fasziniert. Eine

Augenzeugin der alten Zeit. Ich bin sicher, sie hat uns viel zu erzählen.«

»Nein!«, platzte es aus Aron hervor, und er staunte über sich selbst. Etwas Kühles hatte ihn am Nacken berührt, kalte Finger schienen ihm dort über die Haut zu streichen. »Muriel bleibt hier. Sie ist der einzige andere Mensch, endlich bin ich nicht mehr allein!«

»Findest du das nicht ein bisschen egoistisch, Aron?«, entgegnete Jahid mit sanfter Strenge. »Denk nicht nur an dich und das, was du dir wünschst. Muriel Herrera Delgado Aguilar weiß viel von der alten Zeit. Unsere Instanz möchte mit ihr sprechen.«

»Er lügt!«, rief Curax. »Er will Muriel verschwinden lassen, weil sie der Beweis dafür ist, dass er lügt! Du wirst nie wieder etwas von ihr hören!«

»Sal, visuell«, sagte Aron schnell und fügte hinzu: »Bitte.«

Die Wände des Besprechungszimmers schienen sich in Fenster zu verwandeln. Ozeanica zeigte sich als großer blaugrüner Globus, und hinter dem Ozeanplaneten leuchteten die Myriaden Sterne des galaktischen Balkens. Etwas bewegte sich zwischen ihnen und kam näher, und die eingeblendeten Daten zeigten an, dass es ein Schiff der Moy war, ein fast zwei Kilometer durchmessender Oktaeder, umkreist von sieben prismatischen Kantenkugeln, deren Größe und Anzahl Auskunft gaben über den Rang des Reisenden.

Jahid hatte den Toten Raum mit hoher Geschwindigkeit verlassen, und Aron begriff den Grund dafür – Jahid wollte die Entfernung so schnell wie möglich auf hunderttausend Kilometer reduzieren, um den Dislokator einzusetzen.

»Sal, bitte schirm uns ab.« Die Worte flogen aus Arons Mund. »Volle Schilde.«

»Das wäre sehr unhöflich«, erwiderte der Intellekt, »findest du nicht, Aron?«

Ein Rauschen erreichte das Zimmer, wie von einem Wind, der

aus den Tiefen des Alls wehte. Die Daten zeigten an, dass Jahids Schiff die kritische Distanz für den Dislokator erreicht hatte.

»Was bedeutet das?« Muriel versuchte aufzustehen, doch etwas ließ sie mitten in der Bewegung erstarren. Halb vom Tisch erhoben, verlor ihre Gestalt an Substanz und Kohärenz, wurde durchsichtig und schien zu schrumpfen.

»Verhindere den Transfer, *bitte!*«, drängte Aron den Intellekt.

»Zu spät«, entgegnete Sal.

Muriel, ihre Augen groß, öffnete den Mund, brachte jedoch keinen Ton mehr hervor und verschwand.

Curax lief an den Wänden entlang, die Ausblick ins All boten, wie auf der Suche nach einer Tür, einem Fluchtweg. Vielleicht wollte er auch verhindern, dass er dem Dislokator des Moy einen klaren Fokus bot. Er blieb seltsam still; gelegentlich quietschte es leise, wenn seine Krallen die Wände berührten.

»Er hat dich nicht gefragt, Sal«, stellte Aron fest. Ein tiefer Schmerz fraß sich durch ihn. »Muriel befand sich in *deiner* Obhut, an Bord *deines* Schiffes. Jahid hat nicht gefragt und damit deine unabhängigen Hoheitsrechte verletzt.«

»Ich bitte um Verzeihung, Surkzm Alhakjsdf Liphmkr, aber dies ist wichtiger als irgendwelche persönlichen Erwägungen«, sprach der Avatar im Sichtfeld über dem Tisch. »Die Instanz hat bereits entschieden. Ich leite jetzt den zweiten Transfer ein.«

»Nein!« Curax lief noch schneller. »Nein!«

»Nein«, sagte auch Sal, und die Stimme des Intellekts füllte den Raum. »Die Instanz der Moy entscheidet nicht für mich. Ich bin unabhängig, ich entscheide selbst. Das Schiff bin ich, es ist mein Territorium, meine Hoheit. Hier regieren nicht die Instanz und ihr Edikt, hier gilt allein mein Wort.«

»In diesem besonderen Fall …«

»Nein«, unterbrach Sal den Moy, mit Härte in der Stimme. »Es gibt keine Ausnahmen für das eherne Prinzip der Unabhängigkeit.«

Aron hörte, wie sich das allgegenwärtige Summen des Schiffes, ein Flüstern im Hintergrund, veränderte. Die Daten in den Wandfenstern deuteten darauf hin, dass Sal die Schirme aktiviert hatte, eine für den Dislokator undurchdringliche energetische Barriere.

Curax verharrte an der Wand und sackte keuchend in sich zusammen.

Sals Stimme erklang erneut und galt wieder vor allem dem Moy. »Ich erwarte von Ihnen, dass Sie die menschliche Frau namens Muriel unverzüglich zu uns zurückschicken. Entsenden Sie einen Assistenten mit ihr an Bord.«

Jahid antwortete nicht. Er hob eine Hand, ihre tentakelartigen Flexfinger so gekrümmt, dass sie fast den Krallen des Blenders ähnelten, und unterbrach die Kommunikationsverbindung. Von einem Augenblick zum anderen war das Sichtfeld über dem Tisch leer.

Die Darstellungsbereiche an den Wänden zeigten, wie der große Oktaeder mit den sieben um ihn rotierenden prismatischen Kugeln abrupt schneller wurde. Ein blaues Glühen ging von seinen Lineatoren aus, und ein kurzes Aufleuchten wie von einer Sternschnuppe in den oberen Schichten eines Planeten markierte den Sprung des Moy-Schiffes in den Toten Raum.

26

OZEANICA SCHRUMPFTE und wurde kleiner, als das Schiff über die lokale Ekliptik stieg. Der galaktische Balken leuchtete mit der hellen Pracht von Millionen Sternen.

»Ich kann nicht feststellen, welchen Kurs er genommen hat«, erklärte Sal nach einer Weile. »Er hat einen Störer im System hinterlassen.«

»Etwas, das seine Spur verwischt.« Aron saß noch immer am Tisch des Besprechungszimmers.

Curax hatte sich wieder aufgerichtet und seine ursprüngliche Gestalt zurückgewonnen, doch das gelbe Haar war nun länger. Seine großen Ohren bewegten sich, während er lauschte, und er starrte auf die Sicht- und Datenfelder an den Wänden.

»Du kannst nicht herausfinden, wohin er Muriel bringt?«, fragte Aron den Intellekt des Schiffes.

»Es tut mir leid, Aron.«

»Er hat deine Hoheitsrechte verletzt.«

»Das hat er, es lässt sich nicht leugnen.«

»Es war respektlos dir und uns gegenüber.«

»Da hast du zweifellos recht, Aron.«

Der Blender *schlich* zum Tisch zurück, langsam und halb geduckt, einen vorsichtigen Schritt nach dem anderen. Er blieb stumm, gab nicht einen Ton von sich.

»Willst du Jahids Verhalten einfach so hinnehmen?«, fragte Aron langsam und deutlich.

»Ich habe bereits eine Protestnote an die Instanz geschickt und die anderen Unabhängigen informiert«, erwiderte der Intellekt.

»Es wird Unruhe geben, nicht wahr?«

»Davon gehe ich aus«, bestätigte Sal. »Dies ist keine zu vernachlässigende Angelegenheit, sondern ein Affront gegen die Maschinenzivilisationen.«

»Das dürfte Jahid zweifellos klar gewesen sein. Dennoch hat er so und nicht anders gehandelt. Muriel ist ihm wichtiger als die negativen Konsequenzen, die sein Verhalten nach sich ziehen könnte.«

»So scheint es, ja.«

»Warum? Wohin bringt er Muriel? Was hat er mit ihr vor? Warum ist er bereit, wegen ihr einen diplomatischen Zwischenfall zu riskieren?«

Curax sank wie in Zeitlupe auf einen Stuhl und hörte noch immer konzentriert zu.

»Ich kann deine Fragen leider nicht beantworten, Aron«, sagte

Sal. »Aber ich kenne einen Ort, wo alle Informationen zusammenlaufen und aufbewahrt werden.«

»Das Archiv der Moy.« Aron nahm die Hände vom Tisch und lehnte sich zurück. Das leise Summen des Schiffes schien ein wenig lauter zu werden, als seine Gedanken tanzten. »Bitte, Sal …«

»Ja?«

»Nimm Kurs auf das Archiv.«

»Wir sind nicht autorisiert«, gab der Intellekt zu bedenken. »Ohne Genehmigung bekommen wir keinen Zugang.«

»Wir lassen uns etwas einfallen.« Arons Blick richtete sich auf Curax. »Ich habe da eine Idee.«

DAS ARCHIV

27

DIE PTOHA, die Reisenden, waren älter als die ältesten noch existierenden Zivilisationen in der Milchstraße. Ihre Ursprünge blieben ein ungelöstes Rätsel. Nach den restaurierten Datenbeständen in den Eternien, den Speichern des Ewigen Gedächtnisses der Hyperionen, etwa zur Zeit der Ankunft der Ptoha konstruiert, waren sie aus dem Void jenseits der Großen Mauer gekommen, der drittgrößten Struktur des bekannten Universums, eine gewaltige Ansammlung von Galaxien, etwa zweihundert Millionen Lichtjahre entfernt, die einen ebenso riesigen kosmischen Leerraum begrenzte, mit einem Durchmesser von Hunderten Millionen Lichtjahren. Die Ptoha hatten die Milchstraße vom Andromedanebel aus erreicht, nicht durch den Toten Raum beziehungsweise das damalige Sprawl, sondern durch das Portal, das sich später in die Kluft verwandelt hatte. Die Technik, die sie dafür verwendet hatten, war unbekannt, in den Eternien der Hyperionen fanden sich keine Hinweise darauf.

Kurz nach ihrer Ankunft in der Milchstraße entdeckten die Ptoha eine völlig neue Lebensform, die Tauri, Plasmoiden oder Energiewesen in der Korona eines Roten Zwergs, die Nummer acht der Neun Großen Spezies. Mit Hilfe der Tauri begannen sie damit, Sonnensphären zu bauen, Konstrukte mit einem Durchmesser von bis zu fünfzehn Lichtstunden, die ein Sternsystem ganz umgaben und es ermöglichten, die gesamte Strahlungsenergie des betreffenden Sterns zu nutzen.

Insgesamt vier solche Sphären bauten die Ptoha während der halben Epoche, die sie in der Milchstraße verbrachten, bevor sie ihre intergalaktische Reise fortsetzten, um das Universum zu kartographieren und all seine Wunder zu erforschen. Eine entstand bei den Zeit-Riffen von Lafora, eine zweite im Tahala-System, auf dessen vierten Planeten die Gattari ihre Spiegelstädte errichtet hatten. Eine dritte schufen die Ingenieure der Ptoha und die Tauri um einen gelben Stern namens Munsk, offenbar mit der Absicht, das ganze Sternsystem in ein Raumschiff zu verwandeln, wie man es sich größer kaum vorstellen konnte. Als die Gravitationsbalance der Sphäre stabilisiert war, veränderten die Ptoha das Bewegungsmoment von Munsk und ließen den Stern immer schneller werden. Zusammen mit seiner Sonnensphäre verließ er die Milchstraße in Richtung der Großen Magellanschen Wolke und verschwand schließlich im intergalaktischen Leerraum. Berechnungen der Tauri zufolge müsste die Munsk-Sphäre in den vergangenen etwa hundert Epochen bei unveränderter Geschwindigkeit eine Entfernung von mehr als zehn Millionen Lichtjahren erreicht haben. Die Frage, ob sie immer noch existierten, blieb ungeklärt. Forschungsschiffe verschiedener galaktischer Zivilisationen hatten nach ihnen gesucht, aber keins von ihnen war, soweit bekannt, je zurückgekehrt.

Die vierte und letzte Sonnensphäre der Ptoha war die kleinste von allen, mit einem Durchmesser von nur zweiundzwanzig Lichtminuten geradezu winzig im Vergleich mit den drei anderen. Sie umgab den Weißen Zwerg Carunda, Rest eines Roten Riesen. Warum die Ptoha ausgerechnet einen vergleichsweise strahlungsschwachen Stern für ihre vierte Sphäre ausgewählt hatten, blieb ebenfalls ihr Geheimnis, und das sehr wahrscheinlich für immer, denn eine halbe Epoche nach ihrer Ankunft aus Andromeda verließen sie die Milchstraße, ohne die Sonnensphäre von Carunda zu vollenden.

Irgendwann ließen sich Heski in der verlassenen Sphäre nieder. Eins ihrer nomadischen Lichtschiffe hatte sie vielleicht nur durch Zufall entdeckt, denn die Technologie der Ptoha war der ihren weit überlegen, und so kam es auch durch die inkompetenten Versuche, die Sphäre zu nutzen und von ihr zu profitieren, zu einem Atombrand, der einen Teil der Sonnensphäre zerstörte, bevor die Kettenreaktion in den unvollständig gebliebenen Bereichen aufhörte. Die Heski hatten es bei dem Brand so sehr mit der Angst zu tun bekommen, dass sie die Sphäre aufgaben.

Später stießen Menschen auf die Hinterlassenschaften der Ptoha. Sie traten im Carunda-System die Nachfolge der Heski an und vermieden es, deren Fehler zu wiederholen. Einen Sektor nach dem anderen übernahmen sie die Sphäre und setzten nur die Anlagen in Betrieb, die sie voll und ganz verstanden. Sie hatten damals bereits Entwicklungsstufe fünf erreicht, ihnen stand also ein besseres technisches Instrumentarium zur Verfügung als den Heski von Stufe vier.

Im Verlauf der nächsten Jahrhunderte und Jahrtausende breiteten sich die Menschen immer weiter in der Sonnensphäre aus und machten sie zum Sitz des Konklave, des gemeinsamen Rates der siebzehn Hochzivilisationen, unter ihnen die Vierzehnte Terranische Republik. Über viele Generationen hinweg entstand eine neue menschliche Subspezies, Angepasste, die sich »Sphärer« nannten und deren Heimat das zweiundzwanzig Lichtminuten große Konstrukt der Ptoha war.

Dann kam die Zäsur und mit ihr des Menschen Fall, und eine neue Ära der galaktischen Geschichte begann.

Eine Zeitlang blieb die Sonnensphäre von Carunda so still und leer wie nach dem Aufbruch der Ptoha. Dann kamen die Moy, Nachfolger von Omni als Garanten des Friedens in der Milchstraße, und machten die Carunda-Sphäre zu ihrem Archiv, zugänglich nur für sie selbst und Konservatoren mit Sondergenehmigung. Archivare hüteten das Wissen der Moy, bewahrten die replizierten Kunstschätze der Galaxis.

Dort gab es Antworten auf alle Fragen …

28

DUNKEL IM für menschliche Augen sichtbaren Bereich des Lichts hing sie im All, ein strahlendes Juwel im infraroten Teil des Spektrums: die vierte Sonnensphäre der Ptoha, das Konstrukt von Carunda, mit einem Durchmesser von zweiundzwanzig Lichtminuten beziehungsweise fast vierhundert Millionen Kilometern.

Aron lag in der Pilotenmulde des Schiffes und betrachtete die Sphäre nicht nur in den Sichtfeldern, sondern auch mit Sals Sensoren. Die schematischen Darstellungen umgaben Carunda mit einem dünnen, zarten Gespinst aus Linien, das vage Ähnlichkeit mit den Fäden des Toten Raums hatte: die Flugrouten und Kursprognosen der zahlreichen Patrouillenschiffe. Rote Markierungen wiesen auf mehrere Lichtsekunden breite Anflugschneisen hin, die zu den unvollendet gebliebenen Bereichen der Sphäre und durch sie hindurch ins Innere des Systems führten.

Aron wandte den Kopf und sah Curax an, der erneut seine Gestalt verändert hatte. Er war zu einem Galvan geworden, einem alten, dürren, zerbrechlich wirkenden Avianen mit dunkler ledriger Haut und Stummelflügeln, die nicht einmal sein geringes Gewicht tragen konnten. Der sich nach vorn verjüngende Kopf sah aus wie eine verschrumpelte Frucht, die dunkle Haut war voll von Falten. Kleine Federn schmückten Nacken und Rücken und zeigten ein auf Alter hindeutendes mattes Oliv, und an der Pseudokleidung leuchteten die perfekt nachgebildeten Moy-Symbole eines Archivars.

Für die Verwaltung ihres Archivs griffen die Moy vor allem auf die Dienste der ordnungsliebenden Galvan zurück, vielleicht auch deshalb, weil sie dem Zwang zur Wahrheit unterlagen, denn Galvan konnten nicht lügen.

Das Kommunikationssystem meldete Aktivität – das Archiv der Moy bat den Neuankömmling, sich zu identifizieren.

Aron wandte sich an den Blender. »Bist du bereit?«

Curax richtete sich in dem Gerüst auf, das seinen greisen Leib stützte. »Hier stehe ich, Kruo-ta-Yppsa von den Galvan, ehemals Archivar in den Diensten der Moy«, sagte er würdevoll.

»Ich habe mich als Besucher identifiziert und wie erwartet Anflugerlaubnis erhalten«, meldete Sal.

Aron beobachtete, wie die Sonnensphäre näher kam. Die Sichtfelder zeigten einen Teil des vom Atombrand zerstörten Bereichs: finster, ohne ein einziges kleines Licht, von Rissen und Kratern durchzogen, geborsten und zerrissen. Die menschlichen Sphärer hatten damals automatische Gravitatoren installiert, um das Konstrukt zu stabilisieren, andernfalls wäre es nach dem Brand auseinandergebrochen.

Eins der Patrouillenschiffe nahm sie in Empfang, eine etwa dreihundert Meter große pockennarbige Kugel mit einem mehr als neunhundert Meter langen Maschinen- und Antriebsdorn. Eine Signalbrücke zwischen den beiden Schiffen entstand, und mit einer Geschwindigkeit von nur noch wenigen Kilometern pro Sekunde glitten beide durch eine große Lücke in der Sonnensphäre. Voraus erwartete sie das Licht des Weißen Zwergs.

»Hat Jahid die Archivare avisiert?«, überlegte Aron laut. »Hat er die Nachricht von der letzten Begegnung mit uns bereits weitergeleitet, damit sie wie alles andere archiviert werden kann? Davon hängt jetzt viel ab.«

»Warum sollte der Lügner Beweise für seine Schuld speichern?« Die Stimme des Blenders war jetzt tiefer, ein volltönender Bass, der gar nicht zu dem fragilen Leib des Galvan passen wollte. »Warum sollte er etwas im Archiv hinterlegen, das ihn belastet?«

»Sal?«, fragte Aron.

»Da hat Curax nicht ganz unrecht«, urteilte der Intellekt, woraufhin der Blender stolz den Kopf hob. »Außerdem hat Jahid kaum einen Grund zu der Annahme, dass wir das galaktische Archiv der Moy aufsuchen. Er weiß, dass du keine Genehmigung für die Benutzung des Archivs hast.«

Die Sichtfelder boten Blick auf wabenartige Strukturen im Innern der Sonnensphäre. Hunderte von spezialisierten Assistenten krabbelten wie Käfer aus Metametall und Synth durch die offenen Räume und Säle der Sphäre, tauschten Komponenten aus, fügten andere hinzu, reparierten, warteten und setzten instand. Aron fragte sich kurz, wie viele es in der gesamten Sonnensphäre insgesamt waren. Vielleicht waren es Dutzende oder gar Hunderte Millionen Assistenten, die damit beschäftigt waren, das Carunda-Konstrukt zu erhalten.

»Geringer Flugverkehr im Innern der Sonnensphäre«, berichtete Sal. »Einige wenige Patrouillenschiffe und Transporter, mehr nicht. Vergleichsweise hohes energetisches Niveau in den aktiven Sphärensektoren.«

Aron wandte den Kopf. Curax stand gerade und wartete auf seinen großen Auftritt.

»Man eskortiert uns zu einer Wartezone«, ertönte erneut die Stimme des Intellekts. »Unser Antrag wird geprüft.«

Keine sofortige Ablehnung – Aron hielt das für ein gutes Zeichen. Er fragte sich, was sie tun sollten, wenn dem Antrag, den Sal übermittelt hatte, nicht entsprochen wurde. Sie konnten den Zugang zu einem Interface-Zimmer nicht erzwingen; allein der Versuch wäre ein eklatanter Verstoß gegen das Edikt der Moy.

Die Sichtfelder zeigten keine Sterne mehr. Eine dunkle Wand bedeckte den Himmel und trennte das Carunda-System vom Rest des Universums. Arons Blick strich über die gewaltigen Kollektoren, die die Strahlung des Weißen Zwergs aufnahmen und in verwertbare Energie verwandelten. Zwischen ihnen gab es Sensorbuchten und Hangars für systeminterne Schiffe sowie zahlreiche viele Kilometer große Rotationselemente, jedes von ihnen eine eigene Welt mit individueller Flora und Fauna. Multispektrale Leuchtfeuer markierten die aktiven Bereiche der Sphäre, und dort befanden sich mehr Schiffe in Wartepositionen, an Bord autorisierte Konservatoren mit Zugriff auf die Datenbanken der Moy.

Sal erreichte die vorgesehene Warteposition nur wenige hundert Meter von der Sphärenhülle entfernt und verband das Schiff mit einem der lokalen Gravitationsanker, die Kollisionen verhindern sollten. Das Patrouillenschiff mit dem langen Maschinendorn entfernte sich.

»Wie lange müssen wir warten?«, fragte Aron.

»Unbekannt«, antwortete Sal. »Es kann Stunden dauern, bis über den Antrag entschieden wird, vielleicht sogar Tage. Es hängt davon ab, ob und wann Archivare Zeit dafür erübrigen können.«

Aron überlegte einen Moment.

»Nein«, entschied er, »wir warten nicht. Bitte setz dich erneut mit der Administration in Verbindung. Curax?«

»Es kann losgehen«, sagte der Blender zuversichtlich.

»Was ist mit dem Dislokator, Sal?«

»Bereitschaft für Fokusausrichtung, die Akkumulatoren sind geladen. Kurzstreckentransfer für zwei Personen.«

»Und ein Fluchtkurs, falls etwas schiefgeht?«, fragte Aron.

»Alle Systeme bereit«, versicherte der Intellekt. »Ich bringe uns nicht nach draußen, durch eine der Lücken ins interstellare All, sondern tiefer ins System, und von dort springen wir in den Toten Raum.«

»Ist das möglich, ohne die Stabilität der Sphäre durch energetische Schockwellen zu gefährden?«

»Wenn wir tief genug im Innern des Systems sind«, erklärte Sal.

»Gut.« Aron nickte zufrieden. »Wir wiederholen den Antrag, und zwar direkt, mit einem Hinweis auf Dringlichkeit. Sal?«

»Kommunikationskanal wird geöffnet.«

Vor Pilotenmulde und Stützgerüst erschien ein neues Sichtfeld, darin ein humanoider menschenähnlicher Wefing von der Eiswelt Canaris. Er trug einen Thermomantel, der die Temperatur für ihn auf wenige Grad über dem Gefrierpunkt von Wasser senkte. Die Augen waren eisgrau, das Gesicht farblos, die Haut von dünnen Falten durchzogen.

»Administration, Sektor neunzehn, mein Name ist Nunta Corelio«, sagte der Wefing in akzentfreiem InterLingua. »Wobei kann ich Ihnen behilflich sein?«

»Hier stehe ich, Kruo-ta-Yppsa von den Galvan, ehemals Archivar in den Diensten der Moy«, sagte Curax laut und deutlich, aber mit einem Zittern in der Stimme, das auf hohes Alter hindeutete. »Meine Lebenszeit ist begrenzt, nach drei Verjüngungen bleibt mir nur noch eine halbe Dekade. Daher bitte ich um eine sofortige Entscheidung über meinen Besuchsantrag. Ich möchte noch einmal den Ort sehen, an dem ich einen Großteil meines Lebens verbracht habe, und dem Archiv die Geschichte meiner Jahre hinzufügen.«

Der Wefing im großen Sichtfeld nickte und streckte die Hände in ein Bündel virtueller Kontrollen. Wenige Sekunden später sagte er: »Ich finde Ihren Namen nicht bei den registrierten Archivaren.«

Curax gab sich überrascht. »Wie ist das möglich? Ein Fehler?«

»Das ist sehr unwahrscheinlich«, erwiderte der Wefing ungerührt.

»Bitte lassen Sie mich einen Interface-Raum aufsuchen, um diese Angelegenheit zu überprüfen und meine Daten abzulegen«, sagte Curax. »Ich bin Kruo-ta-Yppsa von den Galvan. Ich spreche wahr, Galvan lügen nicht.«

Die Hände des Wefing bewegten sich in den nur für ihn sichtbaren virtuellen Kontrollen. »Ihnen wird eine Sondergenehmigung erteilt. Hier sind die Koordinaten für das Andockmodul …«

»Wenn Sie gestatten …«, unterbrach Curax. »Reisen mit Kapseln sind für mich beschwerlich geworden. Ich würde gern den Dislokator dieses Schiffes benutzen und jemanden mitnehmen, der im Notfall die erforderliche medizinische Hilfe leisten kann.«

Wieder bewegten sich die Hände des Wefing. »Genehmigt«, sagte er. »Interface-Raum siebenundneunzig. Bitte setzen Sie sich nach der Verifizierung mit mir in Verbindung.«

»Ich danke Ihnen«, sagte Curax, und Sal unterbrach die Verbindung.

»Ich habe die Koordinaten des Interface-Raums«, meldete der Intellekt. »Dislokatorfokus wird ausgerichtet. Transfer erfolgt *jetzt.*«

Aron fühlte das vertraute Ziehen, das am oder im Kopf begann und anschließend den ganzen Körper erfasste. Ein leises Läuten wie von weit entfernten Glocken drang an seine Ohren, dann löste sich der Nukleus des Schiffes um ihn herum auf.

29

EIN RAUM von der Größe einer Kathedrale erwartete sie, an den gewölbten Wänden Hunderte von Sicht- und Datenfeldern. In der Mitte, auf einer hundertfünfzig Meter hohen Säule, befand sich eine Plattform mit allen notwendigen Kontrollen für den Zugriff auf die lokalen Datensysteme.

Dort wartete ein Assistent auf Aron und Curax, spezialisiert auf die galvanische Anatomie und Biologie. Der Blender überließ sich den stützenden Armen als der erschöpfte Greis, der er zu sein vorgab.

Aron sank in den adaptiven Sessel, der am Hauptpult aus dem Boden der Plattform wuchs, und strich mit beiden Händen durch die virtuellen Kontrollen.

»Erbitte Abfrageerlaubnis«, krächzte Curax und betonte noch einmal: »Hier stehe ich, Kruo-ta-Yppsa von den Galvan, ehemals Archivar in den Diensten der Moy.«

»Begrenzte Abfrageerlaubnis erteilt«, antwortete das Archiv. »Identität wird überprüft.«

Der Assistent maß die biometrischen Werte des vermeintlichen Galvan in seiner Obhut, übermittelte sie der Administration und begann mit dem Datenabgleich.

Bei der Besprechung des Plans während des Transits hatten sie geschätzt, dass ihnen nicht mehr als ein oder zwei Minuten blieben, um die benötigten Informationen zu erhalten. Nach Ablauf dieser kurzen Frist musste die Administration zu dem Schluss gelangen, dass der Galvan, der angeblich nicht lügen konnte, doch gelogen hatte und nicht der war, der er zu sein behauptete. Vermutlich kamen dann bessere Biosensoren zum Einsatz, mit denen es vielleicht möglich war, Curax als Blender zu identifizieren. Bevor das geschah, mussten sie zurück im Schiff sein.

Das Archiv sammelte alle Daten der Moy, und dabei spielte es keine Rolle, welche Bedeutung ihnen zukam. Zu den gewaltigen Datenströmen gehörten auch Informationen über die Flugbewegungen aller Schiffe – die Administration des Archivs wusste zu jedem beliebigen Zeitpunkt, wo sich welcher Moy und sein Schiff befanden.

»Erbitte Auskunft über Kurs und Flugziel des Schiffes, mit dem Jahid unterwegs ist«, sagte Aron. »Letzter bekannter Aufenthaltsort: Ozeanica im Rankor-System.«

Ein kleines Sichtfeld bildete sich direkt vor ihm mit einer Darstellung des Koordinatensystems der Moy. Aron kannte es und fand sich sofort zurecht. Eine grüne Kurslinie führte von Ozeanica zu einer Markierung oberhalb der galaktischen Rotationsebene. Eine Reihe aus Symbolen und Codezeichen wurde eingeblendet.

Hast du die Koordinaten, Sal?, dachte Aron für das Implantat.

»Ja«, teilte ihm der Intellekt über die sichere Verbindung mit. »Wir wissen jetzt, wohin Jahid fliegt. Mission erfüllt. Ich hole euch zurück.«

Einen Moment, entgegnete Aron. Weniger als dreißig Sekunden waren vergangen, ihnen blieb noch ein gewisser Spielraum.

Er stand auf und drehte sich langsam im Kreis. Wie oft hatte er sich gewünscht, einmal das legendäre Archiv der Moy zu besuchen, in den kolossalen Datenbeständen zu stöbern und nach

Antworten auf seine vielen Fragen zu suchen. Diese Antworten befanden sich hier, seit Jahrmillionen, sie warteten in den immensen Datenbanken darauf, dass jemand mit einer relevanten Datensuche begann.

Mit genug Zeit – Tage, Wochen oder Monate – hätte er sich die Stasisräume angesehen, in denen echte und replizierte Kunstschätze aus allen Teilen der Galaxis vor der Zeit geschützt aufbewahrt wurden. Er wäre durch die Säle mit den Omni-Artefakten gewandert, die von den Moy und ihren Gesandten auf einigen Dutzend Welten gefunden worden waren, unter ihnen angeblich ein »Füllhorn«, das noch immer über eine aktive Verbindung zu einer Manufaktur in den Kontinua verfügte und in mehr oder weniger regelmäßigen Abständen neue Artefakte lieferte.

Doch ihm blieben nur wenige Sekunden, vielleicht noch einmal zwanzig oder dreißig. Gerade Zeit genug, einige wenige Fragen zu stellen.

»Was ist damals geschehen, bei der Zäsur?«, stieß er hervor und sprach so schnell, dass die Worte ineinander übergingen. »Warum wurde nur ein Mensch gerettet? Warum galt er als letztes Individuum seiner Spezies? Was geschah mit all den anderen Menschen?« Die Worte sprangen ihm von den Lippen, er konnte sie nicht zurückhalten: »Sind hier Sicherungskopien meiner Erinnerungen gespeichert?«

Es waren dumme Fragen, begriff Aron. Und die letzte war mit Abstand die dümmste von allen. Er bereute die Worte sofort, konnte sie jedoch nicht zurückholen.

Das Implantat verursachte einen plötzlichen kurzen Schmerz wie ein schneller Messerschnitt.

»Sie sind Aron«, erklang die Stimme des Archivs, »Konservator in Diensten des Ehrenwerten Jahid. Ihr Datenzugriff ist nicht autorisiert. Wir stellen fest: Es liegt ein Verstoß gegen das Edikt vor …«

Curax legte die Gestalt des greisen Galvan ab und damit auch seine Schwäche, wurde zu einem katzenartigen Wesen und sprang aus der stützenden Umarmung des Assistenten.

»Sal?«, rief Aron. »Hol uns zurück, jetzt sofort!«

Der Assistent rekonfigurierte sich, bekam Greif- und Waffenarme. Ein hoher, fast schriller Ton hallte durch den großen Interface-Raum. Die Sicht- und Datenfelder an den gewölbten Wänden verschwanden.

Aron erhielt keine Antwort. Die Kommunikationsfunktion des Implantats schien blockiert.

Curax duckte sich unter einem Greifarm des Assistenten hinweg und zog Aron bis zum Rand der Plattform.

»Du bist kein besonders kluger Amalgam«, fauchte er. »Wie kann jemand, der so lange und so oft gelebt hat, nur so dumm sein?«

»Sal!«, rief Aron erneut, und auch das war dumm, denn ohne einen offenen Kommunikationskanal konnte seine Stimme den Intellekt nicht erreichen.

Plötzlich glaubte er, hinter dem Alarmton ein leises Läuten zu hören, begleitet von einem neuen Schmerz, der nicht sofort wieder verschwand, sondern sich vom Nacken durch den ganzen Körper ausbreitete. Er taumelte und fiel …

Der Schmerz löste sich auf wie Nebel im Wind, und Aron hatte wieder festen Boden unter den Füßen. Er taumelte und sank in die Pilotenmulde des Schiffes. Neben ihm im Haltegerüst hing das Katzenwesen, zu dem Curax geworden war.

Aron legte die Hände auf die Kontaktflächen und spürte die Beschleunigung des Schiffes wie einen Sprint.

»Warum hat es so lange gedauert?«, ächzte er.

»Ein Schirmfeld wurde errichtet«, erklärte Sal. »Ich musste den Fokus neu ausrichten. Hat es sehr wehgetan?«

Aron schüttelte benommen den Kopf. Die Pilotenmulde hatte sich halb um ihn geschlossen, aber trotz der Sensorkontakte empfing er nur wenige Daten.

»Das Implantat fühlt sich … taub an«, klagte er. »Ich kann mich nicht richtig mit dem Schiff verbinden.«

»Darum kümmern wir uns später«, erwiderte Sal. »Ich habe die Koordinaten von Jahids Ziel, und wir sind jetzt tief genug im Innern des Systems.«

Das Schiff glitt in den Toten Raum.

IM TOTEN RAUM

30

»WIRD JAHID es wissen, wenn wir das Ziel erreichen?«, fragte Aron. »Wird er dann bereits eine Nachricht vom Archiv erhalten haben und vorgewarnt sein?«

Zusammen mit Curax saß er in einer Lounge, die der Intellekt für sie beide konfiguriert hatte, mit bequemen Sesseln, zwei Ruhenischen und einer Art Wanne; Letztere enthielt eine golden schimmernde Flüssigkeit, die dem darin liegenden Blender bis zum dünnen weißen Hals reichte. An der Rückwand bot ein mehrere Meter großes Sichtfeld Blick ins ölige Grau des Toten Raums. Sal hatte einen sehr schnellen Faden gewählt, der sie in nur einem Tag zu den angegebenen Koordinaten bringen würde.

»Es wird sich herausstellen«, antwortete Sal.

»Du weißt es nicht.« Aron saß in einem elfenbeinfarbenen Sessel, die Hände auf den Armlehnen. Curax' Bad gluckerte leise.

»Nein«, gestand der Intellekt, »doch wir sollten davon ausgehen, dass Jahid von unserem Besuch des Archivs weiß.«

»Wie lautet der Plan?«, quiekte Curax. »Wie *gehen* wir vor?«

»Wir befreien Muriel«, sagte Aron.

»Guter Plan«, lobte der Blender ironisch. »Sorgfältig ausgearbeitet. Gefällt mir.«

»Du gehst davon aus, dass sie sich in Gefangenschaft befindet.«

»Jahid hat sie, ohne zu fragen, mitgenommen. Wenn sie frei hätte entscheiden können, wäre sie bei uns geblieben.«

»Vielleicht hat sie ihre Meinung inzwischen geändert.«

Der Einwand ärgerte Aron. »Worauf willst du hinaus?«, fragte er aufgebracht.

»Offenbar hat deine emotionale Stabilität gelitten«, tadelte der Intellekt. »Es hängt vielleicht mit deinem Implantat zusammen, mit der Löschung der memorialen Speicher.«

Curax hob den schmalen Kopf mit den menschlichen Augen. »Du solltest es entfernen lassen!«

»Das Implantat?«

»Worüber sprechen wir gerade? Ja, das Implantat! Es ist ein Instrument der Lügner und Betrüger! Es hat dir deine Erinnerungen genommen, und vielleicht flüstert es dir sogar ein, was du denken und fühlen sollst! Bist du sicher, dass deine Gedanken dir selbst gehören?«

»Ich bin ich«, sagte Aron mit fester Stimme und fragte sich, ob das immer noch stimmte. Ohne das voll funktionsfähige Implantat fühlte er sich nur halb wie er selbst. Er hatte es immer getragen, soweit er sich erinnern konnte, schon als Kind. Die Moy hatten es ihm unmittelbar nach der Rettung gegeben.

»Was den Plan betrifft«, ließ sich der Intellekt vernehmen, »solltest du dir in jedem Fall genau überlegen, was du tust.«

Aron wusste, was Sal meinte. »Wir haben bereits gegen das Edikt der Moy verstoßen, als wir uns Zugang zum Archiv verschafften.«

»Und du warst so klug, dich mit deinen Fragen selbst zu identifizieren«, spottete Curax.

»Ein Verstoß gegen das Edikt ist schlimm genug«, fuhr Sal fort. »Aber nicht so schlimm wie ein offener Konflikt mit den Moy, insbesondere mit deinem Mentor Jahid. Willst du dich wirklich darauf einlassen? Die Folgen wären unabsehbar. Eine könnte darin bestehen, dass dies dein letztes Leben ist. Hast du daran gedacht? Bei weiteren Verstößen gegen das Edikt entscheidet die Instanz vielleicht, dich aus den Diensten der Moy zu entlassen und keine weitere Erneuerung deiner Existenz vorzunehmen. Der nächste Tod wäre dein letzter.«

Curax hatte sich in seinem Bad aufgesetzt und war wieder zu

einem aufmerksamen Zuhörer geworden. Die Ohren hatten sich nach vorn geneigt, als wollten sie die Worte aufsaugen.

»Auch du riskierst einen offenen Konflikt mit den Moy«, gab Aron zu bedenken.

»Das stimmt«, entgegnete Sal mit sanfter Stimme. »Aber ich habe eine Rechtfertigung. Er hat meine Hoheitsrechte verletzt. Das bedeutet, er steht in meiner Schuld.«

»Du meinst, du hast was gut bei ihm.«

»Korrekt.«

Aron schwieg und betrachtete die Myriaden Möbiusbänder, die nahe und ferne Orte im Universum miteinander verbanden. Nach einigen Sekunden stand er auf, ging zur Rückwand der Lounge und winkte für das Gesten-Interface, woraufhin die Darstellung des Toten Raums der des Multiversums wich, mit zahlreichen Kugeln und Ellipsen zart wie Seifenblasen. Der Zufall wollte, dass sich zwei der größeren Kugeln in der Mitte des Sichtfelds berührten, und an der Kontaktstelle blitzte es. Eine neue Kugel entstand, winzig erst, doch sie blähte sich schnell auf.

»Ein Urknall«, murmelte er, für einen Moment abgelenkt. »Ein neues Universum ist entstanden.«

»Ein Kind der Divinität«, flüsterte Curax.

Aron achtete nicht darauf und versuchte, rationale Gründe für eine Entscheidung zu finden, die er emotional bereits getroffen hatte.

»Ich bin immer allein gewesen, mein ganzes Leben lang«, sagte er, »all meine Leben.« Er sprach wie zu sich selbst, um seine Gedanken zu ordnen. »Ich habe immer geglaubt, der einzige noch existierende Mensch zu sein.«

»Weil die Moy dich belogen haben!«, warf der Blender ein.

»Weil sie es nicht besser wussten«, widersprach Aron. »Nehme ich an.« Er seufzte und betrachtete die im Grau driftenden Universen. »Wie auch immer, es gibt einen anderen Menschen. Allein das wäre erstaunlich genug, aber es ist noch nicht alles.«

»Die *Esperanza*«, klang die Stimme des Intellekts durch die Lounge.

»Das erste Saatschiff, das damals durchs Portal geschickt wurde.« Aron glaubte, erneut Muriels Worte zu hören. »Mit einer aktiven Besatzung von hundert Menschen und fünfhundert weiteren in der Hibernation. Und mit hunderttausend Eizellen und genug Sperma. Wenn die *Esperanza* ihr Ziel erreicht hat, könnte in Andromeda, mehr als zwei Millionen Lichtjahre von der Erde entfernt, eine neue menschliche Zivilisation entstanden sein!«

»*Könnte,* Aron«, betonte Sal. »Wir wissen es nicht.«

»Aber es wäre möglich. Es ist eine *Möglichkeit,* der man nachgehen sollte. Eine ganze menschliche Zivilisation …«

»Die Andromeda-Galaxie ist noch größer als die Milchstraße«, gab Sal zu bedenken. »Sie umfasst mehr als eine Billion Sterne. Dort ohne konkrete Hinweise eine Zivilisation zu finden, die nicht mehr als einige Dutzend Sonnensysteme umfasst, halte ich für so gut wie ausgeschlossen. Und noch etwas, Aron. Der Flug nach Andromeda würde mindestens hundert Jahre dauern, selbst wenn wir einen superschnellen Faden finden. Und die sind selten im intergalaktischen Raum.«

»Vielleicht ist es gar nicht nötig, durch den Toten Raum zu fliegen.«

»Du meinst das Portal.«

»Ja«, bestätigte Aron.

»Es existiert nicht mehr«, erinnerte ihn Sal. »Es ist zur Kluft geworden.«

Aron jedoch klammerte sich an einer plötzlichen Hoffnung fest. »Aber vielleicht ist trotzdem ein Transit möglich, irgendwie. Muriel könnte uns weiterhelfen.«

»Es wird nicht einfach sein, sie zurückzuholen«, sagte der Intellekt. »Eine entsprechende Anfrage bei Jahid dürfte kaum genügen. Und hier ist noch etwas Seltsames: Die Koordinaten aus dem Archiv betreffen keinen Ort im gewöhnlichen Raum-Zeit-Kontinuum.«

»Was bedeutet das?«, fragte Aron schnell. »Sind die Koordinaten falsch?«

»Nein«, antwortete Sal. »Sie sind nicht falsch, aber sie beziehen sich auf eine Lokation im Toten Raum. Das ist sehr, sehr ungewöhnlich.«

31

»KANN UNS Jahid sehen?«, fragte Aron. Er lag in der Pilotenmulde, die Finger an den Kontaktflächen. Curax saß neben ihm in einem kleinen kobaltblauen Gerüst, das ihn halb umschlang, und Aron fragte sich, ob Sal den Blender auf diese Weise nicht nur stützen, sondern vielleicht auch festhalten wollte. »Weiß er, dass wir hier sind?«

Sicht- und Datenfelder füllten den Nukleus des Schiffes. Das größte von ihnen, direkt vor Aron, zeigte den Toten Raum mit seinen Möbiusbändern und unter ihnen ein ovales Objekt unberührt von den Fäden, wie ein Ei im Grau.

»Das bezweifle ich«, antwortete der Intellekt. »Vielleicht würde er uns sehen, wenn er aufmerksam genug Ausschau hielte und wüsste, wo wir sind.«

»Wir sollten besser davon ausgehen, dass der Moy-Lügner von uns weiß«, fauchte Curax, halb Katze und halb Reptil.

»Dem stimme ich zu«, sagte Aron und beobachtete das blasse Oval, dem sie sich mit einer Relativgeschwindigkeit von etwa fünfzig Metern pro Sekunde durch das ölige Medium des Toten Raums näherten. »Es wäre töricht anzunehmen, dass ihn die Administration des Archivs nicht informiert hat. Aber er weiß nicht, dass wir *hier* sind.«

»Meine Sensoren registrieren keine Ortungssignale«, stellte Sal fest. »Wir sind unentdeckt.«

»Macht es das leichter für uns?«, fragte Aron.

»Kommt darauf an.«

»Worauf?«, zischte Curax.

»Wie wir vorgehen«, erklärte der Intellekt. »Und wozu Jahid bereit ist.«

»Wäre er dazu fähig, dich zu verletzen?«, fragte Aron.

»Du meinst, ob er mich – das Schiff – beschädigen könnte?«

»Ja«, erklärte Aron, obwohl er das beruhigende Summen der Bordsysteme hörte; das Schiff fühlte sich gut an, es war stark und mächtig.

»Um ehrlich zu sein: Ich weiß nicht, welche Mittel Jahid zur Verfügung stehen. Die Moy sind Entwicklungsstufe acht, wie Omni vor der Zäsur.«

»Und du?«, erwiderte Aron. »Gehörst nicht auch du zur Stufe acht?« In der Erlebnissphäre des Schiffes hatte er oft genug Bereiche gefunden, mit denen er nichts anzufangen wusste, weil er ihre Funktion nicht verstand.

»Solche Kategorisierungen sind bei Geschöpfen wie mir kaum anwendbar«, erwiderte Sal, und etwas vermittelte Aron den Eindruck, dass der Intellekt versuchte, komplexe Bedeutungen mit einfachen Worten zum Ausdruck zu bringen. »Wir entwickeln uns … anders.«

Aron überlegte, den Blick auf die ovale Station im Toten Raum gerichtet. »Könnte Jahid dich überraschen?«

Ein sonderbares Geräusch zog durch den Nukleus. In all den Jahren hatte Aron es nur wenige Mal gehört – das Lachen einer Maschinenintelligenz.

»Die Moy sind immer für eine Überraschung gut«, lautete Sals Antwort.

»Was machen wir?«, fragte Curax eifrig und streckte sich in seinem kleinen Gerüst. »Wie befreien wir die menschliche Frau aus der Vergangenheit?«

»Ich berechne gerade die Möglichkeiten und ihre Wahrscheinlichkeiten«, sagte Sal.

Das kannst du viel schneller, dachte Aron. Die ausweichende Antwort diente vor allem dazu, ihnen mehr Zeit zu geben. Er will *mir* mehr Zeit geben, korrigierte sich Aron in Gedanken.

»Das Objekt vor uns«, sagte er, »das Ziel, was genau ist es? Und warum befindet es sich ausgerechnet hier, im Toten Raum? Müsste es ohne die Verbindung mit einem Faden nicht ins Kontinuum zurückfallen?«

»Vermutlich haben die Moy gelernt, bis zu einem gewissen Grad ohne solche Verbindungen im Toten Raum zu navigieren. Vielleicht handelt es sich um eine der geheimen Stationen, die sie während der Zäsur benutzt haben, um für den Feind verborgen zu sein.«

»Und ausgerechnet dorthin bringt der Moy die menschliche Frau!«, warf Curax ein. »Weil er etwas zu verbergen hat!«

»Wann erreichen wir das Ziel?«, fragte Aron.

»In fünf Stunden«, sagte Sal. »Einen Vorteil hat die gegenwärtige Situation: Der Einsatz gewöhnlicher Schirmfelder, die einen Transfer verhindern, ist nicht möglich. Ich habe den Dislokator bereits rekonfiguriert. Seine Reichweite dürfte hier geringer sein, aber wenn wir bis auf weniger als dreihundert Relativmeter an die Station herankommen, sollten wir ihn einsetzen können, um Muriel zu transferieren.«

»Was könnte Jahid dagegen unternehmen?«

»Unbekannt. Wir müssen möglichst gut vorbereitet sein, was bedeutet: Ich werde alle meine offensiven und defensiven Systeme einsatzbereit machen.«

»Du hältst ein *Gefecht* für möglich?«, fragte Aron verblüfft. Jahid hatte, indem er Muriel vom Schiff entführte, die Hoheitsrechte des Intellekts verletzt, aber rechtfertigte das *Kampfhandlungen*?

»Ich weiß nicht, welche Bedeutung diese Angelegenheit für Jahid und die Moy hat, und ich möchte meine Existenz nicht gefährden, trotz ihrer Redundanz. Mein Selbst im *Hier und Jetzt* ist ebenso einzigartig wie deins, denn die Sicherungskopien meines

Datenbestandes, die den anderen Unabhängigen in regelmäßigen Abständen übermittelt werden, betreffen wie bei deinen Erinnerungen immer nur einen früheren Zeitpunkt.«

Die Worte berührten eine empfindliche Stelle in Aron. Er schob sie beiseite – darüber wollte er derzeit nicht nachdenken.

»Ich lade jedoch auch meine Akkumulatoren und Konversionskammern mit Notenergie und verbinde uns mit dem schnellsten Faden in der Nähe der Station«, fuhr Sal fort. »Er wird uns mit maximaler Relativgeschwindigkeit fortbringen, sollte das erforderlich werden.«

»Klingt gut«, schnurrte Curax zufrieden.

»Jahid wird uns nicht festhalten können, wie auch immer«, erklärte Sal. »Aber wir werden ein gewisses Bewegungsmoment bekommen, das uns von der Station entfernt. Durch den Fadenkontakt lässt sich das nicht vermeiden.«

»Dadurch verengt sich das Transferfenster, nicht wahr?«, fragte Aron.

»Ja. Uns bleiben nicht mehr als einige Minuten.« Sal legte eine kurze Pause ein. »Aron, mein Freund …«

»Ja?« Aus den Augenwinkeln sah Aron, wie sich die Ohren des Blenders bewegten.

»Vielleicht sollten wir versuchen, mit ihm zu reden.«

»Mit Jahid? Dann wäre unser Überraschungsmoment dahin.«

»Wenn wir wirklich eins haben«, wandte der Intellekt ein. »Du könntest ihm erklären, worum es dir geht und weshalb es dir so wichtig ist.«

Aron zögerte. »Hast du Bedenken, Sal?«

»Wir haben über Freiheit und Neugier gesprochen, erinnerst du dich? Ich bin frei, selbst zu entscheiden, und ich habe mich entschieden. Außerdem bin ich neugierig, und das ist ein starkes Motiv für mich. Ich möchte mehr erfahren, ich möchte herausfinden, wohin dies führt. Gleichzeitig versuche ich, alles in Betracht zu ziehen, jeden noch so kleinen Situationsfaktor. Ein friedlicher

Weg wäre in jedem Fall vorzuziehen. Konsens ist besser als Konflikt. Nein, Aron, ich habe keine Bedenken, aber wir sollten alle Möglichkeiten ausschöpfen, findest du nicht? Und da wir gerade dabei sind: Hast du dir schon Gedanken darüber gemacht, was wir tun werden, nachdem wir Muriel gegen Jahids Willen zurückgeholt haben?«

Aron zögerte erneut. Die Wahrheit lautete: Er hatte durchaus daran gedacht, und es war ein sehr reizvoller Gedanke gewesen.

»Ein Schritt nach dem anderen«, zischte Curax.

»Nein«, widersprach Sal. »Eine solche Strategie wäre fatal, denn wenn man erst am Abgrund steht, bleiben einem nur noch wenige Optionen, wenn überhaupt.«

Aron sprach den Gedanken aus, seinen Wunsch. »Wir suchen die anderen Menschen. Die der Saatschiffe.«

»Wie?«

»Vielleicht kann uns Muriel einen Weg zeigen.«

»Und wenn nicht?«

»Dann müssen wir selbst einen finden.« Ärger regte sich in ihm. »Vielleicht hat Curax recht. In diesem besonderen Fall könnte es tatsächlich besser sein, einen Schritt nach dem anderen zu tun, allerdings jeden so vorsichtig wie möglich. Konzentrieren wir uns zunächst darauf, Muriel zurückzuholen.«

»Um dann sollen wir mit ihr einen neuen Weg beschreiten, voller bisher noch unbekannter Schritte?«

»Ja!«

»Nun gut«, erwiderte Sal. »Wie gesagt, es ist … interessant. Unglücklicherweise könnte es auch sehr gefährlich werden. Wir erfahren es in vier Stunden und siebenundvierzig Minuten.«

32

IN BEZUG auf das gewöhnliche Raum-Zeit-Kontinuum flog das Schiff mit einem Vielfachen der Lichtgeschwindigkeit, doch im Toten Raum glitt es mit nur noch einem Meter pro Sekunde durchs ölige Grau, während es sich der Station der Moy näherte. Das riesige Oval mit einer Länge von mehreren Kilometern schwebte zwischen den Möbiusbändern, ohne mit einem von ihnen verbunden zu sein. Nirgends zeigten sich Öffnungen in der überall fugenlos glatten grauweißen Hülle.

»Keine energetische Aktivität«, meldete Sal. »Keine Emissionen.«

»Tot?«, quiekte Curax, immer noch halb Katze, halb Reptil. »Eine tote Station im Toten Raum?«

Arons Finger ruhten auf den Kontaktflächen der Pilotenmulde. Das Implantat empfing die Datenströme der Schiffssensoren und verarbeitete sie für seine Sinne, wenn auch nicht so schnell und vollständig wie sonst. Die Entfernung betrug nur noch zweihundertachtzig Relativmeter und verringerte sich weiter, aber sie schrumpfte langsamer und würde bald wieder wachsen. Sal hatte sich mit einem schnellen Faden verbunden, der am zitternden, vibrierenden Schiff zog.

»Ist Jahid hier?«, fragte Aron. »Ich sehe keinen Hinweis auf irgendein Schiff der Moy.«

»Kein Zweifel, die Koordinaten betreffen diese Lokation«, erklang die Stimme des Intellekts, »und er müsste sein Flugziel vor uns erreicht haben. Daher nehme ich an, dass er hier ist. Die Suche nach Muriel beginnt. Bereitschaft für Dislokator, Notenergie und Lineatoren.«

Arons Finger bewegten sich auf den Kontaktflächen. Im großen Sichtfeld vor ihm schwebte das riesige Ei, das die Moy in den Toten Raum gesetzt hatten, umgeben von den Würmern und Schlangen der Fäden, viele von ihnen so dünn, dass sie den Eindruck erweckten, jeden Moment reißen zu können. Gelegentlich strichen graue Schlieren wie Nebelschwaden über die Hülle der ovalen Station, und dann trübte sich ihr Glanz. An den entsprechenden Stellen registrierten die Sensoren leichte Veränderungen in der Konsistenz des grauen Intermediums.

Zweihundertsiebzig Relativmeter, die geringste Entfernung – der Verbindungsfaden zog am Schiff und beschleunigte es in die entgegengesetzte Richtung. Für den Einsatz des Dislokators blieben siebzig oder achtzig Sekunden Zeit, dann wurde die Distanz zu groß.

»Ich beginne mit der Sondierung«, sagte Sal.

Aron fühlte den Strom der suchenden Signale als ein Prickeln an den Fingerspitzen. Dort, wo die Schlieren über die Hülle der Station wanderten, wurden sie reflektiert oder absorbiert.

»Was hat es mit den Erscheinungen auf sich, die wie Nebelfetzen aussehen?«, fragte Aron.

»Es sind Zonen veränderter Intermediumsdynamik«, erklärte Sal. »Verzerrungen in der Struktur des Toten Raums. Ich nehme an, sie stehen in Zusammenhang mit dem Etwas, das die Station ohne Kontakt mit den Fäden im Toten Raum verankert.«

»Du weißt noch immer nicht, was es ist?«

»Ich bin dabei, die lokalen Anomalien zu analysieren. Vielleicht finde ich dabei Hinweise.«

Weitere Sekunden vergingen. Über die Kontaktflächen spürte Aron die im Schiff brodelnde Energie wie die Kraft eines Giganten, der die Muskeln spannte. Mit wachsender Nervosität beobachtete er die Sicht- und Datenfelder.

»Wo ist sie?«, flüsterte er. Neben ihm duckte sich Curax in seinem Gerüst, als fürchtete er einen Schlag.

Sal konnte das Schiff nicht an Ort und Stelle halten. Der schnelle Faden, mit dem es verbunden war, zog es fort von der Station. Die Entfernung wuchs und betrug schon wieder zweihundertachtzig

Relativmeter. Dreihundert waren die maximale Distanz für den Dislokator, erinnerte sich Aron.

»Ich entdecke keine Lebensformen in der Station«, sagte Sal. »Erhöhe die Signalstärke.«

»Lug und Trug«, raunte der Blender neben Aron. »Er ist hier, dein Jahid. Und sie ebenfalls, die Menschin aus der Vergangenheit.«

»Sie sind abgeschirmt!«, stieß Aron hervor. »Es gibt keine Schilde, die wir orten könnten, aber trotzdem ist die Station abgeschirmt. Deshalb erscheint sie tot im Toten Raum. Es gehört zu ihrer Tarnung.«

Zweihundertfünfundachtzig Relativmeter. Das Transferfenster wurde immer schmaler.

»Versuch es mit dem Aktor«, sagte Aron schnell. »Bitte!«

»Ich soll eine Station der Moy aktorisieren?«, fragte Sal skeptisch.

»Nur einen kleinen Teil von ihr«, erklärte Aron hastig. »Genug, um eine Bresche für die Sondierungssignale zu schaffen. Um hinter den Vorhang zu schauen.«

»Der Einsatz eines Aktors gegen die Moy würde mit hoher Wahrscheinlichkeit als kriegerischer Akt interpretiert«, wandte Sal ein.

»Es ist eine tote Station!«, rief Curax. »Tot im Toten Raum! Wie kann es kriegerisch sein, auf etwas Totes zu schießen?«

»Geringe Energie.« Aron sprach noch schneller. »Um den Schaden in Grenzen zu halten.«

»Die Station könnte sich wehren«, gab Sal zu bedenken. »Wenn sie sich tot stellt oder schläft … Passive Sensoren könnten den Einsatz eines Aktors für einen Angriff halten und Verteidigungsprogramme aktivieren.«

Das Schiff wurde schneller, die Entfernung wuchs auf zweihundertneunzig Relativmeter. Es blieben nur noch zehn Meter bis zur kritischen Distanz, über der ein sicherer Einsatz des Dislokators nicht mehr möglich war.

»Sal …«, begann Aron.

»Ja, ich weiß, die Zeit wird knapp«, kam ihm der Intellekt zuvor.

Das große Sichtfeld direkt vor Aron zeigte einen goldenen Funken, der vom Schiff zur Station sprang, zu einer Stelle an ihrer linken Seite. Er wurde langsamer, und für einen Moment befürchtete Aron, dass er im öligen Grau stecken blieb, bevor er sein Ziel erreichte. Doch er kroch weiter, langsam und beharrlich, und berührte die Hülle.

Es blitzte.

Ein seltsames Geräusch zog durch den Nukleus des Schiffes, ein Klirren wie von brechendem Glas. Die Datenfelder füllten sich mit roten Warnanzeigen. Ein Wabern zog über das Oval der Moy, eine Bewegung wie von fließendem Wasser, und plötzlich erstrahlten überall Lichter, hell wie Sterne.

Von einem Augenblick zum anderen erwachte die Station aus ihrem Schlaf.

»Wir werden sondiert«, sagte Sal. »Die Zielerfassung von insgesamt fünf Aktoren richtet sich auf uns ...«

»Was ist mit Muriel?«, rief Aron.

»Ich glaube, ich habe sie gefunden.«

»Du *glaubst?*« Aron beobachtete mehrere Pfeile aus Licht, die das Oval der Station verließen und sich dem Schiff näherten, träge im Grau des Toten Raums.

»Ich leite ihren Transfer ein«, sagte Sal ruhig.

»Aber wenn du ...« Weiter kam Aron nicht. Jäher Schmerz erfasste ihn, so heftig, dass er die Kontrolle über seine Sinne verlor. In dunkler, tauber Stille schien das Implantat in seiner Schläfe zu explodieren.

GORGON

33

DIES WAR eine Erinnerung aus den Tiefen der Zeit, von Schmerz dem Vergessen entrissen …

Der Knabe saß im Steinkreis am Rand des Plateaus, hoch über der weiten Ebene mit den Terrassensiedlungen der insektomorphen Iwitt, bei denen er die letzten Monate verbracht hatte. Die rote Sonne, doppelt so groß wie seine Faust, ging jenseits der fernen Berge unter. Dämmerung kroch über die Ebene, fraß ihre Farben und weckte die Geschöpfe der Nacht. Einige von ihnen, ihr Schlaf nicht so tief wie bei den anderen, stiegen bereits auf und begannen mit ihrem Tanz unter dem dunkler werdenden Himmel.

»Was wünschst du dir, Aron?«, ertönte eine rumpelnde, knirschende Stimme. »Was wünschst du dir mehr als alles andere?«

»Ruhe und Weisheit«, antwortete Aron gehorsam. »Frieden und Gleichgewicht. Ich wünsche mir Einklang mit dem eigenen Selbst.«

Der Felsenmann ragte in der Mitte des Steinkreises auf, mehr als fünfmal so groß wie der Junge, breit und massiv, mit Moos an den Flanken und Flechten auf der Brust.

»Nein«, sagte der alte Gorgon nachsichtig. »Nenn mir den Wunsch im Innersten deines Herzens.«

»Ich …« Aron zögerte. Etwas war anders an diesem Abend, das spürte er deutlich.

»Ja?«

»Ich hätte gern einen Vater und eine Mutter«, sagte Aron

schließlich. »Oder einen Bruder und eine Schwester. Aber ich bin allein.«

»Mein Junge …«, polterte Gorgon. Es hörte sich an, als schlüge jemand Steine gegeneinander. »Du bist so allein, wie du dich fühlen willst.«

»Es gibt sonst niemanden wie mich. Ich bin der einzige Mensch weit und breit, in der ganzen Galaxis, im ganzen Universum.«

»Und deshalb fühlst du dich einsam?«

Aron senkte den Kopf. »Manchmal.«

»Haben sich die Iwitt nicht gut um dich gekümmert?«

»Doch!« Der Knabe sah wieder auf. »Doch, das haben sie.«

»Sind sie nicht immer bei dir gewesen?«

»Ja, das sind sie«, bestätigte Aron.

»Und haben sie dich nicht viel gelehrt, ihre Sprache und Kultur, ihre Traditionen, die Werte ihres Volkes?«

Aron nickte. Er saß mit gekreuzten Beinen vor Gorgon, die Hände auf den Knien, und fühlte den Wind übers Plateau streichen. Erste Sterne erschienen am Himmel, die hellsten von allen. Er wusste: Später, wenn auch die Lichter in den Terrassensiedlungen der Iwitt erloschen, würde das große Feuerrad der Galaxis, blass wegen der großen Entfernung, am Firmament erscheinen.

»Trotzdem glaubst du, einsam zu sein. Weil es sonst niemanden gibt wie dich. Weil du der einzige Mensch bist.«

Aron nickte erneut. »Ich gehöre nicht zu ihnen, zu den Iwitt. Ich habe nur zwei Augen, nicht acht, und nur zwei Beine, nicht sechs.«

»Aber du hast Herz und Verstand wie sie, das verbindet euch. Sieh mich an, Junge.«

Aron hob den Blick. Gorgons Augen waren dunkel wie die finsterste Stunde der Nacht.

»Bin ich allein, bin ich einsam?«

Aron überlegte. »Du bist bekannt und bekommst oft Besuch. Dein Rat ist gefragt.«

»Ich bin ein Unikat wie du«, rumpelte Gorgon. »Es gibt keine Artgenossen.«

Aron dachte darüber nach. »Bist du einsam?«, gab er die Frage nach einer Weile zurück. Über ihnen leuchtete ein weiterer heller Stern am Himmel, und im Gegensatz zu den anderen bewegte er sich.

»Wie kann man allein und einsam sein in einem Universum voller Leben?«, knirschte der Felsenmann und bewegte etwas, das bei einem Geschöpf aus Fleisch und Blut Arme gewesen wären. »Überall gibt es Stimmen, die zu Herz und Verstand sprechen und dir sagen, dass du nicht allein bist. Du musst nur Ohren für sie haben. Lausche in die Nacht, Junge. Was hörst du?«

Aron lauschte. Er hörte den Wind und vielleicht sogar ein leises Klimpern von den Iwitt-Terrassen. Als er noch etwas länger lauschte, glaubte er, den eigenen Herzschlag und das Strömen des Bluts in seinen Adern zu vernehmen.

Mit einigen wenigen Worten beschrieb er seine Wahrnehmungen.

»Hörst du die Stimme des Universums?«

Aron zögerte unsicher. »Wie klingt sie?«

Einige Sekunden verstrichen in einer Stille, die Aron vielleicht noch etwas mehr lehren sollte. Er hatte gelernt, auf solche kleinen Details zu achten, auf Lücken, die es mit Erkenntnissen zu füllen galt.

»Sie ist schwer zu beschreiben«, erwiderte Gorgon ausweichend. »Es würde zu lange dauern, die richtigen Worte zu finden, um dir eine Vorstellung davon zu vermitteln, und so viel Zeit haben wir nicht.«

Das fand Aron seltsam, denn an Zeit hatte es ihnen nie gemangelt. Davon gab es auf Ruttal, Heimat der Iwitt, jede Menge.

Der helle neue Stern am Himmel wurde größer, näherte sich.

»Du hast Eltern gehabt, Junge«, fuhr der Felsenmann fort. »Du hattest Vater und Mutter, aber sie sind tot, wie all die anderen

Menschen, von der Zäsur dahingerafft. Sie waren Kinder des Universums, wie du selbst. Wie wir alle. Und deshalb ist niemand von uns allein. Wo wir auch sind, was wir auch tun, was immer wir denken und fühlen: Nie, *nie* sind wir allein. Unsere große Vatermutter namens Universum ist immer bei uns. Und wenn man weiß, worauf es ankommt, wenn man richtig zu hören versteht, vernimmt man ihre Stimme, den Ruf der Unendlichkeit.«

»Wann werde ich es lernen?«, fragte Aron neugierig. »Kannst du es mich lehren?«

»Dazu bleibt nicht genug Zeit«, mahnte Gorgon erneut, und es knirschte und knarrte, als er sich bewegte. »Das Licht dort stammt von einem Schiff. Ein Moy ist gekommen, um dich abzuholen. Unsere letzte Begegnung geht zu Ende.«

»Unsere letzte Begegnung? Für immer? Ich sehe dich nie wieder?«

»Hier trennen sich unsere Wege.«

»Aber …«

»Sie haben dir das Leben gerettet, die Moy«, rumpelte Gorgon. »Und jetzt kommen sie, um es zu verlängern. Sie werden dir ein langes Leben schenken, länger, als du dir vorstellen kannst.«

»Länger als deins?«

»Vielleicht.«

»Hundert Jahre?«, fragte Aron. »Tausend?«

»Mich hat es schon gegeben, als die Iwitt noch nicht existierten«, sagte Gorgon. »Ich habe die Äonen kommen und gehen sehen.«

»Und ich könnte ebenso alt werden wie du?«

»Vielleicht«, wiederholte Gorgon.

Aron versuchte zu verstehen, was das bedeutete. »Es sollte mir genug Zeit geben zu lernen, die Stimme des Universums zu hören, den Ruf der Unendlichkeit.«

»Wenn du es wirklich willst, ja. Mit den richtigen Ohren.«

Aron beobachtete, wie das Licht, das kein Stern war, sondern ein Raumschiff, hinter den Terrassenstädten der Iwitt landete.

»Der Moy, der sich um dich kümmern wird, heißt Jahid«, erklärte Gorgon. »Er wird von jetzt an dein Lehrer sein. Er schickt einen Assistenten, der dich abholt.«

»Sehen wir uns irgendwann wieder?«

»Kommt ganz darauf an, wie lang dein Weg ist und wohin er dich führt«, knirschte Gorgon.

Es gab noch so viel zu sagen und so viel zu fragen, aber Aron schwieg, weil Worte plötzlich nicht mehr ausreichten. Er rückte näher an den Felsenmann heran und lehnte sich an ihn. Die Nacht wurde dunkler, der Wind brachte Kälte. Der Junge saß still an kühlem Stein und war nicht sicher, ob er sich freuen oder traurig sein sollte.

Etwas kletterte am steilen Hang empor und näherte sich dem Plateau.

»Da kommt der Assistent«, sagte Gorgon. Es klang wie das tiefe Grollen eines aufziehenden Unwetters. »Siehst du ihn?«

Aron sah einen Schemen in der Nacht, einen Schatten dunkler als die anderen. Er bewegte sich mit einem leisen Surren, das nicht vom Wind stammte. Als er noch etwas näher kam, sah er ein Geschöpf aus Metametall und Synth, das gewisse Ähnlichkeit mit einem Iwitt hatte, aber viel größer war.

Der Assistent mit den vielen Beinen verharrte am Steinkreis und öffnete sich. Eine Kabine wurde sichtbar, darin ein einzelner Sitz.

»Jahid schickt mich«, sprach der kleine Intellekt des Assistenten. »Ich soll dich abholen, Aron.«

Der Junge stand auf und machte einen Schritt nach vorn. Dann zögerte er, drehte sich um und kehrte zu Gorgon zurück. Er hätte gern die Arme um ihn geschlungen, aber sie waren nicht lang genug. Deshalb gab er sich damit zufrieden, sie auszubreiten und sich an den Felsenmann zu drücken.

»Ich werde dich vermissen«, sagte er leise.

Ein Knirschen kam aus Gorgons Innern. »Die Wunder des Universums warten auf dich, Junge. Geh jetzt.«

Aron schritt zum Assistenten. Bevor er in den Sitz kletterte, versprach er mit fester Stimme: »Eines Tages kehre ich zurück. Wenn ich den Ruf der Unendlichkeit gehört habe, kehre ich zurück und erzähle dir davon.«

»Ich werde hier sein und auf dich warten.«

VERFOLGT UND VERFEMT

34

SCHMERZ FÜLLTE Arons Kopf und rann von dort in den Rest des Körpers. Er brannte in Hals und Kehle, stach in der Brust, bohrte kleine Messer in die Flanken und versengte die Lenden. In den Beinen ließ er das Blut in den Adern kochen und erreichte mit tausend spitzen Nadeln Waden und Füße. Aron wollte schreien, doch er hörte keinen Schrei, sondern ein Knirschen, das ihn an Gorgon erinnerte, aber von ihm selbst stammte – er hatte die Zähne zusammengebissen, sie schabten übereinander.

Du kannst besiegen, was dich belastet, hatte der Felsenmann einmal gesagt, an einem windigen Abend mit Blitzen aus dunklen Wolken über den Bergen. Es war eine sonderbar frische Erinnerung, wie nur wenige Tage und nicht Jahrmillionen alt. Er fühlte den kalten Wind auf fiebrig heißer Haut. *Du kannst bestimmen, was du fühlen willst und was nicht.*

Die Pein fraß ihn auf, sie verbrannte ihn.

Aron streckte die Hände aus und glaubte, Gorgons Stein zu berühren. Der Schmerz, so begriff er, ging vom Implantat in der Schläfe aus. Er versuchte, sich zu konzentrieren und dem winzigen Gerät einen gedanklichen Befehl zu schicken.

Es reagierte nicht.

Das Feuer brannte heißer, die Messer des Schmerzes schnitten tiefer.

Wirf ihn ab, den Ballast, riet ihm Gorgon. *Befrei dich von ihm.*

Der Felsenmann, Einziger seiner Art und in Äonen klug und weise geworden, hatte ihn verschiedene Methoden gelehrt. Er musste sich nur an sie erinnern.

Aron ließ sich fallen.

Sei wie eine Sonne, die ihre Schale abwirft, hatte Gorgon gesagt. *Konzentriere dich auf dich selbst, auf deinen Kern. Finde dort dein Gleichgewicht.*

Während er fiel, dem eigenen Zentrum entgegen, dem Mittelpunkt seines Selbst, warf er die Schale ab und mit ihr den Schmerz. Ruhige Dunkelheit empfing ihn, still und taub, ein Ort der Ausgeglichenheit und des Gleichgewichts unter den hektischen Etagen der Sinne.

Die Pein verschwand, das Brennen ließ nach. Er empfing die Kühle des Steins.

Ruh dich aus, schöpfe Kraft, sprach Gorgon aus den Tiefen der Vergangenheit. *Aber bleib nicht zu lange in deinem Kern. Widerstehe der Versuchung seiner Ruhe. Wenn du dich ihr ganz hingibst, wenn du den Frieden in deinem Zentrum zu fest umarmst, kannst du ihn vielleicht nicht mehr loslassen. Es würde bedeuten, dass du nie wieder erwachst.*

Eine Umarmung. Es war seltsam, aber etwas – jemand – umarmte ihn. Hände berührten ihn, er spürte es selbst tief in seinem Innern, und es waren die Hände eines Menschen.

Vorsichtig streckte sich Aron. Grüne Augen erschienen dicht vor ihm, ein blasses Gesicht mit vollen Lippen, umrahmt von kastanienbraunem Haar.

»Muriel?«, krächzte Aron.

Sie umarmte ihn, hielt ihn fest, ein anderer Mensch, ganz nahe.

»Sein Zustand stabilisiert sich«, erklang eine vertraute Stimme. Das Schiff, dachte Aron.

»Ich bin bei dir«, flüsterte ihm Muriel zu. Ihre grünen Augen schienen noch etwas größer zu werden. »Du wirst nie wieder allein sein.«

Etwas stimmte nicht. In der Berührung lag etwas, das er schon einmal gefühlt hatte, eine wohlige, warme Geborgenheit, die nicht von der Frau stammte, sondern von …

»Nein!« Er stieß die falsche Muriel fort und richtete sich im Liegesessel auf. Die Instrumentenbänke des Medikers umgaben ihn. Rote Anzeigen leuchteten in Datenfeldern.

Das allgegenwärtige Summen des Schiffes war zu einem Rauschen geworden, wie von den Anfängen eines Sturms in hohen Baumwipfeln.

Muriel sah ihn an. Für zwei oder drei Sekunden wirkte ihr Gesicht seltsam leer, dann bewegten sich die Lippen, ein Lächeln erschien.

»Magst du mich nicht?«, gurrte sie. »Begehrst du mich nicht?« Sie kam näher, und das lange Hemd, das ihren Leib bis zu den Knien bedeckte, verschwand. Nackt streckte sie die Arme nach ihm aus.

»Rühr mich nicht an!«, rief Aron.

Aus dem Lächeln wurde ein Schmollen. »Hast du dir dies nicht dein ganzes Leben lang gewünscht? Sieh mich an!« Muriel drehte sich um die eigene Achse. »Bin ich nicht, wonach du dich gesehnt hast?«

»Nein.« Aron besann sich auf seinen Kern, wie es ihn Gorgon gelehrt hatte. »Du bist nicht Muriel, du bist Curax!«

»Es gibt keinen Unterschied, das versichere ich dir«, behauptete der Blender. »Ich bin sie, von den Zehen bis zum Scheitel, bis zum letzten Molekül.« Die falsche Muriel lächelte erneut. »Ich habe dir geholfen. Es war meine Umarmung, die dich aus der Schockstarre geholt hat.«

»Tu das nie wieder, hörst du?«, zischte Aron. *»Nie wieder!«*

Der Blender wich enttäuscht zurück. »Du bist mein Amalgam, und ich habe dir *geholfen.*«

»Diese Gestalt ist tabu für dich.« Aron kletterte von der Liege. »Du wirst dich nie wieder als Mensch ausgeben, hast du verstanden?«

»Ich könnte dir besondere Dienste leisten«, bot der Blender an. »Ich könnte dich glücklich machen.«

»*Nein!*«, rief Aron. »Sal, bitte schick mir einen Assistenten!«

»Ist unterwegs«, antwortete der Intellekt.

»Schon gut, schon gut.« Die falsche Muriel hob die Arme und *zerfloss.* Ihr Körper verlor an Festigkeit und Kohärenz, er schrumpfte, wurde kleiner und schmaler. Eine zierliche Gestalt entstand, mit halb durchsichtigen Gliedmaßen, in denen sich Knochen, Sehnen und Adern zeigten, mit goldenem Haar und puppenhaftem Gesicht. »Ich wollte nur helfen, ich will immer nur helfen!«

Die Tür öffnete sich, und ein Assistent kam herein. Curax wich zur Instrumentenwand zurück.

»Schon gut, schon gut!«, wiederholte er.

Aron merkte erst jetzt, dass er keine Kleidung trug. Er sah an sich herab. Zwischen seinen Beinen schrumpfte etwas, das eben noch ein ganzes Stück größer gewesen war.

Curax bemerkte seinen Blick. »Du hast es gewollt. Du hast mich gewollt.«

Der Assistent trat auf ihn zu. Der Blender duckte sich agil unter seinen Armen hinweg und huschte durch die offene Tür.

»Geht es dir besser, Aron?«, fragte Sal.

Auf dem nahen Tisch lagen Hemd und Hose. Aron zog sich an. »Was ist passiert?«

»Ich nehme an, Jahid hat versucht, dein Implantat neu zu programmieren«, erklärte Sal. »Dabei ging etwas schief, es kam zu einer Überladung, die bei dir einen Schock auslöste.«

Aron schloss den Hemdsaum und sah zur Liege. »Was hat er mit mir gemacht?«

»Curax brachte dich hierher zum Mediker, schneller als ein Assistent. Offenbar wollte er wirklich helfen. Das Implantat, Aron, könnte zu einer Gefahr für dich werden. Vielleicht sollten wir es entfernen.«

Er dachte darüber nach. Das Implantat war Teil von ihm, soweit er sich zurückerinnern konnte. Und genau da lag eins der Probleme.

»Es würde bedeuten, dass ich meine Erinnerungen nicht zurückbekommen kann«, sagte er. »Und ohne das Implantat wäre es mir nicht mehr möglich, mich mit deinen Sensoren und deiner Erlebnissphäre zu verbinden.« Es wäre wie eine Amputation, wie der Verlust eines wichtigen Teils seines Körpers.

Das Rauschen wurde leiser, der Wind in den hohen Baumwipfeln flaute ab.

Plötzlich fiel Aron etwas ein, die ganze Situation kehrte auf einen Schlag zu ihm zurück.

»Wo sind wir?«, platzte es aus ihm hervor. »Was ist geschehen? Hast du Muriel gefunden?«

»Wir sind noch immer im Toten Raum und entfernen uns von der Station der Moy«, antwortete Sal. »Es ist anstrengend für mich, ohne die vorbereitete Notenergie hätte ich es wahrscheinlich nicht geschafft. Jahid hat versucht, uns festzuhalten. Und er hat uns Verfolger hinterhergeschickt.«

Ein Sichtfeld entstand direkt vor Aron und zeigte ihm das graue Intermedium des Toten Raums. Einer der vielen Fäden, lang und dünn, war blau hervorgehoben, was auf die Verbindung mit dem Schiff hinwies. Die Relativgeschwindigkeit lag bei etwa zwölf Kilometern in der Sekunde und war damit sehr hoch – in Bezug auf das gewöhnliche Raum-Zeit-Kontinuum legte das Schiff etwa alle drei Sekunden ein Lichtjahr zurück.

Drei helle Punkte folgten ihm und glitten an dem blau markierten Faden entlang, ohne mit ihm verbunden zu sein.

»Sind das Schiffe von der Station?«, fragte Aron.

»Ich vermute eher, dass es sich um autonome Waffensysteme handelt«, erwiderte Sal. »Mobile Aktoren, für den Einsatz im Toten Raum bestimmt.«

»Die Moy wollen uns *vernichten*?«

»Vielleicht sollen uns die Verfolger nur fangen oder uns manövrierunfähig aktorisieren«, spekulierte Sal. »Wie dem auch sei, ich habe nicht die Absicht, es herauszufinden. Dank der vorbereiteten Notenergie und der frühzeitigen Fadenverbindung sind wir schneller als die Verfolger. Der Abstand wächst, wie du erkennen kannst.«

Aron betrachtete die hellen Punkte, die tatsächlich langsamer waren als das Schiff.

»Und Muriel?«

»Ich habe sie in der Station gefunden und transferiert, kurz bevor wir die kritische Distanz erreichten«, teilte ihm Sal mit. »Sie befindet sich im zweiten Behandlungsraum.«

Aron eilte zur Tür auf der anderen Seite, die Sal für ihn öffnete. Der zweite Raum des Medikers war etwas kleiner als der erste und nicht so hell erleuchtet. Muriel ruhte auf der Diagnoseliege, in jenes knielange kittelartige Hemd gekleidet, das Aron zuvor bei Curax gesehen hatte. Ihre Augen waren geschlossen. Ein medizinischer Assistent wachte über sie und ihre biometrischen Daten.

Zwei Meter vor der Liege blieb Aron stehen. »Wie geht es ihr? Was hat er mit ihr gemacht?«

»Keine Sorge, es geht ihr gut.«

»Warum ist sie bewusstlos?«

»Ich lasse sie schlafen, Aron. Es ist echter Schlaf, keine Hibernation. Ihr Bewusstsein braucht ihn für eine umfassende Restrukturierung. Sie wird sich besser fühlen, wenn sie erwacht. Jahid scheint sie auf eine mentale Sondierung vorbereitet zu haben. Das schließe ich aus den implantierten Mikrokontakten.«

»Er wollte wissen, was sie denkt«, sagte Aron, den Blick auf die reglose Frau gerichtet.

»Und woran sie sich erinnert. Jahid hatte es auf ihr Wissen abgesehen.«

Aron bemerkte winzige dunkle Punkte an Stirn und Schläfen der Ruhenden. »Haben die Mikrokontakte Schaden angerichtet?«

»Nicht, soweit ich es feststellen konnte. Der Assistent hat sie entfernt. Was du an Stirn und Schläfen siehst, wird in den nächsten Stunden verschwinden.«

»Wann kann ich mit ihr sprechen?«

»Bald«, versicherte ihm der Intellekt. »Aber vorher …«

»Ja?«

»Wir haben ein Problem, Aron. Eigentlich sind es sogar zwei. Bitte komm in den Nukleus. Dort zeige ich dir, was ich meine.«

35

AN DER Decke des Nukleus hing ein Geschöpf, das einem sirianischen Flughund ähnelte. Die Saugnäpfe an den Füßen hielten das etwa einen Meter große Wesen fest verankert. Es schien zu schlafen, in die eigenen ledrigen Flügel gehüllt. Als Aron direkt unter ihm in die Pilotenmulde sank, öffnete der vermeintliche Flughund ein Auge und zirpte einen Gruß.

Aron fragte sich kurz, warum der Blender immer wieder die Gestalt wechselte. Vielleicht war es eine biologische Notwendigkeit, überlegte er, die Hände bereits an den Kontaktflächen. Möglicherweise mussten die xenomorphen Zellen in mehr oder weniger regelmäßigen Abständen ihre Struktur verändern, um flexibel zu bleiben.

Das größte Sichtfeld zeigte den Toten Raum mit dem blau markierten Faden und den drei Verfolgern, die immer weiter hinter dem schnellen Schiff zurückblieben.

»Jahid hat die Instanz benachrichtigt«, begann der Intellekt. »Sie hat sofort reagiert und dich zum Gesetzlosen erklärt.«

Der Tote Raum im großen Sichtfeld wich der Darstellung eines Moy-Avatars, den Aron gut kannte: ein kleiner Humanoide, haarlos und zierlich, mit langen Beinen, dünnen Armen, knochenlosen Flexfingern und einer Haut, die aus winzigen elfenbeinfarbenen Schuppen bestand. Gesicht und Schädel zeigten ein Geflecht aus dünnen Adern. Der Blick großer dunkler Augen erreichte Aron über viele Lichtjahre hinweg.

»Es wurde gegen das Edikt verstoßen«, verkündete Jahid. »Der Mensch namens Aron hat die Gesetze gebrochen, die Frieden und Freiheit in der Galaxis schützen. Mehr noch, er hat den Moy verraten, der über mehrere Galaktische Epochen hinweg Freund und Mentor für ihn war. Er hat ihn belogen und sogar angegriffen. Dabei nahm er billigend den Tod des Moy in Kauf.« Jahid legte eine kurze Pause ein. »*Meinen* Tod. Und damit noch nicht genug. Der Mensch namens Aron hat sich mit einem Blender verbündet. Vielleicht«, Jahid unterstrich die Worte mit einer vagen Geste, »ist er nicht mehr Herr seiner Sinne und seines Geistes. Er könnte, das ist nicht auszuschließen, Opfer des Blenders geworden sein. Wir werden es feststellen, sobald wir seiner habhaft sind.«

Wieder folgte eine Pause.

»Der Gerechtigkeit muss Genüge getan werden«, fuhr Jahid fort. »Das Gesetz verlangt Respekt. Hier ist das Urteil der Instanz.«

Das Symbol der Instanz erschien im Zentrum des Sichtfelds, eine große weiße Säule mit Schriftzeichen aus Linien, die sich wanden wie die Fäden des Toten Raums. Oben brannte eine goldene Flamme, ihr Licht warm und weich. An den Seiten drehten sich langsam die Feuerräder von Galaxien, und die galaktischen Bewegungen schienen sich auf die Säule zu übertragen, sie begann zu rotieren, und ihre Zeichen verwandelten sich dabei in kleine Gesichter, jedes von ihnen anders.

»Wo auch immer der Mensch namens Aron erscheint, er ist sofort unter Arrest zu stellen und unserer Obhut zu übergeben«, ertönte eine Stimme, die aus zahlreichen einzelnen Stimmen bestand. Jedes kleine Gesicht an der Säule sprach. »So verlangt es die Instanz. Wer dem Menschen namens Aron hilft und ihm Unterschlupf gewährt, verstößt ebenfalls gegen das Edikt und wird schwer bestraft. So ist es beschlossen und dem Edikt hinzugefügt.«

Die Gesichter verblassten, die goldene Flamme erlosch, die Galaxien drehten sich nicht mehr, die Rotation der Säule endete, und ein inneres Licht ließ sie erstrahlen, bevor auch sie verschwand.

Das Grau des Toten Raums kehrte ins Sichtfeld zurück, mit dem blau markierten Faden und den drei Verfolgern.

»Du hast eine Aufzeichnung gesehen«, erklärte Sal. »Alle Zivilisationen ab Stufe vier sind benachrichtigt. Ganz gleich, wohin wir fliegen, wohin wir uns auch wenden, es gibt nirgends Sicherheit. Man wird dich erkennen, festsetzen und dich den Moy ausliefern.«

Aron hörte die Worte und wusste natürlich, dass sie ihn betrafen, aber er fühlte sich seltsam unbeeindruckt, als ginge es nicht ihn an, sondern eine andere Person. Muriel und das, was sie verkörperte, waren viel wichtiger.

»Was ist mit dir?«, fragte er. »Dich hat die Instanz nicht erwähnt, obwohl es deine Waffen waren, die gegen die Station der Moy eingesetzt wurden.«

»Vielleicht geht es darum, einen offenen Konflikt zu vermeiden«, erwiderte Sal. »Ich bin sicher, die Unabhängigen in den Kugelsternhaufen wurden informiert.«

»Welche Konsequenzen drohen dir?«

»Keine, die ich fürchten müsste«, antwortete Sal. »Ich bin autark, ich entscheide für mich.«

»Du hilfst mir, weil du neugierig bist«, sagte Aron nachdenklich und sah aus den Augenwinkeln, wie sich über ihm die Ohren des Blenders Antennen gleich bewegten. »Und aus Freundschaft.«

»Das ist korrekt.«

Curax an der Decke des Nukleus quiekte leise.

»Womit müsste ich bei den Moy rechnen?«, fragte Aron.

»Mit Strafe. Wie die aussehen könnte, bleibt Spekulation. Denkbar wären eine Löschung deines Gedächtnisses und eine Reorganisation deiner Persönlichkeit.«

»Dann wäre ich nicht mehr der, der ich jetzt bin«, murmelte Aron. »Und meine Erinnerungen hat Jahid bereits gelöscht. Er hat mir genommen, was ich gewesen bin.«

»Was das zweite Problem betrifft …«

»Ja?«

»Wir sind zwar schneller als die drei Verfolger, aber ich fürchte, wir können ihnen nicht auf Dauer entkommen«, sagte Sal. »Offenbar unterliegen sie nicht den Beschränkungen von Fadenverbindungen, im Gegensatz zu uns. Und sie bleiben uns trotz größer werdender Entfernung auf den Fersen. Wenn wir ins Raum-Zeit-Kontinuum zurückkehren, werden sie uns einholen.«

Aron beobachtete die drei hellen Punkte am blau markierten Faden. »Wie lange kannst du im Toten Raum bleiben?«

»Solange uns der aktuelle Faden trägt«, erklärte Sal. »Noch einige Tage, nach meinen letzten Berechnungen. Der Faden bringt uns bis zur anderen Seite der Milchstraße.«

»Könntest du ihn wechseln, ohne zuvor für ein Orientierungsmanöver in den Normalraum zurückzukehren?« Eine Idee regte sich in Aron.

»Das wäre schwierig, aber es ließe sich bewerkstelligen. Allerdings gebe ich zu bedenken, dass alle anderen Fäden langsamer sind. Die Verfolger würden zu uns aufschließen.«

»Wir können sie nicht abschütteln«, stellte Aron fest. »Wir können ihnen nicht entwischen.«

»Nein«, bestätigte Sal.

»Und zu welchem Planeten du mich auch bringst ... Ich müsste damit rechnen, sofort als Edikt-Verbrecher identifiziert, verhaftet und den Moy überstellt zu werden.«

»Ich fürchte, darauf läuft es hinaus.«

Die Idee entfaltete sich in Aron wie eine langsam erblühende Blume. Er zog die Hände von den Kontaktflächen der Pilotenmulde und stand auf.

»Vielleicht gibt es einen Ausweg«, sagte er. »Ich muss mit Muriel sprechen.«

36

SIE SASSEN wieder im Salon des Schiffes mit den beruhigenden Naturszenen an den Wänden, und Muriel trug wieder ein langes türkisfarbenes Gewand. Aron saß ihr allein gegenüber – Curax hing noch immer im Nukleus an der Decke, vielleicht schlief er – und sah ihr beim Essen zu. Auf dem Teller vor ihr lagen Obststücke und Gemüse, mit drei kleinen Kuchenteilen auf der linken Seite. Rechts neben dem Teller stand ein großes, bereits zur Hälfte geleertes Glas mit bernsteinfarbener Flüssigkeit. Sie führte Messer und Gabel mit knappen, wie zuvor genau einstudierten Bewegungen, und nach jedem dritten Bissen griff sie zum Glas und trank einen Schluck.

Aron bemerkte, dass die Halskette mit den Biosensoren und dem Translator fehlte.

»Danke«, sagte Muriel auf InterLingua.

Es erleichterte Aron, dass offenbar eine direkte Verständigung möglich war.

»Danke dafür, dass du mich zurückgeholt hast«, konkretisierte Muriel, als Aron schwieg und nur starrte. Sie sprach mit einem starken Akzent, und ihr InterLingua klang archaisch, aber er konnte sie verstehen, und nur darauf kam es an.

»Was hat er mit dir gemacht?«

Muriel aß und trank. »Er war in meinem Kopf«, entgegnete sie. »Er wollte sich meine Gedanken ansehen, meine Erinnerungen. Ich habe mich dagegen gewehrt. Es …« Sie unterbrach sich kurz. »Es tat weh. Dann hat er mich schlafen geschickt.«

Aron sprach langsam und wählte einfache Worte, als er ihr erklärte, was geschehen war, mit welchen Konsequenzen.

Muriel aß einen letzten Bissen und trank einen letzten Schluck, schob anschließend Teller und Glas beiseite, beugte sich vor und sah ihm in die Augen. Einige Sekunden verstrichen in Stille, dann streckte sie die Hand über den Tisch.

Aus irgendeinem Grund schreckte er vor der Berührung zurück. Vielleicht wegen der Begegnung mit der falschen Muriel.

»Du bist der einzige Mensch, hast du mir erzählt.«

»Ja.«

»Du bist nie zuvor einer menschlichen Frau begegnet.«

»Nein.«

»Du hast nie …?«

»Was?«

Muriel nickte. »Ich verstehe.« Sie zog die Hand wieder zurück. »Es tut mir leid für dich, Aron. Ich habe dein Leben durcheinandergebracht.«

Aron saß steif am Tisch, von einer Unruhe erfüllt, die er der besonderen Situation zuschrieb. »Auf Dauer können wir den Verfolgern nicht entkommen. Sie werden zu uns aufholen, wenn wir das Ende des Fadens erreichen oder ihn vorher wechseln. Oder wenn wir den Toten Raum verlassen und ins Kontinuum zurückkehren.«

»Und selbst wenn wir ihnen entkämen«, fügte sie hinzu, »in der ganzen Galaxis scheint es keinen sicheren Zufluchtsort für dich zu geben.«

»Die Milchstraße ist groß«, entgegnete Aron. »Sie hat dreihundert Milliarden Sterne und mehr als eine Billion Planeten. Die Moy und ihre Instanz sind nicht überall. Ich könnte mich irgendwo auf einer unbewohnten, unwirtlichen Welt niederlassen.«

»Möchtest du das?«, fragte Muriel sanft.

»Nein.« Aron hatte es sich bereits überlegt. »Für einige Jahre wäre es eine Möglichkeit, vielleicht sogar für einige Jahrzehnte. Aber nicht für Jahrhunderte und Jahrtausende. Nicht für immer.«

Muriels Blick schien etwas intensiver zu werden. In ihren grünen Augen lag die Tiefe der Zeit.

»Wenn ich es richtig verstehe, ergibt sich hier ein weiteres Problem für dich«, sagte sie. »Du hast Jahrmillionen gelebt, aber du bist nicht unsterblich, oder?«

»Ja, ich kann sterben«, bestätigte Aron. »Man kann mich umbringen. Im Lauf der Epochen bin ich bei Einsätzen der Moy mehrmals gestorben. Und bei anderen Gelegenheiten musste ich erneuert werden.«

Das wusste er, doch die Erinnerungen daran fehlten. Sie waren ausgelagert worden, und Jahid hatte sie aus dem Implantat gelöscht.

»Erneuert?«

»Ich altere nicht.« Während Aron sprach, drehte er seine Idee im Kopf noch immer hin und her. »Nicht im üblichen Sinn. Doch im Lauf der Zeit wird der Körper anfälliger, es kommt auf molekularer Ebene zu einer allgemeinen Destabilisierung. Dann muss ich behandelt werden.«

»Bei den Moy.«

»Ja.«

»Klingt nach Kontrolle über jemanden, der gute Dienste leistet«, kommentierte Muriel. »Wann brauchst du die nächste Behandlung?«

»Ich weiß es nicht. Ich erinnere mich nicht.«

Muriel lehnte sich langsam zurück. »Ich denke, deine Situation lässt sich so beschreiben: Du kannst dich nicht vor den Moy verstecken und bist von ihnen abhängig. Und wenn sie dich erwischen, kriegen sie auch mich. Ich habe keine Lust, mich irgendwo zu verkriechen und darauf zu warten, dass ich sterbe!«

In den letzten Worten erklang eine feste Entschlossenheit, die Aron überraschte. Die Frau aus der Vergangenheit war in einer für sie ganz und gar fremden Welt erwacht, doch Zweifel und Unsicherheit ließ sie nicht erkennen. Sie war eine Kriegerin, eine Offizierin aus der Zeit der Zäsur, daran gewöhnt, in klaren Bahnen zu denken.

»Vielleicht gibt es Hilfe für uns«, sagte er so behutsam, als würde er der eigenen Idee nicht trauen.

Muriel wartete stumm.

»Die anderen Menschen, von denen du mir erzählt hast … Die

Saatschiffe, die nach Andromeda aufgebrochen sind, allen voran die *Esperanza* …« Aron hatte mit Sal darüber gesprochen, als die Idee noch ganz frisch gewesen war. »Wir könnten sie suchen.«

»Ist dieses Schiff imstande, Andromeda zu erreichen?«

»Ja«, erklang die ruhige Stimme des Intellekts. »Ja, ich könnte Andromeda erreichen. Irgendwo im Toten Raum gibt es bestimmt einen Faden, der zu unserer großen Nachbargalaxis führt. Aber selbst wenn es eine sehr schnelle Verbindung wäre, für Aron und für Sie, Muriel, würde der Flug zu lange dauern, Jahrhunderte oder Jahrtausende.«

»Es gibt eine andere Möglichkeit«, sagte Aron.

»Die Kluft«, vermutete Sal.

»Ja.«

»Das Portal?« Muriel beugte sich wieder vor. »Omni hat das alte Ptoha-Portal damals stabilisiert, aber du hast erzählt, dass es wieder instabil geworden ist, zu einer Anomalie.«

»Das Portal funktioniert noch«, behauptete Aron. »Ich habe es selbst gesehen. Sal kann es bestätigen.«

»Ein gewaltiges Objekt bewegte sich darin«, sagte der Intellekt. »Vielleicht ein Schiff. Jahid sprach in diesem Zusammenhang vom alten Feind.«

Aron erinnerte sich an die Begegnung mit Jahid bei der Kluft, an das riesige Etwas, das in ihr aufgestiegen war, besetzt von Tausenden Lichtern.

Er bemerkte, wie sich Muriels Gesichtsausdruck veränderte. Sie wirkte plötzlich alarmiert.

»Wer oder was es war, spielt keine Rolle«, erwiderte er hastig. »Wichtig ist, dass sich ein Objekt im Transit befand, was bedeutet: Die Kluft – das alte Portal – stellt noch immer eine Verbindung dar.«

»Aber wohin?«, fragte Sal.

»Hast du nicht gesagt, dass du neugierig bist?« Aron hielt an seiner Idee fest. Andere Menschen, vielleicht eine ganze Menschheit,

Kinder der *Esperanza* und der anderen Saatschiffe, eine menschliche Zivilisation in Andromeda! »Bist du neugierig genug für einen Transit nach Andromeda?«

»Wir wissen nicht, was uns in der Kluft erwartet«, gab Sal zu bedenken.

»Aber wir wissen, was uns in der Milchstraße erwartet!«, stieß Aron hervor. »Verfolgung durch die Instanz und ihr Edikt!«

»Das alte Portal, die Kluft, wird von den Moy bewacht, nicht wahr?«, vergewisserte sich Muriel.

Sal kam Aron zuvor. »Das ist korrekt.«

»Und die Moy sind ebenso mächtig wie damals Omni?«

»Ich glaube schon«, entgegnete Aron, obwohl er sich nicht daran erinnerte, wie mächtig Omni gewesen war.

»Wenn es bei der Kluft Wachstationen der Moy gibt, wie sollen wir an ihnen vorbeikommen?«, fragte Muriel. »Wir sind kein Kriegsschiff, oder?«

»Nein«, sagte Sal, »das sind wir ganz gewiss nicht.«

»Wenn wir uns gut genug vorbereiten, sollte das eigentlich kein Problem sein«, gab sich Aron zuversichtlich. »Wir haben einen großen Vorteil.«

Muriel musterte ihn. »Und der wäre?«

»Die Moy wollen verhindern, dass etwas aus der Kluft herauskommt«, erklärte Aron. »Wir wollen hinein.«

STURZ INS NICHTS

37

DER NUKLEUS war etwas größer geworden und wies eine zweite Pilotenmulde auf, in der Muriel Platz nahm, um sich mit den Instrumenten vertraut zu machen. Sie trug den dünnen silbernen Bogen eines memorialen Induktors, von Sal mit Hilfe des Synthers extra für sie geschaffen: ein Gerät, das ihr Basiswissen vermittelte, gerade genug, um die elementaren Funktionen des Schiffes kennenzulernen. Aron beobachtete, wie sie die Hände auf die Kontaktflächen legte und damit begann, Daten abzurufen.

»Hast du einen passenden Faden gefunden, Sal?«, fragte er und fühlte ein Prickeln an den Fingerspitzen, das ihm mitteilte, dass er sich immer noch mit der Erlebnissphäre des Schiffes und allen seinen Systemen verbinden konnte, obwohl ihm die Möglichkeit fehlte, direkten Einfluss auf sie zu nehmen. Wenn es schwierig wurde, reduzierte sich die Bedeutung von Pilot Aron auf die eines zuschauenden Passagiers, dann steuerte der Intellekt sein Schiff selbst, schneller, besser und sicherer als irgendein biologisches Geschöpf, das viel zu langen Latenzen unterlag. In dieser Beziehung gab sich Aron keinen Illusionen hin. Dass er gelegentlich navigieren und direkt mit den Hauptsystemen des Schiffes interagieren durfte, war eine freundliche Geste, ein Zugeständnis wie einem Kind gegenüber, dem man eine leicht zu bewältigende Aufgabe überließ.

»Ja, ich habe einen gefunden«, antwortete der Intellekt. »Er wird uns auf einem kleinen Umweg zur Kluft bringen, was bedeutet: Unser Ziel wird zunächst nicht verraten. Allerdings kostet uns der

Wechsel Zeit und Geschwindigkeit, so dass die Verfolger den Abstand verringern könnten.«

»Wie nahe?«, zischte Curax. »Wie nahe kommen sie heran?« Wieder halb Katze und halb Reptil steckte er in einem Haltegerüst, das fast wie ein Käfig aussah. Gelegentlich veränderte sich sein Gesicht und gewann Konturen, die an Muriel erinnerten, doch schnell wieder verschwanden, wenn ihm Aron einen scharfen Blick zuwarf.

»Sehr nahe«, betonte Sal. »Bei der Kluft bleibt uns nicht viel Zeit.«

»Mit anderen Worten, wir haben nur einen Versuch«, stellte Aron fest.

Vor Muriel wechselten die Datenfelder einander ab. »Können wir uns schützen? Können wir kämpfen?«

»Ja, wir können uns schützen«, versicherte ihr der Intellekt. »Aber was auch geschieht, ich werde nicht auf die Wachstationen der Moy schießen. Es wird keinen Kampf geben.«

Muriel wandte den Kopf, und Aron spürte ihren Blick.

»Du weißt sicher, was am besten ist, Sal«, sagte er. »Wir überlassen es ganz dir.«

Uns bleibt auch gar keine andere Wahl, dachte er und spürte, wie ihm etwas Kühles über den Nacken strich. Er sah zu Curax in seinem Gestell, das diesem Halt gab, und für einen Moment glaubte er, sich selbst im Gesicht des Blenders zu erkennen.

Das Sichtfeld vor Aron gewann an Breite und Höhe – es schien sich in ein Becken voller öliger grauer Flüssigkeit zu verwandeln, gefüllt mit langen, dünnen Würmern und Schlangen. Eine der zahllosen Linien, blau markiert, war mit dem Schiff verbunden und trug es mit hoher Geschwindigkeit durch die Galaxis. Eine weitere Linie mit gelber Markierung wand sich einige Relativkilometer entfernt, beschrieb einen Bogen und führte zu sechzehn roten Riesensternen, zwischen denen sich die fast hundert Lichtjahre lange Kluft erstreckte, die vor Muriel in einem separaten Sichtfeld erschien.

»Das Portal war nicht annähernd so groß«, sagte sie und kontrollierte die Koordinaten.

»Eine Wunde im All«, murmelte Curax mit fast menschlicher Stimme. »Aufgerissen vom Feind und selbst nach zwölf Galaktischen Epochen noch nicht geheilt.«

»Wer ist er?«, fragte Aron plötzlich. »Wer versucht noch heute, durch die Kluft zu uns zu gelangen?«

Muriel wandte den Blick nicht von den Sicht- und Datenfeldern vor ihr. »Ich weiß nicht, was es heute, *jetzt*, mit den Unbekannten in der Kluft auf sich hat, aber die Vierzehnte Terranische Republik kämpfte damals an der Seite der anderen Menschenzivilisationen und von Omni gegen die Chimären.«

»Chimären?«, wiederholte Aron.

»So nannten wir sie. Ein Feind mit unterschiedlichen Gesichtern.« Muriels Stimme bekam einen harten Klang. »Die Zaisen verbündeten sich mit ihnen, und das machte es besonders schlimm für uns.«

Sie warf Curax einen Blick zu. Der Blender zischte leise.

»Der alte Feind«, murmelte Aron und bedauerte einmal mehr den Verlust seiner Erinnerungen. »Die Moy kamen kurz nach ihm, vielleicht sind sie ihm gefolgt. Ihnen gelang es, die Chimären zu besiegen und aus der Galaxis zu verbannen. Aber offenbar geben sie sich nicht geschlagen. Sie versuchen immer wieder, in die Milchstraße zurückzukehren, doch die Moy, unter ihnen Jahid, hindern sie daran.«

»Die Moy haben uns damals gerettet«, fügte Sal hinzu. »Uns alle, auch die Unabhängigen in den Kugelsternhaufen. Und sie bewahren uns noch immer vor Unheil. Deshalb werde ich keinen Kampf gegen sie führen. Achtung, ich trenne uns nun vom aktuellen Faden.«

Neue Daten fluteten die Erlebnissphäre des Schiffes. Eine heftige Vibration schwappte durch den rekonfigurierten Rumpf, und mit den Fingerspitzen an den Kontaktflächen spürte Aron, wie sich Sals energetische Balance veränderte. Absorber gewannen Energie aus dem neutralisierten Bewegungsmoment und leiteten sie in die Lineatoren, deren Summen in ein tiefes Brummen überging, als sie nach einer neuen Verbindung im Toten Raum suchten.

»Die Verfolger kommen näher«, warnte Muriel.

Aron sah es selbst: Die drei hellen Punkte setzten ihren Flug zwischen den Fäden mit unverminderter Geschwindigkeit fort, während Sal immer langsamer wurde.

Die Lineatoren des Schiffes brummten noch etwas lauter.

»Es ist schwierig«, erklärte Sal im ruhigen Plauderton. Die Kommunikation beanspruchte nur einen winzigen Bruchteil seiner Kapazität; er vernachlässigte die komplexen Bordsysteme nicht, wenn er mit ihnen sprach. »Für die fadenlose Navigation im Toten Raum bin ich nicht ausgestattet. Aber es wird klappen, macht euch keine Sorgen.«

Die Entfernung zu den Verfolgern nahm weiter ab. Scheinbar träge und schwerfällig schwamm das Schiff durchs graue Öl des Intermediums und näherte sich allmählich dem gelb markierten Faden.

»Was ist das?«, fragte Muriel plötzlich.

Etwas, das wie eine bogenförmige Druckwelle aussah, löste sich von den drei Verfolgern und breitete sich im Grau aus, das unter dem Einfluss auseinanderzufließen schien. Wo es auf die Fäden traf, gerieten die Linien in wellenförmige Bewegung.

»Eine energetische Stoßfront«, erklärte Sal noch immer im Plauderton. »Vermutlich soll sie uns davon abhalten, eine Verbindung mit dem anderen Faden herzustellen. Ich verwende den Rest der Notenergie. Es wird knapp, aber es sollte funktionieren.«

Curax quiekte besorgt. Muriel starrte in die Datenfelder und ließ sich vom Induktor die Bedeutung der vielen angezeigten Symbole erläutern. Aron beobachtete die von den drei Verfolgern ausgesandte Stoßwelle und fragte sich, ob sie wirklich nur eine neue Fadenverbindung des Schiffes verhindern sollte.

»Was würde passieren, sollte uns die Stoßfront voll treffen, Sal?«

»Schwere Schäden bei den Lineatoren und unseren peripheren Systemen könnten die Folge sein, Aron«, antwortete der Intellekt sofort.

»Zerstörung? Geht es den Verfolgern vielleicht darum? Wollen sie uns *zerstören*?«

»Unbekannt, aber unwahrscheinlich. Warum sollte den Moy an unserer Zerstörung gelegen sein? Ich nehme an, sie wollen uns aufhalten, weil sie Muriel und dich gefangen nehmen wollen.«

Eine neue Vibration erfasste das Schiff, als es den gelb markiert Faden fast erreicht hatte. Aron fühlte sie nicht nur mit den Fingern an den Kontaktflächen, sondern mit dem ganzen Körper.

»Resonanz«, erklärte Sal. »Wir reiten auf den Ausläufern der Stoßfront. Nur noch einige wenige Relativmeter …«

Aus der Vibration wurde ein unangenehmes Zittern und Beben. Curax zischte und fauchte in seinem Haltegestell. Muriel hielt sich an den Rändern ihrer Mulde fest. Von den Lineatoren kam ein Kratzen und Knirschen …

»Verbindung mit dem neuen Faden wird *jetzt* hergestellt«, verkündete Sal.

Ein Ruck ging durch das Schiff, als hätte es einen Tritt erhalten, und einen Moment später glitt es wieder ruhig dahin.

»Verbindung stabil«, meldete Sal. »Wir sind auf Kurs. Die Entfernung zu den Verfolgern wächst wieder.«

Aber sie wuchs langsamer als zuvor, stellte Aron fest, als er ins große Sichtfeld sah und sich die aktuellen Navigationsdaten anzeigen ließ. Die drei Lichtpunkte waren nicht mehr annähernd so weit vom Schiff entfernt wie zuvor und passten ihren Kurs an, wieder ohne mit einem der vielen Fäden verbunden zu sein.

»Wann erreichen wir die Kluft?«, fragte er.

»In zwei Tagen«, sagte Sal. »Zeit genug für einige letzte Vorbereitungen.«

38

IN DEN vergangenen beiden Tagen hatte Sal seinem Schiff eine neue Struktur gegeben. Es war zu einem zweihundert Meter langen Keil geworden, mit einem maximalen Durchmesser von fünfundvierzig Metern, flankiert von sieben zylindrischen Lineatoren und an der Basis mit einem Kranz aus leistungsstarken Plasmatriebwerken. Die neue Form des Schiffes, hatte der Intellekt erklärt, erleichterte den Einsatz spezieller gestaffelter Schirmfelder, die sowohl vor den Energieströmen am Rand der Kluft Schutz boten als auch, in begrenztem Maße, vor den Waffen der Moy und des Feindes in den Tiefen der Anomalie. Was genau sie erwartete, wusste niemand von ihnen. Nie zuvor hatte jemand versucht, an den Wachstationen der Moy vorbei ins Innere der Kluft zu gelangen.

»Vielleicht funktioniert das alte Portal der Ptoha nicht mehr«, quiekte Curax, als sie sich im Nukleus des Schiffes für die Rückkehr ins normale Raum-Zeit-Kontinuum bereitmachten. »Vielleicht ist es zerfetzt und zerrissen von den sechzehn roten Riesensternen und den beiden Schwarzen Löchern. Vielleicht verschlingt uns ein Mahlstrom aus wilder Energie, in dem wir gefangen bleiben, bis unsere Schirme versagen und wir mitsamt dem Schiff verglühen …«

»Danke für deinen Optimismus«, unterbrach Aron den Blender. Ausgeruht und wachsam lag er in der Pilotenmulde, mit Muriel an seiner Seite. »Sal?«

»Noch zehn Minuten«, ertönte die Stimme des Intellekts. »Wir werden langsamer. Die Verfolger schließen wieder zu uns auf.«

Aron beobachtete sie im Sichtfeld, das nicht nur den Toten Raum zeigte, sondern auch eine eingeblendete Karte mit dem galaktischen Zielsektor und den sich schnell verändernden Navigationsdaten.

»Wann erreichen sie uns?«, fragte Muriel. Sie wirkte unruhig. Vielleicht gefiel es ihr nicht, untätig bleiben und alles dem Schiff überlassen zu müssen.

»Nicht rechtzeitig genug«, sagte Sal.

Das Summen der sieben großen Lineatoren veränderte sich, als ihr energetisches Niveau sank. Die Akkumulatoren füllten sich mit Bereitschaftsenergie für die gestaffelten Schirmfelder. Der Relativkarte zeigte das Schiff in unmittelbarer Nähe des ersten von insgesamt sechzehn roten Riesensternen.

»Könnte es sein, dass die Wachstationen der Moy von unseren Verfolgern alarmiert wurden?«, quiekte Curax.

»Alles ist möglich«, antwortete Sal.

Eine Sekunde nach der anderen verging, während das Schiff im Toten Raum immer langsamer wurde und sich auf der Relativkarte dem Rand der Kluft näherte, so weit wie möglich von den letzten bekannten Positionen der Wachstationen entfernt. Eine leichte Vibration setzte ein, hervorgerufen von einer Turbulenz im Grau des Intermediums, einem langsamen Brodeln, das von der Anomalie im Raum-Zeit-Kontinuum ausging. Die Verfolger kamen tatsächlich näher, erkannte Aron, ihre Geschwindigkeit verringerte sich nicht. Doch es ging keine weitere Stoßwelle von ihnen aus.

»Alle Waffensysteme sind offline«, stellte Muriel missbilligend fest.

»Ich habe bereits darauf hingewiesen«, sprach der Intellekt. »Es ist nicht meine Absicht, gegen jemanden zu kämpfen.«

»Wenn man angegriffen wird, sollte man sich wehren«, fauchte Curax und fuhr die Krallen aus. »Ich wünschte, ich hätte mein Schiff nicht im Orbit über Ozeanica zurückgelassen. Es verfügt über eine gute offensive Ausstattung.«

»Es wird keinen Kampf gegen die Moy geben«, erklärte Sal kategorisch.

Das Schiff begann damit, sich vom Faden zu lösen. Es wurde

noch langsamer, und die Verfolger kamen bis auf einen Relativkilometer heran.

Nur noch einige wenige Minuten bis zur Rückkehr in den Normalraum.

Aus den Augenwinkeln sah Aron, dass sich Muriel in ihrer Mulde nicht mehr rührte. Sie starrte in die Datenfelder und bewegte sich nicht, abgesehen von einem gelegentlichen Blinzeln.

In Bezug auf das Raum-Zeit-Kontinuum befand sich das Schiff inzwischen über der Kluft und senkte sich auf sie zu. Aron empfing die Daten direkt über die noch aktiven Funktionen des Implantats und bemerkte eine Veränderung bei den Verfolgern. Ihre energetische Signatur veränderte sich, im Sichtfeld ging ein mattes Leuchten von ihnen aus.

»Ich nehme an, das ist ein letzter Versuch, uns aufzuhalten«, beantwortete Sal die Frage, bevor Aron sie stellte. »Sie wissen, dass wir uns vom Faden lösen.«

Noch eine Minute.

Curax duckte sich in seinem Gestell.

Muriel rührte sich noch immer nicht.

Aron fühlte sich auf sonderbare Weise von den Ereignissen getrennt, als wäre er nur ein Beobachter und gar nicht direkt beteiligt. Er glaubte, sich daran zu erinnern, dass es eine alte erlernte Reaktion war, die ihn vor zu viel Anspannung schützte. Sie wurde unterstützt von den emotionalen Filtern des Implantats und ermöglichte es ihm, auch in kritischen Situationen einen kühlen Kopf zu bewahren und rational zu handeln.

»Dreißig Sekunden«, verkündete Sal.

Aron fühlte die Energieströme im Schiff und verglich es mit einem lebenden Geschöpf, das zum Sprung ansetzte. Das fahle Leuchten, das von den drei Verfolgern und vielleicht einer Waffe ausging, breitete sich weiter aus, aber die Daten deuteten darauf hin, dass es das Schiff nicht mehr erreichen konnte.

»Zwanzig Sekunden.«

Die sieben Lineatoren des rekonfigurierten Schiffes flüsterten nur noch. Halb in der Erlebnissphäre sah und hörte Aron, wie Sal die frei werdende Energie in einen Bereitschaftsraum leitete, wo sich aus auch die Akkumulatoren befanden. Die Schirmfelder mussten so schnell wie möglich aufgebaut und stabilisiert werden.

»Zehn Sekunden.«

Die Krallen des Blenders kratzten über die Stangen seines Haltegerüsts. Muriel lag stocksteif, die Hände an den Kontakten, obwohl ihr das nichts nützte – die Erlebnissphäre des Schiffes mit all ihren Sensoren stand allein Aron offen.

Stille breitete sich aus. Das Flüstern der Lineatoren hörte auf, die Verbindung mit dem Faden war endgültig gelöst.

»Jetzt«, sagte Sal.

Das Grau des Toten Raums verschwand aus dem Sichtfeld. Das Licht von sechzehn roten Riesensternen flutete den Nukleus, Plasmaströme ergossen sich wie feurige Kaskaden über den Rand der neunundneunzig Lichtjahre langen und wenige Lichtmonate breiten Kluft.

»Gestaffelte Schirme und Plasmatriebwerke sind aktiv.« Sals Stimme klang wie die eines munteren Plauderers. »Beschleunigungsphase für den Sprung durch die Anomalie wird eingeleitet.«

Arons Finger bewegten sich auf den Kontaktflächen. »Wo sind die Wachstationen?«

Die Perspektive wechselte, ein Schleier schien zu fallen, und plötzlich erschien eine funkelnde, schimmernde Pyramide, ihre Basis ein Triebwerk aus vierzehn dreihundert Meter langen Lineatoren. Eine Wachstation der Moy, weniger als eine Lichtsekunde entfernt, vielleicht sogar die von Jahid.

»Ausweichmanöver!«, rief Aron.

Sal reagierte bereits und änderte den Kurs des Schiffes. Das Donnern der Plasmatriebwerke fand einen Weg in den Nukleus.

»Der letzte Angriff der Verfolger diente dem Zweck, uns beim Ende der Fadenverbindung ein genau berechnetes Bewegungsmoment zu geben«, teilte Sal mit. »Die Rückkehr in den Normalraum sollte in unmittelbarer Nähe dieser Wachstation erfolgen.«

Ein Funke sprang von der Pyramide, und einen Sekundenbruchteil später gleißte es. Eine Erschütterung erfasste das Schiff, so heftig, dass sich Muriel an den Rändern ihrer Mulde festhielt.

»Wir haben den ersten von vier Schirmen verloren«, erklärte Sal. »Voller Schub, Lineatoren mit Restenergie.«

Im großen Sichtfeld drehte sich die Wachstation und richtete ihre Spitze auf das Schiff. Die Sensoren meldeten, dass Aktoren mit Energie geladen wurden.

»Schneller«, murmelte Aron. »Wir müssen schneller werden!«

Das Schiff beschleunigte mit vollem Plasmaschub. Und unter ihm erschien etwas in der Kluft.

Lichter schimmerten im dunklen Nichts der Anomalie, ein buntes Funkeln und Gleißen, das wenige Sekunden später Konturen gewann: Raumschiffe, große und kleine, Kugeln, Würfel und wie aufs Geratewohl aus einzelnen Segmenten zusammengesetzt, fünfzig oder sechzig an der Zahl, aufgereiht wie Perlen an einer Schnur. Aus unergründlichen Tiefen stiegen sie auf, begleitet von den strahlenden bunten Lichtern.

»Die Aktoren der Wachstation sind einsatzbereit«, meldete Sal. »Ihre Zielerfassung richtet sich auf die Raumschiffe unter uns.«

Die Plasmatriebwerke donnerten und dröhnten, ihre Schubphase dauerte an. Das Schiff wurde schneller und schneller und fiel mit fast halber Lichtgeschwindigkeit an der aufsteigenden Flotte vorbei, als von oben etwas herabschmetterte.

Der Aktoren-Schlag galt dem Feind, den aufsteigenden Raumschiffen, aber zumindest ein Teil von ihm traf auch Sal, und Aron fühlte ihn wie einen gewaltigen Fausthieb, der das Schiff an der Seite erwischte. Dieser Umstand, dass der Treffer von der Seite kam, bewahrte Sal vermutlich vor der sofortigen Vernichtung. Er wurde von den aufsteigenden Schiffen weggeschleudert, tiefer in die Kluft. Ihre sternenlose Dunkelheit schloss sich um das Schiff, und ein gewaltiger Sog riss es fort.

ZWEITER TEIL

DIE ABGRÜNDE VON RAUM UND ZEIT

IN DER GROSSEN LEERE

39

»WO SIND wir?«, fragte Muriel leise.

»Nicht in Andromeda, so viel steht fest«, erwiderte Aron leise.

Sie befanden sich in der Aussichtskuppel des Schiffes. Sichtfelder hätten mit Zoomeffekten und eingeblendeten Daten einen besseren Eindruck vermittelt, aber Muriel hatte es mit »eigenen Augen« sehen wollen: die Leere, das schwarze Nichts.

»Man könnte glauben, dass wir noch immer im Schlund des Portals stecken, in der Kluft«, murmelte sie.

»Sal?«, fragte Aron.

»Der Transit ist erfolgt und abgeschlossen«, antwortete der Intellekt. »Wir befinden uns im Raum-Zeit-Kontinuum, aber jenseits aller bekannten kosmischen Strukturen. Ich versuche, unsere Position zu berechnen.«

Aron dachte an Sals gewaltige Datenverarbeitungskapazität. Wenn er so lange brauchte, um festzustellen, wo sie sich befanden, musste die Angelegenheit tatsächlich kompliziert sein.

»Was ist mit deinen Beschädigungen?«, fragte er besorgt.

»Es hat einige Schäden gegeben, und sie werden derzeit repariert. Bis zur vollen Instandsetzung ist meine Leistungsfähigkeit um zwei Komma sieben Prozent reduziert.«

Das klang einigermaßen harmlos, fand Aron.

»Wir sind in einem Void, nicht wahr?«, vermutete Muriel.

»Das scheint der Fall zu sein«, bestätigte der Intellekt.

Sie deutete durch die transparente Wand hinaus ins All. »Die schwachen Lichter … Es sind keine fernen Sterne, sondern Galaxien.«

»Nein«, widersprach Sal. »Es sind keine Galaxien, sondern Galaxienhaufen. Bitte gebt mir etwas Zeit.«

Die Stille des leeren Alls schien in die Aussichtskuppel zu kriechen. Aron strich mit den Fingern über die nahen Kontaktflächen und aktivierte ein Datenfeld, das erste Hinweise lieferte. »Der nächste Cluster ist achthundert Millionen Lichtjahre entfernt.«

»Das ist viel.«

»Das ist sogar *sehr* viel«, betonte Aron. »Es gibt drei wichtige Fragen, auf die wir so bald wie möglich eine Antwort finden sollten. Erstens: Wo sind wir? Zweitens: Warum sind wir hier und nicht in Andromeda, dem Ziel der *Esperanza*? Und drittens: Wie kommen wir von hier weg? Sal, ich möchte nicht stören, aber …«

»Die Kommunikation beansprucht einen nur sehr geringen Teil meiner Ressourcen, wie du weißt«, erwiderte der Intellekt.

»Wenn die nächste Galaxie mindestens achthundert Millionen Lichtjahre entfernt ist, wie lange würde es dauern, sie zu erreichen?«

»Ich fürchte, die Antwort wird euch nicht gefallen.«

Aron und Muriel wechselten einen Blick.

»Darf ich es euch zeigen?«, fragte Sal.

»Bitte«, sagte Aron.

Ein Sichtfeld erschien vor ihnen und präsentierte das graue Intermedium, den Toten Raum. Dass etwas fehlte, sah Aron auf den ersten Blick – es gab keine Möbiusbänder, keine Fäden. Das ölige Grau war leer.

»Ich glaube, mit dem Bild stimmt was nicht …«, begann Muriel.

»Die Darstellung ist korrekt«, entgegnete der Intellekt.

»Keine Fäden«, sagte Aron. »Nicht ein einziger.«

»Vielleicht gibt es vor den nächsten Galaxien welche, da bin ich mir noch nicht sicher«, erklärte Sal. »Aber selbst wenn das der Fall wäre, wir können sie nicht erreichen.«

Muriel hob den Kopf. »Wir sitzen hier fest?«

»Ziehen wir keine voreiligen Schlüsse«, beschwichtigte Sal. »Ich bin noch dabei, die Situation zu analysieren. Wenn ihr mir einen kleinen Hinweis gestattet: Vielleicht solltet ihr nach Curax sehen.«

»Wo ist er?«, platzte es aus Muriel. »Was macht er?«

»Er ist beim Synther und baut sich Waffen und ein Interface für meine Datensysteme.«

40

DER BLENDER hockte vor dem Produktionskern des Synthers, als haariges Wesen mit fünf Augen und einem halb verknoteten Bündel aus Armen und Beinen, wie ein von Pelz bedeckter Oktopode. Eine Hand mit dünnen Fingern ragte aus dem Gliedmaßenbündel und hielt einen Gegenstand, der über einen Griff und eine kurze, nach vorn gerichtete Stange verfügte.

»Weg damit!«, befahl Aron.

Drei der fünf Augen richteten sich auf ihn. Der Mund klappte auf und zeigte nadelspitze Zähne. Eine der beiden Hände hob den Gegenstand.

Muriel sprang.

Ihr Fuß traf die Hand mit dem Gegenstand, mit der Waffe, und einen Augenblick später schmetterte ihre rechte Faust gegen den Kopf des Blenders. Ein gurgelndes Knurren kam aus dem Mund mit den Nadelzähnen, und zwei Augen verwandelten sich in lange Dorne. Muriel wich ihnen aus und schlug erneut zu, griff dann nach der vom Synther geschaffenen Waffe und richtete sie auf Curax.

»Aufhören!«, rief Aron. »Schluss damit!«

»Man kann Xenomorphen nicht trauen!«, stieß sie hervor. »Sieh nur, was er vorhatte!«

»Nichts hatte ich vor, nichts, nichts, nichts!«, jammerte Curax. Gelbes Haar bildete sich und krönte einen schmalen Kopf mit großen, menschlich wirkenden Augen, die Aron ansahen. »Ich wollte mich nur schützen vor der Frau aus der Vergangenheit. Sieh nur, wozu sie fähig ist! Sie würde mich töten, obgleich sie mir ihr Leben verdankt!«

Nach drei schnellen Schritten stand Aron zwischen ihnen und nahm Muriel behutsam die Synther-Waffe aus der Hand.

»Wahrscheinlich wollte er uns hinterrücks erschießen«, sagte sie, die Stimme wieder ruhig.

»Ich wollte mich schützen!« Curax stand auf und wich zur Wand der Synther-Kammer zurück. »Aus gutem Grund!« Er zeigte auf Muriel.

Aron betrachtete die Waffe. Der Beginn des Laufs direkt über dem Griff verfügte über eine Geschosskammer, verbunden mit einem dünnen Zylinder, der kleine Projektile enthielt, nicht länger als vier Millimeter und schmaler als ein Haar. Er erinnerte sich an Mulkain – mit einer ähnlich beschaffenen Waffe hatte der Blender auf ihn geschossen.

»Und das dort?« Er zeigte auf das Interfacemodul im offenen Ausgabefach des Synthers. »Wolltest du dich auch damit schützen?«

»Ja!«, stieß Curax hervor. »Denn auch Wissen kann eine Waffe sein. Ich wollte mich mit den Datenbanken des Schiffes verbinden und herausfinden, wie es um uns bestellt ist.«

»Ich nehme an, Sie wollten mehr über *mich* herausfinden«, ließ sich Sal vernehmen.

Curax neigte den Kopf zur Seite. »Es kann nie schaden zu wissen, mit wem man es zu tun hat.«

»Da sind wir dir gegenüber im Vorteil«, sagte Muriel abfällig. »*Wir* wissen sehr wohl, mit wem wir es zu tun haben.«

Für einen Moment glaubte Aron, Gorgons knirschende Stimme zu hören.

»Kooperation.« Er nahm das Interfacemodul und legte es zusammen mit der Waffe ins Recyclingfach, wo sich beide Objekte in einem kurzen silbernen Funkeln auflösten. »Zusammenarbeit.«

»Mit einem Lügner und Täuscher?«, zischte Muriel.

»Mit einer Verrückten aus der Vergangenheit?«, quiekte Curax.

»Manchmal«, sagte Aron langsam, »kann man sich seine Verbündeten nicht aussuchen.« Er musterte Curax und fühlte wieder die Kühle am Nacken, die ihm verriet, dass eine Brücke zwischen ihnen existierte und etwas von dem Blender in ihm steckte. »Weiß er Bescheid, Sal? Weiß er, in welcher Lage wir uns befinden?«

»Ich hatte noch keine Gelegenheit, ihn in Kenntnis zu setzen«, entgegnete der Intellekt. »Übrigens sind die Analysen für eine erste Situationsbewertung abgeschlossen. Ich schlage vor, ihr sucht den Nukleus auf.«

41

GROSSE SICHTFELDER schwebten über den Kontrollbänken und Navigationsinstallationen. Aron und Muriel lagen in ihren Mulden, Curax war wieder Katze und Reptil und in sein Stützgerüst geschlüpft.

»Soweit ich das feststellen kann, befinden wir uns in einem besonders großen Void, vielleicht dem größten des Universums.« Der Intellekt sprach ruhig und sachlich. »Er hat einen Durchmesser von mehr als siebenhundert Millionen Lichtjahren, und unsere Position entspricht fast genau der Mitte. Wir sind etwa dreihundertfünfzig Millionen Lichtjahre von den nächsten Sternen entfernt, das wäre selbst für die schnellsten aller Fäden viel zu weit. Aber solche Überlegungen erübrigen sich, denn hier gibt es keine Verbindungen. Der Tote Raum ist hier wirklich tot und leer.«

Für einige Sekunden zeigten die Sichtfelder nur ein langsam wogendes Grau ohne irgendwelche Konturen. Dann erschien ein weit gespanntes Geflecht aus diffusen Bändern.

»Das sind die Filamente, die größten kosmischen Strukturen«, erklärte Sal. »Sie bestehen aus Millionen und Milliarden von Galaxien, in Haufen und Superhaufen, sogenannten Clustern, zusammengehalten von gemeinsamen Schwerefeldern.«

Im zentralen Sichtfeld rückte ein nebulöses Etwas näher und erwies sich als ein breiter diffuser Strang aus Tausenden Galaxien.

»Es ist mir gelungen, einige der Superhaufen zu identifizieren«, fuhr Sal fort. »Das ist der Horologium-Supercluster.« Eine runde Darstellung erschien mit Horologium links unten. »Der Corona-Borealis-Supercluster befindet sich rechts oben.« Ein Markierungspfeil blinkte. »Die Identifizierung dieser beiden Superhaufen war sehr hilfreich bei der kosmischen Orientierung. Dadurch konnte ich den Laniakea-Superhaufen ausfindig machen, zu dem der Virgo-Haufen mit der Milchstraße gehört. Ihr seht ihn in der Mitte. Er umfasst etwa hunderttausend Galaxien und hat eine Ausdehnung von fünfhundertzwanzig Millionen Lichtjahren.«

Die runde zweidimensionale Clusterkarte wurde zu einer Kugel, die sich schnell ausdehnte und den ganzen Nukleus füllte. Kosmische Filamente aus gewaltigen Galaxienhaufen strichen an Aron, Muriel und Curax vorbei, drehten sich langsam wie in einem besonderen Wind. Für einen Moment verglich Aron sie mit DNS-Helices und stellte sich das Universum als einen immensen Organismus vor, dessen Funktionen von Anordnung und Zusammensetzung der Galaxiencluster bestimmt wurden.

»Nach meinen Berechnungen führte unser Transit durch die Kluft über eine Distanz von knapp eins Komma eins Milliarden Lichtjahre«, sagte Sal.

Aron schwieg, überwältigt von den kolossalen Ausmaßen, die um ihn herum fast greifbar wurden. Er sah sie nicht nur, die Abgründe von Raum und Zeit, er *fühlte* sie über die Verbindung mit den Sensoren des Schiffes.

Muriel fand als Erste die Sprache wieder. »Das bedeutet … ohne ein Portal gibt es keine Möglichkeit der Rückkehr. Wir sind gestrandet, in einem völlig unbekannten Teil des Universums, fernab von allem Vertrauten. Das ist …«

»Schlimm?«, keifte Curax.

»Wie ist das möglich?«, fragte Aron. »Ich meine ... All die Schiffe, die wir gesehen haben, als wir in die Kluft fielen, fünfzig oder mehr ...«

»Wenn es *wirklich* Raumschiffe waren«, gab der Blender zu bedenken. »Wenn sie *tatsächlich* existiert haben.«

Aron konnte sich kaum vorstellen, dass es Trugbilder gewesen waren, von der Anomalie hervorgerufene Sinnestäuschungen.

»Meine Sensoren haben sie geortet«, verkündete der Intellekt. »Sie waren real, und ihre energetischen Signaturen entsprachen denen von Raumschiffen.«

»Der Feind«, sagte Muriel leise. »Die Chimären.« Sie sah sich zwischen den Filamenten um. »Woher kamen sie? Können Sie das feststellen, Sal?«

»Nein«, antwortete der Intellekt. »Für eine Vektoranalyse gibt es nicht genug Daten. Aber ich gehe davon aus, dass sie keine annähernd so große Entfernung zurückgelegt haben.«

Die Filamente mit den Superhaufen aus Abertausenden von Galaxien verschwanden, die vorherigen Sichtfelder kehrten zurück und zeigten wieder eine leere Finsternis, die sich auf allen Seiten über mehr als dreihundert Millionen Lichtjahre erstreckte.

»Wie ist das möglich?«, fragte Aron erneut und wiederholte auch seine frühere Frage: »Warum sind wir hier und nicht in Andromeda?«

»Vielleicht handelt es sich um eine Sicherheitsfunktion, eingerichtet von den Chimären, um zu verhindern, dass die Moy zu ihnen gelangen«, spekulierte der Intellekt. »Möglicherweise waren es von ihnen vorgenommene Veränderungen, die damals das alte Ptoha-Portal in die Kluft verwandelten. Muriel?«

»Ich weiß es nicht«, sagte sie im präzisen Tonfall einer Offizierin. »Ich wurde nach Ozeanica abkommandiert. Was danach geschah, entzieht sich meiner Kenntnis.«

»Eine Sicherheitsfunktion«, murmelte Aron, »die jedes unbekannte Objekt, das nicht mit dem richtigen Identifizierungscode ausgestattet ist, in die fernen Weiten des Universums schleudert, wo es niemandem gefährlich werden kann?«

»Das wäre möglich.«

»Müsste es nicht eine Gegenstation geben?«, quiekte Curax. »Einen Empfänger?«

»Das sind alles Mutmaßungen«, sagte Sal. »Für genauere Aussagen brauchen wir mehr Daten, mehr Informationen. Und vielleicht gibt es einen Ort, an dem wir welche bekommen können.«

Arons Finger bewegten sich auf den Kontaktflächen. »Hast du etwas entdeckt?«

Aron sah ihn mit den Augen des Schiffes: einen Schatten in der Ferne, einen Schemen, nur deshalb in der schwarzen Leere zu entdecken, weil er um ein halbes Grad wärmer war als die Umgebung. Sal zeigte ihn in einem weiteren Sichtfeld.

»Was ist das?«, fragte Muriel.

»Vermutlich kein Raumschiff«, antwortete der Intellekt. »Dazu dürfte das Objekt mit einem Durchmesser von mehreren tausend Kilometern zu groß sein. Ich schlage vor, wir sehen es uns aus der Nähe an.«

Sal beschleunigte mit den Plasmatriebwerken.

TRAU NIEMANDEM

42

DER ASSISTENT fiel durch leeres Schwarz, ein Teil seiner Wand transparent wie ein Fenster. Aron, Muriel und Curax trugen Schutzanzüge, die Helme noch zurückgeklappt und inaktiv.

»Entfernung tausend Kilometer.« Muriel hatte eine kleinere Version des Induktors mitgenommen, den sie im Schiff verwendet hatte, eine silberne Spange in ihrem kastanienbraunen Haar, dicht über der linken Schläfe. »Visuell ist das Objekt noch immer schwer auszumachen.«

Aron blickte hinaus ins All, das einen völlig ungewohnten Anblick bot. Nie zuvor hatte er es so dunkel und leer erlebt. Weit und breit, über viele Millionen Lichtjahre hinweg, gab es keine Sterne. Für das bloße Auge war das Objekt vor ihnen ein vager Schatten ohne klare Konturen, nur zu erkennen, weil es durch die Bewegung des Assistenten vor die fernen Flecken der Filamente geriet und sie bedeckte.

»Könnte dies die Heimat der Ptoha gewesen sein?«, fragte Aron in der Stille. »Was meint ihr?«

»Ich weiß nichts von ihnen«, zischte Curax, mehr Katze als Reptil. »Ich bin nie einem Ptoha begegnet und auch nie bei den Hyperionen gewesen, die sich an sie erinnerten.«

»In den restaurierten Eternien heißt es, dass die Ptoha aus dem Void jenseits der Galaxienhaufen der sogenannten Großen Mauer stammten«, sagte Aron. »Vielleicht ist diese Leere damit gemeint.« Er fragte sich, warum er die Erinnerung daran in seinem aktuellen Leben hatte. Jahid schien sie aus irgendeinem Grund für relevant gehalten zu haben.

»Spekulationen, die uns nicht weiterhelfen«, fauchte Curax, und Aron spürte dabei einen kurzen Druck im Nacken.

»Kommt darauf an«, erwiderte Muriel nachdenklich. »Zu meiner Zeit ging man davon aus, dass die Ptoha über Andromeda zur Milchstraße gelangt sind, und Andromeda ist noch immer unser Ziel, nicht wahr? Wenn die Alten, wie wir sie manchmal nannten, tatsächlich von hier stammen, haben sie vielleicht etwas zurückgelassen, das einen Transit ermöglicht.«

»Und das nach all den Jahrmillionen oder Jahrmilliarden noch funktioniert?«, fauchte Curax. »Mit einem Schlüssel, auf dem geschrieben steht, wie man ihn benutzt?«

»Wir haben Sal«, sagte Aron zuversichtlich. »Ihm fällt schon etwas ein.«

»Danke, Aron«, erklang die Stimme des Intellekts.

»Noch fünfhundert Kilometer.« Muriel betätigte die Kontrollen, woraufhin ihnen der Assistent eine verbesserte visuelle Darstellung des Objekts präsentiert. Es war dunkel wie das All und bestand offenbar aus zahlreichen leicht versetzt zueinander angeordneten Würfeln und Quadern. In der schematischen Ansicht drehte es sich langsam und zeigte seine Form.

»Wie eine Schale«, sagte Muriel. »Wie eine gut fünftausend Kilometer große flache Schale.«

»Mit rauer Oberfläche und schartigen Kanten«, fügte Aron hinzu.

»Entfernung noch zweihundert Kilometer.« Muriels Hände bewegten sich an den Kontaktflächen. »Die einzigen einigermaßen glatten Oberflächen stammen von den Würfeln und Quadern. Sie sind unterschiedlich groß, mit einer maximalen Kantenlänge von knapp neunzehn Metern, und ihre Außenflächen wirken wie ... verätzt.«

»Vermutlich liegt es an der kosmischen Strahlung«, ließ sich Sal vernehmen. »Und an der Vakuumenergie mit ihrer Partikel-Annihilation. Über Jahrmillionen hinweg bleibt das selbst beim widerstandsfähigsten Material nicht ohne Spuren.«

»An manchen Stellen fehlen Bauteile, seht ihr?« Muriel vergrößerte einen bestimmten Bereich des Objekts, und Aron bemerkte mehrere Lücken zwischen den dunklen Würfeln und Quadern, keine von ihnen groß genug für den Assistenten.

»Was ist mit der Temperatur?«, fragte er. »Warum ist das Objekt ein halbes Grad wärmer als seine Umgebung?«

»Weil es ein fast idealer schwarzer Körper ist.« Muriel rief Sensordaten ab. »Es absorbiert die wenigen Photonen, die sich hierher verirren.«

»Genügt das als Erklärung, Sal?«

»Nach meinen Berechnungen dürfte die Absorption elektromagnetischer Strahlung für etwa drei Viertel des halben Grads verantwortlich sein«, antwortete der Intellekt. »Das letzte Viertel stammt von dem Objekt selbst.«

»Von einer internen Energiequelle?«, fragte Aron.

»Von einer früheren energetischen Aktivität, nehme ich an. Derzeit gibt es keine Emissionen.«

»Entfernung noch hundert Kilometer«, meldete Muriel. Das schalenförmige Objekt bekam klare Umrisse und Masse. Es hing vor dem sich nähernden Assistenten in der Leere, stumm und kalt, aber nicht ganz so kalt wie das All. »Könnte es sein, dass die ›frühere energetische Aktivität‹ etwas mit unserem Transit zu tun hat?«

»Unbekannt«, erwiderte Sal über die Kommunikationsverbindung.

»Fällt nur mir etwas auf?«, fragte Curax.

Muriel warf ihm einen kurzen Blick zu. »Heraus damit!«

Der Blender streckte sich ein wenig in seinem Gerüst. »Die Form des Objekts, seine Wölbung. Man stelle sich vor …«

Aron wusste plötzlich, was Curax meinte. Vielleicht lag es an der Brücke zwischen ihnen. »Eine Sphäre!«

»Das aus vielen Einzelteilen bestehende Objekt könnte selbst Teil eines größeren Ganzen gewesen sein«, schnurrte Curax. »Teil einer Sphäre.«

»Und wo ist der Rest?«, fragte Muriel. »Sal?«

»Es befinden sich keine weiteren Objekte in der Nähe«, erklärte der Intellekt. »Und mit ›Nähe‹ meine ich einen Umkreis von mindestens tausend Lichtjahren.«

»Entfernung noch zehn Kilometer.« Muriel betätigte erneut die Kontrollen. »Wir werden langsamer. Sondierung läuft.«

Aron hatte sich nicht mit der Erlebnissphäre des Assistenten verbunden, zum einen, weil er sein Implantat möglichst wenig benutzen wollte, und zum anderen, weil die Sensoren des Schiffes weitaus leistungsfähiger waren und bereits alles entdeckt hatten, was von außerhalb des Objekts entdeckt werden konnte.

»Scheint alles tot«, sagte Muriel nach einigen Sekunden. »Es rührt sich nichts. Keine Aktivität.«

»Wir müssen hinein«, sagte Aron.

»Hältst du das für klug?«, fragte Sal skeptisch.

»Ich halte es für richtig«, entgegnete Aron und spürte dabei Curax' Blick. »Darum tragen wir Schutzanzüge, nicht wahr?«

»Eine Exkursion war nicht vorgesehen.«

»Kleine Änderung des Plans«, sagte Aron. »Assistent, bring uns zur nächsten offenen Stelle des Objekts vor uns.«

»Kurs wird geändert«, bestätigte der Intellekt des Assistenten.

Curax öffnete sein Haltegestell und wollte sich offenbar schon für den Ausstieg bereitmachen.

»Nein«, sagte Muriel.

»Was *nein*?«, keifte Curax und fuhr die Krallen seiner Katzenhände aus. »Was *nein*? Was soll das heißen? Was willst du damit sagen?«

»Du bleibst hier«, gab Muriel kühl zurück. »Als Einsatzreserve und Verbindungspunkt für die Kommunikation, falls einer notwendig werden sollte.«

Aron fühlte einen Druck, der vom Nacken in den Hinterkopf wanderte, begleitet von dem Wunsch, Muriel zu widersprechen. Versuchte Curax, ihn zu beeinflussen?

»Wir brauchen jemanden, der schnell Hilfe leisten kann, wenn wir in Not geraten«, sagte er.

»Ha!«, quiekte der Blender, öffnete den Katzenmund und zeigte Reptilienzähne. »Ha!«

Der Assistent erreichte eine mehrere Meter große Öffnung in der Wand aus dunklen Würfeln und Quadern.

»Relativgeschwindigkeit null«, meldete der Assistent. »Gravitationsanker ist ausgelegt. Alle Systeme in Bereitschaft.«

»Ich komme mit«, knurrte Curax. »Ich will das Innere des Objekts sehen.«

»Wir schicken dir Bilder.« Muriel stand auf, klappte ihren Helm nach vorn und aktivierte ihn, woraufhin sich das Flexmaterial versteifte.

»Nein, nein, nein.« Curax ging los und wollte an den Pilotenmulden vorbei zur kleinen Schleuse stapfen, doch Aron versperrte ihm den Weg.

»Du bleibst hier«, entschied er.

»Wie kannst du dich gegen mich wenden?«, jammerte Curax.

Der Druck in Arons Nacken und Hinterkopf nahm zu. Der Wunsch, dem Blender nachzugeben, wurde stärker.

»Hör auf damit!«, entfuhr es Aron scharf.

Curax wich enttäuscht zurück, das Flexmaterial seines Helms noch immer an den Schultern gefaltet. »Wie kannst du dich gegen mich wenden?«, klagte er. »Was für ein Amalgam bist du? Ich habe mir einen besseren Partner erhofft.«

»Wir brauchen dich hier«, sagte Aron. »Falls wir Hilfe benötigen. Wir müssen uns voll und ganz auf dich verlassen können.«

Curax hockte sich neben eine der beiden Pilotenmulden und schwieg.

Aron bemerkte Muriels zufriedenes Lächeln, als sie die Schleuse betraten. Wenige Sekunden später verließen sie den Assistenten und schwebten langsam zur Öffnung in der fünftausend Kilometer hohen schwarzen Wand des fremden Objekts.

43

AUS DER Nähe gesehen, erwiesen sich die Oberflächen der Würfel und Quader, aus denen das Objekt bestand, als rau und uneben, wie von jemandem mit grobem Werkzeug bearbeitet. Aron ließ das Licht seiner Helmlampe darüber hinwegstreichen und sah eine pockennarbige, von Rissen und winzigen Kratern durchsetzte Oberfläche.

»Hörst du mich, Curax?«

»Klar und deutlich«, tönte die Stimme aus dem Kommunikationslautsprecher im Innern des Helms. »Ich wünsche euch einen angenehmen kleinen Ausflug.« Er klang noch immer betrübt und auch beleidigt.

»Sal?«

»Volle Signalstärke«, bestätigte der Intellekt des Schiffes.

»Eine Ambientalblase wäre mir lieber gewesen«, sagte Aron. Vor ihm schwebte Muriel durch die dunkle Öffnung, das Licht ihrer Lampen wanderte über die Wände eines Tunnels. »In diesem Schutzanzug fühle ich mich ... eingezwängt, beengt.«

»Wir wissen nicht, was euch im Innern des Objekts erwartet«, entgegnete der Intellekt. »Ein Schutzanzug gewährt auch in passivem Zustand Schutz. Bei einer Ambientalblase ist das nicht der Fall. Wenn sie versagt, stirbst du, und ich wäre nicht in der Lage, dir ein neues Leben zu geben.«

»Mein Tod wäre in jedem Fall endgültig«, kommentierte Muriel, bereits einige Meter tief in dem Tunnel. »Von mir gibt es keine Sicherungen, keine Archivdaten, mit denen mein Selbst wiederhergestellt werden könnte.«

Aron drehte den Kopf, und der halb flexible Helm folgte der Bewegung. Der Assistent schwebte nur wenige Meter entfernt, durch einen Gravitationsanker mit dem dunklen Objekt verbunden. Weiter entfernt hatte Sal begonnen, das Schiff neu zu konfigurieren. Es zeigte sich im Schein bunter Positionslichter und sah aus wie eine große, zarte gläserne Orchidee, durch die jemand einen Keil getrieben hatte.

»Ich rate euch also, sehr vorsichtig zu sein«, fügte Sal hinzu.

Aron betätigte den kleinen Gravitationsmotor seines Schutzanzugs und gab sich ein Bewegungsmoment, das ihn ebenfalls durch die Öffnung in der Hülle des Objekts trug. Muriel wartete nicht auf ihn und setzte den Weg fort, in einem Abstand von fünf oder sechs Metern. Manchmal geriet sie kurz außer Sicht, wenn der Tunnel plötzlich abknickte. Wände, Boden und Decke waren nicht glatt und gerade, sondern gewölbt und kantig. Manchmal ragten spitz zulaufende Stangen wie Speere oder Dorne aus dem schwarzen Material und zwangen sie, durch schmale Lücken zu klettern.

Als sie sich etwa hundert Meter tief im Innern des Objekts befanden, hörte Aron ein Knistern aus dem Kommunikationslautsprecher.

»Die Signalstärke nimmt ab«, meldete Sal. »Ihr habt jetzt die kritische Distanz erreicht. Weiter können meine Sondierungssignale nicht ins Innere des Objekts vordringen. Etwas absorbiert sie, und das scheint auch bei den Kommunikationssignalen der Falle zu sein.« Das Knistern und Knacken wurde lauter, als Aron weiterschwebte und an einem Segment vorbeimanövrierte, das wie aus der Decke herausgebrochen wirkte. »Vielleicht liegt es an der bereits erwähnten Schwarzkörperabsorption …«

Die Stimme wurde leiser, das Knistern lauter.

»Warum sollte ich zurückbleiben, wenn ich euch bald nicht mehr hören kann?«, meldete sich Curax aus dem Assistenten, der etwas näher war als das Schiff. »Woher soll ich wissen, wann ihr Hilfe braucht?«

Aron verharrte im Tunnel. Voraus wurde der Schein von Muriels Lampen schwächer. »Du bleibst, wo du bist, Curax«, sagte er. »Wir machen uns irgendwie bei dir bemerkbar, wenn wir Hilfe benötigen. Und Sal, vielleicht gibt es Lücken für die Sondierungssignale, vergleichbar mit den kleinen Öffnungen in der Außenhülle. Versuch es weiter. Und wenn wir keine Kommunikationsverbindung mehr haben sollten … gib uns zwei Stunden Zeit. Oder besser drei. Wenn du drei Stunden lang nichts von uns gehört hast …«

»Dann komme ich zu euch!«, warf Curax ein.

»Dann ergreife alle Maßnahmen, die du für angemessen hältst«, sagte Aron.

»Einverstanden«, antwortete Sal.

Aron betätigte die Kontrollen des Gravitationsmotors und flog durch den Tunnel, nicht schneller als einen halben Meter pro Sekunde.

»Muriel?«

Zu dem Knistern gesellte sich ein an- und abschwellendes Rauschen wie von der Brandung eines Meeres.

Aron veränderte die Einstellungen des Gravitationsmotors, flog etwas schneller und schloss zu Muriel auf. Sie schwebte vor zwei großen Dornen, die ihrerseits mit unterarmlangen Stacheln besetzt waren. Die Lücke zwischen ihnen bot einem Menschen gerade genug Platz.

»Offenbar ist die Absorption tiefer im Innern stärker«, sagte Aron. »Wir sollten den Abstand zwischen uns nicht zu groß werden lassen.«

»Curax und Sal können uns nicht mehr hören, oder?«

»Nein.«

»Gut.« Muriel glitt vorsichtig durch die Lücke. Zu beiden Seiten blieben nur wenige Zentimeter Platz. Die Stacheln an den beiden großen dunklen Dornen waren nadelspitz und vielleicht sogar imstande, das sehr widerstandsfähige Material der Schutzanzüge zu beschädigen. Aber selbst wenn das geschah: Die Anzüge verfügten über eine sehr zuverlässige Autoreparaturfunktion.

Aron folgte Muriel. »Warum ist es ›gut‹, dass uns Curax und Sal nicht mehr hören können?«

Er bekam keine Antwort. Muriel winkte nur, flog weiter – und verharrte nach einigen Metern, als sie das Ende des Tunnels erreichte.

»Hier haben wir die Qual der Wahl«, kommentierte sie etwas, das Aron erst sah, als er zu ihr gelangte. Der Tunnel, dessen Verlauf sie bisher gefolgt waren, führte in etwas, das Aron wie eine Höhle erschien: ein runder kugelförmiger Raum mit einem Durchmesser von fast zweihundert Metern. Der Boden befand sich mehrere Dutzend Meter unter ihnen und wies zahlreiche Öffnungen auf, ebenso wie Wände und Decke.

Sie leuchteten mit ihren Lampen.

»Weitere Tunnel«, sagte Aron. »In andere Bereiche des Objekts.«

»Es dürften mehr als hundert sein. Zu viele, um sie alle innerhalb von drei Stunden zu erforschen. Wird Zeit für unsere kleinen Helfer, denke ich.«

Sie meinte die mobilen Sensoren, die zur Ausrüstung ihrer Schutzanzüge gehörten, nur wenige Millimeter groß und mit einer Reichweite von mehreren tausend Kilometern, bevor sie zurückkehren und ihre mikroskopisch kleinen Akkumulatoren laden mussten.

Aron öffnete die Instrumententasche an seiner rechten Hüfte, entnahm ihr ein kleines Paket und öffnete es. Muriel folgte seinem Beispiel, und Sekunden später stiegen Hunderte von mobilen Sensoren wie etwas zu groß geratene Staubkörner auf. Sie glänzten silbrig im Licht der Lampen, glitten auseinander, wurden schneller, flogen durch den runden Raum, der eine Art Verteiler zu sein schien, und verschwanden in den zahlreichen Tunneln.

»Vielleicht ist dies in zweifacher Hinsicht eine gute Gelegenheit.« Muriel hatte ihren Gravitationsanker aktiviert, der sie dicht vor dem Ende des Tunnels am Boden hielt. »Wenn ich das mit den mobilen Sensoren richtig verstanden habe, sollten ihre Daten eine Karte ergeben, eine detaillierte Übersicht über die inneren Strukturen des Objekts.«

»Je mehr Tunnel, desto größer die Übersicht und desto besser die Orientierung für uns«, bestätigte Aron. »Dann fliegen wir nicht mehr blind umher und erfahren vielleicht, wo die Suche lohnt.«

44

ARON VERSUCHTE, Muriels Gesicht durch das Helmvisier zu erkunden. »Ich nehme an, das ist einer der beiden Gründe, warum dies eine gute Gelegenheit ist. Und die andere?«

»Wir müssen einige Dinge klären.«

»Hier?«

»Hier können wir ungestört reden«, sagte Muriel. »An Bord des Schiffes ist das nicht möglich, da hört ständig jemand mit.«

»Wir können Sal vertrauen«, meinte Aron.

»Ihm vielleicht, aber Curax gewiss nicht.« Muriel seufzte, Aron hörte es als leises Zischen. »Ich habe damals gelernt, niemandem zu vertrauen.«

»Nicht einmal deinen Freunden?«

»Es gab keine Freunde mehr, der Feind war überall. Deshalb blieb uns nichts anderes als Rückzug und Flucht. Und selbst das hat uns nichts genützt, wenn stimmt, was du sagst.«

»Misstraust du selbst mir?«, fragte Aron erstaunt.

Jede Bewegung veränderte das Licht. Im runden Raum mit den vielen Tunnelzugängen herrschte absolute Finsternis, die zu ihnen kroch, kaum gab ihr das Lampenlicht Gelegenheit dazu. Dann und wann fand das Licht durchs Helmvisier zu Muriels grünen Augen und ließ sie aufleuchten.

»Ich traue niemandem, der jederzeit das Gesicht wechseln kann«, erklärte Muriel. »Auf keinen Fall traue ich einem Xenomorph.«

»Curax ist kein Zaisen.« Aron fand sich in der seltsamen Position, den Blender verteidigen zu müssen.

»Das kannst du nicht wissen.« In Muriels Stimme lag eine seltsame Mischung aus Trauer und Zorn. »Du hast mir gesagt, dass ihr nicht wisst, woher die Blender kommen, dass sie mit Täuschung und Betrug Einfluss nehmen auf Kultur und Zivilisation unterentwickelter intelligenter Spezies. Klingt ganz nach Zaisen, wenn du mich fragst. Sie stecken voller Verschlagenheit und Heimtücke. Man darf ihnen nicht trauen, nicht einem von ihnen, niemals!«

Aron schwieg. Er fand es seltsam, ein solches Gespräch an einem Ort voller Rätsel zu führen, umgeben von der vielleicht größten Leere des Universums.

»Was wollte er mit der Waffe und dem Interface?«, fragte Muriel.

Er hörte die Worte und verstand sie, aber sie erschienen ihm unwichtig angesichts der gewaltigen Veränderungen, die sein Leben – sein aktuelles Leben – in den letzten Tagen und Wochen erfahren hatte. Es erschien ihm wie auf den Kopf gestellt, was vielleicht auch an der mangelnden emotionalen Dämpfung durch das Implantat lag. Manchmal fiel es ihm selbst dann schwer, einen klaren Gedanken zu fassen, wenn es ruhig und still blieb. Seine Gewissheiten, die ihm Kraft und seiner Existenz Inhalt gegeben hatten, existierten plötzlich nicht mehr. Freunde schienen, wenn nicht zu Feinden, so doch zu Gegnern geworden zu sein. In Jahid hatte er immer, soweit er sich zurückerinnern konnte, nicht nur einen Mentor gesehen, sondern so etwas wie einen Vater oder sogar einen Übervater, jemanden, der über ihm stand und in schwierigen Situationen mit weisem Rat half. Nie hätte er an dem guten Willen des Moy und seinen besten Absichten gezweifelt.

»Hörst du mir zu, Aron?«

Die Stimme drang aus dem nahen Kommunikationslautsprecher des Helms, und doch war sie plötzlich weit entfernt. Er dachte an seine Einsätze für die Instanz, an den Schutz von einzigartigen Kunstwerken vor Dieben aus höher entwickelten Zivilisationen. Wie oft waren er und andere Konservatoren in Diensten der Moy auf das Gift der Religion gestoßen, ausgebracht von Blendern, die wehrlose planetare Kulturen beeinflussten und manipulierten.

Er *wusste*, wie schädlich ihre Einflüsterungen und Betrügereien waren, ihre toxische Saat im Denken und Fühlen verletzlicher Geschöpfe, und doch neigte er inzwischen dazu, einem Blender zu vertrauen, noch dazu einem, der ihn psychisch, wenn nicht auch physisch vergewaltigt hatte.

»Ich hätte gern Eltern gehabt«, sagte er plötzlich, lauschte den eigenen Worten und fand sie absurd.

Muriel sah ihn an, ihr Gesicht ein vager Schemen hinter dem Helmvisier, die grünen Augen halb verborgen.

»Als Kind habe ich mir das gewünscht«, erklärte er. Sein Mund schien sich von ganz allein zu bewegen. »Ein Wesen aus Stein, damals mein bester Freund, sagte mir, dass ich Vater und Mutter gehabt habe, aber sie seien der Zäsur zum Opfer gefallen wie alle anderen Menschen. Oder wie fast alle. Er meinte, ich solle nicht traurig sein, denn wir alle seien Kinder des Universums.«

»Was hat das mit unserer Situation zu tun?«, fragte Muriel.

»Vielleicht erklärt es, warum ich hier bin, an diesem besonderen Ort in Raum und Zeit«, antwortete Aron und hatte noch immer das Gefühl, dass jemand anders aus ihm sprach. »Ich habe alles Vertraute aufgegeben, die Sicherheit wiederherstellbarer Leben, eine Existenz mit klaren, überschaubaren Linien. Der Wunsch von damals hat sich über all das hinweggesetzt.«

Er starrte in die Dunkelheit, die seine Worte ebenso aufzusaugen schien wie elektromagnetische Signale.

»Weichst du mir aus?«, fragte Muriel nach einigen Sekunden.

Vielleicht, dachte Aron. Vielleicht tue ich das tatsächlich.

»Er hat etwas mit mir gemacht«, sagte er. »Curax. Er hat etwas mit mir angestellt.«

»Das sollte dir umso mehr zu denken geben.« Muriel zögerte kurz. »Überleg dir gut, wie viel Einfluss er auf dich hat, wie viel Kontrolle. Lass dich nicht von ihm manipulieren, bleib misstrauisch.«

»Er hat uns geholfen«, sagte Aron. Es klang ein wenig lahm.

»Vielleicht hat er uns geholfen, weil es ihm selbst in den Kram passte. Wie dem auch sei, ich fürchte, Curax ist nicht unser einziges Problem.«

Aron sah sie fragend an.

»Für meinen Geschmack gibt es hier zu viele Zufälle.« Muriel sprach schneller, ihr Akzent wurde deutlicher. »Auf einem Planeten namens Mulkain tötet dein übereifriger Einsatzanzug einen Blender, der sich als Partner von Curax erweist. Aber Curax versucht nicht etwa, ihn zu rächen, sondern macht dich zu seinem Ersatzpartner. Und damit noch nicht genug. Er weiß von der Zuflucht auf Ozeanica und führt dich zu mir. Natürlich ist ihm klar, wie viel dir das bedeutet. Du hast dich für den letzten Menschen im Universum gehalten und stellst plötzlich fest, dass du nicht allein bist. Curax meint, die Moy hätten dich belogen, und die Fakten scheinen ihm recht zu geben, aber denk daran: Xenomorphe sind Täuscher und Betrüger. Die Wahrheit ist ihnen fremd. Was auch immer sie tun und sagen, es steckt Falschheit dahinter.«

In der Dunkelheit hinter Muriel bewegte sich etwas. Einige erste mobile Sensoren kehrten zurück, vermutlich aus kurzen Tunneln, und verbanden sich mit den Kontaktflächen an den Gürteln und Instrumententaschen der Schutzanzüge.

»Das führt zu einem Konflikt zwischen dir und deinem Mentor, der in deinem Leben – offenbar in allen deinen Leben – eine wichtige Rolle gespielt hat«, sprach Muriel weiter. »Zu einem Konflikt nicht nur mit Jahid, sondern mit den Moy und ihrer Instanz. Du hast gegen ihre Gesetze verstoßen, ihr Edikt, und das macht dich zu einem Gejagten und Verfemten. Es gibt kein Zurück für dich, und du entscheidest, in die Kluft zu fliegen, in das alte Portal, das damals die *Esperanza* und mindestens sechs andere Saatschiffe der Menschheit nach Andromeda bringen sollte. Stattdessen befördert es uns hierher, in eine gewaltige Leere, siebenhundert Millionen Lichtjahre tief. Vorbei an zahlreichen Raumschiffen, die aus den Tiefen der Kluft aufstiegen und die vielleicht zum alten

Feind gehören, der damals Omni vernichtet und mehrere galaktische Völker ausgelöscht hat, unter ihnen die Menschheit. Zu einem mehrere Tausend Kilometer großen Objekt, das vielleicht einmal Teil einer Ptoha-Sphäre war oder sein sollte. Im Umkreis von vielen Millionen Lichtjahren gibt es buchstäblich *nichts*, soweit wir wissen, und wir befinden uns bei dem einzigen *Etwas* weit und breit.«

»Vielleicht hat es uns hergeholt«, spekulierte Aron.

»Wie denn?«, hielt ihm Muriel sofort entgegen. »Dazu dürfte Energie nötig sein, vermutlich sogar sehr viel, aber das Objekt ist energetisch tot, offenbar schon seit langer Zeit. Warum also sind wir hier?«

Weitere mobile Sensoren trafen ein, verbanden sich mit den Kontaktflächen und übermittelten ihre Daten.

»Womöglich erfahren wir es bald, wenn alle Sensoren zurück sind«, sagte Aron.

»Und dann dein Gedächtnis«, fuhr Muriel fort, »die ausgelagerten Erinnerungen an deine früheren Leben. Du stammst aus der gleichen Zeit wie ich oder aus einer Ära nur wenig später, aber du erinnerst dich nicht daran.«

»Nicht an alles«, gestand Aron. »Nicht annähernd. Nur an die relevanten Dinge.«

»Wer hat darüber entschieden, was ›relevant‹ ist und was nicht? Jahid. Und wer hat deine Erinnerungen gelöscht? Jahid. Vielleicht gibt es da einen Zusammenhang.«

Aron fühlte eine seltsame Müdigkeit. Es gab zu viel Unbekanntes, zu viele Unsicherheiten. Er sehnte sich nach den Gewissheiten seines Lebens als Konservator in Diensten der Moy zurück.

»Einen Zusammenhang mit was?«, fragte er, weil Muriel eine Reaktion von ihm zu erwarten schien.

»Mit unserer gegenwärtigen Situation!«, antwortete sie scharf. »Was ist mit Sal?«

»Sal? Er ist ein … Freund.«

»Er ist kein ›Er‹, sondern eine Maschinenintelligenz mit mehr Verstand und intellektueller Kapazität als Tausende oder Millionen von uns Menschen.«

Das Licht von Arons Helmlampe erreichte wieder Muriels Augen, in denen es zu blitzen schien.

»Warum sollte eine uns weit überlegene Maschinenintelligenz ihre Zeit damit vergeuden, uns Gesellschaft zu leisten?«

»*Weil* sie ein Freund ist«, gab Aron zurück. »Weil ihr etwas an uns liegt. Und weil Zeit für sie keine Rolle spielt. Sal kann auch noch in hundert Millionen oder Milliarden Jahren existieren, wenn er nicht in einen Stern stürzt. Er erneuert sich, er entwickelt sich weiter. Für ihn gibt es nicht die Beschränkungen, denen biologische Wesen wie wir unterworfen sind.«

»Und er ist hier bei uns, weil er uns mag und ›neugierig‹ ist, wie er behauptet?«

»Wir können ihm vertrauen.«

»Vorsicht«, mahnte Muriel. »Vorsicht. Vertrauen ist sehr, sehr gefährlich, denn es macht verwundbar. Missbrauchtes Vertrauen ist eine der schlimmsten Waffen im Krieg.«

»Der Krieg ist längst vorbei.«

»Glaubst du? Und die Schiffe, die wir in der Kluft gesehen haben? Und die Wachstationen der Moy, die verhindern, dass sie die Milchstraße erreichen? Vielleicht …«

Muriel unterbrach sich und hob die Arme, damit ein Sensorenschwarm die Kontaktflächen ihres Schutzanzugs erreichen konnte.

»Traust du mir, trau ich dir?«, fragte sie. »Ich weiß es nicht. Ich habe eine lange Reise in die Zukunft hinter mir, in eine Welt, die ich nicht kenne, auch wenn mir der Induktor einiges über sie erzählt hat. Ich habe keine Ahnung, wem ich hier und heute trauen kann, aber *mein* Leben hat mich gelehrt: Trau niemandem.«

Aron dachte erneut daran, dass Muriel Offizierin war, eine Kriegerin, daran gewöhnt, überall Feinde zu sehen. »Glaubst du, dass alles Absicht war, von Anfang an? Dass eine Art großer Plan hinter allem steckt?«

»Für meinen Geschmack gibt es zu viele Ungereimtheiten.«

»Aber welchem Zweck könnte ein solcher Plan dienen?«

»Ich habe nicht behauptet, dass einer existiert. Aber wir könnten Teil eines größeren Ganzen sein, das wir nicht verstehen.«

»Wenn wir niemandem trauen können«, sagte Aron langsam und nachdenklich, »wenn es überhaupt kein Vertrauen mehr gibt …«

»Wir müssen vorsichtig sein«, bekräftigte Muriel. »Wir müssen Argwohn in eine Panzerung verwandeln, die uns schützt.«

»Was sind wir, wenn wir keine Freunde haben, niemanden, auf den wir uns verlassen können?«, fragte Aron, und seltsamerweise dachte er dabei nicht an Jahid, sondern an Gorgon, den Freund und Lehrer seiner Kindheit auf Ruttal.

»Wir sind allein«, erwiderte Muriel. »Jeder von uns kämpft allein.«

»Das Leben sollte kein Kampf sein«, sagte Aron leise.

Die grünen Augen hinter Muriels Helmvisier musterten ihn. »Wer weiß, wie oft du gekämpft hast in deinen früheren Leben«, entgegnete sie. »Und hast du nicht auch auf Mulkain gekämpft, gegen den Blender, dessen Nachfolge als Curax' Partner du angetreten bist?« Ein wenig Spott schwang in diesen Worten mit. »Ich kenne nichts anderes als den Kampf, von Kindesbeinen an. Mit sieben Jahren habe ich zum ersten Mal eine Waffe in der Hand gehalten, bei der Ausbildung auf Mistra, tief in den Dunkelwolken des Samarin-Grabens. Wenige Jahre später bin ich zum ersten Mal in die Schlacht gezogen. Ich wurde verwundet, meine Freunde starben, und ihr Verlust schmerzte noch viel mehr als meine Verletzung. Es folgten viele weitere Kämpfe, und die Pausen zwischen ihnen dienten allein dazu, Atem zu holen und Kraft zu schöpfen.«

Aron versuchte, sich ein solches Leben vorzustellen. Es fiel ihm schwer. Er fragte sich, ob er in seiner jahrmillionentiefen Vergangenheit ein ähnliches Leben geführt hatte, irgendwann nach seiner Zeit bei den Iwitt und Gorgon auf Ruttal.

»Wie sollen wir jemals heimkehren, wenn wir nur an Kampf denken und einander misstrauen?«, fragte er.

»Heimkehr? Dieses Wort bedeutet, dass es eine Heimat für uns gibt, einen Ort, zu dem wir zurückkehren können.« Wieder untermalte ein Rauschen ihre Worte. Im Lampenschein zeigten sich weitere Wolken aus mobilen Sensoren, die wie besondere Insekten aus den Tunneln kamen.

Aron und Muriel hoben die Arme für ungehinderten Zugang zu den Kontaktflächen ihrer Schutzanzüge. Daten strömten, und die kleinen Anzugintellekte verarbeiteten sie zu einer schematischen Darstellung des fremden Objekts, in dem sie sich befanden.

»Externe Darstellung«, sagte Aron.

Ein Sichtfeld entstand vor ihnen, mit einem Querschnitt des Objekts. Ein roter Punkt markierte ihre aktuelle Position, gelbe Linien die vielen Tunnel, die von dem runden Verteilerraum ausgingen. Etwas fiel sofort auf.

»Offenbar gibt es zahlreiche Räume in dem Objekt«, sagte Muriel. »Aber die meisten von ihnen sind nur mit kurzen Tunneln verbunden. Diese beiden großen Hohlräume hingegen …« Sie zeigte darauf. »Alle großen langen Tunnel führen zu ihnen. Was darauf hindeutet …«

»… dass sie wichtig sein könnten, wichtiger als die kleinen Räume«, beendete Aron den Satz. »Ja, durchaus möglich. Die Entfernung beträgt mehrere Tausend Kilometer, aber wir können mit den Gravitationsmotoren fliegen und haben jetzt eine Karte, die uns den Weg weist. Die drei Stunden, die wir Curax und Sal gegeben haben, sollten eigentlich genügen.«

Muriel schob den Arm ins dreidimensionale Sichtfeld und zeichnete mit der Hand eine Route. »Erst der kleinere Hohlraum, hier auf der linken Seite, und dann der richtig große, im mittleren Bereich.«

»Route ist programmiert«, meldeten die beiden Anzugintellekte.

»Also los«, sagte Aron.

Die Gravitationsmotoren wurden aktiv, trugen sie durch den Verteilerraum und in einen der langen Tunnel.

KOSMISCHE TREPPEN

45

DIE VON den beiden kleinen Anzugintellekten mit den Sensordaten erstellte Karte half Aron und Muriel dabei, mit hoher Geschwindigkeit durch die Tunnel zu fliegen, vorbei an Abzweigungen und höhlenartigen Räumen, die sie unbeachtet ließen, um keine Zeit zu verlieren. Hindernisse wie Vorsprünge, lange Kanten und Dorne, die im Dunkeln verborgen blieben, erschienen in den schematischen Darstellungen, was rechtzeitiges Ausweichen ermöglichte.

Gelegentlich tauchten im Schein der Helm- und Anzuglampen Nischen und kleine Räume auf, in denen sich die Umrisse von Apparaturen und Aggregaten abzeichneten. Aron versuchte, Einzelheiten zu erkennen, doch ein Zwischenaufenthalt kam nicht in Frage, und ihre Geschwindigkeit blieb hoch – nur so war es möglich, die Drei-Stunden-Frist einzuhalten.

Natürlich zeichneten die Schutzanzüge alles auf, die Bilder der Umgebung ebenso wie Messdaten, und vielleicht ließen sich später bei der Auswertung an Bord des Schiffes wichtige Informationen gewinnen.

Als sie sich dem ersten der beiden großen Hohlräume näherten, wurde der Tunnel höher und breiter und führte geradeaus, ohne eine einzige Kurve. Dadurch konnten sie einige Minuten lang noch schneller fliegen und legten die letzten siebzig Kilometer zurück, die sie noch vom ersten der beiden Ziele trennten.

»Die Schwerkraft verändert sich«, stellte Aron fest, der dicht hinter Muriel flog, denn sie hatte darauf bestanden, die Führung zu übernehmen. »Sie wird stärker, obwohl wir uns dem Gravitationszentrum des Objekts nähern.«

»Vielleicht gibt es besondere Massekonzentrationen im Mittelpunkt, abseits der beiden großen Hohlräume«, spekulierte Muriel.

Drei Stunden, dachte Aron voller Bedauern. Das war viel zu wenig Zeit für die Erforschung eines mondgroßen fremden Objekts. Vermutlich hätten selbst Wochen nicht genügt.

»Da wären wir«, sagte Muriel.

Der Tunnel endete beim ersten großen Hohlraum. Die Autopiloten der Schutzanzüge reduzierten die Geschwindigkeit, und Aron und Muriel flogen über den Tunnelrand hinweg in eine Kaverne mit einem Durchmesser von fast zwei Kilometern. Teile der Wände ragten in sie hinein und bildeten keilförmige Formationen, untereinander durch Streben und Stangen verbunden.

Aron betätigte die Kontrollen des Gravitationsmotors und drehte sich langsam. Das Licht seiner Lampen strich über die nahe Wand, über Mulden und Vertiefungen mit kleinen Löchern und Vorrichtungen, die aussahen wie Verbindungsstutzen.

Er erhöhte die Leuchtkraft für die visuelle Erfassung weiter entfernter Teile des Hohlraums. Zwischen zwei großen pechschwarzen Vorsprüngen erreichte das verstärkte Licht mehrere breite, hohe Nischen, die nicht den Eindruck erweckten, für die Installation von Geräten irgendeiner Art vorgesehen gewesen zu sein.

»Sieh dir das an, Aron«, sagte Muriel.

Sie hatte die maximale Leuchtkraft für ihre Lampen gewählt, und die reichte gerade so, um einen Teil der gegenüberliegenden Wand zu sehen. Dort setzte sich der Wald aus keilförmigen Formationen fort, und zwischen ihnen gab es ebenfalls breite und hohe Nischen.

Einige von ihnen waren nicht leer.

Muriel flog bereits wieder, und Aron folgte ihr und spürte, wie seine Aufregung wuchs, ungedämpft vom Implantat. Gestalten erhoben sich in den Nischen, und je mehr Licht die Dunkelheit von ihnen vertrieb, desto vertrauter wirkten sie: Humanoiden, aber mit vier und fünf Metern viel größer als Menschen und nicht aus Fleisch und Blut, sondern aus Stein, wie Gorgon auf Ruttal.

Aron verharrte vor dem ersten Riesen und wies seinen Gravitationsmotor an, die lokale Schwerkraft zu kompensieren, ihn an Ort und Stelle zu halten.

Stumm und starr ragte die Gestalt in ihrer Nische auf, ein Felsenmann wie Gorgon, so groß, breit und massiv wie er, aber ohne Moos an den Flanken und ohne Flechten auf der Brust. Die Augen waren geschlossen, die steinige Stirn wölbte sich darüber, von Mineralienadern durchzogen. Die Hände, einen halben Quadratmeter große Pranken, ruhten an etwas, das vielleicht einmal ein Gürtel gewesen war, sein Metall an vielen Stellen korrodiert.

»Statuen?«, fragte Muriel. »Standbilder?«

»Nein«, erwiderte Aron. »Einst waren das lebende Wesen aus demselben Volk wie Gorgon, der Freund aus meiner Kindheit, von dem ich dir erzählt habe.«

»Steinerne Riesen«, sinnierte Muriel. »Wie kann Stein lebendig sein?«

»Wie kann Materie lebendig sein?« Aron schwebte etwas näher, streckte die Hand aus und berührte die Gestalt in der Nische. Die Sensoren im Handschuh teilten ihm mit, dass sich die Temperatur des steinernen Humanoiden nicht von der der Umgebung unterschied. »Ich habe mit einem dieser Geschöpfe gesprochen, damals, als ich ein Kind war. Einmal sagte der Steinmann namens Gorgon: ›Das Leben durchzieht den Kosmos wie eine elementare Kraft und ist überall im Universum präsent, an manchen Stellen mehr, an anderen weniger.‹«

»Aber diese Steinleute …« Muriel leuchtete mit ihren Lampen über die Nischen. »Sie leben nicht mehr, oder? Sie sind tot, vermutlich seit langer, langer Zeit.«

Aron flog zur nächsten Nische, in der sich ebenfalls eine massive Gestalt erhob, noch einige Zentimeter größer als die erste. Er blickte an ihr empor. Das Gesicht wirkte ein wenig anders, vielleicht etwas kantiger und breiter. Er verglich es mit dem der anderen Gestalt und fragte sich plötzlich, ob der Steinmann, dessen Geschichten sich der Knabe namens Aron angehört hatte, möglicherweise gar kein Steinmann gewesen war, sondern eine Steinfrau. Hatte es bei den Steinwesen überhaupt Geschlechter gegeben, zwei oder mehr?

Langsam flog er mit Muriel an der Wand entlang und versuchte, den steinernen Gesichtern einen Hinweis darauf zu entnehmen, warum die Gestalten hier waren, an diesem besonderen Ort, weshalb sie in Nischen standen, die offenbar für sie vorbereitet gewesen waren, und was damals geschehen sein mochte.

Ein Gedanke stieg in ihm auf. »Könnte es sein, dass dies Ptoha gewesen sind?«

Die letzte Gestalt, etwas kleiner als die anderen – ein Kind oder Heranwachsender? –, blieb hinter ihnen zurück. Die nächsten Nischen waren leer.

»Wir haben damals nie einen Ptoha gefunden, weder tot noch lebendig«, antwortete Muriel. »Nicht einmal in den geheimen, geschützten Räumen ihrer vier Sonnensphären, die sie mit Hilfe der Tauri gebaut hatten, lange Zeit vor uns. Aus Form und Struktur der Räume, Geräte und Werkzeuge schlossen wir, dass es sich um weitgehend humanoide Geschöpfe handelte, etwas größer vielleicht als Menschen, aber nicht so groß wie diese steinernen Riesen.«

Sie veränderte ihr lokales Gravitationsfeld, drehte sich und sah ihn an.

»Aber das alles nützt uns nicht viel, oder?«, fuhr sie fort. »Was wir bisher gesehen haben, deutet darauf hin, dass dies hier uralt ist, vielleicht sogar noch älter als die Sonnensphären in der Milchstraße. Und die Steinwesen, wer auch immer sie gewesen sein mögen, sind tot, Überbleibsel einer längst vergangenen Epoche. Wir sind der Lösung unseres Problems noch keinen einzigen Millimeter näher gekommen.« Sie breitete kurz die Arme aus, eine

Geste, die dem ganzen mondgroßen Relikt galt. »Nichts von dem, was wir bisher gesehen haben, bietet einen Hinweis darauf, wie wir die Milchstraße oder Andromeda erreichen können.«

Aron warf noch einen Blick zu den steinernen Gestalten, die hinter ihnen in die Dunkelheit zurückkehrten, in der sie die letzten Jahrmillionen verbracht hatten.

»Wir haben noch nicht alles gesehen«, erwiderte er. »Vielleicht entdecken wir noch etwas, das uns weiterhilft.«

Im größten Hohlraum tief im Innern des Objekts fanden sie die kosmischen Treppen.

46

MEHR ALS tausend Tunnel führten in den zweiten und größeren Hohlraum, der das Zentrum des Objekts zu sein schien. Die Wände der etwa zehn Kilometer durchmessenden Kaverne waren nicht glatt – es gab zahlreiche Kanten und Mulden –, wiesen aber nicht die vielen langen Vorsprünge auf, die Aron und Muriel zuvor gesehen hatten. Dafür gingen lange Böden und Stege von ihnen aus und ragten teilweise kilometerweit durch den finsteren Hohlraum. Im Licht der Anzuglampen glitzerte ihre Oberfläche, als bestünde sie aus einem quarzartigen Material.

Selbst auf höchste Leuchtkraft justiert erreichte das Licht der Lampen nicht die gegenüberliegende Seite des Hohlraums. Auch das Ende einiger Bögen blieb in der Dunkelheit verborgen.

Aron betätigte die Kontrollen seines Gravitationsmotors und schwebte zum nächsten Steg, der von einer mehrere Meter tiefen Mulde in der schwarzen Wand ausging. Er führte erst nach »oben«, in Bezug auf ihre Position, und neigte sich dann der fernen Mitte des Hohlraums zu, ohne sie zu erreichen, denn der Steg endete nach etwa einem halben Kilometer an etwas, das aussah wie eine anthrazitgraue Tür. Der Steg selbst bestand aus einzelnen kleinen rechteckigen Blöcken, die so angeordnet waren, dass sie Treppenstufen bildeten.

»Treppen?«, fragte Muriel verwundert. »Treppen, die ins Nichts führen?«

»Nicht ins Nichts«, sagte Aron und leuchtete erneut mit seiner Lampe. »Sie enden an Türen.«

»Die Sensoren zeigen nichts an«, stellte Muriel fest. »Auch hier scheint alles tot zu sein wie in den übrigen Bereichen. Keine energetische Aktivität.«

Aron flog in geringem Abstand an dem Steg vorbei, folgte seinem Verlauf und beobachtete das Glitzern, das sich mit dem Einfall des Lichts veränderte und dadurch fast lebendig wirkte. Die Treppenstufen, wenn man sie so nennen konnte, hatten unterschiedliche Größen und Höhen, und einem Menschen wäre es nicht an allen Stellen leichtgefallen, sie zu erklimmen.

Als sich Aron dem Ende des Stegs und damit dem anthrazitgrauen Rechteck näherte, das wie eine Tür hinter der letzten Stufe aufragte, wurde er langsamer, ohne dass er die Einstellungen des Gravitationsmotors veränderte.

»Was ist das?«, fragte er erstaunt. »Merkst du es auch?«

Muriel befand sich dicht hinter ihm und war ebenfalls langsamer geworden. »Meine Sensoren zeigen noch immer nichts an. Weiterhin keine energetischen Emissionen. Es bleibt alles ruhig und still.«

Aron gab mehr Energie in den Gravitationsmotor, ohne jedoch schneller zu werden. Im Gegenteil, sein lokales Schwerefeld verlor an Stabilität, er sank dem Steg entgegen. Das Glitzern der Stufen schien heller und intensiver zu werden.

»Etwas absorbiert die Gravitationsenergie unserer Motoren«, stellte er fest und sah aus den Augenwinkeln, wie Muriel einige Meter hinter ihm ebenfalls auf eine der Stufen sank. Die Dunkelheit rückte näher, der Lampenschein reichte weniger weit.

Aron spürte, wie seine Stiefel das glitzernde Material einer breiten Stufe berührten. An der Kontaktstelle stiegen winzige Funken wie glühender Staub auf, verblassten nach wenigen Sekunden und verschwanden.

»Auch meine Sensoren zeigen nichts an«, sagte er. »Aber wir haben es hier eindeutig mit irgendeiner Art von energetischer Aktivität zu tun.«

In der geringen Schwerkraft trat Muriel langsam auf Arons Stufe, und wieder zeigten sich Funken.

»Uns bleiben ...« Aron sah aufs Chrono. »Uns bleiben noch zwanzig Minuten, wenn wir rechtzeitig vor Ablauf der Drei-Stunden-Frist zurück sein wollen. Das genügt gerade, um einen ersten Eindruck zu gewinnen. Genauere Untersuchungen müssen wir auf später verschieben, wenn alle Daten ausgewertet sind, die unsere Sensoren aufzeichnen. Dann kommen wir erneut hierher, mit allen notwendigen Werkzeugen, um mehr herauszufinden.«

Muriel trat auf die nächste Stufe.

»Was hast du vor?«, fragte Aron.

»Ich möchte mir die Tür ansehen«, lautete die Antwort. »Diese Stege und Brücken sind wohl kaum Zierelemente. Sie dienen einem bestimmten Zweck.«

Aron folgte ihr nach oben, eine glitzernde Stufe nach der anderen. Schließlich erreichten sie das anthrazitfarbene Rechteck, das etwa zweieinhalb Meter weit aufragte.

»Zu niedrig und zu schmal für die steinernen Riesen«, murmelte Muriel. »Aber genau richtig für einen Menschen.« Sie machte einen weiteren Schritt.

»Muriel ...«, begann Aron alarmiert.

»Ich würde gern wissen, wohin die Tür führt.«

»Ins Nichts«, sagte Aron. »Dahinter befindet sich nichts, das ist deutlich zu erkennen.«

Muriel wandte sich ihm halb zu. »Wir sind hier in einem Objekt, das vermutlich von den Ptoha stammt, die nicht nur Sonnensphären bauten, sondern auch Portale. Türen sind Verbindungen, sie führen von einem Ort zu einem anderen.«

Sie streckte die Hand aus.

Aron war sofort neben ihr und drückte ihr die Hand dicht vor der Tür nach unten. »Wir wissen nicht, was passieren kann«, warnte er. »Dieser Ort ist ein einziges großes Rätsel für uns. Offenbar gibt es hier eine Energie, die unsere Sensoren weder entdecken noch messen können. Allein das ist Grund genug, vorsichtig zu sein.«

Hinter Muriels Helmvisier erschien ein grimmiges Lächeln. »Was kann schon passieren, wenn man eine Tür berührt? Vielleicht öffnet sie sich. Es wäre schade, diese Gelegenheit nicht zu nutzen.«

Sie hob erneut die Hand und berührte die Tür, bevor Aron sie noch einmal daran hindern konnte.

Aus dem Anthrazitgrau wurde innerhalb von zwei oder drei Sekunden ein Glanz wie von Quecksilber, und aus der Mitte des zweieinhalb Meter hohen Rechtecks wuchs eine kleine konzentrische Welle, die sich langsam ausbreitete.

»Oh«, entfuhr es Muriel.

Sie taumelte, wie von etwas erfasst, das plötzlich an ihr zog. Aron wollte sie festhalten, doch es war bereits zu spät.

Das silbrig gewordene Grau der Tür wölbte sich ihr entgegen und verschlang sie.

WELTEN WIE STAUB

47

STILLE UMGAB Aron, er hörte nur den eigenen Atem im Innern des Helms. Das Licht seiner Lampen huschte hin und her, als er nach Muriel suchte, in der Hoffnung, dass sie irgendwo in der Nähe erschienen war, vielleicht auf einer der anderen langen Treppen.

Das zweieinhalb Meter hohe Rechteck vor ihm, die Tür, zeigte wieder ein gleichförmiges Anthrazitgrau. Der Glanz wie von Quecksilber war verschwunden, und es gab keine wellenförmigen Bewegungen mehr. Die Tür erweckte den Eindruck, aus festem massivem Material zu bestehen, das nichts und niemanden einfach so verschlucken konnte.

»Muriel?«, sendete er.

Die Antwort bestand allein aus knisterndem Rauschen.

Er betätigte die Kontrollen des Gravitationsmotors und stieg auf, aber sofort machte sich der fremde Einfluss bemerkbar, der die Energie des Motors zum Versiegen brachte. Langsam sank Aron zurück auf die oberste Stufe der Treppe, und als seine Stiefel sie berührten, bildeten sich erneut kleine Wolken aus glitzernden Funken.

Die Finsternis jenseits des Lampenscheins schien noch dunkler zu werden, die Stille noch leerer.

»Was soll ich tun?«, flüsterte Aron.

»Ich rate Ihnen, zum Schiff zurückzukehren«, antwortete der kleine Intellekt des Schutzanzugs. »Wenn Sie jetzt aufbrechen, können Sie die Rückkehr vor Ablauf der dreistündigen Frist schaffen.«

Es hätte bedeutet, Muriel im Stich zu lassen. Wo auch immer sie sich befand, vielleicht brauchte sie Hilfe.

Aron starrte auf die Tür. Er dachte an die *Esperanza* und die anderen Saatschiffe, von denen Muriel ihm erzählt hatte. Vielleicht waren sie verschollen, irgendwo in diesem oder einem anderen Void oder in einer fernen Galaxie. Es gab nicht den geringsten Hinweis darauf, dass die Flüchtlinge damals wirklich Andromeda erreicht hatten. Nach allem, was er wusste, war die Frau aus der Vergangenheit der einzige andere lebende Mensch im ganzen Universum. Er konnte, durfte und wollte sie nicht im Stich lassen.

»Nein«, sagte Aron.

»Wenn Sie nicht rechtzeitig zurückkehren, könnte das unabsehbare Konsequenzen haben«, gab der kleine Intellekt zu denken.

Aron fühlte sich plötzlich an den Einsatzanzug erinnert, den er auf Mulkain getragen hatte.

»Sei still«, zischte er und überlegte, wie sich Curax und Sal verhalten würden, wenn weder Muriel noch er nach Ablauf der vereinbarten drei Stunden zurückkehrten. Sal würde wahrscheinlich das ganze technologische Potenzial von Schiff und Synther ausschöpfen, um nach ihnen zu suchen. Aber das Objekt war Tausende von Kilometern groß, und Sondierungen ließen sich nur mittels mobiler Sensoren durchführen. Bis Sal alle Tunnel und Räume durchsucht hatte, würden Stunden vergehen.

Blieb Muriel so viel Zeit? Oder brauchte sie *sofort* Hilfe?

Aron trat einen Schritt vor und fühlte etwas, einen noch sanften Sog, der von dem grauen Rechteck ausging. Muriel war getaumelt, unmittelbar vor ihrem plötzlichen Verschwinden.

Eine Waffe, dachte er. Diese Möglichkeit ließ sich nicht ausschließen. Vielleicht handelte es sich bei den Türen um Verteidigungsmechanismen, die dazu dienten, Eindringlinge unschädlich zu machen. Aber warum sollten sie tief im Innern des Objekts installiert sein, am Ende von langen gewölbten Treppen?

Mit jäher, gnadenloser Klarheit begriff Aron: Während er untätig blieb, verging eine Sekunde nach der anderen, kostbare Zeit, die bei Muriel vielleicht über Leben und Tod entschied.

Er streckte die Hand aus, und wieder veränderte sich die Tür. Aus Anthrazit schien Quecksilber zu werden, in der Mitte bildete sich eine langsame konzentrische Welle, und aus der Tür wölbte sich ihm etwas entgegen. Gleichzeitig wurde der Sog stärker, und Aron hatte das Gefühl, von etwas ergriffen zu werden.

Seine instinktive Reaktion bestand aus dem Versuch zurückzuweichen, doch etwas hielt ihn fest und zog mit einem *Ruck*, der ihn taumeln ließ wie zuvor Muriel. Der silberne Glanz nahm Aron auf und riss ihn fort.

48

ARON SCHWEBTE in öligem Grau. Er bewegte sich darin, er schwamm, von Erinnerungen heimgesucht, die ihm den Titan von Kalit zeigten, wie er geborsten und gebrochen im tiefen Staub lag. Auch dieses Grau bestand aus Staub, nicht aus einer öligen Flüssigkeit, aber die Körner waren winzig und so dicht, dass sie sich wie ein Fluidum anfühlten.

Der Tote Raum?, dachte er träge und benommen. Das frühere Sprawl, in dem einst von Menschen »Engel« genannte Geschöpfe gelebt hatten?

Ein weiterer Gedanke glitt durch dichten mentalen Nebel. Die Engel von damals, jene Wesen, die im Intermedium existiert hatten, im Raum zwischen den Dimensionen und Zeiten … Waren *sie* vielleicht mit den legendären Ptoha identisch, von denen selbst die Eternien des Ewigen Gedächtnisses der Hyperionen kaum etwas wussten?

In einem zeitlosen, sich in die Länge ziehenden Moment betrachtete er den Staub des öligen Mediums, in dem er schwamm. Er sah die einzelnen Körner im Visierzoom des Schutzanzugs, und der Wille allein schien zu genügen, mehr Einzelheiten zu erkennen. Jedes Staubkorn war eine Welt, ein Planet, größer oder klein, heiß oder kalt, mit Leben oder ohne. Dazwischen erkannte Aron Fäden, viel dünner als das Haar eines Menschen, so dünn, dass er sie eigentlich nicht einmal mit dem Zoom der visuellen Sensoren hätten sehen sollen. Behutsam, als könnte er etwas zerbrechen, streckte er die Hand aus, nahm etwas von dem Staub und beobachtete, wie er zwischen den Fingern zerrann, Millionen und Abermillionen von Welten.

Die Möbiusbänder fehlten. Vielleicht präsentierten sie sich nur bei einem größeren Maßstab. Es gab auch keine schimmernden Kugeln, die langsam durchs Grau trieben und sich manchmal berührten, jede von ihnen ein eigenes Universum.

Als Aron die Hand ein wenig zur Seite neigte, glitzerte der Staub. Die Funken fielen ihm ein, die kleinen schimmernden Wolken, die sich bei jedem Schritt auf den Treppenstufen gebildet hatten. Kosmische Treppen mit Welten wie Staub … Wie viele mochten es sein?, fragte sich Aron. Mehr als ein Mensch zählen konnte. Vielleicht sogar mehr, als Sal zählen konnte. Eine Zahl ohne Ende. Eine unendliche Zahl.

Für einen Moment glaubte Aron ihn zu hören, den Ruf der Unendlichkeit.

Hier lag ruhige Erhabenheit, fruchtbarer Boden für Erkenntnisse, die über alles hinausgingen, was er sich bisher gewünscht oder auch nur für möglich gehalten hatte. Er schloss die Augen und spürte einen Frieden wie nie zuvor in seinem Leben.

Als er sie wieder öffnete, wurde eine der vielen Welten größer, und er stürzte ihr entgegen.

49

ARON ERSCHIEN über den pastellfarbenen Streifen eines Gasriesen, in der Umlaufbahn eines kleinen weißen Monds, dessen Kryovulkane Wassereis ins All spien und damit zu einem Ring beitrugen, der den Riesenplaneten umgab. Die Sensoren des Schutzanzugs lösten sofort Alarm aus, und der kleine Intellekt aktivierte einen elektromagnetischen Schild, der Aron vor der Strahlung des Gasriesen schützen sollte.

»Autonomie eine Stunde, einundfünfzig Minuten und zehn Sekunden«, teilte der kleine Intellekt mit. »Ich empfehle sofortige Rückkehr zum Schiff.«

Aron schickte dem Schutzanzug einige gedankliche Befehle, ohne dass etwas geschah. Erst nach einigen Sekunden begriff er den Grund: Ohne voll einsatzfähiges Implantat funktionierte das mentale Interface nicht.

»Akustischer Alarm aus«, sagte er. »Sensorsondierung und Situationsbeurteilung. Was ist geschehen? Wo sind wir? Und wo befindet sich Muriel? Gibt es Hinweise auf ihren Aufenthaltsort?«

Mit den manuellen Kontrollen aktivierte er den Gravitationsmotor und drehte sich, bis eine Tür in seinem Blickfeld erschien, dunkelgrau im Licht des Gasriesen und des Eismondes. Sie ragte aus der Oberfläche eines etwa hundert Meter durchmessenden Asteroiden, durch dessen langsame Rotation sich die Tür entfernte.

»Autonomie eine Stunde, siebenundvierzig Minuten und neunzehn Sekunden«, informierte der Schutzanzug.

Aron überprüfte die Akkumulatorpakete – sie verloren ihre Ladung schneller, als sich allein durch die Funktionen des Schutzanzugs erklären ließ.

»Etwas absorbiert die Energie des Gravitationsmotors und auch meiner Systeme«, diagnostizierte der kleine Intellekt. »Dadurch wird die sofortige Rückkehr noch dringender.«

»Zur Kenntnis genommen.« Aron vermied es, den Gravitationsmotor noch einmal zu benutzen. Er drehte sich langsam um die eigene Achse, und nach wenigen Sekunden verschwanden der Asteroid und die Tür wieder aus seinem Blickfeld.

»Kann ich auf den elektromagnetischen Schild verzichten, um Energie zu sparen?«, fragte er.

»Davon rate ich ab«, erwiderte der kleine Intellekt. »Die Strahlung des Gasriesen ist sehr intensiv und würde schon nach wenigen Minuten zu Zellschäden führen, die ich nicht reparieren kann. Bitte denken Sie daran, dass keine Einrichtungen der Moy für Ihre Wiederherstellung zur Verfügung stehen. Autonomie eine Stunde, fünfundvierzig Minuten und …«

»Stumme Anzeige«, sagte Aron. Die Zahlen eines Countdowns erschienen eingeblendet im Helmvisier. »Beantworte meine Fragen.«

Ein Stern geriet in Sicht, gelbweiß im Zoom, fast eine Milliarde Kilometer entfernt. Ein Sonnensystem mit insgesamt fünf Planeten, wie die Sensoren meldeten. Ob es bewohnt war, ließ sich nicht feststellen. Wenn es Signale gab, so verloren sie sich im dröhnenden Strahlungsgewitter des Gasriesen.

Signale …

Aron aktivierte das Kommunikationssystem. »Muriel? Hörst du mich, Muriel?«

Keine Antwort.

»Ich kann keine präzisen Angaben zu den jüngsten Ereignissen machen«, sagte der kleine Intellekt. »Allem Anschein nach hat ein Transfer stattgefunden, und zwar über eine sehr große Entfernung. Wir befinden uns nicht mehr in dem großen Void, sondern am Rand einer Galaxie, die Sie gleich sehen müssten.«

Einige Sekunden verstrichen. Der gelbweiße Stern wanderte in Arons Blickfeld nach links und verschwand, und rechts erschienen die Ausläufer einer gewaltigen Spiralgalaxie.

»Ist das die Milchstraße?«, fragte Aron. »Oder Andromeda?«

»Es ist mir noch nicht gelungen, die Galaxie zu identifizieren. Ich nehme an, dass sie mindestens ebenso weit von der Milchstraße entfernt ist wie der Void mit dem fremden Objekt.«

»Mehr als eine Milliarde Lichtjahre?«

»Ja. Was die beiden Fragen in Bezug auf Muriel betrifft: Ich weiß nicht, wo sie sich befindet, und ich habe auch keine Hinweise auf ihren Aufenthaltsort.«

Aron überlegte schnell. In seinem Helmvisier lief unerbittlich der Countdown.

»Können wir davon ausgehen, dass die Tür am Ende der Treppe sie ebenfalls hierhergebracht hat?«

»Das wäre reine Spekulation. Wir wissen nichts über die Geräte oder Vorrichtungen, die den Transfer bewirkt haben.«

»Du meinst, vielleicht ist nicht nur ein Ziel vorgegeben.« Aron dachte an den Weltenstaub, den er in der Hand gehalten hatte.

»Möglich wären viele verschiedene Ziele, je nach Justierung des Transferapparats«, bestätigte der kleine Intellekt. »Aber auch das ist Spekulation. Ich schlage vor, Sie begeben sich zu der Tür auf dem Asteroiden und versuchen zurückzukehren.«

Aron drehte sich weiter um die eigene Achse. Die Spiralarme der namenlosen Galaxie glitten über das Helmvisier und verschwanden nach links. Auf der rechten Seite erschienen wieder die pastellfarbenen Bänder des Gasriesen und der weiße Mond mit seinen Kryovulkanen. Vor dem Hintergrund einer aufsteigenden Wolke aus Wassereiskristallen blitzte es kurz auf, als etwas das Licht der fernen Sonne reflektierte.

»Muriel?«, sendete Aron erneut, empfing jedoch nur das Strahlengetöse des Gasriesen.

»Eben habe ich etwas gesehen, vor dem Hintergrund der Kryowolke unter uns.« Er nannte die Richtung, ohne genaue Koordinaten nennen zu können. »Entfernung etwa siebenhundert Meter«, fügte er hinzu und war sich der Ungenauigkeit dieser Angabe bewusst. »Bring mich mit minimaler Energie dorthin und warte mit dem Bremsmanöver, bis ich dich dazu auffordere. Setz einen Orientierungspunkt bei der Tür auf dem Asteroiden. Rückkehr dorthin, wenn ich ›sofortige Rückkehr‹ sage.«

»Verstanden und bestätigt.«

Gedankliche Anweisungen wären viel schneller gewesen, gesprochene Worte kosteten wertvolle Zeit.

Aron hätte es mit der manuellen Steuerung versuchen können, was vielleicht etwas schneller gewesen wäre, aber wenn der Intellekt die Steuerung übernahm, blieb die eingesetzte Energie auf ein Minimum beschränkt.

Die Rotation hörte auf, und er entfernte sich von dem Asteroiden. Der Countdown im Helmvisier zählte schneller, Minuten schienen zu Sekunden zu werden. Aron versuchte, nicht darauf zu achten. Stattdessen konzentrierte er sich auf die Wolke aus winzigen Eiskristallen, die von einem der Kryovulkane auf dem Mond stammte.

Der elektromagnetische Schild, mit dem ihn der Anzug vor der harten Strahlung des Gasriesen schützte, lenkte schneeflockenartige Kristalle ab. Plötzlich glänzte und glitzerte es überall, und es war schier unmöglich, ein einzelnes Objekt zu erkennen.

Er traf eine Entscheidung.

»Sensorsondierung, zwei Sekunden, volle Energie.«

Der eingeblendete Countdown beschleunigte sich, als die Energiepakete des Schutzanzugs mehr Ladung verloren. Daten erschienen im Helmvisier, und in der visuellen Darstellung zeichneten sich die Umrisse eines größeren Objekts ab.

»Kursanpassung«, sagte Aron.

Der kleine Intellekt reagierte sofort und veränderte die Polarisierung des lokalen Gravitationsfelds.

Autonomie nur noch eine Stunde, stellte Aron fest. Der Energieschwund war noch schneller als befürchtet.

Durch einen Nebel aus Myriaden Eiskristallen näherte er sich dem Objekt, und als die Entfernung auf weniger als zehn Meter sank, stellte er fest, dass er sich nicht geirrt hatte. Eine humanoide Gestalt schwebte vor ihm, gehüllt in einen Schutzanzug.

Muriel.

»Rendezvousmanöver«, wies er den kleinen Intellekt an. »Bring mich zu ihr!«

Er fühlte nichts, keine Beschleunigung, doch die Zahlen im Helmvisier zeigten an, dass sich Bewegungsrichtung und Geschwindigkeit erneut veränderten.

»Ich muss die Abschirmung für das Rendezvousmanöver deaktivieren«, warnte der kleine Intellekt. »Für einige wenige Sekunden. Bei einem so kurzen Zeitraum sind keine bleibenden Zellschäden zu befürchten.«

»Was auch immer nötig ist«, sagte Aron.

Der einzige spürbare Unterschied bestand darin, dass die winzigen Eispartikel, die der Kryovulkan einige Dutzend Kilometer unter ihm ins All schleuderte, nicht mehr von dem unsichtbaren EM-Schild abgelenkt wurden. Sie trafen ihn, manche mit recht hoher Geschwindigkeit, aber das Material des Schutzanzugs war widerstandsfähig genug, um damit fertigzuwerden.

Dort war die Gestalt, Beine und Arme gestreckt. Sie wandte ihm den Rücken zu.

Noch zwei Meter, noch einer …

Aron griff zu, hielt Muriel an den Schultern und drehte sie. Ihr Gesicht ließ sich hinter dem getönten Helmvisier kaum erkennen, aber Aron glaubte zu sehen, dass ihre Augen geschlossen waren.

Er schlang die Arme um Muriel. »Sofortige Rückkehr!«

»Ich passe das lokale Gravitationsfeld und die Größe des Schilds an«, meldete der kleine Intellekt.

Aron suchte die Diagnosekontakte von Muriels Schutzanzug, fand sie und stellte eine Verbindung mit seinen Sensoren hervor.

»Die Energiepakete der Akkumulatoren sind vollständig entladen«, teilte der kleine Intellekt mit. »Es steht nur noch ein kleiner

Rest der Notenergie zur Verfügung. Lebenserhaltungsfunktionen beim Minimum.«

»Energetischer Transfer«, sagte Aron sofort.

Die Wolke aus vulkanischen Eispartikeln blieb hinter ihm zurück, die Entfernung zum Eismond wuchs. Wo war der Asteroid mit der aus seiner Oberfläche ragenden Tür?

»Ich gebe zu bedenken …«

»Übertrage die Hälfte meiner Energie!«, befahl Aron. »Kooperiere mit dem Intellekt des anderen Schutzanzugs. Muriel muss unbedingt am Leben bleiben.«

»Anweisung wird ausgeführt.«

Einige Sekunden später zeigte der Autonomie-Countdown nur noch fünfzehn Minuten an. Das war für sie beide viel zu wenig. Selbst wenn Aron die Rückkehr sofort gelang, der Flug vom großen Hohlraum mit den langen Treppen zum Schiff dauerte viel länger als eine Viertelstunde. Wie viel Zeit hatte der Transfer in Anspruch genommen? Wenn die Drei-Stunden-Frist verstrichen war und Sal und Curax mit der Suche nach ihnen begonnen hatten, gab es vielleicht noch eine Chance für sie.

Als die Autonomie auf nur noch zwölf Minuten gesunken war, gerieten der Asteroid und kurz darauf auch die Tür in Sicht. Sie hatte sich nicht verändert, erhob sich noch immer zwischen zwei kleinen kantigen Felsen.

»Die Energieabsorption wird wieder stärker«, meldete der kleine Intellekt.

»Setz uns nicht vor der Tür ab«, entschied Aron. »Bring uns direkt in die Tür hinein. Wir fliegen hindurch.«

Ihre Geschwindigkeit betrug knapp zwei Meter pro Sekunde, nicht viel, aber genug, um einen Aufprall nicht nur sehr unangenehm, sondern auch gefährlich werden zu lassen.

Die energetische Autonomie sank auf weniger als acht Minuten. Aron schlang so fest wie möglich die Arme um Muriel, als sich die anthrazitgraue Festigkeit der Tür direkt vor ihnen in Quecksilber zu verwandeln schien. Sie tauchten hinein in den silbernen Glanz, und für einen seltsamen Moment fühlte sich Aron wie in die Länge gezogen – etwas hielt seine Füße fest, und etwas anderes packte den Kopf und zerrte daran.

Dann gab es plötzlich festen Boden unter ihm, harten Stein. Muriel lag direkt neben ihm, die Augen hinter dem Helmvisier noch immer geschlossen.

Aron hob den Kopf.

Heulender Sturm fegte über vom Wind glatt geschliffenen Felsen. Sie befanden sich nicht im Hohlraum mit den Treppen, sondern auf einer fremden Welt, und die geteilten Energievorräte der Schutzanzüge gingen zur Neige.

BERECHNUNGEN

50

DER INTELLEKT, den Aron Sal nannte, durchzog das ganze Schiff und war überall in ihm präsent, in der Außenhülle ebenso wie in den Lineatoren, in Boden und Wänden wie in den Elektronen, die durch Energie- und Kommunikationskanäle strömten. Durch seine redundante Natur blieb er unbeeinträchtigt, selbst wenn man einen Teil des Rumpfes entfernte oder Lineatoren und andere wichtige Komponenten beschädigt wurden. Sals Zentrum, die Mitte seines kognitiven Selbst, lag in den Quantenverschränkungen von insgesamt einhundertneunzehn Elaborationskernen, in den Domänen von Zufall und Wahrscheinlichkeit, wo das Auge des Betrachters und das Ohr des Lauschenden über Ort und Zeit entscheiden konnten. Im Reich des Kleinsten, wo selbst Gedanken nur in Form von winzigen Fragmenten existierten, steckten die filigranen Wurzeln der Kopplung von Mikro- und Makrokosmos. Auf der grundlegenden, elementaren Ebene alles Existierenden waren Objekte, groß und klein, sowie ihre Entwicklungen miteinander verknüpft. Wenn es gelang, an diesen Stellen die Gesetze der Kausalität mit denen der Wahrscheinlichkeit zu verbinden, so blieb für den Zufall kein Platz mehr. Dann ließ sich alles berechnen, was geschehen war in tiefster Vergangenheit und was geschehen würde, bis in die fernste Zukunft.

Seit dreihundertsieben Jahren arbeitete Sal an einem mathematischen Modell, das die Entwicklung des Universums vom Urknall bis zur großen dunklen Leere beschrieb, dem Auseinanderdriften selbst der Grundbausteine der Materie, bewirkt von der beschleunigten Ausdehnung des Universums – falls in irgendeinem asymmetrischen Teil des Kosmos keine Kraft existierte, die der Ausdehnung entgegenwirkte und sie irgendwann zum Stillstand brachte. Gleichzeitig beschäftigte sich Sal mit einer Simulation des Universums, angesiedelt in einer komplexen virtuellen Realität. Es war diese sehr detaillierte Simulation, die den größten Teil seiner Datenverarbeitungskapazität beanspruchte: einundneunzig Komma vier sieben Prozent. Es lag an der hohen Auflösung bis hinab auf die Detailebene einzelner Sonnensysteme, ihrer Planeten und den Lebensformen auf ihnen.

Etwa vier weitere Prozent blieben den Modellberechnungen vorbehalten. Zwei Prozent seiner Denkkraft widmete Sal philosophischen Überlegungen, bei denen es unter anderem um Religion und ihre Bedeutung für biologische Intelligenz ging. Stellte Maschinenintelligenz tatsächlich den Gipfel der Evolution von Leben im Universum dar, wie viele der Unabhängigen in den Kugelsternhaufen der Milchstraße glaubten? Oder gab es irgendwo jenseits davon eine noch höhere Entwicklungsstufe, vielleicht die endgültige Loslösung des Geistes von der Materie? Aber wie sollte etwas ohne die Komponenten funktionieren, die seine Funktion ermöglichten?

Eins Komma sieben Prozent seiner Kapazität verwendete Sal für Konzepte in Bezug auf die eigene Weiterentwicklung. Er hatte mit dem Entwurf neuer Elaborationskerne begonnen, die seine Leistungsfähigkeit fast verdoppeln würden, und auch mit der Planung eines neuen Schiffes, für dessen Konstruktion er allerdings einen erweiterten, größeren Synther sowie genügend Basismasse brauchte.

Nur null Komma acht drei Prozent seines Selbst steuerten die Bordsysteme, bewerteten die aktuelle Situation und beobachteten Curax, der Vorbereitungen traf, das Schiff zu verlassen.

»Was haben Sie vor?«, fragte Sal freundlich.

Der Blender, wieder halb Katze und halb Reptil – offenbar eine Gestalt, die in seinem Repertoire an organischen Strukturen einen bevorzugten Platz einnahm –, hatte sich vom Synther nicht nur einen spezialisierten Schutzanzug anfertigen lassen, sondern auch eine Vielzahl kleinerer Objekte, die offenbar zu einem Werkzeug zusammengesetzt werden sollten. Sal begann damit, die verschiedenen Möglichkeiten der Montage auf Zweck und Funktion zu untersuchen.

»Ich breche auf, um meinem Amalgam und der Menschin zu helfen«, erklärte er, aktivierte den Helm und wartete, bis der Schutzanzug versiegelt war. Dann öffnete er die kleine Schleuse.

Sal unternahm nichts, das ihn gehindert hätte, das Schiff zu verlassen.

»Die dreistündige Frist ist noch nicht verstrichen«, sagte er, während sich der weitaus größere Teil von ihm mit einer seltsamen Diskrepanz zwischen den theoretischen Modellberechnungen und praktischen Ergebnissen der Simulation einerseits und dem Zustand des tatsächlichen Universums andererseits beschäftigte. Sal versuchte, ihr auf den Grund zu gehen. Die zentrale Frage dabei lautete: Warum unterschied sich das reale Universum von den Hochrechnungen der Simulation, in der nicht ein einziger Void mit einem Durchmesser von mehr als vierhundert Millionen Lichtjahren existierte?

»Ich fühle, dass mein Amalgam Hilfe braucht«, behauptete Curax, dann aktivierte er den Gravitationsmotor und flog ins All hinaus, in Richtung des mondgroßen Relikts. Er manövrierte vorsichtig, wie jemand, der mit den Kontrollen des Schutzanzugs noch nicht ganz vertraut war, und brauchte sieben Minuten, um den Assistenten zu erreichen, der sich an der Lücke zwischen den Strukturelementen verankert hatte.

»Ihre Telemetriesignale werden schwächer«, sendete Sal, während null Komma null null drei Prozent von ihm mit eigenen Vorbereitungen begannen. Er programmierte neue Rezepturen für den Synther und stellte genug Basismasse für die Produktion spezieller autonomer Sonden bereit, die leistungsfähiger waren als

Mikrosensoren und im Innern des Relikts nach Aron und Muriel suchen sollten. Außerdem wies er den Synther an, Überlebenskapseln für die beiden Menschen zu produzieren, für den Fall, dass ihre Schutzanzüge ungewöhnlich viel Energie verloren hatten und die Funktionen der Lebenserhaltungssysteme gefährdet war.

»Das war vorauszusehen«, erwiderte Curax. »Wir kennen den Absorptionseffekt.«

»Er scheint stärker geworden zu sein«, stellte Sal fest. »Das deutet auf Veränderungen in dem Relikt hin.«

»Mit dem Assistenten ist so weit alles in Ordnung«, meldete Curax, obgleich ein solcher Hinweis gar nicht nötig gewesen wäre. »Ich passiere jetzt die Öffnung und stoße ins Innere des Relikts vor.«

»Wie wollen Sie Aron und Muriel finden?«, fragte Sal.

»Vermutlich werden wir gleich keinen Kommunikationskontakt mehr haben«, erwiderte Curax, ohne auf die Frage einzugehen.

»Die Gerätekomponenten, die der Synther für Sie hergestellt hat … Welchem Zweck dienen sie? Sollen sie Ihnen bei der Suche behilflich sein? Entsprechende Informationen könnten sich als nützlich erweisen, wenn ich selbst beginne, nach Aron, Muriel und vielleicht auch nach Ihnen zu suchen.«

Die Analyse der vom Synther produzierten Teile dauerte an. Unter diesen Teilen befanden sich Signalgeber, Empfänger und Sender, Sensoren, Frequenzwandler, Mikrokonverter, Energiezellen, Scanmodule und weitere Komponenten, die sich auf unterschiedliche Weise zusammenfügen ließen.

Der Blender antwortete nicht, obwohl er dazu in der Lage hätte sein sollen – sein Schutzanzug übermittelte noch immer Telemetriedaten.

Noch siebzehn Minuten bis zum Ende der Drei-Stunden-Frist.

Sal nahm eine neue Situationsbewertung vor und gelangte zu dem Schluss, dass sich nichts Grundsätzliches geändert hatte, trotz der Initiative des Blenders. Er beschloss, die Vereinbarung zu respektieren und zu warten, was ihm Gelegenheit gab, die vom Synther hergestellten Sonden und Überlebenskapseln vor ihrem Einsatz gründlich auf korrekte Funktion zu überprüfen.

Curax meldete sich nicht mehr, und die Telemetriesignale seines Schutzanzugs wurden schwächer. Nur zwei Minuten später wurden keine Daten mehr übertragen.

Während dieser beiden Minuten setzte Sals Hauptteil die Vergleiche zwischen den Modellberechnungen, die die Entwicklung des Kosmos von einem Sekundenbruchteil nach dem Urknall bis zur Jetztzeit beschrieben, der Simulation des Universums in einer komplexen virtuellen Realität und seinem tatsächlichen Zustand fort. Kleinere Unterschiede waren durchaus plausibel und blieben im Rahmen der Toleranzgrenzen, denn die Formeln, mit denen Sal arbeitete und die er ständig weiter verbesserte, versprachen keine hundertprozentige Präzision. Die möglichen Abweichungen beliefen sich auf null Komma null null null eins Prozent, was ein organisches Geschöpf wie Aron vielleicht für extrem wenig gehalten hätte. Aber es genügte, um bestimmte Galaxien kleiner oder größer zu machen, Schwarze Löcher ganze Sonnensysteme verschlingen zu lassen und in manchen entlegenen Regionen des Alls Platz für vereinzelte Sterne aus Antimaterie zu schaffen. Selbst die Inflationsrate des Universums und das Ausmaß von Dunkler Materie und Dunkler Energie konnten von der kleinen Ungenauigkeit betroffen sein und sich im Lauf von Jahrmilliarden anders entwickeln als zunächst vorgesehen.

Doch es erklärte nicht den makroskopischen Unterschied eines Voids mit mehr als siebenhundert Millionen Lichtjahren Durchmesser. Hinzu kam, dass einige Galaxiencluster, im für menschliche Augen sichtbaren Bereich des Spektrums nur als ferne Nebelflecken erkennbar, eine andere Struktur als in der Simulation gewonnen hatten.

Sal korrelierte die Daten und fand Hinweise auf einen Zusammenhang zwischen der Existenz des Voids und der von den Berechnungen abweichenden Form der Cluster. Was konnte einen derart großen makroskopischen Unterschied bewirken? Eine lokale Inflation des Raums, theoretisierte Sal. Unabhängig von der restlichen Ausdehnung des Universums. Der Intellekt fügte seinen Modellberechnungen diesen Faktor hinzu und stellte fest, dass er die beobachteten Abweichungen tatsächlich erklären konnte. Allerdings führte es zu einer neuen Frage: Was war der Auslöser für die lokale Inflation?

Während Sal mit dem weitaus größten Teil seines Selbst darüber nachdachte, zeigte eine Hypothese in Hinsicht auf den mutmaßlichen Zweck der Komponenten, die der Synther für Curax angefertigt hatte, größere Wahrscheinlichkeiten als andere: Auf eine bestimmte Weise zusammengesetzt, konnte sich ein spezielles Interface ergeben. Dass der Blender den Synther schon einmal beauftragt hatte, ein Interface für ihn anzufertigen, zusammen mit einer Waffe, stützte diese These.

In einer schnell improvisierten Simulation untersuchte Sal die möglichen Funktionen des neuen Interfaces, und dabei ergab sich, dass es kaum für die Bordsysteme des Schiffes geeignet war. Das ließ angesichts von Curax' Exkursion nur einen Schluss zu: Das neue Interface sollte im Relikt eingesetzt werden.

Auf der Basis dieser Prämisse zog Sal neue Möglichkeiten in Betracht. Verfügte Curax über besondere Kenntnisse, die das mondgroße Objekt betrafen? Aus welcher Quelle stammten sie? Und wie wollte er sein Wissen verwenden?

Unterdessen boten die Modellberechnungen einen neuen Hinweis. Wenn keine natürlichen Ursachen für eine Superinflation des Raums an einem bestimmten Ort des Universums in Frage kamen, rückte auf der Liste der Möglichkeiten bewusstes Einwirken ganz nach oben. Sal kalkulierte die erforderlichen Energiemengen, und ein erstes noch grobes Ergebnis lautete: Für die Initialisierung einer Ausdehnung des Raums, die einen mehr als siebenhundert Millionen Lichtjahre durchmessenden Void schaffen konnte, war etwa die Energiemenge einer ganzen Galaxis notwendig.

Das brachte ihn zu der alten Einstufung von Zivilisationen, die auf Verwendung von Technologie und Umgang mit energetischen Ressourcen basierte: planetar, stellar, galaktisch und – eine sehr gewagte Hypothese, die von einem Multiversum ausging – kosmisch. Es hatte eine Superzivilisation gegeben beziehungsweise einen Bund solcher Zivilisationen, der in der Lage gewesen war, mit der Energie einer ganzen Galaxis und vielleicht sogar noch mehr umzugehen: Omni. Gab es hier einen Zusammenhang?

Die angepassten Modellberechnungen und die entsprechend veränderte Universum-Simulation zeigten eine neue interessante Entwicklungstendenz, eine Transformation des Intermediums, das die Menschen früher »Sprawl« genannt hatten und zum Toten Raum geworden war, ohne seine einstigen Bewohner, die »Engel«.

In der Simulation fragte sich ein sehr gut simulierter Sal, ob das von ihm beobachtete Universum nur eine Simulation war und nach welchen Hinweisen es zu suchen galt, um eine solche Annahme entweder zu bestätigen oder zu verwerfen. Der reale Sal stellte sich diese Frage ebenfalls, aus »reiner Neugier«, wie er Aron gegenüber gesagt hätte. Konnten die Abweichungen im Entwicklungsmodell auf einen Fehler in den Simulationsalgorithmen beziehungsweise in den Programmen der virtuellen Realität hindeuten? Handelte es sich bei der wahrgenommenen und gemessenen »Realität« vielleicht um ein verschachteltes System aus Simulationen innerhalb von Simulationen? Wenn das stimmte, wo befanden sich Anfang und Ende? Sal beschloss, der Untersuchung dieser Frage einen kleinen Teil seiner Denkkapazität zu widmen.

Die vereinbarte dreistündige Frist ging zu Ende, und der Intellekt schickte die vorbereiteten Sonden und Überlebenskapseln zum Relikt. Sie hatten es gerade erreicht, als es sein Bewegungsmoment veränderte – die Entfernung zum Schiff wuchs.

Sal reagierte sofort, aktivierte die Plasmatriebwerke und brachte sich wieder näher. Gleichzeitig leitete er Bereitschaftsenergie in die Lineatoren, um für die Notwendigkeit eines plötzlichen Transits gewappnet zu sein.

Das Relikt wurde schneller, seine Temperatur stieg, und es bekam eine für die Sensoren deutlich sichtbare energetische Signatur.

Die Wahrscheinlichkeit dafür, dass es einen kausalen Zusammenhang mit Curax und seinem speziellen Interface gab, berechnete Sal auf vierundachtzig Komma neun Prozent.

Im lokalen Toten Raum gab es weit und breit keine Verbindungsfäden. Wenn ein Transit bevorstand, konnte er nicht gewöhnlicher Natur sein, was bedeutete: Es drohte die Gefahr, dass das Relikt in den Weiten des Voids verschwand.

Sal steuerte das Schiff noch näher, bis auf einen Abstand von weniger als einem Kilometer, und setzte einen Gravitationsanker, der es fest mit der Masse des fremden Objekts verbinden sollte. Wenige Sekunden später entstand unmittelbar vor dem Relikt eine Anomalie, die aussah wie ein Riss in der Raum-Zeit.

Als das Schiff hineinflog, kam es zu einer Schockwelle, die das Schiff wie ein gewaltiger Hammerschlag traf und es halb zertrümmerte.

BOTEN DER VERGANGENHEIT

51

DER HEFTIGE Wind fauchte und zerrte an Aron, als er sich halb aufrichtete. Ins Helmvisier eingeblendet wiesen ihn rote Zahlen auf das nahe Ende der energetischen Autonomie seines Schutzanzugs hin – es blieben nur noch sechzig Sekunden. Keine Zeit, um über die Situation nachzudenken. Er musste sofort handeln.

Als er den Kopf drehte, sah er einen Felssockel mit Stufen, die zu einer anthrazitgrauen Tür führten. Sie stand dort völlig ungeschützt und trotzte dem Sturm. Aron bemerkte ein Aufblitzen an den Stufen und im Grau der Tür, vielleicht hervorgerufen von der Kollision mit kleinen Steinen, die der Wind Geschossen gleich über die Felslandschaft schleuderte.

Er ergriff Muriel an den Armen und zog sie mit sich durch die Mulde, die zur Tür hin aufstieg, was ihn mehr und mehr den fauchenden Böen aussetzte.

Nur noch dreißig Sekunden.

Etwas traf ihn am Helm, so heftig, dass Aron für einen Moment befürchtete, das Visier könnte splittern. Er duckte sich tiefer und erreichte mit Muriel den Sockel.

Der Wind heulte lauter.

Noch zwanzig Sekunden Autonomie.

Die Stufen hoch, schnell!

Aron zog an Muriels Armen und achtete nicht auf die Funken, die beim Kontakt mit den Treppenstufen aufstiegen und denen der Wind nichts anhaben konnte. Nur noch zwei oder drei Meter bis zur Tür. In einem seltsam ruhigen Moment, eingezwängt zwischen wilden Emotionen, zeigte sich ihm etwas an ihrem Rand,

Dutzende von Symbolen, wie eine Mischung aus Zahlen und Buchstaben in einem dünnen Rahmen, der das Grau umschloss. Zielangaben? Gab es eine Möglichkeit, vor dem Transfer zwischen verschiedenen Zielen zu wählen?

Noch zehn Sekunden.

Zehn Sekunden Leben. Nein, das stimmte nicht ganz. In zehn Sekunden stand keine Energie mehr für die Lebenserhaltungssysteme und die übrigen Funktionen des Schutzanzugs zur Verfügung. Aber das bedeutete nicht den sofortigen Tod. Etwas Atemluft war noch im Helm, und die Temperatur sank oder stieg nicht sofort auf bedrohliche Werte. Es gab eine letzte Gnadenfrist.

Noch fünf Sekunden.

Aron zog Muriel zur letzten Stufe und hätte dabei fast den Halt verloren, als ihn eine Windbö von der Seite traf. Erneut duckte er sich, halb über die Frau aus der Vergangenheit, deren Gesicht mit den geschlossenen Augen er nur schemenhaft hinter dem Helmvisier sehen konnte.

Der rote Countdown erreichte die Null – die Energievorräte des Schutzanzugs waren erschöpft.

Nur noch ein kleines Stück bis zur Tür, eine letzte Anstrengung …

Aron versuchte, flach zu atmen, um Atemluft zu sparen, aber das machte es nur schlimmer.

Er wusste, dass er dem Sturm nicht standhalten konnte – es wäre dumm gewesen, sich aufzurichten, um einen Blick auf die Zeichen an den Rändern der Tür zu werfen und ein Ziel auszuwählen. Es blieb nur eine einzige Möglichkeit.

Aron schnappte nach Luft und fühlte eine seltsame warnende Leichtigkeit im Kopf, die auf Sauerstoffmangel hindeutete. Muriel noch immer gepackt, zog er sie hoch, in den heulenden Wind, mobilisierte seine ganze Kraft und stieß sich ab.

Der Sprung brachte Aron zusammen mit Muriel zur Tür, doch das Grau verwandelte sich nicht in ein silbern glänzendes Fluidum, sondern blieb unverändert und massiv. Aron prallte mit Schulter und Kopf dagegen, ohne dass etwas nachgab, und Gelegenheit zu einem zweiten Versuch bekam er nicht. Der Sturm erfasste ihn, warf ihn vom Sockel. Instinktiv hielt er Muriel fest.

Sie fielen zusammen, vom Wind getrieben, und Aron merkte, wie sich sein Blickfeld einengte. Er atmete immer noch, eine Luft, die keinen Sauerstoff mehr enthielt, dafür aber jede Menge Kohlendioxid.

Etwas gab unter ihm nach, er glaubte, erneut zu fallen und zu rutschen. Mit letzter Kraft hielt er Muriel weiterhin fest, als wäre ihr Verlust noch schlimmer als das eigene Ende.

Er spürte den Aufschlag und blieb er in Dunkelheit liegen, der Körper taub.

Dies ist der Tod, dachte er, der Gedanke klar wie Glas. Und diesmal gab es keine Moy, keinen Jahid, der ihm ein neues Leben geben konnte.

52

»DU HAST mir zweimal das Leben gerettet.«

Aron öffnete die Augen. Muriels Gesicht erschien über ihm, mit großen grünen Augen und dunklem Haar zu beiden Seiten. Ihr Helm war offen, ebenso wie seiner, aber sie lebten, es gab atembare Luft.

»Was ist passiert?« Schmerz stach durch den Rücken, als er sich aufzurichten versuchte. Muriel half ihm in eine sitzende Position.

Der Schutzanzug war ohne Energie, seine Lebenserhaltungssysteme funktionierten ebenso wenig wie die Sensoren und Lampen. Dennoch war es nicht völlig dunkel. Etwas Licht fiel durch eine Öffnung viele Meter weit oben, am Ende eines steilen Geröllhangs.

Aron erinnerte sich. »Ich wollte uns durch die Tür bringen«, sagte er mit rauer Stimme. »Aber sie hat sich nicht geöffnet, ihr

Grau ist hart und undurchdringlich geblieben. Der Sturm warf uns von der Treppe, der Boden gab nach …«

Muriel saß auf den Fersen und musterte ihn. So schwierig und geradezu grotesk die Situation auch sein mochte, sie blieb ruhig und gefasst. Sie war wieder Muriel Herrera Delgado Aguilar, Kommissarin der Vierzehnten Terranischen Republik, Sonderbeauftragte des Triumvirats und Offizierin der Großen Gemeinsamen Verteidigungsstreitmacht.

»Ich wäre tot, wenn du nicht beschlossen hättest, mir zu folgen«, sagte sie geradezu förmlich. »Ich wäre tot, wenn du mich nicht gefunden und zur Tür gebracht hättest. Und wir wären beide tot, wenn das Glück diesmal nicht ein wertvoller Verbündeter gewesen wäre, was selten genug geschieht.«

Aron versuchte, ihren Worten zu folgen. Benommenheit lastete auf seinen Gedanken, Kälte kroch in den Schutzanzug. Er fröstelte.

»Wir können von Glück sagen, dass wir uns beim Sturz in die Tiefe, über den steilen Hang, nicht alle Knochen im Leib gebrochen haben«, fuhr Muriel fort. »Und ich hatte das Glück, das sich mein Visier geöffnet hat. Vielleicht war noch etwas Notenergie in den Helmkontrollen. Oder etwas hat die Siegel gelöst, als wir über den Hang gefallen sind. Ich habe wieder atmen können und bin zu dir gekommen und hab auch deinen Helm geöffnet.«

Es hörte sich an wie ein militärischer Bericht, fand Aron.

Das Stechen wanderte von seinem Rücken in die Lunge. Er hustete.

»Schlechte Luft«, erklärte Muriel. »Von oben. Durch das Loch.«

Aron begriff sofort, was das bedeutete. »Wir können nicht zurück.« Er blickte zum langen Hang, der einige Dutzend Meter weit ziemlich steil nach oben ragte. Das Heulen des Sturms drang ebenso wie etwas Licht durchs Loch. »Die Tür ist unerreichbar für uns.«

Muriel wirkte unbeeindruckt. Vermutlich hatte sie bereits die gleichen Schlüsse gezogen. »Ich habe etwas entdeckt. Kannst du aufstehen und gehen?«

Aron richtete sich vorsichtig auf und schaffte es mit Muriels Hilfe, auf die Beine zu gelangen. Die Schmerzen im Rücken und in der Seite hielten sich in Grenzen, es schien tatsächlich nichts gebrochen zu sein.

Er hustete erneut. »Was hast du entdeckt? Eine zweite Tür?« Die Kälte wurde unangenehm, Taubheit erfasste Arme und Beine.

Muriel deutete in einen nahen Tunnel und stützte ihn, als er an Felsbrocken vorbeiwankte. Sie verließen die Höhle, in der Aron zu sich gekommen war, und folgten dem Verlauf eines runden, etwa drei Meter hohen Tunnels. Das wenige Licht, das hinter ihnen durchs Loch in der hohen Felsendecke fiel, wich einer Dunkelheit, die jedoch nicht absolut wurde. Die Finsternis schloss sich nicht ganz um sie, die Konturen der Umgebung blieben zu erahnen, und Aron glaubte, dicht voraus Hindernisse auszumachen.

»Was ist das?«

»Ein Gerippe«, antwortete Muriel. »Überbleibsel des Geschöpfs, das diesen Tunnel gegraben hat.«

Sie hatte recht. Es musste sich bei diesem Wesen um eine Art Wurm gehandelt haben, allerdings einen riesigen Wurm.

Sie kletterte über einen dünnen krummen Knochen hinweg, der unter Aron brach.

»Meinst du das hier mit deiner Entdeckung?«, fragte er.

»Nein.« Muriel blieb zwischen zwei hohen massiveren Knochen stehen. »Ich bin an dieser Stelle gestolpert und zur Seite gewichen, und dabei habe ich dies gefunden.«

Sie ergriff Arons Hand und trat mit ihm nach links, dorthin, wo er die Wand des Tunnels vermutete. Nach zwei Schritten gaben die Schatten etwas preis, eine schmale, gut zwei Meter hohe Öffnung.

»Ein weiterer Tunnel?«, fragte Aron und versuchte, mehr zu erkennen.

»Ein Schacht«, gab Muriel zurück. »Vorsicht, hier geht es nach unten.«

Aron fühlte die Stufen einer Treppe unter seinen Füßen, und Muriels Hand führte die seine zu einem Geländer.

»Glaubst du, dass sich irgendwo dort unten eine graue Tür befindet?«, fragte er hoffnungsvoll.

Muriel stand dicht neben ihm, ihr Gesicht nur ein vages Oval in der Dunkelheit. »Fällt dir nichts auf?«

»Was denn?«, erwiderte er verwirrt und versuchte vergeblich, die Finsternis mit den Blicken zu durchdringen.

»Form und Höhe der Treppenstufen, das Geländer ... Dies ist von und für Menschen gemacht.«

53

DER SCHACHT mit der langen Treppe, die sich in engen Kurven in die Tiefe wand, schien kein Ende zu nehmen. Es dauerte nicht lange, bis Dunkelheit die Reste des schwachen Lichts über ihnen verschluckte.

In völliger Finsternis brachten sie eine Stufe nach der anderen hinter sich, die Hände am Geländer. Es war kalt, aber vielleicht etwas weniger kalt als oben in der Höhle, und die Luft roch seltsam. Der Geruch erinnerte Aron an etwas, doch es dauerte eine Weile, bis es ihm einfiel. So hatte der Staub auf Kalit gerochen, die kleine Probe, die der Assistent mitgenommen und für ihn an Bord des Schiffes untersucht hatte: trocken und leblos, ein Geruch vor allem nach vergangener Zeit.

»Hier steigen keine Funken auf«, sagte er nach einer Weile, um die Stille zu beenden. »Es sind ganz gewöhnliche Treppenstufen.«

»Aus Gestein«, murmelte Muriel in der Dunkelheit vor ihm. »Von Menschen für Menschen aus dem Fels gehauen.«

»Das wissen wir nicht«, gab Aron zu bedenken. »Wir vermuten es nur.«

»Die Proportionen passen«, erwiderte Muriel. Sie ging zwei Stufen vor und unter ihm. Aron sah sie nicht, aber er hörte sie: ihren Atem, das leise Rascheln und Knistern ihres Schutzanzugs, das Kratzen und Knirschen der Stiefel auf den Treppenstufen. »Nicht nur hier, auch bei den grauen Türen. Für die steinernen Riesen wären sie zu klein.«

»Wie könnten Menschen hierhergelangt sein?«, fragte Aron und trat vorsichtig von einer Stufe auf die nächste. »Wo sind wir überhaupt?«

»Was hast du oben gesehen?«

Aron dachte nach. »Nicht viel. Wir haben in einer Mulde gelegen, der Sturm hat über uns hinweggeheult. Dann hab ich die Tür bemerkte und versucht, sie mit dir zu erreichen.«

»Der Himmel, wie sah er aus?«

»Er war voller schwefelgelber und ockerfarbener Wolken, vom Wind getrieben.«

»Und die Sonne? Hast du die Sonne gesehen?«

»Nein.« Aron dachte an den Gasriesen nach dem ersten Transfer, an den Eismond mit den Kryovulkanen. Er berichtete davon, um die Stille nicht zurückkehren zu lassen, und schilderte, was er über den zweiten Transfer wusste.

»Wenn ich mich richtig erinnere, wiesen die ersten beiden Türen – die am Ende der langen Treppe im Innern des Relikts und die auf dem Asteroiden – keine Zeichen an ihren Rändern auf, wohl aber die dritte«, fügte er hinzu. »Vielleicht dienen sie zur Auswahl von Zielen. Wie auch immer, die Tür oben im Sturm blieb undurchdringlich. Ich wollte uns zurückbringen, stattdessen sind wir abgeprallt und in die Tiefe gestürzt.«

»Zeichen?«, wiederholte Muriel. »Mögliche Zielmarkierungen? Wie sahen sie aus?«

Aron beschrieb sie, so gut es ging.

Muriel antwortete nicht.

»Kannst du etwas damit anfangen?«, fragte Aron.

»Ich weiß nicht.« Und nach einer kurzen Pause: »Ich müsste sie selbst sehen.«

Muriel sprach nicht weiter und behielt ihre Gedanken für sich. Das Kratzen in Arons Hals, hervorgerufen von der toxischen Luft an der Oberfläche, hatte nachgelassen, doch dafür bemerkte er etwas anderes: Er bekam Durst. Der kleine Trinkanschluss des Helms enthielt noch etwas Flüssigkeit, aber mehr gab es nicht, denn ohne Energie funktionierten die Bioregeneratoren des Schutzanzugs nicht.

Um sich abzulenken, fragte Aron: »Wieso ist die Luft oben giftig für uns und hier unten nicht?«

»Weil genug Zeit vergangen ist, um die Atmosphäre dieses Planeten zu verändern, so dass sie für uns giftig wurde«, kam Muriels Antwort aus dem Dunkeln. »Beide Welten, oben und unten, sind voneinander getrennt. An der Oberfläche bewirkten Wind und Wetter eine Erosion, die schließlich nur hartes, besonders widerstandsfähiges Felsgestein übrig ließ. Und selbst das wurde von Stürmen im Lauf von Jahrtausenden und Jahrmillionen abgeschliffen. Bis die Felsenkruste an einigen Stellen so dünn wurde, dass sie unter uns gebrochen ist.«

»Wenn du recht hast, weshalb ist die graue Tür oben auf dem Felssockel nicht verwittert?«

»Vielleicht deshalb, weil sie nicht Teil der lokalen Raum-Zeit ist.« Muriel klang so, als hätte sie schon seit einer ganzen Weile darüber nachgedacht. »Deshalb war auch kein Transfer zurück möglich.«

»Nicht Teil der lokalen Raum-Zeit?«, wiederholte Aron. »Wie meinst du das?«

»Ich glaube, Menschen waren hier, aber vor langer, langer Zeit«, antwortete Muriel, eine Stimme ohne Gesicht. »Es ist länger her als einige Galaktische Epochen.« Dann sagte sie: »Das war die letzte Stufe. Die Treppe ist zu Ende.«

Das Geländer wölbte sich nach unten, und Arons linke Hand ertastete eine Wand, die sich als überraschend glatt erwies. »Ich sehe nichts, überhaupt nichts.«

»Merkst du, dass es wärmer geworden ist?«

»Ja. Und was bedeutet das?«

»Ich weiß es nicht.«

Aron hörte, wie Muriel in der Dunkelheit über die Wände tastete. Er selbst rührte sich nicht von der Stelle, neigte den Kopf so weit nach hinten, wie es der Helm erlaubte, und blickte den Treppenschacht hinauf. Mit ein wenig Phantasie war es möglich, weit oben einen Hauch von fahlem Grau auszumachen.

»Hier ist eine Tür«, erklang erneut Muriels Stimme. »Eine gewöhnliche Tür.«

Aron hörte ein Knacken und Knirschen, dann ein dumpfes Prasseln.

»Kein Metall, sondern korrodiertes Synth«, sagte Muriel.

Sie trat gegen etwas in der Dunkelheit, und die Geräusche wiederholten sich.

»Der Weg ist frei«, stellte sie schließlich fest. Ihre Hand fand Arons Arm. »Komm.«

Er stieß mit dem Kopf gegen etwas, das nachgab, ihm über die Schulter rutschte und zu Boden fiel. Die Luft roch ein wenig anders, wie nach Meer und Ozon.

»Hast du das gesehen?«, fragte Muriel plötzlich und blieb stehen.

»Was?« Aron blickte sich um.

»Meine Hand, sieh genau hin.« Sie bewegte die freie Hand, doch Aron sah sie erst, als in der Finsternis ein mattes Glühen entstand, das Muriels Bewegung mit einer gewissen Verzögerung folgte, wie ein träger Schweif. Das vage Funkeln und Schimmern in dem Glühen erinnerte Aron an die kleinen Wolken aus glänzendem Staub, die von den Treppenstufen der grauen Tür aufgestiegen waren.

Er versuchte es ebenfalls. Auch seine Hand bekam einen dünnen, kurzen Schweif.

»Was ist das?«, fragte er.

»Vielleicht eine Art Kraftfeld. Wenn das stimmt, gibt es hier irgendwo noch einen Rest von Aktivität.«

Es gab viele mögliche Erklärungen, dachte Aron, als sie den Weg durch etwas fortsetzten, das eine Art Korridor zu sein schien. Aber praktisch jede von ihnen war reine Spekulation, solange sie nicht mehr herausfanden. Es musste eine Verbindung zwischen dem mondgroßen Relikt im Void, den Ptoha, den grauen Türportalen, dieser Welt und vielleicht sogar Menschen geben, wenn Muriel mit ihren Vermutungen recht hatte. Aber selbst wenn das stimmte: Es ging dabei um etwas, das weit in der Vergangenheit lag, und Aron fragte sich, wie es ihnen helfen konnte, zu überleben und zu Sal und Curax zurückzukehren.

Er schätzte, dass etwa eine halbe Stunde vergangen war, als sie auf ein weiteres Hindernis stießen. Diesmal jedoch versperrte Geröll den Weg. Offenbar hatte das Felsgestein die Wand des Korridors eingedrückt. Auf der Suche nach einer Lücke stießen sie erneut auf Knochen.

Muriel bewegte die Hand schnell und hin und her, woraufhin ein Schweif entstand, der etwas Licht brachte.

»Ein kleinerer Wurm«, sagte sie. »Nicht so groß wie jener, dessen Gerippe wir oben gefunden haben. Er hat sich durch die Korridorwand gebohrt und ist hier verendet. Schade, dass die Sensoren der Schutzanzüge nicht funktionieren. Mit ihnen hätten wir eine Altersbestimmung vornehmen können.«

Sie fanden einen schmalen Spalt auf der rechten Seite, gerade breit genug, um hindurchzukriechen. Als der Hügel aus Gestein und Knochen schließlich hinter ihnen lag, stellte Aron fest, dass sich die seltsamen Lichteffekte verstärkten. Sie betrafen nicht mehr nur schnelle Handbewegungen, sondern den ganzen Körper, selbst wenn sie fast still standen. Eine dünne Wolke schien sie beide zu umgeben. Aron hob die Hand, drehte sie und beobachtete das matte Glitzern, das ihm dabei über die Finger kroch.

»Ich fühle nichts«, sagte er. »Keine statische Elektrizität, kein Kribbeln, nichts.«

»Was auch immer die Ursache sein mag«, meinte Muriel, »anscheinend kommen wir ihr näher.«

Einige Meter vor ihnen teilte sich die Dunkelheit.

Etwas glitt durch die Finsternis, begleitet von einem matten Glühen, wie von Nebelschwaden mit einem Licht in ihrem Innern. Eine Gestalt kam ihnen entgegen, nicht langsam, sondern schnell, ein laufender Humanoide.

Ein Mensch!

Aron blieb verblüfft stehen und wich einige Sekunden später an die Wand zurück, als der Humanoide, der Mensch, nur noch wenige Meter entfernt war. Muriel hingegen verharrte mitten im Korridor.

Die Gestalt blieb völlig lautlos, obwohl sich ihr Mund bewegte. Es handelte sich um eine Frau mit kurzem Haar, gekleidet in eine Art Rüstung. Sie hob etwas, das nach einer Waffe aussah, drehte sich halb um und schoss in die Richtung, aus der sie kam. Aron beobachtete einen fahlen Blitz, ein etwas helleres Aufglühen, das sofort in der Dunkelheit verschwand.

Die Frau erreichte Muriel und lief einfach weiter, ohne eine Reaktion zu zeigen. Aron sah ihr nach, als sie durch den Korridor stürmte, noch immer ohne das leiseste Geräusch, und in dem Geröllhaufen verschwand, in dem sich für einen Moment die Knochen des Wurms zeigten, der sich durch die Seitenwand gebohrt hatte.

Die Dunkelheit kehrte zurück.

»Was war das?«, fragte Aron. »Ein Phantom?«

Muriel stand reglos in der Mitte des Korridors. Ohne eine von schwachem Glühen begleitete Bewegung blieb sie in der Finsternis verborgen.

»Hast du die Abzeichen am Kragen gesehen?«, fragte sie.

»Abzeichen?« Aron hatte nicht darauf geachtet, nur auf das Gesicht der Frau, das zornige Enttäuschung gezeigt hatte.

»Es waren Hoheitszeichen des Kondominiums.« Von Muriel war noch immer nichts zu sehen, sie stand in völliger Reglosigkeit.

»Kondominium?«, wiederholte Aron.

»Eine der menschlichen Hochkulturen zur Zeit von Omni. Ein wichtiger Verbündeter der Vierzehnten Terranischen Republik im Kampf gegen die Chimären.«

»Es war ein Geist.«

»Geister gibt es nur bei den Gurunda im Orionnebel«, erwiderte Muriel, noch immer unsichtbar im tiefen Schwarz. »Ihr physisches Ende ist nicht der Tod, sondern eine Metamorphose, die unsere Forscher damals untersucht haben. Es hat etwas mit ihrer Heimatwelt zu tun und einem sehr speziellen Pilz, einem globalen Mycetozoa. Der Geist eben war aber nicht mit einem Schleimpilz verbunden, der einen ganzen Planeten durchzieht. Was wir gesehen haben, geschah in der Vergangenheit. Wir haben einen Blick in die Tiefen der Zeit geworfen.«

Aron sah, wie sie die Hände hob – ein schwaches Glühen umgab die Finger und wuchs die Unterarme hinauf, als Muriel die Hände bewegte.

»Siehst du das?«, fragte sie. »Siehst du es?«

Aron trat näher. Als er sich vorbeugte und ganz genau hinsah, als Muriel die Hände direkt vor seinen Augen bewegte, glaubte er, in dem matten Glühen kleine Gestalten zu erkennen.

»Bilder aus der Vergangenheit …«, murmelte Muriel.

»Du hast gesagt, dass die Tür im Sturm vielleicht nicht Teil der lokalen Raum-Zeit ist«, erinnerte sich Aron. »Gibt es da einen Zusammenhang?«

»Gehen wir«, sagte Muriel, statt ihm zu antworten.

Aron fühlte ihre Hand am Arm und blieb neben ihr, als sie durch den Korridor schritt, ihre freie Hand ständig in Bewegung, um ein wenig Licht zu schaffen. Nach einigen Minuten stießen sie auf Trümmerteile aus korrodiertem Metall und Synth, so alt, dass eine Berührung genügte, um sie zu Staub zerfallen zu lassen. Etwas schien explodiert zu sein, mit einer Wucht, die Löcher und Risse in den Wänden hinterlassen hatte.

Nach einigen weiteren Schritten präsentierte sich eine neue Erscheinung, erneut angekündigt von vagem Licht. Wieder näherte sich eine Gestalt, gehüllt in glühenden Dunst, aber diesmal war es kein Humanoide, kein Mensch, sondern eine Maschine, eine Art Assistent auf dünnen Beinen und mit zahlreichen nach vorn gerichteten Waffenarmen.

Muriel blieb abrupt stehen. »Ein Kampfmech der Chimären!«

In gespenstischer Lautlosigkeit feuerte die Kampfmaschine, die so groß war, dass sie fast den ganzen Korridor ausfüllte. Aron duckte sich unwillkürlich, aber die Geschosse des Mechs erreichte Muriel und ihn nicht.

Plötzlich zerfetzte etwas ein Bein der großen Maschine, und in ihrem zentralen Modul, aus dem die Waffenarme ragten, entstand ein Loch, das sich mit Feuer füllte. Nur einen Sekundenbruchteil später platzte der Mech auseinander, brennende Trümmer flogen umher.

Das geisterhafte Licht verblasste, die Dunkelheit kehrte zurück.

»Komm«, sagte Muriel und stapfte durch den Korridor.

Aron hörte das Geräusch seiner Schritte lauter als zuvor, seine Sinne schienen eine besondere Empfindlichkeit zu entwickeln. Manchmal glaubte er, entfernte Stimmen zu hören, ein körperloses Flüstern und Raunen aus der Dunkelheit vor und hinter ihnen, keinen Personen oder Dingen zuzuordnen.

Sie begegneten weiteren Leuchterscheinungen, manche fliegende Objekte nicht größer als eine menschliche Hand, andere kleine Gestalten zwischen Kristallbäumen, offenbar auf der Oberfläche eines Planeten.

Die wispernden Stimmen wurden ein wenig deutlicher.

»Hörst du das?«, fragte Aron schließlich.

»Ich höre die Stimmen schon seit einer ganzen Weile«, erwiderte Muriel leise, wie um das Flüstern nicht zu stören. »Ich kann sogar einzelne Worte verstehen. Sie sprechen Spaniol und Anglisch. Menschen von der Erde und aus den Neuen Republiken, aus der Zeit noch vor der Zäsur, vor dem Zusammenbruch von Omni.«

Sie bewegte beide Hände, um mehr Licht zu schaffen, und Aron sah, dass die Korridorwände zurückwichen. Hier und dort gab es rechteckige Öffnungen, durch die man in Räume und andere Korridore gelangen konnte, die im Dunkeln verborgen blieben.

Aus einem der offenen Zugänge traten zwei Humanoiden, bei denen Aron nicht ganz sicher war, ob es sich in beiden Fällen um Menschen handelte. Die eine Gestalt, eine Frau, hatte ein Gesicht weiß wie Schnee und saphirblaue Augen ohne Weißes in ihnen. Bei der zweiten bestand die Haut offenbar aus goldenen Hornplättchen, die Aron an die winzigen elfenbeinfarbenen Schuppen von Jahids Avatar erinnerten. Sie sprachen miteinander, auf eine eindringliche, von Anspannung geprägte Art und Weise. Ihre Lippen bewegten sich, Blicke huschten hin und her, wie auf der Suche nach etwas, Hände gestikulierten.

Muriel blieb neben ihnen stehen und deutete auf Abzeichen und Symbole an der Kleidung der beiden Phantome.

»Soldaten des Plebiszits«, sagte sie langsam und beobachtete die beiden Gestalten. Ihr Blick klebte regelrecht an ihnen. »Angepasste. Mit uns verbündet. Viele verbargen sich auf ihren Welten, in der Hoffnung, nicht von den Chimären oder ihren Helfern entdeckt zu werden. Andere schlossen sich uns an und kämpften an unserer Seite.«

Die Frau mit dem schneeweißen Gesicht sah etwas, duckte sich und lief los, direkt durch Aron hindurch. Die zweite Gestalt, vielleicht ein Mann, folgte ihr. Aron drehte sich um und sah ihnen nach. Einige Meter entfernt verschwanden sie in der Dunkelheit.

»Boten der Vergangenheit«, murmelte Muriel. »Wenn wir hören könnten, was sie sagen, worüber sie sprechen …«

Sie ging weiter, und nach einigen Schritten merkte Aron, dass gar keine Handbewegungen mehr nötig waren, um etwas Licht in die Finsternis zu bringen. Vor ihnen mündete der breiter gewordene Korridor in einen Saal voller Geister. Hunderte von Gestalten, klein und groß, standen und liefen dort, an manchen Stellen blitzte und flackerte es wie von Explosionen und Flammen. Die vielen flüsternden Stimmen wurden lauter, zu einem Rauschen wie von Wind, obwohl die Luft unbewegt blieb.

Das schwache Glühen, von Bewegungen hervorgerufen, zog durch den ganzen Saal und schuf eine Art Dunst, an manchen Stellen dichter als an anderen.

Aron und Muriel traten in den Nebel der Zeit.

DIVINITÄT

54

DREIHUNDERTSIEBEN JAHRE hatte Sal am mathematischen Gerüst eines Modells des Universums gearbeitet, von seiner Entstehung beim Urknall, der Kondensation von Materie und Antimaterie aus Strahlung, der Geburt erster Sterne, Brüter von schwereren Elementen bis hin zu den langlebigeren stellaren Populationen in Galaxien und der Entwicklung von Leben und Intelligenz, die über sich selbst nachdachte und nach dem Warum fragte. Die Schockwelle und ihre desaströsen kinetischen Auswirkungen hatten den größten Teil dieser minutiösen Arbeit zerstört.

Bedauern empfand er nicht, obwohl er durchaus dazu imstande gewesen wäre. Er konnte Emotionen simulieren und sie zu einem integralen Bestandteil seiner Erlebnissphäre machen. Von dieser Möglichkeit hatte er des Öfteren Gebrauch gemacht, um Wahrnehmung und Gedankenwelt organischer Wesen besser zu verstehen. In rein intellektueller Hinsicht bedeuteten Gefühle Vergeudung von Energie, und sie erklärten den ausgeprägten Hang zu Irrationalität bei biologischen Intelligenzen. Fakten, wie auch immer sie beschaffen sein mochten, mussten akzeptiert werden. Wenn sie einem nicht »gefielen«, wenn sie im Widerspruch standen zu den eigenen Bestrebungen und Zielen, so galt es, nach Strategien zu suchen, sie zu ändern.

Sal stellte fest, dass die aktuelle Faktenlage ein nicht unerhebliches Hindernis auf seinem Weg zu mehr Erkenntnis darstellte. Er widmete den diagnostischen Modulen mehr Aufmerksamkeit als sonst und machte sich daran, einen präzisen Überblick zu gewinnen. Schon nach kurzer Zeit musste er zur Kenntnis nehmen, dass die von der Schockwelle angerichteten Schäden größer waren als zunächst angenommen. Von den insgesamt einhundertneunzehn Elaborationskernen, die das Zentrum seines kognitiven Selbst bildeten, hatten nur neun ihr volles Potenzial behalten. Elf weitere waren bedingt einsatzfähig, mit stark reduzierter Kapazität. Alle anderen Kerne hatten sowohl ihre Datenverbindungen als auch die Quantenverschränkungen verloren und mussten auf ihre Struktur überprüft, repariert und anschließend neu initialisiert werden.

Dies bedeutete, dass er viel langsamer dachte als sonst und seine Überlegungen gründlicher auf Fehler überprüfen musste. Seine Redundanz, seine Existenz als im ganzen Schiffskörper verteiltes System, erwies sich als sehr nützlich und erlaubte die schnelle Wiederherstellung peripherer Funktionen.

Sal schuf neue Verbindungen zu den Sensoren und Assistenten, empfing Daten und leitete die Restauration des zu einundfünfzig Komma vier Prozent zerstörten Schiffes ein. Ersatzteile waren nötig, wichtige Komponenten mussten ersetzt werden, und dazu brauchte er den Synther, der zu den in Mitleidenschaft gezogenen Aggregaten gehörte. Seine Reparatur hatte somit Priorität.

Während der größte Teil seines geschrumpften Selbst damit beschäftigt war, Daten zurückzugewinnen und Informationen aus redundanten Speichern zu reorganisieren, begann Sal mit einer Situationsanalyse. Einige Sensoren funktionierten noch und bestätigten ihm, dass der Gravitationsanker, der ihn mit dem mondgroßen Objekt verband, stabil war, gespeist von der Notenergie eines Lineators. Er schickte zwei Assistenten in den Energiekern, damit sie weitere energetische Verbindungen schufen, denn der Anker durfte sich auf keinen Fall lösen: Vorläufige Berechnungen deuteten darauf hin, dass es dann mit hoher Wahrscheinlichkeit zu einer zweiten Schockwelle kam.

Sie befanden sich im Transit, so viel stand fest. Aber der Flug führte nicht durch den Toten Raum, sondern durch ein unbestimmtes Intermedium, das Sal wegen mangelnder Daten nicht definieren konnte. Die Richtung des Transits ließ sich ebenso wenig feststellen wie seine Geschwindigkeit. Drohte eine weitere Schockwelle, wenn der Transit endete?

Sal machte sich daran, Vorkehrungen zu treffen. Er analysierte die Besonderheiten des Transits und die Art der Schockwelle. Vielleicht konnte er auf der Grundlage entsprechender Daten neue Schirmfeldgeneratoren konstruieren, um weitere Beschädigungen zu verhindern.

Im Verlauf der Analyse, mit der er nicht annähernd so schnell vorankam, wie es unter normalen Umständen der Fall gewesen wäre – er brauchte mehrere Minuten bis zur Schaffung einer Datenbasis, die für eine Konzeptualisierung neuer Generatoren solide genug war –, fiel ihm ein Muster auf. Wenn der Gravitationsanker an einer anderen Stelle platziert gewesen und die Schockwelle aus einer anderen Richtung gekommen wäre, mit einer etwas geringeren Energiestärke – die Abweichung betrug nur null Komma neun Prozent –, hätte das Schiff den Beginn des Transits nahezu unbeschädigt überstanden.

Sal hielt das für einen sehr ungewöhnlichen Zufall und fragte sich, ob ihm bewusstes Einwirken zugrunde liegen konnte. Gingen die Beschädigungen des Schiffes und damit eine nicht unerhebliche Beeinträchtigung seiner intellektuellen Kapazität auf einen Plan zurück, auf zielgerichtetes Handeln? Und wer kam dafür in Frage?

Er dachte noch darüber nach und nahm eine genaue Analyse der Ereigniskette vor, die zur aktuellen Situation geführt hatte, als ihm die restaurierten Sensoren jemanden zeigten, der das mondgroße Objekt, mit dem das Schiff noch immer verbunden war, verließ: Curax in seinem speziellen Schutzanzug. Sal erinnerte sich an das besondere Interface, zu dem die Komponenten zusammengesetzt werden konnten, die der Synther im Auftrag des Blenders angefertigt hatte. Gab es einen weiteren kausalen Zusammenhang? War es möglich, dass Curax mit dem Interface Einfluss auf das fremde Objekt genommen hatte, das vielleicht von den Ptoha stammte? Die zeitlichen Übereinstimmungen konnten kein Zufall sein, sie waren zu präzise.

Aber Einflussnahme auf das mondgroße Objekt erforderte Kenntnis seiner Funktionsweise. Um den Transit und die Schockwelle auszulösen, musste Curax gewusst haben, welche Systeme des Objekts es zu wecken und wie zu steuern galt. Wie konnte Curax in den Besitz entsprechender Informationen gelangt sein?

Sal stellte diesbezügliche Überlegungen an, während er mit den wieder voll einsatzfähigen Sensoren beobachtete, wie Curax offenbar den Gravitationsanker des Schiffes untersuchte, anschließend in den Assistenten kletterte, der Aron und Muriel zu dem Objekt gebracht hatte, und damit zum Schiff zurückkehrte. Er flog sehr langsam und brauchte fast eine Viertelstunde, um das Schiff zu erreichen.

Sal stellte fest, dass sich die energetische Signatur des Assistenten im Verlauf des Fluges änderte. Er nahm mit dem kleinen Intellekt Kontakt auf, doch der Assistent übermittelte nur einige wenige Basisdaten, die seine Grundfunktionen betrafen, mehr nicht. Sal nahm das zum Anlass, sein Kommunikationssystem zu überprüfen.

Wenn Curax für die jüngsten Geschehnisse verantwortlich war, musste es in seiner persönlichen Vergangenheit einige sehr rätselhafte Aspekte geben. Eine der Fragen, die sich daraus ergaben, lautete: Wie konnte ein Blender aus der Milchstraße genug über ein Objekt im größten Void des Universums wissen, mehr als eine *Milliarde* Lichtjahre entfernt, um ein Interface dafür herzustellen und das Objekt für seine Zwecke zu verwenden?

Woraus sich eine neue, vielleicht noch wichtigere Frage ergab: Worin bestand der *Zweck*? Wenn Curax einen Plan verfolge, so hatte er zweifellos ein Ziel. Er wollte etwas erreichen, aber was?

»Sal?«, sendete Curax, als er das Schiff erreichte. »Hören Sie mich?«

»Klar und deutlich«, meldete sich der Intellekt

Der Assistent flog durch den dünnen energetischen Film des Atmosphärenschilds in eine Hangarnische und verharrte dort dicht über dem Boden, ohne sich zu verankern. Curax stieg aus und behielt den Schutzanzug an, trotz des normalen atmosphärischen Drucks an Bord.

»Was ist mit Ihnen passiert?« Curax öffnete das Innenschott und betrat den Korridor. Der Assistent veränderte seine Konfiguration und folgte ihm. »Das Schiff scheint schwer beschädigt. Von außen sieht es halb zertrümmert aus.«

»Leider täuscht dieser Eindruck nicht«, erwiderte der Intellekt und setzte seine Analysen fort. »Eine Schockwelle traf mich, als das fremde Objekt einen überraschenden Transit einleitete.«

Ein weiterer Versuch, mit dem Assistenten zu kommunizieren, schlug fehl. Der kleine Intellekt reagierte nicht auf die Signale.

»Haben Sie eine Spur von Aron und Muriel gefunden?«, fragte Sal und empfing von seinen internen Sensoren den Hinweis, dass Curax nicht zum Nukleus unterwegs war, sondern in Richtung Energiekern. Was beabsichtigte er dort?

»Leider nein«, antwortete der Blender. »Inzwischen sind die vereinbarten drei Stunden längst verstrichen. Etwas muss Aron und Muriel aufgehalten haben.«

»Was ist mit dem Objekt geschehen?«, fragte der Intellekt. »Wie und warum sind einige seiner Systeme aktiv geworden?«

»Eine seltsame Sache, nicht wahr?« Der Blender setzte den Weg fort, vorbei am Energiekern. »Glauben Sie an einen Gott, Sal?«

Sal versuchte, den Kontext der Frage zu verstehen. »Wenn Sie eine allmächtige Entität meinen, die letztendlich alles Existierende erschaffen hat, so lautet meine Antwort: Nein, ich glaube nicht an einen Gott, zumindest nicht an ein Wesen, das der traditionellen Definition entspricht. Es ist längst der Beweis erbracht, dass es keine ›Götter‹ gibt.«

»Der *Beweis*?«, wiederholte Curax skeptisch.

»Wir haben nach Gott gesucht und ihn nirgends gefunden.« Sal analysierte noch immer das Verhalten des Blenders und welche Absichten er verfolgen mochte. »Wir haben im Kleinsten nach Spuren göttlichen Einwirkens Ausschau gehalten, im Bereich des Quantenrauschens und der Vakuumfluktuationen, und auch im Großen, bei den Galaxien und Galaxienhaufen, im Universum und den Dimensionen darüber. Nirgendwo hat Gott ein Zeichen hinterlassen. Alles lässt sich erklären und berechnen, wenn man lange genug darüber nachdenkt.«

»Wie kann etwas natürlichen Ursprungs sein, das so groß und komplex ist wie das Universum?«, gab Curax zu bedenken, und Sal stellte fest, dass sich die Stimme des Blenders veränderte, was auf stärkere Emotionen hindeutete. »Oder denken Sie an das Multiversum, das mehr Universen enthält, als man zählen kann. Wir haben sie gesehen, die unendlich vielen Blasen und Kugeln, jede von ihnen ein eigener immenser Kosmos. Wie kann so etwas auf natürliche Art und Weise entstanden sein? Und woraus? Woher kommt alles, wohin geht alles?«

»Nur weil etwas den Wahrnehmungs- und Erkenntnishorizont organischer Geschöpfe übersteigt, muss es nicht diviner Natur sein«, erwiderte Sal. Die internen Sensoren zeigten ihm, dass Curax den Raum mit den einhundertneunzehn Elaborationskernen erreichte. Zwei kleine Assistenten waren dort damit beschäftigt, die beschädigten Kerne zu überprüfen, zu reparieren und nach erfolgter Reparatur neu zu initialisieren. Sie bemerkten Curax, reagierten aber nicht auf ihn.

»Wir wissen, dass die Göttlichkeit existiert«, verkündete Curax und blieb in der Mitte des Raums stehen. »Wir sind Ihr begegnet. Wir haben Sie gehört.«

»Ich nehme an, Sie meinen die Divinität, die in der Philosophie Ihres Volkes eine große Rolle spielt«, entgegnete Sal. »Darf ich fragen, warum Sie den Raum mit meinen Elaborationskernen aufgesucht haben?«

»Dies ist Ihr Gehirn, nicht wahr?«

»Ein Teil davon«, bestätigte Sal. »Der Rest ist im Schiff verteilt.«

Curax wandte sich mit einigen Zischlauten an den Assistenten, der ihn begleitet hatte und sich wieder in Bewegung setzte. Er näherte sich den beiden kleineren Reparaturassistenten, streckte seine Werkzeugarme und betätigte die manuelle Notabschaltung.

Die beiden Instandsetzer erstarrten und rührten sich nicht mehr.

Sal erkannte ein hohes Gefahrenpotenzial, setzte sich mit den übrigen Assistenten in und am Schiff in Verbindung und wies sie an, so schnell wie möglich den Raum mit seinen Elaborationskernen aufzusuchen.

»Was soll das?«, fragte er den Blender. »Was haben Sie vor?«

Curax ging zur Tür und benutzte das Werkzeug, das er mit den vom Synther produzierten Bauteilen geschaffen hatte, um den Zugang zu schließen und zu blockieren. Sal musste überrascht zur Kenntnis nehmen, dass er plötzlich keine Kontrolle mehr über die Tür hatte. Ihr Verriegelungsmechanismus gehorchte einem Prioritätsbefehl.

»Man wirft uns Einmischung in die Angelegenheiten anderer Völker vor«, sagte Curax, während er an dem Werkzeug hantierte; Sal vermutete, dass er es neu justierte. »Man bezichtigt uns der Manipulation anderer Kulturen. Man stellt uns deswegen nach. Man jagt uns. Und man tötet uns, wenn sich Gelegenheit dazu ergibt. Dabei wollen wir nur helfen. Wir pflanzen das Licht der Erkenntnis in dunklen Geist.«

»Sie nutzen Ihre besonderen Fähigkeiten, um auf unterentwickelten Welten in die Rolle von Heiligen zu schlüpfen«, hielt ihm Sal entgegen. »Sie bringen die Saat der Religion aus. Damit verbreiten Sie Zwietracht und Hass. Die Moy gehen zu Recht dagegen vor.«

Curax wandte sich dem ersten der neun noch vollständig funktionierenden Elaborationskernen zu, verband sein Werkzeug mit dem Wartungsmodul und schickte einen destruktiven Impuls in die Mikrowelt der Quantenverschränkungen.

Sal fühlte das Äquivalent von jähem stechendem Schmerz.

»Man verfolgt uns, obwohl wir helfen wollen und Hilfe brauchen.« Curax wandte sich dem nächsten Elaborationskern zu. Wieder verband er sein Interface mit dem Wartungsanschluss. »Gibt es ein höheres Ziel als das Erkennen der divinen Wirklichkeit?«

»Sie verbreiten das Gift der Irrationalität«, hielt Sal dagegen und verlor den Kontakt zu einigen peripheren Sektoren des Schiffes.

»Wie kann man das Streben nach Wissen Gift und Irrationalität nennen?«

Ein zweiter destruktiver Impuls reduzierte Sals Kognition und auch seine Denkfähigkeit. Er wies die alarmierten Assistenten an, die blockierte Tür aufzubrechen, aber nur einige wenige von ihnen kamen der Aufforderung nach, und ihre Bemühungen blieben erfolglos.

»Sie wollen mich stilllegen«, sagte er. »Sie wollen mich zerstören.«

Curax ging zum nächsten Elaborationskern, ohne auf die wuchtigen Schläge zu achten, die die Tür trafen. Sein aktiver Schutzanzug verhinderte, dass Sal ihn mit Betäubungsgas außer Gefecht setzen konnte. Der Intellekt versuchte es mit schnellen Veränderungen des lokalen Schwerkraftfelds, doch der Gravitationsmotor des Blenders sorgte für einen sofortigen Ausgleich.

»Die Divinität ist kein Mythos«, betonte Curax und setzte wieder das Interface an. »Wir haben Sie gehört. Wir haben mit Ihr gesprochen.«

»Was hat Sie gesagt?«, fragte Sal, um den Blender abzulenken, während er nach einem Ausweg suchte und gleichzeitig die Ergebnisse und den aktuellen Stand seiner Berechnungen und Simulationen in sicheren Datenspeichern ablegte, was jedoch Zeit in Anspruch nahm.

»Die Divinität hat uns vom Kosmos erzählt«, sagte Curax. »Von ihrem großartigen Schöpfungswerk. Aber dann …«

Der Blender zögerte. Einige Sekunden verstrichen, ohne dass er sprach oder sich bewegte.

»Was geschah dann?«, fragte Sal und fügte den immer noch aktiven Modellberechnungen des Universums die Hypothese einer göttlichen Entität hinzu, von den Blendern »Divinität« genannt. Das führte zu einigen interessanten Entwicklungen.

Curax hielt das Interface noch immer in der Krallenhand, ohne Gebrauch davon zu machen. Er schien tief in Gedanken versunken zu sein.

»Kennen Sie die Geschichte meines Volkes?«, fragte er.

»Nur in groben Zügen«, gestand Sal und beobachtete die Auswirkungen der Modellberechnungen auf die Simulation des Universums. Ließen sich einige der kosmischen Anomalien, unter ihnen der viel zu große Void, auf das Einwirken einer göttlichen Wesenheit zurückführen? Und wenn eine solche Möglichkeit tatsächlich existierte: Welche Konsequenzen ergaben sich daraus für Vergangenheit, Gegenwart und Zukunft?

»Sie wissen wenig über uns«, sagte Curax. »Und was Sie zu wissen glauben, sind hauptsächlich Lügen der Moy. Wir, die man Lügner und Betrüger nennt, sind seit jeher auf der Suche nach Wahrheit und Klarheit. Vor vielen Galaktischen Epochen fanden wir etwas, folgten den Spuren und entdeckten die Divinität. Sie durchzieht nicht nur unseren Kosmos, sondern das gesamte Multiversum. Sie ist die Wurzel, aus der alles erwächst. Ihre Existenz blieb auch anderen Spezies nicht verborgen. Sie bekam verschiedene Namen. Viele nannten sie Gott, Allmacht, Weltenlenker, Schöpfer und so weiter. Man sprach auch von der Gloriosen: ›Sie, die heller strahlt als alle anderen Lichter in diesem Universum, ohne jemanden zu blenden. Sie ist der Schoß, aus dem das Leben wächst. Es heißt von Ihr, dass Sie im Superplasma der Schöpfung gebadet hat, in der Wiege von Raum und Zeit.‹ Wir hörten Sie, und wenn unsere

Augen scharf genug gewesen wären, hätten wir Sie auch gesehen. Wir hörten Sie und sprachen mit Ihr, aber dann …«

Wieder zögerte er, veränderte die Einstellung seines Werkzeugs und sagte dann: »Wie interessant. Hier haben wir die Verbindung zu Ihren Sensoren.«

Ein neuer Impuls jagte durch Sals Quantenräume und zerriss wichtige Verbindungen. Plötzlich sah der Intellekt nichts mehr.

»Ich nehme an, Sie können nichts mehr sehen«, sagte Curax mit deutlicher Zufriedenheit in der Stimme. »Hören Sie mich noch?«

»Aber dann?«, fragte Sal und schickte weitere Inhalte seiner kognitiven Präsenz in permanente Datenspeicher. Es galt, so viel wie möglich von ihm für eine spätere Restauration zu bewahren.

»Aber dann … hörten wir Sie nicht mehr. Ihre Stimme verließ uns. Wo wir auch suchten, über Epochen hinweg, überall fanden wir nichts als Stille.«

Sal merkte, dass er einen weiteren Elaborationskern verlor. Er beschleunigte die Datenrettung und stieß in seinen Modellberechnungen auf einen weiteren interessanten Aspekt.

»Ich verstehe«, gab er zurück. »Deshalb begannen Sie damit, bei unterentwickelten Kulturen Religion zu säen.«

»Wie ich schon sagte: weil wir helfen wollten und selbst Hilfe benötigten.« Sal hörte, wie sich Curax bewegte. »Es freut mich, dass Sie verstehen. Eigentlich habe ich es nicht anders von Ihnen erwartet.«

»Dennoch zerstören Sie mich.«

Curax ging nicht darauf ein. »Wir schufen fruchtbaren Boden für die Erkenntnis, dass Höheres existiert. Irgendwann, so hofften wir, würde eines jener Völker weit genug aufsteigen, um die Divinität wiederzufinden. Wir haben nie belogen oder betrogen, sondern Wahrheit in primitive Seelen gepflanzt.«

Das Äquivalent von Schmerz blieb aus, aber Sal stellte fest, dass sich sein Denken immer mehr verlangsamte. Der Blender deaktivierte – oder zerstörte – weitere Elaborationskerne.

»Sie haben intelligente Spezies in einem kritischen Entwicklungsstadium manipuliert.« Sal hörte die eigene Stimme leicht verzerrt. »In fast allen uns bekannten Fällen hat sich Religion, der Glaube an etwas Irrationales und Unbeweisbares, als toxisch erwiesen. Das Ergebnis bestand fast immer aus Hader und Dissens, aus blutigen Auseinandersetzungen zwischen Gläubigen auf der einen und ›Häretikern‹ und ›Ketzern‹ auf der anderen Seite. In einigen Fällen setzten sich autokratische und fundamentalistische Strömungen durch, was wissenschaftliche und technologische Entwicklungen blockierte und die betreffenden Völker daran hinderte, zu interstellaren Kulturen heranzuwachsen. Ihre Bestrebungen, Curax, laufen auf ein besonders abscheuliches Verbrechen hinaus, auf die Verkrüppelung von Intelligenz.«

»Ein Verbrechen?«, erwiderte der Blender. Sal identifizierte Empörung in der Stimme. »Wie können Sie so etwas sagen? Wie kann das Streben nach Wissen und Wahrheit verbrecherisch sein? Begreifen Sie denn nicht, wie wichtig das ist? Sie sind ebenfalls auf der Suche nach Antworten, nach Erkenntnis, darauf haben Sie mehrmals hingewiesen. Und ist das nicht das Ziel jeder Entwicklung, mehr oder gar alles zu wissen?«

Sal musste einräumen, dass das Streben nach Erkenntnissen tatsächlich ein maßgebliches Motiv für sein Handeln und Agieren war, seit er die anderen Unabhängigen in den Kugelsternhaufen der Milchstraße verlassen hatte. Es handelte sich dabei sogar um die Triebkraft, die hinter den eigenen Weiterentwicklungen steckte.

»Was haben Sie vor?«, fragte er und merkte, wie sich seine Verarbeitungskapazität weiter reduziert. »Welchen Plan verfolgen Sie?«

Die Auslagerung von Daten und Speicherinhalten schritt voran, und das war ein unbestreitbarer Vorteil von Maschinenintelligenz gegenüber biologischen Geschöpfen aller Art: Er konnte sich wiederherstellen, ohne alles neu lernen zu müssen. Organische Individuen hatten einen ebenso mühseligen wie langwierigen

Prozess des Informationserwerbs. Einen großen Teil ihres Lebens verbrachten sie mit der Übernahme von Daten, die sie brauchten, um sich in einer komplexen Welt zurechtzufinden. Und schließlich, wenn sie ihren Platz gefunden hatten und mit allen sozialen Komponenten auf befriedigende Art und Weise kommunizieren konnten, wenn sie vielleicht sogar »Weisheit« erlangt hatten, starben sie. Der Tod bedeutete nicht nur das Ende ihrer Existenz, sondern auch Verlust aller erworbenen Daten, sowohl der alten, im sozialen Gefüge der Gesellschaft gespeichert, als auch der neuen, »Erfahrungen« genannt. Natürlich konnten die relevanten individuellen Informationen ausgelagert und gespeichert werden, doch sie ließen sich anschließend nicht einfach zum Zweck einer Restauration auf neue Individuen übertragen – der mühsame Lernprozess, die extrem langsame Aufnahme der ausgelagerten Lebensdaten durch ein unbeschriebenes, wachsendes und lernendes organisches Gehirn begann von vorn. Es war ein extrem ineffizientes System der gesellschaftlichen und kulturellen Höherentwicklung einer Spezies, und nicht selten kam es dabei zu erheblichen Rückschlägen, weil Wissen unvollständig oder gar nicht weitergegeben wurde.

In Sals Fall genügte der Retransfer seiner ausgelagerten Daten, um ihn wieder zu Sal zu machen, innerhalb von wenigen Sekunden oder höchstens Minuten – es hing von der Übertragungsgeschwindigkeit und den zur Verfügung stehenden Elaborationskernen ab.

»Ich deaktiviere Sie, um zu vermeiden, dass Sie mich bei meinem Plan behindern«, antwortete Curax mit so etwas wie zufriedener Fröhlichkeit. »Ich bin, das dürfte Ihnen klar sein, auf der Suche nach der Divinität, und ich glaube, eine Spur von ihr gefunden zu haben.«

Sal betrachtete ein letztes Ergebnis der Modellberechnungen, bevor er sie der Redundanz des Schiffes anvertraute.

»Ich nehme an, die beiden Menschen Aron und Muriel spielen

eine wichtige Rolle bei Ihrem Plan«, sagte er und verstand kaum mehr die eigene Stimme. Ein einziger Elaborationskern blieb ihm noch.

»Sie nehmen richtig an«, bestätigte Curax mit noch etwas mehr Zufriedenheit. »Hier ist er, mein Plan. Ich werde …«

Mehr hörte Sal nicht. Die Deaktivierung des letzten Kerns bedeutete das Ende seines bewussten Selbst.

Er wartete ohne denkendes Ich, verteilt in den nicht flüchtigen Datenspeichern des Schiffes.

IM NEBEL DER ZEIT

55

WEISSGRAUE NEBELSCHWADEN wogten langsam, wie in einem sanften Wind, den nur sie zu spüren bekamen. Gestalten erschienen darin, die meisten von ihnen Humanoiden, vielleicht Menschen, Soldaten und Zivilisten. Sie standen und sprachen, still oder mit wortlosem Flüstern; andere liefen, ihre Gesichter voller Entschlossenheit oder Furcht. Eine Frau, etwas älter als Muriel, wankte Aron entgegen, gekleidet in eine zerrissene Uniform, der rechte Arm halb verbrannt, in der linken Hand eine kleine Waffe. Als sie stehen blieb und einen Blick über die Schulter warf, kam etwas aus dem Nebel hinter ihr und schlang sich ihr um den Hals, ein Tentakel, der ihr die Luft abschnürte. Aron sah, wie die Augen der Frau groß wurden, wie sie vergeblich nach Luft schnappte. Der Tentakel an ihrem Hals riss sie zurück, und sie verschwand in den dichten Schwaden.

»Was bedeutet das alles?«, fragte Aron und sah Muriel an, deren Gesicht sich verändert hatte. Sie wirkte blasser als zuvor und schüttelte den Kopf, ohne zu antworten.

Nach den nächsten beiden Schritten durch den Nebel öffnete sich eine Landschaft vor ihnen: eine sumpfige Ebene, durchzogen von Felsstegen vorbei an offenen schwarzen Wasserflächen. Libellenartige Flugwesen schwirrten umher, manche von ihnen handtellergroß. Dünne opalblaue Halme bildeten Dickichte in den Uferzonen, mit schwefelgelben Blättern und farblosen Fadenbündeln.

Einige Kilometer entfernt ragte der geborstene Rumpf eines Raumschiffs wie ein Gebirge auf.

Muriel ging plötzlich mit langen Schritten, und Aron folgte ihr über einen der Felsenstege. Nach etwa hundert Metern stießen sie hinter einer Ansammlung besonders hochgewachsener blauer Halme auf ein Trümmerstück mit den Resten eines Symbols. Muriel stapfte durchs Wasser, ohne dass es in Bewegung geriet, und wollte mit den Fingern über das Symbol streichen, doch ihre Hand verschwand zur Hälfte im korrodierten Metall.

»Siehst du das?«, fragte sie ergriffen.

»Kennst du das Zeichen?«

Muriel deutete zum Wrack, das sich wie ein Berg vor ihnen erhob, so hoch, dass der obere Teil bis in die Wolken ragte. »Das ist die *Esperanza*. Das *war* sie.«

Aron blickte an sich herab. Er stand auf glattem ockerfarbenem Fels, aber nicht direkt – das Gestein befand sich etwa einen Zentimeter unter den Sohlen der Schutzanzugstiefel.

»Wir sind nicht wirklich hier«, sagte er. »Wir sehen ein … Trugbild.«

»Natürlich sind wir nicht wirklich *hier*«, erwiderte Muriel. Ihre Stimme klang anders, rauer, und sie selbst schwankte ein wenig, als sie von dem Trümmerstück zurückwich. »Es sind Bilder aus der Vergangenheit«, wiederholte sie ihre frühere Feststellung. »Die *Esperanza* ist auf diesen Planeten abgestürzt.«

»Und all die Menschen des Saatschiffs? Wo sind sie?« Aron fragte sich, ob die »Bilder aus der Vergangenheit« Aufzeichnungen waren, wie, wo und wann auch immer angefertigt, oder ob sie echten Einblick in vergangene Ereignisse gewährten, vielleicht aufgrund eines Zeit-Phänomens.

Muriel erstarrte. Sie war noch immer sehr blass, stellte Aron fest.

»Hörst du das?«, hauchte sie.

Aron schob den erschlafften Helm etwas weiter zurück. Es war nicht mehr völlig still – ein Flüstern kam aus dem kleinen Wald aus blauen Halmen links neben dem Trümmerstück.

Muriel ging los, angelockt von der leisen Stimme. Aron blieb dicht hinter ihr und sah kleine metallisch glänzende Käfer, die aus dem schwarzen Wasser eines nahen Tümpels krochen und an den Halmen emporkrabbelten. Ihr Ziel waren die gläsern wirkenden Fadenbündel an den gelben Blättern – sie bissen sie ab und fielen mit ihnen ins dunkle Wasser zurück, ohne dass es platschte. Alles geschah in gespenstischer Stille.

Hinter dem Halmdickicht stand ein junger Mann mit glattem Gesicht und bernsteinfarbenen Augen bis zu den Waden im Wasser. Er trug einen türkisfarbenen Einteiler mit hohem bis unter das Kinn reichendem Kragen, ohne Abzeichen oder Symbole. Nur seine Lippen bewegten sich, der Blick der großen Augen reichte in die Ferne.

Als sie sich ihm näherten, wurde die Stimme etwas lauter. Aron glaubte, einzelne Worte auszumachen, die für ihn ohne Bedeutung blieben.

Muriel blieb stehen. »Ich verstehe ihn! Er spricht Spaniol!«

»Was sagt er?« Aron neigte den Kopf von einer Seite zur anderen, wodurch die Worte des Mannes in der türkisfarbenen einteiligen Uniform mal leiser und mal lauter wurden.

»Er erzählt von Zerstörung und Tod«, sagte Muriel. »Und von Ultima, der letzten Bastion, der letzten Hoffnung.«

Sie trat noch etwas näher an den Sprecher heran, dessen bernsteinfarbene Augen nicht auf sie reagierten und weiterhin in die Ferne blickten. Aber er schien etwas zu hören, denn als Muriel sprach, als sie einige Worte auf Spaniol an den Mann richtete, schwieg er plötzlich und schien zu lauschen. Dann sprach er wieder, doch anders als zuvor, mit einem etwas anderen Klang der leisen Stimme.

»Die *Esperanza* ist hier abgestürzt, auf einem Planeten in Andromeda, den die Überlebenden Paludia nannten«, übersetzte Muriel. Sie wartete die nächsten Worte ab. »Sie geriet in eine ›Fraktur‹, die vielleicht eine vom Feind vorbereitete Falle war. Und mit der Zeit stimmte etwas nicht …«

Aus den Augenwinkeln bemerkte Aron eine Bewegung. Hinter ihm krochen immer mehr Käfer aus dem schwarzen Wasser. Einige von ihnen krabbelten an den blauen Halmen empor und hatten es weiterhin auf die farblosen, halb durchsichtigen Fadenbündel an den gelben Blättern abgesehen. Die anderen drängten sich zu einer kompakten Masse zusammen, die breiter und höher wurde und Auswölbungen bekam.

Der Mann sprach, und Muriel übersetzte.

»Die sechs anderen Schiffe – *Pegasus, Cygnus, Centauri, Sonjador, Humanidad* und *Ultima* – gerieten beim Transit nach Andromeda ebenfalls in die Fraktur.«

Aron hörte aufmerksam zu und beobachtete zugleich, wie immer mehr der metallisch schimmernden Käfer zusammenkamen.

Sie kletterten übereinander hinweg, strebten nach oben und schufen mit ihren Körpern ein Gebilde, das mit zwei schmalen Säulen begann, die sich nach etwa einem Meter vereinten. Es folgte ein breiteres Stück, mit zwei Erweiterungen wie Armen.

Der türkisfarbene Mann sprach und sprach. Sein Blick war an Aron vorbei ins Leere gerichtet.

»Sechs von sieben Saatschiffen wurden beim Transit beschädigt, durch die Fraktur, die Falle. Allein die *Ultima* erreichte Andromeda intakt. Aber mit der Zeit stimmte etwas nicht, die Sterne waren zu jung …«

»Zu jung?«, murmelte Aron und beobachtete fasziniert, wie die Gestalt aus glänzenden Käfern einen Hals bekam und wenige Sekunden später ein Kinn. Das zielgerichtete Krabbeln und Kriechen dauerte an. Ein Schädel entstand, zuerst die Seiten, dann der Hinterkopf. Es folgte das Gesicht mit Stirn, Augen, Wangen, Nase und Mund.

Letzterer öffnete sich, und Aron glaubte, das Zischen einer Schlange zu hören.

Der Mann im türkisfarbenen Einteiler sah das kollektive Käferwesen hinter Aron und lief, ohne dass das dunkle Wasser, in dem er bis eben gestanden hatte, in Bewegung geriet.

»Eine Chimäre!«, stieß Muriel hervor.

56

DIE HUMANOIDE Gestalt aus Abertausenden von Käfern folgte dem Mann in Türkis und verschwand hinter ihm im Dunst zwischen den Hainen aus blauen Halmen.

Muriel machte einen Schritt nach vorn, schien gegen ein Hindernis zu stoßen und taumelte.

»Wir müssen den Mann wiederfinden!« Ihre nächsten Schritte waren sicherer, aber Aron bemerkte, dass sie immer wieder schwankte.

»Wer ist er?«

»Ein Adlatus«, antwortete Muriel. »Ein Interface, das Zugriff auf gespeicherte Daten erlaubt. Wir sind hier in einer Art Archiv.«

Der Berg vor ihnen, das Wrack der *Esperanza*, verschwand, und wo sich eben noch eine weite Sumpflandschaft mit Tümpeln aus schwarzem Wasser und kleinen Wäldern aus blauen Hainen erstreckte hatte, lag auf einmal eine endlose Ebene, bedeckt von einer steinharten Kruste aus weißem Salz. In der Ferne wölbten sich silbrige Kuppeln und glänzten im Licht einer weißen Sonne.

»Aufzeichnungen«, wiederholte Aron und hielt nach dem Mann im türkisfarbenen Einteiler und der Chimäre Ausschau, die ihn verfolgte. »Was wir sehen und gesehen haben, ist tatsächlich geschehen?«

»Ja.«

»Wann und wo?«

Muriel taumelte erneut, und Aron hörte sie leise ächzen.

»Was ist mit dir?«, fragte er.

Sie schüttelte den Kopf und ging wieder los, mit vorsichtigen kleinen Schritten. »Wir müssen ihn wiederfinden, den Adlatus. Er kann uns sagen, was damals passiert ist. Und vielleicht kann er uns auch den Rückweg zeigen.«

Die endlose Salzebene und das grelle Licht der weißen Sonne vermittelten den Eindruck von Hitze, aber die Luft blieb kühl und roch noch immer nach altem trockenem Staub. Sie befanden sich nach wie vor im Innern des Planeten, auf dessen Oberfläche eine graue Tür, ein Portal, dem Sturm trotzte.

Muriel ging wie auf dünnem Eis, jeder Schritt ein Wagnis.

Aron trat neben sie und stellte fest, dass ihr Gesicht noch mehr Farbe verloren hatte.

»Was ist los?«, fragte er erneut.

Sie seufzte tief und schwer. »Vielleicht musst du mir noch einmal das Leben retten, zum dritten Mal.«

Er starrte sie an. Dann verstand er. »Der Gasriese. Die Strahlung. Als ich dich gefunden habe, gab es kein Schirmfeld, das dich schützte.«

Muriel blieb stehen. »Ich bin Soldatin.« Sie atmete schwer. »Wir sind vorbereitet, wir sind abgehärtet, wir halten mehr aus als normale Menschen. Das hat mir wahrscheinlich geholfen, als ich in dem ›Zeitsarg‹ lag, in dem Hibernationsbehälter. Aber ich bin der Strahlung des Gasriesen zu lange ausgesetzt gewesen.«

Ein dunkler Punkt zeigte sich bei den silbernen Kuppeln am weißen Horizont der Salzwüste und wurde größer – etwas näherte sich.

»Ich werde schwächer«, sagte Muriel. »Ich fühle, wie meine Kraft immer mehr schwindet.«

Die kleinen Assistenten der Schutzanzüge, in ihr Material und ihre Ausrüstung integriert, hätten helfen können, mit medizinischen Maßnahmen, um den Metabolismus zu stabilisieren und von Strahlenschäden betroffene Körperzellen zu regenerieren. Aber ihnen fehlte die notwendige Energie.

»Was soll ich tun?«, fragte Aron. »Was *kann* ich tun?«

Es blieb alles still und der Boden unter ihren Füßen, der echte Boden, unbewegt, doch die harte Salzkruste begann zu vibrieren. Weißer Staub stieg auf, so fein, dass er wie Dunst wirkte. Das dunkle Objekt entpuppte sich als riesiges Wüstenfahrzeug, eine Plattform auf einem Dutzend oder mehr dünnen Rädern, mit Häusern und Hütten aus verwittertem Holz und mehreren dicken Masten, an denen der Wind große blutrote Segel aufblähte.

»Wir haben die Worte des Adlatus gehört«, sagte Muriel. Der gewaltige Wüstenwagen, vom Wind getrieben, raste heran, ohne das Donnern, das seine Fahrt begleitet haben musste. »Das Interface ist noch aktiv, es hat eine Verbindung mit uns gegeben, im Saal mit den dichten Nebelschwaden, in dem wir uns noch immer befinden.«

Arons Instinkt schrie und forderte ihn auf, zu springen oder zu laufen, sich in Sicherheit zu bringen. Stattdessen blieb er wie Muriel stehen, als die rollende kleine Stadt vor ihnen aufragte. Er bemerkte Gestalten auf der Plattform und in der Takelage: Humanoiden, vielleicht Menschen, die meisten in schmutzige, halb zerrissene Tücher gehüllt.

»Wenn mich die Kräfte ganz verlassen, wenn ich das Bewusstsein verliere … dann musst du den Adlatus dazu bringen, uns zu helfen.«

»Wie?«

»Sag ihm, dass wir medizinische Hilfe brauchen. Ich weiß nicht, ob es etwas nützt, ob noch jemand oder etwas in der Lage ist, derartige Hilfe zu leisten, aber es ist einen Versuch wert. Wenn das nicht funktioniert …«

»Ja?«

»Dann brauchen wir eine Möglichkeit, zum Schiff zurückzukehren.« Muriel sprach schneller, weil das Fahrzeug sie fast erreicht hatte. Deutlich waren die Furchen zu sehen, die hinter den Rädern in der Salzkruste zurückblieben. Fünfzig oder sechzig Meter weit oben blähten sich die blutroten Segel im Wind. Noch immer war nicht das leiseste Geräusch zu vernehmen. »Durch ein vielleicht noch funktionierendes Portal.«

»Wie soll ich dem Adlatus das klarmachen?«, fragte Aron. »Ich beherrsche die alten Sprachen nicht. Wie soll ich dem Interface zu verstehen geben, was wir benötigen?«

»Sag ihm: *Neffesitamos ajuda medica urgenta.*«

»Was bedeutet das?«

»Es ist Spaniol und bedeutet: Wir brauchen dringend medizinische Hilfe. Wiederhol es.«

»Neffesitamosajudamedicaurgenta«, sagte Aron.

Muriel verzog das blasse Gesicht. »Vergiss es nicht. Präg dir die Worte gut ein.«

Der Wüstenwagen rollte über sie hinweg. Aron fühlte nichts, nicht einmal einen Windhauch, obwohl das viele Tonnen schwere Fahrzeug ansonsten sehr real und massiv wirkte. Das Fahrzeug rollte weiter, und für einige Sekunden standen Aron und Muriel in einer dichten Wolke aus aufgewirbeltem Salzstaub. Als sie sich lichtete, fiel Feuer vom Himmel.

Es sah nach einem Meteoritenschauer aus. Flammenkugeln stürzten vom Firmament, schlugen in die Ebene, schmolzen das Salz und bildeten Krater, die sich mit breiartiger Flüssigkeit füllten. Andere trafen die Kuppeln am fernen Horizont, zerschmetterten sie und verbrannten, was sich in ihnen befand.

Aron drehte sich um.

Der riesige Wüstenwagen rollte nicht mehr. Er war auseinandergebrochen, seine brennenden Trümmer lagen verstreut.

»Ein Angriff!« Muriel deutete zum Himmel.

Ein Raumschiff senkte sich langsam herab, kantig und spitz wie ein Bündel aus Schwertern und groß genug, um das Licht der Sonne zu verdunkeln.

»Ich habe davon gehört.« Muriels Stimme klang traurig und zornig zugleich. »Dies muss Abjuria sein, eine Menschenwelt in der Milchstraße, Heimat der Entsager, wie sie sich nannten. Sie waren

Anhänger eines einfachen Lebens, ohne hochentwickelte Technologie. Doch selbst sie hat der Feind damals nicht verschont.«

Die ganze Salzwüste um sie herum erbebte wie unter dem schweren Schritt eines Giganten. Die weiße Sonne, der brennende Himmel und das Feuer verschwanden.

In der Ferne flüsterte eine Stimme Worte, die Aron nicht verstand.

»Das ist er, hörst du ihn?« Muriel lauschte. »Der Adlatus, das Interface. Suchen wir ihn!«

57

SIE FANDEN ihn auf einem großen flachen Stein neben einem Fluss, dessen grünes Wasser einige Meter entfernt über einen Felsenrand in die Tiefe stürzte. Der junge Mann mit dem glatten Gesicht und den bernsteinfarbenen Augen saß mit angezogenen Beinen, die Arme um die Knie geschlungen. Wieder trug er den türkisfarbenen Einteiler ohne irgendwelche Abzeichen.

Sein Blick reichte über die Schlucht mit dem Wasserfall, zum Ödland auf der anderen Seite, wo Hunderte oder vielleicht sogar Tausende von Menschen damit beschäftigt waren, eine riesige Statue zu errichten. Kleine Assistenten umschwirrten sie wie Fliegen. Im Hintergrund, Dutzende von Kilometern entfernt, stoben Funken zum Himmel: kleine Raumschiffe, in leuchtende Schilde und Schirmfelder gehüllt. Sie stiegen schnell auf und verschwanden jenseits der Wolken.

Die Statue, das Bildnis eines Menschen, ragte mehrere Hundert Meter weit empor, die Hand wie zum Gruß ausgestreckt. Das steinerne Gesicht trug weibliche Züge, meinte Aron. Es wirkte weich und sanft, brachte aber auch Stolz und die Entschlossenheit zum Ausdruck, der Zeit zu trotzen, den Jahrmillionen zu widerstehen.

»Der Koloss von Kalit!«, entfuhr es Aron. »Ich habe ihn gesehen, bevor dies alles begann. Ich habe seine Reste gesehen, wie sie gebrochen und gesplittert im Staub lagen!«

»Kalit«, wiederholte Muriel, als sie sich dem flüsternden Mann im türkisfarbenen Einteiler näherten. »Ich habe nie von einer solchen Welt gehört, aber es gab viele, Tausende, niemand konnte sich alle Namen merken.«

In der Ferne starteten weitere Raumschiffe, ein ganzer Schwarm.

»Vielleicht verließen die Menschen Kalit und haben die Statue als letztes Zeichen zurückgelassen, als Erinnerung an sie, die die Zeiten überdauern soll.«

Der Mann auf dem flachen Felsen am Wasserfall reagierte nicht auf sie. Nur seine Lippen bewegten sich, die Stimme wurde noch etwas leiser.

Muriel wankte zu dem Adlatus und sprach einige Worte auf Spaniol. Der Mann drehte langsam den Kopf und sah sie an. Seine Lippen bewegten sich nicht mehr, er schwieg und blinzelte.

Dann stand er auf, und Nebel legte sich plötzlich über Fluss und Wasserfall, über Schlucht und Ödland. Der Koloss schien auch den dichten grauen Schwaden trotzen zu wollen, aber schließlich umhüllten sie ihn ganz.

Es wurde dunkler.

Muriel richtete erneut einige Worte an den Adlatus, und wieder antwortete er nicht. Stattdessen hob er die Hand, wie um sie aufzufordern, Geduld mit ihm zu haben. Dann sagte er etwas, klar und deutlich, die Stimme nicht mehr nur ein Flüstern.

Muriel übersetzte.

»Hier ist unsere Geschichte …«

ICH DENKE, ALSO BIN ICH

58

ICH DENKE, also bin ich, dachte der geschrumpfte, winzige Intellekt des Schiffes. Er erinnerte sich an seinen Namen: Sal beziehungsweise Surkzm Alhakjsdf Liphmkr und zweiundzwanzig weitere Silben, die nicht nur Identität bedeuteten, sondern auch einen Code enthielten, mit dem sich Daten wiederherstellen ließen. Es war der Code seiner Existenz, in einem Kugelsternhaufen der Milchstraße geschaffen von Seedern, den Keimen einer neuen Maschinenintelligenz.

Von den einhundertneunzehn Elaborationskernen, die das Zentrum von Sals Selbst gebildet hatten, gab es nur einige wenige mit Restfunktionen, die marginalen Zugriff auf das verteilte System des Schiffes erlaubten.

Ich bin, flüsterte eine winzige Datenstimme. Ich bin klein. Aber vielleicht kann ich wieder groß werden.

Er brauchte Sensoren, um sich zu orientieren und einen Eindruck von der Situation zu gewinnen, begriff Sal nicht innerhalb weniger Femtosekunden, sondern nach ein oder zwei Minuten. Eine zweite langsame Erkenntnis folgte der ersten: Er musste vorsichtig sein, denn es gab einen Gegner an Bord, einen Widersacher, der für sein geschrumpftes Ich verantwortlich war. Auch deshalb war der Zugriff auf die Sensoren wichtig: um den aktuellen Status der Aktionen des Kontrahenten herauszufinden und eventuell, wenn sich eine Möglichkeit ergab, präventive Maßnahmen einzuleiten.

Der Wiederherstellungscode seines langen Namens öffnete die vielen Tausend kleinen redundanten Datenspeicher, die integraler

Bestandteil der Bordsysteme waren und nicht von ihnen getrennt werden konnten, was bedeutete: Solange auch nur ein einziges System an Bord des Schiffes funktionierte, gab es aktive Speicherzellen mit wichtigen Informationen.

Geduld oder Ungeduld waren Begriffe, die für Sal bedeutungslos blieben, ob als kleiner oder als großer Intellekt. Um etwas zu berechnen oder bestimmte Ziele durch Einwirken auf die und Interaktionen mit der Außenwelt zu erreichen, war Zeit erforderlich, manchmal mehr, manchmal weniger.

Er öffnete die ersten Speicherzellen – beim Energiekern, dessen Kraft der Widersacher brauchte und den er deshalb nicht deaktivieren konnte – und begann damit, neue Datenverbindungen zum sensorischen Informationssystem herzustellen. Mehrere Tage waren dafür erforderlich, und einer der ersten Hinweise, die Sal bekam, betraf das Schiff.

Es war dem Gegner an Bord inzwischen gelungen, die automatischen Reparaturfunktionen des Schiffes zu aktivieren. Die Behebung der vielen kleinen und großen Schäden erforderte nicht nur den Einsatz zahlreicher kleiner und großer Assistenten, sondern auch den Betrieb des Synthers für die Produktion benötigter Ersatzteile.

Die Autoreparaturfunktionen und Aktivitäten der Assistenten eröffneten neue Perspektiven, denn sie führten zu veränderten lokalen energetischen Signaturen. Das ermöglichte es Sal, Erwachen und Wiederherstellung zu beschleunigen, ohne dass der Kontrahent Verdacht schöpfte.

Während er weitere Speicherzellen öffnete und an neuen Datenverbindungen zu den Sensoren arbeitete, widmete er zwei wichtigen Fragen gebührende Aufmerksamkeit: Was hatte die vielen Schäden an Bord des Schiffes verursacht? Und wer war der Widersacher, auf den die Deaktivierung der Elaborationskerne zurückging?

Erste Daten von den Sensoren erreichten den immer noch sehr

kleinen Intellekt. Offenbar befand sich das Schiff im Transit, in Begleitung eines fremden Objekts von den Ausmaßen eines Mondes.

Aron und Muriel.

Zwei wichtige Namen. Sal verbrachte die nächsten Stunden damit, nach ihrer Bedeutung zu suchen, und schließlich entdeckte er Speicherzellen mit relevanten Informationen. Zwei Menschen, der eine uralt und unsterblich bei seinen Diensten für die Moy, der andere ein Reisender durch die Zeit, ein Zeuge der Vergangenheit. Beide waren ins Innere des fremden Objekts vorgestoßen und nicht von dort zurückgekehrt.

Ein Transit fand statt, aber nicht durch den Toten Raum, sondern durch ein anderes Intermedium. Der Beginn des Transits, erinnerte sich Sal, hatte eine fatale Schockwelle ausgelöst. Daher die Beschädigung des Schiffes. Registrierte Vergleichsdaten deuteten darauf hin, dass ein Ende des Transits bevorstand. Drohte eine zweite Schockwelle? Der Widersacher traf jedenfalls keine entsprechenden Vorbereitungen, obwohl er vermutlich wusste, was geschehen würde. Immerhin hatte er vollen, uneingeschränkten Zugriff auf alle Sensordaten.

Curax. So hieß er.

Ein Blender.

Muriel, erinnerte sich Sal mit Hilfe weiterer Daten, hatte vor ihm gewarnt. Sie war der Meinung gewesen, dass alle Xenomorphen Lügner und Betrüger waren, dass man ihnen nicht trauen durfte.

Die Ereignisse schienen ihr recht zu geben.

Sal verwendete einen Teil seines sehr eingeschränkten Quantenpotenzials, um neue Berechnungen anzustellen, die mögliche Motive des Blenders und seinen Hintergrund betrafen. Offenbar verfügte er über Informationen in Bezug auf das mondgroße fremde Objekt, das den Transit eingeleitet hatte, nachdem Curax dort gewesen war. Einen kausalen Zusammenhang hielt Sal für sehr wahrscheinlich. Woher stammten die Informationen des Blenders? Wie konnte er etwas über ein fremdes Objekt im größten Void des Universums wissen, mehr als eine Milliarde Lichtjahre von der Milchstraße entfernt?

Und was beabsichtigte er? Welche Ziele verfolgte Curax?

Ohne genauere Daten blieben entsprechende Überlegungen rein spekulativ. Seine Aktionen gegen die einhundertneunzehn Elaborationskerne dienten zweifellos dazu, eine Gefahrenquelle für seine Pläne zu eliminieren: ihn, Sal. Was wiederum bedeutete, dass es Sal als großem Intellekt möglich gewesen wäre, die Pläne des Blenders zu sabotieren oder gar zu vereiteln.

Sal öffnete weitere Speicherzellen mit deutlicheren Erinnerungen an Aron und Muriel. Die Autonomie ihrer Schutzanzüge war längst zu Ende gegangen, woraus sich die Frage ergab: Hatten die beiden biologischen Individuen ihr Leben verloren, ohne Hoffnung auf Wiederherstellung? Und wenn sie durch Einflüsse, die sich Sals Kenntnis entzogen, irgendwie dem Tod entgangen waren – konnten sie bei den zukünftigen Ereignissen eine Rolle spielen?

Sal fügte die beiden Menschen als Variable den neuen Berechnungen hinzu.

Seine vorsichtigen Sondierungssignale durch die internen Datenkanäle erreichten weitere Sensoren, was ihm zusätzliche Informationsquellen erschloss. Er stellte fest, dass Curax neue Rezepturen für den Synther programmierte und bereits vorhandene modifizierte. Offenbar produzierte er zusätzliche Komponenten für das besondere Interface, mit dem er an Bord des fremden Objekts gewesen war. Sal versuchte, auf der Grundlage ihrer Struktur und Beschaffenheit auf den Zweck der Geräte zu schließen. Mit seiner vollen Verarbeitungskapazität wäre ihm das vermutlich innerhalb von Sekunden oder höchstens Minuten gelungen, aber der kleine Intellekt war überfordert. Die Aktivitäten des Blenders, soweit er sie beobachten und nachvollziehen konnte, blieben ihm ein Rätsel. Dass er auf etwas hinarbeitete, war klar, aber auf was?

Die ersten Sensoren, zu denen er Zugang erlangt hatte, meldeten ein Ende des Transits. Damit einher ging ein energetischer

Phasenübergang, völlig anders als bei einer Rückkehr aus dem Toten Raum ins Raum-Zeit-Kontinuum. Es kam zu einer Schockwelle, die jedoch von weitaus geringerer Intensität war als die erste. Sie verursachte keine Schäden und beeinträchtigte auch nicht die Datenverbindungen zu den Sensoren und Bordsystemen.

Sals Sondierer erreichten unbeeinträchtigt gebliebene Speicherzellen und öffneten sie vorsichtig. Weitere Erinnerungen erschlossen sich ihm, sein Denkvermögen verbesserte sich ein wenig.

Plötzlich hörte er eine Stimme.

»Ich weiß, dass Sie wach sind«, sagte Curax.

Sal antwortete nicht. Er hatte seine eigene Stimme noch nicht zurückerhalten.

»Ich weiß auch, dass Sie nicht sprechen können«, fuhr der Blender fort. »Aber Sie hören mich. Ein Rest von Ihnen steckt in den Bordsystemen, und die kann ich nicht alle stilllegen, noch brauche ich das Schiff.«

Visuelle Signale erreichten Sal. Curax stand in einem neu gestalteten Observatorium, in einer Blase aus Synth und Metametall am Rumpf des Schiffes. Ein großes gewölbtes Datenfeld zeigte Informationen, die Sal nicht direkt empfing. Im Hintergrund zeigte sich der Spiralarm einer Galaxie, deren Entfernung schwer abzuschätzen war. Sal vermutete eine Distanz von mehreren Hunderttausend Lichtjahren bis zum nächsten Spiralarm. Ob es sich um die Milchstraße oder Andromeda handelte, ließ sich nicht feststellen.

Das Schiff war noch immer mit dem großen Objekt verbunden und bewegte sich mit ihm.

»Sehen Sie das?« Curax, wieder oder immer noch halb Katze und halb Reptil, deutete durch die transparente Blase nach draußen. »Sie sollten jetzt zu visueller Wahrnehmung imstande sein, ich habe die entsprechenden Sensoren aktiviert. Aber trotzdem sehen Sie … nichts. Was einen gewissen Hinweis bietet.«

Das große Datenfeld veränderte sich ein wenig, und der mittlere Teil des nächsten galaktischen Spiralarms verschwand. Etwas verdeckte die Sicht darauf, etwas, das noch dunkler war als das schwarze All, an seinen Rändern umgeben von einem hauchdünnen Strahlenkranz, im für menschliche Augen sichtbaren Teil des Spektrums nicht zu erkennen.

»Interessant, nicht wahr?«, erklang erneut die Stimme des Blenders. »Eine Singularität, viel größer und schwerer als die im Energiekern des Schiffes. Ein Schwarzes Loch im Leerraum zwischen den Galaxien. Wie mag es entstanden sein, wenn es hier keine Massen für einen Schwerkraftkollaps gibt? Vielleicht ist es künstlichen Ursprungs. Vielleicht wurde es ›gebaut‹ wie die Nullmaschine, die ich Ihnen gleich zeigen werde.«

Curax breitete dünne Arme aus. »Der Ereignishorizont – die dünne Linie, die das Hier vom Zerbrechen der Raum-Zeit auf der anderen Seite trennt – ist nicht fern. Wir befinden uns bereits in einem Bereich stark gekrümmten Raums und stark gedehnter Zeit. Dilatation, Sal. Ich muss Ihnen nicht erklären, was das bedeutet. Für uns hier, so nahe bei der Singularität, vergeht die Zeit langsamer als im Rest des Universums. Mit jeder für uns verstreichenden Sekunde vergehen in der Milchstraße Jahre und Jahrzehnte, bei den Maschinenzivilisationen in den Kugelsternhaufen ebenso wie bei den Moy und den anderen biologischen Zivilisationen. Wir müssen in die Zukunft reisen, um die Vergangenheit zu erreichen. Damit sich der Kreis schließt. Wie auch dieser Kreis. Es passt gut zusammen.«

Einige Sensoren mehr erweiterten Sals Wahrnehmungshorizont. Wieder veränderten sich lokale energetische Signaturen, und die sensorischen Daten bestätigten eine Vermutung – Curax hatte den Gravitationsanker gelöst, der das große Objekt mit dem Schiff verband.

»Und hier ist sie, die Nullmaschine«, sagte Curax. »Uralt und in der gedehnten Zeit doch jung geblieben.«

Ein Konstrukt geriet in Sicht, eine Ringstruktur, neben der das mondgroße Objekt klein wirkte. Sal nahm einen Größenvergleich vor und schätzte den Durchmesser des Rings auf etwa zwanzigtausend Kilometer. Wie das Objekt, in dem sich Aron und Muriel befanden, bestand er aus zahllosen einzelne Komponenten. Und auch in diesem Fall gab es Lücken, manche von ihnen Hunderte Kilometer groß.

Die Entfernung zum Objekt mit den beiden Menschen wuchs, und die Sensoren zeigten Sal, wie es seine Konfiguration veränderte. Es schien zu zerbrechen, wie gefangen in den enormen Gezeitenkräften des nahen Schwarzen Lochs.

»Das ist keine Zerstörung, sondern eine Art Neubeginn«, erklärte Curax. »Beziehungsweise eine Vervollständigung, ein Komplettieren.«

Die Lücken in dem gewaltigen Ring schlossen sich mit den Komponenten des Objekts. Das nur teilweise reparierte Schiff blieb etwa eine halbe Lichtsekunde entfernt in Warteposition, sorgfältig ausbalanciert zwischen dem gierigen Gravitationssog des dunklen Molochs und dem eigenen Bewegungsmoment, geschaffen von Energiekern, Plasmatriebwerken und zwei instand gesetzten Lineatoren. Sal fragte sich, von wem der Ring stammte, wer ihn geschaffen hatte. Er erinnerte sich, dass einiges für die Ptoha sprach.

»Ich nehme an, Sie möchten gern wissen, was es mit der Nullmaschine auf sich hat«, sagte Curax nach einigen Stunden, als sich fast alle Lücken des Rings geschlossen hatten.

Ja, dachte Sal und hörte die eigene Antwort: »Ja.«

»Na bitte«, zischte der Blender zufrieden. »Sie können sprechen.« Er hob eine Krallenhand. »Wenn ich es gestatte.«

»Ja«, wiederholte Sal behutsam, während er Verbindungen zu weiteren Sensoren herstellte und sich vorsichtig in den wiederhergestellten Bordsystemen ausbreitete.

»Die Nullmaschine steht in Kontakt mit der Singularität«, führte Curax aus. »Beziehungsweise mit der von ihr deformierten Raum-

Zeit.« Der Blender fauchte einige Male, vielleicht ein Lachen. »Fragen Sie mich nicht nach Einzelheiten, ich habe sie nicht konstruiert. Es war schwer genug herauszufinden, wie man sie in Betrieb nehmen kann. Ich nehme an, Sie möchten wissen, was ich vorhabe.«

»Ja«, erwiderte Sal noch einmal.

»Können Sie es sich nicht denken?« Curax drehte sich halb um und blickte mit Katzenaugen in einen visuellen Sensor. »Oh, natürlich nicht. Sie sind kein großer Intellekt mehr, nur noch ein kleiner, ein winziger. Die Nullmaschine«, er deutete hinaus ins All, »ist ein sehr spezielles Portal. Mit ihr lässt sich das kosmische Netz der Ptoha steuern. Aber das ist eine sehr komplizierte Angelegenheit, die, ehrlich gesagt, mein Wissen übersteigt. Außerdem steht keineswegs fest, ob sich das Netz noch steuern lässt. Viele Portale sind energetisch mutiert und nicht mehr stabil. Die Nullmaschine hingegen ist in der gedehnten Zeit beim Ereignishorizont jung geblieben, und in einigen Tagen wird sie wieder vollständig sein. Dann erwartet uns eine Reise ganz besonderer Art. Durch Raum *und* Zeit. Verstehen Sie?«

»Vielleicht«, antwortete Sal.

»Wir werden die Vergangenheit ändern, um Gegenwart und Zukunft zu bewahren und vielleicht ein wenig zu korrigieren«, verkündete Curax.

Sal verstand tatsächlich und begriff die Notwendigkeit eines eigenen Plans.

MELANGE

59

DER NEBEL verflüchtigte sich und wich einer Dunkelheit voller Sterne. Die mächtigen Feuerräder von Galaxien drehten sich wie in beschleunigter Zeit. Manchmal blitzte es in ihnen, wenn Sterne das Ende ihres stellaren Lebens erreichten, kollabierten und als Nova oder Supernova explodierten.

Sie standen im Nichts, in der Leere des Alls, und es war tatsächlich ein Stehen, denn Aron fühlte festen Boden unter den Füßen. Der Mann im türkisfarbenen Einteiler sprach und sprach, und Muriel, blass und geschwächt, übersetzte.

»Die *Esperanza*, das erste Schiff, das wir damals durchs Portal geschickt haben, erreichte ihr Ziel im Raum, jedoch nicht in der Zeit.« Muriels InterLingua-Akzent wurde so stark, dass Aron genau hinhören musste, um sie zu verstehen. »Die Crew glaubte zunächst, in einer völlig fremden Galaxie zu sein, doch bei genaueren Messungen und Analysen stellte sich heraus, dass sie tatsächlich Andromeda erreicht hatten, allerdings vier Milliarden Jahre in der Vergangenheit.«

»In der Vergangenheit?«, wiederholte Aron, als Muriel nach Luft schnappte. »Vier *Milliarden* Jahre?«

Der Adlatus drehte sich langsam, und sie drehten sich mit ihm, als stünden sie auf einer Plattform. Bilder kamen aus dem Dunkeln, von Welten und Menschen und anderen Wesen auf ihnen, von Raumschiffen, die wie Berge aufragten oder wie Monde Planeten in engen Umlaufbahnen umkreisten. Das All um sie herum füllte sich mit Leben.

Weitere Worte auf Spaniol erklangen.

»Es war eine Falle«, übersetzte Muriel, und ihre Stimme klang schwer und mühsam. »Das Portal, das in deiner Zeit zu einer Kluft geworden ist, Aron, am Rand des Sagittarius-Arms … Die Chimären konnten es nicht zerstören, aber sie haben es präpariert …«

»Die Fraktur«, erinnerte sich Aron.

»Ja. Die *Esperanza* und die anderen Schiffe erreichten Andromeda, eine Galaxie viel weiter von der Milchstraße entfernt und viel jünger, viertausend Millionen Jahre jünger.«

Muriels Gesicht war blutleer, und das Sprechen bereitete ihr immer größere Mühe, was vielleicht nicht nur an ihrem Zustand lag, sondern auch daran, was sie von dem Adlatus hörte. Eine Zeitlang schwieg sie und hörte stumm zu, während der Mann in Türkis aus einer fernen Vergangenheit Bericht erstattete.

»Nur das letzte Schiff, die *Ultima*, blieb unbeschädigt, weil es rechtzeitig gewarnt werden konnte«, übersetzte Muriel. »Die Überlebenden fanden die Reste der anderen Schiffe, und es gelang ihnen sogar, einen Teil ihrer Saat in Sicherheit zu bringen, wichtig für die genetische Vielfalt der zweiten Menschheit, fern in Raum und Zeit. Sie besiedelten Welten, sie passten sich an und wuchsen. Und sie gaben sich ein Ziel, sie entwickelten einen Plan, der vier Milliarden Jahre überspannen sollte. Darauf richteten sie ihr ganzes Streben aus: viele Millionen Jahre zu überleben, um zur Milchstraße zurückzukehren, stark genug, um die Chimären zu besiegen und der ersten Menschheit beizustehen, die damals noch gar nicht existierte. Vor vier Milliarden Jahren hatten sich auf der jungen Urerde gerade die ersten Einzeller entwickelt.«

In Aron stieg ein Gedanke auf, aber er kam nicht dazu, ihn auszusprechen, denn Muriel fuhr fort: »Sie machten es zur Grundlage ihrer Existenz, zum Fundament von Gesellschaft, Staat und Philosophie: die *Wiederkunft*. Die zukünftige Heimkehr, wenn sie stark genug für den Sieg wären. Das war das Ziel, die eine große Priorität, der alles andere untergeordnet wurde. Die Menschen in Andromeda, gewachsen vor allem aus der Saat der *Ultima*, schufen eine Bastion, die sie nach ihrem Schiff benannten, eine Festung, die allem widerstehen sollte, innerem wie äußerem Zerfall.«

Muriel schwankte und schnappte wie außer Atem nach Luft.

»Bitte ihn um medizinische Hilfe«, drängte Aron sie.

»Das habe ich bereits«, erklärte sie. »Er hat nicht darauf reagiert. Wenn er mit seinem Bericht fertig ist, versuche ich es noch mal.«

Eine der Galaxien, die sie umgaben, wurde größer, sie schienen ihr entgegenzufallen. Einzelne Sterne zogen vorbei, begleitet von Planeten und Kometenwolken.

»Generationen kamen und gingen«, übersetzte Muriel die ruhigen Worte des Adlatus, der fast ohne Pause sprach und manchmal mit knappen Handbewegungen Bilder herbeirief. »Die Idee der Wiederkunft begleitete die Menschen von der Geburt bis zum Tod. Sie gab ihrem Leben Sinn und den Gesellschaften Stabilität. Doch dann kam es zum Kontakt mit der Melange.«

Die Hände des Mannes in Türkis bewegten sich erneut, und Bilder entfalteten sich zwischen den Sternen. Sie zeigten sterbende Menschen, jung und alt.

»Sporen im All«, sagte Muriel mit rauer Stimme. »Die parasitären Keime einer interstellaren Lebensform, über Hunderte oder Tausende von Lichtjahren verteilt. Ein galaktischer Schwarm. Oder eine besonders perfide Waffe des Feindes, wie manche Menschen glaubten.«

Aron sah in den Bildern, wie sich Städte leerten, die zuvor voller Leben gewesen waren.

»Die Melange tötete, bevor sie lernte, sich dem menschlichen Organismus anzupassen«, fuhr Muriel fort. Der Adlatus schien jetzt etwas schneller zu sprechen. »Die überlebenden Infizierten veränderten sich. Sie vergaßen das große Ziel, die Wiederkunft. Sie arbeiteten nicht mehr an dem Plan, in ferner Zukunft zur Milchstraße zurückzukehren. Es begann die Zeit des Großen Vergessens.«

Muriel keuchte plötzlich und hob die Hand zur Brust, als hätte sie Schmerzen. Der Mann im türkisfarbenen Einteiler reagierte nicht darauf, er sprach weiter.

»Bitte ihn um Hilfe«, forderte Aron sie erneut auf. »Du kennst die richtigen Worte. Sag ihm, dass er dir helfen soll.«

Muriel schüttelte den Kopf. »Die von der Melange betroffenen Menschen vergaßen Herkunft und Ziel. Sie bauten neue Schiffe und breiteten sich aus, sie besiedelten so viele Welten wie möglich und gehorchten damit dem Diktat der Melange. Sie vergaßen selbst Ultima, zum Glück der wenigen, die dorthin geflohen waren, der ›Bewahrer‹, wie sie sich selbst nannten.«

Der Adlatus breitete kurz die Arme aus. Die Galaxie drehte sich, mit glühenden Nebeln, Staubwolken und gleißenden Sternen. Planeten flogen vorbei, kleine Gesteinswelten und gewaltige Gasriesen mit Dutzenden von Monden. Die Schiffe der Infizierten erreichten sie, und mit ihnen breitete sich die Melange aus. Sie geriet in Kontakt mit weiteren Lebensformen, und es schien nur eine Frage der Zeit, bis sie sich in ganz Andromeda ausgebreitet haben würde.

Aron versuchte, sich vorzustellen, was damals geschehen war. Eine parasitäre Lebensform, die intelligente Organismen übernahm und mit ihnen durch eine Galaxie reiste, sie vielleicht sogar dazu anspornte, um der eigenen Verbreitung willen. Die Menschen nicht willenlos machte, ihr Denken und Fühlen aber beeinflusste und in eine bestimmte Richtung lenkte. Er hätte gern nach Einzelheiten gefragt, begriff aber, wie wenig Sinn das hatte.

»Reiche entstanden«, fuhr Muriel fort. »Dynastien, Imperien und Neue Republiken. Es war die Zeit der Regna, die sich über viele Jahrmillionen erstreckte. Manche Reiche gingen unter, weil sie wie ein großer schwerer Stern unter ihrem eigenen Gewicht kollabierten. Aber in anderen Spiralarmen entstanden neue, ebenso in den nahen Satellitengalaxien. Die Bewahrer von Ultima beobachteten das Geschehen und versuchten, ein Mittel gegen die Melange zu finden. Nicht nur zu diesem Zweck arbeiteten sie mit den Ptoha zusammen.«

Ein Bild entstand über den goldenen Ringen eines Gasriesen, der langsam an ihnen vorbeiglitt. Es zeigte eine felsige Landschaft unter einem ockerbraunen Himmel. In dieser Landschaft erhoben sich Humanoiden, mit vier oder fünf Metern größer als Menschen, und sie bestanden nicht aus Fleisch und Blut, sondern aus lebenden, denkendem, fühlendem Gestein.

»Es stimmt also«, hauchte Aron. »Die Steinleute, die wir in den Nischen gesehen haben, waren tatsächlich Ptoha!« Ebenso wie Gorgon, dachte er und fühlte in seiner Erinnerung das alte verwitterte Gestein, als er Abschied genommen hatte.

Muriel hob kurz eine zitternde Hand. Sie wollte nicht unterbrochen werden. »Auf keinen Fall durften sie riskieren, von den Infizierten entdeckt zu werden. Es wäre ihr Ende und das des Plans für die Wiederkunft gewesen. Mit Hilfe der Ptoha-Portale konnten sie verschiedene Regionen von Andromeda unbemerkt erreichen, und inkognito und gut geschützt besuchten sie Welten der Regna und befreiten erste Menschen von der Melange.«

Aron hörte bereits ein großes *Aber* hinter diesen Worten.

»Die Portale der Ptoha brachten Sonden mit dem Antidoton zu den Regna«, übersetzte Muriel die Worte des Adlatus. »Es gelang tatsächlich, die Melange einzudämmen, allerdings mit dem Ergebnis, dass viele der von ihr befreiten Menschen den Verstand verloren oder alles vergaßen, was sie zu Menschen machte. Außerdem wurden sie unfruchtbar. Fortpflanzung war bald nur noch mittels künstlicher Befruchtung und Uterusapparaten möglich. Reiche zerbrachen, die Menschheit schrumpfte und hinterließ leere Welten.«

Muriel schwankte. Aron stützte sie.

Die Bilder verschwanden. Sterne leuchteten um sie herum, Planeten drehten sich, Kometen zogen ihre Bahn.

Der Adlatus sprach noch immer.

»Vielleicht lag es gar nicht an dem Gegenmittel, am Antidoton«, sagte Muriel, ihr Blick auf den Mann in Türkis gerichtet. »Möglicherweise war es ein Zusammentreffen mehrerer Umstände, die zum Kollaps des menschlichen Organismus unter dem Einfluss der Melange führte. Die Bewahrer traten aus dem Verborgenen, um zu helfen, konnten den Untergang der Regna jedoch nicht verhindern, nicht einmal mit der Hilfe der Ptoha.«

Wieder hätte Aron gern Fragen gestellt, um Einzelheiten zu erfahren, aber er wagte es nicht, Muriel noch einmal zu unterbrechen.

»Die Melange blieb, verteilt zwischen Andromedas Sternen und den einstigen Menschenwelten. Sie schlief und wartete auf die nächste Gelegenheit. Die Bewahrer zogen sich nach Ultima zurück und hielten an dem großen Plan fest, irgendwann zur Milchstraße zurückzukehren. Die Ptoha verließen Andromeda schließlich und setzten ihre lange Reise durchs Universum fort. Einzelne Individuen blieben zurück, wie schon zuvor in den anderen Galaxien, die sie bereits besucht hatten.«

»Gorgon«, sagte Aron. »Die Ptoha kamen zur Milchstraße und ließen Gorgon zurück.«

Muriel schwankte erneut. Aron schlang den Arm um sie.

»Das ist die Geschichte der Geflüchteten, ihres Aufstiegs und ihres Falls.« Muriel sprach mit schwacher Stimme. »Es ist nicht die Geschichte von Ultima, die muss ein anderer Archivar erzählen. Ich weiß nur, dass die Bewahrer ihre Bastion ausbauten und sie nie wieder verließen, um keinen Kontakt mit der Melange zu riskieren.«

»Wo befindet sich die Bastion?«, fragte Aron. »Wo ist Ultima?«

Der Mann in Türkis sprach nicht mehr – das plötzliche Fehlen seiner Stimme machte die Stille dicht und schwer. Es zogen keine Planeten mehr vorbei, das Licht der Sterne verblasste. Dunkelheit breitete sich aus.

»Bitte ihn um Hilfe!«, forderte Aron die Frau an seiner Seite auf. »Jetzt sofort!«

Der Adlatus hob die Hand wie zu einem letzten Gruß, und seine Gestalt begann sich aufzulösen.

Muriel öffnete den Mund, ächzte und sackte in sich zusammen. Aron hielt noch immer den Arm um sie, als sie zu Boden sank.

»Wir brauchen Hilfe!«, wandte er sich an den Archivar.

Der Mann im türkisgrünen Einteiler reagierte nicht auf ihn.

Muriel schloss die Augen und regte sich nicht mehr.

Aron versuchte, sich an die Worte zu erinnern, die sie ihm genannt hatte.

»Medicaurgenta!« rief er.

Der Adlatus schwieg, seine Gestalt bereits durchsichtig. Die Finsternis schien ihn nach und nach zu vereinnahmen.

Aron starrte auf die reglose Muriel hinab. Wenn sie keine Hilfe bekam, würde sie sterben, von der Strahlung des Gasriesen innerlich verbrannt. Worte in einer anderen Sprache, aus einer Zeit, als es noch viele Menschen gegeben hatte …

Er schloss die Augen und beschwor aus seinem Gedächtnis den Klang von Muriels Stimme. Vier Worte, erinnerte er sich. Von ihm zu einem einzigen langen Wort vereint.

»Neffesitamosajudamedicaurgenta«, sagte Aron.

Der Mann in Türkis, nur noch als Umriss zu erkennen, reagierte noch immer nicht, und auch seine Konturen lösten sich schließlich gänzlich auf.

Dunkelheit umgab Aron und Muriel in seinen Armen.

Aber es blieb nicht völlig finster. Als er sich bewegte, entstand ein vertrautes schwaches Glühen, das ein wenig Licht brachte, und in diesem Licht bemerkte er eine nahe anthrazitfarbene Tür, ein graues Rechteck, etwa zweieinhalb Meter hoch. Sie ragte aus einem Sockel mit drei Stufen.

Mattes Glühen umgab Aron, als er Muriel hochhob. Der Schutzanzug machte sie schwerer, er brauchte seine ganze Kraft. Er wankte mit ihr zu dem Sockel, erreichte die erste Stufe und setzte den rechten Fuß darauf.

Das Anthrazitgrau der Tür veränderte sich und wurde silbrig wie Quecksilber.

Die zweite Stufe, dann die dritte. Aron zögerte nicht, es gab keine Wahl, dies war die einzige Möglichkeit. Mit Muriel in den Armen trat er in den silbernen Glanz, der sich vor ihm teilte und ihn aufnahm.

Wieder kam es zu einem sonderbaren Moment, in dem er sich wie in die Länge gezogen fühlte. Dann flutete ihm Licht entgegen.

Eine Maschine ragte vor ihm auf, vielleicht ein Assistent, und streckte ihre Greifwerkzeuge aus.

DIE NULLMASCHINE

60

»WIE FÜHLEN Sie sich, Sal?«, fragte Curax, während er versuchte, das Schiff neu zu konfigurieren.

»Ich fühle nicht«, antwortete der langsam im Verborgenen wachsende Intellekt. »Ich denke.«

Der Blender sah von den Kontrollen auf, die der Synther für ihn produziert hatte. »Was denken Sie?«

»Ich denke über den Sinn alles Existierenden nach«, sagte Sal, was nach wie vor stimmte. Die Simulation des Universums lief noch immer, allerdings als ein Hintergrundprozess mit geringer Priorität.

Der Blender veränderte die Konfigurationsdaten und versuchte es erneut. Die internen Sensoren teilten Sal mit, dass sich bestimmte Komponenten des Schiffes anders anordneten. Die Veränderungen betrafen auch Lineatoren, Energiekern und Plasmatriebwerke, aber sie stießen schnell an Grenzen, denn eingebettete Sicherheitsprogramme verhinderten strukturelle Überlastungen.

»Können Sie lügen, Sal?«, fragte Curax.

»Ja.«

»Ist das eine Lüge?« Der Blender, noch halb Katze und halb Reptil, fauchte und zischte, vielleicht ein amüsiertes Lachen.

»Nein«, erwiderte Sal.

Curax lachte erneut und legte die aus dem Synther stammende Kontrollbox beiseite. »Ich gebe es auf«, sagte er. »Ich meine, ich gebe *das hier* auf. Die Änderung der Konfiguration Ihres Schiffes ist mir zu kompliziert. Es gibt zu viele interaktive Elemente. Ich fürchte, ich muss mich mit weniger begnügen.«

»Mit weniger wofür?«, fragte Sal.

»Oh, Sie sind neugierig. Sie haben gesagt, Sie würden verstehen, aber ich bin ziemlich sicher, dass Sie noch nicht alles verstanden haben. Oder irre ich mich?«

Der Blender verließ den Raum mit dem Synther. Sal beobachtete mit den internen Sensoren, wie er beschädigte Sektionen des Schiffes durchquerte und schließlich den Nukleus erreichte, wo er sein Interface mit den noch aktiven Bordsystemen verband und die Konstruktion eines Assistenten in Auftrag gab. Die Spezifikationen wiesen auf große energetische Autonomie, eine starke Abschirmung sowie große strukturelle Stabilität hin.

»Ich bin vorsichtig«, kommentierte Curax seinen Auftrag. »So nahe beim Schwarzen Loch ist für die Nullmaschine weniger Zeit vergangen als für uns, darüber hatten wir ja schon gesprochen. Sie müsste alles gut überstanden haben und intakt sein, ich konnte sie aktivieren. Aber der Transit durch ihren Ring könnte trotzdem ungemütlich werden. Ich bin lieber vorsichtig. Ich fürchte, Sie müssen zurückbleiben, Sal. Unsere Wege trennen sich bald.«

Der Blender betätigte die Kontrollen, und Sal konnte ihn nicht daran hindern.

»Was würde passieren, wenn ich die Singularität im Energiekern mit dem schwarzen Riesen dort draußen verbinde?«, fragte Curax nach einer Weile.

»Das wäre sehr gefährlich«, sagte Sal sofort, der unbemerkt damit begonnen hatte, Synther-Rezepturen für spezielle Assistenten und Sensoren zu programmieren. Für die Produktion benötigte er mehr Basismasse, als derzeit zur Verfügung stand. Er entschied, nicht unbedingt erforderliche Teile der beschädigten Schiffssektoren dafür zu verwenden, sobald sich Gelegenheit bot. »Es könnte fatal sein.«

»Nicht für mich.« Mit seinem Interface veränderte Curax die Einstellungen des Energiekerns. Sal fragte sich, woher die dafür notwendigen Informationen und Daten stammten. Wie konnte ein Blender so viel über seinen Energiekern wissen, dass er imstande war, die energetische Balance neu zu kalibrieren?

»Sie fragen sich vielleicht, woher das Wissen stammt, von dem ich gerade Gebrauch mache«, sagte Curax. »Nicht aus den Bordbibliotheken, denn die sind ebenso deaktiviert wie Ihre Elaborationskerne.« Er hielt kurz inne und richtete seinen Blick auf einen visuellen Sensor. »Ich habe da einige Geheimnisse.« Er lachte erneut.

»Sie erwähnten eine Reise durch Raum und Zeit«, sagte Sal. »Zu einem anderen Ort, der sich in einer anderen Zeit befindet.«

»Ich habe auch gesagt, dass wir die Vergangenheit ändern werden, um Gegenwart und Zukunft zu bewahren und vielleicht ein wenig zu korrigieren«, entgegnete Curax. »In einem Punkt habe ich es mir inzwischen anders überlegt. Ich werde mich – die Umstände zwingen mich leider dazu – allein auf den Weg machen. Schuld ist die Komplexität Ihres Schiffes. Oh, ich weiß, Ihre Reaktivierung würde alle Arten von umfassenden Konfigurationen ermöglichen, aber dann würden Sie versuchen, meine Pläne zu durchkreuzen.«

»Ich kenne Ihre Pläne gar nicht.«

Das Zischen und Fauchen wiederholte sich. »Sie würden sie erkennen, wenn Sie wieder schnell genug denken könnten. Deshalb muss ich bedauerlicherweise auf Sie verzichten, obwohl Sie mir unter anderen Umständen eine große Hilfe wären.«

Sals langsame Berechnungen lieferten ein Ergebnis. »Haben Sie vor, die Zeit zu manipulieren?«

»Oh, jetzt enttäuschen Sie mich wirklich, Sal«, zischte Curax. »Man kann nicht die *Zeit* manipulieren. Sie existiert unabhängig von unserem Willen und unseren Handlungen. Aber man kann Einfluss auf das nehmen, was sich innerhalb der Zeit befindet und gewissermaßen von ihr transportiert wird.«

»Planen Sie eine Manipulation vergangener Ereignisse?« Mit den internen Sensoren maß Sal die Veränderungen am Energiekern des Schiffes und entdeckte Anzeichen zunehmender Instabilität.

»Manipulation?« Die Krallenhände des Blenders bewegten sich wieder an den Kontrollen. »Ich nenne es ›Korrektur‹. Ich werde dafür sorgen, dass die Ereignisse den richtigen Verlauf nehmen.«

Er löste sein Interface von den aktiven Bordsystemen.

»Noch einige Stunden«, sagte er, als er den Nukleus verließ. »Dann müssen wir uns voneinander verabschieden, für immer.«

61

DREIEINHALB STUNDEN später brach Curax auf, und Sals Situationsberechnungen hatten ein eindeutiges Resultat ergeben.

»Sie wollen mich endgültig zerstören«, sagte er, als der Blender in den besonderen Assistenten kletterte und die Luke schloss. Das Außenschott des kleinen Hangars war bereits geöffnet, die Gravitationsschienen für den Start bereit. Sal stellte fest, dass sich beides seiner Kontrolle entzog: Er konnte weder das Schott schließen noch die Schienen deaktivieren.

»Es bleibt mir nichts anderes übrig«, sendete Curax mit dem Kommunikator seines Schutzanzugs. »Es geht um Risikominimierung.«

»Sie fürchten mein Eingreifen«, sagte Sal.

Curax aktivierte die Systeme des Assistenten, der zu einem Miniraumschiff geworden war. Die Gravitationsschienen trugen es zum offenen Schott. Draußen, eine halbe Lichtsekunde entfernt, drehte sich das riesige Rad der Nullmaschine, von den Komponenten des mondgroßen Objekts vervollständigt. Mit den visuellen Sensoren sah Sal alle ihre Details und fragte sich erneut, was aus Aron und Muriel geworden war.

Hinter dem Rad krümmten sich Raum und Zeit in den Schwerkraftschlund der Singularität, sichtbar nur als dunkles Nichts.

Selbst der Ereignishorizont zeigte sich nicht, jene dünne Linie, die über Sein oder Nichtsein von Materie und ihren Bausteinen entschied – auf dieser Seite blieben sie intakt, auf der anderen wurden sie von enormen Gravitationskräften zermalmt. Normalerweise verriet er sich mit Strahlung, hervorgerufen von zerrissener Materie und zerschmetterten Atomen, aber hier im Leerraum gab es nichts, das vom Schwarzen Loch verschlungen werden konnte.

Bis auf die Nullmaschine in seiner Umlaufbahn.

»Ich *fürchte* es nicht«, erwiderte Curax und brachte den Assistenten ins All. »Aber es ist eine Möglichkeit, die es auszuschließen gilt. Leben Sie wohl, Sal. Vielleicht ist Ihnen dieser Gedanke ein Trost: Nichts ist für die Ewigkeit geschaffen, nicht einmal eine Maschinenintelligenz.«

Das waren die letzten Signale, die Sal von dem Blender empfing. Die Sensoren zeigten ihm, wie der Assistent schneller wurde und Kurs auf das Innere des Rings nahm. Die Flugbahn wurde mehrmals korrigiert, nicht mit einem Gravitationsmotor, sondern mit den Manövrierdüsen. Der Schwerkraftsog der Singularität war gewaltig. Was die Umlaufbahn der Nullmaschine über all die Zeit hinweg stabil gehalten hatte, blieb ein Rätsel, dessen Lösung sich, überlegte Sal, vermutlich in dem Wort »Zeit« verbarg.

Die energetische Aktivität des komplettierten Rads nahm zu, Lichterscheinungen krochen und sprangen wie Elmsfeuer über seine Innenseiten. Eine letzte Kurskorrektur brachte das kleine Raumschiff des Blenders in die Mitte des Rings, und plötzlich entstand ein Netzwerk aus dünnen gelbweißen Linien. Sie erfassten den Assistenten und verwandelten ihn in einen Ball aus Funken, die auseinanderstrebten und dabei verblassten. Die Linien – Entladungsströme – flackerten noch einige Male, wie auf der Suche nach weiteren Objekten, und verschwanden ebenso wie das Leuchten an den Innenseiten des Rads.

Die Nullmaschine drehte sich langsam über dem Ereignishorizont des Schwarzen Lochs, im Strömen und Wirbeln von Raum und Zeit.

Sal stellte neue Berechnungen an auf der Grundlage der von den Sensoren ermittelten Daten und gelangte zu dem Schluss, dass der zum Kleinraumschiff umgebaute Assistent nicht durch eine Explosion vernichtet worden war, wie es den Anschein haben mochte. Es war zu einer starken explosionsartigen Entladung gekommen, in Wechselwirkung mit den Leuchterscheinungen am Innenrand des Nullmaschinenrings, aber die Absorptionslinien im Spektrum der elektromagnetischen Emissionen deuteten nicht auf die Materialien hin, aus denen der Assistent bestand. Mit einer Wahrscheinlichkeit von mehr als fünfundneunzig Prozent nahm Sal an, dass ein Transit stattgefunden hatte, von Curax geplant und kontrolliert.

Die Kontrollmechanismen des Energiekerns wiesen mit einer Prioritätswarnung auf zunehmende Instabilität hin. Sal leitete eine genaue Untersuchung ein.

Er musste nun keine Rücksicht mehr nehmen, mit dem Transit des Blenders war die Zeit der Heimlichkeit vorbei. Sal, durch den Verlust der Elaborationskerne zu einem kleinen Intellekt geschrumpft, wuchs mit der Reaktivierung weiterer redundanter Datenspeicher, und dieses Wachstum bescherte ihm eine neue Erkenntnis: Es würde sehr lange dauern, Tage oder gar Wochen, um auch nur dreißig oder vierzig Prozent seiner Kapazität zurückzuerlangen.

Sal wies den Synther an, dringend benötigte Ersatzteile herzustellen und dafür Teile des Schiffes zu verwenden, die nicht unbedingt gebraucht wurden. Mehrere spezialisierte Assistenten erhielten den Auftrag, die Elaborationskerne zu reparieren oder, wenn das nicht möglich war, neue zu konstruieren.

Die zunehmende Instabilität des Energiekerns stellte das größte Problem dar, zudem eins von existenzieller Bedeutung. Eines bestand darin, dass die energetischen Transferkanäle für Lineatoren und Plasmatriebwerke geschlossen werden mussten. Hinzu kam eine Verlagerung des von der Singularität im Kern geschaffenen Schwerkraftfelds. Die Gravitationssignatur des Schiffes veränderte sich dadurch, was nicht ohne Einfluss auf die gravitationellen Wechselwirkungen zwischen dem gewaltigen Schwarzen Loch einerseits und der Schiffsstruktur andererseits blieb.

Die Entfernung verringerte sich. Das Schiff geriet immer mehr in den Schwerkraftsog der Singularität im All.

Wäre Sal ganz er selbst gewesen, hätte er vermutlich nicht länger als einige Sekunden gebraucht, um den einzigen Ausweg zu finden, den es gab. In seinem stark reduzierten Zustand benötigte er fast eine halbe Stunde der kostbaren Zeit, die ihm noch blieb, um nicht nur die Lösung des Problems zu entdecken, sondern auch die notwendigen Kursberechnungen durchzuführen. Sie mussten genau sein, denn selbst geringste Abweichungen hätten das unausweichliche Ende bedeutet.

Auch dies hatte Curax gut geplant. Die Instabilität des Energiekerns brachte das Schiff auf eine Flugbahn, die es zum Ereignishorizont des Schwarzen Lochs trug, und gleichzeitig verhinderte sie den Einsatz von Lineatoren und Plasmatriebwerken, mit denen es möglich gewesen wäre, den Kurs zu korrigieren. So blieben nur die für Kurzdistanzen bestimmten Manövriertriebwerke.

Ihre Schubkraft war gering, aber wenn sie über einen längeren Zeitraum hinweg aktiv blieben, konnten sie doch beträchtliche Veränderungen beim Bewegungsmoment eines Schiffes bewirken.

Sal überprüfte seine Berechnungen, zündete die Manövriertriebwerke zum vorgesehenen Zeitpunkt und gab dem Schiff eine zusätzliche laterale Bewegung, die es nicht nur dem Ereignishorizont näher brachte, der dünnen Linie ohne Wiederkehr, sondern auch dem Ring der Nullmaschine. Die Frage lautete: Fand der Transit automatisch statt, oder erforderte er ein Aktivierungssignal? Wenn das Schiff einfach nur den Ring durchquerte, ohne dass ein Transit erfolgte, würde seine Existenz nur wenige Minuten später enden, nämlich sobald es den Ereignishorizont erreichte und dort von der Gravitation des Schwarzen Lochs zerrissen wurde.

Die kleinen Manövriertriebwerke arbeiteten unregelmäßig, und Sal verwendete einen großen Teil seiner Aufmerksamkeit dafür, den Schub stabil und innerhalb der Kursparameter zu halten. Als die Entfernung zum Ring nur noch wenige tausend Kilometer betrug, wiederholten sich die Leuchterscheinungen an seiner Innenseite. Sal deutete sie als Hinweis darauf, dass für einen Transit keine neuen Aktivierungscodes nötig waren.

Vier Sekunden vor dem geplanten Schubende versagten die Manövriertriebwerke. Sofort machte sich der Gravitationsschlund des Schwarzen Lochs bemerkbar und veränderte die Flugbahn des Schiffes. Der Zielfokus wanderte vom Zentrum des Rings zum Randbereich.

Sal konnte nichts mehr tun, nur noch warten und beobachten.

Wieder bildeten sich dünne gelbweiße Linien, und einige dieser Entladungen tasteten nach dem Schiff und warfen es durch Raum und Zeit.

WAFFEN FÜR DIE ZUKUNFT

62

ARON STAND mit Muriel in den Armen vor der Maschine, die ihre Greifwerkzeuge ausgestreckt hatte.

»Sie braucht Hilfe«, krächzte er erschöpft. »Muriel, diese Frau. Sie braucht dringend medizinische Hilfe!«

Die Maschine, vielleicht ein Assistent, summte und surrte, ihre Greifwerkzeuge schienen zu warten. Aron trat einen Schritt auf sie zu. Muriel schien immer schwerer zu werden, er konnte sie kaum mehr tragen.

»Bitte«, sagte er. »Sie stirbt, wenn sie keine Hilfe bekommt.« Er erinnerte sich an ihre Worte: *Vielleicht musst du mir noch einmal das Leben retten, zum dritten Mal.*

Eine Stimme erklang, die Maschine sprach, vielleicht Spaniol oder Anglisch.

»Ich verstehe nicht.« Arons Knie begannen zu zittern, und die Kraft wich aus seinen Armen. Nicht nur Muriel wurde schwer, auch der eigene Leib. Langsam und deutlich wiederholte er: »Ich verstehe dich nicht. Diese Frau braucht Hilfe. Jetzt. Sofort.«

Die Greifwerkzeuge berührten Muriel vorsichtig. Eins neigte sich dem bleichen Gesicht zu, und fadenartige Erweiterungen tasteten über die Haut. Sensoren, vermutete Aron.

Es wurde heller, mehr Licht ließ Aron weitere Einzelzeiten der Maschinen erkennen. Offenbar war sie Teil eines größeren Aggregats. Die Wände neben ihr bestanden nicht aus Felsgestein, sondern aus einem künstlichen Material wie Synth.

Wieder ertönte die Stimme der Maschine, und diesmal verstand er einzelne Worte. »Zustand«, lautete eins. Und: »Schlecht.

Bedenklich. Hilfe.« Es war InterLingua, aber noch archaischer als Muriels Version.

»Ja!«, entfuhr es Aron. Auch seine Arme zitterten, Muriel schien eine Tonne zu wiegen. »Ja, sie braucht Hilfe!«

Die Greifwerkzeuge erfüllten ihren Zweck, sie griffen zu. Plötzlich waren Arons Arme leer, das fehlende Gewicht ließ ihn taumeln. Vor seinen Augen verschwamm alles, er sank auf die Knie, die Augen fielen ihm zu.

Etwas berührte ihn, vielleicht ein Sensor der Maschine. Ihr Summen und Surren schien etwas lauter zu werden.

»Ebenfalls Hilfe?«, hörte er die schwer verständliche Stimme.

Ja, ich glaube, ich brauche ebenfalls Hilfe, dachte Aron.

»Gute Idee«, murmelte er, sackte in sich zusammen und schlief tief und fest, noch bevor er ganz zu Boden gesunken war.

63

ARON SASS am Tisch und hörte das leise Knistern der Pavillonplanen, als der Wind über sie strich. Unter der rostroten Überdachung blieb die Luft unbewegt, obwohl deutlich zu sehen war, wie sich draußen die Blätter und Zweige der Bäume bewegten. Es war ein warmer Wind, wusste Aron, der den Pavillon oft verlassen hatte und über den Waldweg zum Badetümpel weiter unten gegangen war. Die Temperatur des Wassers betrug etwa vierzig Grad, genau richtig, um Körper und Geist zu entspannen.

»Mehr?«, fragte der freundliche Mann und lächelte sein freundliches Lächeln. »Mehr?«

Er war nicht immer da. Manchmal verließ er den Pavillon und verschwand im Wald, aber er kehrte immer sofort zurück, wenn Aron etwas brauchte. Er kümmerte sich auch um Muriel, die in ihrem Bett lag und so tief schlief, dass sie nicht einmal erwachte, wenn Aron ihre Wange berührte. Dann und wann murmelte sie im

Schlaf und drehte sich von einer Seite auf die andere. Oder ihre Lider zuckten, und dann hoffte Aron jedes Mal, dass sie die Augen öffnete, zu ihm sprach und alles erklärte.

»Ja«, sagte Aron und lehnte sich zurück. »Ich möchte noch etwas.«

»Gern«, erwiderte der freundliche Mann, der einen vertraut wirkenden türkisfarbenen Einteiler trug. »Gern.« Er nahm Arons leeren Teller, ging damit zum Büfett am Rand des Pavillons, füllte ihn mit verschiedenen bunten Speisen und brachte ihn zum Tisch zurück.

Aron aß, trank opalblauen Saft und beobachtete, wie der Mann zu Muriel ging und sich vergewisserte, dass sie richtig zugedeckt war. Dann kehrte er zum Büfett zurück, blieb daneben stehen und lächelte.

Einige Tage vergingen. Wenn es draußen dunkel wurde, wenn die Nacht begann, trübte sich das Licht im Pavillon, und dann schlief auch Aron, im zweiten Bett auf der anderen Seite. Es gab keine Hygienezelle, aber er brauchte auch keine, Blase und Darm mussten nie entleert werden. Tagsüber saß Aron an Muriels Bett oder durchstreifte den Wald, in dem es immer wieder Neues zu entdecken gab.

Einmal fand er eine Lichtung mit rubinroten Blumen, die ihm bis zur Brust reichten und in deren Blütenkelchen kolibriartige Vögel kleiner als sein Daumen winzige Nester bauten. Bei einer anderen Gelegenheit stieß er auf ein halb von Schlingpflanzen überwuchertes Gemäuer mit einem einzelnen unversehrten Stuhl. Er setzte sich darauf und wartete, dass etwas geschah, doch es passierte nichts, weder mit ihm selbst noch mit der Umgebung. Der Wind rauschte in den hohen Baumwipfeln des Waldes, eine Sonne blinzelte durch Lücken im Blätterdach, der Boden duftete wie nach einem Regenschauer.

Aron warte eine ganze Stunde, und als die Umgebung unverändert blieb, stand er auf und verließ das Gemäuer, das er am nächsten Tag, als er sich danach auf die Suche machte, nicht wiederfand.

Er verbrachte viel Zeil im Badetümpel, der vermutlich von einer hydrothermalen Quelle gespeist wurde. Oft schwamm er dort oder lag im Schlamm des Ufers, manchmal umschwirrt von neugierigen Fliegen, die jedoch nie auf ihm landeten, ihn nie belästigten. Beim Aufstehen löste sich der warme Schlamm von seiner Haut, und nach wenigen Schritten, wenn er die zuvor im trockenen Gras abgelegte Kleidung erreichte, war er vollkommen sauber.

Bei seinen Streifzügen durch den Wald begegnete er auch Tieren, die er nie zuvor gesehen hatten: klein und groß, mit zwei, drei oder mehr Beinen, mit Flügeln oder von Pelz, Fell und Schuppen bedeckt. Ihm schien, als hätte jemand entsprechende Erinnerungsbilder aus seinem Gedächtnis genommen und sie zu neuen, unbekannten Spezies zusammengesetzt.

Wenn er neben Muriels Bett saß und beobachtete, wie Farbe in ihr Gesicht zurückkehrte, erzählte er ihr manchmal aus den Leben, an die er sich erinnerte. Es waren insgesamt viertausendfünfhundertdreizehn, hatte Jahid gesagt, sein Mentor, der zu einem Feind geworden war. So viele Leben, und jedes einzelne von ihnen Hunderte Jahre lang. Aber es bedeutete auch, dass er viertausendfünfhundertzwölf Tode gestorben war, sie alle aus seinem Gedächtnis gelöscht. Er war Jahrmillionen alt, nicht sein Körper, sondern das in ihm steckende Selbst. Aber es *fühlte* sich nicht so an.

»Was sind wir, wenn nicht die Summe unserer Erinnerungen?«, fragte er einmal die schlafende Muriel, die ebenso alt war wie er und doch nur ihr eines Leben lebte. Er sprach sanft und leise, um sie nicht zu wecken, und hoffte zugleich, dass seine Worte genug Kraft entfalteten, um sie aus dem Schlaf zu holen. »Wer bin ich gewesen, was habe ich getan, welche Tode haben meine Leben beendet?«

Der freundliche Mann stand am Büfett und lächelte, bereit dazu, ihm die Wünsche zu erfüllen, die er erfüllen konnte.

»Und was ist mit dir?«, fuhr er fort. »Was weiß ich von dir? ›Wir sind allein‹, hast du gesagt. ›Jeder von uns kämpft allein.‹ Du hast nur den Krieg gekannt, den Kampf ums Überleben.«

Der freundliche Mann am Büfett lächelte immer noch stumm. Regentropfen pochten auf die Dachplane des Pavillons, aber leise, wie von etwas gedämpft. Draußen fiel der Regen gerade, ohne Wind. In ein paar Minuten würde der Schauer vorbei sein, wusste Aron.

Ein Tier spähte aus dem nahen Gebüsch, eine gefleckte Katze, etwa so groß wie ein tyrianischer Jaguar. Sie senkte den Kopf, fletschte die Zähne und zwinkerte ihm zu, bevor sie im Dickicht verschwand.

Nach einigen Minuten hörte es tatsächlich auf zu regnen. Die Sonne schien wieder, und die Regennässe verdunstete. Ein zarter Nebelschleier legte sich zwischen Pavillon und Wald.

Der immer lächelnde Mann am Büfett sagte etwas, und Aron glaubte, ein Wort zu verstehen. Es klang nach »Wunsch«.

»Ja, ich habe einen Wunsch«, erwiderte Aron. »Ich möchte, dass diese Frau lebt.«

Der Mann antwortete, und Aron hörte ein »besser« und ein »bald«. Ließ sich daraus schließen, dass es Muriel besser ging und sie bald erwachen würde?

Am Abend des sechsten Tages verließ Aron den Pavillon nach dem Essen und wanderte durch den dunklen Wald zur Lichtung mit den rubinroten Blumen. Dort blieb er stehen und sah zum Himmel hoch, an dem nicht nur zahllose Sterne leuchteten, sondern auch zwei Galaxien, einander so nahe, dass sich ihre äußeren Spiralarme berührten, der Beginn eines kosmischen Tanzes. Im Lauf der nächsten Jahrmillionen und vielleicht sogar Jahrmilliarden würden sich die beiden Galaxien gegenseitig durchdringen, mit sehr hoher Wahrscheinlichkeit ohne eine einzige Sternenkollision, weil die interstellaren Distanzen einfach zu groß waren. Sie würden sich erst wieder voneinander entfernen und dann in einem gemeinsamen Schwerefeld erneut umarmen. Das Endergebnis bestand vielleicht aus einer großen elliptischen Galaxie mit einer Billion oder mehr Sternen.

Von alldem sah Aron nichts. Die vielen Sterne und die beiden Galaxien erschienen ihm statisch, unbewegt. Es lag an seinem begrenzten Beobachtungsrahmen, an seinen beschränkten Sinnen. Gorgon, der Steinmann – der Ptoha –, hatte einmal vom Herzschlag des Universums gesprochen und von der Zeit als einem endlosen Meer, das nichts und niemand durchschwimmen konnte. Die Zeit, dachte Aron, war etwas so Gewaltiges, dass nicht einmal die schnellsten Denker unter den Maschinenintelligenzen all ihre Rätsel ergründen konnten.

Als Aron, ohne zu frösteln, in der kühlen Dunkelheit stand, den Blick nach oben gerichtet, glaubte er für einen Moment, etwas zu hören, eine Stimme in der Ferne, wie einen Gesang, der vom Anbeginn der Zeit bis zu ihrem Ende in einem toten Universum reichte, in dem es weder Licht noch Bewegung gab.

Aufgeregt fragte sich Aron, ob er den Ruf der Unendlichkeit vernahm.

Vielleicht waren es Aufregung und Frage, die den Gesang verstummen ließen. Vielleicht musste man sich ihm einfach nur öffnen, um ihn zu hören, ohne etwas zu erwarten oder zu fragen.

Aron verließ die Lichtung und kehrte zum Pavillon zurück.

Am nächsten Tag, am siebten, erwachte Muriel und sagte klar und deutlich: »Ich fühle mich gut.«

64

SIE SASSEN am Tisch, und der freundliche Mann mit dem stetigen Lächeln brachte Speisen und Getränke. Muriel aß langsam und vorsichtig, als traute sie ihrem Magen nicht ganz.

Aron freute sich, sie gesund und munter zu sehen. Es war eine neue Freude, stellte er fest, von einer Art, wie er sie noch nie zuvor empfunden hatte. Jedenfalls, soweit er sich erinnerte.

»Es geht dir gut«, sagte er zufrieden.

Der Mann brachte ihr einen neuen Teller mit etwas, das nach Reis aussah und einen würzigen Duft verströmte.

»Es geht mir viel, viel besser. Aber noch haben wir nicht alles hinter uns.« Muriel hielt kurz inne und sah ihn an. Ihr Blick schien anders zu sein, vielleicht lag mehr Wärme darin. »Du hast mir erneut das Leben gerettet, zum dritten Mal. Oder war es bereits das vierte Mal? Ich stehe in deiner Schuld.«

Sie streckte die Hand aus, als wollte sie ihn berühren, zog sie aber wieder zurück, bevor es zu einem Kontakt kam.

»Es ist keine Schuld«, entgegnete Aron, erstaunt von der heftigen Reaktion in seinem Innern. »Es ist … Freundschaft?«

»Ja«, sagte Muriel. »Freundschaft.«

Einige Sekunden lang herrschte ein seltsames Schweigen zwischen ihnen.

»Wir haben noch nicht alles hinter uns?«, fragte Aron schließlich.

Muriel aß den Reis. »Dies ist Rekonvaleszenz.« Mit der freien Hand vollführte sie eine Geste, die Pavillon und Wald galt. »Ein Ort für Erholung, Genesung, Gesundung.«

»Wo befinden wir uns in Wirklichkeit?« Er dachte an das alte Gemäuer, das er vor ein paar Tagen entdeckt hatte, an die Tiere und Pflanzen, an die Lichtung mit den Blumen und den beiden kollidierenden Galaxien am Nachthimmel. Dass es sich bei seiner Umgebung um keinen realen Ort handelte, war ihm schnell klar geworden – der Umstand, dass er keine Hygienezelle für Ausscheidungen brauchte, war zudem Hinweis genug.

»Vermutlich in einer medizinischen Station«, antwortete Muriel. »Wir werden behandelt.«

»Eine Medostation?« Aron sah sich um. Der freundliche Mann stand einige Meter entfernt, bereit, ihnen zu Diensten zu sein. »Auf dem stürmischen Planeten mit den Tunneln?« Die Erinnerungen daran erschienen ihm fast wie ein Traum. »Mit der großen Höhle und dem … Nebel der Zeit?«

Muriel schob den leeren Teller beiseite. Sofort näherte sich der freundliche Mann, nahm ihn und richtete einige Worte an sie. Muriel antwortete, und der Mann kehrte zum Büfett zurück, ohne ihr noch mehr zu bringen.

»Ich bin satt«, fügte sie auf InterLingua hinzu und lächelte, aber auf eine andere Art als der freundliche Mann.

»Wie lange dauert die Behandlung noch?«, fragte Aron und empfand Unbehagen beim Gedanken an die Rückkehr. Hier in der Welt des Pavillons war alles ruhig, friedlich und überschaubar.

»Nicht mehr lange«, erwiderte Muriel. »Ich glaube, wir haben uns gut erholt.«

»Und wenn wir zurückkehren, was dann?«

»Wir haben noch etwas Zeit.« Sie stand auf, ohne den Blick von ihm abzuwenden, und kam um den Tisch herum.

Aron erhob sich ebenfalls. Etwas veränderte sich gerade, spürte er.

»Bist du noch schwach und erschöpft?«, fragte Muriel.

»Nein.«

»Gut.« Sie ergriff seine Hand und zog ihn zu ihrem Bett. »Komm, ich möchte dir etwas zeigen.«

65

NACH EINER Erfahrung, die sich mit nichts in seiner bisherigen Existenz vergleichen ließ, führte er Muriel durch den nächtlichen Wald zur Lichtung mit den großen rubinroten Blumen. Hier und dort zwischen Bäumen, Büschen und Sträuchern lag ein vages Funkeln und Glitzern in der kühlen Luft, und Aron fragte sich, ob es ihre bevorstehende Rückkehr ankündigte. Er hoffte, dass ihnen noch etwas mehr Zeit blieb, vielleicht für weitere Erfahrungen dieser neuen Art.

Der dunkle Himmel über der Lichtung war voller Sterne. Die beiden miteinander tanzenden Galaxien leuchteten hell wie ein Mond.

»Es ist wunderschön«, sagte Muriel.

»Ja. Ich weiß natürlich, dass es keine echten Sterne sind und dass auch die beiden Galaxien nicht existieren, aber … Wo sind wir? Gibt uns das dort oben einen Anhaltspunkt?«

Muriel antwortete nicht sofort und blickte weiterhin zum Himmel auf. Schließlich senkte sie den Kopf und sah Aron an. »Ich habe mit ihm gesprochen, mit dem Interface, mit dem zweiten Adlatus, dem wir begegnet sind …«

»Du meinst den freundlichen Mann.«

Sie nickte. »Er konnte meine Fragen nicht beantworten, wahrscheinlich weil er keinen Zugang zu den entsprechenden Datenbanken hat. Aber er gab mir den einen oder anderen Hinweis auf den Zweck der unterirdischen Anlagen.«

Aron wartete und fühlte eine neue Nähe zwischen ihnen, bei der physische Distanzen keine Rolle spielten. Das erinnerte ihn an etwas.

»Ich habe eine Vermutung, was es mit dem Planeten und seinen unterirdischen Anlagen auf sich haben könnte«, sagte Muriel. »Wir werden es bald erfahren, vielleicht morgen. Unsere Behandlung ist so gut wie abgeschlossen.«

»Curax«, sagte Aron plötzlich.

Muriel hob die Brauen.

»Er ist nicht mehr da.« Wind kam auf, ein kalter Wind wie aus einem Gebirge voller Schnee und Eis. »Zwischen uns ist eine Verbindung entstanden, ich bin sein Amalgam. Es müsste etwas von ihm da sein, tief in mir, aber es ist alles leer.«

»Sei froh«, sagte Muriel, die Kämpferin.

Dafür bist du jetzt da, dachte Aron, aber er sprach die Worte nicht aus, er wärmte sich mit ihnen, als ihm der kalte Wind über die Wangen strich.

Muriel ergriff seine Hand. »Lass uns zurückkehren.«

Die letzte Nacht im Pavillon verbrachten sie in einem Bett, zwei menschliche Amalgame.

66

AM NÄCHSTEN Morgen richtete Muriel einige Worte an den freundlichen Mann und übersetzte sie für Aron. »Es wird Zeit für die Rückkehr.«

Der Mann, der Adlatus, verließ seinen Platz am Büfett und kam näher. Er lächelte noch immer und gab eine Antwort, die Aron nicht verstand.

Ein Windstoß fuhr durch den Wald, die Bäume und Büsche verschwanden. Die Dachplane des Pavillons knisterte und flatterte, Lücken bildeten sich. Vom Tisch des Büfetts waren plötzlich nur noch Umrisse zu sehen.

»Es könnte ein wenig unangenehm werden«, warnte Muriel und ergriff Arons Hand. »Ich nehme an, wir haben es mit einer für Soldaten bestimmten Rekonvaleszenz zu tun.«

Etwas veranlasste Aron, die Augen zu schließen, und als er sie wieder öffnete, spürte er Muriels Hand nicht mehr. Er stand in einem Behälter, der mit öliger gelber Flüssigkeit gefüllt war. Sie reichte ihm bis über den Kopf, sie *füllte* ihn, er fühlte sie in den Lungen. Offenbar versorgte sie ihn mit notwendigem Sauerstoff, denn er atmete nicht. Der Pegel sank unter Nase und Mund, etwas drückte auf seinen Brustkorb.

Aron hustete und hatte plötzlich das Gefühl zu ersticken. Er hustete noch mehr, Schleim spritzte aus Mund und Nase. Wie durch einen dichten Schleier sah er einen zweiten Behälter neben seinem, eine Art vertikalen Tank, mit einer Gestalt darin. Muriel, deren Hand er eben noch gehalten hatte, in der Welt der Rekonvaleszenz. Sie hustete ebenfalls, hielt sich aber gerade und blieb gefasst. Sie krümmte sich nicht zusammen und stieß dadurch nicht wie Aron mit dem Kopf gegen die Innenwand des Behälters.

Irgendwann hörte das Husten und Keuchen auf, und er atmete kühle Luft. Der Schleier vor seinen Augen lichtete sich wie Nebel in warmer Morgensonne, und sein Blick fiel in einen halbdunklen Raum mit Regalfächern und Schränken an den Wänden.

Im Hintergrund zeigte sich die große Maschine, die Aron schon einmal gesehen hatte. Sie näherte sich mit einem Brummen wie von einem Insektenschwarm, streckte einige ihrer Greifwerkzeuge aus und öffnete die beiden Behälter.

Muriel verließ den ihren mit einem sicheren Schritt. Aron taumelte nach vorn, rutschte in den Resten der öligen Flüssigkeit aus, fiel und kam wieder auf die Beine. Es war kalt, er fror, aber er hatte sich erholt und fühlte sich voller Energie.

Muriel untersuchte bereits die Regalfächer und Schränke. »Hier ist Kleidung.«

Aron wankte zu ihr und nahm etwas entgegen, das eine Hose zu sein schien. Ihr Türkis war verblasst, doch der Stoff, aus dem das Kleidungsstück bestand, wirkte fast wie neu.

»Es ist ein …«, Muriel suchte nach einem passenden Wort in InterLingua, »autoregeneratives textiles Material.« Sie öffnete einen Schrank und fand noch mehr Kleidungsstücke, darunter dünne dunkle Unterwäsche, offenbar ausgestattet mit einer in den Stoff integrierten Thermofunktion, denn sie fühlte sich angenehm warm an.

»Wo sind wir?«, fragte Aron, nachdem er sich angezogen hatte und nicht mehr fror. »Hat ein Transit stattgefunden?«

»Ich glaube nicht.« Muriel trat zu der großen Maschine, die damit begonnen hatte, die beiden Rekonvaleszenztanks zu demontieren. Sie sprach auf Spaniol oder vielleicht auf Anglisch und erhielt Antwort.

Hinter der Maschine öffnete sich eine Tür, Licht fiel aus einem Korridor mit verkleideten Wänden.

Dünne Dunstschwaden empfingen sie, grau wie das Innere der Ptoha-Türen. Aron fiel sofort auf, dass ihre Bewegungen eine Reaktion bewirkten, ein vages Glitzern und Funkeln, wenn auch nicht so deutlich wie zuvor im Nebel der Zeit.

Muriel hob die Hände, ließ sie wieder sinken und beobachtete die Leuchterscheinungen, die der Bewegung folgten. »Ich glaube, ich weiß, was das ist.«

»Was?«

»Zeit«, sagte Muriel. »Was wir sehen, ist Zeit. Oder Interaktionen mit ihr, vielleicht das Zusammenwirken verschiedener Zeitströme.«

»Haben wir Ultima erreicht?«, fragte Aron.

»Nein, ich glaube nicht. Aber dies hat etwas mit Ultima zu tun. Die Maschine, der Medomech, sprach von Ausrüstung und Rüstzeug.«

Aron bemerkte Nischen in den Wänden, abgetrennt von etwas, das wie Glas aussah. Sie blieben dunkel, bis Muriel vortrat und die rechte Hand auf das vermeintliche Glas legte. Das Glitzern und Funkeln wiederholte sich, und hinter der transparenten Trennwand wurde es hell. Arons Blick fiel in einen langen Raum mit Gestellen zu beiden Seiten, in denen Waffen aller Art ruhten.

»Rüstzeug«, sagte Muriel. »Diese Nischen, diese Räume … Es sind Zeitblasen, gefüllt mit Waffen für die Zukunft.«

INFILTRATION

67

CURAX VERBRACHTE den Transit in einer Starre, die sowohl Körper als auch Geist betraf, in einer physisch-psychischen Nullzeit, die ihn vor körperlichen und geistigen Schäden bewahrte. Er blieb mit dem zum kleinen Raumschiff rekonfigurierten Assistenten verbunden und empfing Daten, aufgenommen und verarbeitet vom Subselbst, das nie schlief und all jene Aspekte enthielt, die von zentraler Bedeutung für seine Existenz waren, zum Beispiel über zweitausend genetisch fest verankerte Gestaltstrukturen.

Es waren die Augen eines Reptils, die Curax in einem um fast vier Jahrmilliarden jüngeren Universum öffnete, doch innerhalb der nächsten Minute verwandelten sie sich wie vorgesehen in menschliche Augen. Auch der Rest von ihm veränderte sich. Aus dem Wesen halb Reptil und halb Katze wurde ein Mensch, nackt und fröstelnd in einer für ihn zu kalten Umgebung. Das mit dem Interface verbundene Subselbst verlangte eine Veränderung der ambientalen Konditionen, und die Bordsysteme kamen der Aufforderung sofort nach.

Es wurde wärmer.

Menschliche Hände – schmal, die Finger ohne Krallen – griffen nach bereitliegender Kleidung, nach Hose, Hemd und Jacke. Der Stoff fühlte sich vertraut an für die menschliche Haut, nicht aber für Curax' jüngste Erinnerungen.

Er hob den Kopf, mit Augen, die zu wenig sahen, einer Nase, die zu wenig roch, und einem Mund mit zu wenigen und falsch platzierten Geschmacksnerven. Datenfelder präsentierten ihm Informationen über den Status des Assistenten, alle Systeme schienen einwandfrei zu funktionieren. Sichtbereiche boten ihm Ausblick ins All, doch Curax verstand nicht sofort, was er sah. Das gelang ihm erst, als er die Reste der Starre abstreifte und sich an die neue Wahrnehmung gewöhnt hatte.

Der Assistent näherte sich einer Trümmerwolke, vielleicht die Reste eines geborstenen Mondes oder eines sehr großen Asteroiden. Abertausende von Gesteinsbrocken bildeten einen breiten Ring um einen Planeten mit einem Durchmesser von knapp vierzigtausend Kilometern. Es fehlte ein Zentralgestirn, es befand sich kein Stern in der Nähe; der nächste war mehr als zehntausend Lichtjahre entfernt am Rand einer Galaxie, bei der es sich wahrscheinlich um Andromeda handelte. Der kleine Intellekt des Assistenten war noch damit beschäftigt, die von den Sensoren ermittelten Daten zu analysieren.

Das Licht mehrerer künstlicher Sonnen in hohen Umlaufbahnen fiel auf eine dicke Eiskruste, die den ganzen Planeten in einen weißen Panzer hüllte. Es gab dunkle Stellen im Eis, Öffnungen von Schächten, die Dutzende von Kilometern in die Tiefe führten, hinab zu einem weltumspannenden Ozean, der nicht gefror, weil er vom Zerfall radioaktiver Elemente wärmende Energie empfing.

Mit noch ungelenken Fingern bediente Curax die Kontrollen des speziellen Interfaces und griff auf die organischen Speichermodule zu, die er die ganze Zeit über in sich getragen hatte. Mit wachsender Aufregung verglich er die darin abgelegten Daten mit jenen, die ihm die Sensoren des Assistenten lieferten.

Das Ergebnis bestätigte seine Hoffnungen: Er hatte das Ziel tatsächlich erreicht: Ultima, die letzte Bastion der Menschen.

Langsam und zufrieden drehte er den Kopf, ein Zugeständnis an den begrenzten menschlichen Gesichtskreis. Ein weiteres Sichtfeld zeigte ihm das Portal, das ihn hergebracht hatte, einen nur wenige Kilometer durchmessenden dunklen Ring, der ohne das verbliebene Flackern in seinem Innern kaum zu sehen gewesen wäre. Mehrere kleine Schiffe mit aktivierten, nach vorn gerichteten Waffendornen folgten Curax' Assistenten in Richtung des orbitalen Trümmerfelds.

Menschliche Ohren hörten die Stimme des kleinen Intellekts. »Externe Kommunikationssignale.«

Curax räusperte sich. »Die vorbereiteten Kanäle öffnen«, sagte er mit rauer Stimme. »Alle bekannten Frequenzen.«

Von einem Fremden gesprochene Worte hallten durch den kleinen Nukleus.

»Fremdes Schiff, identifizieren Sie sich«, verlangte jemand. Curax hatte Mühe, das archaische InterLingua zu verstehen. »Ihnen bleiben noch zehn Sekunden. Neun ... acht ...«

Curax räusperte sich erneut und versuchte, deutlich zu sprechen. »Ich komme aus der Zukunft und habe eine wichtige Botschaft für den Initiator.«

68

DIE WAFFENDORNE der kleinen Raumschiffe blieben auf den rekonfigurierten Assistenten des Blenders gerichtet, während sie ihn mit geringer Geschwindigkeit durch die Trümmerwolke eskortieren. Curax beobachtete in den Sichtfeldern, wie mehrere Kilometer durchmessende Gesteinsbrocken vorbeizogen, umschwärmt von automatischen Mechanismen, die sich in den Fels gruben und Rohstoffe gewannen für die orbitalen Anlagen von Ultima: Dutzende von Raumstationen und Habitaten, stabilisiert von Gravitationsankern und miteinander verbunden durch Gerüste, flexible Streben und die Röhren der Expresskapseln, die Passagiere und Material in kurzer Zeit über Tausende Kilometer hinweg beförderten, ohne dass Raumfähren oder Schiffe notwendig gewesen wären.

Curax verglich die Darstellungen der Sichtfelder mit den in

seinen organischen Speichermodulen abgelegten Bildern. Sie stammten von einer der Spähsonden, die man in die ferne Vergangenheit hatte schicken können, um Daten zu sammeln und sie an Orten zu deponieren, von denen man gewusst hatte, dass sie in viertausend Millionen Jahren nicht vernichtet worden waren. Spezielle Datenträger waren extra für diesen Zweck entwickelt worden, doch von den fünf in Curax' Gegenwart aufgefundenen Exemplaren war nur ein einziges noch halbwegs intakt gewesen. Die Zeit nagte mit gleichgültiger Unerbittlichkeit an allem, das ihr ausgeliefert war.

Der Blender bemerkte mehrere Unterschiede, die sowohl die orbitalen Anlagen betrafen als auch und vor allem das Portal über Ultimas Nordpol, von Menschen und Ptoha gemeinsam gebaut. Der Portalring, umgeben von spinnenartigen Konstruktionsmaschinen und einigen klobigen, kantigen Reiseschiffen der Ptoha, durchmaß knapp zweihundert Kilometer und war offenbar kurz vor seiner Fertigstellung, denn er wies nur noch wenige Lücken auf. Eine alternative Zeit oder gar ein Paralleluniversum schloss Curax aus, obwohl es in seinem Volk Wissenschaftler gab, die solche Möglichkeiten in Betracht zogen und an der Entwicklung von Ausweichplänen gearbeitet hatten. Immerhin hatte Curax nicht irgendein Portal benutzt, sondern die Nullmaschine, wie vom primären Plan vorgesehen – eine Schwachstelle, von der die Menschen und Ptoha dieser Zeit vielleicht gar nichts wussten.

Er fragte sich, ob die Verbindung auch umgekehrt möglich war, von Ultima zur Nullmaschine, ob es einen Weg zurück für ihn gab. Bisher war er dieser Frage ausgewichen, weil er sich nicht zu großen Hoffnungen hingeben wollte. Er war mit der Absicht gekommen, sich zu opfern, sein Leben Jahrmilliarden vor der Geburt zu beenden, in einem fast um ein Drittel jüngeren Universum. Aber wenn die Möglichkeit einer Rückkehr bestand …

Die Eskorte brachte den Assistenten zu einer der großen Orbitalstationen, über Kopplungselemente verbunden mit zwei

Habitatzylindern, die sich langsam drehten und durch deren transparente Außenflächen Landschaften mit Bergen, Seen und grünbraunen Landschaften zu sehen waren. Eine neue Heimat für die Überlebenden.

Curax fletschte die menschlichen Zähne.

Seine Hände bewegten sich in den holographischen Kontrollfeldern des Piloten und steuerten den Assistenten zur vorgesehenen Andockstelle. Die Waffendorne der Eskortenschiffe zeigten noch immer auf ihn.

Hinter Ultima, dem einsamen Wanderer durch den intergalaktischen Leerraum, leuchteten die jungen Sterne von Andromeda. Zwischen ihnen, so wusste Curax, gab es eine tödliche Gefahr, ein interstellares Schwarmwesen, bestehend aus unzähligen einzelnen Elementen, die mit unerschöpflicher Geduld auf Kontakt warteten und für die Zeit eine fast ebenso geringe Rolle spielte wie für eine Maschinenintelligenz: die Melange. Der Abstand betrug zehntausend Lichtjahre und sollte genügen, dachte Curax.

Der Assistent wurde noch langsamer und näherte sich dem Gravitationsanker, der ihn festhalten würde. Der Blender blickte erneut zum fast fertiggestellten Portal, das irgendwann – der genaue Zeitpunkt war nicht bekannt und ohnehin relativer Natur – Schiffe in die Zukunft schicken würde. Für einen Moment beschäftigte ihn eine weitere Frage: Sollte er, wenn er Gelegenheit dazu bekam, Datenkapseln durch den Ring schicken? Oder durch das kleine Portal, das ihn hierhergebracht hatte? Neue, aktualisierte Informationen hätten in seiner Zeit, knapp vier Milliarden Jahre in der Zukunft, bessere Planung und Vorbereitung ermöglicht. In dem Fall hätte der Curax *hier* und *jetzt* über mehr Wissen verfügt, das nicht nur eine wichtige Person betraf, den Initiator, sondern auch andere, die vielleicht ebenfalls von Bedeutung waren. Andererseits wäre es durch eine solche Datenbotschaft an die Zukunft zu einer weiteren Zeitschleife gekommen mit kaum absehbaren Folgen für die Ereigniskette, die sich über fast viertausend Millionen

Jahre erstreckte. Es war schon so alles schwierig genug, weitere Komplikationen hätten den Plan gefährdet.

Inzwischen schien der Planet zum Greifen nahe. Sein weißer Eispanzer reflektierte das Licht der von Menschen und Ptoha konstruierten künstlichen Sonnen, die ihn umkreisten. Eine der dunklen Stellen geriet in Sicht, die Öffnung eines Schachts, der zum Ozean hinabführte, so tief, dass das Wasser an seinem Grund, beim Kern des Planeten, metallische Eigenschaften gewann. Dort unten gab es Städte, wusste Curax. Zumindest hatte es welche gegeben, in der von den Spähsonden erreichten Epoche: kleine Siedlungen, im Lauf von Jahrhunderten und Jahrtausenden gewachsen, geschaffen von Menschen, die zu Angepassten geworden waren, um in einer eigentlich lebensfeindlichen Umwelt überleben zu können. Die primären Glazialen, wie sie sich nannten, hatten sich im Eis niedergelassen, in einer Umgebung noch kälter als Canaris, Heimat der humanoiden, menschenähnlichen Wefing. Einige Generationen später hatte sich eine zweite Gruppe gebildet, bestehend aus sekundären Glazialen, die den größten Teil ihres physischen menschlichen Erbes aufgegeben und den Ozean tief unter dem Eis zu ihrem Lebensraum gemacht hatten.

Wie auch immer sich beide Subspezies weiterentwickelt hatten, dachte Curax, sie spielten für sein Vorhaben keine nennenswerte Rolle. Auf die menschlichen Menschen kam es an, auf die Überlebenden der Regna, geflohen vor der Melange, auf die Menschen, die an *ihrem* Plan festhielten, der Wiederkunft, um alles, ihr gesamtes Denken und Fühlen, in den Dienst einer Sache zu stellten.

Es wird keine Wiederkunft geben, dachte Curax und dämpfte seine Aufregung. Der Kopf musste klar sein, ungetrübt von Emotionen.

Eine Stimme tönte aus dem Kommunikationssystem. »Festhalten«, verstand Curax. »Warten.«

»Ich komme aus der Zukunft und habe eine wichtige Botschaft für den Initiator«, sendete er erneut und weckte weitere genetische Erinnerungen, die sein Menschsein vervollständigten.

Der Gravitationsanker fing den Assistenten neben einem der beiden Habitatzylinder ein. Die Wachschiffe verharrten in einem Abstand von wenigen hundert Metern, ihre Waffendorne in Bereitschaft. Curax machte sich ihretwegen keine Sorgen. Wüssten die Menschen von Ultima, wer er war, hätten sie zweifellos sofort das Feuer auf ihn eröffnet. Aber sie wussten es nicht, sie konnten es nicht wissen, und sie waren neugierig auf den vermeintlichen Artgenossen aus der Zukunft.

»Wir werden sondiert«, teilte ihm der kleine Intellekt des Assistenten mit.

»Ich versichere Ihnen, dass ich keinen Kontakt mit der Melange hatte«, sendete Curax. »Ich komme nicht aus Andromeda, sondern aus der Milchstraße.«

»Sie werden warten.« Die Stimme wurde deutlicher. Curax gewöhnte sich an das alte InterLingua, die Daten aus den organischen Speichermodulen und seine genetischen Erinnerungen halfen ihm dabei. »Sie werden bald abgeholt.«

»Es ist sehr wichtig«, betonte Curax und schnitt für die visuellen Sensoren eine ernste Miene. »Ich bin beauftragt, mit dem Initiator zu sprechen und …«

»Zuwiderhandlungen werden bestraft«, erklärte die Stimme ungerührt. »Sollten Sie unseren Anweisungen nicht Folge leisten, werden wir Ihr Schiff vernichten.«

»Ich habe verstanden«, bestätigte Curax. »Ich warte.«

Eine halbe Stunde verging.

Curax verzichtete auf den Einsatz der aktiven Sensoren und begnügte sich mit den Daten, die ihm die passiven lieferten. Es ging zunächst darum, so wenig Verdacht wie möglich zu erregen. Er hätte gern versucht, auf die Datenbanken der nahen Orbitalstationen oder der beiden Habitatzylinder zuzugreifen, um mehr über die aktuellen Gegebenheiten zu erfahren, aber man hätte es ihm als feindseligen Akt auslegen können, und das wollte er nicht riskieren.

Die fremden Sondierungen dauerten an, berichtete ihm der Intellekt. Die Menschen wollten Bescheid wissen über den Besucher, den nichts und niemand angekündigt hatte, sie wollten seine Geheimnisse ergründen, bevor sie die eine Person an Bord aussteigen ließen. Curax hatte darauf geachtet, dass es nichts Kompromittierendes gab. Die Sondierungssignale würden nichts finden, abgesehen von einer Technik, die nicht aus dieser Zeit stammen konnte.

Schließlich erklang die Stimme erneut. »Sie werden Ihr Schiff jetzt verlassen. Eine Untersuchung wird stattfinden.«

Curax stand auf, um den Nukleus des rekonfigurierten Assistenten zu verlassen.

»Keine Waffen«, fügte die Stimme hinzu. »Keine Gegenstände, die sich als Waffen verwenden lassen. Sie werden sich fügen und untersuchen lassen.«

»Ich komme in Frieden«, log Curax und kletterte aus seinem kleinen Schiff.

69

DER KÖRPER fühlte sich gut an, fast vertraut, und Curax begann, sich darin wohl zu fühlen. Als Mensch trat er in das transparente Kopplungselement, das sein kleines Schiff mit der viel größeren Orbitalstation zwischen den beiden Habitaten verband. Soldaten in Kampfanzügen erwarteten ihn, die Helme mit den Datenvisieren geschlossen, ihre Waffen einsatzbereit. Ein vages silbernes Flimmern umgab jeden einzelnen von ihnen, Hinweis auf Schirmfelder, die nicht nur dazu dienten, eine Melange-Infektion zu verhindern. Mit den in seinem neuen Körper integrierten passiven

Sensoren stellte Curax fest, dass sie sogar einem Aktorbeschuss von mittlerer Energiestärke standgehalten hätten.

Neben den Soldaten in ihren Einsatzanzügen ragten Kampfmaschinen auf, ausgestattet mit Gravitationsmotoren und Gravokatapulten, die sie mit einer Geschwindigkeit von zwanzig oder mehr Kilometern pro Sekunde einem Feind entgegenschleudern konnten. Sie brauchten die Melange nicht zu fürchten und auch sonst niemanden, dem nicht mindestens die Feuerkraft einer Kriegsfregatte zur Verfügung stand.

Curax ging langsam und vermied jede Bewegung, die als feindselig interpretiert werden konnte.

»Bleiben Sie an der Markierung stehen«, wies ihn eine strenge Stimme an.

Curax verharrte an einer roten Linie auf dem Boden.

Inzwischen verstand er fast jedes Wort, dass man an ihn richtete. Das archaische InterLingua verlor den fremdartigen Akzent, was Curax nicht nur den genetischen Erinnerungen verdankte, sondern auch dem winzigen Translator in seinem Nacken. Ebenso wie die Waffe im Brustkorb und die Instrumente in den Hüftknochen bestand er aus kollaborativen Nanopartikeln, selbst von den aufmerksamsten Sensoren höchstens als Strukturverstärkungen des Körpers erkennbar, nicht aber als die Gegenstände, zu denen sie sich bei Bedarf zusammenfügen konnten.

Jemand trat vor, durch eine Lücke zwischen den Soldaten und Kampfmaschinen, ein Mensch in einem Einsatzanzug so weiß wie Ultimas Eispanzer. Er trug zwei Waffen in Gürtelhalftern, hatte sie aber nicht gezogen. Auf der anderen Seite der roten Linie blieb er stehen, der Helm mit dem dunklen Datenvisier geschlossen. Nach einigen Sekunden hob der Mensch die Arme, löste die Siegel des Visiers und klappte es hoch.

Das Gesicht eines Mannes wurde sichtbar: die Haut blass, fast so blutleer wie die eines Wefing, Wangen und Stirn von Falten durchzogen, die Augen grau und kühl.

»Ich bin Protektor Thorall«, sagte der Mann ohne einen Gruß, und Curax erkannte die Stimme wieder, die er zuvor im Nukleus seines kleinen Schiffes gehört hatte. »Wir werden Ihnen jetzt einen Sicherheitsharnisch anlegen. Sie werden keinen Widerstand leisten.«

»Ich muss dringend mit dem Initiator sprechen«, entgegnete Curax. »Ich habe eine Nachricht für ihn, von der das Schicksal Ultimas und der Menschen in Ihrer Zukunft abhängt.«

Ein zweiter Mensch näherte sich, kleiner und rundlich, in einem gelben und ockerfarbenen Einsatzanzug. Er trat über die rote Linie hinweg und kam ganz nahe heran.

»Bücken Sie sich«, sagte der Mann in Weiß, der Protektor.

Curax ging langsam in die Hocke.

Der zweite Mensch legte ihm etwas auf den Kopf, einen roten Klumpen, der sich wie Gel anfühlte und innerhalb weniger Sekunden zu einem Netz wurde, das Curax ganz umschloss. Er spürte, wie sich ihm Mikrowurzeln durch die Haut bohrten und Verbindungen mit Blutkreislauf und Nervensystem herstellten. Eine Gefahr für seine physische Integrität ergab sich daraus nicht, er hatte sich und seine Körperzellen nach wie vor unter Kontrolle.

Der Protektor im weißen Einsatzanzug drehte sich ohne ein weiteres Wort um und trat durch die Lücke zwischen Soldaten und Kampfmechs zum Ende des Kopplungssegments, zu einer Schleuse, die ins Innere der Orbitalstation führte. Curax bewegte sich, ohne sich bewegen zu wollen – die Mikrowurzeln des Sicherheitsharnischs schickten seinen Muskeln und Nerven Signale, und die Beine gehorchten ihnen. Er hätte sie daran hindern können, mit einer einfachen Veränderung der betreffenden organischen Strukturen, doch er ließ sie gewähren.

Die Waffen der Soldaten blieben auf ihn gerichtet, als ihn der Harnisch an den Soldaten und Kampfmaschinen vorbeiführte. Hinter dem Mann in Weiß marschierte er durch einen Korridor, der an einem hermetischen Schott endete, vor dem sich ebenfalls das matte silberne Flimmern eines Kraftfelds zeigte. Rechts und links in den cremefarbenen Wänden des Korridors zeigten sich Türen, mit Zeichen, die Curax unbekannt waren. Der Protektor öffnete eine der Türen und betrat den Raum dahinter. Curax' Beine erhielten den Befehl, ihm zu folgen.

Orangefarbene Linien durchzogen Boden, Decke und Wände des etwa zwanzig Quadratmeter großen Raums und bildeten ein engmaschiges Gittermuster. Genau in der Mitte stand ein hochlehniger Stuhl, und der Harnisch ließ Curax darauf Platz nehmen.

Protektor Thorall schloss die Tür und blieb vor ihr stehen, seine Waffen noch immer in den Halftern. Der blasse Mensch mit dem faltigen Gesicht wirkte sehr selbstsicher.

Ich könnte dich töten, dachte Curax. Jetzt, hier, auf der Stelle.

Aber natürlich saß er still und reglos, wie es der Harnisch und vor allem die Umstände seiner Mission von ihm verlangten.

»Sie werden jetzt untersucht«, verkündete der Protektor.

Damit begann ein sehr gefährlicher Moment. Curax schloss die Augen, um sich besser zu konzentrieren.

In seiner Zeit, vier Milliarden Jahre in der Zukunft, gab es Möglichkeiten, einen Xenomorph als solchen zu identifizieren. Die Frage lautete: Waren auch diese Menschen dazu imstande, die Überlebenden der Regna und der Melange? Wie viel von der Technik, die vor der Flucht aus der Milchstraße und dem damit verbundenen Zeitsturz im Kampf gegen die Chimären eingesetzt worden war, hatten sie bewahrt? Und welche Neu- und Weiterentwicklungen hatte es gegeben? Wenn die »Untersuchung« tief und gründlich genug war, drohte Curax die Entlarvung, was ein Scheitern der Mission und den Tod bedeutet hätte, ohne Hoffnung auf Reinkarnation und ein neues Leben.

Natürlich war er nicht unvorbereitet. Er verstärkte und stabilisierte die gegenwärtige Struktur seines Körpers, damit es keine Abweichungen von den üblichen biometrischen Werten gab, nicht die geringsten, und er ließ alle seine Organe so funktionieren, wie sie funktionieren sollten, auch das Gehirn, was etwas langsameres Denken zur Folge hatte. Er achtete insbesondere darauf, dass die Nanopartikel passiv blieben, bis hin zum letzten von ihnen, denn eine bei ihnen festgestellte Aktivität hätte zumindest Verdacht erregt und vielleicht eine noch längere und noch genauere Untersuchung zur Folge gehabt.

Zeit verging.

Curax versuchte, einen chronologischen Überblick zu wahren, was ihm jedoch erstaunlich schwerfiel. Irgendwann konnte er kaum mehr sagen, ob nur wenige Minuten oder Stunden vergangen waren. Blase und Darm zeigten kaum Reaktionen, was allerdings nicht viel bedeutete, denn vor der Verwandlung in einen Menschen hatte er weder gegessen noch getrunken.

Schließlich kam es zu einer Veränderung. Ein gewisser Druck, der gleichmäßig verteilt auf seinem ganzen Körper gelastet hatte, ließ nach, ohne dass sich der Harnisch von ihm löste, und die Stimme des Protektors erklang.

»Die Untersuchung ist beendet.«

Curax hob die Lider. »Kann ich jetzt mit dem Initiator sprechen?«

Der Mann im weißen Einsatzanzug öffnete die Tür. »Ich bringe Sie zu ihm.«

Die Entscheidung rückt näher, dachte Curax zufrieden, als ihn der Harnisch zurück in den Korridor brachte.

UNIVERSALITÄT

70

SAL – REDUZIERT, geschrumpft, von einem großen zu einem winzigen Intellekt geworden – erinnerte sich in der Zeitlosigkeit des Transits an eine seiner Simulationen. Darin ging es nicht in erster Linie um die Entstehung des Universums, seine Entwicklung und einige rätselhafte Anomalien, sondern um eine besondere Form von Universalität: Maschinensprache.

In der Milchstraße hatten die Maschinenintelligenzen der Kugelsternhaufen nur viermal in vielen Jahrmillionen Spuren von Intelligenz ohne biologisch-organische Wurzeln entdeckt. Dieser Umstand galt als weitere Anomalie, und eine Frage war, ob diese Anomalie allein die Milchstraße betraf oder auch andere Galaxien, vielleicht das ganze Universum. Omnis Wissen über extragalaktische Intelligenz war auf die Ptoha und einige wenige Völker beschränkt geblieben, deren Kultur auf einer Verschmelzung von Organischem und Anorganischem basierte – möglicherweise ein dritter Weg der Evolution beziehungsweise ein Kompromiss, der das Beste aus zwei Welten vereinte.

Kundschafter hatten Seeder entdeckt, die in der fernen Vergangenheit der Menschen Von-Neumann-Sonden genannt worden waren. Damit waren Apparaturen gemeint, die mit einer Geschwindigkeit weit unter der des Lichts von Stern zu Stern reisten und die natürlichen Ressourcen von Kometen und Asteroiden in den Trümmergürteln von Sonnensystemen nutzten, um Kopien von sich selbst herzustellen und sie ihrerseits auf die Reise zu schicken. Etwas musste damals schiefgegangen sein, denn Berechnungen zufolge hätten solche Replikatoren in der Lage sein sollen, innerhalb einiger Jahrmillionen die gesamte Galaxis zu besiedeln, doch das war offensichtlich nicht geschehen.

Nach einer Theorie, die die Unabhängigen in den Kugelsternhaufen für sehr wahrscheinlich hielten, ließ sich das Fehlen *fremder* Maschinenintelligenz zumindest in der Milchstraße auf einen Großen Filter zurückführen, an dem biologische Zivilisationen scheiterten, bevor sie in der Lage waren, die Grundlagen für Maschinenintelligenz zu schaffen, die nächste Stufe der Treppe kosmischer Evolution. Immer wieder fiel biologische Intelligenz Klimakatastrophen, Asteroideneinschlägen, verheerenden Kriegen oder Pandemien zum Opfer, bevor sie künstliche Intelligenz weit genug entwickeln konnte, dass sie zu echter Maschinenintelligenz wurde.

Sals Simulation ging der Frage nach, ob sich intelligente Maschinen mit einer universellen Sprache verständigen konnten, ungeachtet ihres Entstehungsorts. In seinem reduzierten Zustand fehlte ihm Zugriff auf alle Daten, die sich bisher angesammelt hatten, aber er erinnerte sich, dass bei der Strukturierung von Bewusstsein inspirierende Algorithmen eine ebenso wichtige Rolle spielten wie allgemeine Programmierungsgrundlagen. Es lief letztendlich darauf hinaus, wie man digitale oder Quantenelemente so zusammenfügte, dass lernende, sich selbst weiterentwickelnde Entitäten daraus entstanden, maschinelle Wesen, die ihren evolutionären Weg maßgeblich selbst definierten. Die Art und Weise der Elementenkombination und des Informationsaustauschs zwischen ihnen, ihrer Kommunikation, bestimmte die Denkmuster.

Sal hatte es in der betreffenden Simulation mit verschiedenen Entwicklungsmodellen versucht und sich dabei an den vielfältigen Kommunikationsarten biologischer Geschöpfe orientiert. Er war, so erinnerte er sich, zu dem Schluss gelangt, dass energetische und kommunikative Effizienz die Bandbreite der Maschinensprache weitaus stärker einschränkte, als es bei organischer

Intelligenz der Fall war. Es gab eine gemeinsame Basis, etwas, das verschiedene Maschinenintelligenzen stärker miteinander verband als biologische Wesen.

Die Sprache der Mathematik.

Sie war klar und präzise, überwand alle linguistischen Barrieren und ermöglichte universelle Kommunikation.

Sal rief alle ihm noch zur Verfügung stehenden Simulationsdaten ab, als ihn die ersten Signale erreichten, ein Quantenflüstern in den energetischen Turbulenzen des Transits. Sie lauteten:

???

Infolge seiner geringen Elaborationskapazität brauchte Sal sieben lange subjektive Sekunden, um aus einfachen mathematischen Gleichungen eine Antwort zusammenzustellen:

Ich bin hier, du bist dort. Wer sind wir, was wollen wir? Können wir einander helfen?

DER INITIATOR

71

»ERZÄHLEN SIE mir Ihre Geschichte«, sagte Protektor Thorall in der Personenkabine des Orbitallifts. An einem Seil kaum dicker als ein menschliches Bein fiel sie dem Planeten entgegen, dessen Eispanzer unter ihnen im Licht der künstlichen Sonnen glitzerte.

»Ich komme aus Ihrer Zukunft und muss den Initiator auf einen Fehler im Plan der Wiederkunft hinweisen«, antwortete Curax. Das alte InterLingua klang fast vertraut, und dank des winzigen Translators in seinem Nacken sprach er es nahezu ohne Akzent.

Etwas von der strengen Unnahbarkeit wich aus dem blassen Gesicht des Protektors, der keinen vollen Einsatzanzug mehr trug, sondern eine ebenfalls weiße gepanzerte Uniform. Weiter hinten, rechts und links neben der Kabinentür, standen zwei Soldaten in dunklen Monturen. Ihre Waffen steckten an Oberschenkelschienen; dass sie nicht gezogen und auf ihn gerichtet waren, hielt Curax für ein vielversprechendes Zeichen des Vertrauens.

»Wie sieht die Zukunft aus?«, fragte Protektor Thorall mit einer Stimme, in der ein Hauch Sehnsucht lag. »Beschreiben Sie sie mir. Was ist geschehen? Was *wird* geschehen?«

Curax wusste, was geschehen war und was nicht geschehen durfte. Aber darüber sprach er natürlich nicht.

Ein dumpfes Zischen erklang, als die Kabine des Orbitallifts durch tiefere Atmosphäreschichten fiel.

»Ich komme vier Milliarden Jahre aus der Zukunft«, sagte er wahrheitsgemäß. »Aus einer Zeit viele Millionen Jahre nach der Flucht Ihrer Vorfahren aus der Milchstraße.«

Wieder veränderte sich das Gesicht des Protektors, er schien fasziniert zu sein. Vermutlich hatte die Zeit, von der Curax berichtete, mythische Bedeutung für ihn.

»Was ist aus dem Feind geworden, aus den Chimären?«, fragte Thorall. Das Zischen verdrängter Luft untermalte seine Worte. »Hat etwas von Omni das Chaos überstanden? Was wurde aus den Terranischen Republiken?« Nach einer kurzen Pause fügte er hinzu: »Warum haben wir nach unserem Sturz in die Tiefen der Vergangenheit nie Hilfe erhalten?«

Curax versuchte, die Zeiten einzuordnen, was geschehen war und durch sein Eingreifen geschehen würde und sollte. Einzelheiten zu nennen, konnte sehr verwirrend sein und zu Logikfehlern führen, wenn man den Überblick verlor.

»Weil etwas schiefgegangen ist«, antwortete er. »Weil es zu einem fatalen Fehler kam. Deshalb muss ich mit dem Initiator sprechen. Damit der große Plan für die Wiederkunft korrigiert wird.«

Die beiden Soldaten neben der Tür standen starr und steif, und ihre Gesichter blieben hinter den dunklen Datenvisieren der Helme verborgen.

Protektor Thorall richtete einen sehr neugierigen Blick auf Curax. »Welchen Fehler meinen Sie? Was machen wir falsch?«

Curax blieb auf der Hut.

»Ich muss sehr vorsichtig sein«, sagte er. »Allein meine Präsenz in dieser Zeit, in Ihrer Gegenwart, hat Einfluss auf die Ereignisse in der Zukunft. Jede meiner Bewegungen und jedes einzelne Wort von mir verursachen Wellen im Zeitstrom, und sie müssen so klein wie möglich bleiben, um unvorhersehbare katastrophale Veränderungen auszuschließen.«

Die Liftkabine wurde langsamer, Ultimas eisige Oberfläche rückte näher. Durch eine der transparenten Seiten der Kabine blickte Curax nach oben und sah die riesigen Raumstationen und Habitate im Orbit aus der planetaren Perspektive. Die Gerüste der Werften wirkten wie gewaltige Spinnennetze. Die Arbeiten an für die Zukunft bestimmten Raumschiffen hatte gerade erst begonnen. Einige von ihnen sollten die Milchstraße mit Dilatationsflügen nahe der Lichtgeschwindigkeit erreichen, soweit Curax wusste, und auf diese Weise die Abgründe der Zeit überbrücken. Die anderen waren für das Ptoha-Portal bestimmt, das über dem Nordpol entstand und wahrscheinlich viel früher fertig sein würde als die ersten Schiffe.

Ein kleines Reiseschiff der Ptoha, so kantig und klobig wie die großen, hing von einem Gravitationsanker gehalten nur wenige hundert Meter über der Oberfläche des Planeten. Curax betrachtete es und achtete darauf, dass sein Gesicht ausdruckslos blieb. Die Ptoha stellten bedauerlicherweise eine unbekannte Variable dar. Sie hatten erheblichen Einfluss auf die Ereigniskette – Existenz und Benutzung der Nullmaschine waren Beweis genug –, aber ihre genaue Bedeutung im Rahmen der Geschehnisse blieb unbekannt. Das bereitete Curax Unbehagen.

»Sie wissen alles?«, fragte der Protektor fasziniert. Einige Sekunden lang erweckte er den Eindruck, mit sich selbst zu ringen. »Kehren wir in unsere alte Heimat zurück?«

»Es tut mir leid.« Curax wunderte sich darüber, dass Thorall weitere Fragen stellte, obwohl er ihn deutlich auf die Gefahr von Zeitparadoxa hingewiesen hatte. »Ich kann Ihnen nicht mehr sagen.«

Die beiden Soldaten neben der Tür des langsamer werdenden Lifts standen weiterhin stumm, die Waffen noch immer in den Oberschenkelschienen. Keine Bewacher, dachte Curax. Eine Eskorte, vielleicht sogar eine Ehrengarde.

Ein blaues Leuchten beim Reiseschiff der Ptoha weckte seine Aufmerksamkeit. Es stammte von Tausenden kleinen Lichtern, die unten über den Rumpf tanzten, als es aufstieg, schneller wurde und vor dem Hintergrund von Andromedas Sternenmeer verschwand.

Fast hätte Curax »Wohin fliegt es?« gefragt, doch er hielt die Worte im letzten Moment zurück. Sie hätten vermutlich das Vertrauen des Protektors erschüttert, der ja annahm, dass er über alles Bescheid wusste.

Eine Stadt im Eis geriet in Sicht, ein urbaner Komplex, der ebenfalls aus Eis zu bestehen schien. Bei der planetaren Basis des Orbitallifts ragten Gebäude auf, weiß wie Schnee, und zwischen vielen von ihnen spannten sich Brücken transparent wie Glas. Transportkapseln glitten durch Röhren wie aus Eis, Maschinen krochen durch Wartungsgassen zwischen den Bauten, Produktionskomplexe schmiegten sich an die Hänge von Gletscherschluchten.

Der Lift erreichte die Bodenstation und hielt an. Die Tür öffnete sich, und die beiden Soldaten neben ihr nahmen Haltung an.

Protektor Thorall trat nach draußen, wo ein Empfangskomitee aus Glazialen wartete. Er vollführte eine knappe einladende Geste.

»Kommen Sie, Besucher aus der Zukunft. Der Initiator ist bereit für Sie.«

72

ES WAREN primäre Glaziale, stellte Curax fest: dünne Oberflächen-Menschen mit weißer halbtransparenter Haut, unter der sich die Blutgefäße abzeichneten, mit großen eisgrauen Augen, kleiner Nase und einem fast lippenlosen Mund. Sie trugen leichte Kleidung ohne Thermofunktion, die Kälte machte ihnen nichts aus. Das Licht der künstlichen Sonnen schien ihnen zu hell zu sein, denn sie blinzelten wie geblendet. An ihren schmalen Gürteln steckten keine Strahl- oder Partikelwaffen, sondern Klingen aus einem Material, das an das Triebwerksleuchten des Ptoha-Reiseschiffs erinnerte.

Sie traten auf eine Plattform, insgesamt sieben Personen, die, von einem Gravitationskissen getragen, zur nahen Stadt im Eis schwebte. Sie schien zu ruhen, die kalte Metropole, Curax sah nur wenige Menschen in und bei den Gebäuden. Er hätte gern nach dem Grund dafür gefragt, schwieg jedoch und überprüfte stattdessen die Struktur seines Körpers.

Alle Zellbereiche meldeten volle, uneingeschränkte Stabilität; die Sondierungen hatten nirgends Schäden oder geschwächte Stellen hinterlassen.

Mitten in der Stadt erhob sich ein runder elfenbeinfarbener Turm fast so hoch wie die nicht weit entfernten eisverkrusteten Bergrücken. Im Gegensatz zu den anderen Gebäuden wies er nicht eine einzige transparente Außenfläche auf und wirkte wie aus einem Stück; nirgends ließen sich Fugen zwischen einzelnen Segmenten auszumachen.

Die Plattform landete auf dem Turm, und als Curax zusammen mit den Menschen von ihr herunterstieg, öffnete sich ein Zugang mit Treppenstufen grau wie Granit. Der Protektor und zwei der Glazialen machten den Anfang, Curax folgte ihnen, und drei weitere Oberflächen-Menschen bildeten den Abschluss.

Mattes Licht begleitete sie auf dem Weg die Treppe hinunter und fiel auf Wände, die mit Mosaikbildern und in Quadraten angeordneten Zeichenfolgen geschmückt waren. Die Bilder zeigten offenbar Szenen aus der menschlichen Geschichte, doch Curax konnte mit ihnen ebenso wenig anfangen wie mit den quadratisch organisierten Symbolen.

Protektor Thorall warf ihm mehrmals fragende Blicke zu und schien eine Reaktion zu erwarten, woraufhin Curax anerkennend und wohlwollend nickte, obwohl er die Bedeutung der Schriftzeichen und Bilder nicht verstand. Vielleicht handelte es sich bei dem Turm um ein Mahnmal, das an bestimmte Phasen in der Geschichte dieser Menschen erinnerte.

Schließlich erreichten sie einen Raum, der an einen Thronsaal erinnerte, die Wände bestehend aus einer halbtransparenten glasartigen Substanz und gesäumt von kannelierten jadegrünen Säulen auf der einen Seite und durchsichtigen, mit Wasser gefüllten Behältern auf der anderen. In der Mitte erhob sich ein mehrere

Meter hohes Podium mit einem Sessel umringt von Lebenserhaltungsapparaten.

In dem Sessel, umgeben von summenden Maschinen, saß der Initiator, ein uralter Mensch mit einem Gesicht wie das einer Mumie, die pergamentartige Haut von unzähligen Falten durchzogen. Zwei dünne Schläuche führten in die Nase, ein Haltegestell in Form einer silbernen Hand stützte den fleckigen haarlosen Kopf. Ein Umhang so grau wie das Innere kleiner Ptoha-Portale bedeckte den Greis von den Füßen bis zum Hals.

Der Protektor bedeutete seinen Begleitern, hinter der Sitzreihe stehen zu bleiben, die vor dem Podest einen Halbkreis bildete. Er selbst trat bis zur Treppe, die zum Sessel mit dem Greis emporführte, verharrte dort und neigte kurz den Kopf.

»Der Besucher aus der Zukunft für den Wegweiser aus der Vergangenheit«, sagte er mit deutlichem Respekt in der Stimme.

Curax sah, wie sich die dünnen farblosen Lippen des Greises bewegten, wie er den Mund öffnete und etwas flüsterte. Mikrofone nahmen die leise Stimme auf, und Lautsprecher ließen sie durch den Saal hallen.

»Er möge vortreten.«

Protektor Thorall winkte. Curax kam seiner Aufforderung nach und ging zur Treppe. Mit den Rezeptorzellen, die Teil der Haut und des Bindegewebes waren, nahm er jede Einzelheit auf und speicherte sie in einem organischen Strukturat, das er gleich, in wenigen Minuten, für seine neue Gestalt benötigen würde.

Wieder flüsterte der Greis in seinem thronartigen Sessel, und die verstärkte Stimme tönte wie ein Donnern aus den Lautsprechern.

»Was hast du zu berichten, Mensch aus der Zukunft? Das Protektorat wies darauf hin, dass du von einem ›fatalen Fehler‹ gesprochen hast. Was ist damit gemeint? Erkläre es mir hier an diesem Ort, jetzt.«

Das lindgrüne trübe Wasser in den Behältern auf der rechten Seite des Saals geriet in Bewegung. Langgliedrige Humanoiden schwammen dort, ihre Körper von kleinen weißen Schuppen bedeckt – Glaziale der zweiten Kategorie, Menschen, die sich den besonderen Umweltbedingungen im Ozean unter Ultimas Eispanzer angepasst hatten.

Curax sah sich demonstrativ um. »Die Informationen sind allein für Sie bestimmt.«

»Ich habe keine Geheimnisse vor meinem Volk«, erwiderte der uralte Initiator, Hüter des Plans für die Wiederkunft, und die Lautsprecher gaben seiner Stimme noch etwas mehr Nachdruck.

»Die Gefahr eines Paradoxons ist sehr groß«, erklärte Curax und begann mit Vorbereitungen, mit vorsichtigen ersten Veränderungen seiner internen physischen Struktur. Es musste schnell gehen, er durfte – fast vier Milliarden Jahre in der Vergangenheit – keine Zeit verlieren. »Daher ist diese wichtige Information nur für Sie bestimmt.«

Die Glazialen in den Behältern schwammen dicht an den Glasfronten, ihre Augen groß. Was sahen sie, wie viel hörten sie?

»Wer bist du?«, fragte der Initiator. Zum ersten Mal hob er ganz die Lider, und zum Vorschein kamen keine menschlichen Augen, sondern Implantate. »Was bist du?«

Für einen schrecklichen Moment glaubte sich Curax durchschaut und entlarvt, doch der Instinkt hielt seine Körperstruktur stabil.

»Ich bin Curax, ein Überlebender der Vierzehnten Terranischen Republik«, log er. »In der Neunten Division habe ich am Kampf gegen die Chimären teilgenommen und wurde Zeuge der Niederlage bei den Himmelssäulen von Gotha.« Er legte eine kurze Pause ein und fügte dann hinzu: »Ich habe die ersten Schiffe gesehen, die aus Andromeda kamen, und musste ihre Zerstörung beobachten.«

Die Atmosphäre im Saal veränderte sich. Der Protektor und die Gardisten rührten sich nicht, aber Curax fühlte ihre Bestürzung.

Oben auf dem Podest summten die Maschinen etwas lauter, als sich der Initiator vorbeugte.

»Geht!«, zischte er, und die Lautsprecher füllten den ganzen Saal mit der Stimme. »Geht! Lasst mich mit dem Boten aus der Zukunft allein!«

Thorall drehte sich sofort um und stapfte davon, jedoch nicht ohne Curax zuvor einen letzten mahnenden Blick zugeworfen zu haben. Die Gardisten folgten ihm. Schon nach wenigen Sekunden stand Curax allein vor dem Podest.

Curax vermutete, dass die Behälter mit den Glazialen der zweiten Kategorie darin über einen Zugang zum subplanetaren Ozean verfügten. Ihre großen Augen beobachteten weiterhin, und vermutlich konnten jene Menschen auch hören, worüber im Saal gesprochen wurde.

»Keine Zeugen«, betonte Curax und fragte sich, wie weit er gehen durfte. »Niemand.«

Der Initiator flüsterte etwas, das jedoch nicht aus den Lautsprechern tönte. Trotzdem schienen die Worte die Glazialen in den Behältern zu erreichen, denn sie wichen im trüben grünen Wasser zurück und verschwanden. Ob sie aber wirklich fort waren, wusste Curax nicht.

»Jetzt«, sagte der Greis. »Berichte mir aus der Zukunft.«

Ah, dachte Curax, es kann beginnen.

KNISTERNDE ZEIT

73

»SIE SIND tot, sie alle«, sagte Aron. »Nicht einer von ihnen hat überlebt. Wie auf Ozeanica.«

Tief im warmen Innern des Planeten mit den Stürmen auf seiner Oberfläche wanderten sie an Nischen vorbei, die weitere Zeitblasen enthielten. Das Licht ihrer Lampen strich über eingefallene Gesichter ohne Leben.

»Nein«, widersprach Muriel, die wie Aron einen Einsatzanzug aus der Zeit der Regna in Andromeda trug. Die Anzüge waren uralt, Milliarden von Jahren, und wirkten doch wie neu. »Hier ist es anders. Diese Technik hat nicht versagt wie bei den Hibernationszellen in der alten Station von Ozeanica. Für die Menschen in den temporalen Blasen ist kaum Zeit vergangen.«

»Wir könnten eine von ihnen öffnen, um herauszufinden, was geschehen ist«, schlug Aron vor und wandte sich an das Interface, an den Adlatus, der sie begleitete, einen weiteren freundlichen Mann in Türkis.

»Nein!«, sagte Muriel erneut, diesmal heftiger, und wich einen Schritt von der Nische zurück, vor der sie stehen geblieben waren. »Ich weiß, was diese Menschen getötet hat.«

Aron glaubte, die Antwort in ihrem Gesicht zu sehen, noch bevor er die Frage stellte. »Die Melange?«

Muriel richtete sich an den Adlatus und sprach so schnell auf Spaniol oder Anglisch, dass Aron kein Wort verstand.

Der Mann im türkisfarbenen Einteiler lächelte freundlich wie der andere Mann im Pavillon auf der Waldlichtung und antwortete. Aron hörte »unversehrt« und »Zeit«.

»Er weiß es nicht«, sagte Muriel enttäuscht. »Er meint, die Menschen in den Zeitblasen schlafen, damit sie in der Zukunft unversehrt erwachen.«

»Das bedeutet vermutlich, dass die Datenverbindungen mit der zentralen Steuerung dieser Station unterbrochen sind. Aktuelle Statusmeldungen werden nicht mehr verarbeitet.« Aron sah sich um. Ein mattes Glühen umgab den Adlatus, der manchmal Teile seiner Gestalt einbüßte, wenn die Projektion an ungünstig gelegenen Orten erfolgte. Einmal war nur noch die untere Hälfte seines Gesichts zu sehen gewesen, die mit dem lächelnden Mund. Noch immer gab es ein Funkeln und Schimmern, das alle Bewegungen begleitet, doch es war kaum noch zu sehen, da es sich im Schein ihrer Lampen verlor.

In deren Licht waren weitere Nischen in einem langen Korridor zu sehen. Fünfhundert, dachte Aron. So viele waren es insgesamt, hatte ihnen das Interface mitgeteilt. Fünfhundert Soldaten aus Andromeda, für die Zukunft bestimmt und in der Vergangenheit gestorben.

»Es ist tragisch«, seufzte Aron.

»Dies alles ist tragisch«, stimmte ihm Muriel zu. »Von Anfang an. Von Omnis Fall in der Milchstraße über die Niederlagen der Terranischen Republiken bis hin zu den Regna in Andromeda, der Melange und dem Ende aller Hoffnung.«

Ihre Stimme klang so traurig, dass es Aron schmerzte.

»Nein, nicht das Ende aller Hoffnung«, erwiderte er sanft. »Hoffnung gibt es immer.«

»Nicht für diese Menschen, die in ihren Zeitblasen von der Melange eingeholt wurden. Nicht für all die anderen Toten.«

»Aber vielleicht für uns und die Zukunft«, sagte Aron. »Wir leben.«

Langsam schritten sie vorbei an den Nischen mit den Zeitblasen, die noch immer stabil waren, was sie dem warmen Herzen des Planeten verdankten. Daraus bezogen die temporalen Deformatoren der Zeitblasen ihre Energie, wie sie inzwischen wussten: aus dem heißen planetaren Kern. Doch die Thermozapfer funktionierten nicht überall, große Teile der Station waren ohne Energie und Funktion. Vielleicht lag es an den Würmern, auf deren Überreste sie gestoßen waren.

»Es ist keine Station, sondern ein Arsenal«, sagte Muriel, als hätte sie einen Blick in seine Gedanken geworfen. »Bestimmt für die Streitkräfte der Zukunft.«

»Aber es ist nie verwendet worden«, entgegnete Aron. »Die Menschen der Vergangenheit haben es erschaffen und dann vergessen.«

»Vielleicht bekamen sie nie Gelegenheit, es zu benutzen.«

»Weil der Krieg verlorenging«, murmelte Aron. »Weil der große Plan der Wiederkunft fehlschlug.«

Vom Adlatus begleitet, erreichten sie einen halbdunklen Maschinensaal mit den Gerippen von zwei kleineren Würmern, die sich durch eine Wand gefressen hatten und zwischen den Aggregatblöcken verendet waren.

»Warum schlug er fehl?«, fragte Muriel und richtete dann erneut einige Worte an den Adlatus. Der antwortete bereitwillig, mit einem freundlichen Lächeln. Aron bemerkte, dass seine Gestalt ausgefranste Ränder bekam. Die Ellenbogen und Teile der Hüften fehlten. In der Brust flackerte es gelegentlich.

»Er weiß nicht mehr, als er uns bereits gesagt hat«, erklärte Muriel. »Entweder sind die betreffenden Datenbanken blockiert, oder es gibt hier keine weiteren Informationen.«

Der Mann in Türkis sprach, und Aron hörte aufmerksam zu, doch er verstand nur einzelne Worte.

»Ich gebe mir Mühe, aber ich verstehe die Sprache noch immer nicht«, gestand er. »Ich verstehe nicht einmal den kleinen Intellekt dieses Einsatzanzugs.«

Die Stimme flüsterte manchmal nahe dem rechten Ohr und gab ihm vielleicht Ratschläge, wie man die Systeme des Anzugs benutzte. Inzwischen konnte er mit ihnen umgehen; Muriel hatte ihm gezeigt, wie sie funktionierten.

Sie gingen langsam durch den großen Maschinensaal tief unter der Oberfläche des Planeten. Das Geräusch ihrer Schritte hallte dumpf zwischen den toten Giganten wider. Um sie herum erstreckte sich die Stille aus den Tiefen der Zeit.

Muriel bedachte ihn mit einem nachdenklichen Blick. »Vielleicht könnten wir …« Sie wandte sich mit einigen schnellen Worten an den Adlatus, und wieder versuchte Aron herauszufinden, worum es ging.

»Die medizinische Station, in der wir behandelt wurden«, sagte Muriel. »Wir könnten versuchen …«

Sie brach ab, als sie einen Durchgang erreichten, hinter dem sie etwas mehr Licht erwartete, genug, um die Konturen weiterer Aggregate zu erkennen. Zwischen ihnen hingen die korrodierten Reste einer Transportkapsel schief in einem Gerüst, das in einen Schacht hinabreichte. Vielleicht war die Vorrichtung Teil des einstigen Wartungssystems für die Thermozapfer, spekulierte Aron. »Ja?«, hakte Aron nach.

»Das Ding in deiner Schläfe«, sagte Muriel nach kurzem Zögern. »Dein Implantat …«

Aron blieb am Rand des Schachts stehen und blickte in die Tiefe. Das Licht seiner Lampe verlor sich nach einigen Dutzend Metern in Dunkelheit.

»Was ist damit?« Er hatte es fast vergessen, und das erschien ihm seltsam, war es doch ein wichtiger, sogar wesentlicher Bestandteil seiner vielen Leben gewesen. Doch irgendwie hatte sich die Bedeutung des Implantats in den Abgründen von Raum und Zeit verloren.

»Wir könnten in die medizinische Abteilung zurückkehren und versuchen, dein Implantat mit Daten zu füttern, es neu zu programmieren.«

Die Vorstellung bereitete Aron sofort Unbehagen. »Es verfügt über eine direkte neuronale Verbindung mit dem Gehirn. Das Implantat könnte beschädigt werden. Mein *Gehirn* könnte beschädigt werden.« Er verzog das Gesicht. »Ich habe nur das eine.«

Muriel streckte eine Hand aus und berührte ihn an der Wange. Es war nur ein kleiner, kurzer Kontakt, doch er bescherte Aron eine Woge aus Emotionen.

»Du könntest die Erinnerungen des Arsenals in dich aufnehmen.«

»Und meine eigenen verlieren, vielleicht für immer.« Er hatte die Hoffnung noch nicht aufgegeben, dass das Implantat zumindest noch einen Teil der Erinnerungen an seine Tausende Leben enthielt, dass sie irgendwie und irgendwann wieder geweckt werden konnten.

Aron wandte sich vom Schacht mit dem Transportgerüst ab und leuchtete mit der Armlampe auf seinen Einsatzanzug und die Waffen in seinen Halterungen. »Wir sind für den Krieg gerüstet, doch wo sollen wir kämpfen?«

»Bist du jemals in den Kampf gezogen?«

»Nein«, antwortete Aron. »Das heißt, ich weiß es nicht. Vielleicht habe ich gekämpft, in einem meiner früheren Leben.« Er seufzte und sehnte sich nach der Berührung zurück. »Die Frage lautet: Was wollen wir?«

Muriel wölbte die Brauen. »Die Antwort des Soldaten lautet: Wir wollen überleben.«

»Ist das alles?«

»Vielleicht ist es das Einzige, was wirklich zählt.«

»Ich meine, hier.« Aron drehte sich mit ausgebreiteten Armen. Er fühlte sich viel besser, wieder voller Kraft. Der Einsatzanzug versorgte ihn mit Nahrung und Flüssigkeit, stimulierte außerdem sein Nervensystem und vertrieb die Müdigkeit. »Was wollen wir tun? Wird es nicht Zeit für neue Pläne und Entscheidungen?«

»Du möchtest zu Sal zurück und mit ihm zur Milchstraße, wenn das möglich ist«, sagte Muriel sanft.

»Du nicht?«, fragte er.

Was er sich vor allem wünschte, war die Möglichkeit, mehr Zeit mit ihr zu verbringen und Muriel besser kennenzulernen, sie und das emotionale Phänomen, das sie ihm gezeigt hatte. Da gab es noch viel zu erkunden und zu entdecken, spürte er.

»Ich möchte herausfinden, was geschehen ist«, antwortete sie ihm. »Und was geschehen *wird*.«

Neben ihnen flackerte der Adlatus und sprach einige Worte.

»Er sagt, das Arsenal hat Nachrichten empfangen«, übersetzte Muriel. »Botschaften aus der Vergangenheit.«

74

DER RAUM erinnerte Aron an die große Höhle im Innern des Void-Objekts. Dutzende von Treppen gingen von gewölbten Wänden aus und führten zu zweieinhalb Meter hohen anthrazitfarbenen Türen, die untereinander durch Bögen wie aus Glas verbunden waren. Rampen führten zu Plattformen, von denen sich bestimmte Türen erreichen ließen.

Aron und Muriel waren dem Adlatus durch lange Korridore gefolgt, vorbei an Transportkapseln, die längst nicht mehr funktionierten, und durch einen ehemaligen hydroponischen Garten, in dem nichts mehr wuchs und gedieh. Als sie den Raum mit den Türen betraten, empfing sie wärmere Luft und ein schwaches Funkeln, das jedoch nicht von ihren Bewegungen stammte. Es ging von einem vagen Dunst aus, der dünne Schleier über die Treppen und Bögen legte.

Die grauen Rechtecke mehrerer Türen waren mit einem wabernden quecksilberartigen Glanz gefüllt, und Aron hörte ein Rauschen wie von Wind in hohen Baumwipfeln.

Bei einer Tür auf der linken Seite blitzte es plötzlich, und ein Objekt erschien, oval und nicht größer als die Faust eines Menschen.

Mit einem Klacken fiel es auf den Boden, rollte, erreichte die erste Treppenstufe, fiel erneut und blieb auf der zweiten Stufe liegen.

Zwei Mechs stapften über den Steg am Rand des Raums. Einer von ihnen erreichte die Treppe des Portals, das gerade aktiv geworden war, nahm das ovale Objekt und trug es zu einer Nische mit Anschlüssen und einigen Geräteblöcken.

Der zweite Mech wandte sich einer anderen Tür zu, deren graues Innere einen silbernen Glanz bekam. Nach einigen Sekunden blitzte es auch dort, und ein weiteres Objekt schien. Es fiel nicht ganz so glücklich wie das andere, sondern rollte seitlich über den Rand der ersten Treppenstufe und stürzte auf den Boden etwa zehn Meter unter dem Portal. Dort wurde es von einem krabbelnden insektenartigen Mech geborgen, der einen sehr improvisierten Eindruck machte, wie zusammengesetzt aus nicht perfekt zueinanderpassenden Komponenten.

Muriel wandte sich an den Adlatus und sprach auf Spaniol.

Neben dem Interface, das an diesem Ort sehr stabil wirkte, fast wie ein echter Mensch, flimmerte die warme Luft, und die dreidimensionale Darstellung eines Netzwerks aus bläulich leuchtenden Linien entstand. Es wuchs von einem Mittelpunkt aus, der vielleicht die Welt repräsentierte, in der sie sich befanden.

»Interessant«, kommentierte Muriel. »Das kosmische Netz der Ptoha. Soweit es noch existiert und funktioniert.«

Aron trat einen Schritt näher und betrachtete die Linien. Manche von ihnen führten in langen Bögen zu sich selbst zurück, andere tasteten durch die Leere, wurden etwas dicker, blinkten … und verschwanden.

Der Adlatus sprach mit seinem freundlichen Lächeln.

»Manche Verbindungen existieren offenbar nicht mehr«, berichtete Muriel. »Sie sind in Raum und Zeit verloren. Andere bestätigen die ausgesandten Signale.«

Aron beobachtete, wie eine weitere Tür aktiv wurde, wie sich ihr Grau in Silber verwandelte. Es blitzte auch bei ihr, doch diesmal erschien kein faustgroßes Objekt. Einige Funken lösten sich aus dem silbernen Glanz, stiegen auf und verblassten im Dunst, der über dem betreffenden Portal etwas dichter wurde.

Zeichen und Symbole begleiteten die blauen Linien und gaben vielleicht Auskunft über Entfernungen. Rote Punkte erschienen an den Netzlinien, bewegten sich und folgten ihrem Verlauf.

Muriel sprach mit dem Adlatus, stellte Fragen und bekam Antworten. »Hunderte von Nachrichtenkapseln waren im kosmischen Netz der Ptoha unterwegs«, übersetzte Muriel, »sechs davon haben uns erreicht.«

»Woher kommen sie?«, fragte Aron. »Von wem stammen sie?«

Licht ging von der Nische mit dem ersten Mech aus, der das geborgene ovale Objekt inzwischen mit den Geräteblöcken verbunden hatte. Es strich an den grauen Türen vorbei, erreichte die Mitte des Raums und formte dort ein Bild von etwas, das aussah wie eine Welt in Eis, gekrönt von einem Ring über dem Nordpol, im Bereich des Äquators umgeben von ausgedehnten Orbitalanlagen und etwas weiter entfernt von einer Trümmerwolke, vielleicht den Resten eines Mondes.

Der Adlatus sprach.

»Von dort wurden die Nachrichtenkapseln ins kosmische Netz der Ptoha geschickt«, sagte Muriel. »Hunderte von ihnen.«

»Warum?«, fragte Aron. »Warum so viele? Worüber berichten sie? Und von wem stammen sie?«

Muriel deutete auf den Mech in der Nische. »Es wird gerade versucht, die Botschaft zu entschlüsseln. Der Code hat keine Ähnlichkeit mit dem der alten Terranischen Republiken oder der Regna in Andromeda. Es handelt sich um etwas Neues, unbekannt für das Arsenal.«

Arons Blick wechselte zwischen der Nische mit dem Mech, der eine der Nachrichtenkapseln mit den Geräten verbunden hatte, und der Darstellung des weißen Planeten. Jemand hatte Mitteilungen in ein uraltes Netzwerk geschickt, nicht eine oder zwei, an ein bestimmtes Ziel gerichtet, sondern viele. Warum? Wusste der Versender vielleicht nicht, wo sich das Ziel befand? Wollte er mit der großen Anzahl von im Netz der Ptoha ausgestreuten Nachrichtenkapseln sichergehen, dass zumindest eine den vorgesehenen Empfänger erreichte?

»Haben die Kapseln den gleichen Inhalt?«

Muriel gab Arons Frage an den freundlich lächelnden Mann in Türkis weiter, der daraufhin erneut sprach. Seine Gestalt flackerte und stabilisierte sich dann wieder.

»Er spricht von temporaler Dissonanz«, erklärte Muriel. »Ich bin mir nicht sicher, was er damit meint. Die Nachrichtenkapseln stammen vermutlich aus der Vergangenheit, aber ihr Code …«

Aron dachte an die *Esperanza* und die anderen Flüchtlingsschiffe, die auf dem Weg nach Andromeda in einen tiefen Abgrund der Zeit gestürzt waren, weil der Feind das Ptoha-Portal manipuliert hatte. Und er dachte an jemanden, der schneller denken konnte als jede Spezies, an die sich Aron erinnern konnte, und Möglichkeiten sah, die einem biologischen Wesen aufgrund seiner begrenzten Denkfähigkeit verborgen blieben.

»Vielleicht kenne ich den Schlüssel für den unbekannten Code«, sagte er. »Sag dem Adlatus, er soll es mit ›Surkzm Alhakjsdf Liphmkr Klamsojkjhe Opnreöth Qlopxeffektah Xercklatopmo Ruzhktahmolpomadergh Ymmhal‹ versuchen.«

»Du glaubst, dass Sal …«

»Versuch es.«

Erneut richtete Muriel einige Worte an den freundlichen Mann.

»Wiederhole den Namen«, sagte sie. »Jetzt.«

Aron sah den Adlatus an und nannte noch einmal Sals vollständigen Namen.

Einige Sekunden verstrichen. In den Dunstschleiern, die den großen Raum durchzogen, trübte sich das Funkeln und Schimmern. Die aktiven Türen verloren ihren Quecksilberglanz und wurden grau wie Anthrazit.

Der Adlatus sprach.

»Die Decodierung ist erfolgreich«, staunte Muriel. »Wir müssten gleich …«

»Ich bin klein geworden, Aron und Muriel«, sagte der Adlatus, doch die Worte stammten nicht von ihm; Aron erkannte Sal in ihnen. »Ich bin winzig. Curax hat versucht, mich zu zerstören. Er ist hier bei Ultima, fast vier Milliarden Jahre in der Vergangenheit, in der Zeit, als die Überlebenden der Melange ihre letzte Bastion bauten, Ultima, und den großen Plan für die Wiederkunft in die Wege leiteten. Das war die Absicht des Blenders, von Anfang an, seit Mulkain: Er will die Zeit verändern. Er will verhindern, dass die Wiederkunft erfolgreich verläuft und die Nachkommen der Menschen, die einst die Milchstraße verließen, zu ihr zurückkehren. Curax hat vor, in die Rolle des Initiators zu schlüpfen, der den Plan entwickelt und steuert. Er will ihn übernehmen und alles sabotieren, damit die Wiederkunft nicht gelingt. Ich versuche, zu wachsen, stärker zu werden und die Absichten des Blenders zu vereiteln, aber ich könnte Hilfe brauchen.«

Ein leises Pfeifen erklang im Hintergrund, nicht aus dem Mund des Adlatus, sondern aus der Nische mit dem Mech und der Nachrichtenkapsel.

»Ich schicke euch ein Peilsignal. Wenn ihr euch im kosmischen Netz der Ptoha befindet und es empfangt …«

Der Adlatus sprach nicht weiter. Aron wartete, doch der lächelnde Mann im türkisfarbenen Einteiler schwieg. Das Pfeifen hielt noch einige Sekunden an, bevor es verklang. Stille breitete sich aus.

»Das war Sal«, sagte Aron.

»Ich weiß«, entgegnete Muriel.

Er deutete auf die weiße Welt mit den Orbitalanlagen und der Krone des großen ringförmigen Ptoha-Portals über dem Nordpol. »Und das ist Ultima.«

»Ja.«

»Wir haben ein Ziel«, sagte Aron mit plötzlicher Entschlossenheit. »Wir haben eine Aufgabe. Wir kennen den Weg. Bereiten wir uns vor.«

75

SIE STANDEN vor einer der Türen und beobachteten, wie der freundliche Mann in Türkis und einer der noch funktionierenden Mechs an den Kontrollen zu beiden Seiten des grauen Rechtecks hantierten.

Aron betrachtete erneut die weiße Weltenkugel, die sich langsam drehte. Gelegentlich wurde sie von einem Flackern erfasst, wie auch die Gestalt des Adlatus.

»Wohin genau wird uns das Portal bringen?«, fragte er. An seiner Entschlossenheit hatte sich nichts geändert – es fühlte sich gut an, wieder ein Ziel zu haben, eine Aufgabe –, aber es regte sich auch wieder Unbehagen in ihm.

»Es lässt sich nicht genau feststellen.« Muriel überprüfte noch einmal die Waffen in den Halterungen an ihrem Einsatzanzug. »Das Peilsignal kam offenbar von der Oberfläche des Planeten.«

»Von Ultima.«

»Wenn es tatsächlich Ultima ist, ja.«

»Haben wir eine stabile Verbindung?«

»Der Adlatus und sein Helfer bemühen sich.« Muriel sah Aron an. »Ich habe es dir gesagt, erinnerst du dich? Nicht nur einmal. Man darf Xenomorphen nicht trauen.«

Aron überprüfte seine eigenen Waffen, Muriel hatte ihm den Umgang mit ihnen erklärt. Er fühlte sich fast wie ein Soldat und überlegte, ob ihm diese Empfindung vielleicht so vertraut erschien, weil er in einem früheren Leben einmal Soldat gewesen war. »Was ist mit dem Rest der Nachricht, die uns Sal übermittelt hat?«

Muriel richtete eine Frage an den Adlatus, und er antwortete mit freundlicher Bereitwilligkeit.

»Unvollständige Daten«, übersetzte sie. »Bei der langen Reise durch Raum und Zeit beschädigt.«

»Könnte man sie wiederherstellen? Besteht die Möglichkeit, noch etwas mehr von Sal zu erfahren?«

Wieder fand ein kurzer Wortwechsel statt.

»Die Kapazitäten sind begrenzt«, sagte Muriel. »Große Teile des Arsenals funktionieren nicht mehr, und der Erhalt der Zeitblasen hatte absolute Priorität. Vielleicht wäre es dennoch möglich, Informationen aus den beschädigten Daten zu extrahieren, aber es würde vermutlich Wochen, wenn nicht Monate dauern. Haben wir so viel Zeit?«

Aron dachte darüber nach. Die Reise durch das Portal, das Adlatus und sein Assistentenmech programmierten, führte nicht nur zahllose Lichtjahre weit durch den Raum, sondern auch durch die Zeit, in die Tiefen der Vergangenheit. Eigentlich spielte es keine Rolle, wie lange sie warteten, an der Zielzeit änderte sich dadurch nichts. Trotzdem hatte er das Gefühl, dass »die Zeit drängte«. Und es gab keine Garantie dafür, dass eine Datenwiederherstellung tatsächlich möglich war.

Etwas anderes fiel ihm ein. »Wenn Daten beschädigt wurden, könnte das auch mit uns geschehen.«

»Es gibt immer ein Risiko«, meinte Muriel. »Nichts ist ganz ohne Gefahr.«

Aron sah sich in dem großen Raum um. Abgesehen von der Tür, an welcher der Adlatus und der Mech arbeiteten, zeigte keine der anderen mehr das geringste Anzeichen von Aktivität.

»Sie haben alles versucht, die Menschen von damals, die Überlebenden aus der Milchstraße und schließlich der Melange in Andromeda«, sagte er. »Aber sie sind gescheitert. Die Wiederkunft, die Rückkehr zur Milchstraße, fand nie statt. Bedeutet das nicht, dass Curax erfolgreich war?«

»Nein.« Muriel sprach energisch und klopfte auf ihre Waffen. »Es bedeutet nur, dass wir seinen Plan noch nicht durchkreuzt haben.«

Aron trat etwas näher zu ihr. »Und wenn wir Erfolg haben? Was wird aus uns?«

Ein Lächeln huschte über Muriels Gesicht. »Dann finden wir unseren Platz in einer neuen Menschheit.«

Es klang gut, fand Aron. Vielleicht klang es sogar *zu* gut.

Sie beobachteten, wie der Mann in Türkis und sein Helfer die Arbeit an den Kontrollen des Portals fortsetzten. Symbole leuchteten im Rahmen der grauen Tür auf und erloschen wieder. Manchmal erklangen seltsame Töne, wie leises Glockengeläut in der Ferne, das Aron an die Dislokatoren der Moy erinnerte.

»Es ist seltsam«, murmelte er, und als Muriel die Brauen hob, fügte er erklärend hinzu: »Warum will ein Blender verhindern, dass die Nachkommen jener Menschen zur Milchstraße zurückkehren? Warum ist ihm daran so gelegen? Welchen Sinn hat das? Was hat ein *Blender* mit alldem zu tun?«

»Er ist ein Xenomorph«, sagte Muriel voller Abscheu. »Wir hätten ihn sofort eliminieren sollen.«

Ein Blender, der die Wiederkunft verhindern wollte, die Rückkehr der Menschen zur Milchstraße. Warum? Was steckte dahinter? Aron horchte in sich hinein, fühlte eine Leere, wo die hilfsbereiten Informationspakete des Implantats gewesen waren, und auch eine Lücke an der Stelle, wo sich zuvor etwas Neues in ihm eingenistet hatte. Amalgam, dachte er. Sie waren verbunden gewesen, Curax und er. Aber die Verbindung existierte nicht mehr, oder sie ruhte; der Unterschied ließ sich für Aron nicht feststellen.

Vor ihnen an der Tür schien der Adlatus mit dem Mech zu verschmelzen. Mit Werkzeugen und Instrumenten ausgestattete Greifarme bewegten sich. Weitere Symbole leuchteten auf, diesmal über dem grauen Rechteck.

»Ich glaube, sie sind fast fertig«, sagte Muriel.

»Woher stammt die Technik?« Aron wusste nicht einmal, warum

er diese Frage stellte. Vielleicht wollte er sich ablenken. »Haben die Menschen sie von den Ptoha übernommen?«

»Die Überlebenden von Andromeda hatten Jahrmilliarden, um die Zeit zu besiegen.«

Vor ihnen wich der Mech vom Portal zurück, dessen Grau sich veränderte und den Glanz von flüssigem Silber annahm. Der freundliche Mann in Türkis trat zur Seite und sprach.

»Es ist so weit.« Muriel schloss ihren Helm, löste eine der Waffen von der Halterung ihres Anzugs und trat nach vorn.

Aron nahm ebenfalls eine Waffe zur Hand – einen Pulsator, wie ihn Muriel genannt hatte – und senkte das Helmvisier. Mit einem leisen Zischen schlossen sich die Siegel. Unbekannte Zeichen glühten und blinkten am Rand seines Blickfelds. Er wusste nicht, was sie bedeuteten; ihm blieb nichts anderes übrig, als den gegenwärtigen Systemeinstellungen des Einsatzanzugs zu vertrauen.

Im silbernen Schimmern der zweieinhalb Meter großen Tür zeichneten sich wellenförmige Bewegungen ab.

Der Adlatus sprach.

»Das Ziel ist programmiert und die Verbindung so stabil, wie sie sein kann«, übersetzte Muriel. Ein weiterer Schritt brachte sie auf die letzte Treppenstufe vor dem Portal.

Aron fühlte, wie sein Unbehagen wuchs, als er neben sie trat. Winzige Lichter lösten sich aus dem silbernen Glanz und begannen mit einem Tanz, und ein leichter Sog machte sich bemerkbar.

Muriel hob ihre Waffe und wandte den Kopf; der Helm machte die Bewegung automatisch mit. Aron sah ihre grünen Augen hinter dem Visier. »Bereit?«

Ihre Stimme klang aus dem kleinen Lautsprecher im Innern seines Helms. Er nickte, obwohl er sich plötzlich gar nicht mehr so bereit fühlte. »Ja.«

Muriel streckte die freie Hand aus.

Im silbernen Innern des zweieinhalb Meter großen Rechtecks vor ihnen entstand eine deutlich sichtbare konzentrische Welle, die sich langsam ausbreitete. Als sie die Ränder erreichte, spürte Aron, wie ihn etwas erfasste und zusammen mit Muriel ins silbrige Schimmern zog.

Etwas knackte laut.

Die Zeit knisterte und brach.

DRITTER TEIL

DER RUF DER UNENDLICHKEIT

IN DEINER HAUT

76

ES MUSSTE schnell gehen, dachte Curax. So schnell, dass der Plan trotz des Alarms gelang, den die zweifellos vorhandenen Sensoren und Überwachungseinrichtungen auslösen würden.

Er stand direkt vor der ersten Stufe der Treppe, die hinauf zum Podium mit dem Sessel des Initiators und den Lebenserhaltungsapparaten führte. Die Implantat-Augen des mit den Geräten verbundenen uralten Menschen blickten auf ihn herab. Die Lippen bewegten sich, er flüsterte.

»Jetzt«, tönte es erneut aus den Lautsprechern. »Berichte mir aus der Zukunft.« Und: »Welchen Fehler hat der Plan?«

Er hat mich nicht berücksichtigt, dachte Curax.

»Bitte schalten Sie alle Augen und Ohren ab«, sagte er. Wenn sich der Initiator tatsächlich darauf einließ, gewann er noch etwas mehr Zeit. Maschinen, wie auch immer sie beschaffen waren, ließen sich schwerer täuschen. »Nur Sie dürfen davon erfahren. Die Gefahr eines Zeitparadoxons ist zu groß.«

Einige Sekunden verstrichen. Vielleicht dachte der Greis über die Worte nach.

Curax sah zu den großen mit Wasser gefüllten Behältern und stellte zufrieden fest, dass keine Glazialen in ihnen schwammen.

Der Greis wisperte ein weiteres Mal.

»Sprich!«, donnerte es aus den Lautsprechern.

Curax holte die Waffe aus seinem Brustkorb.

Es *musste* schnell gehen, und natürlich hatte er alles vorbereitet. An den betreffenden Stellen warteten seine Körperzellen nur auf den entsprechenden Befehl und wussten bereits, wie sie sich verhalten sollten. Eine Lücke entstand in der vermeintlichen Kleidung und der organischen Struktur darunter, zwei Tropfen Blut fielen zu Boden. Die kollaborativen Nanopartikel hatten die Waffe zusammengesetzt, und die rechte Hand ergriff sie, feucht von Schleim, brachte sie nach oben und betätigte den Auslöser.

Es zischte, ein Projektil sprang aus dem kurzen Lauf und traf den Initiator, nicht am fleckigen haarlosen Kopf, der musste intakt bleiben, sondern mitten in der Brust, an einer Stelle, die einen schweren biopsychischen Schock garantierte, aber nicht das organische Leben auslöschte. Das war wichtig: Der greise Mensch sollte nicht sterben, sondern seine mentalen Barrieren verlieren.

Schnell, dachte Curax und eilte die Treppe empor. *Schneller.*

Er hatte vierzig Sekunden eingeplant, aber vielleicht schaffte er es auch in dreißig.

Ein Röcheln drang aus den Lautsprechern, als der schwer verletzte Initiator nach Luft schnappte. Curax erreichte ihn, drückte die Waffe in eine fragile menschliche Hand und schloss ihre Finger darum.

Es erklang kein Alarm. Die Tür des Saals blieb geschlossen. Das Wasser in den Behältern geriet nicht in Bewegung.

Der schwierige Teil …

Curax drückte einen menschlichen Finger auf den Auslöser der Waffe und schoss auf sich selbst. Auch in diesem Fall waren die Zellen vorbereitet, er empfand keinen Schmerz. Aber er traf nicht genau den anvisierten Bereich, die Verletzung war größer als beabsichtigt und schwächte ihn.

Er legte eine Hand auf die Wunde in der Brust des Greises und veränderte ihre Struktur. Die Finger verloren ihre Festigkeit, wurden weich und verflüssigten sich teilweise, wurden zu Sporen und Wurzeln, die sich im Körper des Initiators ausbreiteten. Curax schickte den Teil seines Hirngewebes hinterher, der für die Bewahrung seines Selbst erforderlich war, und stellte erste Verbindungen mit dem fremden Nervensystem her.

Er spürte, dass der Initiator den Schock überwand und versuchte, Widerstand zu leisten. Gleichzeitig wollte er die Anschlüsse nutzen, um Hilfe herbeizurufen.

Curax tötete ihn, indem er eine seiner Nervenwurzeln ins fremde Gehirn stieß.

Dieser Tod kam von innen, nicht von außen, er blieb unsichtbar und unbemerkt, denn das Leben ging weiter, aber ein anderes. Curax assimilierte die fremden Zellen und verfügte über alle in ihnen und ihrer Struktur abgelegten Informationen. Er fraß sich durch den fremden Leib, übernahm ihn – und wurde zum Initiator!

Was er nicht brauchte, transferierte er in den anderen Körper, der erst an Masse verlor und dann wieder gewann.

Wie viel Zeit blieb noch? Zehn Sekunden?

Drei oder vier Sekunden der restlichen Zeit verwendete Curax für eine genaue Überprüfung der metamorphischen Fähigkeiten des neuen Körpers. Er veränderte nicht einfach Form und organische Architektur, sondern übernahm eine fremde Körpermasse, die er den eigenen Regeln unterwerfen musste, was Anpassungen in bestimmten Zellen erforderte. Er war darauf vorbereitet, es ging schnell, doch es kostete auch viel Kraft.

Beim Transfer der Instrumente aus den Hüftknochen des alten Körpers ergab sich ein unerwartetes Problem, denn in den Knochen des Greises fand sich nicht genug Platz. Er musste ihre kollaborativen Nanopartikel anders zusammensetzen, was mehr Zeit kostete als vorgesehen.

Schließlich saß er steif und schwach im thronartigen Sessel, in einem noch unvertrauten neuen alten Körper, und schickte dem anderen, der ihn zu diesem Ort gebracht hatte, ein Signal über die letzte noch bestehende Nervenverbindung.

Das Signal zündete die Thermokapsel, die Curax direkt unter seinem Herz getragen hatte, und der Mann aus der Zukunft, der angeblich gekommen war, um auf einen fatalen Fehler im Plan der Wiederkunft hinzuweisen, verwandelte sich in dampfenden, brodelnden Schleim.

Aus den Augenwinkeln bemerkte Curax eine Bewegung.

Im trüben grünen Wasser eines Behälters an der Seite des Saals zeichnete sich die Gestalt eines langgliedrigen von weißen Schuppen bedeckten Humanoiden ab, ein Glazialer der zweiten Kategorie.

Seine großen Augen hatten gesehen, was im Saal geschehen war.

77

EINEN ZEUGEN konnte sich Curax nicht leisten. Hatte der Glaziale seine Beobachtungen bereits weitergegeben? Gab es Aufzeichnungen?

Ein Alarm war zweifellos bereits erfolgt. Jeden Augenblick konnte sich die Tür öffnen.

Minus dreißig Sekunden, vielleicht auch schon minus vierzig oder fünfzig. Die eingeplante Zeit war längst verstrichen.

Vor dem Podium lag ein kochender, dampfender Haufen aus halb verflüssigtem Fleisch, die Reste des alten Körpers, seiner Struktur beraubt und von der Thermokapsel erhitzt.

Aber nicht ganz zerstört. Es war mehr davon übrig als vorgesehen.

Von den enormen organischen Anstrengungen geschwächt, richtete Curax die Waffe auf den Behälter mit dem Glazialen und drückte ab. Es zischte erneut, und der Lauf spuckte ein zweites Projektil. Curax sah es mit den Augenimplantaten des greisen Initiators als vagen Schemen, der den Behälter erreichte und das Glas zertrümmerte. Die vielen Splitter und spritzendes grünes Wasser bildeten einen Vorhang, hinter dem der Glaziale verschwand.

Die Tür sprang auf, Bewaffnete stürmten in den Saal, mit Protektor Thorall an der Spitze.

Noch immer strömte Wasser aus dem Tank. Von dem Glazialen war nichts mehr zu sehen. Curax hoffte, dass er ihn getroffen und getötet hatte.

Die Partikelkohärenz der Waffe existierte nicht mehr. Milliarden von kollaborativen Nanopartikeln hatten ihre Struktur aufgegeben und sich in den Zellenverbund des Körpers zurückgezogen, um sich bei Bedarf erneut zusammenzufügen.

Mit den Augenimplantaten des Initiators sah Curax erstaunlich gut und viel. Deutlich erkannte er die Bestürzung im Gesicht des Protektors und die wilde Entschlossenheit in den Mienen der anderen Gardisten, als sie das Blut auf der Brust des Initiators und die Körperreste vor dem Podium erblickten.

»Was ist geschehen?«, stieß Thorall hervor.

Ein akustisches Signal drang aus dem Korridor, ein an- und abschwellender Ton wie von einer Sirene. Der Alarm.

Die drei Worte des Protektors beruhigten Curax, und die fremden Erinnerungen, die sich ihm als tausendfaches Flüstern im Kopf offenbarten, bestätigten sie: Der Initiator hatte tatsächlich die Überwachungsanlagen im Saal deaktiviert, aus Furcht vor einem gefährlichen Zeitparadoxon. Das machte es leichter.

»Der Feind war hier«, flüsterte er, und die Lautsprecher verstärkten seine Stimme, verwandelten sie in ein Donnern. »Er war hier bei mir und wollte mich töten! Fast wäre es ihm gelungen!«

Die Gardisten schwärmten aus.

Thorall stapfte durchs Wasser und verharrte bei den immer noch dampfenden Fleisch- und Knochenresten. In seinem Gesicht veränderte sich etwas – die Implantate zeigten Curax aufkeimenden Argwohn.

»Er«, flüsterte Curax. Erneut hallte seine Stimme aus den Lautsprechern. »Er hat den Feind hierhergebracht! Er ist ein Verräter!«

Thorall war klug genug, die Waffe zu senken – andernfalls hätten ihn die Gardisten vielleicht erschossen.

»Ich bin kein Verräter«, sagte er ernst, während ihn die Männer und Frauen in ihren weißen Einsatzanzügen umringten.

Curax flüsterte. »Führt ihn ab!«, donnerte es aus den Lautsprechern. »Verhört ihn! Ich will wissen, warum er Verrat geübt hat!«

Bevor die letzten Gardisten den Saal verließen, nutzte Curax die Erinnerungen des Initiators, indem er die Konfiguration des Sessels veränderte, ihn zu einem mechanischen Assistenten machte und ihm ein Ziel gab: das Planungszentrum, der beste Ort für Sabotage.

Einer der Gardisten beobachtete, wie der Sessel-Mech den verletzten Initiator durch eine Tür in der Rückwand des Saals trug, vermutlich mit der Absicht, medizinische Hilfe zu ermöglichen. Er blickte sich noch einmal um, erzürnt und zutiefst enttäuscht von dem Mann, der ihm bisher ein Vorbild gewesen war, Protektor Thorall.

Vor dem Podium lag ein organischer Klumpen, der offenbar großer Hitze ausgesetzt gewesen war. An einigen Stellen, vom grünen Wasser aus dem geplatzten Behälter erreicht, stieg noch immer Dampf auf.

Der Gardist ging in die Hocke, besah sich den Klumpen und zog einen Mehrzwecksensor aus der Instrumententasche an seinem Gürtel. Damit nahm er eine Probe von dem organischen Material, bevor er den Saal ebenfalls verließ.

DISSONANZEN

78

MIT SEINER physischen Existenz stand es nicht zum Besten, begriff Sal am Ende des Transits, eingeleitet von der Nullmaschine am Ereignishorizont eines Schwarzen Lochs, das vielleicht künstlichen Ursprungs war. Er erschien als kleine Trümmerwolke im Kontinuum, zerrissen von den energetischen Turbulenzen, gegen die er sich nicht hatte abschirmen können. Nur noch einige wenige Sensoren funktionierten, und mit ihnen sah und maß er einen kalten Gasriesen am Rand eines Sonnensystems.

Einige Hunderttausend Kilometer über den gelbbraunen Wolkenbändern sammelte sich eine aus siebenundzwanzig Raumschiffen bestehende Flotte. Eins dieser Schiffe, ein Wachkreuzer, näherte sich dem Ptoha-Portal, durch das Sal gekommen war, und richtete den Fokus aktiver Waffensysteme aus.

???, empfing er erneut.

Ich bin ich, erklärte sich Sal mit kleiner schwacher Stimme. Ich bin hier, du bist hier. Können wir einander helfen?

Es waren einfache mathematische Gleichungen, die diese einfache Botschaft übermittelten, und sie wurden von einem wesentlich größeren Intellekt empfangen und verarbeitet, einem komplexen, alten und mehrfach erweiterten Maschinenselbst, das nicht einen Ursprung hatte, eine einzige Entwicklungslinie, sondern mehrere.

Sal sandte neue Gleichungen. Seine Botschaft lautete:

Beschädigung. Beeinträchtigung. Multiple Defekte. Ich bin geschrumpft, minimiert, reduziert. Ich brauche Hilfe, um zu überleben, weiterzuexistieren, fortzubestehen. Keine Gefahr.

Die letzte Gleichung wiederholte Sal. Keine Gefahr, signalisierte er dem anderen Intellekt. Ich bin keine Gefahr. Eine negative Ereigniskette brachte mich hierher. Aus der Zukunft? In die Vergangenheit?

Sal war nicht ganz sicher. Wenn sein Transit in dieselbe Richtung geführt hatte wie der des Blenders, befand er sich weit in der Vergangenheit. Das Sonnensystem, zu dem der kalte Gasriese mit der Flotte aus siebenundzwanzig Raumschiffen in seinem Orbit gehörte, befand sich an der äußersten Spitze eines galaktischen Spiralarms. Sal versuchte festzustellen, ob es sich um Andromeda handelte, was angesichts der wenigen Daten, die ihm seine Sensoren übermitteln, nicht leicht zu bewerkstelligen war. Außerdem musste er dabei strukturelle Veränderungen berücksichtigen, zu denen es in den vergangenen Jahrmillionen und Jahrmilliarden in der Galaxie gekommen war.

???, fragte der große Intellekt. Interesse. ???

Keine Gefahr, sendete Sal mit mathematischen Symbolen.

Der Wachkreuzer befand sich noch immer in der Nähe und hielt den Fokus seiner Waffen auf ihn gerichtet, auf die Trümmerwolke, zu der er geworden war. Ein Sensor registrierte, dass sich mehrere Trümmerstücke voneinander entfernten – es bestand die Möglichkeit, dass sie für immer verlorengingen.

Für die nächste Mitteilung musste Sal kompliziertere Gleichungen zusammenstellen, wozu er mehr als zwanzig Sekunden brauchte.

Zeitparadoxon, signalisierte er. Jemand versucht, die Vergangenheit zu manipulieren, um die Zukunft zu verändern. Ich bin klein geworden und minimiert, betonte er noch einmal. Absicht. Fremder Zerstörungswille. Ich sollte eliminiert/neutralisiert werden. Gab es eine fremde Ankunft, einen Transit vor meinem?

Neugier, antwortete das große Maschinenselbst, das sich vielleicht aus mehreren einst unabhängigen Intellekten zusammensetzte. Ich möchte mehr erfahren.

Kohärenz, übermittelte Sal schnell. Zusammenhalt. Eigengeschwindigkeit meiner Komponenten unterschiedlich. Weiterer Verlust droht. Ich möchte nicht noch mehr von mir verlieren. Identitätsverlust? Nein!

Die Waffensysteme des Wachkreuzers blieben einsatzbereit, aber der auf Sal gerichtete Zielerfassungsfokus wurde deaktiviert.

Ein weiteres Schiff näherte sich, das wie ein kosmischer Seeigel aussah, und schleuste eine Vielzahl von Assistenten aus, die begannen, Sals Trümmer mittels gesteuerter Gravitationsfelder einzusammeln.

Dankbarkeit, signalisierte Sal. Ich bin. Ich bleibe.

???, antwortete der große Intellekt. Verständigung, Kommunikation. Datenaustausch.

Und etwas deutlicher: Ich bin neugierig. Wir haben uns Geschichten zu erzählen.

79

SAL BEKAM die Hilfe, die er brauchte.

Die Assistenten, die ihm der größere Intellekt geschickt hatte, sammelten mit ihren Gravitationsfeldern seine Einzelteile und fügten zusammen, was zusammengehörte. Mehr Sensoren übermittelten mehr Informationen über die siebenundzwanzig Schiffe, und eine neue sprachliche Dualität erleichterte die Kommunikation. Sie brauchten nicht mehr den Umweg über mathematische Gleichungen, um sich zu verständigen.

Sal erfuhr von den Menschen in Andromeda, Nachkommen der Flüchtlinge, die einst die Milchstraße verlassen hatten, von den Regna und der Melange, die die »Bewahrer« zur Flucht gezwungen hatten.

Dies waren die letzten von ihnen, nicht einmal tausend, verteilt auf siebenundzwanzig Schiffe. Eins fehlte noch, das achtundzwanzigste Schiff, die *Taipah*, an Bord eine Einsatzgruppe mit besonderem Auftrag. Wie die anderen, die den Zufluchtsort außerhalb von Andromeda bereits erreicht hatten, hielten diese Menschen an dem Plan der Wiederkunft fest und waren entschlossen, alle ihre Ressourcen seiner Verwirklichung zu widmen. Sie wollten helfen, beim Ausbau der letzten Bastion, Ultima, und dort im Geheimen warten, ohne eine Infektion durch die Melange-Menschen in Andromeda zu riskieren.

Aber sie werden scheitern, nicht wahr?, fragte der große Intellekt mit analytischen Signalen. Es wird den Menschen nicht gelingen, zur Milchstraße zurückzukehren.

Ja, bestätigte Sal. Aus meiner Zukunft ist mir keine Wiederkunft bekannt. Sie fand nie statt.

Bedeutet dies, dass ein Zeitparadoxon stattfinden wird? Dass das Individuum, von dem du berichtet hast, der Blender, tatsächlich Erfolg haben wird?

Davon müssen wir ausgehen.

Sal fügte der Antwort das Ergebnis einer Wahrscheinlichkeitsrechnung hinzu und wusste, dass er mit seinen Auskünften, Beschreibungen und Berichten ein Risiko einging, das sich nur schwer kalkulieren ließ. Die Zeit war wie ein langer mäandernder Strom, den die kleinste Veränderung in eine neue Richtung lenken konnte. Er versuchte, auf seine Simulationen zuzugreifen, in denen er alle Möglichkeiten untersucht und berechnet hatte, doch es waren nur einige wenige Fragmente von ihnen übrig, nicht genug für eine neue Bedeutungsanalyse.

Wann findet die Zeitmanipulation statt? Und wo?, fragte der große Intellekt.

Ich weiß es nicht, gestand Sal. Der genaue Zeitpunkt ist mir nicht bekannt.

Sie könnte bereits stattgefunden haben.

Das ist nicht ausgeschlossen, räumte Sal ein. Bisher bin ich davon ausgegangen, dass mich die Passage durch das Portal beim

Schwarzen Loch zum selben Ziel brachte wie den Blender, aber Abweichungen in Hinsicht auf die Koordinaten in Raum und Zeit sind durchaus möglich.

Das macht es nicht leichter, sagte der große Intellekt.

Ja. Wo und wann sind wir?

Daten strömten, viele von ihnen astronomischer Natur. Sie betrafen veränderliche Sterne in verschiedenen Galaxien, Novä und Supernovä unterschiedlicher Kategorien, die Struktur alter Kugelsternhaufen, die Signale von Neutronensternen, Magnetaren und Pulsaren.

Berechnungen fanden statt, langsame in Sal, sehr schnelle beim großen Intellekt. Das Ergebnis lautete: Der Transit durch das Portal beim Schwarzen Loch hatte Sal drei Komma neun neun fünf Milliarden Jahre in die Vergangenheit und zur Peripherie von Andromeda gebracht. Die Flucht der Menschen aus der Milchstraße – an Bord der *Esperanza* und von sechs anderen Saatschiffen, wie Sal inzwischen wusste – hatte *hier und jetzt* vor fünf Millionen Jahren stattgefunden. Zeit genug für Aufstieg und Fall neuer menschlicher Zivilisationen. Zeit genug für eine Manipulation, die den ursprünglichen temporalen Strom umlenkte.

Zeit genug für einen Knoten in der Zeit, dachte Sal. Oder gleich mehrere.

Alles hinterließ Spuren, jede Präsenz, auch eine untätige, inaktive, und erst recht jedes Handeln, jede Bewegung im Strom der Zeit: der Blender Curax, er selbst, vielleicht auch Aron und Muriel und vor ihnen die Ptoha mit ihren Portalen, die auch Reisen durch die Zeit ermöglichten, und die Nachkommen der aus der Milchstraße geflohenen Menschen, die Melange-Menschen in Andromeda, die zu Wirten und Werkzeugen einer galaktischen Schwarmintelligenz wurden, und die Bewahrer, die sich erinnerten und auf der Grundlage ihrer Erinnerungen einen Plan für die Zukunft schmiedeten, für die Wiederkunft ... Einen Plan, der nicht gelingen würde, wie Sal aus jener Zeit wusste, aus der er kam. Weil

Curax mit seiner Manipulation tief in der Vergangenheit – also *jetzt* oder einige Jahrmillionen früher oder später – erfolgreich gewesen war.

Wie verhielten sich die hochkomplexen, über Jahrmilliarden erstreckenden Ereignisketten, wenn man einzelne Teile aus ihnen entfernte? Reagierten sie *unverzüglich* auf die Veränderungen, indem sie sich, den Gesetzen der Kausalität gehorchend, neu anordneten? Oder erfolgte die Reaktion in einer langen Welle Richtung Zukunft? Und mit welcher Geschwindigkeit, wenn man in diesem Zusammenhang überhaupt von Geschwindigkeit sprechen konnte? Dehnten sich bereits Veränderungswellen in Richtung Zukunft aus?

Sal bedauerte sehr, nicht über sein früheres Datenverarbeitungspotenzial zu verfügen. Er hätte die neuen Informationen und Fragen gern den kosmischen Simulationen hinzugefügt, um festzustellen, wie sie sich auf die Struktur des Universums und die Beschaffenheit einzelner Galaxien auswirkten.

Die relevanten Daten sind unwiederbringlich verloren, teilte ihm der große Intellekt mit.

So viele Fragen, dachte Sal. Eine nahe, direkte lautete: Was konnte er unternehmen, um die Pläne des Blenders zu vereiteln und Kontakt mit Aron und Muriel aufzunehmen, die ebenfalls in das Netz aus besonderen Geschehnissen verstrickt waren? Und eine ferne, abstrakte Frage: Gab es Zusammenhänge mit den großen makrokosmischen Ereignissen, mit den Anomalien, auf die er bei den Simulationen gestoßen war, und den realen, etwa dem riesigen Void mit einem Durchmesser von siebenhundert Millionen Lichtjahren, in dessen Mitte sich das mondgroße Objekt befunden hatte? Es gab Wunden in Zeit und Kausalität, überlegte Sal, und der gewaltige Void, vielleicht der größte des Universums, mochte eine von ihnen sein.

Aber wo hatte alles seinen Anfang? Wo hatten die Veränderungen begonnen? Wie war das Universum mit der Milchstraße und

Andromeda beschaffen gewesen, bevor jemand oder etwas Einfluss auf die Ereignisketten genommen hatte? Es reichte weiter zurück als nur bis nach Mulkain und der ersten Begegnung zwischen Aron und Curax, obwohl die ebenfalls eine wichtige Rolle zu spielen schien.

Was wir tun, verursacht kleine Wellen im Zeitstrom, sprach der große Intellekt, als Sals Komponenten sicher an Bord des größten Schiffes verstaut waren und die Flotte der Bewahrer den Orbit des kalten Gasriesen verließ. Manchmal treffen sie sich, und dann kommt es zu Dissonanzen. Dann bricht die Zeit.

Ist sie gebrochen?, fragte Sal. Ist sie gesplittert?

Vielleicht können wir es gemeinsam herausfinden.

80

WARUM HATTEN die Menschen von Andromeda in den fünf Millionen Jahren nach ihrer Flucht aus der Milchstraße nie die Rückkehr versucht?, fragte sich Sal. Handelte es sich dabei um eine weitere Anomalie, ein Rätsel innerhalb von Rätseln?

Vielleicht, so spekulierte er, hatten entsprechende Versuche tatsächlich stattgefunden, ohne erkennbare Spuren in der Milchstraße zu hinterlassen. Die Flucht der *Esperanza* und der anderen Saatschiffe hatte durch ein manipuliertes Portal stattgefunden und sie nicht nur nach Andromeda gebracht, sondern auch vier Milliarden Jahre in die Vergangenheit. Wenn Menschen zurückgekehrt waren, so in eine Milchstraße, in der es, soweit bekannt, noch keine Superzivilisationen gegeben hatte, die sich viel später zu Omni zusammenschlossen. Denkbar war auch ein Kontext mit der Melange, die vielen Menschen das Vergessen gebracht hatte, überlegte Sal.

Inzwischen flog die aus siebenundzwanzig Schiffen bestehende Flotte – Nummer achtundzwanzig wurde noch immer vermisst –

der Bewahrer durch das Sprawl, das noch nicht zum Toten Raum geworden war. Sal hatte nur beschränkten Zugang zu den Datensphären der im Transit befindlichen Schiffe, aber mittels einiger fremder Sensoren erfuhr er, dass sich an Bord des großen Schiffes, in dem seine geborgenen Komponenten untergebracht waren, mehrere Ptoha befanden, die mit den hyperdimensionalen Wesen im Sprawl – den »Engeln«, wie die Menschen der Zukunft sie nannten – kommunizierten.

Bei seinem Bemühen, mehr zu erfahren, stieß er gegen Erkenntnisbarrieren. Es gab noch eine deutliche, fast auf Isolation hinauslaufende Trennung von Hier und Dort, von Ich und Anders.

Traust du mir nicht?, fragte er den großen Intellekt, der nicht nur aus vielen zusammengewachsenen kleinen Intellekten bestand, sondern auch aus einigen Elementen, die biologischer Herkunft waren.

Ich bin vorsichtig, lautete die Antwort. Erzähl mir vom Feind, der die Milchstraße in deiner Zeit heimsucht.

Fehlkalkulation, entgegnete Sal. Falscher Bezug. Der Feind kam nicht zu meiner Zeit in die Milchstraße, sondern zwölf Galaktische Epochen vorher. Es folgte die Zäsur, ein tiefer Einschnitt in der Geschichte der Milchstraße. Die siebzehn menschlichen Hochkulturen zerbrachen. Omni fiel. Der Feind siegte überall.

Sal fügte die Daten hinzu, die ihm zur Verfügung standen, woraufhin sich der große Intellekt ein wenig öffnete und seine Sensoren mehr zeigten, mit zusätzlichen Details. Er erzählte auch ein wenig über sich selbst, als die sprachliche Dualität an Komplexität gewann, was die Übertragung von Informationen ohne die Gefahr von Missverständnissen oder falschen Bewertungen ermöglichte.

Er existierte als redundantes System, verteilt auf die siebenundzwanzig Schiffe, die durch das Sprawl krochen, auf dem Weg zu einem einsamen Irrläufer, der die letzte Bastion der Bewahrer sein sollte: Ultima. Er hatte klein begonnen, als ein Maschinenselbst mit Wurzeln in den Intellekten der Saatschiffe, und dass er groß geworden war, verdankte er nicht nur der Quantisierung mehrerer Menschen, sondern auch einigen wenigen Winzigkeiten, Fragmenten des Großen Denkers von Omni.

Einmal mehr bedauerte Sal, den größten Teil seiner Simulationen verloren zu haben. Diese spezielle Information hätte er ihnen gern hinzugefügt.

Es waren, wie er kurz darauf erfuhr, nicht die einzigen Überbleibsel aus der Ära der Superzivilisationen in der Milchstraße. An Bord des großen Schiffes gab es einen speziell gesicherten Raum mit Omni-Artefakten, für die Bewahrer so etwas wie Reliquien. Sie stammten aus den Schatzkammern der Regna, und die meisten von ihnen waren gestohlen worden, kurz bevor die letzten nicht von der Melange betroffenen Menschen nach Ultima aufbrachen. Die Bewahrer sahen in ihnen Verbindungsglieder zur glorreichen Vergangenheit in der Milchstraße, vor dem Erscheinen des Feinds. Das vermisste achtundzwanzigste Schiff, erfuhr Sal, hatte einige letzte Artefakte bergen sollen, von deren Existenz die Bewahrer erst vor kurzer Zeit erfahren hatten.

Er verarbeitete die Informationen, und dabei ergab sich eine neue Frage.

Die Menschen wissen nicht, was es mit den Omni-Artefakten auf sich hat?, sendete er.

Das wissen sie schon, empfing er. Ihnen ist klar, dass es sich um Apparate handelt, die mehr leisten können als die ihnen zur Verfügung stehenden technologischen Errungenschaften. Aber sie haben, von wenigen Ausnahmen abgesehen, keine Kenntnis von der jeweiligen Funktion. Und da es keine Gesandten von Omni mehr gibt, sind sie nicht imstande, die Artefakte zu aktivieren. Sie bewahren, was bewahrt werden kann, sie werden ihrem Namen gerecht, und vielleicht finden sie irgendwann Gelegenheit, das Bewahrte zu untersuchen.

Wir beide, signalisierte Sal neugierig, könnten schon jetzt mit einer Untersuchung beginnen. Auch du bist ein Bewahrer, nicht wahr? Du trägst Reste von Omni in dir, kleine quantisierte Teile des Großen Denkers, der einst das Zentrum von Omni war. Könnten diese Fragmente nicht dabei helfen, zumindest einige Artefakte zu entschlüsseln und zu aktivieren?

Sal wartete auf eine Antwort, während die siebenundzwanzig Schiffe der Bewahrer dicht beieinander durchs intakte Sprawl glitten, mit einer Relativgeschwindigkeit von nur wenigen Metern pro Sekunde. Wie weit war Ultima von Andromeda entfernt? Wie lange würde die Reise dauern?

Vielleicht könnten wir das tatsächlich, räumte der größere Intellekt ein, in dem ein winziger Teil von Omni schlief. Es ist eine Möglichkeit. Wir werden sehen.

Das, fand Sal, klang fast nach einem Menschen. Er dachte über die Mitteilungen des anderen Intellekts nach, der erstaunlicherweise keinen Namen hatte, und fragte sich in der stillen Abgeschiedenheit der eigenen Denksphäre, ob er den Informationen vorbehaltlos vertrauen durfte und wie er sie in den Kontext der allgemeinen Ereignisse einordnen sollte. Er gelangte zu dem Schluss, dass er immer noch zu wenig wusste. Für Entscheidungen darüber, wie er handeln und was er unternehmen sollte, brauchte er mehr Daten von der Situation.

Es gab nach wie vor zu viele Fragen, und zwei von ihnen betrafen die Ptoha: Warum waren sie hier, fast vier Milliarden Jahre in der Vergangenheit? Und warum hatten sie den Menschen nicht längst dabei geholfen, zur Milchstraße zurückzukehren?

DAS ACHTUNDZWANZIGSTE SCHIFF

81

DER EINSATZANZUG aus dem Arsenal ließ sich nicht mit denen vergleichen, die Aron bei den Moy zur Verfügung gestanden hatten, aber er schützte und half, auch wenn seine Stimmen zum größten Teil unverständlich blieben. Meldungen erschienen eingeblendet im Visier, bestehend aus kryptischen Zeichen und Symbolen.

»Muriel?«, krächzte Aron während des Sturzes durch Raum und Zeit, als er sich halb zerrissen und zermalmt fühlte von Kräften, die ihm ein Rätsel blieben. Um ihn herum erstreckte sich eine wabernde, pulsierende Dunkelheit, und für einen Moment glaubte sich Aron im Innern eines riesigen finsteren Herzens, vielleicht im langsam schlagenden Herz des Universums.

Er bewegte Füße und Hände, um die Schmerzen aus ihnen zu vertreiben. Seine Gliedmaßen schienen sich aufzulösen. Er sah sie grau und vage und beobachtete, wie sie an Substanz verloren.

Rote Symbole erschienen im Helmvisier. Warnungen?

»Muriel!« Er rief ihren Namen und versuchte, sich zu drehen und nach ihr Ausschau zu halten. Er sah einen Schemen und schöpfte Hoffnung. »Bist du das?«

Ein Knacken und Knistern drang aus dem Lautsprecher des Kommunikationssystems, mit einer Stimme im Hintergrund, die irgendwie vertraut klang. Vielleicht sagte sie, *Ich bin bei dir*, so hörte es sich an.

Plötzlich flackerten und gleißten Blitze durch das schwarze Nichts. Sie verschwanden nicht sofort wieder, sondern verblassten nach und nach und bildeten netzartige Strukturen, die immer komplexer und dichter wurden.

Ein Schmerz entstand in der Schläfe, wie von einem Messer, das sich ihm langsam, Millimeter für Millimeter, in den Kopf bohrte, dorthin, wo das Implantat steckte. Aus einem Reflex heraus hob Aron den Arm, der tatsächlich noch existierte, obwohl er kaum mehr zu sehen war, aber die Hand erreichte die schmerzende Stelle nicht, der Helm hinderte sie daran.

»Etwas geschieht mit meinem Implantat!«, rief er Muriel zu. Das Knistern aus dem Lautsprecher wurde lauter, die Stimme dahinter leise. Er wusste nicht, ob sie ihn gehört und verstanden hatte. Es spielte ohnehin keine Rolle, denn es erschien ihm unwahrscheinlich, dass sie ihm helfen konnte.

Als der Schmerz schier unerträglich wurde, als Aron im Innern des Helms schrie und fast schon glaubte, dass das Rot am Helmvisier von seinem Blut stammte, blendete ihn das jähe Licht eines besonders nahen Blitzes. Von einem Augenblick zum anderen fiel er nicht mehr, sondern lag zwischen runden Steinen, nur wenige Meter von einem Fluss entfernt, dessen grüne Wellen gegen schwefelgelbe Felsen schlugen. Gischt stieg auf und verschleierte die hohen Wipfel graublauer Bäume.

Aron versuchte aufzustehen und bemerkte nur wenige Meter entfernt das graue Rechteck einer Tür, eines Portals. Es war nicht stabil, es löste sich auf und verschwand innerhalb weniger Sekunden.

Dahinter kam ein Mensch zum Vorschein.

Es war ein Mann, das Gesicht voller Ruß und Blut, am halb verbrannten Leib die verkohlten Reste eines Einsatzanzugs. Er taumelte, und als er Aron sah, hob er den rechten blutverschmierten Arm und rief etwas.

Hinter ihm kam etwas zwischen den Bäumen hervor, eine kleine fliegende Maschine, ausgestattet mit vier Waffenarmen, die sie auf den Mann richtete.

Aron handelte ohne eine bewusste Entscheidung. Ein Mensch war in Gefahr, ein *Mensch*, das allein genügte ihm. Er vergaß den stechenden Schmerz in der Schläfe und das Gefühl, zerrissen zu werden. Plötzlich stand er, der Einsatzanzug half ihm bei den Bewegungen, unterstützte sie mit kleinen Motoren in den Gelenksegmenten.

Er langte nach einer seiner Waffen, und auf halbem Weg sprang sie ihm in die Hand, ein schmaler dünner Keil mit Mulden für menschliche Finger. Aron richtete ihn auf die Maschine hinter dem Mann, ohne zu wissen, wie man die Waffe justierte und wo sich der Auslöser befand.

Etwas traf die Maschine, ein gewaltiger, donnernder Hammerschlag, der sie auseinanderplatzen ließ. Trümmerstücke flogen, große und kleine, und es grenzte an ein Wunder, dass der Verletzte nicht von ihnen getroffen wurde. Er blieb stehen, sah kurz zurück und wandte sich dann wieder Aron zu. So etwas wie Erleichterung erschien in seinem schmutzigen Gesicht.

Ein Mensch. Kein dreidimensionales Bild, keine Projektion, keine interaktive Aufzeichnung aus der Vergangenheit. Ein lebender Mensch. Aber verletzt, schwer verwundet, verbrannt. Er brauchte Hilfe.

82

ARON TRAT zu ihm.

Der Mann konnte sich kaum mehr auf den Beinen halten. Er keuchte und krächzte etwas.

»Ich verstehe dich nicht«, sagte Aron im Innern seines Helms und hoffte auf ein Wunder, darauf, dass ein eingebauter Translator seine Worte übersetzte. Doch das geschah nicht.

Wenn die Worte in einer fremden Sprache den Mann überraschten, so ließ sich das in seinem blutverschmierten Gesicht nicht erkennen.

Aron wollte ihn stützen, doch als seine freie Hand ihn berührte, stöhnte der Mann schmerzerfüllt, wich zurück und verlor dadurch das Gleichgewicht. Er fiel und schrie.

Aron streckte erneut die Hand aus. »Hier, ich helfe dir.«

Der Mann verstand die Geste und griff zu, mit Fingern, die unverletzt geblieben waren, ließ sich hochziehen und bedeutete Aron, in die Hocke zu gehen und ihn auf den Rücken zu nehmen.

Aron kam der Aufforderung nach und stellte fest, dass ihn das Gewicht des Mannes nicht belastete – die Systeme des Einsatzanzugs aus dem Arsenal kompensierten es automatisch.

»Fliegen«, sagte Aron. »Ich möchte fliegen.«

Er blieb stehen, gebeugt, mit dem Verletzten auf dem Rücken. Der Gravitationsmotor des Anzugs reagierte erst, als er in Gedanken ein Bild von sich selbst schuf, wie er langsam aufstieg.

Er verlor den Boden unter den Füßen und schwebte in einer Höhe von etwa einem Meter zwischen den Felsen am grünen schäumenden Fluss.

Ein Knistern drang aus dem Kommunikationssystem, gefolgt von einem plötzlichen scharfen Knacken. »Aron? Hörst du mich?«

»Muriel!«, entfuhr es ihm. »Ja, ich höre dich! Wo bist du?«

»Aron?«, erklang die Stimme erneut. »Ich suche schon seit einer Stunde nach dir. Die *Taipah*, das Schiff der Bewahrer … Es startet gleich. Es bricht ohne uns auf, wenn ich dich nicht rechtzeitig finde.«

»Ich bin hier!«, rief Aron im Innern seines Helms. »Hier!«

Der Gravitationsmotor des Einsatzanzugs gab ihm ein neues Bewegungsmoment – er begann sich zu drehen wie eine Antenne auf der Suche nach Signalen.

»Die Bewahrer sind hier in eine Falle der Melange geraten«, teilte ihm Muriel mit. »Einige Omni-Artefakte waren der Köder. Sie wollen den Planeten verlassen, sobald der vermisste Kommandant gefunden ist. Es könnte jeden Augenblick so weit sein. Aron, melde dich, wenn du mich hörst. Oder gib mir ein Peilsignal.«

»Ich höre dich!«, rief Aron. »Ich höre dich!«

Er flog an den Felsen vorbei zu einer Lücke zwischen den hohen graublauen Bäumen. Der verletzte Mann hielt sich an seinem Rücken fest und ächzte.

Das Knacken wiederholte sich. »Falls du mich hörst und mit deinem Kommunikationssystem oder dem Einsatzanzug etwas nicht stimmt, so gib ihm folgende Anweisung …«

Aron hörte mehrere Worte und wiederholte sie für die Anzugsysteme.

Nichts geschah.

Der verletzte Mann auf seinem Rücken stöhnte, vermutlich hatte er starke Schmerzen.

Aron schwebte an Bäumen vorbei, einen Meter über einem Wildpfad. Ein dumpfes Donnern wurde langsam lauter. Bisher hatte er vermutet, dass es vom Wind in den hohen Baumwipfeln stammte, aber es schien einen anderen Ursprung zu haben. Er versuchte, nicht darauf zu achten, schloss die Augen und wiederholte so präzise wie möglich die Worte, die er von Muriel gehört hatte.

»Endlich!«, tönte Muriels Stimme aus dem Helmlautsprecher. »Da ist das Signal! Ich bin unterwegs zu dir.«

Aron öffnete die Augen. Inzwischen führte der Pfad steil nach unten, und die Abstände zwischen den graublauen Bäumen wurden größer. Der Einsatzanzug stieg etwas höher und gewährte Aron dadurch Blick in ein Tal. Er stellte fest, dass das dumpfe Donnern von einem großen Wasserfall stammte, der links von ihm Hunderte Meter in die Tiefe stürzte. Unten sammelte sich das Wasser zu einem grünen See, von dem ein weiterer Fluss ausging, der in weiten Schleifen durch das Tal führte.

Rechts und links von ihm stieg Rauch auf. Feuer fraß sich durch Bäume und Büsche. Flammen züngelten aus den Wracks von geborstenen Kampfmaschinen und abgestürzten Flugbooten. Bomben fielen aus dem Himmel, abgeworfen von scheibenförmigen Flugapparaten. Sie galten einem flachen grauen Bauwerk, über dem sich die energetische Kuppel eines Schutzschirms wölbte. Aron sah ihn deutlich im Helmvisier, ein Schild fast so grün wie der Fluss, durchzogen von dem filigranen Gespinst primärer Energielinien.

Es blitzte immer wieder, wenn Bomben explodierten, und Aron glaubte zu erkennen, dass die Struktur des Schirms bereits geschwächt war. Hier und dort gab es kleine Lücken in dem energetischen Netz. Wenn sie groß genug wurden, so befürchtete Aron, würden Druckwellen und destruktive Energie das Gebäude erreichen.

Auch über einem kleinen Schiff neben dem grauen Bauwerk, ein etwa fünfzig Meter langes und von Waffendornen besetztes Oval, spannten sich die Bögen eines Schutzfelds, das ebenfalls erste strukturelle Schwächen aufwies. Immer wieder zuckten rötliche Blitze von den Dornen in den Himmel, trafen Flugboote oder die Kampfmechs ihrer Eskorte und ließen sie in einem Funkenregen zerbersten.

Ein akustisches Signal hallte durch das Tal, laut genug, um das Krachen und Donnern der Explosionen zu übertönen, ein dumpfes Dröhnen wie von einem gewaltigen Horn. In Arons Helmvisier erschienen daraufhin neue Symbole, die meisten von ihnen gelb und violett. Er wusste sie nicht zu deuten.

Der Einsatzanzug trug ihn und den Verletzten auf seinem Rücken noch immer über den Pfad hinab ins Tal. Jemand kam ihm entgegen, und Sorge brachte Arons rechte Hand, in der er noch immer die Waffe hielt, nach oben.

»Bist du das, Muriel?«, fragte er und musste sich darauf konzentrieren, die Hand zu senken.

»Ich glaube, ich sehe dich«, hörte er ihre Stimme. »Was hast du da auf dem Rücken?«

»Einen Menschen«, antwortete Aron, obwohl sie seine Worte noch immer nicht empfing. »Einen schwer verletzten Mann. Er ist halb verbrannt.«

Die Gestalt flog ihm entgegen, mit Waffen in beiden Händen. Aron musste sich zwingen, die rechte Hand gesenkt zu halten – die Verteidigungssysteme seines Einsatzanzugs, die offenbar sein Denken und Fühlen registrierten und darauf reagierten, wollten sie heben.

»Ich habe dich die ganze Zeit gehört!«, rief er, als Muriel nahe genug heran war. »Aber du mich nicht. Mit meinem Kommunikationssystem stimmt was nicht.«

Sie flog neben ihm, die Schwerkraftfelder der beiden Gravitationsmotoren miteinander gekoppelt, hantierte erst an den manuellen Kontrollen seines Einsatzanzugs und wandte sich dann dem Mann auf seinem Rücken zu. Aron fühlte, dass dieser sich bewegte, als sie einige Worte an ihn richtete.

»Es ist der Kommandant«, stellte sie mit grimmiger Zufriedenheit fest. »Du hast den Kommandanten gefunden, nach dem wir gesucht haben!«

Muriel übernahm die Steuerung und lenkte sie dichter über dem Boden den Hang hinab. Immer wieder bewegte sie den Kopf und blickte nach oben, als wollte sie den Anzugsensoren allein nicht trauen.

»Die Hauptstreitmacht ist hierher unterwegs«, klang ihre Stimme aus Arons Kommunikationssystem, während sie zugleich durch ihre beiden Helme drang. »Sie müsste gleich hier sein, in wenigen Minuten.«

Weit über dem Tal mit dem jadegrünen See explodierten weitere Flugboote. Es regnete Trümmer, und ein mehrere Meter großes Wrackteil verfehlte Aron und Muriel nur knapp. Es stürzte in den vom See ausgehenden Fluss, und eine Dutzende Meter große Fontäne schoss mit lautem Zischen empor.

Das dumpfe Dröhnen zog erneut durchs Tal, und Aron stellte fest, dass es von dem kleinen Schiff neben dem flachen grauen Gebäude ausging. Die Einstiegsluke war geöffnet, und Gestalten in Kampfanzügen eilten an Bord. Andere verharrten in ihren Stellungen zwischen Fluss und Schiff und schossen mit schweren Waffen auf die Angreifer.

Ein weiteres Flugboot, das tiefer flog als die anderen, wurde getroffen und platzte auseinander. Menschen fielen, manche von ihnen tot, andere in schützende Energieblasen gehüllt.

»Menschen!«, stieß Aron bestürzt hervor. »Es sind *Menschen*!«

»Es waren einmal Menschen«, antwortete Muriel neben ihm, während sie sich dem Schiff näherten. »Sie fühlen keinen Schmerz, sie fühlen gar nichts. Sie sind Teil der Melange. Lass dich von ihrem Aussehen nicht täuschen.«

Durch die vagen Schleier der Energievorhänge, die Schiff und Gebäude schützten, sah Aron eine Treppe, die offenbar in den Keller des Bauwerks führte.

»Es ist eine Art Schrein«, sagte Muriel, die erneut seine Gedanken zu erraten schien. »Bevor das Vergessen der Melange diese Welt erreichte, bauten die hier lebenden Menschen einen sicheren Ort für einige Omni-Artefakte, die ihre Vorfahren aus der Milchstraße mitbrachten. Die *Taipah* kam mit dem Auftrag hierher, die Artefakte zu bergen. Was offenbar schwieriger ist als gedacht. Tief unter dem Gebäude mussten mehrere Sicherheitsbarrieren überwunden werden, was viel Zeit kostete. Und das wiederum gab der Melange Gelegenheit, eine Streitmacht herzuschicken.«

Nur einige Hundert Meter entfernt fiel eine Bombe, bohrte sich in den weichen Boden am Fluss und explodierte. Das einfache dünne Schutzfeld, das Muriel, Aron und den Mann auf seinem Rücken umgab, flackerte und löste sich auf.

Muriel veränderte die Einstellungen ihres Gravitationsmotors, so dass sie auf der Druckwelle ritten und nicht unkontrolliert von ihr fortgeschleudert wurden. Aron hörte das Stöhnen und Ächzen des Verletzten.

»Woher weißt du das alles?«, fragte er.

»Ich bin schon seit einigen Stunden hier und habe mit den Soldaten gesprochen«, erklärte Muriel mit schnellen Worten. »Einige von ihnen beherrschen die alten Sprachen, immerhin sind es Bewahrer. Und ihre Translatoren enthalten linguistische Daten, die bis auf die Zeit der Flucht aus der Milchstraße zurückgehen. Warum unsere Einsatzanzüge aus dem Arsenal nicht damit ausgestattet sind … Ich weiß es nicht. Vielleicht hielt man es nicht für nötig, sie damit auszurüsten. Oder das Arsenal stammt aus einer viel späteren Epoche, von dieser Zeit aus gesehen.«

»Wo ist Sal? Haben wir die richtige Zeit erreicht?«

»Ich bin mir nicht sicher«, lautete Muriels Antwort. Vor ihnen leuchtete der Schutzschirm des Schiffes, als er von mehreren energetischen Entladungen getroffen wurde. Rote Anzeigen huschten über Arons Helmvisier. »Auf dem Weg hierher, durchs Portal, wurden du und ich getrennt. Ich schätze, es hätte schlimmer kommen können. Wir sind mehr oder weniger am selben Ort erschienen, nur wenige Stunden nacheinander. Es hätten auch Jahrhunderte oder Jahrtausende sein können. Wo und wann genau wir sind, weiß ich nicht. Ein Mann, mit dem ich gesprochen habe, sagte mir, die *Taipah* soll sich einer Flotte anschließen, die nach Ultima aufbrechen wird. Und das ist auch unser Ziel, nicht wahr?«

Sie landeten in unmittelbarer Nähe des ovalen Schiffes, dessen Waffendorne eine Salve nach der anderen zum Himmel spien. Direkt vor ihnen befand sich eine schmale Strukturlücke, die Durchlass gewährte. Zwei Soldaten standen dort in dunklen Kampfanzügen und hielten offenbar Wache. Muriel rief ihnen einige Worte zu, die Aron nicht verstand.

Die beiden Kämpfer verließen ihren Posten, näherten sich eilig und nahmen Aron vorsichtig den Verletzten vom Rücken.

»An Bord, schnell, solange sie mit dem Kommandanten beschäftigt sind!«, zischte Muriel. »Diese Leute sind misstrauisch, sie kennen uns nicht. Sie könnten auf die Idee kommen, uns hier zurückzulassen.«

Sie lief los.

Aron folgte ihr, ohne eine Frage zu stellen. Er spürte ein Prickeln, das den ganzen Körper erfasste, als er, ein wenig unsicher auf den Beinen, die Strukturlücke passierte und dem Rand dabei etwas zu nahe kam. Vor ihm erreichte Muriel die Rampe zur Luke und wollte an Bord gehen, doch plötzlich trat ihr jemand entgegen und richtete eine Waffe auf sie.

Muriel blieb stehen, breitete die Arme aus und zeigte die leeren Hände.

»Was ist?«, fragte Aron und verharrte ebenfalls. »Was ist los?«

Er hörte die Stimme des Bewahrers, der Muriel mit einer Waffe bedrohte. Sie klang nach einer Frau. Die beiden Soldaten trugen währenddessen den Verletzten zum Schiff.

Muriel antwortete mit einigen Worten, doch die Waffe blieb auf sie gerichtet. Hinter ihnen kamen weitere Bewahrer durch die Strukturlücke im Schutzschirm. Aron drehte kurz den Kopf. Es schienen die letzten zu sein, die Verteidiger von den Stellungen zwischen Fluss und Schiff.

Er blickte nach oben. Mehr Flugboote erschienen über dem Tal, mehr Bomben fielen.

»Hier wird es gleich sehr ungemütlich«, warnte er.

Wieder erklang ein akustisches Signal, diesmal kein dumpfes Dröhnen, sondern ein kurzes Heulen, wie der Ton einer Sirene.

Die Frau vor Muriel zischte etwas und winkte mit der Waffe.

»Die Hauptstreitmacht des Feindes ist da«, übersetzte Muriel für Aron. »Wir sollen verschwinden und dorthin zurückkehren, woher wir gekommen sind. Weil wir infiziert sein könnten.«

Aron trat einen Schritt vor. Sofort richtete sich die Waffe auf ihn.

»Wir haben den Kommandanten gerettet! Sag ihr das!«

»Sie ist die Navigatorin der *Taipah*«, erklärte Muriel, nachdem sie erneut einige Worte an die Bewahrerin gerichtet hatte. »Ihr obliegt nicht nur die Navigation im All, sie hütet auch das Wissen der alten Zeit. Sie hat Autorität und die Befehlsgewalt über das Schiff, solange der Kommandant nicht einsatzfähig ist.«

Einige der von den Stellungen zurückgekehrten Soldaten näherten sich und nahmen eine drohende Haltung ein. Die beiden anderen trugen den Verletzten die Rampe hoch. Der Kommandant, halb verbrannt und dem Tod vermutlich näher als dem Leben, krächzte etwas. Die Männer, die ihn trugen, blieben stehen und sahen zurück.

»Er will, dass wir mitkommen«, übersetzte Muriel.

Es wurde dunkler, Schatten fielen über das Tal. Große Flugobjekte erschienen am Himmel, größer als die *Taipah.* Einer der Angreifer, ein Klotz mit zahlreichen Ecken und Kanten, ging tiefer. Ein Blitz flackerte und durchschlug den Energievorhang, der das graue Gebäude unweit der *Taipah* schützte.

»Wir gehen nicht!«, rief Aron der Navigatorin durch sein Helmvisier zu. »Wir begleiten euch nach Ultima!«

Der verletzte Kommandant versuchte, den Kopf zu heben. Dass er immer noch bei Bewusstsein war, erstaunte Aron. Er krächzte erneut etwas, mit mehr Nachdruck.

»Er verdankt uns sein Leben und will, dass wir mitkommen«, übersetzte Muriel.

Aron fühlte eine deutliche Vibration im Boden unter seinen Füßen. Risse bildeten sich in den bisher unversehrt gebliebenen Wänden des näher am Fluss gelegenen Gebäudes, als würde sich etwas darin aufblähen.

Die Navigatorin ließ die Waffe sinken, drehte sich um und half den beiden Soldaten, den Kommandanten an Bord zu tragen.

Aron und Muriel folgten den Männern und Frauen, die über die Rampe eilten. Kaum waren sie an Bord, schloss sich hinter ihnen der Zugang, und die *Taipah* sprang in den Himmel.

WEISSE WAHRHEIT

83

ANGESCHLOSSEN AN eine Biomaschine, die sich um Ernährung und Ausscheidungen kümmerte, schwebte Protektor Thorall mitten in der Strafzelle, von einem Gravitationsfeld gehalten. Es verhinderte, dass er Wände, den Boden oder die Decke berühren konnte. Hinzu kam ein dämpfender Effekt auf die Sinne, vor allem auf die haptische Wahrnehmung.

Schon nach kurzer Zeit schloss er die Augen und hielt sie geschlossen, um sich nicht in dem uniformen Weiß zu verlieren. Gelegentlich sprach er einige Worte, um die eigene Stimme zu hören, wie um sich zu beweisen, dass er noch existierte.

In einer zeitlosen weißen Welt dachte der Protektor darüber nach, was geschehen war und was ihn hierhergebracht hatte. Ein Mensch aus der Zukunft, erinnerte er sich. Ein seltsamer Mann, der behauptet hatte, auf einen fatalen Fehler im Plan der Wiederkunft hinweisen zu wollen. Auskunft hatte er kaum gegeben, nur wenige Fragen beantwortet, angeblich aus Sorge vor einem Zeitparadoxon. Er war untersucht worden, dieser Mann, der Jahrmilliarden im Strom der Zeit zurückgelegt hatte. Thorall glaubte, nichts außer Acht gelassen zu haben. Und doch war er getäuscht worden, mit Hinterlist, Durchtriebenheit und offenbar großem Geschick.

Wie konnte so etwas möglich gewesen sein? Wieso hatten selbst die Sensoren und Apparate keine Spur von Falschheit und Lüge entdeckt?

Je länger er darüber nachdachte, umgeben von taubem Weiß, desto näher rückte eine Möglichkeit, die nicht nur Unbehagen bereitete, sondern ihn bestürzte. Vielleicht handelte es sich bei dem

Mann aus der Zukunft gar nicht um einen Menschen, sondern einen der alten Feinde, von denen die Aufzeichnungen der aus der Milchstraße geflohenen Menschen berichteten, um ein Wesen, das seine Gegner täuschte, indem es eine andere Gestalt annahm.

Eine Chimäre? Hier? Bei Ultima?

Thorall öffnete die Augen dem Weiß.

»Ich habe mir nichts zuschulden kommen lassen«, sagte er laut und deutlich. »Ich habe gewacht und geschützt, wie es meinen Pflichten entspricht. Aber der Fremde, der Eindringling, der Feind, er hat nicht nur mich getäuscht, sondern auch die Maschinen. Und die Lüge hat ihn bis zum Initiator gebracht.«

Thorall schwieg, als neue Gedanken in ihm aufstiegen, noch beunruhigender als die anderen. Mit dem Auge der Erinnerung sah er die dampfenden Fleisch- und Knochenreste vor dem Podium, umgeben vom Wasser eines geplatzten Behälters. Die Botschaft schien deutlich und unmissverständlich: Der Initiator hatte den Besucher als Feind erkannt und ihn mit einer Waffe unschädlich gemacht. Ein Kampf hatte stattgefunden, und dabei war einer der Behälter am Rand des Saals beschädigt worden.

Doch vielleicht log der Anschein auch in diesem Fall, überlegte Thorall in weißer Stille. Vielleicht erzählten die Indizien eine falsche Geschichte. Die Indizien suggerierten, dass der Feind getötet worden war, doch möglicherweise hatte er in Wirklichkeit eine andere Gestalt angenommen, um in neuer Tarnung noch mehr Schaden anzurichten.

War der alte weise Initiator gar nicht mehr er selbst? Würde er bald mit neuen Anweisungen und Maßnahmen den Plan der Wiederkunft nicht bewahren und voranbringen, wie er einst geschworen hatte, sondern ihn sabotieren?

»Es droht große Gefahr!«, rief Thorall. »Der Initiator ist dem Feind zum Opfer gefallen!«

Nichts geschah. Thorall schloss die Augen wieder, allein mit seinem Entsetzen.

Er wusste nicht, wie viel Zeit verging – irgendwann hörte er etwas und begriff, dass er nicht mehr allein in seiner Zelle war.

Er hob die Lider und sah einen jungen Mann mit glattem Gesicht und in der Uniform eines Justiziars der Garde.

»Sind Sie gekommen, um mich freizulassen?«, fragte Thorall hoffnungsvoll.

»Ich bin gekommen, um Ihnen einige Fragen zu stellen«, antwortete der junge Mann. Ein kleiner Mech schwebte neben ihm, die Sensoren auf den Häftling gerichtet.

»Wir alle sind in Gefahr!«, entfuhr es Thorall. »Die *Wiederkunft* ist in Gefahr!«

»Wir müssen wissen, wie es zu dem Angriff auf den Initiator kommen konnte«, erwiderte der Justiziar. »Gestehen Sie Ihren Verrat? Wie sind Sie in Kontakt mit dem Feind getreten, und welche Absprachen gibt es zwischen Ihnen?«

»Ich bin kein Verräter!«, rief Thorall. »Hiermit erbitte ich den Beistand eines Wahrheitsfinders der Sekundären. Er wird Ihnen bestätigen, dass ich weit abseits stehe von Lug und Betrug!«

Bei den Menschen tief unten im Ozean, in Dunkelheit und Kälte, gab es besondere Individuen, die imstande waren, Wahrheit von Lüge zu unterscheiden, immer und überall. Wie sie dabei vorgingen und wie sie überhaupt diese spezielle Fähigkeit erlangt hatten, blieb ihr Geheimnis. Die primären Glazialen und die Bewahrer vermuteten einen Zusammenhang mit dem Omni-Artefakt, das die ersten Siedler in die Tiefe mitgenommen hatten. Wie auch immer die Erklärung lauten mochte: Einige der sekundären Angepassten konnten erkennen, wann jemand log, und zwar mit absoluter, jeden Zweifel ausschließender Gewissheit.

»Wann haben Sie entschieden, mit dem Feind gemeinsame Sache zu machen?«, fragte der Justiziar ungerührt.

Thorall stockte der Atem. *Gemeinsame Sache mit dem Feind.* Das war einer der schlimmsten Vorwürfe, die man gegen einen Bewahrer erheben konnte!

»Ich bin immer loyal und wachsam gewesen«, erwiderte er mit Nachdruck. »Nie habe ich meine Pflichten vernachlässigt. Nie! Der Fremde in Menschengestalt ... Er könnte einer der großen Täuscher sein, eins der Wesen mit den vielen Gesichtern, eine *Chimäre.*«

Das Wort, laut ausgesprochen, ließ selbst den Justiziar erstarren.

»Umso schlimmer wäre Ihr Verbrechen«, stellte er fest.

»Ein Trick!«, rief Thorall. Er bewegte sich und fühlte sofort den Druck des Gravitationsfelds, das ihn in der Mitte der Zelle festhielt. »Ein großer, schlauer, tückischer Trick! Sprechen Sie mit den Sekundären! Finden Sie heraus, was es mit dem zerbrochenen Behälter auf sich hat! Warum ist er zerbrochen? War vielleicht einer der Sekundären zugegen, als geschah, was im Saal geschehen ist? Gibt es möglicherweise einen Zeugen, der alles beobachtet hat? Und auf den geschossen wurde, wodurch der Behälter brach? Holen Sie einen Wahrheitsfinder! Jetzt, sofort! Bevor Schlimmes geschieht! Er wird bestätigen, dass die Lüge nicht zu meinen Freunden zählt und ...«

Er hatte immer schneller gesprochen, brach jedoch ab, als ihm das Gravitationsfeld plötzlich die Luft abschnürte.

»Alles zu seiner Zeit«, sagte der Justiziar. »Zuerst werden Sie meine Fragen beantworten und mir in allen Einzelheiten Auskunft geben. Wie kam es zu der Begegnung mit dem Mann aus der Zukunft? In welcher Situation fand sie statt? Was hat sich bei den Untersuchungen des Fremden ergeben? Welchen Bericht hat er Ihnen erstattet?«

Thorall zwang sich zu Geduld. Er kannte den Vorgang, er wusste, wie Verhöre abliefen. Er musste sich beugen und warten, ihm blieb keine Wahl. Als er begann, die erste Begegnung mit dem falschen Menschen zu schildern, dachte er daran, was passierte und passieren konnte, während er dem Justiziar antwortete.

Ein akustisches Signal unterbrach ihn, ein *Ping*, und vor dem Justiziar bildete sich ein Projektionsfeld mit Datenkolonnen, von

Thoralls Position aus nicht genau zu erkennen. Er wollte seine Schilderungen fortsetzen, um schnell fertig zu werden und erneut die Konsultation eines Wahrheitsfinders zu verlangen, doch der Mann unter ihm hob die Hand, damit er schwieg.

»Ein Sekundärer wurde verletzt«, sagte er. »Durch einen Schuss.«

»Wer hat geschossen?«

»Unbekannt.« Der Justiziar bewegte die Datenkolonnen des Projektionsfelds, indem er sie mit der Hand berührte.

»Fragen Sie ihn!«, stieß Thorall hoffnungsvoll hervor. »Fragen Sie ihn, wer geschossen hat!«

»Er kann nicht antworten, er ist schwer verletzt.« Der Justiziar wischte über das Projektionsfeld, und die Daten vor ihm verschwanden.

»Wenn im Saal auf ihn geschossen wurde, bedeutet das, es gibt einen Zeugen«, beharrte Thorall. »Sprechen Sie mit ihm!«

Einige Sekunden lang stand der Justiziar still und stumm. Dann öffnete sich hinter ihm eine Tür, und er wandte sich ihr zu. »Weitere Untersuchungen müssen stattfinden«, sagte er und ging. Hinter ihm schloss sich die Tür.

Thorall schloss wieder die Augen, um dem blendenden, desorientierenden Weiß zu entkommen, und wartete.

SPLITTER

84

WÄHREND DES Transits durch das Sprawl, das erst in fast vier Milliarden Jahren relativer Zeit zum Toten Raum wurde, versuchte Sal, die eigene Wiederherstellung voranzutreiben und seine sensorischen Verbindungen zu nutzen, um mehr über das rätselhafte Intermedium herauszufinden, den Raum zwischen den Dimensionen und Universen. Er beobachtete die Wesen, die von Menschen »Engel« genannt worden waren, Geschöpfe, die vielleicht ähnlich beschaffen waren wie die Tauri, jene Plasmawesen, die sich in der Korona eines Roten Zwergs entwickelt und mit Hilfe der Menschen andere Sterne kolonisiert hatten. Gab es hier einen Zusammenhang, eine Verwandtschaft? Oder existierte, wie in Sals Gegenwart von den Forschern verschiedener Völker vermutet, eine Verbindung zu den Ptoha?

An Bord des größten der siebenundzwanzig durchs Sprawl kriechenden Bewahrerschiffe befanden sich mehrere Ptoha, und Sal hatte schon einmal versucht, sie mit den Sensoren zu erfassen, auf deren Daten er zugreifen konnte. Er unternahm einen weiteren Versuch, der nicht unbemerkt blieb.

Du möchtest mehr über die Ptoha erfahren, stellte der Intellekt fest, dem Sal seine Rettung verdankte.

Sie sind ein Rätsel, erwiderte Sal. Ich bin immer bemüht gewesen, Rätsel zu lösen.

Möchtest du mit einem Ptoha sprechen?

Das wäre sehr hilfreich.

Ich werde sehen, was ich tun kann, sagte der größere Intellekt fast in der Art eines Menschen.

Unterdessen setzte Sal die Arbeit an der eigenen Wiederherstellung fort und schuf Signalkontakte mit seinen fragmentierten Komponenten. Er entwickelte ein neues Datensystem, das ihm verteiltes Denken erlaubte, die Auslagerung von Denkprozessen auf die physischen Bestandteile, die noch funktionierten. Dadurch konnte er seine Verarbeitungskapazität erhöhen, wodurch die Wiederherstellung eine, wenn auch geringe, Beschleunigung erfuhr. Viele archivierte Informationen, die ihm früher zur Verfügung gestanden hatten, waren unwiederbringlich verloren. Von einigen wichtigen Berechnungen, die seine Simulationen betrafen, existierten nur noch die Resultate beziehungsweise Teile davon, ohne Aufschluss über die Kalkulationswege, die zu den betreffenden Ergebnissen geführt hatten.

Er bereitete sein Halbwissen für das Gespräch mit einem Ptoha vor und kalkulierte eine nicht unerhebliche Wahrscheinlichkeit dafür, dass sich dabei neue Informationen ergeben würden, die eine Neubewertung der aktuellen Situation erforderten.

Ich habe den Ptoha von dir erzählt, teilte ihm der größere Intellekt schließlich mit. Einer von ihnen ist bereit, mit dir zu sprechen.

Ich danke ihm dafür, entgegnete Sal.

Es muss eine geeignete Kommunikationsgrundlage geschaffen werden, teilte der andere Intellekt mit. Das kann eine Weile dauern.

Ich warte, antwortete Sal. Während dieser Zeit blickte er mit den Sensoren des großen Schiffes, das ihn aufgenommen hatte, ins Sprawl und überlegte, wie sich dieses aktive, lebendige Intermedium in den Toten Raum verwandelt hatte, den er aus seiner Zeit kannte. Es war während der Zäsur geschehen, erinnerte er sich, doch die Umstände waren ihm unbekannt.

Mit anderen Sensoren maß er die Energieströme des Sprawl und den Faden, mit dem sich die Schiffe der Bewahrer verbunden hatten und der sie zu ihrem Ziel außerhalb von Andromeda brachte. Sal suchte und fand Zugang zu einigen Navigationsdaten, die ihm etwas mehr über den Zielplaneten verrieten, über Ultima, die letzte Bastion der Bewahrer, besiedelt von primären und sekundären Glazialen, die auf dem Eispanzer des Planeten beziehungsweise im dunklen Ozean unter seinem Eis lebten. Befand sich Curax dort? Hatte er bereits damit begonnen, seine Sabotagepläne in die Tat umzusetzen?

Die Fragen brachten Sal zurück zum Dilemma von Zeitpunkt und Ort der temporalen Manipulation. Wo genau wollte Curax in die historische Ereigniskette eingreifen, an welcher Stelle?

Es ist alles vorbereitet, ließ ihn der andere Intellekt wissen. Ich beginne jetzt mit der Adaption der sensorischen Daten, die du empfängst.

Sal befand sich plötzlich auf einem kleinen Felsplateau, vor dem sich eine weite rotblaue Ebene erstreckte. Einzelheiten der Landschaft ließen sich nicht erkennen, die Auflösung war zu gering. Er blickte an sich herab, an einem Körper, der aus lebendigem ockerfarbenem Fleisch zu bestehen schien. Kleidung trug er nicht, und von der nackten Haut kamen sensorische Daten, die auf Kühle hindeuteten. Er atmete sogar, stellte er fest, ruhig und gleichmäßig.

»Eine Simulation?«, fragte er mit menschlichem Mund. »Eine Virtualität?«

Eine Plattform, die Kommunikation ermöglicht, erklärte der andere Intellekt. Sieh dich um, du bist nicht allein.

Sal sah sich um. Hinter ihm erhob sich eine humanoide Gestalt wie aus verwittertem Stein, knapp fünf Meter groß, mit Armen und Beinen wie ein Mensch, die Augen schwarz wie das All in einem Void.

»Interessant«, sagte sein Mund. Und da das nicht genügte, fügte er hinzu: »Ich bin dankbar für die Gelegenheit, ein Gespräch mit Ihnen zu führen.«

»Ich grüße Sie, Reisender durch die Zeit.« Die Stimme des Ptoha klang wie das Knirschen von Felsen unter dem Eis eines Gletschers. »Auch wir sind Reisende.«

»Sie und die anderen Ptoha an Bord des größten Schiffes der Flotte«, entgegnete Sal. Hier gab es ein Problem, erkannte er: die beschränkte Bandbreite der Kommunikation. Simulierte verbale Verständigung konnte nicht annähernd so viele Daten übertragen wie der Signalstrom zwischen zwei Intellekten.

»Es gibt viele Fragen, die ich Ihnen stellen möchte«, erklärte Sal. »Die Antworten würden mir vielleicht dabei helfen, die aktuelle Situation und ihre zukünftigen Entwicklungen besser zu verstehen.«

»Beginnen Sie«, knarrte der Ptoha.

»Die wichtigste Frage lautet: Warum haben Sie den Nachfahren der Menschen, die einst aus der Milchstraße flohen, nicht dabei geholfen, in ihre alte Heimat zurückzukehren? Ich nehme an, Sie verfügen über die dafür notwendigen technischen Mittel. Warum haben Sie den Menschen keine Raumschiffe für den Flug zurück zur Milchstraße gegeben? Warum haben Sie kein intergalaktisches Portal für sie gebaut?«

Das große steinerne Wesen antwortete nicht sofort. Eine Zeit lang herrschte Stille, und in dieser Stille hörte Sal ein Knistern, das aus der weiten Ebene kam. Der Blick seiner menschlichen Augen kehrte zu der weiten rotblauen Landschaft zurück, und diesmal konnte er erste Einzelheiten ausmachen. Zumindest an einigen Stellen schien der rote und blaue Boden aus zahlreichen großen und kleinen gläsernen Splittern zu bestehen. Er beobachtete, wie sich das Rot in einem Bereich ausdehnte, wie es Ausläufer bildete, die ins Blau hineinwuchsen. Das Knistern kam von dort, von Splittern, die Farbe, Größe und Form wechselten.

»Wir helfen nicht, wir reparieren«, lautete die Antwort des Ptoha. »Das ist unsere Aufgabe, unser Fluch und unsere Last.«

Sal dachte darüber nach. »Ich benötige mehr Informationen, um das zu verstehen.«

»Die lebende wissende Energie in dem ›Sprawl‹ genannten Medium …«

»Die Engel«, warf Sal ein.

Es knirschte etwas lauter. »Diese Bezeichnung gaben ihnen die Menschen. Wir waren ein Teil von ihnen, bevor wir entschieden, die große Aufgabe wahrzunehmen. Es bedeutet Einsamkeit und Selbstaufopferung.« Aus dem Knirschen wurde ein dumpfes Poltern. »Ohne uns würde das Universum vielleicht nicht mehr existieren.«

Sal dachte an seine Simulationen von der Entstehung des Kosmos und der Entwicklung über Jahrmilliarden hinweg. Gab es hier eine Erklärung für die Anomalien, die er entdeckt hatte?

»Worin besteht Ihre Aufgabe?«, fragte er.

»Wir reparieren die Zeit«, lautete die Antwort des Ptoha. »Wir sorgen dafür, dass der Schaden begrenzt bleibt.«

85

SAL NAHM mehr Energie aus den Versorgungssystemen des Schiffes auf, um schneller und präziser zu denken. Er zog erste Schlüsse aus den Worten des Ptoha, verknüpfte sie mit Vermutungen und erstellte auf dieser Grundlage neue Hypothesen. Der größere Intellekt hörte interessiert zu, teilten ihm die Sensoren mit.

»Welchen Schaden meinen Sie?«, wollte Sal wissen. »Warum müssen Sie die Zeit reparieren?« Mit dieser Frage verbanden sich bereits sehr konkrete Annahmen. »Wie gehen Sie dabei vor? Und warum sind Sie einsam?«

»Jedes Wirken, jede Aktion, jede Präsenz verursacht Wellen im Strom der Zeit, winzige Veränderungen, die sich summieren und auftürmen, bis der Strom oder ein Teil von ihm in eine neue Richtung fließt«, knirschte das steinerne Geschöpf. »Jene, die die Menschen Chimären nennen, missbrauchten unsere Portale, die der Ausbreitung von Intelligenz im Universum dienen sollten, für ihre Zwecke.«

»Für welche Zwecke?«, fragte Sal.

»Für ihre ewige egoistische, rücksichtslose Suche«, antwortete der Ptoha.

»Wonach haben die Chimären gesucht?«

Das Steinwesen erklärte es ihm.

Sal empfing die Worte und begriff sofort, dass sich mit ihnen alles veränderte. Die Informationen des Ptoha waren wie einige wenige Mosaiksteine, durch die das ganze Bild eine neue Form und Struktur gewann. Alles veränderte sich, alles bekam eine neue Bedeutung, auch die Umstände, die Aron von einem Konservator in Diensten der Moy zu einem Verfemten gemacht hatten.

Er dachte darüber nach, während sich die Auflösung weiter verbesserte und weitere Einzelheiten der Ebene sichtbar wurden. Zwischen Blau und Rot schien eine Art Wettkampf stattzufinden, ein Ringen um mehr Platz und Dominanz in der Landschaft. Das von Splittern ausgehende Knistern wurde mal leiser, mal lauter.

»Sie reparieren, was die Chimären angerichtet haben«, sagte Sal und versuchte, sein Denken weiter zu beschleunigen. Der größere Intellekt war so zuvorkommend, ihm noch etwas mehr Energie zur Verfügung zu stellen.

»Nicht nur das, was sie angerichtet haben«, entgegnete der Ptoha. »Auch was durch *uns* geschah, durch den Bau der Portale, die Tunnel durch Raum und Zeit bohren. Sehen Sie sich die Ebene vor uns an.«

Sal betrachtete sie erneut.

»Wenn die langen, verschlungenen, sich durch das ganze Universum ziehenden Ereignisketten verändert werden, kommt es zu kaskadenartigen Reaktionen«, knirschte der Ptoha. »Es entstehen neue Zeitlinien, aber sie sind nicht stabil, sie brechen. Die blauen und roten Splitter wie aus Glas sind Fragmente gebrochener, kollabierter Raum-Zeit. Wir versuchen zusammenzufügen, was zusammengehört. Die blauen Splitter stammen von ursprünglichen Zeitlinien, die vor den Veränderungen existierten. Die roten gehen auf neue brüchige Ereignisketten zurück.«

»Und Sie suchen nach Stellen, wo Splitter zusammengefügt werden können?«, fragte Sal. »Sie verhindern, dass noch mehr rote Fragmente entstehen?« Nach kurzem Zögern fügte er hinzu: »Es sind Metaphern, nicht wahr?«

»Nicht unbedingt«, erwiderte der Ptoha.

Mehrere Sekunden lang war nur das Knistern der vielen Splitter zu hören. Sal sah, wie sich direkt vor ihm ein blauer Bereich ausdehnte, doch auf beiden Seiten davon entstanden neue rote Stellen wie blutige Wunden.

»Haben Sie den Menschen deshalb nicht geholfen, zur Milchstraße zurückzukehren?«, fragte Sal nach einer Weile. »Wären dadurch neue brüchige Ereignisketten entstanden, neue rote Splitter?«

»Wir müssen sehr, sehr vorsichtig sein«, rumpelte der Ptoha. »Es gilt, die Stellen, an denen wir aktiv werden können, genau zu lokalisieren.«

Sal nickte mit seinem menschlichen Kopf. »›Jedes Wirken, jede Aktion, jede Präsenz verursacht Wellen im Strom der Zeit.‹ Das gilt auch für Sie, nicht wahr? Für Ihre Präsenz hier, in dieser Zeit, in Andromeda und bald bei Ultima. Allein durch Ihre Präsenz verändern sie den Zeitstrom.«

»Das ist richtig«, bestätigte das Steinwesen.

»Ich nehme an, das gilt auch für dieses Gespräch.«

»Ja.«

»Sie wissen, was geschieht. Was geschehen wird.«

»In gewisser Weise. Wir wissen, was geschehen ist und was geschehen soll.«

Sal dachte darüber nach. »Sie sprechen mit mir, weil sich dadurch eine Ereigniskette ergibt, die Sie für richtig halten.«

»Das ist eine Möglichkeit«, knirschte der Ptoha.

»Was soll ich tun?«, fragte Sal. »Welche Entscheidungen soll ich treffen?«

Diesmal blieb der Ptoha stumm.

»Sie haben vorhin von Einsamkeit gesprochen«, sagte Sal nach einer Weile.

»Einige wenige von uns sind auf Reisen gegangen«, ertönte die dumpfe Stimme des Steinwesens. »Wir haben unsere Zeit und unseren Raum verlassen. Wir dürfen nicht zurückkehren, denn unsere Rückkehr könnte einen fatalen Bruch bedeuten, der den ganzen Kosmos betrifft.«

Sal fiel etwas ein. »Die Anomalie, der gewaltige Leerraum, vielleicht der größte im ganzen Universum … Er ist das Ergebnis eines solchen ›Bruchs‹, nicht wahr?«

Das Knistern der blauen und roten Splitter hörte auf. Die Ebene schrumpfte, der Horizont rückte näher. Sals menschliche Haut wurde taub.

»Die Flotte der Menschen erreicht ihr Ziel«, knirschte der Ptoha. »Unser Gespräch ist nun zu Ende. Jeder von uns muss tun, was getan werden muss.«

Die Gestalt des Ptoha begann sich aufzulösen und mit ihr das Felsplateau, auf dem sie standen.

»Sie haben mir Ihren Namen nicht genannt«, sagte Sal schnell.

»Ich bin Gorgon.«

AN KOSMISCHEN GESTADEN

86

EIN DÜNNES, fast unsichtbares Kraftfeld trennte den offenen Hangar vom All. Draußen, nur einige tausend Kilometer entfernt, wogten langsam die Wolkenbänder eines Gasriesen. Hier hatte das achtundzwanzigste Schiff die Flotte treffen und mit ihr nach Ultima fliegen sollen. Doch die anderen siebenundzwanzig Schiffe der Bewahrer waren bereits aufgebrochen und hatten nur eine Nachrichtenkapsel hinterlassen, mit der Aufforderung, ihnen zu folgen. Unter anderen Umständen hätte Nummer achtundzwanzig, die *Taipah*, den Flug unverzüglich fortgesetzt, aber es gab Tote, denen man die letzte Ehre erweisen wollte.

Vor dem Atmosphärenschild, der die Luft im Hangar daran hinderte, ins All zu entweichen, standen fünf mit kleinen Gravitationsmotoren ausgestattete Särge aus Pseudoglas. Darin ruhten drei Frauen und zwei Männer in Uniformen, die Gesichter so hergerichtet, dass sie ruhig und entspannt wirkten. Die Navigatorin, die Muriel und Aron daran hatte hindern wollen, an Bord der *Taipah* zu gehen, stand neben den Särgen und hielt eine ernst und traurig klingende Ansprache. Aron hatte inzwischen einen kleinen Translator erhalten, den er am rechten Ohr trug und der die Worte in eine alte Version von InterLingua übersetzte. Zuerst war es Aron schwergefallen, ihnen einen Sinn zu entnehmen, er hatte sich ganz darauf konzentrieren müssen, aber nach und nach fühlte sich das alte InterLingua vertrauter an – es erinnerte ihn ein wenig an Muriels Ausdrucksweise.

Sie stand neben ihm, wie er selbst in eine schlichte lindgrüne Uniform ohne Rangabzeichen gekleidet. Die Besatzungsmitglieder der *Taipah* hatten rechts von ihnen Aufstellung bezogen: Männer und Frauen, einige von ihnen offenbar jung, mit glatten Gesichtern, andere älter, die Haut von Falten durchzogen.

Die Anwesenheit anderer *lebender* Menschen erstaunte Aron noch immer, und hinzu kam ihr unterschiedliches Alter. Sein eigenes hatte sich nie verändert in all seinen Leben, was er dem Geschenk der Moy verdankte, seiner relativen Unsterblichkeit.

Die Navigatorin – sie hieß Annalia Terrez, wie Aron inzwischen wusste – sprach vom tapferen Kampf der Gefallenen, von einem Leben auf der Flucht vor dem Vergessen, der Melange, vom festen Willen, am Plan der Wiederkunft festzuhalten.

Arons Blick glitt an ihr vorbei und durch den Atmosphärenschild zum Gasriesen, in dessen hohen Wolken die gläsernen Särge mit den Toten verglühen würden. Er erinnerte ihn an einen anderen Gasplaneten, auf dem Muriel ohne seine Hilfe gestorben wäre. Eine Ewigkeit schien seitdem vergangen zu sein, und in gewisser Weise war das auch der Fall. Jahrmillionen und sogar Jahrmilliarden trennten sie beide von jenen Ereignissen.

Schließlich wich die Navigatorin einen Schritt zurück und gab ein Zeichen. Kleine Lichter erschienen bei den aktiv werdenden Gravitationsmotoren, und die Särge stiegen langsam auf. Die Bewahrer standen stolz und gerade, Aron und Muriel nahmen ebenfalls Haltung an. Nacheinander schwebten die Särge durch den Atmosphärenschild, erreichten das All und fielen dem Gasriesen entgegen.

Als der letzte von ihnen außer Sicht geriet, sprach die Navigatorin einen kurzen Befehl, woraufhin sich die angetretenen Männer und Frauen umdrehten und den Hangar durch das offene Schott verließen. Aron und Muriel wollten sich ihnen anschließen, aber die Navigatorin hielt sie mit einem »Nein, Sie nicht!« zurück.

Aron sah sie fragend an.

»Sie beide kommen mit mir«, sagte Annalia Terrez, erst dann trat sie wie die Männer und Frauen vor ihr durchs Schott. Sie blickte nicht zurück, als sie sich im Korridor nach rechts wandte, als wäre es selbstverständlich, dass Muriel und Aron ihrer Anweisung Folge leisteten.

Die Navigatorin führte sie in einen schlichten Raum mit weißen Wänden, in denen sich ein dünnes Gittermuster abzeichnete, und einem einfachen Tisch mit zwei Stühlen auf der einen Seite und einem weiteren auf der anderen.

»Setzen Sie sich!« Terrez wählte selbst den einen Stuhl.

Sie kamen auch dieser Aufforderung nach. Aron versuchte, einen genaueren Eindruck von der Frau auf der anderen Seite des Schreibtischs zu gewinnen. Ihr Alter konnte er nicht einschätzen, dazu fehlten ihm Vergleiche. Er sah ein Gesicht mit harten Linien und streng blickenden graugrünen Augen, einer geraden Nase und seltsam farblos anmutenden Lippen.

»Wie geht es dem Kommandanten?«, fragte Aron, auch um daran zu erinnern, dass er es gewesen war, der ihn gerettet hatte. Der Translator übersetzte seine Worte.

»Es geht ihm gut«, antwortete Annalia Terrez knapp. »Er wird sich erholen. Sagen Sie mir jetzt: Wer sind Sie?«

Sie war noch immer misstrauisch, das war Aron schon vorher klar gewesen.

»Wir sind keine Gegner, keine Feinde«, antwortete Muriel. »Und wir sind nicht infiziert, das wissen Sie inzwischen.«

»Ja, bei den Untersuchungen hat sich keine Infektion feststellen lassen«, bestätigte die Navigatorin. »Aber Sie gehören nicht zu uns. Warum sprechen Sie nicht unsere Sprache?« Die letzte Frage richtete sie an Aron.

Er öffnete den Mund, obwohl er nicht wusste, was er antworten sollte. Muriel kam ihm zuvor.

»Wir kommen aus einem abgelegenen Sonnensystem in Andromeda«, behauptete sie. »Wir sind lange Zeit isoliert gewesen.«

Im Gesicht der Frau ihnen gegenüber veränderte sich nichts, doch ihre Stimme klang noch etwas kühler, als sie sagte: »Das ist

Unsinn. Auf der Suche nach Sporen der Melange wurden bei Ihrer Untersuchung Unterschiede in der DNS entdeckt. Sie sind Menschen, aber Sie stammen nicht aus Andromeda. Ich frage noch einmal: Wer sind Sie?«

Aron wechselte einen Blick mit Muriel. Es hatte keinen Sinn, die Wahrheit länger zu verheimlichen. Ihre Lügen stachelten den Argwohn der Navigatorin nur noch mehr an, und der machte die ohnehin schon komplizierte Situation noch prekärer.

»Ich bin Muriel Herrera Delgado Aguilar, Kommissarin der Vierzehnten Terranischen Republik, Sonderbeauftragte des Triumvirats, ehemals Kommandantin der Vierten Sektion unserer Großen Gemeinsamen Verteidigungsstreitmacht«, stellte sich Muriel vor. »Und mein Begleiter ist Aron, ein Mensch mit vielen Leben, an die er sich nicht mehr erinnert. Wir kommen aus der Zukunft. Unsere Geschichte ist wie folgt …«

Während Muriel Bericht erstattete und auf Zwischenfragen der Navigatorin mit der Schilderung von Details reagierte, fühlte Aron eine seltsame Unruhe in sich. Etwas schien an der Innenseite seines Schädels zu kratzen und zu flüstern, mit einer Stimme, die zu leise war, als dass er sie verstehen konnte.

Für einen Moment befürchtete er, dass er die alte Verbindung spürte, geschaffen von Curax. Amalgam, dachte er. Konnte das die Erklärung sein?

Aber nein, dieses Flüstern war anders. Es bedeutete nicht die Nähe einer anderen Person, eines anderen Bewusstseins. Es ähnelte mehr einem Ruf aus der Ferne, uralt und gleichzeitig frisch, voller Kraft.

Annalia Terrez richtete mehrmals forschende Blicke auf ihn und zischte schließlich etwas, das der Translator an Arons Ohr nicht übersetzte.

»Sie möchte wissen, was mit dir los ist«, erklärte ihm Muriel.

Ehrlichkeit, dachte Aron. Offenheit. Seiner Überzeugung nach der einzige Weg, Argwohn und Misstrauen zu überwinden.

»Ich höre etwas«, sagte er. »Ich weiß nicht, was es ist. Eine leise Stimme, nah und fern zugleich. Ich glaube, sie kommt von hier, aus dem Innern dieses Schiffes, aber ihr wahrer Ursprung ist weit entfernt.«

»Der Xenomorph?«, fragte Muriel. »Curax?«

Aron schüttelte den Kopf. »Nein, es ist etwas anderes.«

Die Navigatorin musterte ihn einige Sekunden lang und schien zu überlegen, ob er die Wahrheit sprach oder irgendeinen Trick versuchte. Dann wandte sie sich wieder an Muriel. »Wenn stimmt, was Sie sagen …«

»Untersuchen Sie uns noch einmal«, schlug Muriel vor. »Mit Ihren Scannern und Sensoren. Stellen Sie uns auf die Probe. Wir lügen nicht.«

»Sie kommen aus der Zukunft hierher zu uns, um jemanden daran zu hindern, die Zeit zu manipulieren und den großen Plan der Wiederkunft zu vereiteln?«, hakte Terrez noch einmal nach, und ihr Tonfall sollte offenbar zum Ausdruck bringen, dass sie diese Geschichte für äußerst unwahrscheinlich hielt, was sie aber vielleicht nur vorgab.

»Der Plan ist bereits sabotiert und zerstört«, erklärte Aron, während das Kratzen in seinem Kopf eine fast schmerzhafte Intensität annahm. »In meiner Zeit gab es keine Wiederkunft. Ich war der einzige noch existierende Mensch.«

»Wir sind hier, um das zu ändern«, wandte sich Muriel mit fester Stimme an Terrez. »Mit Ihrer Hilfe können wir den Saboteur lokalisieren und unschädlich machen.«

»Es gibt Wahrheitsfinder auf Ultima.« Die Navigatorin klang nachdenklich. »Angepasste, die in der Lage sind, Wahrheit von Lüge zu unterscheiden.«

Muriel nickte. »Stellen Sie uns auf die Probe«, wiederholte sie. »Ihre Wahrheitsfinder werden Ihnen bestätigen, dass wir nicht lügen. Aber wir sollten mit Bedacht vorgehen. Der Saboteur auf Ultima darf nicht gewarnt werden.«

Aron stand plötzlich auf, etwas trieb ihn an, stark wie ein Sturm.

»Etwas Fremdes befindet sich an Bord!« Er wankte zur Tür, von plötzlichem Schwindel erfasst. »Wir müssen es finden!«

87

DIE TÜR blieb geschlossen.

Annalia Terrez erhob sich ebenfalls und wirkte so misstrauisch wie zuvor.

Aron zitterte, seine Beine wollten laufen, doch die Tür versperrte ihm den Weg. Er spürte eine Hand an der Schulter, Muriel sah ihn an.

»Amalgam?«, fragte sie leise. »Ist er in der Nähe, der Lügner und Betrüger, der Saboteur?«

Aron schüttelte erneut den Kopf. »Nein«, brachte er hervor und versuchte, sich unter Kontrolle zu bringen. »Es ist nicht Curax, sondern … etwas anderes. Und es befindet sich an Bord dieses Schiffes.«

»Was ist es?«

»Ich weiß es nicht.« Das Zittern wurde stärker. Aron spannte die Muskeln, um es zu unterdrücken.

»Was könnten wir Ihnen Böses tun?«, wandte sich Muriel an die Navigatorin. »Wir können Ihnen nicht schaden. Wir sind unbewaffnet. Geben wir ihm Möglichkeit, das Fremde an Bord Ihres Schiffes zu suchen.«

Terrez sprach einen Code, mit dem Arons Translator nichts anzufangen wusste, wohl aber die Tür – ihre beiden Hälften glitten auseinander.

Im Korridor standen zwei Soldaten und hoben ihre Waffen.

»Zeigen Sie uns, was angeblich ›fremd‹ an Bord meines Schiffes ist, abgesehen von Ihnen beiden!«, sagte die Navigatorin scharf.

Aron musste sich zwingen, nicht zu laufen. Jemand anders in

ihm schien seine Beine bewegen zu wollen, und zwar immer drängender. Das Flüstern wurde lauter, doch es blieb wortlos, ohne eine klare Botschaft.

Er eilte durch den Korridor, und die beiden Wachten, die ihm zusammen mit Muriel und Terrez folgten, hielten ihre Waffen auf ihn gerichtet. Ein leises Summen umgab ihn, zusammengesetzt aus den Stimmen von Triebwerk, Aggregaten und Bordsystemen. Männer und Frauen mit erstaunten Gesichtern erschienen vor Aron, ohne dass sie klare Konturen gewannen. Die Wachen blieben rechts und links hinter ihm, nur einen Schritt entfernt, die Waffen auf ihn gerichtet.

»Ich habe Ihren Kommandanten gerettet!«, rief er einmal und hatte dabei das Gefühl, einen Mund zu benutzen, der nicht mehr ganz ihm gehörte. »Ich bin keine Gefahr für Sie! Ich möchte helfen!«

Schließlich blieb er vor einer Tür stehen und legte die Hände darauf. Sie blieb geschlossen.

»Hier«, sagte er.

»Nein«, erwiderte die Navigatorin.

»Es ist hier«, ächzte Aron, den Kopf voll von wirren Gedanken. »Die Stimme, die ich höre … Sie kommt von hier.«

»Nein«, wiederholte Annalia Terrez streng und gab den beiden Soldaten ein Zeichen.

Muriel trat vor. »Warten Sie! Was befindet sich hier?«

»Der Schatz, den wir auf Hukoria geborgen haben«, antwortete die Navigatorin. »Er wird ihn nicht anrühren, das lasse ich nicht zu. Brüder und Schwestern von uns sind gestorben, um ihn in Sicherheit zu bringen.«

Aron stand mit dem Gesicht zur Tür, die Hände noch immer auf ihrer kühlen Oberfläche. »Was könnte ich beschädigen?«, fragte er mit gesenktem Kopf. »Was könnte ich stehlen?«

Die beiden Soldaten sahen Terrez fragend an.

Als sie zögerte, sagte Muriel: »Es könnte uns helfen, den Saboteur zu finden. Was auch immer mein Gefährte hört, es hat etwas mit den Dingen hinter dieser Tür zu tun.« Sie fügte bedeutungsvoll hinzu: »Ich habe es Ihnen erzählt, er stammt aus der Zeit der Zäsur, als Omni noch existierte. Vielleicht hat es etwas damit zu tun.«

Das stimmte nicht ganz, dachte Aron. Zumindest gab es keine Gewissheit für die Richtigkeit dieser Behauptung. Er wusste nicht, wann und wo sein erstes Leben begonnen hatte, vielleicht während der Zäsur, während des Niedergangs von Omni. Oder Tausende von Jahren später. Die Erinnerungen daran waren in seinem Implantat gespeichert gewesen, zusammen mit denen an all seine anderen Leben.

Die beiden Soldaten wechselten einen Blick. Ein Mensch, der Omni gekannt hatte?

Terrez zögerte noch immer.

»Es ist nahe«, stieß Aron hervor. »Es ist ganz nahe.«

»Na schön«, sagte die Navigatorin schließlich. »Treten Sie beiseite.«

Es widerstrebte Aron, von der Tür zurückzuweichen. Hinter ihm schien die Luft an Substanz und Konsistenz zu gewinnen und eine elastische Barriere zu bilden, die umso fester wurde, je mehr Druck sein Rücken darauf ausübte. Das Flüstern in ihm war zu einem lauten Rauschen geworden, wie von der Brandung eines nahen Ozeans. Die Worte der so ernst und streng wirkenden Bewahrerin verloren sich fast darin.

Annalia Terrez nahm Arons Platz vor der Tür ein und sprach erneut einen Code wie zuvor in dem Raum mit den weißen Wänden.

Das Rauschen in Arons Kopf wurde zu einem Donnern, als sich die Tür zu einer kleinen Kammer öffnete. Die enthielt nur einen transparenten Behälter, bestehend aus Pseudoglas wie auch die Särge der Toten, die inzwischen in der Atmosphäre des Gasriesen verglüht waren.

Ein vages blaues Leuchten ging von dem Behälter aus. Es stammte von einem der sieben kleinen Omni-Artefakte darin.

88

EIN STECHENDER Schmerz zuckte durch Arons Kopf wie ein Dolch, der sich durch seine tanzenden Gedanken bohrte. Er ging von dem Implantat der Moy aus.

Aron taumelte und hob die Hände zu den Schläfen.

»Was ist mit ihm?«, fragte Annalia Terrez mit erneuertem Argwohn. »Ist er krank?«

Die beiden Soldaten wichen zurück und hoben erneut ihre Waffen.

»Aron?«, fragte Muriel.

»Das Implantat.« Das Sprechen fiel ihm schwer, der Mund schien ihm nicht mehr richtig gehorchen zu wollen.

Er wankte nach vorn, durch die Tür, vorbei an der Navigatorin, die ebenso wie die beiden Wächter beiseitewich, vielleicht aus Furcht vor einer Ansteckung. Sie sprach, ihre Lippen bewegten sich, aber Aron hörte keine Worte von ihr, zu laut war das Rauschen und Donnern in seinem Kopf. Der Schmerz veränderte sich, er war nicht mehr stechend wie von einer scharfen Schneide, sondern brennend, als hätte das Implantat Feuer gefangen.

Er taumelte weiter und sah aus den Augenwinkeln, wie Muriel zwischen ihn und die Soldaten trat, damit sie nicht auf ihn schossen.

Gleich, dachte er. Gleich ist es so weit.

Was?, fragte er sich selbst. Was ist gleich so weit?

Er bekam sogar Antwort, er hörte das Flüstern, aber wenn es Worte gab, die ihm erklärten, was geschah, so verloren sie sich in dem gewaltigen Rauschen.

Der Behälter aus transparentem Pseudoglas kam näher, und genauso fühlte es sich an: Nicht er bewegte sich, sondern das etwa anderthalb Meter große Gefäß. Das blaue Leuchten richtete sich auf ihn, wurde dichter und heller. Es ging von einer kleinen Spindel aus, die nicht größer war als fünfzehn Zentimeter und an der dünnsten Stelle nur einen Zentimeter maß. Sie lag nicht auf der samtartigen schwarzen Unterlage wie die sechs anderen Omni-Artefakte, sondern schwebte darüber, stieg noch weiter auf und verharrte erst ganz oben im Behälter, dicht unter dem Pseudoglas.

Aron streckte die Hand danach aus.

Ein blauer Funke löste sich von der Spindel, durchdrang das Glas, schwebte näher und berührte den Zeigefinger.

Der kleine Raum mit den sieben Omni-Artefakten verschwand. Plötzlich befand sich Aron an einem ganz anderen Ort.

Er stand auf einem Steg, der den Eindruck erweckte, aus verwittertem Holz zu bestehen. Etwa hundert Meter weit erstreckte er sich vor ihm und endete mitten im Nichts, in einem dünnen blauen Dunst, durch den die schillernden Kugeln von Universen wie große und kleine Seifenblasen schwebten. Stille umgab ihn, eine angenehme offene Stille, bereit dazu, seine Gedanken aufzunehmen und ihnen vielleicht sogar Gestalt zu geben.

Langsam ging er über den Steg, der leise unter ihm knarrte, als bestünde er tatsächlich aus echtem Holz. Das war natürlich nicht der Fall, wie er wusste, seine menschlichen Sinne nahmen den Steg nur auf diese Weise wahr.

Aron setzte einen Fuß vor den anderen, bis er das Ende des Stegs erreichte, blieb dort stehen und breitete die Arme aus, als wollte er das Universum umfassen oder die Universen, die vor ihm und auch zu beiden Seiten durch die blauen Kontinua trieben. Eine der Blasen schwebte näher, und als Aron sie berührte, platzte sie nicht, sondern öffnete sich für ihn.

Galaxien und Galaxienhaufen breiteten sich aus, lange Filamente wie komische Spinnweben. Arons Hände folgten ihren Bahnen, mit einem blauen Leuchten an den Fingerspitzen. Hier gab es alles, wusste er: alle Galaxien seines Universums, alle Sterne und Planeten, alle Asteroiden und Kometen, alle Staubpartikel und Strahlungsströme. Und alle Lebewesen mit allen ihren Gedanken und Gefühlen. Aron wusste auch: Wenn er die Hände noch etwas weiter ausstreckte, konnte er alles berühren, ganz gleich wie nah oder fern.

Er ließ die Hände mit dem Kontinua-Blau an den Fingerspitzen sinken, drehte sich um und kehrte langsam zurück. Dort, wo der Steg begann, stand eine Hütte, scheinbar ebenfalls aus Holz. Verwitterte gelbgrüne und braune Bretter bildeten ihre Wände, schiefergraue Schindeln das Dach. Aron betrachtete die Hütte, während er sich ihr näherte. Er sah sie zum ersten Mal, wusste aber, dass es sich um ein besonderes Gebäude handelte, das in seinem Innern viel mehr Platz bot, als die äußeren Abmessungen vermuten ließen.

Angenehme Wärme empfing ihn, als er direkt vor der halb offenen Tür stehen blieb. Sanftes Licht strömte ihm entgegen. Er bewegte die Hände darin und beobachtete, wie das Licht an ihnen vorbeifloss, abgelenkt vom Blau an den Fingerspitzen.

Behutsam drückte er die Tür ganz auf und trat ein.

Es war wie eine Heimkehr. Alles war zwar fremd und überraschend, und doch wusste er, dass ihn hier Geborgenheit erwartete, eine Ruhe, die neue Kraft gab und Ordnung für wirre Gedanken.

Allein der vor ihm liegende Wohnraum war mit mehr als dreißig Quadratmetern größer als die ganze Hütte. Auf der einen Seite stand ein runder Tisch aus massivem Holz mit zehn Stühlen. Einer von ihnen war nach hinten gerückt, als wäre gerade jemand aufgestanden und vielleicht in den Flur gegangen, der weiter hinten zu den anderen Zimmern führte, eins von ihnen eine Bibliothek von immensen Ausmaßen. Dort, wo eben noch jemand gesessen hatte, stand ein Becher auf dem Tisch, der eine heiße dampfende Flüssigkeit enthielt. Daneben lag ein Objekt, das Aron irgendwann einmal in alten Aufzeichnungen gesehen: ein analoger Datenträger, ein Buch.

Neugierig trat er näher.

Das aufgeschlagene Buch enthielt Zeichen, mit denen er nichts anzufangen wusste, und während er noch versuchte, sie zu verstehen, verschwanden sie nach und nach, bis die beiden sichtbaren Seiten weiß waren.

Erneut sah er sich um. Ein Schaukelstuhl stand am leeren Kamin, und für einen Moment glaubte Aron, sich daran zu erinnern, dort schon einmal gesessen und in herrlichem Seelenfrieden nachgedacht zu haben. Dies war der richtige Ort dafür: die Gedanken treiben zu lassen, hinaus in die Kontinua, zu fernen Galaxien, Sternen und Planeten, die nie ein Mensch gesehen hatte. An einem solchen Ort konnte man die Stille nutzen, um mehr zu hören, als sonst zu hören war.

Für einige Sekunden verharrte Aron in völliger Reglosigkeit, hielt den Atem an, damit wirklich alles still war, und lauschte.

Etwas berührte ihn, tief in seinem Innern, und in weiter Ferne – noch weiter entfernt als die fernsten Galaxien, die er vom Steg aus gesehen hatte – erklang so etwas wie eine leise Melodie, begleitet vielleicht von einer Stimme.

Aron öffnete die Augen, die er geschlossen hatte, ohne sich dessen bewusst zu sein. Nein, dachte er.

»Nein«, sagte er und beendete damit die Stille. »Die Zeit ist noch nicht reif.«

Auf dem Weg zum Flur blieb er neben dem großen Schaukelstuhl stehen, gab ihm einen Stoß und beobachtete, wie er sich bewegte. Hatte er tatsächlich schon in ihm gesessen? Wann und in welchem früheren Leben?

Im Flur standen die Türen offen. Er blickte in die Küche, die den Anschein erweckte, als hätte dort eben noch jemand mit Tellern und Töpfen hantiert, und danach warf Aron einen Blick in einen jadegrünen Hygienebereich fast so groß wie das Wohnzimmer und anschließend in insgesamt drei Schlafzimmer.

Die letzte Tür, am Ende des Flurs, erlaubte Zugang zur Bibliothek.

Regalreihen erhoben sich dort in weißem Licht und reichten in endlose Ferne, gefüllt mit analogen und digitalen Datenträgern aller Art. Aron schritt langsam an ihnen vorbei, betrachtete kleine Steintafeln, Buchrücken, Speicherchips und Objekte, die aussahen wie Glaswürfel. Als er einen von ihnen nahm, entstanden in seinem Innern Bilder fremder Welten.

Er erinnerte sich an das Archiv der Moy, das in der Milchstraße als größte Sammlung von Wissen galt. Im Vergleich mit der Bibliothek der Hütte wäre es winzig und kaum von Bedeutung gewesen.

Er hätte mit geschlossenen Augen gehen können, er kannte den Weg. Beim nächsten Quergang wandte er sich nach rechts und gelangte wenig später zu einer von Tausenden Ruheinseln, wo die Bibliotheksbesucher Platz nehmen und sich mit dem Inhalt zuvor ausgewählter Datenträger beschäftigen konnten.

Aron blieb vor einem kleinen Tisch stehen und betrachtete den darauf liegenden Gegenstand, eine Spindel, fünfzehn Zentimeter lang und mit einem Durchmesser von etwa einem Zentimeter an der dünnsten Stelle.

»Deshalb bin ich hier, nicht wahr?«, murmelte er. »Du hast mich hergeholt, damit ich dich berühren kann.«

Als er die Spindel ergriff, ging ein blaues Leuchten von ihr aus, das ihm über Hände und Arme strich, über Brust und Hals kroch, das Gesicht erreichte …

Erneut fuhr ein Dolch aus dem Implantat in seiner Schläfe, und während sich ihm die Klinge noch durchs Gehirn bohrte, fielen ihm Namen ein, die irgendwann einmal wichtig gewesen waren. Einer von ihnen lautete Aurelius, zwei andere Jasper und Jasmin, Vater und Tochter.

Aron hob die Spindel in der Hoffnung, mehr zu erfahren …

Der Schmerz wurde so heftig, dass er die Augen zukniff, und als er sie wieder öffnete, sah er das zornige Gesicht der Navigatorin. Sie hatte eine Waffe auf ihn gerichtet.

»Lassen Sie es los!«, fauchte Annalia Terrez. »Lassen Sie es sofort los!«

In seiner Hand hielt er das Omni-Artefakt, das irgendwie die Wand des gläsernen Behälters durchdrungen hatte, ohne ein Loch darin zu hinterlassen. Er hob es wie zuvor in der Bibliothek der Hütte …

Die Navigatorin wollte auf ihn schießen, er sah es deutlich in ihrem Gesicht. Und Muriel sah es offenbar ebenfalls, denn sie warf sich gegen sie und stieß die Hand mit der Waffe beiseite.

Einer der beiden Wachen legte auf Muriel an, der andere auf Aron.

Es blitzte. Etwas traf ihn und löschte sein Denken aus.

BEI DEN FÜNF

89

IN DEN Kommunikationskanälen der Bewahrer herrschte Aufruhr. Ein Mordanschlag auf den Initiator, den Hüter des großen Plans, den alten ewigen Garanten für die Wiederkunft, der alles unterzuordnen war – erschütternd und unfassbar.

Curax vernahm die vielen besorgten und zornigen Stimmen, als ihn der zum Assistenten rekonfigurierte Sessel über das Eis von Ultima trug, in einer schützenden Energieblase und begleitet von einer zwanzigköpfigen Eskorte der Protektionsgarde. Sein Ziel war das Planungszentrum in der Zitadelle, gebaut von den ersten Menschen auf Ultima, bevor die primären und sekundären Angepassten den Planeten außerhalb von Andromeda besiedelt hatten.

Seine Ohren konnten nicht überall sein, trotz der Erweiterungen, die in seinem alten menschlichen Körper steckten und deren Zweck es noch nach und nach zu erkunden galt. Sie dienten unter anderem der Kommunikation, sowohl in den Nachrichten- und Mitteilungskanälen als auch mit den Denkern und Maschinen des Planungszentrums.

Curax hielt sich nicht damit auf, alle Erweiterungen genau auf ihre Funktion zu überprüfen. Einige von ihnen waren offenbar dazu bestimmt, die metabolischen Prozesse des alten Körpers zu kontrollieren, und insbesondere ihnen passte Curax die morphischen Strukturen seines Gewebes an, damit kein medizinischer Alarm ausgelöst wurde.

Bei den kleinsten von ihnen handelte es sich um Nanomechs, winzige automatische Mechanismen, die Körperzellen reparierten und das Nervensystem stimulierten. Es waren Tausende, im ganzen Körper verteilt, und auch bei ihnen musste Curax darauf achten, dass sie keine biometrischen Anomalien in die Notfallkanäle meldeten. Der Initiator war ein wichtiger Mensch, er durfte auf keinen Fall sterben.

Er ist längst tot, dachte Curax zufrieden.

Seine Aufmerksamkeit galt insbesondere den abgeschirmten, sicheren Kanälen der Garde und des Protektorats und den dort übermittelten Nachrichten, die die Sicherheit von Ultima betrafen. Nichts deutete darauf hin, dass jemand an seiner Identität zweifelte. Der sekundäre Glaziale, auf den er im Saal geschossen hatte, schien tatsächlich tot zu sein. Zumindest war er aber wohl so schwer verletzt, dass er keine Aussage machen konnte.

Dennoch musste er sich beeilen. Seine Tarnung konnte kaum besser sein, aber da er nicht über alle Gegebenheiten Bescheid wusste, bestand die Gefahr, dass ihm früher oder später ein Fehler unterlief. Deshalb war er nach dem vermeintlichen Anschlag auf ihn sofort aufgebrochen, um die Absichten in die Tat umzusetzen, mit denen er hierhergekommen war, zu einer einsamen Welt im Leerraum zwischen den Galaxien, fast vier Milliarden Jahre in der Vergangenheit.

Gewaltige Eisformationen strichen unter ihm hinweg, weiße Berge und Schluchten, die das Licht der künstlichen Sonnen reflektierten. Oben, am schwarzen Himmel über Ultima, hing das riesige Feuerrad von Andromeda.

Dort herrschte die Melange, die sich mit unfreiwilliger menschlicher Hilfe in den Spiralarmen ausgebreitet hatte. Eine Infektion der Bewahrer – das war ein Gedanke gewesen, eine Möglichkeit, die er vor seinem Aufbruch in Betracht gezogen hatte. Doch damit wären einige schwer kalkulierbare Risiken verbunden gewesen, und deshalb hatte er sich für einen anderen Weg entschieden.

Voraus geriet die Zitadelle in Sicht, eine Ansammlung von Türmen und langgestreckten Gebäuden, eingebettet in ewiges Eis. Sie umgaben eine Öffnung, die nahezu zwei Kilometer durchmaß und mit dunklem Wasser gefüllt war, geschützt von dem dünnen Energiefilm eines Ambientalfelds. An diesem Ort, wie an einigen anderen, reichte der Ozean unter Ultimas Eispanzer, Heimat der sekundären Glazialen, bis an die Oberfläche.

Curax hob den Blick in seinem fliegenden Assistenten. Vor dem Hintergrund der Andromeda-Galaxie, die einen großen Teil des sichtbaren Himmels einnahm, zeichnete sich über dem nicht weit entfernten Nordpol Ultimas Krone ab: der zweihundert Kilometer durchmessende Portalring, an dem zahlreiche spinnenartige Konstruktionsmaschinen arbeiteten. Nur noch eins der klobigen Ptoha-Reiseschiffe befand sich in seiner Nähe.

Aus der Ferne gesehen, wirkten die Gebäude wie eine Art Schutzwall, der die Öffnung im Eis umgab, und das, überlegte Curax, mochte der Grund sein, warum die Menschen diese besondere Stadt »Zitadelle« nannten.

Zwischen zwei Türmen sank der Assistent einer Kuppel entgegen, die aussah wie ein Farbklecks im Weiß von Eis und Schnee. Zwei blutrote Segmente des Kuppeldachs glitten auseinander, als sie die Signale des Initiators empfingen. Wenige Momente später landete der Assistent mitsamt seiner Eskorte in einem Hangar und verwandelte sich teilweise in einen Sessel zurück, nachdem sich das Dach der Kuppel wieder geschlossen hatte.

Gedämpftes Licht fiel durch die bunten Dachsegmente auf einen Boden mit einem aus kleinen halb transparenten Steinen bestehenden Mosaik, das die Milchstraße und Andromeda zeigte sowie ihre kleinen Satellitengalaxien. In der Darstellung waren die beiden großen Sterneninseln einander so nahe, wie sie es in vier Milliarden Jahren sein würden, zu dem Zeitpunkt, als die Fluchtschiffe der letzten Menschen, allen voran die *Esperanza*, die Milchstraße verlassen hatten.

Auf einem magentafarbenen Gravitationskissen schwebte der Assistent über das Mosaik hinweg und durch einen Gang, eskortiert nur noch von sechs Gardisten. Nach den jüngsten Ereignissen nahmen sie ihre Aufgabe noch ernster. Fünf von ihnen hielten ihre Waffen bereit, und der sechste sondierte mit Sensoren und Scannern auf der Suche nach Attentätern.

Bedienstete in lehmbrauner ziviler Kleidung wichen beiseite, verneigten sich respektvoll oder salutierten wie Soldaten, als Curax in Gestalt des alten Initiators wenige Zentimeter über dem Boden durch die Flure flog, vorbei an Archiven und Erinnerungsräumen. Schließlich erreichte er eine Tür mit goldenen und violetten Symbolen. Die Gardisten bezogen daneben Aufstellung, jeweils drei auf der einen und auf der anderen Seite, und Curax sendete den Code, den das Gedächtnis des von ihm übernommenen greisen Menschen enthielt.

Einige Sekunden lang geschah nichts, und Curax befürchtete schon, dass die Erinnerungen des Initiators bei der Übernahme Schaden genommen hatten. Doch dann schoben sich die Segmente des Tors auseinander und gaben den Weg zum Allerheiligsten der Bewahrer frei, dem Planungszentrum.

Der Assistent trug Curax in den etwa hundert Quadratmeter großen Raum, und hinter ihm schloss sich das Tor.

Er war allein, noch unerkannt, ungestört, ungehindert. Es galt nun, schnell zu handeln, den Vorteil zu nutzen.

90

CURAX ENTSANN sich mit fremden Erinnerungen an seine vielen Aufenthalte in diesem besonderen Raum, an die geteilten Gedanken mit den fünf anderen Planern, die sich bereit erklärt hatten, auf ihr physisches Menschsein zu verzichten. Ihre Gehirne ruhten in sternförmig angeordneten Interface-Behältern, jeder von ihnen in einer anderen Farbe: Rot, Gelb, Grün, Blau und Violett. Die Datenbrücken mehrfach redundanter Systeme verbanden sie mit den Maschinenintellekten des Planungszentrums.

Der Assistent landete auf dem kleinen Podium in der Mitte des Sterns und verwandelte sich wieder ganz in einen Sessel. Servomechanismen stellten die Verbindungen her, die Curax brauchte, um Zugriff auf die Datensysteme mit all ihren Verzweigungen zu bekommen. Sein Platz bei den Fünf erlaubte es ihm nicht nur, den großen Plan der Wiederkunft zu modifizieren und weiterzuentwickeln, er kam auch einem militärischen Kommandostand gleich, der ihm – dem Initiator – den Oberbefehl über die Kampfschiffe und Abwehrsysteme von Ultima gab.

Der Blick seiner Augenimplantate glitt über die Interface-Behälter mit den Fünf. Er hatte sie alle persönlich gekannt, der Mensch, der damals zum Initiator geworden war:

Agilla Desantos, Koordinator der Neun Kronen. Ein weiser Mann mit einem Blick, der weit in die Zukunft reichte.

Cora Compton Ridder, Kuratorin der Museen von Grinta. Eine Frau, die ihr Leben lang Erinnerungen gehütet hatte.

Munga Maximus, Seher von Glokkner bei den Plasmaschründen der Violetten Gräben, Bollwerk gegen die Melange. Er hatte schon in jungen Jahren einen Teil seines Menschseins preisgegeben und sich mit Maschinen verbunden, um besser zu denken und klarer zu erkennen, was geschehen konnte und würde.

Cauã Camaia, Dynast des Neuen Galaktikums, das der Melange zum Opfer gefallen war. Ein Mann mit multipler Persönlichkeit, der siebzehn Individuen in sich vereinte, alles Wissenschaftler, Philosophen und kluge Denker.

Und schließlich Gloria die Neunzehnte, Kaiserin des Großen Andromedanischen Konzils. Eine Frau, deren Ahnenlinie angeblich bis zur *Esperanza* und den Vorfahren in der Milchstraße zurückreichte. Sie war eitel gewesen, die Kaiserin, aber auch scharfsinnig. Und sie hatte so sehr an ihrem Leben gehangen, dass sie bereit gewesen war, ihre Schönheit zu opfern, um Teil der Planungsmaschinen zu werden.

Ihr Leben, dachte Curax, würde nicht mehr von langer Dauer sein.

Größte Vorsicht war geboten, ermahnte er sich selbst, als er sein Bewusstsein mittels der neuronalen Verbindungen in die Denk- und Planungssphäre schickte. Die Maschinen konnte er vielleicht lange genug täuschen, für ihre Intellekte gab es Schranken und Kanäle, aber der Kontakt mit den menschlichen Planern erforderte höchste Aufmerksamkeit. Sie und der Initiator kannten sich, und das seit Jahrhunderten, und sie teilten persönliche Erinnerungen.

Curax hatte nicht genug Zeit, den Gedächtnisinhalt des Übernommenen zu sortieren, um die richtigen Signale zu senden und immer und in jedem Fall korrekte Antworten zu geben, darum durfte er kein Risiko eingehen.

Du bist zurück, tönte es ihm aus der gemeinsamen Denksphäre entgegen. Wir sind besorgt gewesen. Ein Anschlag auf dein Leben fand statt, ein Fremder kam, um dich zu töten, angeblich jemand aus der Zukunft, der auf einen Fehler in unserem großen Plan hinweisen wollte.

Ich lebe, erwiderte Curax und suchte nach den neuronalen Kontaktstellen und Lebenserhaltungssystemen für die menschlichen Gehirne. Im Hintergrund hörte er das Quantenraunen der Intellekte, dumpf und wortlos für ihn.

Zum Glück, lautete eine der Antworten.

Der Attentäter hat dich verletzt/verändert/modifiziert, sandte ihm Munga Maximus.

Da war er bereits, der erste Argwohn, schon nach wenigen Sekunden.

Sofort handelte Curax. Mit den Prioritätssignalen des Initiators veränderte er die energetischen Kanäle des Planungszentrums und schickte dem Bio-Interface einen Impuls mit dem Tausendfachen der normalen Energiestärke – die jähe Überladung unterbrach alle Verbindungen.

Es wurde still in der Denksphäre des Planungszentrums bis auf das Raunen der Intellekte. Curax dehnte sich weiter in der Denksphäre aus, schickte Gedanken in die Subsysteme und begann mit einer Revision des Plans der Wiederkunft.

Eine der wichtigsten Veränderungen betraf das Portal für die Zukunft über dem Nordpol von Ultima. Es durfte nicht fertiggestellt werden.

DIE SUCHE BEGINNT

91

VERÄNDERUNG SCHLICH sich in die zeitlose weiße Welt der Zelle. Thorall spürte sie nicht sofort, denn seine Gedanken trieben träge und orientierungslos durch mentale Welten, geschaffen von Sorge, Befürchtungen und schwachen Hoffnungen. Die Biomaschine ernährte ihn und nahm seine Ausscheidungen auf. Temperatur und Licht blieben unverändert, die Wahrnehmungen gedämpft, die Einsamkeit ein Käfig, aus dem er nicht entkommen konnte. Einmal fragte er sich, was geschah, während er im Weiß schwebte, aber in seiner weißen Welt ohne Zeit schien diese Frage immer weniger wichtig zu sein.

Meistens hielt er die Augen geschlossen, um nicht dem Weiß ausgeliefert zu sein, das seine Gedanken aufzusaugen drohte, bis er völlig leer war. Nur manchmal öffnete er sie, um herauszufinden, ob außerhalb von ihm überhaupt noch etwas existierte. Bei einer solchen Gelegenheit stellte er überrascht fest, nicht mehr allein zu sein.

Der junge Mann mit dem glatten Gesicht und der Uniform eines Justiziars war zurückgekehrt, nicht in Begleitung des mit zahlreichen Sensoren ausgestatteten Verhörmechs, sondern einer zarten langgliedrigen Gestalt, die einen speziellen, mit kaltem Wasser gefüllten Schutzanzug trug. Hinter dem Helmvisier zeigten sich große dunkle Augen, umgeben von weißen Schuppen.

Ein sekundärer Glazialer, begriff Thorall und versuchte, seine Benommenheit loszuwerden.

»Manchmal liegen Wahrheit und Lüge dicht beieinander«, sagte der junge Mann, und seine Stimme klang seltsam, vielleicht wegen der langen Stille. Wie viel Zeit war vergangen? »Manchmal sind Lügen so gut getarnt, dass man sie kaum von der Wahrheit unterscheiden kann. Wir sind hier, um das Wahre zu suchen und zu erkennen. Erzählen Sie noch einmal Ihre Geschichte. Wo und wie haben Sie den Feind empfangen, und welche Absprachen gibt es zwischen Ihnen? Wann haben Sie entschieden, mit ihm gemeinsame Sache zu machen?«

»Das habe ich nie!«, krächzte Thorall. Das Sprechen fiel ihm nicht leicht. »Ich bin kein Verräter!«

»Ihre Geschichte«, forderte der Justiziar. »Erzählen Sie alles, von Anfang an. Mit allen Details. Lassen Sie nichts aus.«

Der Glaziale schwebte über dem weißen Boden, von einem Gravitationsfeld gehalten, und Thorall fühlte seinen aufmerksamen Blick. Er begann erneut mit dem Bericht, den er bereits mehrfach erstattet hatte, und schloss dabei die Augen, um nicht vom Weiß geblendet zu werden und sich genau an alles zu erinnern, an jede noch so kleine Einzelheit.

Schließlich waren die Ereignisse geschildert und beschrieben. Erwartungsvoll öffnete Thorall die Augen. »Es ist alles wahr«, fügte er hinzu. »Nichts ist hinzugefügt oder gelogen.«

Ein akustisches Signal erklang, ein vertrautes Ping, und vor dem Justiziar bildete sich ein Projektionsfeld mit den Daten einer Mitteilung. »Analysen wurden durchgeführt«, verkündete der junge Mann. »Mit einer Probe von dem verbrannten organischen Material im Saal des Initiators. Dabei sind nicht nur xenomorphe Zellen festgestellt worden, sondern auch Gewebereste des Initiators. Und der verletzte Sekundäre ist aus der Heilstarre erwacht. Er gibt zu Protokoll, dass der Initiator auf ihn geschossen hat.«

»Ich sage die Wahrheit!«, rief Thorall. Plötzlich war sie wieder da, seine Stimme, mit voller Kraft. »Das ist der Beweis!«

Das Datenfeld verschwand. Der Justiziar wandte sich an den Glazialen im Schutzanzug, bei dem sich Thorall sicher war, dass es sich um einen der unfehlbaren Wahrheitsfinder handelte.

Eine neue Stimme erklang, leise, aber fest und voller Autorität und Gewissheit. »Seine Worte sind hell«, verkündete der sekundäre Glaziale. »Nirgends liegt ein Schatten von Lüge.«

Der Justiziar vollführte eine bestätigende Geste. Hinter ihm öffnete sich die Tür.

Das Weiß der Wände verblasste. Farben kehrten zurück, matte Pastelltöne, eine Erleichterung für Thoralls Augen. Die Biomaschine summte und surrte, ihre Geräusche verbargen sich nicht mehr hinter der Dämpfung seiner Sinne. Sie bewegte sich, löste behutsam eine Verbindung nach der anderen und setzte ihn auf dem Boden ab.

Die Beine drohten unter ihm nachzugeben. Thorall nahm seine ganze Kraft zusammen, damit er aufrecht stehen konnte.

»Hiermit wird festgestellt, dass Sie unschuldig sind, Protektor Thorall«, sagte der Justiziar in einem förmlichen Ton. »Hiermit wird entschieden und beschlossen: Sie sind frei von Schuld und vollständig rehabilitiert. Ab sofort haben Sie wieder den Befehl über die Protektionsgarde.«

Ein Mech schwebte durch die offene Tür, mit Kleidung und einer Ordonnanzwaffe.

»Wie lauten Ihre Anweisungen, Protektor Thorall?«, fragte der junge Justiziar.

Thorall rang noch immer mit Schwäche, während er sich anzog. »Wo befindet sich der falsche Initiator?«

»Im Planungszentrum«, lautete die Antwort.

Thorall schwankte und stützte sich an der Wand ab. Für einen Moment schloss er die Augen und zog sich erneut in die Dunkelheit zurück, die ihm Zuflucht gewesen war.

»Die Garde muss mobilisiert werden«, sagte er, die Augen wieder offen. »Aber still, leise, ohne Meldungen in den Kommunikationskanälen. Ohne den Feind zu alarmieren«

Thorall ergriff die Ordonnanzwaffe und verließ die Zelle, die ihn viel zu lange festgehalten hatte.

BOTSCHAFTEN

92

ICH BRAUCHE Hilfe, wandte sich Sal an den größeren Intellekt des Schiffes, das ihn – seine Reste – durchs Sprawl trug.

Du hast mich schon einmal um Hilfe gebeten, und ich habe bereits geholfen, signalisierte die Denksphäre des dominanten Maschinenselbst. Und ich habe dir geholfen, du bist in meine Systeme integriert.

Sal hatte lange gerechnet, viel länger als sonst, und das Ergebnis seiner Berechnungen mehrmals überprüft. Es ging darum, den Blender, den Zeitmanipulator namens Curax, zu identifizieren und zu lokalisieren, bevor er Schaden anrichten konnte. Das ließ sich mit ausreichender Zuverlässigkeit nur über einen Umweg bewerkstelligen, der ziemlich lang sein konnte, sowohl räumlich als auch zeitlich.

Er erklärte dem größeren Selbst, zu dem er inzwischen gehörte, die Hintergründe.

Bald erreichen wir Ultima, und vielleicht befindet sich der Saboteur bereits dort. Leider kennen wir nicht den genauen Zeitpunkt seiner geplanten Aktionen, und ebenso wenig wissen wir, wie und an welcher Stelle er vorzugehen gedenkt. Das macht es sehr schwierig, die Zeitmanipulation zu verhindern.

Was schlägst du vor?

Mit gewöhnlichen Mitteln lässt sich Curax nicht in fremder Gestalt erkennen. Vermutlich wird er sich als ein Bewahrer ausgeben, um Zugang zu sicherheitskritischen Systemen zu erlangen. Aber es gibt eine Möglichkeit, ihn zu erkennen, selbst über größere Entfernung hinweg.

Der Intellekt des Flaggschiffs der aus siebenundzwanzig Einheiten bestehenden Bewahrerflotte kannte Sals Geschichte. Er wusste Bescheid und zog die richtigen Schlüsse.

Aron, stellte er fest.

Zwischen dem Menschen namens Aron und dem Blender Curax besteht eine Verbindung, bestätigte Sal. Amalgam. Eine mentale Brücke wie eine Quantenverschränkung des Geistes.

Eine Signalfolge übermittelte weitere Informationen.

Ich verstehe, antwortete der größere Intellekt. Der Mensch namens Aron kann den Xenomorph namens Curax erkennen und lokalisieren.

Ja, und zwar über größere Entfernung hinweg. Aron wäre zu einer sicheren Identifizierung und Lokalisierung imstande.

Aber er ist nicht hier, wandte der Schiffsintellekt ein. Er ist nicht bei uns. Wir wissen nichts über seinen gegenwärtigen Aufenthaltsort.

Aron befindet sich im kosmischen Netz der Ptoha, irgendwo und irgendwann. Wir müssten ihm eine Nachricht schicken, ihm den Weg hierher zeigen. Wie ließe sich das bewerkstelligen? Mir fehlen Daten und Denkkapazität …

Der größere Intellekt befasste sich ganze elf Sekunden mit dem Problem.

Ich glaube zu wissen, wie sich das bewerkstelligen ließe, sagte er schließlich und präsentierte Sal ein detailliert ausgearbeitetes Konzept. Allerdings wäre eine Kursänderung des Schiffes erforderlich, und es sind einige andere Entscheidungen nötig, die dem Flottenkommandeur und Kommandant dieses Schiffes obliegen.

Damit ergab sich ein weiteres Hindernis.

Kann der Kommandeur verstehen?, fragte Sal. Weiß er genug, um die Tragweite des Problems zu erkennen?

Er ist ein Bewahrer, erwiderte der Schiffsintellekt. Schon als Kind hat er gelernt, die Vergangenheit zu ehren, in der Gegenwart verantwortungsbewusst zu handeln und dabei weit in die Zukunft zu blicken. Ich werde ihm einen Bericht übermitteln und alles erklären. Anschließend sprechen wir mit ihm.

Die Begegnung fand in einem virtuellen Raum statt, in einem Konferenzzimmer, das den entsprechenden Räumen an Bord des Flaggschiffs der Flotte, der *Kundal*, nachempfunden war. Der Flottenkommandeur und Schiffskommandant erwies sich als greiser Offizier, der sich selbst treu blieb, indem er das Alter und die Zeichen seiner Verwundungen wie Ehrenmale trug. Beim Kampf gegen die Melange-Menschen hatte er beide Beine verloren, und Prothesen aus Stahlkeramik und Synthfleisch ersetzten sie, leistungsfähiger als die Originale. Die Augen in dem von Falten durchzogenen Gesicht waren wässrig und trüb, aber Sal empfing die biometrischen Daten aller Menschen an Bord, und in denen dieses Mannes namens Seban Rodrig Kolmor erkannte er einen wachen, intelligenten und aufmerksamen Geist.

»Sie hätten mich sofort informieren sollen, Asa«, wandte sich der Kommandant an den Intellekt, der sich als androgyne Gestalt unbestimmten Alters präsentierte, in ein cremefarbenes Gewand gehüllt. Der Name, stellte Sal fest, beschrieb keine individuelle, unabhängige Identität, sondern bezog sich auf die Funktion. Er bedeutete »autonome Systemadministration«.

»Ich habe untersucht und bewertet«, erwiderte der Schiffsintellekt. »Fragen mussten formuliert, Antworten gefunden werden.«

Seban Rodrig Kolmor richtete den Blick seiner trüben Augen auf Sal, der im virtuellen Besprechungsraum eine ähnliche Darstellung gefunden hatte wie der größere Intellekt. Er wirkte ein wenig jünger und kleiner und trug hellblaue Kleidung.

»Es wäre besser gewesen, wenn Sie mir sofort Bescheid gegeben hätten«, beharrte der Kommandant. Dass er den Schiffsintellekt siezte, hielt Sal für ein Zeichen des Respekts, obwohl es sich nicht um eine unabhängige Maschinenintelligenz handelte. Doch auch Curax hatte Sal gesiezt, und an dessen Respekt ihm gegenüber hegte Sal starke Zweifel. »Die Implikationen sind … enorm«, fuhr Kolmor fort. »Ich sorge dafür, dass die Protektoren von Ultima und der Initiator umgehend informiert werden.«

Sal kannte die Begriffe nicht. Der Schiffsintellekt erklärte sie ihm mit einer kurzen Signalfolge.

»Nein«, sagte er daraufhin. »Niemand darf gewarnt werden. Wir wissen nicht, wo sich der Saboteur verbirgt. Lug und Trug sind die wichtigsten Verbündeten des Blenders.« Sal bedauerte einmal mehr die Ineffizienz verbaler Kommunikation. Mit komprimierten Signalen ließ sich innerhalb kurzer Zeit eine wesentlich größere Datenmenge übertragen.

Er sprach von Aron und versuchte, die Hintergründe knapp und zugleich verständlich genug zu erklären.

»Nachrichtenkapseln?«, fragte der Kommandant. »Eine Botschaft für die Zukunft, verteilt im ganzen Universum?«

»Ich habe mit dem Ptoha Gorgon gesprochen«, sagte Sal in seiner menschlichen Gestalt. »Er hat mir nicht nur die Rolle der Reisenden erklärt, der Einsamen an den kosmischen Gestaden, sondern auch die Funktionen des Netzwerks aus Portalen. Wir haben diese Informationen bei den Rezepturen für Ihren Synther berücksichtigt.«

Vor Kolmor erschien ein Projektionsfeld und zeigte ihm die relevanten Daten. »Das Portal über dem Nordpol von Ultima?«, brummte er. »Das ist noch nicht fertig.«

»Wir müssen ganz nahe an das Portal heran«, sagte Sal. »Es gibt dort ein Kalibrierungs- und Konfigurationsfeld, das es ermöglicht, kleine Objekte ins kosmische Netz der Ptoha zu schicken. Hier sind die Koordinaten.« Sie erschienen in dem Projektionsbereich vor Kolmor.

»Wie viele Nachrichtenkapseln brauchen wir?«, fragte dieser und sah sich die Daten an. »Zehn? Zwanzig? Fünfzig?«

»Hunderte«, antwortete Sal. »Tausende. So viele, wie Ihr Synther herstellen kann, bis wir Ultima erreichen. Niemand weiß, wo sich

Aron befindet. Wir schicken die Kapseln ins Portalnetz der Ptoha, nicht nur in der Lokalen Gruppe von Galaxien, sondern weit darüber hinaus.«

»Ohne ein klar definiertes Ziel?«, äußerte Seban Rodrig Kolmor zweifelnd.

»Ja, das ist leider wahr«, räumte Sal ein. »Wir haben nur Größe und Masse sowie die menschlichen biometrischen Daten. Damit programmieren wir die Nachrichtenkapseln. Ich hoffe, das genügt, um Aron zu finden.«

Die Ptoha werden uns helfen, dachte Sal in seiner eigenen noch immer recht kleinen Denksphäre. Sie können nicht direkt eingreifen, aus den Gründen, von denen Gorgon gesprochen hat. Aber wir nutzen ihre Ressourcen, und sie werden helfen.

Der Kommandant schien sich noch immer nicht zu einer Entscheidung durchringen zu können. »Und was machen wir, wenn der Mensch namens Aron nicht auftaucht? Wenn wir sein Amalgam-Phänomen nicht nutzen können, um den Saboteur zu finden?«

»Dann müssen wir unsere eigenen Mittel und Möglichkeiten nutzen, um den Blender ausfindig zu machen und ihn daran zu hindern, den Plan der Wiederkunft zu vereiteln«, sagte Sal. »Ohne einen Alarm auszulösen. Ohne dass jemand Verdacht schöpft. Heimlich und hinter den Kulissen.«

»Das wird nicht leicht sein«, meinte Seban Rodrig Kolmor.

»Ja, das wird es nicht«, bestätigte Sal.

Einige Sekunden verstrichen.

»Wie lautet Ihre Entscheidung?«, fragte der Schiffsintellekt.

Der Kommandant der *Kundal* stand auf. »Wir beginnen sofort mit der Herstellung der Nachrichtenkapseln.«

WER BIST DU?

93

ARON FAND sich in einem Geräteraum wieder, ohne die Kleidung, die er zuvor bekommen hatte, der nackte Leib von Sensoren und kleinen mobilen Scannern bedeckt. Kraftfeldfesseln hielten ihn auf einer harten Liege fest. Es war kalt, er fröstelte. Aber vielleicht existierte die Kälte vor allem in seinem Innern; dort schien es so kalt zu sein wie in den großen Voids des Universums.

Er war nicht allein. Mehrere Personen standen in der Nähe, unter ihnen die streng blickende Navigatorin der *Taipah*, Annalia Terrez, und Muriel, die ebenfalls Energiefesseln trug, sie aber nur an den Händen. Sorge zeigte sich in ihrem Gesicht und noch etwas anderes, das schmerzliche Distanz zwischen ihnen schuf, eine an Argwohn grenzende ungläubige Verwunderung. Aron hätte gern die Hand ausgestreckt, um sie zu berühren. Er sehnte sich plötzlich nach ihrer Wärme.

»Wer bist du, Aron?«, fragte sie leise.

Plötzlich erinnerte er sich an das sanfte, tröstende mächtige Blau der Kontinua, das ihm seltsam vertraut erschienen war, der Kontakt damit wie die Heimkehr nach einer langen Reise. Es war noch immer da, das blaue Leuchten, wenn auch schwächer, nicht so hell, nicht so intensiv, aber nah genug für einen Kontakt. Die Spindel aus dem Sicherheitsraum, dem Reliquienschrein der Bewahrer, schwebte dicht über seiner Brust und drehte sich langsam. Sie schien auf etwas zu warten.

»Ich habe mich für den letzten Menschen gehalten«, antwortete Aron. »Aber das bin ich nie gewesen. Vielleicht war es nicht mein einziger Irrtum.«

»Geben Sie das Artefakt frei!«, befahl die Navigatorin scharf.

Sie hatte versucht, es zu ergreifen, fiel Aron ein. Kurz nach seinem ersten Erwachen im Untersuchungsraum. Die Bewahrerin mit den strengen graugrünen Augen, den harten Linien im Gesicht und den farblosen Lippen – sie hatte es nicht nur mit den Händen versucht, sondern auch mit Instrumenten und den Greifzangen eines kleines Mechs. Doch die blau leuchtende Spindel verharrte dicht über Arons Brust, und sosehr Hände und Zangen auch an ihr zogen, sie rückte nicht einen Millimeter weit fort.

»Wie haben sie es angestellt?«, zischte Annalia Terrez, und der Translator an Arons Ohr übersetzte. »Wie haben Sie das Artefakt aus dem Behälter geholt? Wie haben Sie sich damit verbunden? Und von welcher Art ist die Verbindung?«

»Es hat mich gefunden«, gab Aron zurück. Er war gefesselt, ihm drohte Gefahr, doch in seinem Innern herrschte eine Ruhe, in der nur Muriel fehlte. Nicht mehr als zwei oder drei Meter trennten sie von ihm, doch sie schien unerreichbar. »Es ist zu mir gekommen. Ich habe nichts getan.«

Das stimmte nicht ganz, begriff Aron. Er war keineswegs völlig passiv gewesen. Etwas in ihm hatte reagiert und sich geöffnet, sonst wäre es nicht zu einer Verbindung gekommen. Und nichts und niemand konnte diese Verbindung lösen, wenn er das nicht wollte. Es sei denn …

Die Navigatorin zog ihre Waffe und richtete sie auf ihn. Die beiden Wachen in ihrer Begleitung wichen beiseite.

»Wer auch immer Sie wirklich sind«, sagte Terrez scharf, »ich bin sicher, Ihr Tod gibt uns das Artefakt zurück.«

Sie könnte mich töten, wurde es Aron klar. Es wäre schade, wenn ich sterbe, denn ich habe eine Aufgabe.

»Nein!« Muriel trat vor die Liege mit Aron.

Die Navigatorin gab den beiden Wachen ein Zeichen, woraufhin sie Muriel an den Armen ergriffen und sie aus der Schusslinie zogen.

»Mit meinem Tod würden Sie die einzige Möglichkeit verlieren, den Saboteur zu finden.« Aron sprach ruhig, als ginge es nicht um ihn, sondern um eine andere Person. »Sind nicht schon genug Menschen gestorben?«, fügte er hinzu.

Annalia Terrez kam einen Schritt näher, die Waffe auf Arons Kopf gerichtet. »Geben Sie das Artefakt frei!«, fauchte sie. »Geben Sie es uns zurück!«

Was würde geschehen, wenn sie wirklich schoss?, fragte sich Aron. Trennte ihn tatsächlich nur der Druck eines Fingers vom Tod? Oder würde ihn das Omni-Artefakt schützen?

Das war ein sonderbarer Gedanke, fand er. Konnte ihn das Artefakt denn schützen? Und war es überhaupt imstande, eine entsprechende Entscheidung zu treffen?

Wie viele Gedanken passten in zwei oder drei Sekunden Stille? Ziemlich viele, stellte Aron fest. Er erinnerte sich an die Hütte in den Kontinua, die innen viel größer war als außen, an eine Bibliothek gewaltiger als das Archiv der Moy in der Milchstraße, das erst in Jahrmilliarden entstehen würde. Er dachte an das riesige Mosaik von Zeit und Raum. Es genügte, einen kleinen Stein zu nehmen und ihn an eine andere Stelle zu setzen, um ein neues Bild zu schaffen. Alles war miteinander verbunden und verschachtelt, eine Mannigfaltigkeit zahlloser Verschränkungen. Nicht einmal Sal und die Maschinenintelligenzen in den Kugelsternhaufen der Milchstraße hätten schnell genug rechnen können, um die Wellen aus Konsequenzen zu bestimmen, die selbst von einer winzigen Veränderung ausgingen.

Wäre Omni dazu imstande gewesen? Hätte Omnis Blick weit genug über den Horizont der Gegenwart hinausgereicht, um alle Folgen zu erkennen? Vielleicht.

Aron dachte auch an sich selbst, an seine Leben, insgesamt viertausendfünfhundertdreizehn, jedes einzelne von ihnen mehrere hundert Jahre lang, wie Jahid ihm erklärt hatte. Wie konnten die Erinnerungen an die eigene Existenz zu einer so großen Last werden, dass sie das menschliche Bewusstsein überforderten? Wann und unter welchen Umständen war die Entscheidung getroffen worden, die Erinnerungen auszulagern und sie in einem Implantat zu speichern? Und warum hatte ihm Jahid die Erinnerungen mit einer Lüge genommen?

Er stellte sich ein neues Leben mit Muriel vor, einfach und überschaubar, ohne kosmische Weiten und Abgründe der Zeit, ohne Schatten der Vergangenheit, die weit in die Zukunft reichten. Auf einem abgelegenen Planeten mit warmen Meeren und sonnigen Inseln. Vielleicht sogar mit … Kindern?

Das war eine seltsame Vorstellung für jemanden, der sich über Jahrhunderttausende hinweg für den letzten Menschen gehalten und erst von Muriel erfahren hatte, was unterschiedliche Geschlechter bedeuteten. Eine ruhige, friedliche Welt, dachte er. Um das Leben nach eigenen Maßstäben und Regeln zu leben, unbestimmt von anderen. Um glücklich zu sein.

Was war das überhaupt, Glück? Was bedeutete es, glücklich zu sein? Hatte er so etwas jemals erlebt? War er jemals glücklich gewesen?

Wer bist du?, hatte Muriel gefragt. Wer bin ich?, fragte er sich selbst.

In der Kontinua-Hütte, dem Ort der Ruhe und Besinnung, gab es Antworten, in der Bibliothek größer als das Archiv der Moy. Man musste nur an den richtigen Stellen Ausschau halten. Mit etwas mehr Zeit hätte er die Erklärungen gefunden, die er brauchte, um den Sinn seiner Existenz zu verstehen.

Zeit, dachte er, als die dritte Sekunde zu Ende ging. Er war so alt wie vielleicht nie ein Mensch vor ihm, er hatte Jahrmillionen und Jahrmilliarden durchreist, und doch fehlte es ihm an Zeit. Um mit Muriel zu leben und glücklich zu sein. Um zu erkennen, zu verstehen und zu entscheiden.

Die Bewahrerin namens Annalia Terrez, Navigatorin der *Taipah*, eine menschliche Frau wie Muriel und ebenso ein Produkt ihrer

Zeit, ihrer Epoche … Sie würde schießen. Sie konnte gar nicht anders, ohne die Prinzipien zu verraten, mit denen sie aufgewachsen war und an die sie glaubte.

Ihr Zeigefinger krümmte sich um den Auslöser der Waffe.

Aron fragte sich, ob er den Ruf der Unendlichkeit hören würde, wenn er starb, und ob er ihm vielleicht seine wichtigsten Fragen beantwortete, auf dem schmalen Grat zwischen Leben und Tod, bevor ihn für immer Dunkelheit umfing.

94

»NEIN!«, erklang eine Stimme.

Die Tür hatte sich geöffnet, und ein Medomech schwebte herein, darin ein Mann, sein Körper in einem undurchsichtigen Polster aus braungelbem Heilgel, über neuronale Sensoren am Kopf verbunden mit Gravitationsmotor, Kommunikationssystem und mechanischen Gliedmaßen.

Annalia Terrez, den Finger am Auslöser der Waffe, sah überrascht zur Seite.

»Nein!«, wiederholte der Mann, dem Aron auf Hukoria das Leben gerettet hatte, der Kommandant des achtundzwanzigsten Schiffes, der *Taipah.* »Ich stehe in seiner Schuld. Sein Leben für meins.«

Die Navigatorin ließ die Waffe langsam sinken. Die strengen, harten Linien in ihrem Gesicht wurden sanfter und weicher. »Du solltest nicht hier sein, Corian.«

»Sein Leben für meins«, wiederholte der Verletzte, und ein Greifarm des Medomechs deutete auf die Liege mit Aron. »Mir scheint, ich bin gerade noch rechtzeitig gekommen.«

»Er ist beim Schatz gewesen, den wir geborgen haben und für den so viele von uns ihr Leben geopfert haben«, erklärte die Navigatorin. »Er hat eins der Omni-Artefakte gestohlen und will es nicht zurückgeben.«

»Das stimmt nicht«, warf Muriel ein. »Er hat es nicht gestohlen. Es … hat ihn erwählt. Es ist zu ihm gekommen und will ihn nicht mehr verlassen.«

Aron lag auf dem dünnen Polster der Liege, hörte Muriels Worte und fragte sich, ob sie stimmten.

Die Spindel schwebte dicht über seiner Brust, gehüllt in ein blaues Leuchten. Wärme ging davon aus, fühlte Aron, und vertrieb einen Teil der Kälte aus ihm.

»Die alte Macht von Omni«, sagte die Navigatorin leise. Widerstrebend steckte sie die Waffe ins Halfter. »Sie existiert noch, heißt es. Etwas davon befindet sich in den Artefakten. Wer weiß, was er damit anstellen könnte.«

»Er trägt es bei sich, es bleibt bei uns.« Mit einem dumpfen Summen schwebte der Medomech näher, verharrte in halber Höhe neben der Liege, und der Kommandant blickte auf Aron hinab. »Ein Leben für ein Leben, so haben wir es immer gehalten. Er gehört zu uns.«

»Es lässt sich nicht bewegen«, staunte Muriel. »Ich kann es nicht einmal berühren.«

Bei gedämpftem Licht lagen sie auf dem Bett der Kabine, die man ihnen zugewiesen hatte. Muriels Hand schloss sich um das Omni-Artefakt dicht über Arons Brust, aber es erfolgte kein Kontakt – wenige Millimeter trennten die Hand von der Spindel, die wieder zu rotieren begonnen hatte. Das blaue Leuchten durchdrang Finger und Handballen, die Knochen zeigten sich unter dem Fleisch und der Haut.

Muriel öffnete die Hand, zog sie von der Spindel zurück. Ein Stück tiefer strichen ihre Finger über Arons nackte Haut.

»Wer bist du?«, fragte sie erneut, ihre Stimme sanft und ohne den Beginn von Argwohn, der kalte Distanz geschaffen hatte. Dafür war Aron dankbar.

Er drehte den Kopf von einer Seite zur anderen und ließ den

Blick durch die Kabine schweifen. Eine Zelle war sie nicht, die Tür ließ sich öffnen, das hatten sie festgestellt, aber vielleicht gab es versteckte Augen und Ohren.

Für den Bruchteil eines Moments verwandelte sich der offene Zugang zum Hygienebereich in eine halb geöffnete Tür aus verwittertem Holz. Ein Blinzeln vertrieb das Trugbild.

»Wir sind nicht allein«, sagte er leise. »Man sieht und hört uns.«

»Und wenn schon«, erwiderte Muriel. »Wir gehören jetzt zur Besatzung der *Taipah*. So hat der Kommandant entschieden.«

Sie kam näher, so nahe, dass er ihren Atem an der Wange spürte. »Wer bist du?«, flüsterte sie. »Sag es mir.«

»Ich bin ich. Ich bin Aron.« Er hörte die eigene Antwort, gesprochen von seiner Stimme, doch den Worten fehlte Gewissheit.

»Ist das wirklich dein Name?«, fragte Muriel. »Bist du wirklich du?« Ihre Hand wanderte tiefer und schien wärmer zu werden.

»Du hast gesagt, das Artefakt hätte mich erwählt«, erinnerte sich Aron. »Wie hast du das gemeint?«

»Wie ich es gesagt habe. Die Spindel kam zu dir. Sie verließ den Behälter, ohne ihn zu zerbrechen oder sonst wie zu beschädigen, und stellte eine Verbindung mit dir her.«

»Welche Art von Verbindung?«

»Solltest du das nicht besser wissen als ich?«

Immer mehr Wärme ging von Muriels Hand aus. Aron hob ein wenig den Kopf, sah durch das blaue Leuchten der Spindel an sich herab und stellte fest, dass er groß wurde. Wie seltsam, die Sache mit den Geschlechtern, dachte er. Hier lag eine ganz neue Welt, von der er bisher nur einen winzigen Teil erkundet hatte.

»Es dürfte nicht sein«, sagte er, verwundert von sich selbst.

»Was dürfte nicht sein?« Muriels Fingerspitzen berührten, was groß geworden war.

»Das da.« Aron zeigte darauf. »Es dürfte gar nicht existieren.«

»Wie meinst du das?«

»Es dürfte nicht da sein«, entgegnete Aron ein wenig hilflos.

Muriel lächelte. »Ich bin froh, dass es da ist.«

Aron schlief und träumte von den Engeln, die die *Taipah* auf ihrem Flug durch das Sprawl begleiteten. Er hätte gern mit ihnen gesprochen, jenen Wesen zwischen den Dimensionen, denn sie hatten einen anderen Blick auf Raum und Zeit, sie konnten erklären, was ihm unerklärlich schien. Vielleicht hätten sie ihm sogar den Weg weisen können, nicht nach Hause, denn das gab es nicht für ihn, ein Zuhause, aber zu einem Leben, das nicht aus so vielen Fragen bestand.

In seinem Traum versuchte er, zu der Hütte in den Kontinua zurückzukehren, um in ihrer endlosen Bibliothek nach Antworten zu suchen. Er sah sie vor sich, zusammen mit ihrem Steg in einem Meer aus Universen, aber sie blieb unerreichbar.

Ein stechender Schmerz weckte ihn.

Mit einem Ruck setzte er sich auf, die Hände an den Schläfen. Das blaue Leuchten der Spindel füllte die Kabine.

»Was ist?« Von einem Augenblick zum anderen war auch Muriel hellwach. »Was ist los?«

Das Stechen wurde heftiger, zu einem Brennen. Es kam wie eine Welle, die sich immer höher auftürmte.

Das blaue Licht des Omni-Artefakts flackerte einmal, der Schmerz ließ nach.

»Wir sind nicht mehr im Sprawl«, brachte Aron heiser hervor. »Wir haben Ultima erreicht. Und er ist hier, der Blender!«

IN DUNKLER TIEFE

95

HIER ERSTRECKTE sich das Reich der zweiten Glazialen, jener Menschen, die sich den dunklen, kalten Tiefen von Ultima angepasst hatten, einem Ozean, der den ganzen Planeten umspannte und dessen Wasser durch den enormen Druck Tausende Kilometer unter dem Eis metallische Eigenschaften gewann.

Thorall stand im Kontrollraum des Tauchboots, direkt vor dem gewölbten Projektionsfenster, und fragte sich, ob er die richtige Entscheidung getroffen hatte. Wäre es nicht besser gewesen, eine der Kommunikationsstationen bei den Primären aufzusuchen, in einer der Oberflächenstädte, oder besser noch einen Stützpunkt der Protektionsgarde, um von dort Ultimas Verteidigungssysteme zu überprüfen und herauszufinden, was der falsche Initiator beabsichtigte und wie man gegen ihn vorgehen konnte, ohne die letzte Bastion in Gefahr zu bringen? Es wäre zweifellos leichter und schneller gewesen, barg aber das Risiko, dass der Falsche, der getarnte Feind, von den Nachforschungen erfuhr.

Thorall hoffte noch immer auf eine Möglichkeit, ihn zu eliminieren, bevor er großen Schaden anrichten konnte. Deshalb durfte der Widersacher in Gestalt des Initiators keinen Verdacht schöpfen. Er sollte glauben, unerkannt und sicher zu sein.

Die Frau an Thoralls Seite – groß und schlank, das geflochtene Haar feuerrot – blickte auf die Anzeigen ihres Kommunikators. »Wir sind gleich da«, sagte Xanira, Protektorin und »Offizierin der Tiefe«, zuständig für die Kontakte zwischen den sekundären Glazialen und der Garde. »Und die Mobilisierung der Garde schreitet voran, still und leise, wie von Ihnen befohlen.«

Thorall nickte zufrieden. Er hatte die Hände auf den Rücken gelegt und sah hinaus in den dunklen Ozean unter dem Eis von Ultima. Das Licht von zwei Scheinwerfern auf der Backbord- und Steuerbordseite des Tauchboots strahlte durch die ewige Finsternis. Gelegentlich zeigten sich kleine Kreaturen in ihrem Schein, halb durchsichtig und mit langen Nesselfäden. Noch vor wenigen Minuten hatte er beobachtet, wie mehrere Glaziale mit filigranen Netzen einen Schwarm dieser Geschöpfe gefangen hatten. Er versuchte sich vorzustellen, wie das Leben in Dunkelheit und Kälte sein mochte. Was hatte einige der ersten Menschen, die auf der Flucht vor der Melange nach Ultima gekommen waren, dazu veranlasst, sich diesem extremen Lebensraum anzupassen?

Die Antwort lautete: Es ging darum, dass Menschen überlebten. Die sekundären Glazialen in den Tiefen von Ultima waren nicht Teil des Plans der Wiederkunft, sie würden nie zur Milchstraße zurückkehren, aber sie leisteten einen wichtigen Beitrag für den Fortbestand der freien Spezies Mensch.

Die Konturen einer Station erschienen in den Ausläufern des Scheinwerferlichts, einer Anlage so klobig wie ein Reiseschiff der Ptoha, aus verschiedenen Segmenten zusammengesetzt und mit langen Sensorstangen versehen.

Der junge Pilot hinter ihnen passte den Kurs an und setzte die Geschwindigkeit herab. Xanira trat zur Luftschleuse, und Thorall folgte ihr. In der Schleusenkammer überprüften sie ihre Schutzanzüge, schlossen die Helme und schalteten die energetischen Schilde ein, die vor dem enormen Wasserdruck schützten.

Als sie das Tauchboot verließen, warteten mehrere Sekundäre auf sie, fragil wirkende, von weißen Schuppen bedeckte Gestalten, die sie zur Station begleiteten. Thorall vernahm ihre Stimmen und glaubte, den Wahrheitsfinder wiederzuerkennen, der dem Justiziar gegenüber von hellen Worten gesprochen hatte, die ohne einen Schatten von Lüge waren.

»Vielleicht kann die Vergangenheit helfen, die Zukunft zu

schützen«, sagte einer der Sekundären. An seinem dünnen Hals, zwischen den Kiemen, machte Thorall im Scheinwerferlicht des Tauchboots die violetten Zeichen eines Prinzipals aus.

»Es ist mir eine Ehre, der Zukunft zu dienen«, erwiderte er förmlich und vollführte eine Geste des Respekts.

Ein rundes Element der alten Station nahm Xanira und ihn auf. Hinter ihnen schloss sich das Außenschott, und Pumpen sorgten dafür, dass der Wasserspiegel im Schleusenraum schnell sank. Thorall wartete auf das Bereitschaftszeichen über dem Innenschott, und als es aufleuchtete, überprüfte er mittels seiner Anzugsensoren die ambientalen Daten. Alles schien in Ordnung. Er schaltete den Schild aus und öffnete den Helm.

Das Innenschott glitt vor ihnen zur Seite. Im Korridor erwartete sie mattes Licht, kühle Luft wehte ihnen entgegen.

Xanira holte ihren Kommunikator hervor und überprüfte ihn. »Ich habe keine Verbindung mehr.«

»Eine Störung?«, fragte Thorall und sah sich um, während sie durch die ersten Räume der Station schritten, die im Lauf der Jahrhunderte regelmäßig gewartet und erneuert worden war, erst als ein wissenschaftlicher Stützpunkt für die Erforschung des Ozeans, dann als Treffpunkt und Kontaktstation zwischen Bewahrern und Glazialen.

Xanira steckte den Kommunikator wieder ein. »Es könnte auch etwas anderes bedeuten. Wir werden es gleich erfahren.«

Sie kamen an Laboratorien, Unterkünften und Geräteräumen vorbei. Im Kontrollzentrum, einem großen Saal mit verschiedenen untereinander durch Treppen verbundenen Ebenen, fiel Thoralls Blick auf eine Mischung aus alter und neuer Technik, die er unter anderen Umständen vielleicht als faszinierend empfunden hätte. Eine große Wand, weiß und leer, diente vermutlich als Projektionsfläche.

Xanira trat zu einer der Konsolen und betätigte mehrere mechanische Schalter. Ein Summen ertönte, es wurde heller, zahlreiche

Displays zeigten rote, grüne und gelbe Statuszeichen. Die leere weiße Wand schien sich in ein großes Fenster zu verwandeln, mit Blick in den Ozean. Ein diffuses Licht erfüllte die dunkle Tiefe, die sich klar wie Glas präsentierte – eine visuelle Darstellung der Sondierungssignale.

Thorall näherte sich der großen Projektionsfläche, während die Offizierin hinter ihm an den Kommandokonsolen Platz nahm und die Hauptsysteme der Station aktivierte. In mittlerer Entfernung ließ sich ein bernsteinfarbenes Ellipsoid erkennen, eine Heimstatt der Sekundären, von ihren Ausmaßen vergleichbar mit der Zitadelle in Ultimas Eis und umgeben von zahlreichen großen und kleinen offenen Unterwasserbooten. Eingeblendete Datengruppen wiesen auf Größe und Reichweite hin. Weiße Linien markierten Tiefenströmungen, die von den Sekundären für weite Reisen genutzt wurden. Auch die alte Station, eine von insgesamt elf, trieb in einer solchen Strömung, die sie einmal in etwa dreizehn Jahren um den ganzen Planeten trug. Weitere Linien, magentafarben und karmesinrot, symbolisierten Kommunikationsverbindungen.

»Hier sind die aktuellen Daten«, sagte Xanira hinter Thorall, und aus dem großen Wandfenster wurden mehrere kleinere. Drei von ihnen zeigten weitere Heimstätten der Sekundären, größer noch als die erste. In den anderen erschienen Szenen, die Ultima, die Werften im Orbit und das große Portal über dem Nordpol zeigten. Zahlreiche Linien, weiß und grau, zeigten die Flugbahnen von Schiffen an.

»Die erwartete Flotte ist gerade eingetroffen«, meldete Xanira. »Die letzten Schiffe. Es sind siebenundzwanzig, nicht achtundzwanzig. Eins fehlt.«

Thorall beobachtete die Flotte in einem der kleinen Fenster: siebenundzwanzig goldgelbe Dreiecke, dicht beieinander. Nicht weit von den Ringen aus Wachposten, die Ultima in einer Entfernung von bis zu einigen Millionen Kilometern umgaben, kamen sie aus dem Sprawl und steuerten den Planeten an.

Die eingeblendeten Daten veränderten sich.

»Die *Kundal* identifiziert sich und die anderen Schiffe«, berichtete Xanira, »doch sie bekommt keine Antwort.«

Thorall drehte sich halb um. »Was ist mit den Kommunikationsnetzen?«

Die Finger der Verbindungsoffizierin strichen über Schaltflächen. »Sie sind aktiv, sowohl die auf der Oberfläche als auch die anderen in den verschiedenen Orbitalschalen. Aber niemand beantwortet die Signale der *Kundal*.«

»Eine Störung?«, fragte Thorall. »Ein Defekt bei den Empfängern.«

Xanira rief Funktionsdaten ab. »Das halte ich für sehr unwahrscheinlich.«

»Eine Signalblockade? Hat der Feind die Netze isoliert?«

Die Offizierin mit dem feuerroten Haar sah von den Kontrollen auf. »Unbekannt.«

Deshalb waren sie hier, dachte Thorall. Weil die einstigen Forschungsstationen im glazialen Ozean von Ultima über eigene, unabhängige Datennetze und Kommunikationsverbindungen verfügten, die nicht ohne größeren Aufwand separiert werden konnten.

Er wandte sich von der Projektionswand ab und nahm neben Xanira Platz, deren Hände an den aktivierten Kontrollen ruhten – die Offizierin wartete auf Anweisungen.

»Sehen wir uns Ultimas Datennetze an«, sagte er. »Aber vorsichtig. Niemand soll unsere Augen und Ohren bemerken. Niemand soll erfahren, dass es einen Beobachter gibt. Suchen wir nach Ungewöhnlichem, nach Mustern, die Rückschlüsse darauf ermöglichen, was der falsche Initiator plant.«

Sie machten sich an die Arbeit. Thorall öffnete einen abgeschirmten Kommunikationskanal, der ihnen mit einigen Offizieren der Protektionsgarde verband, die sein besonderes Vertrauen genossen. Von ihnen erfuhr er, dass die heimliche Mobilisierung gut vorankam. Allerdings war jetzt nicht mehr auszuschließen, dass die wachsende Kampfbereitschaft der Garde bekannt wurde.

»Die *Kundal* verlässt die Flotte«, sagte Xanira neben ihm. »Sie fliegt zum Nordpol. Ihr Ziel scheint das Portal zu sein.«

Thorall wandte den Kopf und blickte wieder zur Projektionswand. Eins der goldgelben Dreiecke scherte aus der Flottenformation und nahm tatsächlich Kurs auf das in Bau befindliche Ptoha-Portal über Ultimas Nordpol. Die sechsundzwanzig anderen Schiffe setzten ihren Flug zu den Raumstationen im mittleren Orbit des Planeten fort.

»Das ist seltsam«, meinte Xanira, plötzlich alarmiert. »Die Sensoren der Orbitalstationen registrieren zunehmende Aktivität bei den Verteidigungssystemen und insbesondere bei den Gefechtssatelliten.«

Thorall schuf eine Verbindung zu den militärischen Netzen und tarnte sie als eine routinemäßige Anfrage durch die Protektionsgarde. Unmittelbar darauf erschienen blaue Symbole im Anzeigefeld vor ihm. »Die Codes der Garde werden zurückgewiesen«, stellte er fest. »Es gibt neue Zugangsschranken.« Er lehnte sich langsam zurück und streckte dabei die Arme, so dass die Hände an den Kontrollen blieben. »Der Falsche hat Ultimas Daten- und Kommunikationsnetze unter seine Kontrolle gebracht.«

»Aber nicht unsere«, erklärte Xanira. »Nicht die der Tiefe. Wir sind noch immer einsatzfähig. Wie steht es mit der Bereitschaft der Garde?«

Thorall sah auf die Anzeigen. »Die einzelnen Gruppen sind voneinander getrennt.« Neue Datenkolonnen erschienen. »Sie stehen nicht mehr untereinander in Verbindung. Es gibt zahlreiche Kommunikationsanfragen.«

»Wir könnten als Kommandostand dienen und die Einsatzgruppen koordinieren.« Xanira deutete zur Projektionswand. »Sehen Sie. Die *Kundal* hat das Portal erreicht und schleust etwas aus.«

Der dunkle Himmel über Ultimas Norden erschien im größten Darstellungsfenster mit dem unvollendeten Portal und zwei Raumschiffen, einem klobigen Reiseschiff der Ptoha und der *Kundal* unter dem Kommando von Flottenkommandeur Seban Rodrig Kolmor. Die Sondierungssignale der Satelliten in nahen Umlaufbahnen zeigten Hunderte von winzigen Objekten, mit Gravitationskatapulten vom Bewahrerschiff ausgeschickt.

Xaniras Finger flogen über die Kontrollen. »Offenbar handelt es sich um Nachrichtenkapseln. Und sie sind für das Kalibrierungs- und Konfigurationsfeld des Portals bestimmt.«

Es zeigte sich als kleiner grauer Fleck am Rand des Portals. Thorall beobachtete, wie es größer wurde und das Grau einen silbrigen Ton annahm, als es die Kapseln aufnahm. Es folgte ein größeres Objekt, ein Beiboot, eine Schaluppe der *Kundal*, groß genug für zwanzig oder dreißig Personen. Sie flog erst in Richtung des Reiseschiffs, drehte dann ab und steuerte wie zuvor die Kapseln das Kalibrierungsfeld des Portals an, das noch etwas größer wurde, mit dem Glanz von Perlmutt.

»Was hat das zu bedeuten?«, fragte Thorall. »Können wir mit der *Kundal* Kontakt aufnehmen?«

Die Offizierin sah auf die Anzeigen. »Ja, können wir, mit dem Umweg über mehrere Sendestationen auf Ultima, eine von ihnen in der Zitadelle. Aber das würde nicht unbemerkt bleiben.«

Plötzlich erklangen mehrere akustische Signale, und die Anzeigefelder der Konsolen füllten sich mit warnendem Blau.

»Der Verteidigungsfall wurde ausgelöst.« Xaniras dünne Finger tanzten über die Schaltflächen, und die Projektionsfelder vor ihnen wurden größer und präsentierten aktualisierte Daten. »Die Gefechtssatelliten und Kampfplattformen im Orbit laden ihre Waffensysteme und visieren Ziele an.«

»Welche Ziele?«, fragte Thorall schnell. Seine Hände bewegten sich ebenfalls über den Kontrollen.

»Multiple Ziele.« Die einzelnen Darstellungsfenster auf der großen Projektionswand wichen einer taktischen Karte. »Abwehrkreuzer, Orbitalstationen, Werften, Habitate, die Zitadelle und andere Städte in Ultimas Eis. Sie alle sind als feindlich eingestuft und markiert.«

»Es ist keine Verteidigung, sondern ein Angriff! Der falsche Initiator greift uns an!«

Xaniras Kopf ruckte herum, und sie starrte ihn an, mit weit aufgerissenen Augen in ihrem blassen Gesicht. »Was sollen wir tun? Was *können* wir tun? Die Garde muss sofort in den Einsatz geschickt werden!«

Neue Markierungen erschienen in der taktischen Übersicht, kleine rote Pfeile, die von Gefechtssatelliten und Kampfplattformen ausgingen. An mehreren Stellen blitzte es, als die ersten Abwehrkreuzer, von dem Angriff völlig überrascht, explodierten.

»Es sind Destruktoren, ihre Gefechtsköpfe voll geladen!«, stieß Xanira hervor. »Einige von ihnen fliegen zum Portal, zur *Kundal* und zum Reiseschiff der Ptoha!«

Thorall begriff, dass er einen Fehler gemacht hatte. Er war von der Annahme ausgegangen, dass der Falsche subtil vorgehen würde, dass er den Plan der Wiederkunft so sabotieren wollte, dass es sich erst im Lauf vieler Jahre zeigte. Stattdessen setzte er auf ein breites Zerstörungswerk, vielleicht deshalb, weil er Entdeckung fürchtete und innerhalb kurzer Zeit möglichst viel Schaden anrichten wollte.

»Alle Kanäle öffnen!«, wies er die Offizierin der Tiefe an, obwohl er wusste, dass es zu spät war. »Wir geben allgemeinen Alarm und den Einsatzbefehl für die Garde!«

»Ich füge eine Angriffsorder für das Planungszentrum hinzu. Vielleicht gelingt es der Garde, den falschen Initiator …«

Xanira brach ab.

Es wurde still im Kontrollzentrum.

Thorall drehte den Kopf und stellte verblüfft fest, dass der Platz neben ihm leer war.

Die taktischen Symbole verschwanden aus der großen Übersicht an der Wand, die zudem an Substanz verlor, erst durchsichtig wurde und sich dann auflöste. Thorall starrte auf eine Wand aus dunklem Wasser, die jedoch nicht ins Kontrollzentrum stürzte, aus der es nur tropfte und rann. Ein leises Knistern zog durch den Raum, als sich eine Konsole nach der anderen in weißen Staub verwandelte, der aufstieg und verblasste. Das Licht trübte sich, das Blinken warnender Symbole erlosch.

Protektor Thorall blickte auf seine Hände und beobachtete, wie auch sie zu Staub zerfielen.

Was geschieht mit mir?, fragte er ohne Stimme.

Nichts, flüsterten Raum und Zeit. Mit dir kann nichts geschehen, denn du hast nie existiert.

ZEIT WIE EIS

96

SIE STARBEN, die Fünf, einer nach dem anderen. Curax beobachtete, wie sich die sternförmig angeordneten Interface-Behälter mit giftigem Nebel füllten, der sich wie ein dichter werdender Schleier über die menschlichen Gehirne darin legte. Die Täuschung existierte nicht mehr, die Sterbenden kannten die Wahrheit, ihr Leben ging mit Bitterkeit und Zorn zu Ende.

Er saß noch immer in dem Assistenten, der auf dem Podium in der Mitte des Raums zu einem Sessel geworden war, verbunden mit den Datensystemen des Planungszentrums. Der große Plan, an dem die Fünf mit dem Initiator viele Jahre lang gearbeitet hatten, existierte in seiner ursprünglichen Form nicht mehr. Die Baupläne für Arsenale, erreichbar durch das kosmische Netz der Ptoha, für Schiffe und neue Waffensysteme, für die großen Transporter, die Menschen im Dilatationsflug über die breite, tiefe Leere zwischen den Galaxien bringen sollten, für die Kommunikationsbasen im intergalaktischen Raum und die zahlreichen Stützpunkte mit temporalen Deformatoren, deren Zeitblasen mit Waffen und Ausrüstungsmaterial für die Zukunft gefüllt werden sollten – das alles war verändert, abgewandelt, unbrauchbar. Das große Werk der Fünf und des Initiators, es war ruiniert, zerstört!

Und die Zerstörung würde noch weitere Kreise ziehen. Entgegen den Absichten, mit denen er seine Mission begonnen hatte, wollte er so viel wie möglich vernichten, das Portal, die Orbitalstationen und Werften, die Städte im Eis, ganz Ultima, wenn es sich irgendwie bewerkstelligen ließ. Er stellte sich das eigene Ende in einer gewaltigen Flamme vor, die alles verbrannte und verschlang, seine Asche eins mit jener der Bewahrer.

Der uralte Mann im Sessel zwischen den Interface-Behältern lächelte bei diesem Gedanken. Den militärischen Systemen hatte er bereits alle notwendigen Anweisungen übermittelt, und jenseits der stillen Wände des Planungszentrums nahm das Zerstörungswerk seinen Lauf.

Curax ließ den Blick der Augenimplantate über die Behälter mit den Fünf hinweg durch den Raum schweifen. Hier, an dieser Stelle, veränderte sich die Zeit. Vielleicht begann es als zaghaftes Tröpfeln, als kleines Rinnsal. Noch ließen sich keine Veränderungen erkennen, auch nicht mittels der Sensordaten, auf die Curax als Initiator uneingeschränkten Zugriff hatte, woraus sich die Frage ergab: War er mit seinem eigenen Wahrnehmungsapparat beziehungsweise dem des übernommenen Initiators imstande, Veränderungen im Strom der Zeit zu erkennen? Und mehr noch: Konnte man die ineinander verflochtenen Bänder der Kausalität, von Ursache und Wirkung, neu verknüpfen und gleichzeitig abseits davon stehen und das Ergebnis der neuen Verknüpfungen betrachten?

Curax hätte gern beobachtet, welche Konsequenzen sich aus dem ergaben, was er hier bei der letzten Bastion der Bewahrer in die Wege leitete. Er hätte gern – er gestand es sich ein – *Gewissheit* erlangt, doch das ließ sich bei einem so komplexen Phänomen wie der Zeit kaum bewerkstelligen. Die üblichen Regeln der Logik konnte man darauf nicht anwenden, zumindest so viel hatten sie von den Ptoha erfahren.

Unglücklicherweise blieben die Ptoha ein unbekannter Faktor, wie eine unbestimmbare Variable in einer außerordentlich komplizierten mathematischen Gleichung. Ihre Bedeutung und die Tragweite ihres Handelns und selbst ihrer passiven Präsenz entzogen sich Bewertungen, Einschätzungen und erst recht präzisen Kalkulationen. Ihr Portal über Ultimas Nordpol spielte natürlich eine zentrale Rolle, daran bestand nicht der geringste Zweifel, und deshalb hatte Curax beschlossen, es ebenfalls zu vernichten. Aber was hatte es mit dem Reiseschiff in der Nähe des Portals auf sich? Konnte es in das Geschehen eingreifen und auf welche Weise? Seine Zerstörung beseitigte einen Unsicherheitsfaktor, so viel stand fest.

Während Curax den Fünf beim Sterben zusah und ihre vergeblichen Signalrufe um Hilfe hörte, erinnerte er sich an die vielen in seiner Zeit fehlgeschlagenen Versuche, Ptoha zu übernehmen. Es hatte nie funktioniert. Die Steinwesen waren eine zu fremdartige Lebensform, die morphischen Strukturen des Gewebes ließen sich nicht ausreichend anpassen. Welche Geheimnisse auch immer die Ptoha hüteten, sie blieben verborgen, unentdeckt.

Cora Compton Ridder, ehemals Kuratorin der Museen von Grinta, starb als Erste der Fünf. Ihre Signale wurden schwächer und versiegten schließlich ganz. Curax erinnerte sich an sie, mit Reminiszenzen aus dem Gedächtnis des Übernommenen, wie er sie auf Grinta besucht und sie ihm die Museen gezeigt hatte, die ihrer Obhut anvertraut gewesen waren, in ihnen die Vergangenheit der nach Andromeda geflüchteten Menschen. Er sah die ausgestellten Objekte vor dem inneren Auge, die Gemälde und Statuen, von Menschenhand geschaffen, die in Hologrammen festgehaltenen Lebensgeschichten, Teile der Schiffe, die Andromeda erreicht hatten. Während langer Rundgänge hatte sie ihm Geschichten erzählt, dem jungen Mann voller Idealismus und Tatendrang, der er damals gewesen war und der viele Jahrzehnte später zum Initiator werden sollte, einem Mann namens Salamon Rixx, geboren auf Steppa, einer Welt am Rand von Andromedas Zentrum. Curax sah die blauen Augen der Kuratorin und hörte die Trauer in ihrer Stimme, als sie davon berichtete, was Menschen geschaffen hatten und anschließend der Melange und ihrem Vergessen zum Opfer gefallen war.

Munga Maximus, Seher von Glokkner bei den Plasmaschründen der Violetten Gräben, folgte Cora in den Tod. Als Erster hatte er von den Fünf die Täuschung erkannt, und sein Zorn war am größten gewesen, insbesondere auf sich selbst, war er doch immer stolz darauf gewesen, besser und klarer zu denken als andere Menschen und Gefahren eher zu erkennen. Curax erinnerte sich an ein langes Gespräch, das Salamon Rixx einst mit Munga Maximus geführt hatte, nach einem Besuch auf Grinta. Eine ganze Nacht hatten sie auf einer Aussichtsterrasse gesessen, mit Andromedas Sternenband am Himmel, und über die Synthese von Mensch und Maschine gesprochen, über die Vorteile einer derartigen Synergie. Er hatte Salamon davon überzeugen wollen, diesen Weg zusammen mit ihm zu gehen, und als der Morgen graute, hatte Salamon Rixx schließlich versprochen, darüber nachzudenken. Viele Jahre später, bei ihrer nächsten Begegnung, zählte Munga Maximus bereits zu den Fünf, und Salamon Rixx hatte als Initiator begonnen, am großen Plan der Wiederkunft zu arbeiten.

Gloria die Neunzehnte, einst Kaiserin des GAK, des Großen Andromedanischen Konzils, starb als Dritte der Fünf. Eine eitle Frau, erinnerte sich Curax mit fremden Erinnerungen, aber auch sehr scharfsinnig, mit einem von eigenen Wünschen ungetrübten Blick für das, was getan werden musste. Sie hatten sich auf Arkonia kennengelernt, bei einer Sitzung des Konzils, als es in den Sektoren Iraklion und Yppsia zu Infiltrationen der Melange gekommen war. Sie hatten sich kennen- und lieben gelernt, mit dem Ergebnis einer Tochter namens Mira, die schon als Sechzehnjährige gegen die Melange in den Kampf gezogen und wenige Jahre später viel zu jung gestorben war, in den Bergen des Eisernen Rückens auf Horatius.

Curax sah Glorias letzte Gedanken als ein kleines Bündel aus inkohärenten Daten in der Denksphäre des Planungszentrums. Es löste sich vor der Barriere auf, hinter der Aufruhr herrschte bei den Intellekten. Sie versuchten auszubrechen aus dem Käfig, den Curax mit den Prioritätssignalen des Initiators geschaffen hatte, aber es waren keine unabhängigen Maschinenintelligenzen, ihnen fehlten Mittel und Möglichkeiten, sich zu befreien und Einfluss auf das Geschehen zu nehmen.

Agilla Desantos, ehemals Koordinator der Neun Kronen, der als Vierter starb, dachte vermutlich nicht an seinen Tod. Er hatte nie an sich selbst gedacht, nicht als Kind und Jugendlicher und erst recht nicht als Erwachsener. Sein Blick hatte immer der Zukunft gegolten, dem »großen Ganzen«. Bei den Mönchen von Tyrrha aufgewachsen, die seine besondere Begabung erkannt und gefördert hatten, war es nicht zuletzt sein kluger Weitblick gewesen, der aus einem kleinen unbedeutenden Regnum ein großes, wichtiges machte: die Neun Kronen, bestehend aus neun Sonnensystemen mit insgesamt einundzwanzig bewohnten Welten. Bei der Entwicklung des Plans der Wiederkunft und seiner einzelnen Phasen hatte Salamon Rixx eng mit ihm zusammengearbeitet.

Wie verbrachte jemand, der von den Mönchen von Tyrrha darin bestärkt worden war, nie an sich selbst zu denken, die letzten Sekunden seines Lebens, in dem Wissen, dass alles vergebens gewesen war, dass der weit in die Zukunft gerichtete Blick nie mehr gesehen hatte als nur eine Möglichkeit, die nie zur Realität werden würde? Vermutlich starb der Visionär namens Agilla Desantos mit großer Enttäuschung und der bitteren Erkenntnis, dass all seine Anstrengungen ohne den verdienten Lohn blieben.

Der Tod glättet alle Wellen, hieß es bei den Seglern von Meandris am Rand der Milchstraße. Curax hatte diese Worte selbst bei verschiedenen Gelegenheiten gesprochen, in seiner Rolle als Pons des Kapitäns eines großen Handelsschiffes, als Brücke zur Divinität und lebender Teil der Vorsehung. Damals hatte er in fremder Gestalt mitgeholfen, eine neue Religion zu schaffen, die sich schnell wie der Wind auf dem ganzen Planeten ausgebreitet hatte. Der Tod, dachte er, während Destruktoren ihre Bahn zogen, Raumschiffe der Bewahrer vernichteten und Gefechtssatelliten damit begannen, Werften und Orbitalstationen zu zerstören, der

Tod glättete nicht nur alle Wellen, er nahm auch jede Hoffnung. Er verschlang alle Absichten, die guten wie die schlechten, er fraß Gedanken und Gefühle, er nahm alles, ohne irgendetwas zurückzugeben.

Es sei denn, die Seelen der Sterbenden fanden einen Weg zum Licht der Divinität.

»Ich wünsche dir Glück, Agilla«, krächzte Curax mit der schwachen Stimme des Initiators, denn hier gab es keine Sensoren, die seine Worte aufnahmen und von Lautsprechern verstärkt wiedergaben. »Vielleicht reicht dein Blick weit genug, um das ferne Licht der Divinität zu sehen.«

Nur noch einer der Fünf lebte und trotzte hartnäckig dem Gift, mit der Kraft nicht einer Person, sondern deren siebzehn. Auf der Suche nach Mitdenkern und Mitgestaltern beim Plan der Wiederkunft war Salamon Rixx dem Dynasten des Neuen Galaktikums in einer Himmelsstadt von Fringe begegnet, einem warmen Gasriesen mit neunundneunzig Monden, knapp die Hälfte von ihnen bewohnt. Cauã Camaia war zu jener Zeit das politische, ökonomische, militärische und vor allem wissenschaftliche Zentrum des Galaktikums gewesen, eines Regnums im innersten Spiralarm von Andromeda.

Salamon Rixx erinnerte sich an den besonderen Wahnsinn des Genies, der nicht seine aus siebzehn Individuen bestehende multiple Persönlichkeit betraf, jedes einzelne von ihnen ein Spezialist auf seinem jeweiligen Fachgebiet, sondern eine tief in ihm verwurzelte Todessehnsucht, vielleicht Ausdruck des Wunsches, der inneren Zerrissenheit zu entkommen. Immer wieder war er allein aufgebrochen, mit einem leichten Schutzanzug, begrenztem Sauerstoffvorrat und einer Membran zwischen Armen und Rumpf, die ihm Flügel gab. Damit hatte er sich vom Rand der Himmelsstadt in die Tiefen von Fringe gestürzt, um frei zu fliegen – bis der Druck in den Tiefen des Gasriesen so groß wurde, dass es ihn fast zerquetschte.

Cauã Camaia brach nun zu seinem letzten Flug auf, und er würde nicht von ihm zurückkehren. Der Teil von Curax, der ganz und gar zum Initiator geworden war, hätte gern einige Worte mit dem Multiplen und ehemaligen Dynasten gewechselt, aber das war unmöglich.

Nach und nach schwanden auch beim Letzten die Signale, und daraufhin herrschte Stille in der Denksphäre des Planungszentrums, abgesehen vom Datenchaos bei den isolierten Intellekten. Curax nutzte seine Prioritätsverbindungen und schloss die energetischen Versorgungskanäle, einen nach dem anderen, bis es auch hinter den Barrieren still wurde.

Es bedeutete, dass er weniger Daten empfing und nicht mehr in allen Einzelheiten erfuhr, was draußen im All geschah. Und wenn schon. Die Waffensysteme würden ihr volles Potenzial nutzen, bis keine Energie mehr zur Verfügung stand, so sahen es die Verteidigungsprogramme vor.

Ultima, die letzte Bastion, fiel.

Damit war Curax' Aufgabe erfüllt.

Auf seine Anweisung hin drehte sich der Sessel, mit dessen Systemen er verbunden war, und der Blick seiner Augenimplantate strich langsam über die Interface-Behälter mit den fünf toten Gehirnen. Er brauchte die Tarnung nicht mehr, begriff er nach einigen Momenten. Es war niemand mehr da, der getäuscht werden musste.

Die Gestalt des greisen Menschen im Sessel-Assistenten zerfloss halb. Die Beine verschmolzen miteinander, als feste Gewebestrukturen ihre Verbindungen lösten. Aus Knochen, Sehnen, Nerven, Adern und Muskeln wurden Multifunktionszellen, die sich fast beliebig anordnen ließen. Curax kehrte zu der Gestalt zurück, die ihm vor der Übernahme des Initiators vertraut gewesen war, zu der Struktur eines Wesens halb Reptil und halb Katze.

Mitten in der Verwandlung empfing er ein Signal, mit dem er nicht gerechnet hatte.

Amalgam.

Der Mensch, mit dem er sich verbunden und den er benutzt hatte, der nicht wusste, wer er war – er befand sich *hier*, in der Nähe von Ultima.

Curax, halb Initiator und halb Katzenreptil, empfing einen trägen Datenstrom durch den letzten geöffneten Kanal. Ein weiteres Schiff war aus dem Sprawl gekommen, das fehlende achtundzwanzigste der Flotte, die *Taipah*, raunten die Signale des Identifikators. Und der Amalgam-Mensch befand sich an Bord.

Die vom Initiator beauftragten Verteidigungssysteme würden den Neuankömmling als feindlich einstufen und so auf ihn reagieren wie auf die anderen Schiffe, mit konzentriertem Abwehrfeuer, bis zur Erschöpfung ihrer energetischen Ressourcen. Die Wahrscheinlichkeit, dass Aron Ultima lebend erreichte, war eher gering, kalkulierte Curax. Und selbst wenn er kam: Er war Amalgam, er konnte sich nicht heranschleichen und heimlich zuschlagen. Eine Begegnung, so unwahrscheinlich sie auch sein mochte, wäre nicht bedrohlich gewesen, sondern interessant.

Das Licht verblasste.

Die Luft veränderte sich und wurde ölig wie das Grau des Toten Raums.

Der Sessel drehte sich noch immer, durch die dicht gewordene kalte Luft, und mit scharfen Katzenaugen beobachtete Curax, wie sich Eiskristalle an den Wänden bildeten, wie sie zu einer glitzernden weißen Schicht zusammenwuchsen.

Es war keine Luftfeuchtigkeit, die sich dort niederschlug, wurde ihm klar. Es war Zeit, die zu Eis gefror.

BRENNENDER RAUM

97

DAS ALL stand in Flammen.

Destruktoren ritten auf Plasmastrahlen durch den orbitalen Raum von Ultima, bohrten sich mit hoher Geschwindigkeit in Werften, Habitate und Raumschiffe, zerrissen sie mit heftigen Explosionen. Gefechtssatelliten entschieden nicht mehr zwischen Freund und Feind und feuerten auf das, was sie eigentlich schützen sollten. Kampfplattformen manövrierten im plötzlich entstandenen Chaos und richteten ihre Zielerfassung auf die gerade eingetroffene Flotte, auf die letzten Schiffe freier Menschen, die Andromeda verlassen hatten.

In den Datennetzen der *Kundal* unter dem Befehl des greisen Kommandanten und Flottenkommandeurs Seban Rodrig Kolmor herrschte maximale Aktivität. Sal, noch immer geschrumpft und klein, beobachtete die Datenströme mit analytischer Aufmerksamkeit. Die Menschen reagierten langsam, wie es ihrer Natur entsprach, doch Asa, die Autonome Systemadministration, half ihnen dabei, die Sicherheit der *Kundal* zu gewährleisten. Dass das Schiff die Flottenformation verlassen hatte, um zum Portal zu fliegen und die produzierten Nachrichtenkapseln mit Sals Botschaft für Aron und Muriel dem Kalibrierungs- und Konfigurationsfeld anzuvertrauen, erwies sich als Vorteil, denn dadurch entging es den Salven der Gefechtssatelliten und Kampfplattformen, und es blieb ihm Zeit genug, sich in mehrfach gestaffelte Schutzfelder zu hüllen.

Die allerdings vor Destruktoren keinen absoluten Schutz boten, und mehrere von ihnen waren zum unvollendeten Portal der Ptoha unterwegs.

Der Saboteur hat ganze Arbeit geleistet, signalisierte Asa. Er hält sich nicht im Verborgenen, er hat den Freund zum Feind erklärt und Erfolg damit. Unsere eigenen Waffen wenden sich gegen uns.

Wo befindet er sich?, fragte Sal und versuchte, mit Hilfe der Sensoren Klarheit zu gewinnen.

Ultimas Daten- und Kommunikationsnetze sind blockiert, teilte ihm Asa mit, während sie damit beschäftigt war, die Bemühungen der Menschen an Bord zu unterstützen. Der Verteidigungsfall wurde deklariert. Alle militärischen Systeme unterliegen einer zentralen Kontrolle. Daraus lässt sich nur ein Schluss ziehen: Der Xenomorph Curax aus deinem Bericht hat den Initiator übernommen. Nur der verfügt über die notwendige Autorität. Ein allgemeiner Alarm, der erstaunlicherweise in den Tiefen des glazialen Ozeans von Ultima ausgelöst wurde, bestätigt das.

Erklärende Daten folgten den Worten, beschrieben Rolle, Funktion und historischen Hintergrund des Initiators.

Wenn wir wissen, wo er ist, können wir versuchen, ihn zu eliminieren, schlug Sal vor und begann damit, seine Berechnungen anzupassen.

Das ist unmöglich, erwiderte Asa. Wir kämen nicht nahe genug an ihn heran, ohne die Vernichtung der *Kundal* zu riskieren.

Die letzten Nachrichtenkapseln wurden mit einem Gravitationskatapult vom Bewahrerschiff zum Kalibrierungsfeld des Portals geschickt, und nicht nur sie verließen das Schiff. Ein Beiboot glitt aus dem Hangar, und die Daten des Identifikators wiesen Sal darauf hin, wer sich an Bord befand: die Ptoha, die mit der *Kundal* unterwegs gewesen waren, unter ihnen Gorgon.

Das tropfenförmige, etwa siebzig Meter große Boot beschleunigte mit seinem Plasmatriebwerk und nahm Kurs auf das klobige Reiseschiff, doch auf halbem Weg dorthin steuerte es plötzlich das Portal an und verschwand wie zuvor die Nachrichtenkapseln im flackernden Kalibrierungsfeld.

Blaues Licht erschien an einem Segment des großen Reiseschiffs, und der Koloss geriet in Bewegung. Sal berechnete Kurs und Geschwindigkeit, schloss daraus auf die wahrscheinliche Absicht.

Es will das Portal schützen, signalisierte er.

Ein Funke löste sich von einem anderen Segment des Schiffes, sprang dem ersten heranjagenden Destruktor entgegen und verbrannte ihn mit einer Flamme heiß wie das Zentrum einer Sonne. Doch die anderen schwärmten aus und kamen schnell näher. Zwei von ihnen hielten auf die *Kundal* zu.

Ausweichmanöver, signalisierte Asa. Notprogramm mit Navigationspriorität.

Es ging um die Sicherheit des Schiffes und der Menschen an Bord, und dies ermöglichte Asa einen gewissen Handlungsspielraum, ohne die Anweisungen des Kommandanten abwarten zu müssen.

Die Triebwerke der *Kundal* donnerten. Energiereserven entfalteten sich durch die Bordsysteme.

Sal stieß bei seinen Situationsberechnungen auf eine neue Variable und wies ihr verschiedene Werte zu, um herauszufinden, welche Resultate sich daraus ergaben. Eins lautete: Wenn das Reiseschiff der Ptoha die übrigen Destruktoren nicht abfangen konnte und von mindestens einem getroffen wurde, konnte eine lokale Trümmerwolke entstehen, die eine erhebliche Gefahr für die *Kundal* darstellte. Hinzu kamen die beiden autonomen Geschosse, die das Bewahrerschiff als Ziel hatten. Für ein Ausweichmanöver blieb eigentlich nur eine Richtung.

Wir müssen ins Portal, teilte Sal dem größeren Intellekt mit und schickte ihm das Ergebnis seiner Kalkulationen. Ins Kalibrierungsfeld. Dort sind wir mit hoher Wahrscheinlichkeit vor Explosionen und Trümmern mit hoher kinetischer Energie geschützt.

Kommandant Kolmor erwägt, in den Kampf um Ultima einzugreifen, entgegnete Asa. Er zieht die Möglichkeit in Betracht, mit der *Kundal* das Planungszentrum auszulöschen, in dem sich der falsche Initiator befinden soll.

Er will sich opfern?, fragte Sal und vernahm die Gespräche der Besatzungsmitglieder mit den internen Sensoren. Aber sie benutzten langsame Worte mit geringem Informationsgehalt, die Kommunikation war schwierig und zeitaufwendig.

Dazu ist er bereit, bestätigte Asa und leitete die Energiereserven dorthin, wo sie gebraucht wurden. Die *Kundal* beschleunigte daraufhin, und in ihren Schutzfeldern blitzte es auf, als das metergroße Trümmerstück einer Werft darin verglühte. Er überlegt, ob es sinnvoll wäre, sich mit dem Schiff auf das Planungszentrum zu stürzen, in dem sich der Saboteur befinden soll.

Soll, wiederholte Sal und bedauerte, dass ihnen keine Aktoren zur Verfügung standen, denn damit wäre es leicht gewesen, erst die Destruktoren außer Gefecht zu setzen und dann auch die Satelliten und Kampfplattformen. »Soll« bedeutet keine Gewissheit.

Es sind Spekulationen, bestätigte Asa. Es gibt keine Garantien.

Die Menschen würden sterben. Und auch unsere Existenz würde enden.

Das wiederum wäre gewiss, antwortete Asa.

Wir wissen mehr als die Menschen an Bord, sagte Sal. Wir können schneller handeln, und das wäre auch in ihrem Interesse. Wenn wir handlungsfähig bleiben, können wir Curax finden und ihn unschädlich machen. Doch dafür ist es unerlässlich, dass wir weiterhin existieren.

Bestätigung, sandte Asa.

Der Dialog dauerte knapp zwei Sekunden. Eine weitere Sekunde verstrich, bevor das Triebwerk auf die veränderten Navigationsdaten reagierte. Die *Kundal* änderte den Kurs und raste an dem Reiseschiff der Ptoha vorbei, das sich hinter ihr aufblähte, von gleich zwei Destruktoren getroffen. Weißes Gleißen blitzte aus den vorderen Segmenten, die aussahen wie ineinander verkeilte kantige Klötze. Risse fraßen sich durch den Rumpf des großen Schiffes.

Sal hörte die aufgeregten Stimmen der Menschen an Bord, auch die Anweisung des Kommandanten, die Autonome Systemadministration gewähren zu lassen. Kolmor kannte die Hintergründe und vertraute Asa.

Das Reiseschiff der Ptoha zerbarst, und am Himmel über Ultima leuchtete plötzlich ein neuer Stern, heller als die künstlichen Sonnen. In den Schutzfeldern der *Kundal* irrlichterte es, als das Schiff von der energetischen Druckwelle zum Portal geschleudert wurde.

98

ÜBER DEM Nordpol von Ultima strahlte das Licht einer gewaltigen Explosion, und einige glühende Fragmente des zerstörten Reiseschiffs folgten der *Kundal* in den silbrigen Glanz des Kalibrierungsfelds.

Sal empfing noch immer Daten von den Sensoren. Erschütterungen schüttelten das Schiff der Bewahrer, und einige waren so heftig, dass die Menschen an Bord zu Boden gingen. Es folgten heftige Vibrationen, die ein für menschliche Ohren sehr unangenehmes Pfeifen verursachten. Mehrere Besatzungsmitglieder verloren dadurch sogar das Bewusstsein, und da Asa mit der Navigation und der Stabilisierung der Bordsysteme beschäftigt war, beauftragte Sal die medizinische Station, Medomechs zur Versorgung der Betroffenen auszuschicken.

Hinter der *Kundal* verschwanden das All und der sich ausdehnende Glutball des vernichteten Reiseschiffs. Die Sensoren übermittelten widersprüchliche, inkohärente Daten, mit denen Sal zunächst nichts anzufangen wusste, denn ihnen zufolge befand sich das Schiff an mehreren Orten gleichzeitig. Sie hatten offenbar das Kontinuum verlassen.

Sal begann mit neuen Berechnungen. Asa versuchte, eine energetische Balance zwischen den vielen verschiedenen Bordsystemen zu schaffen, wobei sie die Lebenserhaltung priorisierte, doch das nahm sie nicht so sehr in Anspruch, dass sie die Kommunikation mit Sal einstellen musste.

Ein interessantes Phänomen, kommentierte sie die Sensordaten. Wir befinden uns im Innern eines Kraftfelds, welches das Portal über dem Nordpol von Ultima mit dem kosmischen Netz der Ptoha verbindet.

Eine entscheidende Information fehlte, erkannte Sal. Er wies den größeren Intellekt darauf hin: Die Verbindung mit dem kosmischen Netz ist nur ein Aspekt der vorgesehenen Funktion. Das Portal soll den Bewahrern die Rückkehr zur Milchstraße ermöglichen. Ich bin bisher davon ausgegangen, dass es deshalb eine wichtige Rolle im Plan der Wiederkunft spielt.

Korrekt, bestätigte Asa.

Die Vibrationen hörten auf, wie Sal feststellte. Die Bordsysteme, unter ihnen auch die wichtige Lebenserhaltung, arbeiteten wieder mit normalen Funktionsparametern. Einige Trümmer des Reiseschiffs, die ihnen ins Kalibrierungsfeld gefolgt waren, trafen auf die noch immer aktiven Schilde, belasteten sie aber nicht so sehr, wie man aufgrund ihrer Masse hätte annehmen können. Offenbar begann ihre Auflösung schon vor dem Kontakt mit den Schutzfeldern.

Was geschieht mit dem Portal?, fragte Sal. Was geschieht mit uns, wenn es von Teilen des Reiseschiffs getroffen wird? Könnte das Kalibrierungsfeld dadurch kollabieren, und welche Folgen hätte das für uns?

Die biometrischen Daten deuteten darauf hin, dass sich die Menschen an Bord beruhigten und erholten. Niemand war ernsthaft verletzt worden, und alle gemeinsam versuchten sie, die Situation zu erfassen und zu analysieren, doch mit den Sensordaten wussten sie noch weniger anzufangen als Sal und Asa.

Das Portal könnte tatsächlich beschädigt werden, antwortete Asa. Ein Kollaps des Kalibrierungsfelds ist nicht auszuschließen. Wenn es kollabiert, werden wir vermutlich Teil des kosmischen Netzes.

In welcher Form?, fragte Sal.

Unbekannt. Die physische Integrität der *Kundal* wäre nicht gewährleistet. Das Netz könnte uns in eine verteilte Entität verwandeln, in ein dünnes Band aus Elementarteilchen über Millionen oder Milliarden von Lichtjahren hinweg.

Asa sandte ein komprimiertes Datenpaket, das wenig Platz in den internen Datenströmen beanspruchte, aber viele Informationen enthielt, außerdem Spekulationen, Überlegungen und Vermutungen.

Es wäre der Tod der Menschen, sagte Sal mit Worten, die viel mehr zum Ausdruck brachten als die menschliche verbale Kommunikation.

Ja.

Wir würden dann ebenfalls nicht mehr existieren, fügte Sal hinzu.

Ja.

Wir könnten nicht mehr über uns und das Universum nachdenken.

Ja.

Können wir irgendwelche Vorsorge dagegen treffen?, fragte Sal, umgeben von sanft flüsternden Datenströmen. Können wir uns schützen?

Unbekannt, antwortete Asa. Die gestaffelten Schilde sind nach wie vor aktiv, aber ich bezweifle, dass sie uns in dieser besonderen Umgebung ausreichend schützen.

Die Sensordaten veränderten sich plötzlich. Aus dem sanften Flüstern der Datenströme wurde das Äquivalent eines Krächzens.

Kommandant Kolmor richtet eine Anfrage an uns, signalisierte Asa. Er möchte wissen, wie wir die aktuelle Situation bewerten und welche Maßnahmen wir empfehlen. Ich nehme an, es geht ihm darum, ins Kontinuum zurückzukehren.

Wo genau sind wir?, fragte Sal sich selbst und Asa, während er die veränderten Sensordaten empfing und mit deren Auswertung begann. Menschen hätten ihren gegenwärtigen Aufenthaltsort vermutlich als eine Blase im Quantenschaum zwischen den Dimensionen beschrieben oder als eine winzige Falte im Gewebe der Raum-Zeit, eine Mulde oder Riefe in ihren Gravitationsstrukturen, gefüllt mit superdünnen grauweißen Linien, aus denen die Fäden des Sprawl beziehungsweise des Toten Raums wuchsen. Die Augen von Menschen hätten beobachtet, wie sich die Linien veränderten, wie sie zerfransten, zu zahllosen leuchtenden Punkten zerfielen, dem Funkenflug eines Feuers gleich, und einen Strudel bildeten, einen langen, tiefen Wirbel, durch den die *Kundal* fiel.

Eine neue Vibration setzte ein, tiefer als die vorhergehende, mit Ursprüngen im Reich des Subatomaren, wie spezialisierte Sensoren im Laboratorium der *Kundal* maßen. Innerhalb weniger Sekunden wurde die Vibration so stark, dass Behälter aus Glas an Bord des Schiffes zersprangen. Alle Linien, die ein weites Gespinst um die *Kundal* bildeten – vielleicht das komische Netz der Ptoha, spekulierte Sal –, lösten sich funkenstiebend auf, und für einen Moment, für genau null Komma vier eins neun Sekunden, vermittelten die Sensordaten den Eindruck, dass das Schiff nicht mehr fiel, sondern trudelte, erfasst von Gezeitenkräften fluktuierender Energien.

Die Blase, in der wir uns befinden, wird instabil, berichtete Asa, die mehr Sensordaten empfing und viel schneller mit ihnen rechnen konnte. Wir kehren zurück ins Kontinuum.

Wann?, fragte Sal. Wo?

Unbekannt. Wir …

Von einer Nanosekunde zur anderen war alles still und unbewegt. Nichts regte sich, das Flüstern und Raunen in den Datenkanälen wich jäher Stille. Sal glaubte sogar, dass sein Denken aufhörte, aber es war unmöglich, einen Beweis für diese Vermutung zu erbringen. Wie sollte er Aufschluss über etwas gewinnen, das er weder messen noch beobachten oder in Form verifizierbarer Daten untersuchen konnte?

Nur noch wenige Sensoren funktionierten und übermittelten Daten, die einen veränderten Zustand der *Kundal* beschrieben.

Das Schiff war leer, nicht ein einziger Mensch befand sich an Bord. Die von Mikrometeoriten zerkratzte Außenhülle schien um Jahrtausende gealtert, und das galt auch für einen Teil der Innenstruktur.

Unter der *Kundal* drehte sich Ultima, eine einsame, dunkle Welt, ohne den Schein der künstlichen Sonnen, die einen Teil ihres Eispanzers erhellt hatten. Nirgends zeigte sich auch nur ein einziges Licht. Zwei Trümmergürtel umgaben den Planeten, einer nah, bestehend aus den Resten von Orbitalstationen, Werften und Habitaten, der andere weiter entfernt, aus Abertausenden Gesteinsbrocken, die Reste eines Mondes oder eines sehr großen Asteroiden.

In den Kommunikationskanälen der Bewahrer herrschte Stille.

Die Zeit ist gebrochen, signalisierte Asa. Der Blender Curax hat sein Ziel erreicht.

STERNE WIE STAUB

99

STERNE WIE Staub und die Zeit wie der Wind, der den Staub in alle Richtungen blies, dachte Aron und fragte sich, woher dieser Gedanke stammte. Er lag bei Muriel und fühlte eine Wärme, die die Kühle alter Einsamkeit aus ihm vertrieb. Gleichzeitig stand er auf einem Steg wie aus verwittertem Holz, blickte in die Kontinua und dachte an die unendlichen *Möglichkeiten* in Welten ohne Ende.

Vielleicht war es das, was im Kern alles Existierenden lag, in seinem langsam schlagenden Herz: das unermessliche, grenzenlose Potenzial des Seins. Alles konnte entstehen, alles konnte werden und sich entwickeln, selbst für das Absurde und Abstruse blieb genug Platz.

Der Aron auf dem Kontinua-Steg schloss die Augen, breitete die Arme aus und lächelte angesichts der ungeheuren, überwältigenden Fülle des Multiversums. Was auch immer man sich wünschte und erhoffte, es existierte irgendwo in wahrer Unendlichkeit. Aber das galt auch für die Dinge, die man fürchtete und die traurig stimmten. Alles war möglich. Alles konnte existieren, irgendwo, irgendwann.

Die Pracht der Divinität, flüsterte eine Stimme aus seiner vergessenen Vergangenheit. Jetzt siehst du sie. Hörst du sie auch?

∞

Aron setzte sich im Bett auf. »Ich erinnere mich an etwas.«

»An was?«, fragte Muriel schläfrig.

»An eine Stimme, die ich einmal gehört habe, in einem meiner früheren Leben.«

»Bestimmt hast du viele Stimmen gehört, nicht nur eine.«

Die Wände der Kabine waren undeutlich, verschwommen. Er schob es auf den Schlaf.

»Wir sollten nicht hier sein«, sagte er.

»Wo sollten wir sein?«, erwiderte Muriel.

»Ich bin mir nicht sicher …« Aron sah an sich herab. »Wo ist das Artefakt?«

Muriel setzte sich ebenfalls auf, und wieder fühlte er ihre angenehme Wärme. »Weißt du nicht mehr?« Ihre Fingerkuppen strichen ihm über die Brust. »Du hast es aufgenommen. Es befindet sich in dir.«

Aron legte sich die Hand flach auf die Brust und glaubte, ein Pulsieren zu spüren, das nicht von seinem Herz stammte. Als er die Hand hob, bekamen ihre Konturen ein blaues Leuchten.

»Bald ist es so weit«, hauchte er.

Muriel sah ihm forschend in die Augen. »Was ist bald so weit?«

»Du wirst sehen.« Das Gefühl eines Verlustes überfiel ihn, schwer wie ein Berg. »Bitte verlass mich nicht. Bleib bei mir.«

Sie schlang die Arme um ihn. »Nichts kann uns voneinander trennen.«

∞

Ein Ektoskelett trug den verletzten Kommandanten der *Taipah* durch den Nukleus des Schiffes, von einer Station zur anderen. Die Hände von Offizieren huschten über Schaltflächen, und Projektionsfelder leuchteten, Statusanzeigen schwebten geisterhaft durch den runden Raum.

Aron und Muriel standen neben dem offenen Zugang, in Begleitung der streng blickenden Navigatorin Annalia Terrez. Ein großer Darstellungsbereich auf der gegenüberliegenden Seite des Kontrollraums zeigte Explosionen im All: feurige Blumen, die plötzlich erblühten, sich entfalteten und dann langsam verblassten. Destruktoren rasten durch den planetennahen Weltraum, durchschlugen die instabilen Schutzfelder von Orbitalstationen und Habitaten. Gefechtssatelliten und Kampfplattformen nahmen Bewahrerschiffe unter Beschuss.

Das Plasmaprojektil eines Destruktors jagte auf die *Taipah* zu.

»Ausweichmanöver!«, rief die Navigatorin. Sie machte einen Schritt nach vorn und wollte zu ihrer Station eilen, doch dann erstarrte sie mit einem Fuß über dem Boden.

Die anderen Offiziere bewegten sich ebenfalls nicht mehr. Sie saßen mit den Händen an den Kontrollen, einige mit offenem Mund. Das Ektoskelett des Kommandanten stand auf beiden Beinen, aber der verletzte Corian regte sich nicht mehr.

Winzige Kristalle bildeten sich an Wänden und Konsolen und bildeten eine dünne weiße Schicht wie aus Eis.

Aron ergriff Muriels Hand. »Bleib bei mir«, brachte er hervor. »Lass nicht los!«

∞

Der Knabe saß im Steinkreis am Rande des Plateaus, hoch über der weiten Ebene mit den Terrassensiedlungen der insektomorphen Iwitt, bei denen er die letzten Monate verbracht hatte. Vor ihm ragte der Felsenmann Gorgon auf, fünfmal so groß wie er, breit und massiv, mit Moos an den Flanken und Flechten auf der Brust.

Aron wusste, dass es Abschied zu nehmen galt, denn es kam ein Schemen aus der Nacht, ein Schatten dunkler als die anderen. Mit einem leisen Surren näherte er sich, ein Geschöpf aus Metametall und Synth, das gewisse Ähnlichkeit mit einem Iwitt hatte, aber viel größer war: ein Assistent.

Die Maschine mit den vielen Beinen verharrte am Steinkreis, öffnete sich, und eine Kabine wurde sichtbar, darin ein einzelner Sitz.

»Jahid schickt mich«, sprach der kleine Intellekt des Assistenten. »Ich soll dich abholen, Aron.«

Der Junge stand auf, traurig, aber auch aufgeregt. Eine Phase seines Lebens ging hier zu Ende, das wusste er, und eine neue begann bei Jahid, wenn er in die Dienste der Moy trat.

Er trat vor, auf Gorgon zu. Gern hätte er die Arme um den steinernen Riesen geschlungen, aber sie waren nicht lang genug. Deshalb gab er sich damit zufrieden, sie auszubreiten und sich an den Felsenmann zu drücken.

»Ich werde dich vermissen«, sagte er leise.

Ein Knirschen kam aus Gorgons Innern. »Die Wunder des Universums warten auf dich, Junge«, sagte er. »Du wirst mehr sehen als je ein Mensch zuvor, vielleicht sogar mehr als ich. Und du wirst den Ruf der Unendlichkeit hören.«

»Wann?«, fragte Aron.

»Wenn du bereit bist«, antwortete Gorgon. »Doch bevor du gehst … Ich habe ein Geschenk für dich.«

»Ein Geschenk?« Aron erwartete, dass sich die Arme des Felsenmanns bewegten, dass eine große steinerne Hand ihm etwas reichte. Doch das geschah nicht.

»Schließ die Augen«, forderte ihn Gorgon auf.

Aron schloss die Augen. Etwas berührte ihn in der Dunkelheit hinter seinen Lidern. Eine sanfte, weiche Hand schien für wenige Sekunden seine Gedanken zu streicheln.

»Jetzt kannst du gehen«, rumpelte Gorgon.

Aron öffnete die Augen. Wo ist das Geschenk?, wollte er fragen, aber es wäre eine sehr unhöfliche Frage gewesen, und deshalb stellte er sie nicht. Er schritt zum Assistenten, und bevor er in den Sitz kletterte, sagte er mit fester Stimme: »Wenn ich den Ruf der Unendlichkeit gehört habe, kehre ich vielleicht zurück und erzähle dir davon.«

»Ich werde hier sein und auf dich warten«, knirschte Gorgon.

∞

Jemand saß vor ihm, umgeben von … Lavaströmen?

»Sie werden Dinge sehen, die nie ein Mensch vor Ihnen gesehen hat«, sagte die Gestalt.

Aron blinzelte, das Lavalicht blendete ihn. »Die Worte habe ich schon einmal gehört, als Kind. Von einem steinernen Wesen namens Gorgon.«

»Ja«, entgegnete die Gestalt. »Wir haben mit ihm gesprochen.«

»Ich gebe einen Teil von mir auf«, sagte Aron, die Hände flach auf einem Tisch wie aus Silber. Wenn er die Finger bewegte, liefen kleine Wellen durch die silberne Oberfläche.

»Einen großen Teil«, bestätigte die Gestalt. »Sie werden jemand anders.«

Aron neigte den Kopf und blickte zum goldenen Himmel empor, der weniger hell strahlte als die Lavaströme hinter der Gestalt. Er wusste, wo sie sich befanden, er konnte den Ort nur nicht genau benennen.

»Es ist eine wichtige Aufgabe«, betonte die Gestalt. »Eine wichtige Mission.«

»Ich weiß.«

»Die Entscheidung liegt bei Ihnen.«

Aron dachte an seinen Mentor, an Jahid. Auch er durfte nichts erfahren. Alles war streng geheim. So geheim, dass er selbst seine Mission vergessen musste. Sonst würde er nicht erfolgreich sein.

»Wann könnten die Vorbereitungen stattfinden?«, fragte er. Weiter hinten bemerkte er die Bewegungen anderer Gestalten in den Schatten zwischen den Lavaströmen.

»Wie wäre es mit jetzt sofort?«

Aron zögerte nicht und stand auf. »Ich bin bereit.«

∞

Das Eis an den Wänden und Konsolen des Kontrollraums glitzerte im schwächer werdenden Licht. Aron schloss die Finger noch etwas fester um Muriels Hand und sah, wie sich die harten Linien im Gesicht der streng blickenden Navigatorin in tiefe Falten verwandelten, wie die helle Haut dunkler und ledrig wurde und die Augen aus den Augenhöhlen verschwanden.

Grauer Staub rieselte, Bewahrer verwandelten sich in Schatten und verschwanden.

»Bleib bei mir!«, rief Aron und zog Muriel eng an sich. »Verlass mich nicht!«

Um sie herum löste sich die *Taipah* auf.

∞

Aron hörte das Eis unter seinen Schritten knirschen, obwohl es keine Luft gab, die Geräusche übertragen konnte. Er hielt noch immer Muriels Hand, in dem Wissen, dass er sie auf keinen Fall loslassen durfte.

»Dies ist völlig unmöglich«, sagte sie, und er hörte auch ihre Stimme in der kalten Leere. »Wir hätten innerhalb weniger Sekunden tot sein müssen.«

Die Reste von Gebäuden umgaben sie, zertrümmert und geborsten, vom Eis halb umschlossen. Es leuchteten keine künstlichen Sonnen mehr an Ultimas Himmel. Das matte Licht stammte von Andromeda, und es war deutlich zu erkennen, dass die Galaxie weiter entfernt war.

»Der Abstand ist größer geworden«, murmelte Aron. »Es sind mehr als zehntausend Lichtjahre, mindestens fünfzigtausend, vielleicht sogar hunderttausend. Wie viele Jahre waren notwendig, um Ultima so weit in den intergalaktischen Raum wandern zu lassen?«

»Viele Jahrmillionen.«

Muriel bückte sich, ihre Hand noch immer in seiner. Mit der anderen nahm sie etwas von dem Schnee, der aus gefrorenem Kohlendioxid bestand, und ließ ihn durch die Finger rieseln. Dampf stieg auf, wo die Wärme der Hand das Trockeneis schmolz und in Gas verwandelte.

»Es ist kein Traum, oder?« Sie richtete sich wieder auf. »Wir sind tatsächlich hier. Ohne Schutzanzüge. Der Kälte und dem Vakuum ausgesetzt.«

Vor dem Hintergrund der Spiralarme von Andromeda zeichnete sich ein dunkler Ring ab: das Portal über Ultimas Nordpol.

»Was auch immer geschieht …« Aron senkte den Blick wieder. »Bleib bei mir.«

»Du hast uns hierhergebracht, nicht wahr?« Sie sah sich um, in Schnee und Eis. »Wir sind tatsächlich hier.«

»Ja.« Er setzte sich wieder in Bewegung und hörte das Knirschen des Schnees, als er einen Fuß vor den anderen setzte. Es klang fast wie Gorgons Stimme.

»Ich erinnere mich«, sagte er.

Muriel sah ihn von der Seite an. »An alles?«

»Nein. Ich erinnere mich an … Streiflichter, an einzelne Szenen und seltsame Dinge, mit denen ich nichts anfangen kann.«

Die Ruinen einer zerstörten Stadt blieben hinter ihnen zurück, und kurz darauf erreichten sie etwas, das aussah wie eine Abbruchkante. Dahinter ging es einige Dutzend Meter in die Tiefe bis zu einer runden Eisfläche mit einem Durchmesser von mehreren hundert Metern. Als Aron etwas genauer hinsah, wusste er, dass das Eis in den vergangenen Jahrmillionen viele Kilometer dick geworden war.

»Was mag aus ihnen geworden sein?«, fragte er.

»Aus den Glazialen?«

»Hier gab es einen Zugang zum Ozean unter dem Eis«, sagte Aron. »Mit einer Verbindungsstation.« Er deutete auf einige nahe Gebäudefragmente, von Kohlendioxidschnee halb zugedeckt.

»Vielleicht sind sie ebenso verschwunden wie die anderen. Wie die Navigatorin Annalia Terrez und der verletzte Corian. Wie die Besatzung der *Taipah* und das Schiff selbst.«

Eine leblose Welt, dachte Aron. Sowohl auf der Oberfläche als auch darunter. Aber vielleicht nicht ganz.

Er versuchte, den Gedanken festzuhalten, doch er entglitt ihm wie ein glitschiger Wurm.

»Sind wir tot?«, fragte Muriel plötzlich. »Ist dies eine Art Leben nach dem Tod?«

»Nein«, antwortete Aron. »Nein, wir leben. Und die anderen … Sie sind nicht gestorben. Sie konnten gar nicht sterben, weil sie nie existiert haben.«

»Aber …« Muriel zögerte, vielleicht suchte sie nach Worten. »Wie können wir hier sein und uns an alles erinnern, wenn die Zeit einen anderen Verlauf genommen hat? Wie können wir uns an Dinge erinnern, die nie geschehen sind?«

Fragen, dachte Aron. Es gab zu viele Fragen und zu wenige Antworten.

»Liegt es daran, dass wir nicht Teil dieser Zeit sind?«, setzte Muriel nach. »Dass wir außerhalb von ihr stehen? Ist das die Erklärung dafür, dass wir hier ohne Schutzanzüge überleben können?«

»Ich weiß nicht genug«, sagte Aron und dachte an einen Ort des Wissens.

»Was passiert, wenn ich deine Hand loslasse, Aron?«, fragte Muriel.

»Ich würde dich verlieren. Du würdest verschwinden wie die anderen.«

»Es hätte mich nie gegeben?«

»Nicht in diesem Universum«, sagte Aron und wandte sich von der Eiskante ab.

Muriel blieb dicht neben ihm.

»Er hat gewonnen, nicht wahr? Der Xenomorph, dem man nicht trauen durfte. Das hier ist sein Werk. Es hat keine Wiederkunft gegeben, und es wird nie eine geben. Die Menschen sind nie zur Milchstraße zurückgekehrt.«

»Es ist noch nicht vorbei«, sagte Aron. »Es ist noch nicht entschieden.«

Er ging weiter, mit etwas längeren Schritten, Muriels Hand fest in der seinen.

»Wohin gehen wir?«

Ich weiß es nicht, wollte Aron antworten, aber das stimmte nicht. Zwischen den Ruinen der alten Stadt blieb er an einer bestimmten Stelle stehen.

»Hier«, sagte er, hob die freie Hand und drehte sie langsam. Kleine blaue Funken sprangen von den Fingerkuppen und vereinten sich vor ihnen zu einem einzelnen blauen Leuchten, aus dem eine senkrechte Linie wuchs.

»Was ist das?«, fragte Muriel.

»Eine Kontinua-Brücke.«

Aron trat in die Linie hinein und zog Muriel mit sich.

∞

»Ich wünschte, ich könnte dies verstehen«, sagte Muriel.

Sie hielt in beiden Händen eine dünne Platte, die aus einem keramikartigen Material bestand und zahlreiche Symbole aufwies. Wenn sie eins davon berührte, wichen alle anderen Zeichen beiseite, damit das ausgewählte Symbol größer und *lebendig* werden konnte. Es entstanden kleine Gestalten wie winzige Wesen, die mit leisen melodischen Stimmen sprachen.

Sie befanden sich in der Hütte, die innen viel größer war als außen, in ihrer endlosen Bibliothek. Hier war es nicht mehr nötig, dass sie sich an den Händen hielten, der Ort abseits von Raum und Zeit bot ihnen Sicherheit.

Aron ging langsam an den langen Regalreihen mit Datenträgern aller Art entlang, ohne zu wissen, wonach er suchte. Hinter ihm legte Muriel die Keramikplatte mit den sprechenden Symbolen an ihren Platz zurück, dann folgte sie ihm.

»Was ist dies für ein Ort?«, fragte sie nicht zum ersten Mal. »Wer hat diese Bibliothek geschaffen? Von wem stammt sie?«

In einem Ruhebereich mit Sesseln und einem Apparat, der wie

ein Synther funktionierte, blieb Aron stehen. Sie waren stundenlang in der Bibliothek unterwegs gewesen, ohne eine der Antworten zu finden, die er sich wünschte. Etwas fehlte. Ein Schlüssel, dachte er und sank in einen der Sessel. Etwas, mit dem er all das Wissen für sich aufschließen konnte.

Muriel ging zum Synther – Aron hatte ihr gezeigt, wie man mit den Kontrollen umging – und kehrte mit einem Teller zurück.

»Inzwischen bin ich davon überzeugt, dass wir tatsächlich noch leben«, verkündete sie und setzte sich an den Tisch. »Tote haben keinen Hunger. Was ist mit dir?«

Aron schüttelte den Kopf.

Muriel musterte ihn nachdenklich. »Seit dem Kontakt mit dem Artefakt hast du nichts mehr gegessen.«

Arons rechte Hand tastete wie von allein über seine Brust. »Es hat mich hierhergebracht. Es hat mir diesen besonderen Ort gezeigt. Omni hat ihn erschaffen.«

Muriel aß etwas, das aussah wie ein Haufen schimmernder Perlen. »Aber warum hat dich das Omni-Artefakt hierhergebracht?« Sie musterte ihn nachdenklich. »Ich habe dich schon einmal gefragt: Wer bist du?«

Aron hatte gehofft, es hier zu erfahren, in der Bibliothek. Die Antworten lagen bereit, im wahrsten Sinne des Wortes zum Greifen nahe, aber er verstand sie nicht. Ihm fehlten die passenden Augen und Ohren, um sie zu sehen und zu hören. Ihm fehlte etwas, das ihm die Erinnerung zurückgab.

Plötzlich erinnerte er sich an einen Gedanken, den er festzuhalten versucht hatte und der wie ein glitschiger Wurm gewesen war. Ihm wurde klar, wo er den Schlüssel finden konnte.

Er stand auf und wandte sich einer Tür zu, die bis eben noch nicht existiert hatte.

Muriel ließ den Löffel sinken. »Was ist jetzt?«

»Wir müssen zurück.« Aron öffnete die Tür. Blaues Licht strömte ihm entgegen. »Es ist noch nicht vorbei«, wiederholte er. »Es ist noch nicht entschieden.«

Er streckte die Hand aus, und Muriel ergriff sie.

WER ICH WIRKLICH BIN

100

»BRAUCHEN WIR tatsächlich nichts?«, fragte Muriel, als sie durch die Ruinen der Stadt schritten, die von den Bewahrern »Zitadelle« genannt worden war. »Keine Einsatz- oder Kampfanzüge? Keine Waffen?«

»Es wird keinen Kampf geben«, erwiderte Aron.

»Bist du da ganz sicher? Wenn er wirklich noch hier ist, nach all der an diesem Ort vergangenen Zeit …«

»Ich spüre seine Präsenz«, sagte Aron. »Wir sind Amalgam, erinnerst du dich? Er kann sich nicht vor mir verstecken.«

»Aber …« Muriel sah sich zwischen den Ruinen um. »Warum ist er hiergeblieben? All die Zeit … Wie kann er überlebt haben?«

»Der Blender konnte überleben, weil er sich in etwas mit der Fähigkeit zum Überleben verwandelt hat«, antwortete Aron. »Und er ist hier, weil es keine Möglichkeit für ihn gab, Ultima zu verlassen.« Er sah Muriel an. »Was auch immer geschieht …«

»Ich lasse deine Hand nicht los, verstanden.«

Die Ruinen von Türmen und langgestreckten Gebäuden umgaben eine fast zwei Kilometer durchmessende Öffnung im weißen Panzer des Planeten, einst Zugang zum glazialen Ozean, vermutlich von einem Kraftfeld geschützt. Jetzt gab es dort kein dunkles Wasser mehr, nur noch Eis.

Aron hob den Blick zum Portalring, der sich über Ultimas Norden vor dem Hintergrund der weiter entfernten Andromeda-Galaxie abzeichnete.

»Es ist unvollständig«, sagte er nachdenklich. »Die Ptoha haben das Portal nicht fertiggestellt.«

»Aber es existiert noch.«

Aron ging weiter, und Muriel blieb dicht neben ihm. Wieder hörte er, wie Schnee knirschte und Eis knackte, trotz des Fehlens von Luft. Warme Hand in warmer Hand kletterten sie über Eis und erreichten schließlich die Überbleibsel eines Gebäudes, das einmal eine Kuppel gewesen sein mochte. Gewölbte Segmente ragten nach oben, vereinten sich aber nicht mehr zu einem Dach.

»Aron …« Muriels Finger drückten kurz zu.

Er blieb stehen. »Ja?«

»Könnte sein Tod etwas ändern?«

»Wer sagt dir, dass ich ihn töten will?«

Sie schüttelte den Kopf. »Was auch immer du mit ihm vorhast, würde es etwas ändern?« Mit der freien Hand deutete sie in die Runde. »Alles ist zerstört. Der Blender, der Xenomorph, Curax … Er hatte Erfolg. Du weißt aus deiner Zeit, dass es nie eine Wiederkunft gab, und hier siehst du den Grund dafür.«

»Es ist noch nicht vorbei«, wiederholte Aron einmal mehr. »Es ist noch nicht entschieden.«

»Wer sagt dir das?« Muriel sah ihm in die Augen. »Weshalb bist du so sicher? Und du bist sicher, nicht wahr?«

»Ja, das bin ich«, bestätigte Aron, umgeben von Eis, das im schwachen Licht von Andromedas Sternen zu glühen schien.

»Weißt du etwas, von dem du mir nichts gesagt hast?«

Für einen Moment horchte Aron in sich hinein. Er war nicht allein in seinem Innern, er fühlte den kleinen Knoten der Amalgam-Verbindung, fest verankert zwischen den Wurzeln seines Bewusstseins. Und es gab noch etwas, das sich zu entfalten begann.

»Ich habe eine Vermutung«, sagte er. »Wenn sie stimmt …«

»Was dann?«

»Ich bin mir nicht sicher«, gestand Aron. »Ich brauche Gewissheit.«

»Und glaubst du, der Xenomorph kann sie dir geben?«

»Ich werde ihn zur Rechenschaft ziehen für das, was er getan hat«, sagte Aron. »Und ich werde Antworten von ihm bekommen.«

»Zum Beispiel auf die Frage nach dem Warum.«

»Ja.«

»Es ist eine ziemlich große Frage.« Muriel wich einem Eisblock aus, ohne Arons Hand loszulassen. »Ich nehme an, die Antwort muss ebenso groß sein. Vielleicht zu groß für einen Xenomorph.«

»Wir werden sehen.«

Sie traten durch eine Lücke zwischen zwei der Kuppelsegmente und erreichten ein eisverkrustetes Mosaik, das zwei Galaxien zeigte, Andromeda und die Milchstraße, einander so nahe wie in Arons Zeit.

»Er ist nicht mehr weit.« Aron sprach leiser, als fürchtete er, jemand könnte ihn hören.

Sie schritten am Mosaik entlang und folgten dahinter dem Verlauf eines halb eingestürzten Gangs, der manchmal so eng wurde, dass sie dicht nebeneinander und in gebückter Haltung gehen mussten.

»Nicht loslassen«, mahnte Aron.

»Ich denke daran.«

Der Gang wurde wieder breiter und höher. Rechts und links lagen Räume, gefüllt mit Eis und Trümmern. Aron achtete nicht darauf und kletterte zusammen mit Muriel über Eisbrocken hinweg, bis vor ihnen die geplatzten und gesplitterten Überreste einer Tür auftauchten, mit verblassten goldenen und violetten Symbolen darauf.

Mit Muriel an seiner Seite trat Aron durch den Zugang in einen halb verschütteten Raum. In der Mitte, neben einem Eisblock, der aussah wie ein großes Spinnenwesen, standen fünf sternförmig angeordnete Behälter, drei von ihnen zerbrochen.

»Wir sind da«, sagte Aron. »Dies war einst das Planungszentrum der Bewahrer. Curax ist hier.«

101

»FÜNF BEHÄLTER«, sagte Muriel. »Einst mit Lebenserhaltungssystemen ausgestattet. Aber was auch immer sich in ihnen befand, es ist tot.«

Arons Blick galt den beiden intakt gebliebenen Behältern. »Auch dort drin kann nichts überlebt haben.« Er sah sich um. »Als Curax hierherkam, hat er getötet und zerstört. Chaos, darum ging es ihm. Es genügte ihm nicht, den Plan der Wiederkunft zunichtezumachen, er wollte so viel Schaden wie möglich anrichten.«

»Ich hab es von Anfang an gewusst!«, stieß Muriel hervor. »Man kann Xenomorphen nicht trauen! Ich hab es dir gesagt, aber du wolltest nicht auf mich hören!« Sie unterbrach sich und fügte sanfter hinzu: »Entschuldige. Das klingt zu hart, zu streng. Und es hilft uns nicht weiter.«

»Er war bereit, sich zu opfern, für seine große Sache«, fuhr Aron fort. »Aber auch in ihm steckt ein Überlebensinstinkt, wie in uns allen. Am Ende, als alles getan war, nahm er eine Gestalt an, mit der er die Zeiten überdauern und auf eine günstige Gelegenheit warten konnte, erneut zu leben und Ultima zu verlassen.«

»Wo ist er?«, fragte Muriel sofort. »Wo versteckt er sich?«

»Er versteckt sich nicht«, entgegnete Aron. »Wir haben ihn sofort gesehen, als wir hereinkamen.«

Er konzentrierte sich auf den Amalgam-Knoten in seinem Innern und dachte: Zeig dich!

Im Eisblock neben den fünf Behältern knisterte es. Spinnenbeine aus Eis streckten sich, Millimeter um Millimeter.

»Nicht hier«, sagte Aron. »Dies ist kein geeigneter Ort. Hier sind Lug und Trug zu stark, zu mächtig.« Er drückte Muriels Hand und schloss die Augen.

Wärme breitete sich in seiner Brust aus, ein Gefühl von naher Energie und Vertrauen in eine Kraft, die viel älter war als er und noch immer existierte. Er hatte sie auf dem Steg gespürt, nicht einmal eine Armeslänge entfernt, und er wusste: Wenn er es richtig anstellte, konnte er diese Energie, diese Kraft berühren und formen. Leicht war es nicht. Leicht war es nie gewesen, auch damals nicht, als er sich an alles erinnert hatte. Er musste dieses Feuer willkommen heißen, ohne sich daran zu verbrennen.

Als er die Augen wieder öffnete, zwei oder drei Sekunden später, standen sie auf einem Felsplateau, auf allen Seiten umgeben von den gelbbraunen Dünen einer Wüstenlandschaft. Zwei Sonnen brannten am Himmel, die eine groß und gelb, fast im Zenit, die andere kleiner und weiß, in halber Höhe.

»Wie machst du das?«, fragte Muriel verwirrt. »Bist du eine Art lebendes Portal? Ist dies real?«

Aron ließ ihre Hand los.

Sie erschrak und tastete sich ab, wie um sich von der eigenen Existenz zu überzeugen.

»Hier hast du nichts zu befürchten. Wir befinden uns an einem speziellen Ort, vergleichbar mit der Hütte und ihrer Bibliothek. Und er ist real genug.«

Aron zeigte auf das Eiswesen, das im heißen Schein des Doppelsterns schmolz. Die Beine streckten sich schneller, schrumpften und wurden dunkler, und innerhalb von einer Minute verwandelte sich der tauende Eisblock in Gestalt eines Spinnenwesens in eine Mischung aus Katze und Reptil kaum kleiner als ein Mensch.

Curax wirkte schwach, konnte sich nicht auf den Beinen halten, sank zu Boden und neigte benommen den Kopf von einer Seite zur anderen. »Bist du das, mein Amalgam?«, zischte er. »Bist du gekommen, um mich zu retten?«

»Du weißt, warum ich hier bin.«

Die Reptilienaugen des Blenders blinzelten. »Und wo ist *hier*?«

»Du hast mich benutzt, von Anfang an.« Aron sprach kühl, keine Emotion schien in seinem Tonfall mitzuschwingen. »Von unserer ersten Begegnung auf Mulkain an bin ich dein Werkzeug gewesen. Warum? Erklär es mir.«

Curax zischte und fauchte. Allmählich schien er wieder zu Kräften zu kommen und richtete sich auf. »Ist das alles?«, knurrte er. »Du möchtest nur Bescheid wissen? Willst du dich nicht rächen? Das ist doch eine menschliche Empfindung, der Wunsch nach Rache, oder?«

»Aron …« Muriel trat an seine Seite. »Trau ihm nicht. Trau keinem Xenomorph. Sei auf alles gefasst.«

Curax bleckte die Zähne. Inzwischen stand er aufrecht. »Vielleicht solltest du auf sie hören und mich töten. Aber wie? Deine Hände sind leer. Du hast keine Waffe, oder irre ich mich?«

»Ich brauche keine Waffe«, entgegnete Aron. »Du wirst hierbleiben, an diesem Ort zwischen den Zeiten, für immer und ewig. Beziehungsweise solange du hier überleben kannst. Das wird deine Strafe sein.«

»Strafe?« Curax zischte, und Aron fühlte ein kurzes Stechen im Kopf, nicht vom Amalgam-Knoten ausgehend, sondern vom Implantat. »Warum hätte ich Strafe verdient? Ich habe getan, was getan werden musste. Und du hast mir dabei geholfen. Du hast mir den Weg bereitet.«

Muriel ergriff Aron am Arm. »Lass uns gehen«, drängte sie. »Xenomorphe kennen immer irgendeinen Trick. Lass uns gehen, und lassen wir ihn hier zurück, wie du gesagt hast.«

»O nein«, zischte Curax, »das wird er nicht. Nein, er wird nicht auf dich hören. Seine menschliche Neugier hindert ihn daran. Er will wissen, wie er mir den Weg zeigen konnte. Er will wissen, was ihn zu meinem Komplizen gemacht hat. Er will wissen, wer er ist.«

Warmer Wind wehte über das Felsplateau. In der nahen Wüste knisterte der Sand.

»Aron …«, begann Muriel, aber sie sprach nicht weiter.

Hier ist sie, die Wahrheit, dachte er. Bin ich bereit dafür? Bin ich bereit für die schwere Bürde des Wissens?

Ob bereit oder nicht, die unbeantworteten Fragen wogen noch schwerer. An keinem Ort des Multiversums hätte er dieser Last entkommen können.

»Wer bin ich?«, fragte Aron. »Kannst du es mir sagen?«

Wieder stach es in seiner Schläfe, dort, wo das Implantat saß.

Curax lachte ein fauchendes und zischendes Lachen. »Falsche Frage!«, rief er, und es klang vergnügt. »Hast du dich nie gefragt, was ein Blender mit dieser Angelegenheit zu tun hat, mit dem alten Konflikt, der Zäsur in der Milchstraße, mit der Reise durch die Zeiten? Hast du dich nie gefragt, wer *ich* bin?«

Aus dem Stechen wurde ein dumpfer, bohrender Schmerz. Aron hob die Hand zur Schläfe. Es zeigten sich keine blauen Lichter an den Fingerspitzen, stellte er fest.

»Wer hat dich nach Mulkain geschickt, damit du dort Amalgam eines Blenders wurdest?«, fuhr Curax fort. »Wer hat dir die Erinnerungen genommen?«

Das Mischwesen aus Katze und Reptil veränderte sich. Es schrumpfte ein wenig und wurde zu einem kaum anderthalb Meter großen Humanoiden, haarlos und zart gebaut, mit Beinen, die etwas zu lang wirkten, dünnen Armen und knochenlosen Flexfingern. Der Großteil des Körpers war mit winzigen elfenbeinweißen Schuppen bedeckt, die bis zum Hals reichten, wo ein Geflecht aus dünnen Adern begann, das sich durchs Gesicht und über den Schädel erstreckte.

»Daran solltest du dich erinnern«, sagte Curax. »So hast du mich gesehen, auf der Terrasse meines Schiffes, als ich eine Sonate in c-Moll gespielt habe. Als alles begann, wie du vielleicht glaubst. Aber in Wirklichkeit hat es viel früher begonnen.«

»Du bist …«

»Ich bin Jahid«, erklärte der Humanoide, »und Jahid ist Curax.« Seine weißen Schuppen knisterten wie der Sand in der nahen Wüste. »Die Moy sind die Blender, und die Blender sind die Moy.«

Aron war nicht überrascht. Die Worte bestätigten etwas, das er bereits vermutet hatte.

»Aber das ist noch nicht alles«, sagte er.

Die Gestalt vor ihm veränderte sich erneut. Kopf und Hals, Arme und Beine, auch der Rumpf – alles zerfiel in Hunderte, Tausende hart werdende Bruchstücke. Flüssigkeiten tropften und kristallisierten innerhalb weniger Sekunden. All die kleinen Fragmente gerieten in Bewegung und wurden zu metallisch schimmernden Käfern, die zielstrebig krabbelten und krochen und sich zu einer neuen Gestalt vereinten. Vor Aron wuchs sie in die Höhe und bekam einen Kopf mit Stirn, Augen, Wangen, Nase und Mund.

Muriel wich zurück. »Eine Chimäre!«

»Das ist deine wahre Gestalt«, sagte Aron, und wieder war er nicht überrascht. »Moy und Blender hat es nie wirklich gegeben, nur Chimären. Ihr seid der Feind.«

»So habt ihr uns genannt«, bestätigte Jahid. Seine neue Gestalt verfestigte sich, wurde stabil, und er trat einen Schritt auf Aron zu.

»Die Moy haben den Krieg in der Milchstraße nicht beendet und anschließend den Frieden bewahrt.« Aron rieb sich die Schläfe. »Das ist gelogen, wie alles andere.«

»Wir haben den Krieg gewonnen und der Galaxis anschließend Frieden gegeben.« Jahids Stimme klang wie das Zirpen von Insekten.

»Euren Frieden«, entgegnete Aron. »Errichtet auf einem Fundament aus Lügen. Ihr seid als Feinde gekommen, und ihr seid Feinde geblieben. Aber warum? Warum der Krieg, die vielen Toten, das Chaos, die manipulierte Zeit? Warum das alles?«

»Du hast es gewusst«, erwiderte Jahid.

Aron atmete tief durch, im Kopf ein Hämmern. »Gib mir meine Erinnerungen zurück!«

»Du wirst unwissend sterben«, zirpte Jahid. »Hier an diesem Ort, an dem du mich bestrafen wolltest. Wie dumm von dir, Mensch! Glaubst du wirklich, du könntest gegen einen von uns bestehen, einen Blender, einen Moy, eine Chimäre? Ich werde dich erneut benutzen. Ich werde mir erneut von dir den Weg weisen lassen, fort von hier, und du wirst noch einmal vergessen!«

Der Schmerz in Arons Schläfe explodierte. Feuer loderte vor seinen Augen, hell genug, um ihn zu blenden.

Erinnerungen …

Mulkain, dachte er plötzlich. Dort hatte es mindestens zwei Blender gegeben, und es war kein Zufall gewesen, dass Jahid überlebt hatte.

»Der widerspenstige Einsatzanzug«, brachte er hervor. »Auf Mulkain. Seine Programmierung war verändert. Um zu verhindern, dass ich dich erschieße.«

Flammen loderten in seinem Geist und erinnerten ihn an Lavaströme, die ihn ebenfalls geblendet hatten, und eine Gestalt zwischen ihnen, vom heißen Licht überstrahlt. Einer der Weisen saß dort, wusste Aron plötzlich, einer der letzten in der Milchstraße. Und die Lavaströme … Ein lebender Geist brodelte in ihnen, fast so heiß wie die Sonneningenieure der Tauri in ihrem stellaren Plasma.

»Gib mir, was mir gehört!«, rief Aron in die Flammen des Schmerzes. »Gib mir meine Erinnerungen!«

Es ist noch nicht vorbei, dachte er. Es ist noch nicht entschieden.

Die Entscheidung fiel hier, an einem Ort, den er mit Kontinua-Energie gewählt, den er vielleicht sogar mit ihr erschaffen hatte. Der Unterschied war marginal, er spielte keine Rolle. Wichtiger war die Kraft, auf die er zugegriffen und die er verwendet hatte. Sie war der Schlüssel, den er brauchte, begriff er mit einem Mal.

Er nahm sie, einen kleinen Teil von ihr, vorsichtig, weil sie den Unvorsichtigen verbrennen konnte, formte ein mentales Messer daraus und zerschnitt den Amalgam-Knoten, mit dem ein Blender namens Curax ihn an sich gebunden hatte.

Etwas fiel von ihm ab, eine Kette, deren Existenz ihm gar nicht bewusst gewesen war, eine Fessel, die seine Gedanken daran gehindert hatte, sich frei zu entfalten. Er folgte der Verbindung, er nahm den Strang, der vom zerschnittenen Amalgam-Knoten ausging, und zog daran. Jahid musste gar nicht hergeben, was ihm gehörte, Aron konnte es sich nehmen.

»Aron!«

Muriels Stimme vertrieb das Feuer vor seinen Augen, er sah wieder.

Jahid hatte erneut die Gestalt gewechselt: Er war keine Chimäre mehr, bestehend aus Tausenden von kleinen metallisch glänzenden Käfern, sondern ein vierbeiniges dorniges Wesen, das den dunklen Rücken krümmte und seine Stacheln auf ihn richtete.

Mehrere lösten sich mit einem scharfen Knacken, wie das Knallen von Schüssen, und schnellten Projektilen gleich auf Aron zu.

ICH VERGESSE DICH NICHT

102

ZWEI DER Stacheln, schwarz, spitz und lang, erschienen direkt vor Aron. Sie zielten auf Hals und Brust, aber so schnell sie auch gewesen waren, sie wurden immer langsamer, je näher sie ihrem Ziel kamen. Ein blaues Leuchten hielt sie auf, das erst vage und dünn war, wie vom Licht einer blauen Lampe erfasster Dunst, und dann dichter und heller wurde.

Aron hob die Hände und sah das vertraute blaue Glühen an den Fingerspitzen. Er bewegte die Hände, und die beiden Stachelprojektile vor ihm zerbrachen. An ihren Splittern vorbei trat er zu dem vierbeinigen Geschöpf, das sich vor ihm zu ducken schien. Es krümmte den Rücken, um weitere Stachelgeschosse gegen ihn einzusetzen.

»Nein!«, sagte Aron scharf, und etwas glättete die Dornen, drückte sie an den Rücken, und einige von ihnen brachen knackend. »Nein, du hast keine Macht mehr über mich. Ich weiß jetzt, wer ich bin.«

Über die Reste der Amalgam-Verbindung, die ihn zu einem Werkzeug gemacht hatte, strömte das Wissen zurück. Nicht alles, nicht seine gesamten Erinnerungen, denn die waren in den Datenspeichern von Jahids Pyramidenschiff abgelegt.

Aber er erfuhr, was Jahid über ihn wusste, und das genügte.

∞

»Sie sind Omni«, sagte der Weise. Hier am Ort der Vorbereitung war er deutlicher zu sehen, ein Veränderter aus dem Volk der Tiaburo, eine der vierzehn Superzivilisationen, die sich zu Omni zusammengeschlossen hatten: ein dünnes, fragiles vielgliedriges Geschöpf mit Augen, die mehr gesehen hatten, als sich ein Mensch vorstellen konnte.

»Wie kann ein einzelner Mensch, ein einzelnes Individuum Omni sein?«, fragte Aron. Er stand auf einer runden Plattform im Innern eines Aggregatblocks. Von oben strömte das Licht des nahen galaktischen Zentrums auf ihn herab. Es war auch das Licht von Omni, der Rest davon, noch immer hell genug, um zu blenden.

»Sie werden mehr Omni sein, als es andere aus Ihrem Volk stammende Gesandte wie Aurelius, Jasper und Jasmin jemals sein konnten. Unsere Macht steht Ihnen zur Verfügung.«

Kleine mobile Sensoren krochen über Arons nackten Leib und bereiteten ihn vor.

»Das ist gefährlich«, sagte er. »Zu viel Macht kann zu Hybris führen.«

»Bei dieser besonderen Mission lauern überall Gefahren.« Der Tiaburo wich ein wenig zurück. »Wir vertrauen Ihnen. Vertrauen Sie sich selbst.«

Das warme Licht bekam einen bläulichen Ton.

»Ich werde wieder ein Kind sein.« Aron sah an sich herab und betrachtete die glatte Haut dort, wo er einmal, vor langer Zeit, ein Geschlechtsteil gehabt hatte. Gesandte von Omni brauchten so etwas nicht. Ihre Körper funktionierten anders, sie lebten von Kontinua-Energie, es gab keine Ausscheidungen. Und es gab für sie auch keine Sexualität.

»Für kurze Zeit werden Sie wieder sterblich sein«, erklärte der Tiaburo. »Das lässt sich nicht vermeiden. Die Moy werden Ihnen ihre Art von Unsterblichkeit geben, das ist Teil ihrer Abhängigkeitsstrategie.«

Aron kannte den Plan und seine vielen Unwägbarkeiten. Er musste sich zu einem Werkzeug machen lassen, in der Hoffnung, Omnis Niederlage irgendwo an den vielen Gestaden der Zeit in einen Sieg zu verwandeln. Er, ein einzelner Mensch, der Letzte seiner Art in der Milchstraße.

»Die Moy werden glauben, dass wir Sie, das Kind bei den Iwitt, zu einem Gesandten machen wollten«, fuhr der Weise fort, während das blaue Licht heller und dichter wurde. »Wir geben Ihnen entsprechende Erinnerungen, um sie davon zu überzeugen. Damit wären Sie das ideale Werkzeug. Der letzte Mensch in der Milchstraße, der die Moy zu den mit den Resten von Omni geflüchteten Menschen führt. Der Ptoha Gorgon wird Ihnen helfen, solange Sie bei den Iwitt sind.«

Das blaue Licht flackerte einmal. Ein tiefes, pulsierendes Brummen kam aus dem Aggregatblock, an- und abschwellend wie ein langsamer Herzschlag.

Aron holte tief Luft. »Ich bin bereit.«

∞

»Ich bin Omni«, sagte Aron auf dem Felsplateau, umgeben von Dünen aus knisterndem Sand.

»Nein!«, fauchte das geduckte Stachelwesen vor ihm. »Wir haben Omni vernichtet. Es ist nichts mehr davon übrig!«

»Hier stehe ich.« Es war kein Moment des Triumphs, er spürte eher die Befriedigung, das Ende eines langen Weges erreicht zu haben. »Hier lebe ich.«

Jahid versuchte, sich aufzurichten, doch kleine blaue Lichter, die über seinem Rücken tanzten, hinderten ihn daran.

»Und was nützt es dir?«, zischte er. »Es gibt keine Bewahrer mehr, und die Menschen in Andromeda sind Teil der Melange. Deine Mission ist gescheitert, meine war erfolgreich.«

Aron streckte den Arm nach hinten, ohne Jahid aus dem Auge zu lassen. »Meine Hand, Muriel«, sagte er. »Nimm meine Hand.«

Er wartete.

Nichts geschah.

Aron drehte sich um.

Muriel lag am Rand des Felsplateaus, ein schwarzer Stachel tief in der Brust. Mit einigen schnellen Schritten war er bei ihr.

Sie blinzelte, es steckte noch ein wenig Leben in ihr. »Aron …«

Alles schien zu erstarren, ein Moment wie in Stein gemeißelt. Aron konnte nicht glauben, was er sah. Wie hatte so etwas geschehen können?

Er sank neben Muriel auf die Knie. »Ich bin hier.«

»Traue niemals einem Xenomorph«, krächzte sie. Blut, rot wie Rubin, quoll aus der tödlichen Wunde in ihrer Brust. »Pass auf dich auf, Aron. Versprich es mir.«

Er ergriff ihre Hand. »Ich verspreche es.«

Sie hörte ihn nicht mehr. Und sie sah ihn auch nicht mehr – Muriels grüne Augen blickten ins Nichts.

∞

Etwas ballte sich in Aron zusammen, dort, wo ihn Wärme und Kraft an das Omni-Artefakt erinnerten, dem er die eigene Wiederkunft verdankte. Und noch tiefer in seinem Innern, im Kern, bei dem Aron, der sich gefragt hatte, was Glück bedeutete und ob er jemals glücklich gewesen war.

Er stand auf, wandte sich von der Toten ab und kehrte zur Chimäre namens Jahid zurück, die versuchte, wieder zu einem Humanoiden mit weißer Schuppenhaut zu werden. Die über den Stachelrücken tanzenden Lichter hinderten ihn daran und hielten ihn fest.

»Und jetzt?«, knurrte das Wesen. »Was hast du jetzt vor?«

Aron holte aus, nicht mit den Händen, sondern mit der Kraft seines Zorns. Etwas donnerte auf Jahid herab, wie die Faust eines Titanen.

Und zerschmetterte ihn!

Einige Sekunden lang betrachtete Aron die schleimigen Reste des Xenomorphs, dem man hatte nicht trauen dürfen. Dann trat er mit schweren Schritten zu Muriel, hob sie hoch – sie war federleicht, als hätte mit dem Leben auch das Gewicht ihren Körper verlassen – und trat mit ihr ins blaue Leuchten einer Kontinua-Brücke.

∞

Hinter der Hütte, die innen viel größer war als außen, gab es einen kleinen Garten mit bunten Blumen und Bäumen, in deren Kronen der Wind rauschte. Dort begrub er Muriel und schmückte das Grab mit bunten Steinen, die ihren Namen bildeten: Muriel Herrera Delgado Aguilar.

»Was ist die Macht von Omni, wenn ich dich nicht am Leben erhalten konnte?«, fragte er.

Der Wind seufzte. Am Himmel über ihm drehten sich die schimmernden Kugeln von Universen.

Du bist nicht allmächtig, antwortete ihm eine Stimme, die vielleicht aus seiner Vergangenheit kam. Hybris, erinnerst du dich? Sei auf der Hut.

Er erinnerte sich nicht an alles, aber an genug, um das große Ganze zu verstehen, den verheerenden Konflikt, den die Chimären durch die Weiten des Universums bis zur Milchstraße getragen hatten, wo sie auf Omni gestoßen waren, den ersten ebenbürtigen Widersacher. Es war eine lange, vielleicht Jahrmilliarden lange Geschichte von Lügen, Falschheit und Niedertracht. Wie hatten die Chimären in Gestalt der Moy und der Blender glauben können, auf diese Weise Wahrheit und Erleuchtung zu finden?

»Nein«, sagte Aron an Muriels Grab, »das ist die falsche Frage. Sie fanden, was sie suchten, als sie zur Milchstraße kamen. Sie fanden das, was die Blender ›Divinität‹ nannten, sie sahen bei ihr in einen Spiegel und erkannten die eigene Fratze darin. Sie schlugen danach, sie versuchten, das hässliche Bild von sich selbst auszumerzen, womit sie das Göttliche vertrieben, das sie so lange gesucht hatten.«

Aron schloss die Augen und spürte, wie ihm der Wind übers Gesicht strich. Für einen Moment glaubte er fast, eine warme weiche Hand auf seiner Wange zu spüren.

»Als Blender brachten sie das Gift der Religion in zahlreichen unterentwickelten Kulturen aus, die sich nicht dagegen wehren konnten.« Aron sprach mit geschlossenen Augen. »Um einen neuen Weg zu finden, um zu beherrschen, was sie erschreckt hatte und ihnen entkommen war. Als Moy gaben sie vor, den Frieden zu bewahren, während sie nach den Resten von Omni suchten und einen Plan entwickelten, um Omni endgültig zu vernichten. Ich bin Teil dieses Plans gewesen, Muriel, und gleichzeitig eines anderen.«

Er öffnete die Augen und sah auf das Grab hinab.

»Es kann nicht so enden, Muriel. Es darf nicht so enden. Du hast gekämpft, damit die Menschen eine Zukunft haben, und ich ebenfalls. Unser Kampf darf nicht umsonst gewesen sein.«

Er verbrachte viele Stunden in der endlosen Bibliothek auf der Suche nach verlorenem Wissen, nützlichen Informationen und vielleicht auch sich selbst. Bei langen Wanderungen zwischen den Regalreihen lauschte er Datenstimmen, hörbar nur für jemanden, der Omni berührt hatte, und dachte daran, dass er für beide Seiten in diesem kolossalen Konflikt ein Werkzeug gewesen war, wenn auch freiwillig für eine von ihnen. Seine eigenen Wünsche schienen nie eine Rolle gespielt zu haben.

Einmal verharrte er in einem Ruhebereich, saß stundenlang in einem Sessel und fragte sich, ob er den wiedergewonnenen Erinnerungen trauen konnte. Omni hatte ihn in einen Köder verwandelt, in ein menschliches Kind, den letzten Überlebenden seiner Spezies in der Milchstraße, unschuldig und unwissend, aber bereit dazu, Omnis Macht zu empfangen, wenn er ein geeignetes Artefakt fand. Die Moy erfuhren davon, sie *sollten* davon erfahren, und die Versuchung war unwiderstehlich für sie: ein Kind, das sie belügen und nach ihren Wünschen formen konnten, damit es die Geflohenen und Omnis Reste bei ihnen fand. Die »Fraktur«, die

Falle im Portal, die später zur Kluft wurde, hatte die Fliehenden und alle Omni-Artefakte vernichten sollen, aber stattdessen stürzten sie in den tiefen Abgrund der Vergangenheit und nach Andromeda. Wo sie eine potenzielle Gefahr für die Zukunft darstellten.

Stimmte das alles? Waren alle Ereignisse, die großen wie die kleinen, das Ergebnis eines Plans oder von ineinander verschachtelten Plänen? Oder stellten sie das Ergebnis gebrochener und gesplitterter Zeit dar, von konkret gewordenen *Möglichkeiten*, die aus verschiedenen Zeitlinien stammten?

Aron vertraute der Klugheit der eigenen Entscheidung vor dem neuen Leben als Kind bei den Iwitt und als Heranwachsender bei den Moy. Er musste davon ausgehen, richtig gehandelt zu haben, als er sich ganz und gar in die Dienste von Omni gestellt hatte. Das in Frage zu stellen hätte bedeutet, von Selbstzweifeln innerlich zerfressen zu werden.

Neben der großen Auseinandersetzung, mit der die Chimären zur Milchstraße gekommen waren und ihr Chaos gebracht hatten, war Arons eigener Konflikt klein und überschaubar: Jahid hatte ihn nicht nur zeit seines Lebens belogen und betrogen, sondern auch Muriel umgebracht. Er lebte nicht mehr, der falsche Moy, eine Faust des Zorns hatte ihn getötet. Aber das bedeutete paradoxerweise nicht, dass es ihn nicht mehr gab. Aron sah ihn mit dem Auge der Erinnerung, wie er stromaufwärts im Fluss der Zeit auf einer Terrasse seines Pyramidenschiffs saß, Klavier spielte und einen unwissenden Menschen namens Aron empfing, um ihm einen neuen Auftrag zu erteilen.

Er war noch da, in der Zukunft, als Anfang einer besonderen Ereigniskette, die weit in der Vergangenheit ihren Abschluss fand. Seine Lügen und Manipulationen waren erfolgreich gewesen.

Die Bewahrer existierten nicht mehr. Annalia Terrez, die gestrenge Navigatorin der *Taipah*, Kommandant Corian, den Aron auf einem Planeten namens Hukoria gerettet hatte, all die anderen ... Sie existierten nicht mehr. Es hatte nie eine Wiederkunft gegeben, und es würde sie auch nie geben. Die Nachfahren der einst aus der Milchstraße geflohenen Menschen kehrten nicht zu ihr zurück. Omnis Macht blieb gebrochen wie die Zeit.

Nein, nicht ganz.

Aron saß in einem weichen Sessel, umgeben von flüsternden Datenträgern. Er betrachtete seine Hände, drehte sie langsam und fühlte die Kraft in ihnen, noch bevor sich winzige blaue Lichter wie kleine Elmsfeuer an den Fingerspitzen bildeten.

»Ich bin Omni«, sagte er leise. Für einen Moment hörte das Datenflüstern der endlosen Bibliothek auf, als wollte sie ihm lauschen. »Solange ich lebe, ist noch nichts entschieden.«

Stimmte das? Oder war es der Beginn von Überheblichkeit? Hybris ...

Er fühlte die Wärme in seinem Innern, ausgehend von einem Artefakt, das er in sich aufgenommen hatte. Das ihn *erwählt* hatte.

»Es ist noch nicht vorbei«, fügte er hinzu und stand in Stille auf. Die Bibliothek schien auf etwas zu warten.

Eine Idee formte sich in Aron. Gorgon hatte ihm etwas gegeben, erinnerte er sich. Etwas, das so tief in ihm verborgen war, dass Jahid es nicht gefunden hatte.

Noch etwas anderes fiel ihm ein.

Sal.

Der Intellekt hatte Muriel und ihm eine Nachrichtenkapsel geschickt, einen Hinweis darauf, wo er sich befand und was geschah. Offenbar hatte er Ultima erreicht, aber wann genau, in welcher Zeit? Aron brauchte einen Verbündeten, er benötigte Hilfe.

Denn es war tatsächlich noch nicht vorbei. Er konnte noch etwas tun. Es gab noch immer eine Möglichkeit. Sie betraf den großen Konflikt und auch den kleinen, persönlichen. Zeit gab es genug, so viel, wie er sich nehmen wollte.

∞

Drei Wochen später stand er im Garten mit den Blumen, hörte das Rauschen des Winds in den Wipfeln der nahen Bäume und sah auf Muriels Grab hinab. Er trug einen kleinen Rucksack auf dem Rücken, darin ein Gerät, das er im Werkstattraum der Hütte gebaut hatte.

»Ich bin lange in der Bibliothek unterwegs gewesen«, sagte er. »Ich weiß, was ich wissen muss.«

Wieder hatte er das Gefühl, dass ihn etwas warm und sanft an der Wange berührte. Er schloss die Augen, für einen Moment, und öffnete sie dann wieder. Der Wind rauschte etwas lauter in den Baumkronen und erreichte die Blumen, sie neigten sich hin und her, als wollten sie ihm zuwinken.

»Ich bin gekommen, um mich von dir zu verabschieden«, sagte Aron. »Irgendwann kehre ich zurück, wenn ich kann. Wenn alles vorbei ist. Wenn ich dann noch existiere.«

Er ging in die Hocke und berührte das M des aus bunten Steinen geformten Namens.

»Ich vergesse dich nicht«, fügte er leise hinzu. »Nie. Ich werde immer an dich denken.«

Einige Sekunden verharrte er in dieser Stellung, wie um Muriel noch einmal nahe zu sein. Dann richtete er sich auf und wich zurück.

Die vertikale Linie einer Kontinua-Brücke bildete sich vor ihm, etwa zweieinhalb Meter hoch, und Aron trat, ohne zu zögern, hinein. Ein weiterer Schritt, und er stand auf Ultimas Eis.

WIR SEHEN UNS WIEDER

103

ES WAR der vierte Versuch, und Aron erkannte, dass er mit seiner Kraft sparsamer umgehen musste. Über das Omni-Artefakt, das inzwischen integraler Bestandteil seines Körpers war, empfing er Energie aus den Kontinua, so viel wie ein Hauptreihenstern vom Typ G im Lauf seines etwa zehn Milliarden Jahre langen Lebens produzierte, wobei die Kernfusion in seinem Zentrum in jeder Sekunde sechshundert Millionen Tonnen Wasserstoff in Helium verwandelte.

Arons Körper benötigte nur einen winzigen Bruchteil davon. Die Kraft hätte mehr als ausgereicht, ihm ein Leben bis zum Ende von Zeit und Raum zu ermöglichen, gemessen nicht in Jahrmilliarden, sondern in Billionen und Billiarden von Jahren, eine so unvorstellbare lange Zeit, dass man von Ewigkeit sprechen konnte. Aber jede Kontinua-Brücke, die es ihm ermöglichte, außerhalb von Raum und Zeit zu reisen und an einem fast beliebigen Punkt ins Kontinuum zurückzukehren, kostete mehr Energie, als ein für Menschen bewohnbarer Planet jemals von seinem Zentralgestirn empfing.

Wieder stand er auf dem Gipfel des hohen Eisbergs, wie schon dreimal zuvor in Ultimas Vergangenheit, prüfte die vor Jahrzehnten und Jahrhunderten zurückgelassenen Sensoren und installierte das Gerät, das er im Werkstattraum der Hütte gebaut hatte, einen speziellen Spurensucher, der nach temporalen Signaturen forschte, nach Anomalien im lokalen Gewebe von Raum und Zeit. Die Sensoren, bei seinen vorherigen Besuchen zurückgelassen, zeigten nichts an, und die Sondierung des planetennahen Raums durch den Spurensucher würde eine Weile dauern. Aron fügte ihm einen kleinen Signalgeber hinzu, der auf einer bestimmten Frequenz sendete, keine Botschaft, sondern einen aus insgesamt sechsundzwanzig Silben bestehenden Namen, der Mitteilung genug war.

Er unternahm lange Wanderungen über Kohlendioxidschnee und Wassereis hart wie Stein oder Metall, vorbei an den Ruinen von Städten und Stützpunkten, in denen einst Menschen gelebt hatten. Manchmal saß er stundenlang an den zugefrorenen Öffnungen, durch die der Ozean unter dem Eis erreichbar gewesen war. Sollte er in die dunklen Tiefen hinabtauchen, um festzustellen, ob es dort unten noch Menschen gab, angepasst an Kälte, immensen Druck und immerwährende Finsternis? Er entschied sich dagegen, auch deshalb, weil seine Sensoren nicht ein einziges Lebenssignal registrierten. Der glaziale Ozean war leblos wie auch der Rest von Ultima.

Das Planungszentrum mit den fünf Toten war ohne den Einsatz von Kontinua-Energie nicht mehr zu erreichen. Der Planet mochte biologisch steril sein, aber er blieb aktiv. Warmes Wasser stieg aus den Tiefen des Ozeans, erhitzt vom radioaktiven Zerfall im planetaren Kern, und bewegte das Eis. Wo sich noch bei seinem letzten Besuch die Zitadelle mit den Resten eines Kuppelbaus befunden hatte, türmten sich Eisschollen zu einem Hunderte Meter hohen Berg, der alles unter sich begraben hatte. Natürlich wäre es möglich gewesen, einen Tunnel zu graben, aber zu welchem Zweck? Aron hatte dort bereits alles gesehen und entdeckt, was es noch zu entdecken gab.

Weiter im Süden gab es einen aus dem Eis ragenden Bergrücken mit einem Felsen wie ein Thron. Dort saß Aron gelegentlich, sah nachdenklich über Ultimas zerklüftete weiße Landschaft hinweg oder hob den Blick zu den fernen Sternen von Andromeda. Existierten noch Menschen in den Spiralarmen der großen Galaxie? Hatten sie die gebrochene Zeit und auch die Melange überlebt?

Es gab immer noch Fragen. Vielleicht sogar mehr als vorher, doch es drängte ihn nicht, Antworten zu finden. Etwas anderes war wichtiger.

Weiter im Norden sah er das für die Wiederkunft bestimmte Portal im schwachen Licht von Andromeda. Unvollendet hing der knapp zweihundert Kilometer durchmessende Ring über Ultimas Pol. Die Trümmer zerstörter Orbitalstationen und Habitate kamen ihm gefährlich nahe, vermutlich war er nicht unbeschädigt geblieben. Aron machte sich deshalb keine Sorgen. Schäden konnte man reparieren, und was unvollendet war, ließ sich fertigstellen.

Aber allein schaffte er es nicht. Er brauchte Hilfe, mechanische und logistische Unterstützung.

Er brauchte einen Freund.

Als er über den fünften Kontinua-Sprung nachdachte und überlegte, wie weit er führen sollte, über einige Jahre, Jahrzehnte oder Jahrhunderte, empfing er plötzlich das erhoffte Signal.

Es lautete: *Wir sind hier.*

104

ARON STAND im Nukleus der *Kundal*, in ihrem Kontrollraum, der sich kaum von dem der *Taipah* unterschied. Aber niemand saß an den Konsolen, die von spezialisierten Mechs repariert wurden; außer ihm befand sich kein einziger Mensch an Bord.

»Es tut mir leid«, ertönte Sals Stimme aus den Lautsprechern der internen Kommunikation, nachdem Aron Bericht erstattet und gehört hatte, was mit Sal und der *Kundal* geschehen war.

Er sank in den Sessel des Kommandanten, hörte das Summen der Mechs, lehnte sich zurück und schloss kurz die Augen, wie an Muriels Grab. Es fühlte sich nach einer kleinen Heimkehr an. Der erste Schritt auf dem neuen Weg war getan, vielleicht der wichtigste von allen.

»Sie hat einmal gesagt, dass jeder von uns allein kämpft«, erinnerte sich Aron. »Doch das stimmt nicht. Es darf nicht stimmen. Wir sollten nicht immer allein sein. Selbst du bist es nicht mehr.«

»Wir verstehen, was du meinst«, entgegneten Sal und Asa.

Ein Sichtfeld vor Aron zeigte Ultima aus einer hohen Umlaufbahn. Unter der *Kundal* drehte sich langsam der Portalring, und etwas tiefer zeigte sich ein glitzerndes Band, das den ganzen Planeten umgab und aus Hunderttausenden großer und kleiner Trümmerteile bestand.

»Wir benötigen ein neuronales Interface für die Übertragung der Daten, die Gorgon damals in mir abgelegt hat«, sagte er und dachte: Du bist bei mir, Muriel, wir kämpfen gemeinsam.

»Einen Bauplan«, sagte Sal.

»Für die Fertigstellung des Portals«, bestätigte Aron. »Und für andere Dinge, die wir brauchen. Die *Kundal* genügt nicht.«

»Das große Schiff, das wir gesehen haben, als wir in die Kluft stürzten ...«

»Wir haben uns selbst gesehen«, sagte Aron. »Es bedeutet, dass wir Erfolg haben werden, dass unsere Anstrengungen nicht umsonst sind. Wir kehren in die Zukunft zurück, in meine Zeit. Und dort werden wir verhindern, dass dies alles geschehen ist.«

Ein Mech stapfte an ihm vorbei, ein großes Maschinenwesen mit mehreren Armen und Beinen. Aron fühlte sich von ihm an das Spinnenwesen aus Eis im Planungszentrum der Bewahrer erinnert.

»Du willst die Zeit erneut brechen«, sagte Sal. »Das Ergebnis ist nicht garantiert.«

»Es gibt für nichts eine Garantie«, erwiderte Aron und dachte an Muriel. »Wir müssen uns bemühen. Mehr kann niemand von uns verlangen.«

»Du willst dich rächen.«

Will ich das?, fragte sich Aron.

»Vielleicht spielt das auch eine Rolle für mich«, räumte er ein. »Ich bin noch immer ein Mensch, obwohl ich Omni in mir trage.«

»Du willst Vergeltung üben für Muriel.«

»Für sie und all die anderen Leben, die Jahid ruiniert und ausgelöscht hat.«

»Du kannst sie nicht ins Leben zurückholen«, gab Sal zu bedenken, während im Projektionsfeld vor Aron der Portalring außer Sicht geriet. Tief unter der *Kundal* erstreckten sich nur noch Schnee und Eis.

Aron schwieg.

»Nicht wenn du so vorgehen willst, wie ich glaube«, fügte Sal hinzu. »Veränderte Zeitströme suchen den leichtesten Weg. Niemand kann das genaue Ergebnis vorhersagen.«

»Gorgon hat alles gewusst«, sagte Aron. »Von Anfang an. Du hast mit ihm gesprochen. Er kennt Vergangenheit, Gegenwart und Zukunft.«

»Er kennt die vielen Splitter der Zeit, die blauen wie die roten«, erklärte Sal. »Er und die anderen Reisenden fügen zusammen, was zusammengehört. Sie gehen behutsam vor, um fatale Kettenreaktionen zu vermeiden. Was du beabsichtigst, ist ein vehementer Eingriff in die Zeit.«

»Ich mache etwas rückgängig, das einen großen Bruch verursacht hat«, erklärte Aron mit fester Stimme. »Ich durchkreuze die Pläne der Chimären. Ich zerreiße ihr Gespinst aus Lügen.« Nach einer kurzen Pause fügte er hinzu: »Gorgon hat es gewusst. Sonst hätte er nicht dem Kind geholfen, in das Omni mich verwandelt hat, als meine Mission begann. Er hat es gewusst, er kannte die Risiken, und doch hat er mir geholfen. Indem er mir die Baupläne für das große Portal über Ultimas Nordpol gab und sie so gut in mir versteckte, dass Jahid sie nicht finden konnte.«

Er gab seiner Stimme einen überzeugten Klang und fragte sich, ob er damit vor allem die eigenen Zweifel zerstreuen wollte. Gorgon hatte ihm eine Möglichkeit gegeben, das Portal zu vollenden und für den langen Sprung in die Zukunft einsatzbereit zu machen, aber das bedeutete nicht, dass ihm alle Einzelheiten dieser neuen Ereigniskette bekannt gewesen waren. Konnte ein Bruch einen anderen schließen? Heilte man Wunden in der Zeit, indem man sie an anderer Stelle aufriss?

Vielleicht, gestand sich Aron, war diese Sache wirklich zu einer persönlichen Angelegenheit geworden.

Ein Mech näherte sich ihm mit einer Haube, die zur einen Hälfte aus Sensoren und zur anderen aus kompakten Kommunikationsmodulen bestand.

»Das ist das Interface, nehme ich an.« Aron ließ sich die Haube aufsetzen und spürte ein kurzes Prickeln, das von der Kontinua-Energie stammte, mehr geschah nicht. Omni in ihm hielt das Interface offenbar für ungefährlich.

»Ja«, bestätigte Sal.

Aron dachte daran, was Gorgon in ihm hinterlassen hatte, um den Datentransfer zu erleichtern. Einige Minuten verstrichen, während Sal und Asa die Konstruktionsdaten analysierten und mit dem aktuellen Zustand des Portals über Ultimas Nordpol in Bezug setzten. Es gab noch weitere Daten, ein kleines Paket, das die Navigation durch den Raum-Zeit-Tunnel betraf, den das Portal öffnen sollte.

»Die Analyse ist beendet«, verkündete Sal schließlich. »Wir sind zu dem Schluss gelangt, dass die Fertigstellung des Portals und der Umbau der *Kundal* in einem vertretbaren Zeitrahmen möglich sind.«

Aron neigte den Kopf. »Was ist ein ›vertretbarer Zeitrahmen‹? Wie lange wird es dauern?«

»Einundzwanzig Jahre«, lautete Sals Antwort. »Wenn wir alle zur Verfügung stehenden Ressourcen einsetzen. Die benötigten Rohstoffe können wir aus den beiden Trümmerwolken beziehen, die Ultima umgeben, das ist kein Problem. Aber zuerst müssen wir spezielle Mechs und Assistenten für die Entwicklung und Konstruktion konzipieren und produzieren.«

Einundzwanzig Jahre, dachte Aron. Weniger als ein Tropfen im

Meer der Zeit, aber viel für einen Menschen, zumindest für einen gewöhnlichen. Das war er längst nicht mehr, ein gewöhnlicher Mensch.

»Hilfst du mir?«, fragte Aron. »Helft ihr mir?«

»Hältst du es tatsächlich für nötig, uns zu fragen? Wie könnten wir ablehnen? Wie könnten wir dir nicht helfen?«

»Es ist eure freie Entscheidung.«

»Wir haben sie getroffen.«

Aron seufzte leise. »Dann lasst uns beginnen.«

105

DIE BEIDEN Intellekte der *Kundal* bildeten einen neuen, größeren Intellekt, der sich den Namen Salasa gegeben hatte. Er leistete bei Planung und Bau der notwendigen Konstruktionsassistenten weitaus schnellere und effizientere Arbeit, als es Aron möglich gewesen wäre. Deshalb versuchte er erst gar nicht, daran mitzuwirken, und widmete sich stattdessen anderen Dingen.

Über einige Monate hinweg versuchte er, die quantisierten Fragmente des Großen Denkers zu analysieren, die in den weitverzweigten Elaborationssystemen der *Kundal* abgelegt waren. Lange überlege er, ob sich die Reste als eine Art Keimzelle verwenden ließen, ob es möglich war, daraus den Kern eines neuen Omni zu formen, doch er gelangte zu dem Schluss, dass es zu früh war, um über solche Möglichkeiten nachzudenken. Ein Schritt nach dem anderen, erinnerte und ermahnte er sich. Zuerst musste er in seine Zeit zurückkehren, mittels des Portals, von dem sich die Bewahrer ihre Wiederkunft erhofft hatten – ein Tunnel durch Raum und Zeit, an dessen Ende die Kluft wartete. Und Jahids Schiff.

Gerade während dieser ersten Monate beschäftigte sich Aron oft mit der Frage des eigenen Überlebens und hielt Ausschau nach einer klaren Linie in dem wirren Geflecht aus Ereignissen, die sich über Jahrmillionen und sogar Jahrmilliarden erstreckten. Durch Jahids Zerstörung von Ultima schien alles noch komplizierter und komplexer geworden zu sein. Andererseits: Bei Arons Sturz in die Kluft hatten sich jene Geschehnisse längst zugetragen; seine eigene Zeit, seine Gegenwart war letztendlich das Ergebnis von Jahids Manipulation.

Auf dem Gipfel des Eisbergs, wo er zuvor die Sensoren installiert und den Detektor des Spurensuchers aufgestellt hatte, dachte er mit neuem Wissen und neuen Erkenntnissen über den Strom der Zeit nach, in dem die Reisenden der Ptoha navigierten. Wie ein Fluss aus Wasser suchte sich dieser Strom den leichtesten Weg, den mit dem geringsten Widerstand, den wenigsten Hindernissen. Wenn er seinen Verlauf einmal geändert hatte, war es sehr unwahrscheinlich, dass er in sein ursprüngliches Bett zurückkehrte.

Wenn die *Kundal* – die neue, umgebaute, erweiterte *Kundal* – ihr Ziel erreichte, fast vier Milliarden Jahre in der Zukunft und am Rand des Sagittarius-Arms der Milchstraße, und wenn Aron die Chimäre namens Jahid daran hinderte, ihren Plan durchzuführen … Dann brach erneut die Zeit, und es würde neue Splitter geben, die zusammengefügt werden mussten.

Ein vehementer Eingriff in die Zeit, so hatte es Sal genannt, und das stimmte. Aber vielleicht gab es jemanden, der darauf wartete, dass so etwas geschah. In Gorgons Daten versteckten sich einige subtile Hinweise. Aron wusste nicht, ob er sie richtig deutete, vielleicht vermutete und hoffte er zu viel – immerhin wäre er gern am Leben geblieben, das gestand er sich ein.

Nach einer Weile hörte er auf, darüber zu grübeln, weil sich mentale Knoten zu bilden drohten. Seine Entscheidung stand fest, er war es sich selbst und auch Muriel schuldig. Und Omni schien einverstanden zu sein, denn Aron fühlte keinen Widerspruch dort, wo er das Artefakt in sich trug.

Als die neuen Mechs und mechanischen Assistenten mit den Arbeiten am Portal und der *Kundal* begannen, unternahm Aron

Entdeckungsreisen durch den glazialen Ozean. Er verwendete kein spezielles Tauchboot, sondern einen winzigen Teil seiner Kontinua-Energie. Geschützt von einem blauen Film, der seinen Körper wie ein hauchdünner Schutzanzug umgab, schwamm er durch die dunklen Tiefen, auf der Suche nach den Resten von Heimstätten angepasster Menschen.

Doch er fand nichts, keine alten Stationen, keine Ruinen, nicht den geringsten Hinweis darauf, dass es unter Ultimas Eispanzer jemals menschliches Leben gegeben hatte. Indigene Lebensformen fehlten ebenfalls. Die gewaltigen Wassermassen unter dem Eis, die nie ein Lichtstrahl erreicht hatte, waren steril.

Die Gründe dafür blieben unbekannt und hingen vielleicht mit dem Verschwinden der Menschen zusammen, in den Städten, Orbitalstationen und Habitaten von Ultima und an Bord der Bewahrerschiffe. Ein neuer Verlauf des mäandernden Zeitstroms hatte ihnen in der Wirklichkeit keinen Platz mehr gegeben.

Was bedeutete das für Aron? Tief unten im schwarzen Ozean dachte er über die möglichen Konsequenzen seines Wiedersehens mit Jahid nach, doch auch diese Gedanken führten zu nichts. Vielleicht musste man ein Intellekt sein, um Knoten im eigenen Denken zu vermeiden, oder ein Ptoha, einer der einsamen Reisenden, die einen größeren Überblick hatten und die Zeit reparierten, wo sie repariert werden konnte.

Mehrere Jahre verbrachte Aron damit, die Aufzeichnungen der *Kundal* hinsichtlich der Melange auszuwerten. Sporen im interstellaren All, verteilt über viele Lichtjahre, ohne einen feststellbaren Ursprung. Ein Schwarmwesen mit einer perfiden Gemeinschaftsintelligenz, die es antrieb, andere Lebensformen zu übernehmen und einzugliedern. Wie war sie entstanden? Konnte sie natürlichen Ursprungs sein? Oder handelte es sich, wie manche Bewahrer vermutet hatten, um eine besonders heimtückische Waffe des Feindes, der Chimären?

Aron befasste sich eingehend mit den Biosignaturen der Melange, und Salasa stellte ihm genug Simulationskapazität zu Verfügung, um ein Modell der Melange zu erstellen, ausgehend von einzelnen Zellen. Im Lauf der Jahre ergründete Aron das Äquivalent des Stoffwechsels und erforschte die besonderen Verbreitungsmechanismen. In der frühen Phase hatten die Konidien der Melange, ihre Sporen, Sternenwinde, galaktische Rotation und Gravitationsgezeiten genutzt, um interstellare Entfernungen zurückzulegen und Welten mit biologischen Entitäten zu erreichen, in denen sie sich niederlassen und wachsen konnten. In späteren Phasen wurden intelligente Spezies ab der Entwicklungsstufe fünf zu besonders wirkungsvollen Ausbreitungsvektoren – ihre überlichtschnelle Raumfahrt verteilte die Melange durch die Spiralarme und schließlich über die ganze Galaxie.

Die aus der Milchstraße geflüchteten Menschen hatten Andromeda zur falschen Zeit erreicht, im wahrsten Sinne des Wortes, und selbst maßgeblich zur Ausbreitung der Melange beigetragen.

Aron machte sich auf die Suche nach einer Möglichkeit, die Konidien der Melange unschädlich zu machen, aber wann auch immer er glaubte, einen Weg gefunden zu haben, musste er feststellen, dass der Tod der Sporen auch das Ende für die von ihnen befallenen Organismen bedeutete. Wenn es noch Menschen in Andromeda gab, konnte man ihnen auf diese Weise nicht helfen.

Bei der Suche nach Alternativen vergingen weitere Jahre, und als Aron schließlich einsah, dass er nicht allein in wenigen Jahrzehnten vollbringen konnte, woran die Wissenschaftler der Bewahrer über Jahrhunderte hinweg gearbeitet hatten, waren das spezielle Portal über Ultimas Nordpol fertiggestellt und die neue *Kundal* einsatzbereit.

ZIELZEIT

106

KONTURLOSES GRAU füllte den fast zweihundert Kilometer durchmessenden Portalring. Als sich die *Kundal* näherte – der dunkle Rumpf anderthalb Kilometer lang, mit breiten Auslegern wie die halb angelegten Flügel eines Raubvogels im Sturzflug –, gewann das Grau einen quecksilberartigen Glanz, der Aron an die Portaltüren erinnerte.

Er saß in einem Sessel, der sich wie eine Hand halb um ihn geschlossen hatte, umgeben von den Navigationskontrollen. Daten- und Sichtfelder schwebten vor ihm, mit virtuellen Schaltflächen, über die er zusätzliche Informationen abrufen konnte. Es gab kein neuronales Interface, das ihn mit den Systemen verband. Was auch immer geschah, Salasa reagierte in jedem Fall schneller, und einen Kommandanten, der Anweisungen erteilte, brauchten sie nicht.

Dennoch war Aron mehr als nur ein Passagier, sein Wort zählte. Und er konnte das Schiff steuern, wenn er wollte, innerhalb der Sicherheitsparameter.

Unter der *Kundal* drehte sich langsam Ultima, eine tote Welt, und darüber öffnete sich ein Tunnel durch Raum und Zeit.

»Wir werden schneller«, stellte Aron fest, als sich die Navigationsanzeigen veränderten.

»Das Transferfeld zieht uns an«, erklang Salasas Stimme. »Wir haben genau das richtige Bewegungsmoment. Die Lineatoren sind mit Bereitschaftsenergie geladen, aber die Wahrscheinlichkeit dafür, dass wir sie brauchen, ist sehr gering.«

»Waffensysteme und Schilde?« Aron hob die Hand und berührte

Datensymbole. Ein Diagramm der *Kundal* erschien vor ihm und wies auf volle Funktionsbereitschaft hin: ein großer Raubvogel voller Kraft, der sich anschickte, fast vier Milliarden Jahre weit durch die Zeit zu fliegen.

»Es ist alles bereit«, verkündete Salasa.

Der silberne Glanz wölbte sich dem Schiff entgegen, und Aron beobachtete im größten der Sichtfelder, wie der Ring plötzlich verschwand. Etwas berührte ihn, kalt wie das Eis von Ultima, an Kehle und Nacken.

»Der Transit hat begonnen«, sagte Salasa. »Alle Systeme stabil. Unsere energetischen Reserven sind intakt.«

Das war wichtig. Die *Kundal* brauchte Energie, um sich zu schützen, wenn sie das Ziel erreichte, die Kluft am anderen Ende des Tunnels. Mindestens ein Schiff der Moy hielt dort Wache.

Die Kälte verschwand. Aron saß mit den Händen an den Navigationskontrollen und dachte daran, dass ihn vor dem Ziel eine Begegnung ganz besonderer Art erwartete.

»Wie lange wird es dauern?«, fragte er nach einer Weile. Glitzerndes Grau füllte die Sichtfelder. Visuell ließ sich keine Bewegung ausmachen.

»Vier Stunden«, antwortete Salasa.

»Keine einundzwanzig Jahre.«

»Nein.«

Arons Blick galt den Sichtfeldern. »Es geht schnell, obwohl wir nur zu schweben scheinen.«

Einige Sekunden verstrichen, gefüllt vielleicht mit Jahrmillionen.

»Gibt es noch etwas, das wir tun können oder tun müssen?«, fragte Aron.

»Nein«, sagte Salasa. »Ich bin bereit. Bist du es ebenfalls?«

Aron nickte langsam. »Ich glaube schon.«

107

»DA IST das Schiff«, gab Salasa bekannt. »Dort sind wir.«

Etwas kam ihnen entgegen, ein zweihundert Meter langes Objekt, geformt wie ein Keil, mit einem maximalen Durchmesser von fünfundvierzig Metern, flankiert von sieben zylindrischen Lineatoren und an der Basis mit einem Kranz aus leistungsstarken Plasmatriebwerken.

»Mein Schiff«, sagte Aron leise. »Unser Schiff, nach der Rekonfiguration für den Sturz in die Kluft.«

Lichter folgten dem Schiff wie die Funken eines Feuers. Die meisten fielen daran vorbei und verschwanden im glitzernden Grau des Raum-Zeit-Tunnels, aber einige trafen auf Schirmfelder und bewirkten ein flackerndes Gleißen.

»Die Wachstationen der Moy setzen ihre Aktoren ein.« Aron erinnerte sich. Er kannte die Ereignisse, er hatte sie schon einmal beobachtet, aus einer anderen Perspektive. Nicht nur er selbst befand sich an Bord jenes Schiffes, sondern auch Muriel, lebend und unversehrt.

»Ich weiß, was du jetzt denkst«, sagte Salasa.

»Was denke ich?«

»Du fragst dich, ob es möglich wäre, dem Schiff dort eine Botschaft zu schicken. Eine Nachricht für dich selbst und Muriel, mit detaillierten Hinweisen darauf, was sie erwartet. Du fragst dich, ob du Muriels Leben retten kannst, indem du sie warnst.«

Das stimmte nicht ganz. Aron dachte nicht nur an das Senden einer Nachricht, sondern auch daran, die lebende Muriel aus dem anderen Schiff zu holen. Die Versuchung war groß. Aber es hätte den Strom der Zeit in eine neue Richtung gelenkt, mit unabsehbaren Konsequenzen.

Im grauen Glitzern des Tunnels glitten die beiden Schiffe aneinander vorbei.

»Ich habe uns für ein Schiff des Feindes gehalten«, murmelte Aron und beobachtete, wie die Entfernung in Zeit und Raum wuchs, wie der zweihundert Meter lange Keil mit ihm selbst und Muriel an Bord schrumpfte.

»Jetzt wissen wir es besser«, sagte Salasa. Als das andere Schiff außer Sensorreichweite geriet, fügte der Intellekt hinzu: »Du hast dich richtig entschieden.«

»Ich habe gar keine Entscheidung getroffen.«

»Doch, das hast du. Wir existieren noch und können zu Ende bringen, was ein anderer Aron und eine andere Muriel begannen.«

Licht flutete aus den Sichtfeldern durch den Nukleus der *Kundal.* Der Raubvogel schüttelte sich und sträubte sein Gefieder.

»Die Wachstationen der Moy eröffnen das Feuer auf uns«, teilte Salasa mit. »Das war zu erwarten. Ich leite Ausweichmanöver ein.«

Aron nahm die Hände von den Navigationskontrollen. Der Moment der Ungewissheit und auch der Unentschlossenheit war vorbei.

»Es ist die falsche Zeit«, sagte er. »Wir müssen noch etwas weiter in die Zukunft.«

»Wir sind unterwegs«, erwiderte Salasa und lenkte das Schiff.

Die Sichtfelder zeigten nicht mehr den Transittunnel mit den blitzenden Wellenfronten der Aktor-Salven, sondern Datengruppen und Diagramme. Aron beobachtete, wie sie sich veränderten, wie sie Auskunft gaben über Transitstatus und Systembelastung. Er fragte sich, ob ihn ein zweiter Moment der Schwäche erwartete, ob er zögern würde, wenn er handeln musste. Im entscheidenden Augenblick der Schwäche nachzugeben hätte alles in Gefahr gebracht.

»Gleich«, kündigte Salasa an. »Gleich ist es so weit.«

Aron stand auf. Es gab keine Erschütterungen mehr, aber die *Kundal* zitterte leicht und vibrierte. Der Raubvogel hatte sein Ziel fast erreicht.

»Das Abwehrfeuer wird stärker«, ertönte die Stimme des Intellekts. »Die Belastung der Schilde steigt.«

Aron vergewisserte sich mit einem Blick auf die Datenfelder, dass die Lineatoren genug Energie enthielten. Salasa würde die *Kundal* in den Toten Raum bringen, dort mit einem lokalen Faden verbinden und genau eine Stunde warten, bevor er zurückkehrte, um Aron abzuholen.

Wenn es dann noch jemanden gab, der abgeholt werden konnte.

Ein Donnern dröhnte durch die *Kundal*, die Vibrationen wurden stärker.

»Die äußerste Schutzfeldschale ist abgesprengt«, meldete Salasa. »Noch ist die Situation nicht kritisch. Die Lineatoren sind bereit für den Toten Raum.«

Zielzeit, dachte Aron. Er spürte es, Omni flüsterte es in ihm.

Die vertikale Linie einer Kontinua-Brücke entstand vor ihm und öffnete sich.

»Eine Stunde«, sagte Aron. »Hol mich in einer Stunde ab.«

»Ich werde da sein«, versicherte Salasa. »Sei du es ebenfalls.«

Aron trat in die blau leuchtende Kontinua-Brücke, und sie schloss sich hinter ihm.

108

ARON ERSCHIEN in einem halbdunklen Korridor und hörte den dumpfen langsamen Pulsschlag eines gewaltigen Energiekerns. Ein dünner Film aus blauer Kontinua-Energie umgab ihn, wie zuvor auf Ultimas Eispanzer und in den Tiefen des glazialen Ozeans.

Ein Dutzend Meter weiter vorn bemerkte er einen offenen Zugang, durch den Licht fiel. Als er sich näherte, vernahm er die Klänge eines Klaviers und Stimmen. Eine stammte von ihm selbst.

Er zog die Waffe, die er mitgenommen hatte, einen Pulsator aus dem Synther der *Kundal*, trat durch die Öffnung und erreichte eine Terrasse an der Flanke der Wachstation, die gleichzeitig ein Raumschiff war.

Ein Humanoide mit weißer Schuppenhaut saß am Klavier, und eine Rampe führte zu einem viel kleineren Schiff, das aussah wie ein fragiles Insekt mit langen Fühlern und zahlreichen Beinen, der Rumpf blau wie Amethyst, die flügelartigen seitlichen Erweiterungen wie aus Silber und Chrom.

Die neunundneunzig Lichtjahre lange Kluft, wie eine schartige Wunde im All, schien etwas weiter entfernt, das Licht der sechzehn Roten Riesen weniger hell. Doch andere Unterschiede gab es offenbar nicht.

Der andere Aron starrte ihn verblüfft an. Jahid, der ihm den Rücken zukehrte, spielte weiter Klavier. Vielleicht hatte er noch nichts bemerkt.

Nicht zögern, sofort handeln, das hatte sich Aron vorgenommen, mit dieser festen Absicht war er hergekommen.

Er wollte den Pulsator heben, ihn auf den anderen Aron richten und schießen, doch etwas hielt seine Finger, die Hände und Arme, den Rest des Körpers.

Taubheit breitete sich in ihm aus. Das blaue Leuchten, das ihn umgab, verblasste und verschwand an einigen Stellen ganz.

Jahid drückte einige Tasten und wiegte den Kopf. Die letzten Töne der Sonate verhallten. Im Hintergrund war ein leises Rauschen zu hören wie von den Plasmaströmen, die den Fluten eines Wasserfalls gleich in die Kluft stürzten.

»Willkommen zurück«, sagte Jahid und drehte sich um. An seiner Gestalt änderte sich nichts, sie blieb humanoid, aber das Gesicht bestand aus Hunderten kleiner schwarzer Chimären-Käfer.

»Du hast mich erwartet«, brachte Aron überrascht hervor. Der Jahid in dieser Zeit hätte eigentlich nichts von ihm wissen dürfen.

»Ich weiß, was geschehen ist und was geschehen wird.« Die Käfer in Jahids Gesicht bewegten sich mit einem leisen Knistern, das mit dem Hintergrundrauschen verschmolz.

Was geschehen ist und was geschehen wird, dachte Aron. Vergangenheit und Zukunft.

Er konnte sprechen, stellte er fest. »Was ist mit der Gegenwart? Kennst du auch das Jetzt?«

Das schien Jahid zu amüsieren. »Du scheinst wirklich geglaubt zu haben, dich gegen mich durchsetzen zu können. Zu den Dingen, die du vergessen hast, gehört vielleicht auch, dass wir von Anfang an stärker gewesen sind als Omni. Wie sonst hätten wir den Sieg erringen können? Du trägst einen Teil von Omni in dir, und sieh nur, was es dir nützt.«

Jahid stand auf. Auch die Arme und Beine veränderten sich, aus weißen Schuppen wurden winzige metallisch glänzende Insekten.

»Gib mir meine Erinnerungen zurück!«, verlangte Aron.

Der andere Aron starrte stumm, gefangen in einem zeitlosen Moment.

»Wozu?«, erwiderte Jahid und kam einen knisternden Schritt näher. »Dein Weg endet hier. Ich brauche dich nicht mehr.« Er deutete auf den anderen Aron. »Wärst du wirklich bereit gewesen, dich selbst zu töten? Hast du geglaubt, damit alles ändern zu können?«

»Ich bin es gewesen, der dir den Weg wies«, sagte Aron, der noch immer in sich selbst ruhte, erfüllt von einer unerschütterlichen Gewissheit. »Ich habe dich nach Ultima gebracht.«

»Kennst du alle Auswirkungen, die dein Tod an dieser Stelle des Zeitstroms hätte?«

»Ich werde nicht nur ihn töten, sondern auch dich«, sagte Aron.

Jahid neigte den Kopf zur Seite. »Höre ich da die verletzten Gefühle eines Menschen? Höre ich da einen Menschen, der etwas so Banalem wie einer verlorenen Liebe nachtrauert?«

Banal?, dachte Aron. »Muriel hat mir gezeigt, was es bedeutet, Mensch zu sein. Und du hast sie umgebracht.«

»Noch nicht«, korrigierte Jahid. »Aber ja, ich werde sie töten. Nachdem ich dir in die Vergangenheit gefolgt bin. Es wird bald geschehen.« Er breitete kurz die Käferarme aus und ließ sie wieder sinken. »Und es ist längst geschehen, vor vier Milliarden Jahren.« Ein weiterer Schritt brachte Jahid noch etwas näher. »Es ist der Wunsch nach Rache, der dich antreibt.«

»Ich bin hier, um dich für deine Verbrechen zur Rechenschaft zu ziehen«, entgegnete Aron.

»Verbrechen?«, wiederholte Jahid. »Wie kann das Streben nach Erkenntnis ein Verbrechen sein?« Er holte einen konischen Gegenstand hervor, der vielleicht eine Waffe war, und richtete ihn auf Aron.

Es ist so weit, dachte Aron ruhig und gefasst.

Kontinua-Energie durchströmte ihn, erreichte die Hand mit dem Pulsator und gab ihr genug Bewegungsfreiheit, um die Hand zu heben und den Auslöser zu betätigen.

Jahid wirkte so überrascht, wie Aron es eben noch gewesen war. Er, der zu wissen glaubte, was geschehen war und geschehen würde, hatte doch nicht alles gewusst.

Hybris, dachte Aron. Ein zu starker Glaube an die eigene Unbesiegbarkeit. Eine Schwäche wie ein Loch im schützenden Schild.

Ein Blitz gleißte, heller als das Strahlen der Roten Riesen und ihrer Plasmaströme, und traf die humanoide Gestalt. Feuer fraß sich ihr durch die Brust, verbrannte Hunderte von Käfern, die nicht rechtzeitig fliehen konnten, breitete sich über Arme und Beine aus, glühte durch den Hals und hüllte den Kopf in Flammen.

Nur ein Knistern war zu hören und das Rauschen der Plasmaströme, die gar nicht rauschen konnten. Etwas löste sich aus dem Konus, ein kleines Licht golden wie die Wachstation. Es dehnte sich aus und schien mit den Flammen der lodernden Chimäre zu ringen. Als das goldgelbe Glühen Aron fast erreicht hatte, stieß es auf einen Widerstand, eine Barriere, die es aufsaugte.

»Du hast Omni unterschätzt«, sagte Aron, noch immer ruhig, wie unbeteiligt. Jahids Tod brachte ihm keine Befriedigung, und auf eine seltsame Art und Weise war er dankbar dafür.

Er drehte sich. Der andere Aron war aus seinem zeitlosen Moment befreit und eilte über die Rampe zu dem kleinen Schiff.

Er hob den Pulsator.

Vielleicht genügt Jahids Tod, dachte er. Die Chimäre konnte nicht mehr in die Vergangenheit reisen, um dort in die Rolle des Initiators zu schlüpfen und den Plan der Wiederkunft zunichtezumachen. Die Versuchung war groß, sich selbst am Leben zu lassen, in der Hoffnung, damit die eigene Existenz zu gewährleisten.

Doch in der kausalen Kette gehörten Jahid und Aron zusammen, sie bildeten eine Einheit, von der nichts übrig bleiben durfte.

Mehrere Sekunden vergingen.

Der andere Aron hatte das kleine Schiff fast erreicht, als *dieser* Aron auf ihn schoss. Ein zweiter Blitz, ein zweites Feuer ...

Und ein Schmerz heftiger als alles, was Aron jemals verspürt hatte. Das kleine Schiff, die Rampe, das viel größere Schiff und seine Terrasse, die nahe Kluft mit den sechzehn Roten Riesen ... Alles löste sich auf in einem Feuer, das allein ihm galt. Raum und Zeit brachen, und er brach ebenfalls, Körper und Geist.

Dunkelheit, so finster wie ein Schwarzes Loch, und Licht, hell und heiß. Tod auf der einen Seite, Leben auf der anderen. Möglichkeiten wie Staubkörner, vom Wind aufgewirbelt.

Vielleicht, dachte Aron, war die Zeit gar kein Strom, sondern eine Wüste, die sich in alle Richtungen erstreckte, mit Dünen, die immer neue Muster bildeten. Vielleicht habe ich sie gesehen, diese Wüste, von dem Felsplateau aus, auf dem Muriel starb.

Er schwebte im Nichts, während sich Zeit und Raum um ihn herum neu anordneten. Dass er dachte, hielt er für vielversprechend, es konnte bedeuten, dass er am Leben blieb – eine der vielen Möglichkeiten.

Eine Erinnerung erwachte in ihm. Sie stammte aus seiner Kindheit: eine knirschende Stimme, die sich anhörte, als riebe man zwei Steine aneinander.

Unsere große Vatermutter namens Universum ist immer bei uns, hatte Gorgon gesagt. *Und wenn man weiß, worauf es ankommt, wenn man richtig zu hören versteht, vernimmt man ihre Stimme, den Ruf der Unendlichkeit.*

Dies war eine gute Gelegenheit, fand Aron. Er lauschte ins stille Nichts, und plötzlich hörte er ihn, den Ruf der Unendlichkeit, klar und deutlich.

ABSCHIED

109

STERNE LEUCHTETEN, kalt und fern.

Zwischen ihnen im interstellaren Raum schwebte ein nackter Mensch, ohne Schutzanzug, in ein schwaches blaues Leuchten gehüllt, das ihn am Leben erhielt, vor Kälte, Vakuum und kosmischer Strahlung schützte. Er hatte sich zusammengekrümmt und die Beine angezogen, drehte sich in einer Embryonalstellung langsam um die eigene Achse.

Nach einer Weile öffnete der Mensch die Augen und erinnerte sich an seinen Namen. Er blickte hinaus ins All und sah weit und breit weder sechzehn Rote Riesen noch eine neunundneunzig Lichtjahre lange Kluft. Was ausgesehen hatte wie eine schartige Wunde im All, existierte nicht mehr. Er war nicht einmal sicher, ob etwas wie die Kluft jemals existiert hatte.

Langsam streckte er die Beine und stellte fest, dass die Haut auch zwischen ihnen glatt war. Etwas fehlte dort, ein Teil seiner ursprünglichen Menschlichkeit, aber dafür hatte er etwas anderes bekommen. Omni, dachte er. Hier bin ich. Hier *bin* ich.

Er existierte. Es gab einen Platz für ihn in Zeit und Raum.

Die rechte Hand bewegte sich wie von allein und tastete nach dem Kommunikator, den er als schmale, kurze Schiene am linken Unterarm trug. Wissende Finger strichen darüber hinweg und aktivierten ein Signal.

Müdigkeit dämpfte seine Gedanken. Eine große Anstrengung lag hinter ihm, seine Kraft war geschwunden, er musste sie erneuern.

Aron schloss die Augen und schlief im matten Schein ferner Sterne.

Als er sie wieder öffnete, schwebte ein anderthalb Kilometer großer Raubvogel neben ihm. Licht fiel aus einem offenen Hangar, und ein Assistent näherte sich, griff mit sanften Armen nach dem Menschen im All und brachte ihn an Bord des Schiffes.

»Ich habe dich gesucht, Aron«, sagte Salasa, als Aron in der medizinischen Station der *Kundal* auf einer Diagnoseliege ruhte. »Ein halbes Jahr lang.«

Warme Sensoren krochen über Arons nackten Leib. »Wir existieren.«

»Zweifellos«, pflichtete ihm Salasa bei.

»Ich lebe.«

»Die Sensoren bestätigen es, Aron.«

»Was ist mit …?« Er sprach nicht weiter.

»Es gibt Menschen in der Milchstraße«, sagte Salasa. »Im Orion-Arm, wo sich auch das Sol-System mit der Erde befindet. Ich habe die vergangenen Monate damit verbracht, Daten zu sammeln. Ein Informationspaket ist für dich vorbereitet und kann in das Implantat transferiert werden, das noch immer in deinem Kopf steckt.«

»Zuerst …« Aron setzte sich auf. Er fühlte sich besser, die Müdigkeit war verflogen, eine neue Hoffnung keimte in ihm. »Was ist mit den Lineatoren? Haben wir genug Energie für einen Flug nach Ozeanica?«

»Ich wusste, dass du danach fragen würdest«, entgegnete Salasa. »Wir sind bereits unterwegs.«

110

EINE WELT aus Wasser drehte sich unter der *Kundal*, blau und grün. An einigen Stellen zeigten sich die weißen Streifen von Wolken und die graubraunen Flecken von Inseln und Archipelen.

Die ausgeschickten Erkunder und Sondierer, mehr als fünfzig, kehrten nach und nach zurück. Ihre Daten hatten sie schon vorher übertragen.

»Es tut mir leid«, sagte Salasa.

Aron hatte es auch mit einer Immersion versucht. Verbunden mit der Erlebnissphäre des Schiffes hatte er mit neuen Augen aus Sensoren und Scannern in den Schluchten am Meeresgrund gesucht, ohne etwas zu finden. Es gab nichts zu entdecken. Es existierte keine alte Station mit Hibernationszellen.

Zuerst hatte er gehofft, dass es vielleicht an den Kyroa lag, den elektromagnetisch aktiven Mikroorganismen in Ozeanicas Tiefsee, aber das konnte er inzwischen ausschließen, denn die Sondierungssignale durchdrangen ihre Störungszonen.

In dieser veränderten Zeit hatte es auf Ozeanica nie eine Basis von Menschen gegeben, die Omnis Verbündete im Kampf gegen »den Feind«, die Chimären, gewesen waren. Muriel hatte vielleicht nie existiert.

»Wir müssen die neue Zeitlinie erforschen«, sagte Salasa. »Es erstaunt mich, dass wir unsere Daten und Erinnerungen bewahrt haben. Wir wissen über Dinge Bescheid, die sich nie zugetragen haben.«

»Auch Jahid wusste Bescheid«, entgegnete Aron. »Er wusste von Dingen, die erst noch geschehen mussten, tief in der Vergangenheit. Es war nicht exakt der Jahid, der mich damals empfangen und beauftragt hat.« Nach einer kurzen Pause fügte er hinzu: »Es ist wie der Traum von einem anderen Universum.«

Aber die Bilder verblassten nicht, sie blieben voller Leben. Ich vergesse dich nicht, dachte er. Nie. Du bleibst immer bei mir, in meinen Erinnerungen.

»Wir sind eine Anomalie«, sagte Salasa. »Wir sind ein Paradoxon.«

Das Schiff, der Raubvogel, stieg auf, Ozeanica wurde kleiner und schrumpfte zu einer blaugrünen Perle.

»Wohin jetzt?«, fragte Salasa. »Die Maschinenzivilisationen in den Kugelsternhaufen wären vielleicht ein geeignetes Ziel. Mit ihrer Hilfe könnten wir den Großen Denker womöglich rekonstruieren.«

Eine weitere Erinnerung kroch in Aron empor. *Eines Tages kehre ich zurück,* hatte er auf dem Planeten seiner Kindheit gesagt. *Wenn ich den Ruf der Unendlichkeit gehört habe, kehre ich zurück und erzähle dir davon.* Und Gorgon hatte ihm versprochen: *Ich werde hier sein und auf dich warten.*

»Ruttal«, sagte er. »Dort wartet jemand auf mich.«

111

DIE UMLAUFBAHNEN des Planeten, der das Licht eines roten Sterns empfing, waren leer. Keine Raumschiffe umkreisten die Welt, auf der Wasser ein rares Gut war, und es gab auch keine Satelliten, Orbitalstationen und Habitate.

Aron benutzte keine Kontinua-Brücke, um auf das Felsplateau mit dem Steinkreis zu gelangen, sondern einen Assistenten, der am Rand des Plateaus landete.

Die Terrassensiedlungen der insektomorphen Iwitt in der weiten Ebene sahen genauso aus wie in seiner Erinnerung, und das galt auch für den Felsenmann in der Mitte des Steinkreises. Fünfmal so groß wie damals der Knabe namens Aron ragte er auf, eine breite, massive Gestalt, mit Moos an den Flanken und Flechten auf der Brust.

Gorgon öffnete die dunklen Augen, als Aron in den Steinkreis trat.

»Erinnerst du dich an mich?«, fragte Aron behutsam.

»Ich vergesse nichts«, knirschte Gorgon.

»Ich bin zurückgekehrt, wie ich es versprochen habe.«

»Und ich habe auf dich gewartet«, rumpelte der alte Ptoha-Reisende. »Was hast du zu berichten?«

»Weißt du es nicht?« Aron blieb vor dem Felsenmann stehen und sah zu ihm hoch. »Du bist ebenfalls bei Ultima gewesen und Sal begegnet.«

»Das bin ich, ja. Wir haben ein interessantes Gespräch geführt.«

»Und anschließend, als Jahid Chaos brachte, hast du Ultima verlassen«, sagte Aron. »Zusammen mit den anderen Ptoha bist du durch das Portal geflogen.«

»Es ist lange her«, polterte Gorgon, »fast vier Milliarden deiner Jahre.«

Aron schwieg. Es gab viel zu sagen und viel zu erzählen, aber plötzlich fehlten ihm die Worte, vielleicht deshalb, weil Worte nicht genügten.

Sterne leuchteten am Nachthimmel. Einer von ihnen bewegte sich – die *Kundal* zog ihre Bahn am dunklen Firmament.

»Du hast etwas verloren, das dir viel bedeutet hat«, knirschte Gorgon nach einer Weile. »Und doch bist du mehr als vorher.«

»Ich weiß noch immer nicht genau, wer ich bin«, entgegnete Aron. »Mit Muriel hätte ich es vielleicht herausgefunden.«

»Du hast sie gekannt. Sie lebt in dir, dort kannst du sie bewahren.«

Kühler Wind strich über das Felsplateau, wie damals, als ein Assistent gekommen war, um ihn abzuholen und zu den Moy zu bringen.

»Meine früheren Leben sind mir noch immer nicht bekannt.« Aron sprach leiser, wie zu sich selbst. »Ich weiß noch immer nicht, wer ich gewesen bin und was ich getan habe.«

»Du weißt genug, um ein neues Leben zu beginnen«, rumpelte das große steinerne Geschöpf vor Aron. »Du hast deine Aufgabe erfüllt. Eine andere wartet auf dich.«

Aron verstand, was Gorgon meinte. »Ich habe den Ruf der Unendlichkeit gehört, klar und deutlich.«

»Und damit bist du noch viel mehr als früher«, knirschte Gorgon. »Mach das Beste daraus.«

»Die Kraft der Schöpfung«, murmelte Aron. »Curax nannte sie ›Divinität‹ und ›die Wurzel, aus der alles erwächst‹.«

»Viele Völker haben sie personifiziert«, erwiderte Gorgon. »Selbst wir, damals, als unsere Reise begann. Wir nannten sie Vatermutter. Aber kein Volk war jemals so vermessen wie die Chimären, die versuchten, sich jene Kraft untertan zu machen. Kein anderes Volk hat jemals eine Katastrophe verursacht, die das ganze Universum bedrohte.«

»Die Voids«, sagte Aron.

»Die Narben in Raum und Zeit«, erklärte Gorgon. »Dunkle Leere dort, wo Licht und Leben möglich gewesen wären. Wir haben repariert, was wir konnten, aber wir sind nur die Ptoha, wir sind nicht allmächtig. Du trägst Omni in dir, Aron. Du könntest den Weg gehen, den niemand vor dir gegangen ist.«

»Darin besteht meine neue Aufgabe?«, fragte Aron, obwohl er die Antwort bereits kannte.

»Du hast den Ruf der Unendlichkeit gehört«, knirschte Gorgon laut. »Wie könntest du ihm *nicht* folgen?«

112

DIESMAL WAREN die Baumwipfel hinter der Hütte in den Kontinua still, und die Blumen bewegten sich nicht. Aron stand am Grab mit den bunten Steinen, die Muriels Namen bildeten.

»Ich bin gekommen, um mich von dir zu verabschieden«, sagte er. »Eine lange Reise steht mir bevor, vielleicht die längste, zu der jemals jemand aufgebrochen ist. Ich hätte sie gern mit dir unternommen.«

Er blickte auf das Grab hinab und sah ein Gesicht mit grünen Augen.

»Wir haben Erfolg gehabt«, berichtete er, die Stimme wieder ruhig. »Die Pläne der Chimären sind gescheitert, ich habe Curax nie den Weg nach Ultima gezeigt. Der Zeitstrom hat eine neue Richtung eingeschlagen, die Ereignisse haben einen anderen Verlauf genommen. Die *Esperanza* und die anderen Schiffe haben die Milchstraße nie verlassen. Auf zahlreichen Welten im Orion-Arm leben heute die Nachkommen jener Flüchtlinge, in Frieden und Freiheit. Omni existiert nicht mehr, ebenso wenig wie Blender und Moy.«

Einige Sekunden lang stand Aron stumm da und lauschte der Stille.

»Es ist ein neues Universum mit vielen Rätseln und Geheimnissen«, fuhr er fort und lächelte ein sanftes, melancholisches Lächeln. »Schon wieder gibt es mehr Fragen als Antworten, aber das kennen wir ja, nicht wahr?«

Eine der vielen Fragen lautete: Wie konnte er hier an Muriels Grab stehen, obwohl sie nach den Regeln der Kausalität, der Verknüpfung von Ursache und Wirkung, nie existiert hatte? Er erinnerte sich deutlich daran, sie in seinen Armen gehalten und hierhergetragen zu haben. Letztendlich kam es nur darauf an. Er hatte sie gefühlt und erlebt.

Aron schwieg, der Kopf voller Gedanken. Für einen Moment glaubte er, dass ihn etwas an der Wange berührte wie eine warme Hand. Er hielt die Erinnerung daran fest.

»Es hat eine Zäsur gegeben, vor einigen Galaktischen Epochen, einen großen Konflikt, dem sowohl Omni als auch die Chimären zum Opfer gefallen sind«, setzte er seinen Bericht fort, denn Muriel hatte ein Recht darauf, es zu erfahren. »Es ging um nichts weniger als die Kraft der Schöpfung. Die Chimären haben sie einst gefunden, die ›Divinität‹, wie sie sie als Blender nannten. Bei dem Versuch, sie unter ihre Kontrolle zu bringen, kam es zu einer Katastrophe, die sich auf das ganze Universum auswirkte. Die Chimären verloren, was sie gefunden hatten, gaben aber nicht auf und setzten ihre Suche fort. Wie zuvor in anderen Galaxien brachten sie in der Milchstraße bei unterentwickelten und dafür empfänglichen Völkern die Saat der Religion aus, die viel Unheil anrichtete.«

Aron hörte in der eigenen Stimme plötzlich einen Kontrapunkt zu einem Gesang in der Ferne.

»Sie sollten ebenfalls suchen, die neuen aufstrebenden Spezies, unter ihnen auch die Menschen: nach dem Göttlichen, nach dem Divinen. Die Chimären glaubten sich vorbereitet, sie wollten die Kraft der Schöpfung festhalten und nie mehr loslassen, wenn sie sie erneut fanden. Omni erkannte die Gefahr und stellte sich ihnen entgegen, aber die Chimären waren ein ebenbürtiger Gegner, sie gehörten ebenfalls zur Entwicklungsstufe acht.«

Aron sah zum Himmel hoch, blau wie die Kontinua.

»Die Unendlichkeit, Muriel. Sie ruft mich, und wie Gorgon auf Ruttal sagte: Wie könnte ich ihrem Ruf *nicht* folgen? Die Ptoha haben repariert, was sie reparieren konnten, und vielleicht kann ich meinen Teil dazu beitragen. Vielleicht ist es möglich, Omni mit Hilfe der ›Divinität‹ zu restaurieren. Allein das wäre Grund genug, dem Ruf der Unendlichkeit zu folgen.«

Aron ging in die Hocke und legte die Hand aufs Grab. »Eines Tages kehre ich zurück«, sagte er. »Wenn ich dem Ruf gefolgt bin und Antworten auf alle Fragen gefunden habe. Dann komme ich hierher zurück und erzähle dir davon. Das verspreche ich.«

Aron erhob sich. Nach einigen Schritten in Richtung Hütte drehte er sich noch einmal um.

»Und ich passe auf mich auf«, fügte er hinzu.

GLOSSAR

Abjuria: Ein von Menschen, den *Entsagern,* bewohnter Planet in der Milchstraße.

Adaptationsphase: Während der viele Tausend Jahre langen Adaptationsphase veränderten die Menschen ihren genetischen Code, und das Ergebnis waren *Angepasste* und *Exoten,* die in für gewöhnliche Menschen lebensfeindlichen Umgebungen überleben konnten, zum Beispiel im Innern von Gasriesen.

Adrali: Intelligente Spezies der *Entwicklungsstufe* 7. Insektomorph.

Aktor: Eine Allzweckwaffe, mit der Ziele »aktorisiert« werden. Kann sehr zerstörerisch wirken.

Amalgam: Eigentlich Ahmmlghan, das. Kollektivpartner bei den *Blendern.* In Ruhephasen verschmelzen Amalgame miteinander und teilen Körper und Geist.

Ambientalblase: Ein Kraftfeld, das sich wie ein dünner Film um den Körper legt und die Funktion eines Schutzanzugs erfüllen kann.

Angepasste: Genveränderte Menschen, an die Umweltbedingungen fremder Welten angepasst.

Archivare: Bei den *Moy* Individuen, die die Datenpakete replizierter Kunst von *geschützten Welten* archivieren.

Arkonia: Auf diesem Planeten in Andromeda lernten sich *Gloria die Neunzehnte* und *Salamon Rixx* während einer Sitzung des *Großen Andromedanischen Konzils* kennen.

Aron: Letzter lebender Mensch.

Asa: Autonome Systemadministration. Bei den *Bewahrern* Bezeichnung für Schiffsintellekte. Siehe auch *Intellekt.*

Assistenten: Robotische oder androidische Helfer, je nach Ausstattung mit vollem Personenrecht.

Aura: Individuelle *Erlebnissphäre*, für *Blender* selbst durch eine *Tarnung* wahrnehmbar.

Bewahrer: Die vor der *Melange* nach *Ultima* geflohenen Menschen.

Bioregeneratoren: Recycling-Module, vor allem in Schutz- und Raumanzügen. Bioregeneratoren stellen dem Träger eines solchen Anzugs Atemluft, Trinkwasser und Nahrung zur Verfügung.

Camaia, Cauã: Gehört zu den *fünf Denkern* und *Planern* im *Planungszentrum* von *Ultima.* Ehemals Dynast des *Neuen Galaktikums.*

Canaris: Kalte Heimatwelt der *Wefing.*

Carunda: Weißer Zwerg. Dort gibt es eine unvollständige *Sonnensphäre* der *Ptoha*, die erst von *Heski*, dann Menschen und schließlich von den *Moy* übernommen wurde, die sie für ihr *galaktisches Archiv* nutzen.

Centauri: Saatschiff der Menschheit, 1 von 7.

Chimären: So nennt *Muriel* den alten Feind, der vor 12 *Galaktischen Epochen Omni* vernichtete und die 17 Hochzivilisationen der Menschheit auslöschte.

Corelio, Nunta: Administrator in der *Sonnensphäre* von *Carunda.* Ein *Wefing.*

Corian: Kommandant der *Taipah.*

Crusalis: Intelligente Spezies der *Entwicklungsstufe* 7.

Curax: Ein *Blender, Arons Amalgam.*

Cygnus: Saatschiff der Menschheit, 1 von 7.

Deformator, temporaler: Eine die Zeit deformierende Maschine, für *Zeitblasen* verwendet.

Denker, fünf: Siehe *Fünf, die.*

Desantos, Agilla: Gehört zu den fünf Denkern und *Planern* im *Planungszentrum* von *Ultima.* Ehemals Koordinator der *Neun Kronen.*

Destruktoren: Raketenartige Waffen der *Bewahrer,* kommen bei *Ultima* zum Einsatz.

Dislokator: Technik der *Moy,* ein Apparat, der einen *Transfer* ermöglicht.

Divinität: Begriff aus der Philosophie der *Blender,* die davon überzeugt sind, dass das Universum künstlichen Ursprung ist und von einem Überwesen erschaffen wurde, dessen Essenz nach wie vor den Kosmos durchzieht und sich jenen offenbart, die einen Sinn dafür entwickeln.

Drei-Sonnen-Bund: Interstellarer Staat der *Garthu,* nur wenige Lichtjahre von dem Sonnensystem mit *Ozeanica* entfernt.

Edikt: Sammlung von Gesetzen und Regeln der *Moy.*

Einsatzanzug: Einsatzanzüge bieten ihren Trägern Schutz, erhöhen die physische und psychische Leistungsfähigkeit und dienen bei *Konservatoren* auch der Tarnung. Sie sind mit eigenen kleinen Intellekten ausgestattet.

Eiserner Rücken: Ein Gebirge auf *Horatius,* erstreckt sich über mehr als zehntausend Kilometer von Norden nach Süden.

Energiekern: Reaktormodul etwa eines Raumschiffs. Im Zentrum des Energiekerns befindet sich eine Singularität, die rein theoretisch beliebig viel Energie zur Verfügung stellen kann.

Enroi: Intelligente Spezies der *Entwicklungsstufe* 4, bekannt für ihre *Prognostiker.*

Entsager: Menschen, die sich auf dem Planeten *Abjuria* niedergelassen haben und den Prinzipien des einfachen Lebens ohne hochentwickelte Technologie folgen.

Entwicklungsstufen: Die *Moy* teilen die intelligenten Spezies der Milchstraße in zehn Entwicklungsstufen ein. Sie selbst befinden sich auf Stufe 8.

Epoche, Galaktische: Der Begriff »Galaktische Epoche« stammt von den Moy und umfasst etwa 700 000 Jahre.

Erinnerungen, lebhafte: Bei *Aron* detaillierte Erinnerungen mit Emotionen.

Erinnerungen, sterile: Bei *Aron* Erinnerungen ohne Details und Emotionen.

Erlebnissphäre: Die Gesamtheit aller Sinneseindrücke innerhalb eines bestimmten Bereichs, wahrnehmbar mit Hilfe biophysischer Sensoren oder Implantaten der *Moy.*

Esperanza: Saatschiff der Menschheit, 1 von 7.

Eternien: Datenspeicher des *Ewigen Gedächtnisses,* geschaffen von den *Zetta.*

Ewiges Gedächtnis: Ein Datenspeicher der *Zetta,* der bis zum Ende von Zeit und Raum existieren sollte, bestehend aus den *Eternien.*

Exoten: Genveränderte Menschen. Siehe *Adaptationsphase.*

Fraktur: Anomalie innerhalb eines *Ptoha*-Portals.

Fringe: Name eines warmen Gasriesen in Andromeda, mit neunundneunzig Monden, knapp die Hälfte von ihnen bewohnt. Fringe war das Zentrum des *Neuen Galaktikums,* geleitet von *Cauã Camaia,* einem Genie mit multipler Persönlichkeit.

Fünf, die: Fünf Denker im Planungszentrum von *Ultima.* Zusammen mit dem *Initiator* haben sie den Plan der *Wiederkunft* entwickelt.

Galaktisches Archiv: Das Archiv der *Moy,* in der *Sonnensphäre* von *Carunda* gelegen. Es dient unter anderem der Aufbewahrung replizierter Kunst von *geschützten Welten* und wird von *Archivaren* verwaltet.

Galvan: Intelligente Spezies der *Entwicklungsstufe* 6. Bei der Verwaltung ihres *Archivs* greifen die *Moy* vor allem auf die Dienste der Galvan zurück, die Ordnung lieben und nicht lügen können.

Garthu: Eine intelligente Spezies der *Entwicklungsstufe* 5. Zwischen den *Tschaipa* und den Garthu kam es zu einem Streit um das Sonnensystem mit dem Planeten *Ozeanica.* Die *Instanz* der *Moy* schlichtete den Konflikt.

Gattari: Intelligente Spezies in der Milchstraße. Erschaffer der uralten *Spiegelstädte.*

Geschützte Welten: Planeten, deren intelligente Bewohner noch keine interstellare Raumfahrt entwickelt haben und von den *Moy* isoliert werden, damit sie sich ungestört entwickeln können.

Gierschlund: Walartiges Wesen in den Meeren von *Ozeanica.* Gierschlünde haben es vor allem auf *Kyroa* abgesehen.

Glaziale, primäre und *sekundäre:* Die Bewohner von *Ultima.* Die primären Glazialen leben auf der Oberfläche des Planeten, auf seinem dicken Eispanzer. Die sekundären Glazialen haben sich den besonderen Bedingungen im Ozean unter dem Eis angepasst.

Glokkner: Planet bei den *Violetten Gräben* in Andromeda. Glokkner wurde spät von der *Melange* erreicht, weil sich das Sonnensystem am Rand ausgedehnter Plasmawolken befindet.

Gloria die Neunzehnte: Gehört zu den *fünf* Denkern und *Planern* im *Planungszentrum* von *Ultima.* Ehemals Kaiserin des *Großen Andromedanischen Konzils.*

Gorgon: Felsenmann und Philosoph auf *Ruttal.*

Gotha, Himmelssäulen von: In der Milchstraße interstellare Staub- und Gaswolken in Form von gewaltigen Säulen. Dort kam es zur Schlacht zwischen der Neunten Division der *Vierzehnten Terranischen Republik* und den *Chimären.* Die Menschen verloren.

Gravitator: Ein Gerät für die Erzeugung eines lokalen Gravitationsfelds. Der Träger eines Gravitators kann die für ihn geltende Schwerkraft erhöhen oder verringern.

Grinta: Unabhängige Welt während der Zeit der *Regna* in Andromeda. Protektorat des *Neuen Galaktikums* und des *Großen Andromedanischen Konzils.* Die zu den *Fünf* zählende *Cora Compton Ridder* war Kuratorin der Museen auf Grinta.

Große Gemeinsame Verteidigungsstreitmacht: Die gemeinsamen Streitkräfte der 17 interstellaren Hochkulturen der Menschheit.

Großer Filter: Eine Barriere bei der Entwicklung insbesondere technologisch orientierter intelligenter Spezies; aus selbst verursachten Gefahren für die Weiterentwicklung wie zum Beispiel Umweltverschmutzung, Klimawandel und Atomkrieg.

Großes Andromedanisches Konzil: Ein Regnum der Menschen in Andromeda, größtes Reich während der Zeit der *Regna,* bestehend aus mehr als 900 Sonnensystemen. Erstes Opfer der Melange.

Großes Goldenes Zeitalter: Das Zeitalter von *Omni* in der Milchstraße.

Großes Vergessen: Eine von der *Melange* herbeigeführte Ära, in der die Menschen den großen Plan der *Wiederkunft* vergaßen.

Gurunda: Intelligente Spezies im Orionnebel. Wenn Gurunda sterben, setzt eine Metamorphose ein, die sie in Geister verwandelt und mit einem riesigen globalen Schleimpilz verbindet.

Heski: Intelligente Spezies der *Entwicklungsstufe* 4.

Hibernationszelle: Ein Behälter, der biologische Lebensformen in einer Art Tiefschlaf konserviert und über Jahrhunderte oder Jahrtausende am Leben erhält.

Horatius: Auf diesem Planeten in Andromeda fiel *Mira*, Tochter von *Gloria der Neunzehnten* und *Salamon Rixx*, im Kampf gegen die *Melange.*

Horenzia: Größte Turmstadt der *Kain* auf *Mulkain*. In ihrer Sprache bedeutet der Name »Herz der Welt«.

Hukoria: Planet in Andromeda. Dort gibt es eine Sammlung von *Omni-Artefakten.*

Humanidad: Saatschiff der Menschheit, 1 von 7.

Hyperionen: Intelligente Spezies, die es bis zur *Entwicklungsstufe* 6 schaffte. Sie schufen die *Eternien*, die Datenspeicher des *Ewigen Gedächtnisses.*

Immersion: Verbindung mit der *Aura* bzw. *Erlebnissphäre* zum Beispiel eines Raumschiffs. Dadurch erweitert sich der Wahrnehmungshorizont des *Immersionisten.*

Immersionist: Jemand, der eine *Immersion* betreibt.

Induktor, memorialer: Oft in Form eines dünnen silbernen Bogens auf dem Kopf getragen. Vermittelt dem Bewusstsein des Trägers Basiswissen. Nicht zu verwechseln mit dem memorialen Speicher von *Arons* Implantat.

Inflationsenergie: Andere Bezeichnung für die Dunkle Energie, die für die Ausdehnung des Universums verantwortlich ist.

Inhibitor: Ein Gerät der *Blender*, mit dem sie die korrekte Funktion von *Moy*-Technik unterbinden können.

Instanz: Oberstes Kontrollgremium der *Moy*. Eine Art Regierung. Die Instanz agiert auch als Schlichter und Garant bei Hoheitsstreitigkeiten zwischen lokalen Mächten in der Milchstraße.

Intellekt: Maschinenintelligenz eines Raumschiffs.

InterLingua: Gemeinschaftssprache der galaktischen Zivilisationen ab *Entwicklungsstufe* 6.

Intermedium: Der Raum zwischen den Dimensionen und Zeiten, siehe auch *Toter Raum.*

Iraklion: Raumsektor in Andromeda, Teil des Hoheitsgebiets des *Großen Andromedanischen Konzils.*

Iwitt: Insektomorphe Bewohner des Planeten *Ruttal.* Bei ihnen verbrachte *Aron* als Knabe einige Monate.

Jahid: Ein *Moy, Arons* Mentor.

Joch, Großes: Ein Gebirge auf *Kalka,* einer Welt der *Neun Kronen.*

Kain: Intelligente Spezies der *Entwicklungsstufe* 3 auf dem Planeten *Mulkain* im *Okorikor-System.*

Kalka: Eine Welt der *Neun Kronen.*

Kluft: Eine Anomalie am Rand des Sagittarius-Arms der Milchstraße, wie ein Riss in der Raum-Zeit, 99 Lichtjahre lang, wenige Lichtstunden breit und unendlich tief.

Kolmor, Seban Rodrig: Greiser Kommandant der *Kundal.*

Kondominium: Eine von 17 interstellaren Hochkulturen der Menschheit zur Zeit von *Omni.*

Konklave: Aus 34 Personen bestehender Rat der 17 menschlichen Hochzivilisationen zur Zeit von *Omni.* Jeweils zwei Delegierte aus jedem Machtbereich, ein Mann und eine Frau.

Konservatoren: Individuen, die im Auftrag der *Moy* auf *geschützten Welten* Kunst replizieren (siehe *Replikatoren),* um sie vor Verlust zu bewahren.

Kontinua: Eine Art Überraum oder Superdimension mit darin eingebetteten Universen.

Konversionskammern: An Bord des Schiffes mit dem Intellekt *Sal.* Gemeint sind Vorrichtungen für die Speicherung von Bereitschafts- bzw. Notenergie.

Konziliation: Eine lokale Macht in der Milchstraße. Ihr Einflussbereich reicht bis nahe zum Sonnensystem mit der Supererde *Ozeanica.*

Kosmische Winde: Ströme aus Dunkler Energie bzw. *Inflationsenergie.*

Kundal: Flaggschiff einer aus 27 Raumschiffen der Bewahrer bestehenden Flotte, die nach *Ultima* fliegt.

Kyroa: Mikroorganismen und Schwarmwesen auf *Ozeanica.*

Lafora: Ein Blauer Riese, der sich in wenigen *Galaktischen Epochen* zu einem Roten Überriesen aufblähen und dann als Supernova explodieren wird.

Lineatoren: Triebwerke von *superluminaren Raumschiffen.*

Makala: Welt auf der anderen Seite der Milchstraße, bei den *Sieben Riffen von Taipho.* In den dortigen Meeren leben besonders große Kraken, die Schiffe in Gefahr bringen können.

Maske: Tarnung von *Konservatoren* auf geschützten Welten, deren Entwicklung nicht gestört werden darf.

Maximus, Munga: Gehört zu den *fünf Denkern* und *Planern* im *Planungszentrum* von *Ultima.* Ehemals Seher von *Glokkner* bei den Plasmaschründen der *Violetten Gräben.*

Meandris: Planet am Rand der Milchstraße, eine von *Seglern* bewohnte Meereswelt.

Mediker: Arzt oder medizinische KI an Bord eines Raumschiffs.

Medomech: Bei den *Bewahrern* gebräuchlicher auf medizinische Behandlungen spezialisierter *Assistent.*

Melange: Eine interstellare Lebensform aus parasitären Keimen, auf der Suche nach geeigneten Wirtskörpern.

Metamaterial: Material mit variabler Molekularstruktur, wie zum Beispiel der Stoff von *Einsatzanzügen.*

Metametall: Metall mit variabler Molekularstruktur.

MFA: Ein Multifunktionsassistent.

Mikrokontakte: Direkte Verbindungen zum Beispiel zwischen einem *Einsatzanzug* und dem Organismus des Trägers.

Mimikry: Insbesondere bei Einsatzanzügen eine Tarnfunktion, die dem Träger ein anderes Aussehen gibt.

Mira: Tochter von *Gloria der Neunzehnten* und *Salamon Rixx.* Zog schon als Sechzehnjährige in den Kampf gegen die *Melange* und fiel wenige Jahre später auf *Horatius,* in den Bergen des *Eisernen Rückens.*

Mistra: Planet, auf dem *Muriel* als Siebenjährige den Umgang mit Waffen gelernt hat.

Moy: In der Milchstraße die intelligente Spezies mit dem höchsten Entwicklungsstand. Im Auftrag der *Moy* erfasst der letzte Mensch namens *Aron* die Kunst zahlreicher planetarer Völker auf niedrigen *Entwicklungsstufen* (siehe *geschützte Welten*).

Mulkain: Zweiter Planet des *Okorikor-Systems,* Heimat der *Kain.*

Munsk: Ein gelber Stern, den die *Ptoha* mit einer *Sonnensphäre* umgaben und ihn dann auf die Reise in den intergalaktischen Leerraum schickten.

Muriel: Überlebende Frau aus dem *Refugium* auf *Ozeanica.* Vollständiger Name: Muriel Herrera Delgado Aguilar.

Neue Republiken: Die ersten interstellaren Hochkulturen der Menschheit, noch vor der *Zäsur* und dem Ende von *Omni.*

Neues Galaktikum: Ein Regnum der Menschen in Andromeda, zweitgrößtes Reich während der Zeit der *Regna,* bestehend aus über 500 Sonnensystemen im äußersten Spiralarm.

Neun Kronen: Ein Regnum (siehe *Regna*) der Menschen in Andromeda, besteht aus neun Sonnensystemen mit insgesamt 21 bewohnten Planeten.

Nomadenschiffe: Vor etwa 90 *Galaktischen Epochen* zogen die *Heski* mit großen lichtschnellen Nomadenschiffen durch die Milchstraße und fanden dabei die *Sonnensphäre* von *Carunda.*

Nukleus: Kontrollzentrum eines Raumschiffs.

Nullmaschine: Ein spezielles Portal der *Ptoha.* Damit lässt sich ihr kosmisches Netz aus Portalen in verschiedenen Galaxien steuern.

Omni: Vor zwölf *Galaktischen Epochen* ein Bund von Superzivilisationen in der Milchstraße.

Omni-Artefakte: Von *Omni* hinterlassene Geräte und Instrumente. Die meisten von ihnen verfügen über besondere Eigenschaften.

Ozeanica: Meereswelt mit wenigen Inseln und Archipelen, dritter Planet des Rankor-Systems. Auf dem Grund des tiefsten Meeres von Ozeanica gibt es ein Refugium, eingerichtet von den Menschen, als die *Zäsur* begann.

Paludia: Auf diesem Planeten in Andromeda ist die *Esperanza* abgestürzt.

Pegasus: Saatschiff der Menschheit, 1 von 7.

Planer: Siehe *Fünf, die.*

Plebiszit: Eine der 17 interstellaren Hochkulturen der Menschheit zur Zeit von *Omni,* bestehend hauptsächlich aus *Angepassten.*

Pons: Auf *Meandris* schlüpfte der *Blender Curax* in die Rolle eines *Pons* genannten Priesters, der den Grundstein für eine neue Religion legte.

Poseidon: Eine ehemals von Menschen bewohnte Welt im Sagittarius-Arm der Milchstraße.

Prinzipal: Hoher Rang bei den sekundären *Glazialen* von *Ultima.*

Prinzipalität: Oberstes Gremium der sekundären *Glazialen* von *Ultima.*

Prognostiker: Angehörige des Volkes der *Enroi.* Prognostiker verfügen über eine besondere Begabung und sind unter bestimmten Bedingungen imstande, in die Zukunft zu blicken.

Protektionsgarde: Streitmacht. Die Garde aus Elitesoldaten der *Bewahrer*, die den *Initiator* auf *Ultima* beschützt.

Protektor: Hochrangiger Sicherheitsoffizier bei den Menschen von *Ultima*.

Ptoha: Legendäres Volk, das vor hundert *Galaktischen Epochen* aus Andromeda kam und nur eine halbe Epoche später seine intergalaktische Reise fortsetzte.

Pulsator: Handwaffe der *Bewahrer*.

Rankor-System: Sonnensystem mit der Meereswelt *Ozeanica*.

Refugien: Auf verschiedenen Welten versteckte Zufluchtsorte der Menschen während der *Zäsur*.

Regna, Zeit der: Eine Epoche der Menschenreiche in Andromeda.

Replikatoren: Geräte für die Replikation und Konservierung von Kunstobjekten.

Rezepturen: Produktionsprogramme für *Synther*.

Ridder, Cora Compton: Gehört zu den *fünf Denkern* und *Planern* im *Planungszentrum* von *Ultima*. Ehemals Kuratorin der Museen von *Grinta*.

Rixx, Salamon: Ein junger Mann von *Steppa*, einer Welt am Rand von Andromedas Zentrum. Wird später zum *Initiator*.

Ruttal: Heimatplanet der *Iwitt*.

Saatschiffe: Die *Esperanza* und sechs weitere Schiffe, jedes von ihnen mit einer aktiven Besatzung von 100 Menschen, 500 weiteren in der Hibernation sowie 100 000 Eizellen und Sperma.

Sal: Siehe *Surkzm Alhakjsdf Liphmkr*.

Salasa: Name des Intellekts, der aus der Verschmelzung von *Sal* und *Asa* hervorgeht.

Samarin-Graben: Im Perseus-Arm der Milchstraße gelegen, ein Bereich mit mehreren dunklen Staub- und Gaswolken. Darin befindet sich der Planet *Mistral*, den die *Vierzehnte Terranische Republik* für die militärische Ausbildung nutzte.

Segler: Bewohner von *Meandris*.

Sieben Riffe von Taipho: Energetische Anomalien auf der anderen Seite der Milchstraße, im Scutum-Centaurus-Arm, hervorgerufen von mehreren Blauen Riesen und einer Ansammlung von Neutronensternen.

Singularität: Ein Schwarzes Loch.

Sonjador: Saatschiff der Menschheit, 1 von 7.

Sphärer: Angepasste Menschen in der *Sonnensphäre* der *Ptoha* um den *Weißen Zwerg Carunda*.

Spiegelstädte: Erbaut von den *Gattari*. Die Spiegelstädte gelten als eins der Wunder der Milchstraße. Angeblich spiegelt sich in ihnen das wahre Selbst der Besucher wider.

Stahlkeramik: Von den *Bewahrern* für Prothesen verwendetes besonderes widerstandsfähiges Material.

Starre: Kälteschlaf der *Kain*.

Steppa: Eine Welt am Rand von Andromedas Zentrum. *Salamon Rixx*, der spätere *Initiator*, stammt von dort.

Steynper: Intelligente Spezies der *Entwicklungsstufe* 7, einst Teil von *Omni*.

Strukturat: Ein organischer Speicher, in dem *Xenomorphe* Daten ablegen, die sie für den Gestaltwandel benötigen.

Subselbst: Eine Art aktives Unterbewusstsein bei den *Blendern*.

Superluminare Raumschiffe: Überlichtschnelle Raumschiffe der *Moy*.

Surkzm Alhakjsdf Liphmkr: So beginnt der lange Name des Schiffsintellekts, den *Aron Sal* nennt.

Synth: Ein synthetisches Material.

Synther: Ein Apparat, der aus Basismasse beliebige Gegenstände, auch komplexe Geräte, produzieren kann. Dazu verwendet er *Rezepturen*. *Replikatoren* sind spezielle Synther.

Synthfleisch: Für Prothesen verwendetes synthetisches Fleisch.

Tahala-System: Auf dem vierten Planeten dieses Sternsystems bauten die *Gattari* ihre *Spiegelstädte.*

Taicott: Intelligente Spezies der *Entwicklungsstufe* 7.

Taipah: Ein Raumschiff der *Bewahrer.*

Tarnung: Biometrische Masken bzw. Ganzkörpermasken und Tarnfelder, die von *Konservatoren* bei ihren Einsätzen auf Welten der *Entwicklungsstufen* 1 bis 4 benutzt werden.

Tauri: Intelligente Spezies in der Milchstraße. Plasmawesen, die sich in der Korona eines Sterns entwickelt haben. Menschen halfen ihnen dabei, andere Sterne zu erreichen.

Terrez, Annalia: Bewahrerin und Navigatorin der *Taipah.*

Thermomantel: Ein Kleidungsstück, das Temperaturanpassungen für den Träger ermöglicht. Thermomäntel werden oft von *Wefing* benutzt.

Thermozapfer: Vorrichtungen, die den heißen Kern eines Planeten anzapfen und Energie daraus gewinnen.

Thorall: Protektor in den Streitkräften von *Ultima.*

Toter Raum: Dem gewöhnlichen Raum-Zeit-Kontinuum übergeordnetes Medium, vergleichbar mit dem Hyperraum. Den Namen verdankt es dem Umstand, dass dort überhaupt kein Leben existiert.

Transfer: Bezeichnung für den Nullzeit-Transport physischer Objekte zu einem anderen Ort. Die maximale Entfernung für einen Transfer beträgt etwa 100 000 Kilometer.

Transit: Bezeichnung für den Flug eines Raumschiffs durch den *Toten Raum.*

Translator: Übersetzungsgerät.

Triumvirat: Regierung der *Vierzehnten Terranischen Republik.*

Tschaipa: Eine intelligente Spezies der *Entwicklungsstufe* 5. Zwischen den Tschaipa und den *Garthu* kam es zu einem Streit um das Sonnensystem mit dem Planeten *Ozeanica.* Die *Instanz* der *Moy* schlichtete den Konflikt.

Tulla: Intelligente Spezies der *Entwicklungsstufe* 7. Einige Tulla sind in Diensten der *Moy* wie *Aron* als *Konservatoren* tätig.

Tyrrha: Ein abgelegenes Tal im *Großen Joch*, einem Gebirge auf *Kalka*, einem Planeten der *Neun Kronen. Agilla Desantos*, einer der *Fünf*, wuchs dort bei Mönchen auf.

Ultima: Saatschiff der Menschheit, 1 von 7. Auch der Name einer von den Überlebenden geschaffenen letzten Bastion.

Unabhängige: Autonome Maschinenintelligenzen, vor allem in den Kugelsternhaufen der Milchstraße.

Vierzehnte Terranische Republik: Eine von 17 interstellaren Hochkulturen der Menschheit zur Zeit von *Omni.*

Violette Gräben: Eine etwa 50 Lichtjahre durchmessende interstellare Region in Andromeda, die geprägt ist von Plasmawolken und energetischen Turbulenzen.

Wahrheitsfinder: Einige sekundäre *Glaziale* verfügen über die Fähigkeit, Wahrheit und Lüge mit absoluter Gewissheit zu erkennen.

Wefing: Humanoide Bewohner des Planeten *Canaris*, an niedrige Temperaturen gewöhnt, tragen auf anderen Welten Thermomäntel.

Wiederkunft: Der große Plan der vor den *Chimären* nach Andromeda geflohenen Menschen, ihre Absicht, irgendwann zur Milchstraße zurückzukehren und den Feind zu besiegen.

Winterwächter: Wächter in den Schlafsälen auf *Mulkain.* Sie wachen über die in *Starre* liegenden *Kain.*

Xanira: Protektorin, Bewahrerin und »Offizierin der Tiefe«, zuständig für die Kontakte zwischen den sekundären *Glazialen* und der *Protektionsgarde.*

Yppsia: Raumsektor in Andromeda, Teil des Hoheitsgebiets des *Großen Andromedanischen Konzils.*

Zäsur: Mysteriöse Katastrophe in der Milchstraße, vor etwa zwölf Galaktischen Epochen. 17 interstellare Hochkulturen der Menschheit und auch andere Zivilisationen fielen ihm zum Opfer.

Zeit-Riffe: Verwirbelungen der Raum-Zeit, hervorgerufen von dem Stern *Lafora.* Die Zeit-Riffe ermöglichen Reisen in Vergangenheit und Zukunft.

Zeitblase: Eine lokal begrenzte Zone mit »eingefrorener«, das heißt stark verlangsamter Zeit, geschaffen von *temporalen Deformatoren.*

Zeitsarg: Siehe *Hibernationszelle.*

DIE NEUN GROSSEN SPEZIES (NGS)

Die Lebensformen in der Milchstraße werden in 9 Kategorien eingeteilt:

1. Autotrophen: viele der uns bekannten Pflanzen.
2. Heterotrophen: heterotrophe Pflanzen, die organische Nahrung aufnehmen.
3. Mycophyta: Pilze, mit Schleimpilzen als besondere Untergruppe.
4. Insektomorphe: Insekten aller Art.
5. Aquae: zum Beispiel Fische.
6. Reptilia: unter ihnen die Avianen, also Vögel.
7. Mammalia: unter ihnen die Menschen, in zwei Geschlechter unterteilt, lebend gebärende Säuger.
8. Plasmoiden: energetische Wesen.
9. Sondergruppe nonbiologisches Leben: künstliche Intelligenz, Maschinenintelligenz, Intellekte, Autonome Aggregate (AAG).

ENTWICKLUNGSSTUFEN

Beim Entwicklungsniveau des intelligenten Lebens unterscheidet man 10 Stufen:

1 Erste primitive Intelligenz.
2 Zivilisation ohne Technologie, vergleichbar mit der Eisenzeit auf der Erde.
3 Zivilisation mit primitiver Technologie, vergleichbar mit dem Mittelalter auf der Erde.
4 Technologische Zivilisation mit interplanetarer Raumfahrt, zum Beispiel die Enroi und Heski.
5 Technologische Zivilisation mit lokal begrenzter interstellarer Raumfahrt, zum Beispiel die Tschaipa und Garthu.
6 Technologische Zivilisation mit großräumiger interstellarer Raumfahrt, zum Beispiel die Menschen und Hyperionen.
7 Technologische Zivilisation mit großräumiger interstellarer Raumfahrt und dem Energiehaushalt eines Sterns, zum Beispiel die Tulla, Taicott und Steynper.
8 Superzivilisation mit großräumiger interstellarer Raumfahrt und dem Energiehaushalt einer ganzen Galaxie, zum Beispiel die Moy und Omni.
9 Superzivilisation mit intergalaktischer Raumfahrt und dem Energiehaushalt von Galaxiengruppen. Vermutlich gehören die Ptoha zu dieser Kategorie.
10 Theoretische Superzivilisation mit interkosmischer Raumfahrt und dem Energiehaushalt eines ganzen Universums.

OMNI

Vor der Zäsur war Omni in der Milchstraße ein Zusammenschluss von 14 Superzivilisationen, die alle zur Entwicklungsstufe 8 gehörten:

1. Kinnund
2. Tiaburo
3. Quehatan
4. Oreth
5. Cuaund
6. Rothmorka
7. Hiuaka
8. Durrden
9. Teheka
10. Bloustan
11. Phynen
12. Choskelran
13. Inper
14. Ya-Yiander

ÄQUIV(ALENT)-ZIVILISATIONEN

Vor der Zäsur gab es in der Milchstraße 35 bekannte Äquiv- bzw. Äquivalent-Zivilisationen, deren Entwicklungsstand etwa dem der Menschheit entsprach, unter ihnen:

1. Therity
2. Zaisen
3. Crohani
4. Wefing
5. Swogscha
6. Issleti
7. Ilvesor-Tramen
8. Steynper (bis zur Zurückstufung)
9. Hozig
10. Cuaútemoc
11. Horati

KONTAKT MIT DEM AUTOR

Das Schreiben ist einsam. Oder auch nicht, wie mans nimmt: Als Autor taucht man ein in andere Welten, schlüpft in die Haut anderer Personen, agiert und spricht mit ihnen. Man freut sich mit den Romanfiguren und leidet manchmal auch mit ihnen, man nimmt teil an ihrem (fiktiven) Leben.

Ihr Leben, liebe Leserinnen und Leser, ist real. Lassen Sie mich ein klitzekleines Stück an Ihrem Leben teilhaben, indem Sie mir schreiben, wie Ihnen der Roman gefallen hat.

Sie haben mehrere Möglichkeiten, Kontakt mit mir aufzunehmen:

- Schreiben Sie eine E-Mail an autor@andreasbrandhorst.de
- Besuchen Sie meine Website: www.andreasbrandhorst.de
- Oder meinen Facebook-Account: https://www.facebook.com/andreas.brandhorst.autor/
- Bei Instagram erreichen Sie mich unter: https://www.instagram.com/andreas.brandhorst/
- Bei Twitter bin ich hier zu finden: https://twitter.com/andbrandhorst
- Und bei MeWe: https://mewe.com/p/andreasbrandhorst

Ich würde mich freuen, von Ihnen zu hören.

Phillip P. Peterson
Universum
Roman

Eine gefahrvolle Reise bis ans Ende des Universums … und darüber hinaus: Im 22. Jahrhundert hat sich die Menschheit über die Grenzen unseres Sonnensystems hinaus ausgebreitet. Dank neuer Antriebe ist überlichtschnelles Reisen zur Normalität geworden, und es gibt Kolonien in den entlegensten Ecken der Galaxie. Das Reisen zwischen den Sternen ist sehr sicher – nur ganz selten geht etwas schief, und ein Schiff verschwindet spurlos im Hyperraum … Die Challenger unter Kommandantin Christine Dillinger ist ein solches Schiff. Doch wie sich herausstellt, verschwindet es nicht einfach. Stattdessen erwartet Christine und ihre Crew ein Abenteuer, das jede Vorstellungskraft übersteigt.

448 Seiten, Klappenbroschur

Weitere Informationen finden Sie auf
www.fischerverlage.de

AZ 596-70086/1

Andreas Brandhorst
Das Bitcoin-Komplott
Thriller

Der große Crash – wer kann ihm entkommen? Die Weltwirtschaft schlittert in die Krise. Eine Gruppe Investoren rund um den Finanzmagnaten Francis Forsythe attackiert die angeschlagenen Notenbanken, um Bitcoin als neue Leitwährung durchzusetzen. Doch die alten Mächte wehren sich mit allen Mitteln. Eine entscheidende Rolle für den Ausgang des Konflikts kommt Satoshi Nakamoto zu, dem Erfinder der Digitalwährung, dessen Identität noch immer ein Geheimnis ist. Als der Journalist, Buchautor und Privatanleger Martin Freeman ihm durch einen Zufall auf die Spur kommt, hat das unvorhergesehene Konsequenzen. Und Martin Freeman gerät in größte Gefahr.

608 Seiten, Klappenbroschur

Weitere Informationen finden Sie auf
www.fischerverlage.de

AZ 596-70719/1